Xue Mo

Die Riten der Wüste

Xue Mo
Die Riten der Wüste

Übersetzt aus dem Chinesischen von Peter Kolb

BACOPA VERLAG

Die Deutsche Nationalbibliothek verzeichnet diese Publikation in der Deutschen Nationalbibliografie; detaillierte bibliografische Daten sind im Internet über http://dnb.dnb.de abrufbar.

ISBN der chinesischen Ausgabe: 978-7-5000-9989-5
Verlag: Encyclopedia of China Publishing House

ISBN der englischen Ausgabe: 978-7-5202-0342-5
Verlag: Encyclopedia of China Publishing House

4521 Schiedlberg/Austria
Telefon: +43 (0)7251 22235
E-Mail: office@bacopa.at, verlag@bacopa.at
www.bacopa.at

Übersetzung: Peter Kolb
Layout und Satz: Felicitas Hübner

Printed in the European Union

ISBN 9783903071650
1. Auflage 2020

Inhalt

Kapitel I

1

Die Falken kommen im Hochsommer, um den Tag herum, der Bai Lu, oder Weißer Tau genannt wird. Die Zeit, wenn sich der Wüstensand gelb verfärbt, das Gras hoch steht und die Kaninchen fett sind. Nach einem rastlosen Sommer verlassen sie die Höhen der Qilian Berge und fliegen herab in die Weiten der Tengger Wüste in der Provinz Gansu.

Laoshun errichtete seine Falle in einem ausgetrockneten Flussbett. Eine Konstruktion aus Baumwollfäden, die – um drei Pflöcke gespannt – ein Netz über einem Dreifuß bildeten, unter dem sich der Köder befand: eine Taube. Ein hungriger Falke war auf der Jagd nach einem Kaninchen geradewegs in das Netz geflogen. Trotz seiner Fähigkeit, auch kleinste Beutetiere auf Hunderte von Metern erspähen zu können, hatte der Falke die Falle direkt vor ihm nicht bemerkt.

Laoshuns übliche Morgenaufgabe: einen Falken zerreiben.

Er erwachte zeitig an diesem Morgen. Hochgeschreckt aus einem Traum, in dem Hunderte von Kaninchen mit weit aufgerissenen, blutverschmierten Mäulern sich auf ihn gestürzt hatten. Verhaftet im Glauben an Schuld und Sühne, war Laoshun sicher, dass es sich bei ihnen um Tiere handeln musste, die durch seine Hand umgekommen waren und nun Vergeltung suchten. Dieser Traum begleitete ihn schon geraume Zeit. Beim ersten Mal hatte er sich entschieden, die Falknerei aufzugeben und alle Falken freizulassen.

»So ein Unsinn!«, hatte der alte Meng protestiert. »Ohne die Falken werden uns die Kaninchen die Ernte ruinieren. Wer bewahrt uns dann vor dem Verhungern?«

Diese Worte verstärkten in Laoshun die Überzeugung, dass der Falknerei eine Moral innewohnte, die für ein gutes Karma sorgte. Dennoch trieb ihn eine stete Unruhe, denn er verabscheute die Vorstellung, auf sein geliebtes Kaninchenfleisch verzichten zu müssen, sobald der »Weiße Tau« vorüber war. Doch den Schatten, den das Töten dieser fühlenden Wesen über ihn legte, konnte er nicht abstreifen und so verfolgte ihn sein Albtraum und ließ ihn ein ums andere Mal schweißgebadet des Nachts hochschrecken.

Mit einem gewissen Trotz ging Laoshun also auch weiterhin seinem Hobby nach. Die Vorstellung, dass die Kaninchen die Getreideernte zerstören könnten, war der »Besen«, mit dem er die dunklen Schatten auf seinem Gewissen beiseite fegte.

Beim Umlegen des Lichtschalters schlug Trotzkopf unruhig mit den Flügeln. Augenscheinlich hatte auch der Falke Visionen. Vielleicht war es der Wunsch, sich wieder in die Lüfte zu begeben. Das musste es sein, sagte Laoshun zu sich selbst. Menschen lecken sich die Lippen, wenn sie im Schlaf von einem leckeren Braten träumen. Ein Falke schlägt mit den Flügeln, wenn er vom Fliegen träumt. Der Greif hielt seine Augen geöffnet, gebieterische Augen, die stets in Bewegung waren. Laoshun liebte diese Augen, wahre Falkenaugen, Fenstern gleich, durch die man die wahre Natur des Tieres erkennen konnte.

Trotzkopf war widerspenstig und von leidenschaftlichem Temperament. Genau diese Eigenschaften machten ihn zu einem guten Falken. Je lebhafter das Temperament, desto größer die Wahrscheinlichkeit, dass dieser Falke einmal sehr wertvoll für Laoshun und ein absolut verlässlicher und sicherer Jäger werden würde. Witwer dagegen war ein eher minderwertiger Falke, der schon kurz nach seiner Gefangennahme fügsam wurde, fraß, was Laoshun ihm vorwarf und sich sogar streicheln ließ. Doch nur dem Anschein nach gehorsam, denn vermutlich würde dieser Falke bei der ersten Jagd auf Nimmerwiedersehen davonfliegen. Es war unwahrscheinlich, dass Laoshun mit diesem Falken auch nur ein einziges Kaninchen würde erjagen können.

Laoshun bevorzugte temperamentvolle Falken.

Auf dem Boden lag ein etwa daumengroßes Wollknäuel. Er hatte es Trotzkopf am Abend zuvor in seinen Schlund gepresst und der Falke hatte es am folgenden Morgen mit einer ruckartigen Bewegung des Kopfes wieder herausgewürgt. Laoshun betrachtete das kleine Knäuel unter dem Licht einer Lampe. Es war sauber, was bedeutete, dass sich der Falke vollständig von seinem Phlegma befreit hatte und bereit für die Jagd war. Es war das siebte Wollknäuel. Die sechs Knäuel, die der Falke in den Tagen zuvor ausgewürgt hatte, waren allesamt mit einer gelben, fettigen Substanz bedeckt gewesen, die sie Tan nannten. Lingguan, sein jüngster Sohn, sagte, es handele sich dabei um Fett. Laoshun war egal, um was es sich dabei genau handelte, bedeutsam war allein die Tatsache, dass genau diese Substanz für die wilde Natur des Greifs verantwortlich war. Würde der Vogel nicht von ihr befreit, so wäre eine Jagd undenkbar und der Falke würde entfliehen, sobald Laoshun ihn von der Leine ließ. Nur durch das Entfernen des Tan war gewährleistet, dass sich der Falke – von Hunger getrieben – auf das erstbeste Kaninchen stürzen würde.

Laoshun entschied, dass der Tag gekommen war, Trotzkopf auf die Kaninchen loszulassen. Was zählte, war der richtige Moment. Ließ er den Greif zu früh los, so würde er womöglich fliehen und käme nie wieder zurück. Wenn er aber zu spät mit der Jagd begänne, dann könnte es sein, dass der Falke bereits zu zahm geworden und sein natürlicher Jagdinstinkt verloren gegangen war. Alles war vorbereitet. Nun würde sich zeigen, ob sich der lange und mühsame Prozess der Abrichtung ausgezahlt hatte. Laoshun war mächtig angespannt.

Als er die Tür öffnete, wehte ihn eine frische Brise an. Laoshun liebte den Geruch des frühen Morgens. Die klare Luft wusch sein Inneres rein und durchdrang seine Lungen. Die Dämmerung hatte gerade erst eingesetzt und die letzten Sterne verblassten langsam am Firmament.

Das tiefe, kraftvolle und langgezogene Brüllen eines Rindes drang zu Laoshun herüber. Der Stier vom Handlosen Wei, ein mächtiges Tier, mit muskulösem Körperbau, dessen Hufe den Boden zum Beben brachte, wenn es sich in Bewegung setzte und unter dessen Gewicht die schmächtigen Milchkühe fast zusammenbrachen, wann immer der Stier sie bestieg. Laoshun lachte, als er sich die Szene vor Augen führte.

Er spuckte einmal vernehmlich aus und klopfte dann an die Tür seiner Söhne. »Zeit aufzustehen, junge Herren! Die Sonne steht hoch genug, um eure Hintern zu braten. Vergesst nicht, eure Haare sind nur deshalb noch schwarz, weil die eurer Eltern bereits grau geworden sind!«

»Ja, es reicht!«, grummelte Lingguan. »Würde es dir wirklich viel ausmachen, deine Kommentare ausnahmsweise einmal für dich zu behalten?«

Laoshun lächelte. Er wusste, wie er mit den jungen Herrschaften umgehen musste. War er nachsichtig, passierte gar nichts. Wie ein Schlag ins Wasser. Sie blieben liegen und schliefen weiter. War er jedoch zu ungnädig, gaben sie Widerworte. Und so früh am Morgen verspürte Laoshun keine Lust auf überflüssigen Ärger.

Der Vergleich mit den grauen und schwarzen Haaren war angemessen. Ein kleiner Nadelstich an die Herren, aber nicht übertrieben. Davon abgesehen, war es die Wahrheit. Seine Frau und er hatten sich ihr Leben lang abgeschuftet, um die vier Kinder großzuziehen und zur Schule zu schicken. Mengzi hatte den Mittelschulabschluss, Lanlan - das einzige Mädchen - hatte die erste Klasse der Mittelschule absolviert und Lingguan sogar das Abitur gemacht. Hantou dagegen hatte nur die Grundschule geschafft, aber das konnte ihm keiner ankreiden. Sechs hungrige Mäuler waren zu stopfen gewesen, und dies allein durch seine Kraft und die seiner Frau. Das ging so lange, bis Hantou schließlich im Brunnenbau tätig geworden war. An diesem Morgen war der Junge noch nicht von seiner Schicht zurück.

Laoshun trug einen Korb voll Heu in den Stall. Begierig sog er den vertrauten Geruch von tierischem Schweiß und Dung in sich auf. Er liebte diesen Geruch über alles. Das schwarze Maultier hatte sich prächtig entwickelt und war bereits fast ausgewachsen. Sein Vater war der Esel des Handlosen Wei. Auch der Lahme hatte ein Auge auf das Tier geworfen und Laoshun bedrängt. Doch das wäre ihm niemals in den Sinn gekommen. Ein anderes Tier vielleicht. Darüber hätte er mit ihm reden können. Kein Tier im Stall war ihm so nah wie dieses Maultier. Was für ein prächtiger Körper, mit langen, schlanken Fesseln, ein wirklich edles Tier. Das Maultier schien Laoshuns Gesellschaft zu gefallen. Sobald es ihn sah, kam es vor und berührte seine Hand mit seinen weichen, vollen Lippen. Nichts fühlte sich für Laoshun besser an. Er tätschelte den Hals des Maultiers und murmelte:

»Komm her, mein Guter. Du bist immer hungrig, ich weiß.«

Das Maultier schnaubte heftig. Laoshun lächelte.

Nachdem er das Heu im Stall ausgestreut hatte, hörte er das Kamel in seinem Verschlag knurren. Auch wenn dieses Knurren bei weitem nicht so angenehm klang wie das sanfte Schnauben des Maultiers, so war doch das Kamel sein bevorzugtes Tier. Ein ungewöhnliches Exemplar, das an Kraft und Größe im Dorf seinesgleichen suchte, mit einem feinen, weichen Fell, das stets golden schimmerte. Und mit Höckern, die wie zwei kleine Berge fest und aufrecht standen. Kein Vergleich zu dem Kamel von Baigou, dessen Höcker wie die Brüste einer alten Frau schlaff herunterhingen und dessen zotteliges, von Stroh durchsetztes Fell einen erbärmlichen Anblick bot, matt und ohne jeden Glanz. Eine armselige Kreatur. Nicht so Laoshuns Kamel. Ein gut genährtes Tier und eine exzellente Arbeitskraft, das - vor einen Pflug gespannt – in weniger als einem Tag einen ganzen Acker in Furchen teilen konnte, die wie mit dem Lineal gezogen schienen. Doch Laoshun bevorzugte sein Kamel aus einem anderen Grund: Seine schön gezeichnete Wolle brachte ihm jedes Jahr 800 bis 1000 Yuan ein. Ein sicheres Einkommen für die Familie.

2

Laoshun streifte sich einen Lederhandschuh über und verließ mit Witwer auf dem Handgelenk das Haus. Mit dem Aufgehen der Sonne zeigten sich auch die ersten Wolken am Himmel. Ein leichter Nebel hing in der Luft, so dass die Häuser und Bäume in der Entfernung irreal wirkten, wie ein Gemälde aus überreichlich aufgetragenen Wasserfarben.

Mit dem Wind, der aus dem Innern der Wüste herübergeweht kam, wurde es merklich frischer. Eine feuchte Kühle, die Laoshun durch jede Naht seiner Kleidung drang.

Das Dorf erwachte und mit ihm das Vieh. Das dunkle Muhen der Kühe, das langgezogene Schreien der Esel und das sanfte Blöken der Schafe drang durch die Luft. Die Dörfler verließen ihre Häuser, Arbeitstiere vor sich hertreibend oder beladen mit Eimern für das Trinkwasser. Nach einem erholsamen Schlaf gingen die Leute nun mit Kraft und neuem Elan ans Werk. Die Leute aus Shawan scherten sich wenig um Gestriges oder die Zukunft. Sie lebten im Hier und Jetzt. Jeder Morgen bedeutete für sie auch einen neuen Anfang.

Der Morgen war Laoshuns bevorzugte Tageszeit. Eine jungfräuliche Fröhlichkeit umspielte ihn, die keinen Platz für Trübsal oder Probleme ließ.

Laoshun setzte Witwer vor dem Tor auf den Boden, holte aus einer mit einem Lederriemen verschlossenen Plastiktüte einen blutigen Streifen Fleisch und entfernte sich einige Meter von dem Greif. Dann rief er das Tier. Der Falke flog zu ihm, landete auf seiner Hand, schnappte nach dem Fleischstreifen und verschlang ihn in einem Bruchteil einer Sekunde.

Witwer war ein perfekt »zerriebener« Falke. Experte in Falknerei, verstand Laoshun nur zu gut, warum seine Vorfahren von »zerreiben« und nie von »zähmen« gesprochen hatten. Denn der Prozess glich tatsächlich dem Zerreiben eines Blattes bis es faltig und rissig wurde. Ein guter Falkner »zerrieb« einen wilden Falken, bis nicht mehr als ein gehorsames Spielzeug mit Federn übrigblieb.

Im Grunde genommen war es ein jammervoller Prozess.

Es begann damit, dem Greif das wollene Knäul in den Schlund zu pressen. Dann galt es, den Vogel zu zermürben, ihn anzuschreien, ihm keinen einzigen Moment der Ruhe oder der Erholung zu geben, bis er schließlich ausgehungert nach den in Wasser eingelegten, blutigen Fleischstücken schnappte. Das Fleisch diente dazu, seine wilde Natur im Zaum zu halten. Gedemütigt und ermattet, ergab sich der Greif schließlich und wurde zu einem Werkzeug in der Hand seines Bändigers.

Witwer war perfekt abgerichtet. Seiner wilden Natur fast gänzlich beraubt, konnte Laoshun ihn berühren wie er wollte, ohne dass der Greif mit den Flügeln geschlagen, geschrien oder nach ihm geschnappt hätte. Die Falkner des Dorfes pflegten zu sagen, dass kein guter Greif jemals eine menschliche Hand an sein Gefieder ließe. Laoshun musste lächeln. War dieses gefiederte Werkzeug, das keinen Fluchtinstinkt mehr zeigte, sondern brav auf seinem Lederhandschuh saß und um Futter bettelte, überhaupt noch ein Falke?

Laoshun hatte zwei besonders wilde Falken gefangen, von denen einer sofort gestorben war, noch bevor Laoshun die Gelegenheit bekam, ihm ein Futteral über die Krallen zu ziehen. Den kurzen, heftigen Todeskampf würde er nie vergessen. Die Falle in dem ausgetrockneten Flussbett war zusammengebrochen und in den blutunterlaufenen Augen des Vogels hatte ein Glanz gelegen, der für Laoshun die wahre Natur eines Falken zeigte.

Der andere Vogel war etwa zehn Tage nach Beginn seiner Gefangenschaft gestorben, kurz nachdem Laoshun mit der Abrichtung begonnen hatte. Mit einem Bambusschutz über seinen messerscharfen Krallen, und festgebunden an dem ledernen Handschuh, hatte der Greif allen Versuchen, ihn zu brechen, widerstanden. Gegen jede Berührung durch Laoshuns Hand hatte sich der stolze Vogel mit Vehemenz gewehrt. Er schlug panisch mit den Flügeln und stieß Schreie aus, die Laoshun von keinem anderen Falken zuvor gehört hatte. Der Vogel verkeilte seine Schwingen und versuchte verzweifelt, seiner Gefangenschaft zu entkommen, bis er sich schließlich – entkräftet und gedemütigt – in seine Niederlage ergab.

Dieser Falke war verhungert. Jedem Versuch, ihn zu füttern, hatte sich der Vogel widersetzt, sogar dann noch, als er nur noch ein gefiedertes Gerippe war, kaum kräftig genug, sich auf der Stange zu halten. Seine Unbeugsamkeit erweckte in Laoshun ein Gefühl von Abscheu gegen sich selbst. Eines Morgens fand er den Falken tot auf der Stange sitzend, ganz so, als schliefe er. So verbissen hatte der Vogel sich an die Stange geklammert, dass Laoshun ihm die Krallen brechen musste, um ihn von der Warte zu lösen. »Das war ein wirklich prächtiges Exemplar.«, pflegte er den Leuten zu erzählen.

Laoshun liebte Trotzkopf, dessen wilde Augen die Welt um ihn herum mit Verachtung zu strafen schienen. Sein rasiermesserscharfer Schnabel flößte ihm allergrößten Respekt ein.

Nachdem er Witwer ein paar Fleischstreifen zugeworfen hatte, machte er den Falken fest und ging auf der staubigen Landstraße zurück ins Dorf.

Die Sonne stand bereits hoch. Noch hatte sie nicht ihre ganze Strahlkraft erreicht. Ihr Feuerball rollte die Sanddünen im Osten hinauf, ein mit Rot gemischtes Gelb, ähnlich der Farbe eines Hühnereis. Ein Ei, das langsam ins Rollen geriet und dabei seine Farbe änderte und schließlich zu einem hellen Pingpongball auf den Kämmen der Sandwellen wurde.

3

Die dunklen Wolken hatten sich gerade aufgelöst, als Laoshun das Dasha-Flussbett erreichte. Tiere grasten am Flussufer. Einige Männer befanden sich in aufgeregter Unterhaltung.

»Beeil dich, ein Falke sitzt in der Falle!«, rief Baigou, als er Laoshun erblickte.

»In wessen Falle?«

»In deiner«, sagte der alte Meng.

»Ist mir egal, wessen Falle es ist«, beschwerte sich Beizhu, wobei er den Mund verzog und sich die Hände rieb. »Ich bringe dieses gefiederte Monster um. Fast hätte der Vogel mir die Hand abgehackt.« Daraufhin riss er Baigou dessen Peitsche aus der Hand und schlug nach dem Greif, der einen spitzen Schrei ausstieß.

»Hör auf damit, du Vollidiot!«, raunzte Laoshun Beizhu an. »Wer hat dir erlaubt, den Vogel zu berühren? Du bist es vielleicht gewohnt, deine Schwiegertochter anzufassen. Das gibt dir aber noch lange kein Recht, Hand an diesen Falken zu legen. Kein Wunder, dass er nach dir geschnappt hat.«

»Niemand hat den Vogel angerührt«, brummte Baigou. »Er hing so kläglich in dem Netz. Beizhu wollte ihn lediglich befreien.«

»Was bildet ihr euch ein?«, schnaubte Laoshun und lachte verächtlich. »Zwei nutzlose Quatschköpfe seid ihr, die nichts zu tun haben. Vermutlich habt ihr gesehen, was meine Falken alles können und nun seid ihr neidisch und wollt mir einen stehlen! Ist es nicht so? Ihr bringt Scham über eure Vorfahren. Glaubt ihr wirklich, ihr wärt in der Lage, einen Falken abzurichten?«

»Er hat Recht«, sagte Meng. »Ich bin mein Leben lang Jäger, aber ich habe noch nie einen Falken abgerichtet. Ich kann mit einem Gewehr umgehen, nicht mit diesen Vögeln. Entweder sind sie beim Abrichten gestorben oder sie sind weggeflogen. Du hast das bekommen, was du verdienst, Beizhu. Der Vogel hätte dir deine Eier abhacken sollen. Dann wüsstest du, was ein echter Falke ist.«

»Mach dich nicht lustig über einen Mann, der Schmerzen hat?«, brummte Beizhu beleidigt. »Meine Verletzung ist doch hoffentlich nichts Ernstes, Onkel Shun? Sind Bisswunden von Falken infektiös?«

»Halb so schlimm. Die ist in ein paar Tagen verheilt.« Laoshun wandte sich zu Huaqiu, dem Enkel von Meng. »Lauf zu mir nach Hause und bitte Lingguan, die Krallenschützer und eine Salbe zu bringen.«

Der junge Mann verschwand wie ihm geheißen.

»Da du so ein großartiger Jäger bist, schlage ich vor, du befreist den Falken aus der Falle«, spottete Baigou in Richtung von Meng. »Er wird sicher zahm wie eine Taube, wenn er dich sieht.«

»Und mich von seinen Krallen zerreißen zu lassen? Sicher nicht. Ich kann einen Vogel aus der Luft abknallen und so ungefähr jedes Tier im Lauf erlegen. Aber einen Falken aus der Falle zu befreien, das braucht besonderes Geschick, wenn du nicht deine Hand verlieren willst! Wenn du nicht aufpasst, zieht sich die Schlinge immer fester.«

»Es gibt also tatsächlich etwas, das du nicht kannst?«, höhnte Baigou. »Ich dachte, du seist unfehlbar.«

»Mehr als du habe ich allemal auf dem Kasten«, lachte Meng trocken. »Was kannst du schon, außer dich an deiner Schwägerin zu vergreifen? Haha. Und … beinahe hätte ich es vergessen. Du hast nachgeholfen bei dem Baby in ihrem Bauch, nicht wahr? Und Beizhu hat für seinen Neffen nachgeholfen! Dann muss es ja wohl Beizhu gewesen sein, der bei deinem Sohn nachgeholfen hat! Komm schon, Baigou, geh nach Hause und erzähle es deiner Schwägerin! Sag ihr ›Fengxiang, liebe Schwägerin, bei meiner zukünftigen Nichte bin ich nicht zum Zug gekommen … Wir wollen doch nicht hoffen, dass da ein Krüppel auf die Welt kommt.‹ Zeig ihr, was du drauf hast!«

Gelächter ging durch die Runde. »Streng dich an, Baigou!«, sagte Meng. »Nimm dir ein Beispiel an Beizhu!«

»Dir muss das Gehirn ausgetrocknet sein«, erwiderte Beizhu. »Pass auf, dass dir der Geifer nicht aus dem Maul läuft. Was hat der blinde Wahrsager erzählt? Ein alter Birnenbaum treibt es mit einer schönen Begonie, aber nichts geschieht.«

»Wer hätte gedacht, dass Beizhu so großzügig mit seiner Frau ist«, meinte Meng und strich sich über den Bart. »Ich bin mittlerweile zu alt für solche Sachen. Was können alte Kerle noch? Sie scheißen sich in die Hosen, wenn sie furzen, reden zu viel und pinkeln sich beim Pissen auf die eigenen Schuhe. Ich habe eine stolze Jugend hinter mir. Aber das war einmal.«

Inmitten des fröhlichen Gesprächs erschienen Huaqiu und Lingguan, der mit seinem Bruder Mengzi diskutierte.

»Siehst du?«, sagte sein Bruder. »Ich habe dir doch gesagt, heute sacken wir einen ein, aber du wolltest mir ja nicht glauben!«

»Dasselbe hast du gestern und vorgestern behauptet«, erwiderte Lingguan.

»Aber letzte Nacht habe ich es dir noch drei Mal gesagt.«

»Und vorletzte Nacht hast du es sieben Mal gesagt.«

»Ich habe gesagt, ich gebe dir eine Schweinepfote, wenn wir heute keinen einsacken.«

»Du schuldest mir schon eine für gestern und bis jetzt habe ich nicht mal eine müde Borste von dir gesehen.«

»Warum streitet ihr?«, mischte sich Laoshun ein und an seinen Sohn gewandt, fuhr er fort:

»Worte, denen keine Taten folgen! Das ist alles, was er drauf hat.«

Meng lachte über Laoshuns Kommentar. Die Enden seines Ziegenbarts zitterten, als er sagte: »Hört mal her, ihr Streithähne. Ein einzelner Trog macht keine drei Esel satt. Sag an, Laoshun, wie wäre es, wenn du mir einen Falken besorgst«?

»Ein Mann, der Katzen beschneidet, kastriert keine Schweine.« Laoshun blickte zu Meng hinüber. »Was willst du mit einem Falken? Bleib besser bei deiner Flinte!«

»Ich will beides. Die Knarre ist für die Füchse, der Falke für die Kaninchen. Wann immer ich Füchse jage, sehe ich Kaninchen. Und jedes Mal wünschte ich, ich hätte einen Falken.«

»Schieß einfach deine verdammten Tiere«, erwiderte Laoshun und nahm ein kleines Bambusrohr aus dem Sack.

»Schießen ist Schießen«, begann Meng erneut, »aber es bereitet mir einfach nicht so viel Freude, wie die Jagd mit einem Greif. Husch … .fliegt er durch die Luft und greift sich die Beute. Was für ein Schauspiel! Viel besser als die Wushu-Filme im Fernsehen. Ich werde alt. Wer weiß schon, wie viel Zeit mir noch bleibt? Ich werde meine Beine ausstrecken, meine Fäuste ballen und schnurstracks in die Unterwelt verschwinden. Kann ich dann noch mit einem Falken jagen? Sicher nicht!«

»Na gut!« Laoshun ging zu der Falle hinüber, in der der Falke sich verfangen hatte.

»Ein Rötelfalke. Sehr wild. Schwer abzurichten. Hier ist mein Vorschlag: Ich richte dir einen Falken ab, wenn du meinen Söhnen das Schießen beibringst, abgemacht?«

»Hah! Das Angebot kannst du vergessen! Du bist so ein alter, gieriger Trottel. Das ist es also, was du willst. Ich sage dir, Laoshun, kümmere dich lieber um die Zukunft deiner Söhne und vergiss die Flinten. Die Jagd mit dem Gewehr ist kein Kinderspiel. Manchmal bin ich einen ganzen Tag unterwegs, ohne dass ich am Abend etwas Warmes in meinem Magen hätte. Davon abgesehen, ist das ewige Töten keine gute Sache.« Und zu dem Jungen gewandt, fuhr er fort: »Lingguan, bereitest du dich noch immer auf die Aufnahmeprüfung im nächsten Jahr vor?«

»Nicht mehr. Ich denke, ich bin eher für ein Leben hier draußen geschaffen.«

»Genau das ist der Punkt. Kampfkünste schützen dich vor keiner Erkältung und Bücher machen niemanden satt. Du musst leben, Aufnahmeprüfung hin oder her. Bald wirst du Frau und Sohn haben, dann einen Enkelsohn. Und das ist das einzige, was zählt im Leben.«

»Ich denke, du solltest die Aufnahmeprüfung machen«, sagte Huaqiu. »Sonst wären all die Jahre in der Schule vergeudete Zeit gewesen.«

»Vergeudete Zeit?«, wiederholte Meng. »Ich habe niemals ein Klassenzimmer von innen gesehen und doch ist mein Leben nicht schlecht gelaufen. Ich glaube kaum, dass ein Beamter oder ein Reicher ein sorgloseres oder zufriedeneres Leben führt als ich. Vergiss die Sorglosigkeit und denke an die Befriedigung. Was ist wichtiger im Leben als ein erfülltes Herz? Welcher Beamte kann mir das Wasser reichen? Wenn ich einen Fuchs erlege oder ein saftiges Stück Kaninchenfleisch genieße, dann ist das für mich Erfüllung! Und die Reichen? Selbst wenn ihr Tisch übervoll gedeckt ist, schauen sie immer missgelaunt drein.«

»Immer redest du so ein dummes Zeug. Du nimmst mir meinen Glauben an die Zukunft«, sagte Huaqiu deprimiert.

»Es ist in deinem eigenen Interesse. Genug wird nie genug sein. Glaube es mir. Wenn dein Bauch voll ist, willst du schöne Kleider. Hast du Kleider, willst du Geld. Und wenn du das hast, dann gehst du zu den Huren. Wohin soll das führen? Du kannst die ganze Welt erobern, aber am Ende stehst du allein da mit vier Brettern für eine Kiste, in der du zu liegen kommst.«

»Warum jagst du dann Füchse, wenn du die Welt nicht sehen willst?«, fragte Baigou.

»Weil ich einen Nutzen von ihnen habe. Ich jage, wenn ich Geld brauche. Warum sollte ich zwei Füchsen hinterherlaufen, die ich nicht kriegen kann, wenn einer direkt vor meiner Flinte sitzt? Ein erlegter Fuchs ist für mich wie Geld auf der Bank. Warum Energie verschwenden? Die Wüste hält Füchse für uns bereit, damit wir unsere Existenz sichern können und es ist gegen das Gesetz der Natur, mehr zu wollen. Sobald du unersättlich wirst, wirst du ruhelos und dann beginnen die Probleme. Dann verschwinden Sorglosigkeit und Erfüllung aus deinem Leben. Wenn ich es mir recht überlege, ist es keine so schlechte Idee, deinen Söhnen den Umgang mit dem Gewehr beizubringen, Laoshun. Jeder, der eine Fähigkeit mitbringt, wird sich im Notfall besser durchschlagen als einer, dem jede Fähigkeit und jedes Talent fehlt.«

»Von nichts anderem rede ich«, entgegnete Laoshun und machte ein paar Schritte in Richtung der Falle. Er schüttelte sie vorsichtig, woraufhin der Falke einen spitzen Schrei ausstieß und heftig mit den Flügeln schlug. »Jeder muss sehen, wie er zurechtkommt. Was soll das für eine Zukunft sein, wenn du keinen Sohn hast, der dir einen Enkelsohn schenkt? Schau dir meine beiden Herrschaften an – sie sind alt genug und können nicht ewig Junggesellen bleiben. Es kostet dich mehr als einen warmen Mantel, einen Sohn zu verheiraten. Aber was bringt mir mein kleiner Acker schon ein!«

»Füchse«, seufzte Meng. »Meinst du, sie wären einfach zu jagen? Oft bist du tagelang unterwegs, dein Proviant geht dir aus und kein einziges Tier lässt sich blicken. Reich werden kannst du von der Fuchsjagd nicht, so viel ist sicher. Auch eine große Portion Glück gehört dazu.«

»Du magst Recht haben.« Vorsichtig löste Laoshun die Fäden an den Krallen des Falken. Der Vogel zappelte und schrie und seine blutunterlaufenen Augen schienen aus ihren Höhlen zu treten. Wut lag in diesen Augen, Erregung und Angst. Aber in allererster Linie Verzweiflung über die Demütigung, die dem Greif durch Menschenhand angetan wurde.

Der Falke stieß weiterhin kurze Schreie aus. Laoshun packte seine Beine und band sie zusammen während Lingguan eine Salbe in die Bambusschützer schmierte und sie dem Falken über die Krallen zog.

»Du magst ein cleverer und harter Bursche sein, aber mit mir kannst du es nicht aufnehmen«, sagte Laoshun.

»Okay, komm her und kratze mich noch einmal!« Beizhu kam auf Laoshun zu und hielt dem Greif seine verletzte Hand entgegen.

Ohne ihn eines Blickes zu würdigen, stieß der Falke erneut einen Schrei aus, augenscheinlich überwältigt von dem Unglück, dass ihm passiert war: blinden Auges in eine menschliche Falle geflogen zu sein.

Bei dem Versuch, den Falken von den Baumwollfäden zu befreien, die sich in den Schwingen des Vogels verfangen hatten, ging Laoshun gleichermaßen geschickt wie auch vorsichtig vor. Dabei wendete er eine Technik an, die er über Jahre gelernt und verfeinert hatte. Ein Anfänger in der Falknerei hätte ihm bei dem Prozess zwar zusehen können, ohne jedoch zu verstehen, wie es ihm gelang, die mehrfach verhedderten und durcheinandergekommenen Fäden zu entwirren. Durch die heftigen Bewegungen des Falken zogen sich die Fäden leicht zu, weswegen es entscheidend war, dass Laoshun den Greif so schnell wie möglich von den Fäden befreite, ohne dabei dessen Federn zu verletzen. Die Stärke eines Falken manifestierte sich in seinem Gefieder und jede fehlende Feder bedeutete eine gravierende Einschränkung seiner Flugfähigkeiten.

»Schaut genau hin!«, sagte der alte Meng zu den jungen Männern, die Laoshun mit offenen Mündern anstarrten. »Habt ihr gesehen, wie es geht? Repariert keine Porzellanvase, wenn ihr nicht das richtige Werkzeug dafür habt. Einen Falken abzurichten, ist nicht so leicht, wie ihr es euch vielleicht vorstellt.«

Geschickt befreite Laoshun den Vogel aus der Falle, nur um in einem kurzen Moment der Unachtsamkeit den messerscharfen Schnabel des Falken in seinem Handrücken zu spüren. Laoshun schrie auf: »Los, Hantou! Zieh dir den Lederhandschuh über und komm her!«

Meng kicherte. »Ich dachte, Flinten seien gefährlich. Aber offensichtlich sind diese Krallen auch nicht zu unterschätzen.«

»Das kannst du laut sagen«, erwiderte Laoshun und reichte den Falken zu Hantou hinüber. Er atmete laut hörbar durch die Unterzähne ein. »Kein Schmerz, keine Kaninchen.«

4

Eine mit Mehl angedickte Kartoffelsuppe mit Hirse stellt das traditionelle Frühstück der Leute in Liangzhou dar. Ein Gericht, das seit Hunderten von Jahren einen wesentlichen Bestandteil ihrer Küche ausmachte.

Mit Laoshuns Generation jedoch wandelte sich die Rolle dieser Suppe von einem typischen Hauptgericht hin zu einem Begleitgericht, das die Leute zu gedämpften Hefeklößen, den sogenannten Mantou, aßen.

Der alte Meng kam zur Tür herein, als Laoshuns Familie gerade beim Essen war. Laoshun wies seine Schwiegertochter Ying Er an, Meng eine Schüssel zu bringen.

»Ein Teller Suppe? Das klingt gut. Ich bin arm geboren. Drei Tage ohne eine ordentliche Mahlzeit halte ich kaum aus.« Ying Er kam mit der Suppe, stellte sie vor dem alten Meng auf den Tisch und es dauerte keine zwei Minuten, bis der Alte sie unter lautem Schlürfen in sich hineingeschüttet hatte.

Als Ying Er sie erneut füllen wollte, winkte Meng ab und kratzte mit dem leeren Schälchen als Zeichen der freundlichen Ablehnung über die irdene Hauswand, so dass kleine Erdkrümel darin landeten.

»Willst du wirklich, dass ich deinen Söhnen das Schießen beibringe?« Meng wischte sich über den Mund. »Wenn dem so ist, sag ihnen, sie sollen sich bereithalten. Nach dem ersten Frost haben die Füchse ein brauchbares Fell. Besser sind sie einen Monat nach Wintersonnenwende, aber auch jetzt werden sie uns einen akzeptablen Preis einbringen. Dieses Jahr mache ich mich ein wenig früher auf als sonst. Wenn du ein paar Vorräte zusammenkratzen kannst, können wir morgen aufbrechen.«

»In Ordnung«, lächelte Laoshun. »Aber ich hatte noch keine Zeit, für dich einen Falken abzurichten. Trotzkopf ist fast so weit. Ich habe ihn gerade von seinem Tan befreit. Heute will ich das erste Mal mit ihm auf die Jagd.«

»Du hast mich also beim Wort genommen?«, lachte Meng. »Du bist der größte Geizhals, der mir je über den Weg gelaufen ist! Ich würde niemals etwas so Wertvolles von dir annehmen. Außerdem ist mir der Umgang mit so einer Kreatur viel zu anstrengend.«

»Dann ist es mir auch recht«, antwortete Laoshun. »Ich werde dir ab und an ein Kaninchen bringen. Einen Falken abzurichten ist nicht jedermanns Sache. Wen willst du mitnehmen?«

»Das ist mir einerlei. Ich kann einen mitnehmen oder alle drei. Die Wüste ist groß genug. Der Zeitpunkt jetzt ist günstig. Die Herbsternte ist so gut wie eingefahren. Du brauchst nur noch ein bisschen Hilfe bei den Kartoffeln. Der Wahrsager will seine Flinte verkaufen. Der Dummkopf hat es nicht einmal aufgegeben, nachdem er sich das Augenlicht weggeschossen hatte. Nie würde er sein Gewehr verkaufen, hatte er geschworen. Doch nun habe ich gehört, er hat sich in ein Musikinstrument verliebt, das er sich nicht leisten kann. Also wird er sich wohl oder übel von seiner Flinte trennen müssen. Ein gutes Gewehr. Einhundertzwanzig

Yuan, kein schlechter Preis. Ungefähr so viel, wie man für ein Fuchsfell bekommt. Ich hole es mir heute Nacht, bevor noch jemand Wind davon bekommt.«

Nach dem Frühstück nahm Laoshun Witwer und gab ihm einen Kaninchenkopf, den er gierig herunterwürgte.

Laoshun war der geborene Falkner. Einige Leute ertränkten ihre Sorgen in Alkohol. Laoshun zwang seinen Ärger mithilfe der Falken aus seinem Inneren. Er und seine majestätischen Vögel waren Freunde. Sie kommunizierten miteinander über ihre Seelen. Manchmal, wenn die Bürde des Lebens unerträglich zu werden schien, sprachen diese Wesen zu ihm in ihrer eigenen Sprache.

Nachdem er seine Falken gefüttert hatte, machte sich Laoshun gemeinsam mit Lingguan und Trotzkopf auf den Weg in die Wüste. In seiner Tasche befanden sich eine Wasserflasche, vier oder fünf Mantou und ein Kaninchenkopf.

In dem schmalen Wüstenstreifen, der das Dorf von der felsigen Gobi trennte, wuchs Nadelgras, Kameldorn und die typischen Artemisia-Sträucher. Dass in diesem rauen Klima, das von langen Dürreperioden gekennzeichnet war, überhaupt Vegetation gedeihen konnte, kam einem kleinen Wunder gleich.

Die Sonne hatte fast ihren Scheitelpunkt erreicht, als Vater und Sohn in die Wüste aufbrachen. Obwohl es noch kurz vor Mittag war, brannte die Sonne bereits erbarmungslos auf Mensch und Tier herab. Kein noch so schwacher Windhauch ging. Und von den frischen Luftströmen, die in der Tiefe der Wüste zu finden waren, fand man hier keine Spur. Sanddünen, die sich meterhoch wie konturenlose, schwankende Schiffe rechts und links vom Weg erhoben, blockten jeden Windhauch ab und verwandelten die Gegend in einen wahren Glutofen.

Vor ihnen tauchte eine ganz besondere Spezies an Wüstenbewohnern auf: die sogenannten Wüstenbabies.

Wüstenbabies gleichen Geckos, die von den Leuten in Shawan Schlangenmäuse genannt werden. Doch diese Bezeichnung ist irreführend. Wüstenbabies sind wahre Geschöpfe des Sandes. Aus dem Sand geboren, verbringen sie ihr ganzes Leben in diesem Element. Mit froschartigen Köpfen und einem gesprenkelten, sandfarbenen Körper, erinnern sie eher an winzige Krokodile. Nur einem sehr genauen Beobachter wird es auffallen, in welchen Massen diese kleinen Wüstenbewohner hier vorkommen.

Wüstenbabies sind wahre Sonnenanbeter. Je heißer es ist, desto lebendiger werden sie. Im Hochsommer, wenn am Mittag die Sonne im Zenit steht und keine einzige Wolke am Himmel zu sehen ist, meint man oft, auf dem Grat der Sanddünen flimmernde Luftbewegungen wahrzunehmen, doch in Wahrheit sind es Myriaden von Wüstenbabies, die dort frohgelaunt im Sand schwimmen.

Obwohl Ihre Beine kaum stark genug sind, den Körper zu stützen, so bewegen sie sich doch in einem erstaunlichen Tempo vorwärts. Die Dorfkinder machen sich ab und zu einen Spaß, fangen sie und legen sie den Ziegen oder Schafen vor. Der alte Meng war der Meinung, dass die Tiere fetter werden, wenn sie Wüstenbabies fressen, doch ließ die magere Gestalt der meisten Tiere im Dorf nicht darauf schließen, dass an Mengs Behauptung etwas Wahres wäre. Wüstenbabies bohren sich bei Gefahr in den Sand, und wenn sie einem Räuber nicht entkommen können, werfen sie ihren Schwanz ab, so wie es einige Eidechsenarten tun. Die abgeworfenen Gliedmaßen wachsen innerhalb kürzester Zeit nach.

Laoshun, der den größten Teil seines Lebens damit verbracht hatte, durch Wüstensand zu laufen, wies nicht wenige Gemeinsamkeiten mit diesen merkwürdigen Wüstenbewohnern auf: seine knorrigen, muskulösen Beine trugen den Körper mit erstaunlicher Schnelligkeit. Er war der perfekte Wüstengänger. Seine kurzen, aber energischen Schritte verhinderten ein tiefes Einsinken in den weichen Sand. Nie nahm er den direkten Weg, wenn er einen Dünenkamm hinauf oder hinunterlief. Stattdessen folgte er der Struktur der Bodenbeschaffenheit und bewahrte dabei eine stets gleichbleibende, regelmäßige Gangart, seinen Atem zu jeder Zeit kontrollierend. Sein Sohn Lingguan hingegen trottete achtlos, mit stets erhobenem Kopf hinter seinem Vater her, versank tief im Sand und hatte größte Mühe, nicht aus der Puste zu kommen.

An einer Stelle, an der Laoshun mehrfach Kaninchen gesehen hatte, machten sie Halt. Drei Eigenschaften kennzeichneten diesen Ort aus: ein komplexes Gelände mit unzähligen Löchern und Kaninchenbauten, dazu reiches Strauchwerk und Artemisia-Büsche, die Schutz boten. Ein Terrain, über dem regelmäßig zahlreiche Greifvögel ihre Kreise zogen.

Laoshun wies Lingguan an, zurückzubleiben und machte sich eine kleine Steigung hinauf. Er kannte dieses Terrain wie seine Westentasche und wusste, an welchen Stellen sich die Kaninchen mit Vorliebe versteckten. Er musste sich behutsam nähern. Für Trotzkopf war endlich der Tag gekommen. Er musste sich heute beweisen. Sollte er bei seinem ersten Versuch ohne Beute bleiben, so konnte das negative Folgen für die Jagdbereitschaft des Falken haben. Er nahm einen Leinensack von Lingguans Schultern und sagte: »Du bist schneller als ich. Lass den Falken los, sobald er ein Kaninchen erspäht hat! Renn los und schrei dabei! Gib dem Kaninchen keine Chance auszuweichen. Alles wäre umsonst, wenn das Kaninchen den Falken verletzt. Stürz dich auf das Kaninchen und überlass dem Falken den Rest.«

Lingguan beugte sich hinunter und schnürte seine Schuhbänder fest. »Was für ein ungleicher Kampf!«, sagte er zu sich selbst. Der Falke vereint mit menschlicher Hilfe gegen ein hilfloses, kleines Kaninchen. Er hatte Mitleid und fragte sich, ob er überhaupt in der Lage war, einem Kaninchen das Rückgrat zu brechen.

Derweil robbte Laoshun behutsam auf einen Busch einige Meter vor ihm zu, Trotzkopf neben sich auf dem Handgelenk. Augenscheinlich erweckte die vertraute Umgebung Erinnerungen in dem Falken, der zu ahnen schien, was von ihm erwartet wurde. Viel Zeit war verstrichen, seit der Greif das letzte Mal Beute geschlagen hatte. Der Falke war bereit.

Laoshun spürte die Anspannung. Ein normaler Zustand auch für den geübtesten Falkner. Kein Mensch kann sagen, wie gut ein Falke wirklich ist, bis zu dem Moment, an dem man ihn loslässt. Es kam vor, dass ein abgerichteter Falke seine wilde Natur wiedererlangte und im erstbesten Moment davonflog, während ein anderer beim Anblick des ersten Kaninchens in sich zusammenfiel und nicht auf die natürliche Beute ansprach. Was dem Falken mit seinem Tan genommen wurde, war daher nicht nur sein Phlegma, sondern auch sein Mut. Für einen zerriebenen Falken bedeutete daher der erste Angriff die Möglichkeit, seine wahre Natur wiederzuerlangen, derer er im Prozess der Abrichtung verlustig gegangen war.

Es gab Falkner, die daher beim ersten Jagdversuch Hauskaninchen verwendeten. Wildkaninchen sind keine einfache Beute für einen Falken, denn sie verfügen über starke Beine und ergeben sich nicht wehrlos einem Greif. Zudem haben sie die angeborene Fähigkeit, sich gegenüber Feinden aus der Luft zu schützen. Hauskaninchen dagegen besitzen diesen Instinkt zur Flucht nicht mehr. Einmal aus dem Sack gelassen, bleiben sie ruhig sitzen und warten ohne Gegenwehr auf die tödlichen Klauen des Falken.

Niemals wäre es Laoshun in den Sinn gekommen, Hauskaninchen einzusetzen. Dies war ein Grund dafür, warum er sich den meisten Falknern überlegen fühlte. Allerdings musste auch er den mühsamen Prozess durchmachen, in seinen Vögeln die ureigene Natur wiederzuerwecken.

Er bemühte sich, so nah wie möglich an eins der Wildkaninchen heranzukommen, um dem Falken das Kaninchen genau in dem Moment zu präsentieren, in dem es die Flucht antrat.

Laoshun war stolz auf seine Technik. Sie erforderte sämtliche Qualitäten, über die ein geschickter Jäger verfügen musste – ein scharfes Auge, Schnelligkeit, ein ausgewogenes Maß an Kraft, sowie eine gute Auffassungsgabe. Auch von einem weniger gut abgerichteten Falken erwartete er, das zu tun, wozu er trainiert worden war.

Laoshun hielt inne und gab seinem Sohn, der sich einige Meter hinter ihm befand, ein Zeichen. Lingguan verstand, dass sein Vater ein Kaninchen entdeckt hatte, und sprang auf seine Beine.

»Pass gut auf!«, rief Laoshun ihm in gedämpftem Ton zu. »Lauf los, sobald ich es aufgescheucht habe!«

Lingguan lief in die Richtung, die sein Vater ihm angedeutet hatte. Er entdeckte ein Kaninchen unter einem verdorrten Strauch. Ein großes, sandfarbenes Tier, das dort regungslos kauerte. Seine langen Ohren standen aufrecht wie Antennen, die die Umgebung pausenlos nach Geräuschen und Bewegungen abscannten. Die dunklen Augen bewegten sich hin und her, ein Zeichen dafür, dass das Kaninchen seine Verfolger wahrgenommen hatte.

Kaninchen gehören zu den schlausten Wüstenbewohnern und weisen einige überraschende Gewohnheiten auf. Nur äußerst selten begeben sie sich auf komplett fremdes Terrain. Stattdessen nehmen sie immer gleiche Routen, die ihnen vertraut sind und die keine Gefahr bergen. Sie fliehen immer erst im allerletzten Moment. Das alleinige Wahrnehmen eines Menschen in ihrer Nähe reicht nicht als Auslöser für eine Flucht. Perfekt angepasst an die Umgebung, in der sie leben, nutzen sie Artemisia-Büsche und Wüstenreis als ausgesprochen wirkungsvollen, natürlichen Schutz, denn nicht einmal der hungrigste Falke würde sich in diese Vegetation wagen. Erfahrene Kaninchen locken daher ihre Fressfeinde in schwieriges Gelände, in dem der Falke seiner Beute sogar unterlegen sein kann. Auch ein erfahrener, abgerichteter Falke ist daher ohne Hilfe des Menschen kaum in der Lage, Wildkaninchen zu schlagen.

Das Kaninchen hatte seine Verfolger entdeckt und wusste vermutlich, dass es selbst auch nicht unentdeckt geblieben war. Sein Kopf bewegte sich hin und her, als ob es die besten Fluchtwege abwägen würde. Laoshun indes robbte sich weiter Stück für Stück auf das Kaninchen zu. Mit einem Mal schoss das Tier aus seiner Deckung.

Das Kaninchen verschwand, noch ehe Lingguan die Chance hatte, seiner Kurve zu folgen. Alles war in der Spanne eines Wimpernschlags geschehen.

Laoshun hatte den Falken bereits losgelassen.

Entlang der Flugkurve das Falken entdeckte Lingguan das Kaninchen als flinken braunen Punkt, der zwischen den Sanddünen auftauchte und wieder verschwand. Doch Trotzkopf war schneller. Mit nur wenigen Flügelschlägen erreichte der Falke seine Beute und schlug seine messerscharfen Krallen in dessen Hinterteil.

»Los!«, schrie Laoshun. Lingguan setzte sich in Bewegung, jedoch viel zu gemächlich, ganz so, als genieße er das Spektakel, das sich ihm bot. »Nun lauf schon!«, rief Laoshun verärgert.

»Hey – Ja! Hey – Ja!« Seine Rufe verhallten zwischen den Sanddünen.

Die Krallen des Falken beeinträchtigten den Lauf des Kaninchens, doch mit seinen Hinterläufen wirbelte es Mengen von gelbem Wüstensand auf. Noch wehrte sich das Tier und zog den Falken hinter sich her, dessen Flügel sich im Boden verhakten, was ein nicht unerhebliches Risiko für den Vogel darstellte.

»Den Rücken, blöder Vogel! Pack dir den Rücken!«, schrie Laoshun in Richtung des Falken.

Trotzkopf war ein starker Vogel und ließ nicht locker, selbst in dieser für ihn schwierigen Situation, in der er von dem Kaninchen durch den Sand gezogen wurde, der nun sichtbar von Blutspuren gezeichnet war.

Das Kaninchen rannte die Sanddünen hoch und runter, aber es gelang ihm nicht, seinen Feind abschütteln. Derweil kamen die Schreie der Menschen näher.

Der Falke schlug wild mit den Flügeln und versuchte, sich mit dem Kaninchen in die Luft zu erheben, doch das Kaninchen schlug mit seinen Beinen um sich und zog den Greif immer wieder zurück zu Boden. Schließlich gelang es dem Falken, sich in dem Rücken des Kaninchens festzukrallen.

»Gut gemacht!«, rief Laoshun atemlos. »Jetzt hat er es kapiert!«

Nach einem kurzen Moment des Innehaltens löste der Falke seine linke Kralle vom hinteren Rücken und schlug sie fest in den Mittelteil des Kaninchens. Mit einem schrecklichen Fiepen bewegte sich das nun nahezu hilflose Kaninchen weiter vorwärts, die Hinterbeine hinter sich her schleifend.

Der Falke löste nun seine andere Kralle vom Rücken des Kaninchens und bohrte sie in den Kopf des armen Tieres. Unfähig, weiter zu laufen, sank das Kaninchen zu Boden. Seine Beine zuckten noch ein wenig. Es stieß kurze, schrille Schreie aus. Dann war Stille.

Lingguan spürte ein Stechen in seinem Herzen. Es war ein grausames Schauspiel. Ein Tierleben endete mit einem Schlag, nur weil Menschen Fleisch essen.

Die Hitze hatte zugenommen. Das Zirpen der Insekten vermischte sich mit dem Winseln des sterbenden Kaninchens zu einem Sterbelied. Der Kampf war verloren, als der Falke seine Krallen durch seine Schädeldecke gestoßen hatte. Nun lag es dort, mit weit aufgerissenen Augen, ganz so, als wolle es sein Schicksal nicht akzeptieren. Der Falke begann bereits, mit seinem dolchartigen Schnabel sein Fell zu rupfen, wobei er in kurzen regelmäßigen Abständen den Kopf hob und um sich blickte.

Laoshun kam angelaufen. Er atmete schwer und wischte sich den Schweiß aus dem Gesicht.

»Das war knapp, verdammt knapp!« Er blickte zu seinem Sohn hinüber, sichtlich verärgert über dessen halbherzige Bemühungen, das Kaninchen zu verfolgen.

»Wenn ein Kaninchen den Falken über den Boden schleift, kann ein einziger Tritt den Falken töten! Das solltest du eigentlich wissen. Wir hatten eine Menge Glück!«

Lingguan verharrte schweigend vor seinem Vater. Selten hatte er sich so weit entfernt von ihm gefühlt. »Und alles nur, weil sie Fleisch essen müssen!«, sagte er zu sich.

»Es ist ein alter Bock«, sagte Laoshun verächtlich.

»Hast du gesehen, wie zielstrebig es aus der Deckung gerannt ist? Ohne einen Moment zu zögern! Trotzkopf hatte seine liebe Mühe! Das Kaninchen hat ihn nicht sehr gut aussehen lassen. Wenn wir nicht gleich hier gewesen wären, wer weiß, wie es für den Vogel ausgegangen wäre.«

Noch immer saß der Falke auf seiner Beute und kleine Flocken von Kaninchenfell flogen durch die Luft. Nach einer Weile beendete der Falke sein Imponiergehabe. Lustlos schüttelte er den Kopf, richtete seine ganze Aufmerksamkeit wieder auf seine Beute und begann, kleine Streifen Fleisch aus dem toten Körper zu reißen.

»Nimm es ihm weg!«, ermahnte Laoshun seinen Sohn. »Lass ihn nicht mehr fressen. Mit vollem Bauch taugt kein Falke zur Jagd.«

Lingguan nahm den blutigen Kaninchenkopf aus seinem Sack und lenkte so die Aufmerksamkeit des Falken weg von seiner soeben geschlagenen Beute. Der Falke riss noch ein paar Streifen Fleisch aus dem Kadaver und schlang sie hastig hinunter. Dann ließ er ab von der frischen Beute.

»Das reicht!«, sagte Laoshun. »Mehr darf er nicht bekommen.«

5

Es war annähernd Mittag, als sie für etwas Wasser und Mantou Halt machten. Die leichten Brisen in den Dünensenken waren von der Sonne, die erbarmungslos auf sie niederschien, aufgesaugt worden. Die Hitze erschwerte ihnen das Atmen. Die Sonne schien kleine Flammen auf die Erde zu schleudern und der wolkenlose, blaue Himmel erstreckte sich von Horizont zu Horizont und wirkte wie ein überdimensionales seidenes Tuch, das mit flatternden Bewegungen Hitzeströme auf sie entlud. Der Sand glich einem Ozean unter der Sonne, dessen Wellen gierig bis an den Rand des Himmels bleckten. Ein gleißendes Flimmern, das am Rande der Welt Chimären aus Wasser hervorbrachte.

Trotzkopf schlug noch einige Kaninchen an jenem Tag und Laoshun war zufrieden mit der Ausbeute. Der Falke hatte schnell gelernt. Nur beim vierten Versuch – das Kaninchen wehrte sich heftig gegen sein Schicksal - war Laoshun gezwungen worden einzugreifen, stürzte sich auf das Kaninchen und brach ihm mit einer geübten Handbewegung das Genick. Lingguan waren die Methoden seines Vaters zuwider. »Es ist und bleibt ungerecht«, murmelte er.

»Unsinn!«, schoss Laoshun zurück. »Was weißt du schon von Ungerechtigkeit? Könnte ein Falke so viele Kaninchen schlagen ohne unsere Hilfe? In all den Jahren in der Schule bist du total verblödet. Was ist Gerechtigkeit? Sag du es mir! Wir pflanzen Getreide, das die Kaninchen uns wegfressen. Ist das vielleicht gerecht? Was ist schon gerecht in dieser Welt? Einige können sich ein Auto leisten, andere gehen zu Fuß. Findest du das gerecht?«

Lingguans Abscheu gegen die brutalen Methoden seines Vaters nahm ein wenig ab bei der Erwähnung der zerstörten Ernten.

Alles was sie fortan taten, bestand darin, auf Büsche zu klopfen und mit Stöcken in den Erdlöchern zu bohren, um die Kaninchen aufzuscheuchen. Trotzkopf war bald so routiniert, dass er sich nicht wieder von einem Kaninchen durch den Sand schleifen ließ.

»Goubao, dieser Idiot! Macht seinen Mund auf, ohne nachzudenken. Nichts hat er seinem Falken beibringen können, und doch hat er – genau wie wir – über vierzig Tage mit dem Abrichten zugebracht. Ich habe ihm gesagt, dass er ein Trottel ist. Alles nur Gelaber und leere Worte. Ich habe ihm meinen Kopf als Fußball angeboten, falls er jemals ein Kaninchen fangen sollte. Und weißt du, was passiert ist? Vier Falken nacheinander hat er abgerichtet, doch keiner hat jemals ein Kaninchen geschlagen. Er hat das schöne Fleisch für ein Training vergeudet, das nichts gebracht hat. Kein einziges Kaninchenfell hat er mir bringen können.«

»Warum ist das so?«, fragte Lingguan.

»Warum? Was weiß ich? Goubao hat sich fünfzig Tage abgemüht und das Ergebnis war ein handzahmer Falke! Zu nichts zu gebrauchen. Er hat ihm aus der Hand gefressen, aber vergessen, wie man Beute jagt.«

»Wie lange dauert ein ideales Training?«

»Schwer zu sagen. Es hängt natürlich von dem Tier ab. Normalerweise etwa drei Wochen. Dann hat der Falke seine wilde Natur abgelegt, behält aber noch seinen Jagdinstinkt. Sprich nicht mit Goubao darüber, hörst du? Der Junge weiß schon, wie man einen Greif abrichtet, nur die besonderen Tricks und Kniffe kennt er nicht. Es ist nicht an uns, sie ihm zu verraten.«

»Wo die Kaninchen unsere Ernten zerstören, wäre es doch gut, wenn wir mehr Falken hätten, um sie auszumerzen, oder nicht?«

»Was wir tun, funktioniert nur deshalb so wunderbar, weil es eben nicht so viele gute Falkner gibt.« Laoshun rümpfte die Nase.

Ein dunkler Falke saß regungslos auf dem Ast eines Artemisia-Strauches unweit einer mittelhohen Sanddüne. Er schaute erst aufmerksam in die Richtung, aus der die Stimmen kamen, drehte sich dann aber ab. Über ihnen rüttelten noch zwei weitere Falken. Neben Laoshun, dicht bei einem dornigen Gestrüpp, lag ein trockener, weißer Haufen.

»Falkenkot«, erklärte Laoshun.

»Die Vögel dort oben mögen furchteinflößend aussehen, aber sie sind nur selten in der Lage, Kaninchen zu schlagen«, fuhr der Vater fort. »Wilde Falken können nur warten, wenn sich ein Kaninchen unter einem Busch versteckt und dort verharrt. Deshalb bleiben sie oft hungrig. Und wenn mal einer eins schlägt, dann ist es eine zu große Mahlzeit für ihn. Und was glaubst du, macht der Falke in dem Fall? Er sitzt neben seiner Beute und frisst so viel er kann. Dann ruht er aus und verdaut. Das ist es, was du hier siehst. Dann beginnt die Jagd von neuem. Schau, die Falken haben Beute ausgemacht.«

Augenscheinlich saßen in einiger Entfernung zwei Kaninchen unter einem Artemisia-Strauch. Eins war recht groß und sandfarben. Offensichtlich ein erfahrenes Tier. Es lag dort mit geschlossenen Augen, wissend, dass ihm dort, wo es saß, keine unmittelbare Gefahr drohte. Es schien zu schlafen, wobei sich seine Ohren in unregelmäßigen Abständen bewegten. Das zweite war grau und schaute aufmerksam in die Umgebung, als ob es die mögliche Gefahr witterte.

»Siehst du nun, was ich meine? Solange die Kaninchen sich nicht regen, ist für die Falken nichts drin. Und in der Dunkelheit sind die Kaninchen im Vorteil, denn dafür sind selbst Falkenaugen nicht scharf genug. Dann entkommen die kleinen Biester in der Regel.«

Das große sandfarbene Kaninchen war aufmerksam geworden. Anscheinend hatte es die drohende Gefahr durch die sich nähernden Menschen bemerkt. Das kleinere, graue Tier rollte sich in einer Mulde zusammen.

Die Falken rüttelten nun deutlich niedriger. Ein Angriff stand kurz bevor. Merkwürdigerweise verhielt sich das große Kaninchen nun ganz ruhig, ohne seine Aufmerksamkeit auf die menschliche Gefahr zu richten. Seine aufgerichteten Ohren zitterten.

»Hey!«, rief Laoshun.

Nun bewegte sich das kleine Kaninchen aus der Mulde heraus. Es schaute erst auf die sich nähernden Menschen, dann auf das andere Tier. Dann stieß es ein pfeifendes Geräusch aus, ein Zeichen von beginnender Panik.

»Hei!«, rief Laoshun erneut.

Das Kaninchen rannte aus seinem Versteck die sandige Mulde hinunter. Die Falken gingen in den Sturzflug. Trotzkopf schlug wild mit den Flügeln, doch der Riemen, mit dem er an Laoshuns Handgelenk befestigt war, erlaubte ihm keine Flucht.

Nun folgte auch das zweite Kaninchen und flitzte aus seinem Versteck. Lingguan nahm war, wie die Luft von den Flügeln des Falken in Bewegung gesetzt wurde. Laoshun hatte den Falken losgeschickt.

»Hey –!«, riefen Vater und Sohn gleichzeitig und rannten los.

In Sekunden hatte das große Kaninchen eine Düne in einiger Entfernung erreicht. Trotzkopf war bereits dicht hinter ihm. Lingguan rannte mit wedelnden Armen so schnell er konnte. Doch für seinen Vater nicht schnell genug, denn er rief verärgert hinter ihm her.

»Mach schon, schneller!« Laoshun realisierte, dass das sandfarbene Kaninchen keine einfache Beute war und Trotzkopf Probleme bekommen könnte.

Nun befand sich sein Falke bereits fast über dem Kaninchen. Das Ganze passierte innerhalb nur weniger Sekunden. Der Falke war bereit, seine Krallen in das Kaninchen zu schlagen. Da stoppte das Kaninchen unvermittelt und der Falke flog einige Meter weiter, bevor auch er die Richtung wechselte. Da hatte das Tier bereits einige Haken geschlagen und entlang eines Sandgrabens Schutz in dichtem Schilfgras gefunden.

»Hat er es geschnappt?«, hechelte Laoshun völlig außer Atem.

»Nein!« Auch Lingguan pumpte mächtig. »Es ist entkommen. Mann, ich habe noch niemals so ein Kaninchen gesehen.«

Trotzkopf landete auf dem ledernen Handschuh. Nun wirklich »zerrieben«.

»Es war verdammt schlau.« Noch immer schnappte Lingguan nach Luft. »Das Kaninchen hat unsere Verwirrung für sich genutzt. Ein listiges Tierchen.« Lingguan war sichtlich erleichtert. Er bewunderte das kleine Wesen, das dem überlegenen Falken entkommen war.

»Es hatte keine Angst vor uns«, sagte Laoshun. »Und der Falke ist noch zu unerfahren. Ansonsten wäre es niemals entkommen. Aber gut möglich, dass das Kaninchen auch einen Tritt gelandet hätte. Wow! Was für ein Tier! Das kleine Graue müsste mittlerweile geschlagen sein, denke ich.«

»Von einem der wilden Falken«, sagte Lingguan.

»Niemals. Ein Kaninchen wiegt gut das Dreifache eines Falken. Wie soll er das in die Luft bekommen? Ich wette, die beiden Falken zerlegen es gerade. Geh, schau nach und hole es.«

Die Falken waren dabei, das graue Kaninchen zu zerrupfen. Lingguan warf seine Tasche durch die Luft und schreckte die Vögel auf. Sie erhoben sich und flogen weg. Das graue Kaninchen war bereits ein zerrissenes blutiges Etwas. Lingguan runzelte die Stirn, während er es mit einem Stock aufgabelte und im hohen Bogen wegschleuderte.

»Geh und hole es!«, forderte sein Vater ihn auf. »Wir verfüttern es an unsere Falken.«

6

Als Laoshun das Haus betrat, saßen seine Frau und seine Tochter Lanlan, die mit einem Mann aus einem Nachbardorf verheiratet war, in der Stube und weinten. Er erfuhr, dass sein Schwiegersohn Bai Fu wegen Glücksspiels festgenommen worden und zu einer Geldstrafe von 500 Yuan verurteilt worden war. Lanlans Schwiegermutter hatte ihre Schwiegertochter geschickt, um das Geld von ihrer Familie zu borgen.

»Auf keinen Fall!«, brüllte Laoshun. »Dieser Nichtsnutz muss endlich seine Lektion lernen, wenn er sich jemals ändern soll. Außerdem habe ich das Geld nicht. Alles, was ich besitze sind meine zwölf Rippen. Niemals würdet ihr erleben, dass ich mein Geld auf diese Weise verleihe, selbst wenn ich es hätte.«

»Nur weil du das Geld nicht hast, brauchst du unsere Tochter nicht anzupflaumen«, brummte seine Frau missmutig. »Es ist nicht ihre Schuld, dass er spielt.«

»Ich tue nur, was meine Schwiegermutter mir aufgetragen hat«, sagte Lanlan und trocknete ihre Tränen. »Ich konnte nicht nein sagen, aber ich denke auch, dass wir es diesem Möchtegern nicht so einfach geben sollten. Ihr glaubt nicht, wie oft ich schon aus der Haut gefahren bin wegen seiner üblen Angewohnheiten. Aber wir können nicht endlos darüber streiten.«

»Du hast Recht«, sagte Ying Er, Laoshuns Schwiegertochter. »Da meine Eltern ihn nicht im Griff haben, ist es vielleicht das Richtige, wenn sich die Staatsgewalt um ihn kümmert.«

»Ich wollte nicht laut werden«, seufzte Laoshun. »Damit ihr es wisst, ich habe das Geld wirklich nicht. Und zum anderen: Glücksspiel macht süchtig. Er wird sich niemals kontrollieren können, solange er umgeben von anderen Spielern ist. Bezahlt er morgen eine Geldstrafe, dann geht er übermorgen wieder los und verspielt die nächste Summe. Wovon wollt ihr bloß leben in Zukunft? Das wird sich nicht ändern, wenn nicht bald wirklich etwas geschieht.«

»Du hast Recht. Er muss eine Lektion erhalten«, sagte Lanlan, die sich erhob, um zu gehen. Ihre Schwiegereltern waren im Streit über diese Angelegenheit und sie durfte nicht zu lange fortbleiben.

Ihre Mutter wickelte zwei Kaninchen für sie ein und hielt ihren Sohn Mengzi an, sie nach Hause zu begleiten.

Auch als sich alle wieder beruhigt hatten, konnte Laoshun den Gedanken an die Verhaftung seines Schwiegersohns nicht abschütteln.

Nachdem Lanlan gegangen war, schlenderte Laoshun zum Dorfbrunnen. Das gemeinsame Abendessen war ihm unwichtig geworden.

Einen Brunnen zu bauen ist kein schwieriges Unterfangen. Man braucht dazu eine Bohrmannschaft, errichtet einen Bohrturm, dreht den Bohrkopf etwa 100 Meter tief in den Boden, dichtet den Schacht mit Zement ab und schon hat man einen Brunnen.

Es gibt dabei zwei mögliche Risiken: Entweder findet man kein Wasser und steht mit einem zehntausend Yuan teuren Loch ohne Wasser da, oder aber der Brunnenschacht fällt zusammen. Die Schachtwände kollabieren, das Erdreich fällt zusammen und begräbt den teuren Bohrkopf unter sich. Letzteres ist das schlimmste Szenario, dass sich ein Brunnenbauer vorstellen kann.

Ein blinder Geschichtenerzähler unterhielt die Brunnenarbeiter mit allerlei lustigen Anekdoten, die sie zum Lachen brachten. Laoshun mochte besonders seine Lieder und er liebte die humorvollen Frotzeleien, mit denen sich die Arbeiter bei Laune hielten, während sie scherzten und rauchten. Von der Wirkung ihres schwarzen, fermentierten Tees inspiriert, erzählten sie Geschichten von Adam bis Eva, ganz so, als seien sie alle moderne Zhuge Liangs, der Sagengestalt, die in den alten Geschichten der Vergangenheit genauso bewandert war wie in seiner Fähigkeit, in die Zukunft zu schauen. Die warmen Töne, die der Geschichtenerzähler auf seiner dreisaitigen Laute anschlug, gingen Laoshun direkt ins Herz und befeuerten ihn von innen, ganz so wie eine tägliche Portion Kartoffelsuppe.

Er schob den Türvorhang beiseite und war umgeben von beißendem Tabakqualm. Frauen an Brunnenplätzen waren tabu. Er hatte gehört, dass mehrere Brunnen im benachbarten Beixiang Bezirk während der Arbeiten eingestürzt waren. Grund dafür war angeblich die Anwesenheit von Frauen, deren Körper als unrein galten, insbesondere während der Menstruation. Dies erzürnte den Erdgott, der als Schutzengel der Bohrarbeiten galt. Nachdem die Dörfler ihre hart erarbeiteten Geldreserven zusammengeworfen hatten, engagierten sie drei Zeremonienmeister, die drei Schweine, drei Ziegen und drei große, weiße Hähne als Opfergabe geschlachtet hatten. Natürlich wurde dafür gesorgt, dass alle Opfergaben schließlich in den Bäuchen der Männer landeten, doch alle waren sich einig, dass die Götter nun besänftigt waren. Am Tag der Opfergaben hatten sich die Männer betrunken, doch keiner war aus der Rolle gefallen. Der Dorfvorsteher, Sun Datou, befahl den Männern, ein Auge auf ihre Frauen zu haben und bestand darauf, dass keine weibliche Person an der Brunnenstelle anwesend sein durfte. »Jeder, der sich meinem Befehl widersetzt, wird sich zu verantworten haben!« hatte er den Leuten eingebläut.

Die Abwesenheit von Frauen an der Brunnenstelle sorgte dafür, dass sich Getratsch und Getöse im Rahmen hielten. Die Männer saßen auf dem mit Streu ausgelegten Boden, rauchten, tranken Wasser und lauschten dem Gesang des Geschichtenerzählers in seiner rauen, tabakgelittenen Stimme.

Er war nicht immer Geschichtenerzähler gewesen, sondern hatte als Jäger begonnen. Er behauptete, er könne eine Fliege im Vorbeifliegen treffen und habe Wagenladungen voll Füchsen zur Strecke gebracht. Niemand glaubte ihm, ganz besonders Meng nicht, der beste Schütze des Dorfes. Er lächelte trocken zu den Kommentaren und nannte den Geschichtenerzähler einen Prahlhans. Vor zehn Jahren hatte sich beim Laden seiner Flinte das Schießpulver entzündet und ihm das Augenlicht gekostet. Da er sich schon früh mit Büchern beschäftigt hatte, war sein Repertoire an Geschichten deutlich größer als das anderer, blinder Geschichtenerzähler. Er pflegte sich in extremer Selbstachtung und trug die Nase hoch, wann immer die Namen anderer Geschichtenerzähler genannt wurden, so hoch gar, dass ihm mit der Zeit eine kleine fleischige Warze auf der Nasenspitze gewachsen war.

An diesem Abend gab er gerade die Liebesballade aus »Die Rote Laterne« zum Besten. Die Geschichte eines verarmten Studenten namens Sun Jigao und einer jungen Dame namens Zhao Lanying. Als Laoshun den Raum betrat, war er an der Stelle angelangt, an der Lan Yings Stiefmutter Sun in den zweiten Stock des Hauses führt, um ihn mit einer Dornengerte auszupeitschen, bevor sie ihn anschließend mit schwarzem Essig begoss. Um seinem Gesang mehr Ausdruck zu verschaffen, bleckte der Lautenspieler die Zähne, als ob er selbst die drakonische Strafe erleiden würde.

Als der Lahme Laoshun begrüßte, wandte der Geschichtenerzähler seinen Kopf in Laoshuns Richtung und machte eine einladende Bewegung. Dabei unterbrach er sein Spiel keinen Moment lang.

Als er seine Laute schließlich beiseitelegte, reichte einer der Arbeiter dem alten Meng eine Zigarette, die dieser dem Vortragenden in die Hand legte. Der zog die Zigarette unter seiner Nase entlang bevor er sie sich hinter sein Ohr klemmte. Daraufhin zog er eine schwarze, aus einer Falkenfeder hergestellte Pfeife aus der Hosentasche. Er klopfte sie ein paar Mal auf den Tisch, bevor er sie mit schmatzenden Lippen anzündete. Er nahm einen Zug, inhalierte den Rauch für einige Sekunden und blies ihn dann mit einem Stoß zurück in den Pfeifenkopf, aus dem daraufhin feine Funken stoben.

Laoshun, der vollkommen versunken in die Geschichte war, hörte nicht, worüber Meng und die anderen Männer sprachen. Er murmelte seine Zustimmung, als plötzlich die Stimme des Lahmen laut im Raum erklang:

»Das ist richtig, zehntausend Yuan! Hätte ich mir im Traum nicht vorgestellt. Früher hast du dir für eine Garbe Weizen eine Frau kaufen können.«

»Da führt kein Weg drum herum. Dein Bauch schmerzt, wenn du mit einem Hammer darauf haust. Und wenn einer das entsprechende Alter erreicht hat, dann wird geheiratet, egal was es kosten mag.« Die Sätze kamen von Beizhus Vater.

Laoshun griff nach Mengs Teetasse und nahm einen Schluck. Mit einem vernehmlichen Schlürfen ließ er den starken Tee seinen Schlund hinunterlaufen. »Menschen werden sonderbar im Alter. Jeder, der keinen Sohn hat, wünscht sich einen. Aber hat er dann einen, weiß er nicht, wie er ihm eine Frau besorgen soll. Also was macht das alles für einen Sinn? Familienplanung ist die Lösung. Sie erspart uns allen eine Menge Ärger.«

»Was ist der Punkt?« Meng lachte schelmisch. »Ich kenne kein Ehepaar, das je einen Jungen abgetrieben hätte. Ihr vielleicht? Nur die Mädchen landen in Hundebäuchen.«

»Da hast du Recht. Letzte Nacht hat jemand ein Baby vor dem Rathaus abgelegt, ein Mädchen natürlich. Das hat gebrüllt wie am Spieß, aber niemanden hat's geschert. Die Leute sagen, dass ein Beamter es hereinholen wollte, aber der Gemeindevorsteher hat ihn davon abgehalten und gesagt, das würde nur noch mehr Leute dazu bringen, dasselbe zu tun. Jeder x-beliebige Vater würde dann in Zukunft sein Baby dort vor die Tür legen. Also haben sie es liegengelassen. Es hieß, das Baby sei über Nacht erfroren. Was ist bloß aus dieser Welt geworden? Kann mir das jemand sagen?«

»Allerdings! Was ist nur aus dieser Welt geworden?«, wiederholte der Mann und erntete zustimmendes Gebrummel um sich herum.

»Menschenherzen sind aus Fleisch und Blut. Auch der Gemeindevorsteher wird seine Bedenken gehabt haben«, meinte Beizhus Vater. »Ich habe gehört, dass er wegen der Getreidesteuer von seinen Vorgesetzten gemaßregelt worden ist. Manchmal muss man eben hart durchgreifen.«

»Die haben es auch nicht leichter als wir«, sagte Meng. »Jede Arbeit folgt ihren eigenen Regeln. Die müssen auch essen, denke ich.«

»Wenn wir unser Getreide abliefern, werden wir kaum etwas übrigbehalten. Also müssen wir den Gürtel erneut enger schnallen.« Der Lahme strich sich über seinen Bart und seufzte.

»Machst du Witze? Du hast jeden Tag Kartoffeln oder Grießsuppe auf dem Teller! Keine Mantou. Du willst mir doch nicht erzählen, dass du keinerlei Ersparnisse hast?«

»Ein guter Punkt!«, sagte Meng. »Die Leute sagen, der Lahme würde sich nach jedem Furz umdrehen und prüfen, ob ihm nicht doch ein Getreidekorn aus dem Hintern gefallen ist. Erzähl uns nicht, du hättest keine Ersparnisse!«

»Ersparnisse? Sicher, aber das Wenige rinnt einem doch gleich wieder durch die Finger. Der Brunnenbau, Stromkosten, hier eine Rechnung, da eine Forderung, Steuern. Ich habe ein paar tausend Pfund Getreide abgeliefert. Und was war das Ende der Geschichte? Für alles Mögliche wurde mir etwas abgezogen. Nun mache ich mir Sorgen, wie ich den Dünger für das nächste Jahr bezahlen soll. Und an die Heirat meines Sohnes Wuzi, traue ich mich gar nicht erst zu denken. Das ist es, was mir meine Ersparnisse eingebracht haben. Wenn das so weiter geht, kann ich mir bald keine Hose mehr leisten.«

»Sparen ist nicht drin«, klagte Laoshun. »Selbst wenn du aufhörst zu essen, stehst du doch am Ende mit Nichts da. Du bestellst dein Feld, aber was du erntest sind ein paar Kupfermünzen, keine Goldbarren! Die eine Behörde nimmt dir dein Reisschälchen, die nächste kommt mit dem Löffel. Es ist nie genug da, um sorgenfrei durchzukommen.«

»Das Leben wird härter, so viel ist sicher«, stimmte der Lahme ihm zu.

»Wenn man dem Hellseher glauben kann«, sagte der Geschichtenerzähler, »liegt das Übel an dem Bronzepferd auf dem großen Platz in Liangzhou. Es ist zu groß und hat sein Maul nach Westen gerichtet. Dadurch wird all das Wasser vom Xiying Reservoir abgeleitet. Kein Wunder also, dass unsere Ernten so kümmerlich sind.«

»Weißt du was?«, sagte Meng, »Die Leute in Yongchang sagen, das Pferd frisst ihr Gras, aber sein Geschäft erledigt es in Wuwei, weswegen Yongchang reich, und Wuwei arm ist. Also kamen sie mit der Idee an, einen vergoldeten Bullen aufzustellen, der gegen Wuwei gerichtet ist, um das

Pferd zurückzudrängen.«

»Das stimmt«, sagte einer der Brunnenbohrer. »Ich habe ihn gesehen. Er sieht so grimmig aus, als warte er nur darauf, jemanden auf die Hörner zu nehmen.«

»Nun lasst mal gut sein!« Der Geschichtenerzähler schüttelte den Kopf. »Wisst ihr, was Yongchang ist? Es ist ein grasbewachsenes Seeufer. Und Wuwei? Ein sogenanntes florierendes Land. In Zeiten, als Niu Jian Lehrer am Qing Hof war, fragte ihn der Kaiser nach Wuwei und er antwortete, dass es ein florierendes Stück Land sei. Also sagte der Kaiser ›Gut, dann sorge dafür, dass sie mehr Getreideabgaben leisten.‹ Daraufhin fragte er seinen Generalsekretär Hu nach Yongchang. Da Hu die Menschen dort nicht schröpfen wollte, sagte er, Yongchang sei ein kleines Seeuferstädtchen, wo das Leben den Leuten viel abverlangte. Folglich erließ der Kaiser den Befehl, die Getreideabgaben der Leute in Yongchang zu senken. Das Ergebnis war, dass die Menschen in dem sogenannten florierenden Land von Wuwei Not litten, während Yongchang sich prächtig entwickelte.«

»Zum Henker mit diesem Quatsch! Diese dekadenten Beamten reißen den Leuten die Schamhaare aus und machen sich Bärte daraus. Alles, was sie interessiert, ist ihre Eitelkeit! Und die Allgemeinheit kann verrecken.«

»Es ist die Schuld der Leute«, meinte der Geschichtenerzähler. »Jeder Mann in Liangzhou weiß, alles was zählt, ist, der Obrigkeit die Füße zu lecken.«

»Genau das verstehe ich nicht«, meinte einer der Bohrarbeiter. »Liangzhou ist arm, aber dann kommen Auswärtige und machen dort gute Geschäfte, als wäre es das Leichteste auf der Welt. Und ich rede nicht von Spezialisten. Tischler, Schneider und Friseure, sie sind alle Auswärtige. Sogar der Kerl, der das Rattengift verkauft, ist nicht aus der Stadt. Wo sind all die Einheimischen von Liangzhou geblieben? Sie sagen, sie seien arm, aber auf der anderen Hand überlassen sie den Auswärtigen die Geschäfte! Ist das nicht verrückt?«

»Es ist unser negatives Fengshui«, sagte der Geschichtenerzähler. »Man sagt, Liangzhou sollte ursprünglich an einem Ort mit Namen Vierzig-Li Festung angelegt werden. Aber eines Tages kam ein daoistischer Priester daher und war alarmiert. ›Oh nein‹ sagte er. ›Tut das nicht! Wenn ihr hier eine Stadt errichtet, wird die Bevölkerung es schwer haben!‹ So verschoben sie die Grenzmarkierungen für die Stadt zur heutigen Position. Die lokalen Beamten waren der Meinung, irgendein Gott trage dafür die Verantwortung und so errichteten sie die Stadt dort, wo sie heute steht. Und seht, was passiert ist! Die Stadt wird von Auswärtigen übernommen und die lokale Bevölkerung, die nichts hat, macht all die schwere Arbeit. Sie können ein wenig verdienen, wenn sie nach Xikou gehen oder Xinjiang, aber von den Geschäften der Auswärtigen sehen sie nichts.«

7

Laoshun blieb noch für die Zeit einiger weiterer Lieder und ging dann nach Hause. Seine Frau stellte einen Teller mit frittiertem Wildkaninchen und Bratkartoffeln auf den Tisch. Es bot keinen sonderlich appetitlichen Anblick. Die mehligen Kartoffeln lagen auf dem Fleisch, das auf dem Ofen fast schwarz geworden war. Doch es war von einem unvergleichlichen Geschmack und Aroma. Während sie aßen, diskutierten Lingguan und seine Brüder darüber, warum Wildkaninchen so einzigartig schmeckte. Hantou, der Älteste, glaubte, dass der Geschmack des Fleisches so gut war, weil sich die Kaninchen von Pflanzen ernährten, in denen sich die besten Essenzen von Himmel und Erde vereinten. Mengzi, der zweitälteste, widersprach. Er meinte, der Grund sei der, dass Wildkaninchen Getreide stahlen und argumentierte überzeugend, dass nämlich Hauskaninchen, die Gemüse fraßen, bei weitem nicht so aromatisch schmeckten, weil ihnen das Getreide fehlte, das ihre wilden Artgenossen sich auf den Feldern stibitzten. Lingguan, der jüngste, wiederum argumentierte mit der Lebensweise der Vierbeiner. Durch die ständige Bewegung setzten Wildkaninchen kein Fett an und produzierten daher nur mageres Fleisch, das stets zart und schmackhaft war. Außerdem bestünde ein Zusammenhang zwischen ihrem Leben in ständiger Furcht und ihrer Physis. So diskutierten die jungen Männer während des Essens und ließen es sich schmecken. Hantou war in ihren Diskussionen eher zurückhaltend, während Mengzi stets gerade heraus seine Meinung kundtat. Lingguan dagegen war der Wortgewandteste der Dreien und genoss das Argumentieren um des argumentierens willen. Laoshuns Geduld war bald aufgebraucht.

»Ihr Esel! Nicht einmal mit diesem leckeren Kaninchenfleisch kann man eure Plappermäuler stopfen! Wovon habt ihr schon eine Ahnung!«

»Und was glaubst Du, ist der Grund dafür?«, fragte Lingguan sanft.

Laoshun warf einen Knochen auf den Teller und begann, seinen Söhnen eine Lektion zu erteilen. Doch er verhaspelte sich und verlor komplett den Faden. Also setzte er erneut an und argumentierte, dass die Ernährung, das Getreide, die Bewegung und das Leben in Furcht die wahren Gründe seien. Vater und Brüder schauten sich gegenseitig an und platzten dann in lautes Gelächter aus, angesichts der Tatsache, dass ihr allwissender Vater nicht in der Lage gewesen war, auch nur ein einziges, neues Argument vorzubringen. Auch Ying Er konnte sich vor Lachen kaum halten.

»Wie sagt man so schön? Drachen gebären kleine Drachen, Phönixe gebären Phönixe und Mäuse bekommen Mäusebabies. Ein törichter Vater mit nutzlosen Söhnen«, sagte Laoshuns Frau und beendete damit die Diskussion.

Nach dem Essen sagte Hantou zu seinem Vater: »Das Produktionsteam sammelt erneut Geld. Der Vorarbeiter sagt, die Arbeiten seien noch nicht beendet und es wäre ein Jammer, wenn man auf halben Wege Schluss machen würde.«

»Haben Sie nicht gesagt 50 Yuan pro Person?«, fragte Laoshun und zog die Brauen hoch.

»Sun Datou meinte, zum Zeitpunkt der ersten Kalkulation hätten die Zahlen gestimmt, doch nun seien die Kosten weitaus höher anzusetzen.«

»Höher und höher und was dann?« Laoshun runzelte verärgert die Stirn. »Und wie viel wollen sie dieses Mal?«

»Dreißig Yuan.«

»Noch mal dreißig Yuan?«

»Darin sind die Kosten für eine motorisierte Pumpe enthalten. Früher oder später hätten sie dafür sowieso wieder gesammelt.«

Laoshun schaute finster drein, schwieg aber.

»Und damit nicht genug!«, wandte Hantou ein. »Jeder muss außerdem 50 Yuan für die Reparaturarbeiten der Dorfschule beisteuern. Die werden am Jahresende fällig. Die Arbeiten sollen im Frühling beginnen. Sun Datou meint, das seien wichtige Arbeiten, die Generationen beträfen. Es ist nicht mehr sicher, die Schule im jetzigen Zustand zu betreten. Träger sind morsch und die Wände haben Risse.«

»Genug, mir reicht's!« Laoshun begann zu kochen. »Warum kommt ihr mit solchen Themen, wo wir gerade ein Festmahl hinter uns haben? Wollt ihr, dass ich Krebs bekomme?«

»Ich erzähle lediglich, was auf dem Treffen gesagt wurde«, stammelte Hantou.

»Ein jedes zu seiner Zeit!«, schnaubte Laoshun. Hantou guckte ratlos in Richtung seiner Brüder, als habe er einen Fehler begangen und warte nun auf Unterstützung durch seine Brüder.

»Mein Gott!«, intervenierte die Mutter. »Immer redest du von Krebs. Belege dich nicht selbst mit einem Fluch. Du bekommst keine schwere Krankheit, wenn die Karten es nicht voraussagen. Ich kann mir nicht vorstellen, dass der Himmel so blind ist und den Armen, die sowieso schon genug leiden, auch noch schwere Krankheiten aufbürdet.«

»Der Himmel ist blind«, antwortete Laoshun. »Siehst du denn nicht? Die Guten sterben jung und die Schlechten leben ewig.«

Das war das Letzte, was seine Frau hören wollte. Alles, was sie sich für die Familie wünschte, war Gesundheit und ein Leben ohne Sorge um Arbeit oder Geld. Laoshuns ständiges Gerede von Krebs erschreckte sie. Mit ihrem Kommentar hatte sie ihren Mann in die Schranken weisen wollen.

Die Mutter war eine leidenschaftliche Anhängerin von Großmutter Qi, der Schamanin des Dorfes, die der Meinung war, dass das menschliche Verhalten einen Einfluss auf Gut und Böse hatte und es aus diesem Grund nicht ratsam war, über Tod oder Krankheiten zu sprechen. Tat es dennoch jemand, so war es wichtig, die schlechte Aura durch positive Worte auszubalancieren. An diesem Tag jedoch hatte Laoshun so viele ungute Dinge von sich gegeben, dass sich ihre Laune verfinsterte. Dabei hatte er zu allem Überfluss nicht Unrecht. Also gab sie Desinteresse vor, wobei auch diese Haltung als negative Reaktion gelten konnte. Sie wechselte das Thema.

»Was hast du morgen vor?«, fragte sie Hantou.

»Sun Datou hat mir aufgetragen, in die Stadt zu fahren und Palmfaser für die Arbeiten an dem Brunnen zu kaufen.« Er blickte zu seinem Vater hinüber in der Sorge, er habe etwas gesagt, was seinen alten Herrn erneut über Krankheiten sprechen lassen könnte.

»Gut, dann kannst du dich gleich medizinisch durchchecken lassen.

Lingguan, du gehst mit ihm. Du hast doch einen Klassenkameraden im Hospital. Der wird die Sache beschleunigen.«

»Medizinische Untersuchung?« Laoshun zog erneut die Stirn in Falten. »Wozu nach Krankheiten suchen, wenn du gesund bist? Wenn du nichts hast, dann spare dein Geld!« Er spürte den Schuh seiner Frau auf seinem Fuß und es durchfuhr ihn, als er bemerkte, dass Ying Er errötete. »Ok, du gehst und du nimmst Lingguan mit. Dann kann ich sicher sein, dass du auf dem Weg zum Krankenhaus nicht auf irgendeiner Damentoilette landest.«

»Du gehst auch mit!«, sagte die Mutter zu Ying Er.

»Ich nicht!«, erwiderte Ying Er. »Es ist nicht notwendig für mich, ins Krankenhaus zu gehen. Ich will das nicht. Es ist reine Geldverschwendung.«

»Warum nicht? Im Haus gibt es im Moment nicht viel zu tun. Schon bald wirst du nicht mehr gehen können, selbst wenn du es wolltest.«

»Ich möchte lieber nicht gehen«, sagte Ying Er erneut zu ihrer Schwiegermutter. »Es ist, wie es ist. Er kann allein gehen.«

»Na gut, dann bleib zu Hause!«, seufzte ihre Schwiegermutter.

8

Nach der Familiendiskussion ging Hantou zum Haus des Dorfvorstehers Sun Datou, um das Geld für die Palmfaser zu holen. Ying Er ging in ihr Zimmer. Lingguan schaltete den Fernseher ein und schaute die Abendnachrichten. Laoshun kam im hinterher und schaltete das Gerät wieder aus.

»Es gibt jetzt nichts zu sehen. Wir warten bis das Gerichtsdrama kommt.«

»Du verstehst das nicht. Es sind nationale Nachrichten.«

»Du willst wissen, was nationale Nachrichten sind? Menschen mit Essen und Kleidung zu versorgen! Ihnen ein gutes Leben zu ermöglichen. Das wichtigste, was ein Land tun kann, ist, der Bevölkerung das Leben zu erleichtern. Welchen Sinn macht es, einen Tag eine Konferenz abzuhalten und den nächsten Tag zum Feiertag zu erklären, an dem nicht gearbeitet wird? Reine Verschwendung.«

»Du magst Recht haben. Viele der Nachrichten behandeln uninteressante Versammlungen, nationale Treffen oder Reportagen über irgendwelche bedeutsamen Festlichkeiten.«

»Natürlich habe ich Recht. Wie viele Mittherbstfeste hast du schon erlebt? Ich schon so einige und es ist mir schnuppe, ob darüber berichtet wird oder wer wie schön gesungen hat. Ich will, dass etwas passiert. Während der Zeit der Republik haben die Dörfer hier lediglich ein paar Tonnen Getreide abgeliefert. Heute ernten wir das Zehnfache, aber sie kommen uns mit Steuern und Sonderabgaben, als wollten sie mageren Kühen mit Gewalt ein paar Tropfen Milch mehr aus den Eutern quetschen.«

»In der Zeitung steht, dass sie unsere Belastungen demnächst senken werden«, sagte Lingguan. »Es ist, als ob die rangniedrigen Mönche die falschen Sutren zitierten.«

»Denkst du wirklich, dass sie unsere Belastungen senken werden, nur weil sie es sagen?« Sein Vater grummelte vor sich her und seine Laune wurde zusehends schlechter. »Wir Bauern haben noch nie diesem leeren Geschwätz irgendeine Bedeutung beigemessen. Unsere Belastungen sind so hoch wie eh und je. Und damit ist auch schon alles gesagt. Gerade habe ich einen köstlichen Kaninchenbraten genossen und nun versaust du mir die Laune. Willst du, dass ich Krebs bekomme? Alte! Ich brauche eine Flasche! Warum kommst du mit diesen Nachrichten?«

»Du hast doch selbst damit angefangen! Niemand zwingt dich, über dieses Thema zu reden«, antwortete Lingguan in beleidigtem Ton.

»Nein, du warst es, der angefangen hat.« Laoshun starrte zu seinem Sohn herüber.

»Mach den Himmel nicht verantwortlich, wenn der Wind dich umhaut!«, erwiderte Lingguans Mutter. Du klapperst gern mit dem Besteck, bloß weil du nicht weißt, was du tun sollst. Deine Lästerei bringt dich nur selbst auf. Deinen Sohn trifft keine Schuld.«

Laoshuns Miene erhellte sich, als seine Frau eine Flasche auf den Tisch stellte.

»Du hast Dankbarkeit verlernt. Du hast einen Braten auf dem Tisch und eine Flasche daneben, aber alles, was du tust, ist auf die Regierung zu schimpfen. Ohne die Kommunistische Partei würdest du Katzenpisse trinken. Sei nicht so gierig. Du weißt ja, was die Leute sagen. Ein gieriger

Mann ist wie eine Schlange, die einen Elefanten verschlingen will. Früher hattest du nicht einmal Sackleinen als Hosen. Heute trägst du einen Fellmantel und gute Lederschuhe. Also hör auf, dich zu beschweren.«

»Warum vergleichst du immer alles mit früher, Mutter?«, sagte Lingguan. »Die Zeitungen schreiben, dass die Bauern im Ausland sechs Monate im Jahr ihre Felder bestellen und die anderen sechs Monate auf Reisen gehen. Wenn sie reisen wollen, kaufen sie sich ein Flugticket und setzen sich ins Flugzeug. Und ihre Arbeit ist nicht hart. Alles, was sie tun müssen, ist einen Knopf zu drücken … und schon kommt die Saat aus einem Hänger heraus. Und dann drücken sie noch einen Knopf und das Feld ist gemäht. Sie drücken einen dritten Knopf und der Weizen befördert sich wie von selbst in die Scheune. Wir hier schuften wie die Esel und haben kaum genug zum Sattwerden.«

»Du redest immer nur davon, was in der Zeitung steht.«, erwiderte seine Mutter. »Weißt du sonst nichts? Sie sind sie und du bist du. Warum beneidest du andere? Weil sie glücklich sind? Gras oder Getreide, was macht das für einen Unterschied solange man was im Magen hat? Also lass das Gejammere und benimm dich nicht wie ein gewisser alter Mann hier. Benimm dich deinem Alter entsprechend!«

Laoshun nippte an seinem Schnaps und lächelte.

»Zieh mich da nicht mit hinein. Ich habe kein Wort über Ausländer verloren. Aber weißt du, was wirklich verrückt ist? Früher war ich glücklicher. Wenn du mir einen Teller wässrige Suppe hingestellt hast, habe ich Opern gesungen. Heute kann ich jeden Tag Nudeln oder Teigtaschen essen. Sogar Fleisch kommt auf den Tisch, aber ständig gibt es etwas, über das ich lästern könnte.«

»Du wusstest früher einfach nicht Bescheid und heute tust du es. Das ist alles«, sagte Lingguan.

»Richtig. Früher wusste niemand etwas darüber, wie es im Ausland zugeht«, warf Mengzi ein.

»Hört bloß mit eurem Ausländerquatsch auf!«, rief Laoshun. »Auch Ausländer müssen verdauen, genau wie wir. Das Einzige, was mich an den Ausländern interessieren würde, ist ihr Schnaps! Mich würde interessieren, wie er schmeckt.«

»Ich kenne eine Sorte«, sagte Mengzi. »Remy Martin.«

»Und Whiskey«, fügte Lingguan hinzu. »Aber nicht für mich«, sagte Laoshun. »Ich würde umfallen wie ein totes Huhn.«

Alle lachten.

Lingguan schaltete den Fernseher ein. Chen Shimei, der herzlose Ehemann aus der Serie Richter Bao stand vor Gericht. Laoshun war angesäuert, weil er den Anfang der Serie verpasst hatte. Er liebte den Darsteller des Richters, ein Mann mit einer Stimme und dem Auftreten eines unkorrumpierbaren Richters.

»Ying Er, Richter Bao hat angefangen!«, rief die Mutter.

Die junge Dame jedoch blieb unter dem Vorwand, sie habe Kopfschmerzen, in ihrem Zimmer, während ihre Schwiegermutter einen verstohlenen Blick in Richtung ihres Mannes richtete. Der war vollkommen gebannt von der Sendung und starrte mit offenem Mund, der seine vom Tabak geschwärzten Zähne freilegte, auf den Bildschirm. Er war so eingenommen von dem Drama, dass er seine Frau überhaupt nicht wahrnahm. Sie verließ den Raum, kehrte aber sogleich wieder zurück. Lingguan vernahm ihren leisen Seufzer.

Der Bildschirm flackerte schwarz und Laoshun bemerkte, dass er gesabbert hatte. Er wischte sich den Speichel mit dem Hemdsärmel ab und blickte zu seinen Söhnen hinüber, erleichtert, dass keiner sein Missgeschick mitbekommen hatte.

»Chen Shi Mei hätte nicht exekutiert werden dürfen.«, sagte Mengzi. »Die Prinzessin war hübsch und entstammt einer reichen und mächtigen Familie. Sie war zehn Mal besser als Chens Frau. Ich hätte mich für sie entschieden.«

»Du wurdest mit dem Herzen eines Tiers geboren, das Eselfladen kackt, deshalb redest du so«, echauffierte sich der Vater. »Wenn sie ihn hätten laufen lassen, was wäre dann mit dem Gesetz passiert? Denk darüber nach, wie seine Frau ihn durch ihre Arbeit unterstützt hat während seines Studiums. Sie allein hat die Kinder erzogen. Und was ist ihr Lohn am Ende? Sie steht mit nichts da. Er verwehrt ihr nicht nur alles Mögliche, er schickt sogar einen los, der sie umbringt. Genau da liegt die Ungerechtigkeit.«

»Aber sie ist auch nicht ohne Schuld«, sagte Lingguan. »Sie hat quasi darum gebettelt. Wäre es nicht besser gewesen, sie hätten ein normales Leben geführt? Sie mit ihrem Haushalt und er mit seiner Ackerarbeit? Aber nein! Sie schickt ihn in die Stadt zur Teilnahme am kaiserlichen Examen. Geschieht ihr Recht.«

»Wenn ihr Ehemann ein Gelehrter ist, ist die Frau die Hausdame. Wenn er ein Schlachter ist, steckt sie bis zu den Ellenbogen in tierischen Eingeweiden«, sagte ihr Vater. »Wer hofft nicht auf ein besseres Leben?«

»Deshalb steht sie am Ende mit nichts da. Wie ein lahmer Vogel, der einem Insekt hinterher fliegt«, meinte Mengzi.

»Was ist bloß in euch zwei Idioten gefahren? Haben Hunde eure Herzen gefressen?« Laoshun knallte seine Tasse auf den Tisch. »Wie könnt ihr euch über jemanden lustig machen, der so viel erlitten hat?«

»Warum spielst du dann nicht ihren Retter?«, kitzelte seine Frau ihn. »Sie ist jung und hübsch. Wenn ihr Mann sie nicht will, hol du sie dir.«

Laoshun starrte seine Frau an. »Ich meine es ernst, warum nicht?«

»In meinen Augen ist seine Frau die eigentlich Rücksichtslose. Er liebt sie nicht mehr, aber sie lässt ihn nicht ziehen. Sie kann meinetwegen alles tun, um ihn zu halten, aber sie sollte nicht den Richter bitten, ihn zu köpfen, nur weil er sie verlassen will. Sie ist gemein und hartherzig. Was sagen die Bücher über so einen Menschen?«

»Sie sagen, dass die Fänge einer grünen Bambusnatter und der Stachel eines Skorpions voll tödlichem Gift sind. Doch ihr Gift reicht nicht an das Gift einer bösen Frau.«

»Hüte deine Zunge, Lingguan. Schließt das deine Mutter mit ein? Habe ich euch nicht immer mit Essen und Kleidung versorgt?«

»Ich spreche nicht von dir.«

»Wenn ich gewusst hätte, dass ich eine Horde von undankbaren Nattern heranziehe, ich hätte euch allesamt umgebracht und den Hunden zum Fraß vorgeworfen«, witzelte sie.

Die nächste Folge begann und die Diskussion verstummte. Hantou stieß die Tür auf und gab Lingguan ein Zeichen.

»Wird der Krankenhausbesuch teuer werden?«

»Schwer zu sagen. Es kann richtig teuer werden oder so gut wie nichts kosten.«

»Ich habe lediglich dreißig Yuan. Wenn ich die Busfahrkarte abziehe, bleiben noch zwanzig. Und wir müssen ja auch etwas essen.«

»Bitte Vater um etwas Geld.«

»Ich traue mich nicht.«

»Ich werde ihn später fragen.«

Lingguan wartete, bis die Serie im Fernsehen beendet war. Laoshuns Reaktion war heftig. »Ihr Blutsauger! Immer wollt ihr Geld. Aber aus meinen alten Knochen könnt ihr nicht mehr viel herauspressen.«

Hantou senkte den Kopf. »Vergiss es. Ich warte auf eine andere Gelegenheit.«

»Nein«, sagte die Mutter. »Du kannst es nicht damit belassen. Erst heißt es morgen, dann übermorgen. Wo soll das hinführen? Du machst das morgen. Hier sind zehn Yuan von meinem Knoblauchverkauf.«

Hantou schaute verunsichert auf. Er starrte in Richtung seines Vaters, dann zurück zur Mutter. Schließlich senkte er den Kopf. Er bekam rote Ohren.

»Nimm dir ein paar Hühner und verkaufe sie auf dem Markt, wenn es nicht reicht. Ich bin so abgebrannt, meine Fürze klingen wie eine verstimmte Fiedel. Oh, ich vergaß, hier ist noch ein halber Yuan. Besser als nichts.«

»Ich habe einen Yuan und zwei Mao«, sagte Mengzi. »Du brauchst also keine Hühner zu verkaufen. Häute ein paar Kaninchen. Die Städter lieben Wild. Du wirst keine Probleme haben, sie zu verkaufen.«

»Dein Bruder hat Recht«, sagte Laoshun und schlug sich auf die Schenkel. »Hähnchen und Fisch hängen ihnen zum Hals heraus. Sie lechzen sicher nach einem guten Stück Wildkaninchen.«

»Ich traue mich nicht. Die Stadt verwirrt mich zu sehr.«

»Dann tu ich es für dich«, bot Lingguan an. »Es ist schließlich nicht illegal. Also wo ist das Problem?«

»Er hat Recht« Laoshun warf Hantou einen Blick zu. »Städter mögen allesamt Verbrecher sein, aber sie werden euch nicht den Kopf abreißen.«

9

Nachdem die Episode beendet war, verließen die drei Brüder den Raum. Ihre Mutter blieb gedankenversunken an ihrem Platz sitzen.

»Schau dich an!« sagte Laoshun, »Du bist zu alt, um dir über so eine Fernsehserie Gedanken zu machen!«

»Wer spricht denn von der Fernsehserie?«, seufzte sie. »Ich mache mir

Sorgen um unseren Jungen! Ich denke, etwas stimmt nicht mit ihm.«

»Wie kommst du darauf?«

»Hast du bemerkt, wie er errötet, jedes Mal, wenn ich die medizinische Untersuchung erwähne? Und Ying Er auch. Die beiden sind nun schon eine Weile zusammen, aber sie wäscht ihre Unterwäsche immer selbst, wenn sie ihre du-weißt schon-was hat. Offenbar kann sie nicht schwanger werden.«

»Kinder kriegen ist kompliziert. Manche bekommen sie früher, andere später. Ist Hantou nicht auch erst gekommen, nachdem wir bereits drei Jahre verheiratet waren?«

»Das ist nicht dasselbe. Du hast gehört, wie Ying Er sich gewehrt hat, mit ihm in die Stadt zu fahren. Ich glaube … ich habe das Gefühl, irgendetwas stimmt nicht mit dem Jungen und Ying Er weiß es. Ansonsten würde sie mit ihm fahren.«

»Also, was gedenkst du zu tun?«

»Wir warten, bis er zurückkommt und was die Ergebnisse sagen. Pass auf, was du sagst. Er ist ziemlich dünnhäutig. Also bring ihn nicht in Verlegenheit.«

Laoshun zog die Stirn in Falten und blickte auf seine Pfeife, ohne daran zu ziehen. Er kratzte mit dem Fingernagel am Pfeifenkopf, als wolle er etwas entfernen, was sich an dem Kopf festgesetzt hatte. Nach einem langen Schweigen erhob er schließlich seine Stimme:

«Wir können nicht so weitermachen. Es ist alles zu deprimierend. Wer weiß, wie viel es uns dieses Mal kosten wird? Aus meinen müden Knochen quetscht niemand mehr etwas heraus.«

»Schau an, immer die gleiche Leier von dir, sobald das Thema auf den Tisch kommt. Du bist alt geworden und es scheint, als ob du nicht mehr in der Läge wärst, das Schicksal so anzunehmen, wie es dir entgegentritt!«

Laoshun stopfte etwas Tabak in seine Pfeife und zündete sie an.

»Ich bin der Einzige, der Geld nach Hause bringt. Selbst wenn ich mich zu Tode schuften würde, so hätte es doch keinen Sinn. Die beiden jungen Herren sind alt genug, um zu heiraten. Doch wir haben nichts. Wie soll ich mir da keine Sorgen machen? Was erwartest du von mir?«

»Sich Sorgen machen ist Zeitverschwendung. Ich habe noch keine Familie kennengelernt, die sich nicht in Schulden gestürzt hätte, wenn es darum geht, die eigenen Söhne unter die Haube zu bringen. Nur naive Menschen versuchen zuvorderst etwas zur Seite zu legen, bevor sie beginnen, einen Heiratsvermittler zu suchen.«

Ohne zu antworten zog Laoshun mehrmals heftig an seiner Pfeife, so dass kleine Funken emporstoben. Sie verglühten und rieselten langsam zu Boden. Er stopfte neuen Tabak nach, zog erneut und inhalierte den Rauch langsam in seine Lungen. Plötzlich und unvermittelt bekam er einen heftigen Hustenanfall. Als er sich wieder im Griff hatte, fragte er:

«Von wem wollen wir uns das Geld leihen? Jede Haarsträhne, die du einem Reichen ausziehst, wiegt wie ein Diebstahl. Wer wird uns das Geld leihen, der Küchengott vielleicht? Alles, was du bekommst, ist Ruß über dein Gesicht und deine Hände geschmiert.«

Seine Frau tat einen Seufzer, ganz so, als fürchtete sie, ihren Mann zu unterbrechen. Doch schließlich schien ihr seine Reaktion nicht mehr wichtig zu sein.

»Es gibt immer Möglichkeiten«, sagte sie. Also warum grämen wir uns ständig? Ich mache mir Sorgen um Hantou. Der Junge war schon immer schüchtern. Nie hat er mit einem Mädchen geflirtet. Er ist nicht besonders attraktiv. Vermutlich hätte er nie geheiratet, wenn er es nicht für seine Schwester getan hätte. Ich sorge mich nicht um Lingguan oder Mengzi. Sie sind clever genug, sich selbst ein Mädchen zu suchen. Wir müssen einen Weg finden, selbst wenn ich meine letzten Töpfe verpfänden muss. Wenn ich nur wüsste, dass wenigstens Lanlan nicht leiden muss.«

»Versau mir nicht wieder die Laune!«, sagte Laoshun, »Mengzi wehrt ab, sobald ich mit dem Thema beginne.«

»Was hätten wir tun können?«, sagte seine Frau. »Solche Dinge passieren einfach. Es ist nur … Lanlan hat einfach etwas Besseres verdient als diesen nutzlosen Ehemann.«

»Ich bin mir da nicht so sicher. Sie wirkte so glücklich, als sie letztes Mal hier war.«

»Sie hat es nur gespielt. Sie will nicht, dass wir uns Sorgen machen. Bai Fu schlägt sie, wann immer sie etwas tut, was ihm nicht passt. Er ist spielsüchtig. Letztes Mal, als sie hier war, hat sie heimlich unter der Decke geweint.«

Ihre Augen röteten sich. Sie nahm eine Schuhsohle und begann, sie mit einer Nadel zu flicken, so als ob sie versuchte, ihre Sorgen durch Beschäftigung zu vertreiben.

Laoshun blinzelte ihr zu, als er seine Pfeife nachstopfte.

»Wenn ich so darüber nachdenke, wäre Huaqiu keine schlechte Wahl gewesen, außer, dass er zu jung war. Außerdem war Hantou … Ach, wir mussten ihn unter die Haube bringen. Es war an der Zeit. Er war bereits achtundzwanzig. Sicherlich war es dem Mädchen gegenüber nicht fair. Sie war immer so ein stolzes Wesen.«

Seine Frau antwortete nicht. Tränen rannen ihre Wangen hinunter.

»Genug«, murrte er. »Lass uns nicht mehr darüber reden. Es ist ihr Schicksal. Sie wurde geboren, um hart zu arbeiten und nicht, um auf einem Thron zu sitzen.«

»Lass uns zu Bett gehen«, sagte Laoshun schließlich. Wir werden uns schon irgendwie durchbeißen, wenn wir nur aufhören, ständig davon zu reden. Es macht uns nur deprimiert, und das ist so sinnlos.«

Kapitel II

1

Lingguan und Hantou schlürften am nächsten Morgen zwei Schälchen Kartoffelgrießsuppe. Ihre Mutter übergab ihnen zwei Leinentaschen, eine mit Mantou für den Mittag, eine mit vier gehäuteten Kaninchen.

»Hör gut zu, was der Arzt sagt!«, flüsterte sie ihrem Jüngsten zu. »Aber sieh zu, dass dein Bruder nichts davon mitbekommt.«

Er fragte nach dem Grund, doch alles, was sie erwiderte, war: »Du wirst es früh genug erfahren.«

Dorfvorsteher Sun erschien. Ein stattlicher, korpulenter Mann, dessen mächtiger Schädel eigentlich zu groß für den restlichen Körper war, weswegen ihm die Dorfleute den Spitznamen »Schädel« gegeben hatten. Seine laute, heisere Stimme hatte immer einen streitlustigen Unterton. »Sei vorsichtig, Hantou. Der Palmfarn wird nutzlos sein, wenn er zu warm wird.«

»Wenn du Zweifel hast, warum kaufst du nicht selbst?«, sagte Lingguan.

»Weil ich verdammt noch mal zu viel zu tun habe. Ich bin gespannt wie eine Zwille. Aber du kannst nie gleichzeitig auf zwei Vögel schießen.«

Er spuckte vernehmbar auf den Boden. »Dorfvorsteher zu sein bedeutet mehr Probleme als einem lieb sind. Um alles muss ich mich selbst kümmern. Das kostet mich die beste Zeit meines Lebens. Versteht ihr?«

»Schon wieder die alte Leier«, sagte Laoshun, »Mir wachsen schon langsam Würmer aus den Ohren von deinem Geschwätz. Gib das Amt ab, wenn es dir nicht passt. Oder glaubst du, du bist der einzige Mann in Shawan, der weiß, wie man die Dinge regelt?«

»Ich übernehme deinen Job gerne«, sagte Lingguan, »Du ernährst dich vom Blut der Leute und hast alles zu bestimmen. Schau dir dein Gesicht im Spiegel an. Du bist richtig dick geworden! Das Ergebnis harter Arbeit einfacher Männer.«

»Unsinn!«, erwiderte Sun Datou und lachte. »Ich werde selbst vom Brunnenwasser fett und kann nichts dagegen tun. Ich bin nicht wie dein Vater. Er ist dürr geboren, mit Ohren wie Papier, einem Spitzmaul und Affenbacken. Wenn er drei Kaninchen futtert, kommen vier wieder hinten raus. Was für eine Vergeudung. Andererseits, mit so einer attraktiven Schwiegertochter macht es schon Sinn, schlank zu bleiben. Habe ich Recht, Laoshun?«

»Hast du noch mehr Fürze quer sitzen, du alter Laberkopf? Du bist wirklich ein ausgemachter Sauhund. Vergleiche mich nicht mit deinem Großvater, dem Tunichtgut!«

Sun Datou winkte ab, um ihn zum Schweigen zu bringen. »Das reicht, du alter Dieb. Du bist wie ein Esel, der anfängt zu wiehern, sobald er das Maul aufmacht. Sieh zu, dass du den besten Palmfarn erwischt, Hantou!« Daraufhin machte er sich von dannen.

2

Nachdem Sun gegangen war, nahmen Lingguan und Hantou den Bus in die Stadt.

Die Sonne stand bereits hoch am Himmel. Es sah anders aus in der Stadt. Hier herrschte eine rege Geschäftigkeit. Fahrzeuge, große wie kleine, fuhren scheinbar ohne jede Verkehrsregeln kreuz und quer durch die Straßen. Menschen auf Fahrrädern betätigten ohne Unterlass ihre rasselnden Klingeln, Horden von rempelnden Fußgängern formten ein sich bewegendes schwarzes Gitter von Ameisen. Hantou wurde bald schwindlig und er setzte sich auf eine kleine Steinmauer.

»Pass auf, dass dir nicht die Augen aus dem Kopf fallen von deiner Starrerei«, sagte Lingguan zu seinem Bruder.

»Du bist dieses Treiben vielleicht gewohnt. Immerhin hast du einige Jahre hier studiert.« Hantou errötete. »Warum sind die Leute hier bloß alle so in Eile?«

»Sie gehen zur Arbeit.«

»Ich habe eher das Gefühl, sie fliehen vor einer Katastrophe. Warum lassen sie es nicht etwas gemächlicher angehen?«

»Sie kriegen weniger Lohn, wenn sie zu spät kommen.«

»Warum gehen sie nicht einfach früher zur Arbeit?«

»Die Stadtmenschen kennen unser ruhiges Leben nicht. Wir können schlafen, bis uns die Sonne auf den Pelz brennt. Das ist in der Stadt nicht drin. Sie müssen ihre Kinder zur Schule bringen, bevor sie zur Arbeit gehen. Einige haben nicht mal Zeit für ihr Frühstück.«

»Das ist so traurig. Sie tun mir leid.«

»Du tust ihnen leid«, sagte Lingguan mit einem Lächeln. »Was machen wir zuerst? Die Palmfaser kaufen oder zum Krankenhaus?«

Hantou runzelte Stirn bei dem Gedanken an eine Entscheidung. »Was meinst du?«

»Im Krankenhaus ist es jetzt vermutlich leer und später bekommen wir vielleicht keinen Termin mehr.«

»Okay, dann lass uns zuerst dorthin gehen.«

Sie machten sich auf den Weg zum Städtischen Krankenhaus. Hantou schlenderte widerwillig hinter seinem Bruder her, wie ein Ochse auf dem Weg zur Schlachtbank. Lingguan vermied eine Unterhaltung.

Im Krankenhaus machte sich Lingguan auf die Suche nach einem ehemaligen Studienfreund namens Shi Wen. Sie tauschten ein paar freundliche Worte aus, klopften sich auf die Schultern und Shi Wen erzählte Lingguan über den Verlauf seiner beruflichen Karriere an dem Krankenhaus, wobei er mit Kritik an seinen Vorgesetzten nicht sparte. Lingguan berichtete ihm von seinem Bruder und Shi Wen fragte, in welche Abteilung sie wollten. Lingguan schaute sich nach seinem Bruder um, doch der war nirgends zu sehen. Nach einigem Suchen entdeckte er Hantou zusammengesunken und mit hängendem Kopf auf einer Bank in der Eingangshalle. Er errötete, als Lingguan ihn fragte, was genau ihm fehle, antwortete aber nicht. Lingguan war irritiert.

»Du musst doch wissen, wonach sie dich untersuchen sollen.«

Hantou stammelte irgendetwas und deutete er auf seinen rechten Rippenbogen.

»Hier habe ich Schmerzen.«

»Dann also Innere Abteilung.«

Der behandelnde Arzt an jenem Tag war ein junger Mann mit Brille, der die Stirn runzelte während er einer attraktiven, aber geschwätzigen jungen Frau den Puls fühlte. Er hörte ihr zu, während er Zeige- und Mittelfinger auf ihr Handgelenk presste. Sie verstummte, als der junge Arzt sie mit einem schwer zu deutenden Blick ansah, ganz so, als habe er eine unangenehme Botschaft für seine Patientin.

Hantou sah den Arzt mit demselben argwöhnischen Gesichtsausdruck an, mit dem er seinen Vater beobachtete, wenn dieser verärgert war. Als der Arzt die junge Frau entließ, zog Shi Wen einen Hocker heran und ließ Hantou darauf Platz nehmen.

Während sein Blick von Lingguan zu Shi Wen hinüber wanderte, errötete Hantou. Er murmelte seinem Bruder zu, er solle ihm etwas zu Essen kaufen. Lingguan erinnerte sich an den Rat seiner Mutter, seinen Bruder nicht in eine beschämende Situation zu bringen und verließ das Behandlungszimmer.

Wenig später kehrte Lingguan mit einem Mantou in der Hand zurück. »Nun komm schon!«, sagte Shi Wen. »Erzähle es ihm. Du bist nicht der Einzige mit diesem Problem.«

»Wie lange dauert dieser Zustand schon an?«

»Ich weiß es nicht«, antwortete Hantou kaum hörbar.

»War das früher auch schon so, als du jung warst?«

»Nein.«

»Bist du verheiratet?«

»Ja.«

»Und du hast es wirklich noch nie getan?«

Hantou murmelte etwas Unverständliches.

Nun machte es Sinn, was die Mutter am Morgen zu Lingguan gesagt hatte. Sein Herz pochte. Verdammt. Das war es also! Er zog sich zurück und nahm auf einer Bank in einem Seitengang Platz, bemüht, dem Blick seines Bruders aus dem Weg zu gehen.

Zwanzig Minuten darauf kamen Shi Wen und Hantou aus dem Sprechzimmer. Hantous Gesicht war puterrot, als habe er getrunken. Sein Gang wirkte schwankend. Shi Wen reichte Hantou ein Rezept und deutete auf ein Fenster in der Nähe.

Nachdem Hantou gegangen war, legte Shi Wen seinen Arm um Lingguans Schulter und zog ihn mit sich in sein Büro. »Dein Bruder ist schon etwas seltsam. Zuerst wollte er, dass wir seine Leber untersuchen, aber als der Internist ihn zu einem Test schicken wollte, änderte er seine Meinung. Er wollte eine andere Untersuchung und begann stark zu schwitzen. Er weigerte sich, seine Hose auszuziehen. Das war sehr komisch.«

»Was hat er denn nun genau?«

»Nichts … eigentlich. Ist deine Schwägerin attraktiv?«

»Warum fragst du das?«

»Warum? Weil dein Bruder vermutlich impotent ist. Er hatte noch nie Sex. So sieht es aus.«

Lingguans Herz tat einen Sprung, als Ying Ers trauriges Gesicht vor seinen Augen erschien. Da war etwas, was ihn verlegen machte, jedes Mal, wenn sie ihn ansah. Es war nicht mehr als ein undeutliches Gefühl. Doch nun machte es auf einmal Sinn.

»Du hast deinen Teil der Arbeit getan«, sagte Shi Wen und gab Lingguan einen Klaps auf die Schulter. Doch Lingguan war so sehr mit seinen inneren Bildern beschäftigt, dass ihm nicht zum Spaßen zu Mute war.

»Kann er behandelt werden?«, fragte Lingguan mit sorgenvoller Miene.

»Schwer zu sagen. Bei manchen ja, bei anderen nein.«

»Lingguan!« Shi Wen hatte seinen Satz noch nicht beendet, als Hantou seinen Bruder aus einiger Entfernung rief. »Lingguan!«

Er kam auf seinen Bruder zu, der nervös wirkte.

»Was ist denn los?«

»Sie haben mir gerade gesagt, wie viel es kostet.« Er wedelte mit dem Rezept in der Hand.

»Wo muss ich bezahlen?«

»Gleich dort bei dem Fenster«, sagte Shi Wen.

Hantou drückte seinem Bruder das Rezept mitsamt Geld in die Hand und machte Anzeichen, im Büro von Shi Wen auf ihn zu warten.

Nachdem Lingguan bezahlt hatte, traf er wieder auf seinen Bruder. Shi Wen gab Lingguan ein Zeichen, indem er mit vor den Mund gehaltenem Zeigefinger auf dessen Rücken zeigte und lächelte. Lingguan nickte ihm zu und schüttelte die Hand seines Freundes.

Die Brüder verließen das Krankenhaus. Als sie an einem Mülleimer vorbeikamen, hielt Hantou an und warf ein paar zerknüllte Papierstreifen hinein. Lingguan ahnte, dass sein Bruder sie von den Pillendöschen abgekratzt hatte.

3

»Jetzt hätte ich doch fast die Kaninchen vergessen«, sagte Lingguan und schlug sich vor die Stirn.

»Ich nicht, aber ich weiß nicht, wie wir sie verkaufen sollen. Ich traue mich nicht, jemanden anzusprechen.«

»Weshalb? Wovor fürchtest du Dich? Ich möchte gern einmal wissen, wie es sich anfühlt, als fliegender Händler in Aktion zu treten.«

»Wie es sich anfühlt?«, lachte Hantou. »Ich würde vor Scham im Boden versinken. Geh du vor. Ich habe keinerlei Interesse.«

»Überlass das mir. Ich schaffe das schon.«

Fast hätte Lingguan es sich anders überlegt, als er in seinen Leinensack schaute und die blutigen Kaninchen sah. Aber nun hatte er seinem Bruder gegenüber so dick aufgetragen Es gab keinen Weg mehr zurück.

»Wildkaninchen!«, rief er. »Frische Wildkaninchen!«

Die Stadt bot einen großen Kontrast zu dem Leben in ihrem Dorf. Die Menschen rannten, standen, redeten, lachten, starrten und hockten. Auf dem Gehweg sahen sie Teestand an Teestand gereiht. Einige alte Frauen bildeten eine Traube, die einem blinden Geschichtenerzähler zuhörte, der auf einer dreisaitigen Laute spielte. Ein ausgemergelter alter Mann, der an einem Mahjong-Tisch saß, rief ihnen etwas zu.

»Ich Glückspilz!«, rief gleich neben ihnen ein junger Kerl, der sich aus der Hand lesen ließ.

Musik, Geschrei und Diskussionen belebten die Szene, dazwischen immer wieder das helle Klicken von Mahjong-Steinen auf quadratischen, mit grünem Filz betuchten Tischen. Und immer wieder das ohrenbetäubende Hupen von Kraftfahrzeugen.

Lingguans zarte Stimme ging in all dem Trubel unter. Niemand wurde auf ihn und seine angebotene Ware aufmerksam.

»Das wird nichts. Lass uns nach Hause fahren!«, riet Hantou.

Doch nun baute sich Lingguan auf, trat mitten auf die Straße, zog zwei gehäutete Kaninchen aus dem Sack und hielt sie schwenkend über seinen Kopf. Gleichzeitig schrie er aus vollem Halse: »Wildkaninchen zu verkaufen! Frische Wildkaninchen!«

»Was hast du da, zeig her!« Eine alte Frau kam auf Lingguan zu.

»Wildkaninchen!« Erneut schwenkte er die Tiere vor den Augen der Frau hin und her. »Frisches Wild vom Feinsten!«

»Wie viel kosten sie«?

Lingguan starrte die Frau mit offenem Mund an. Über den Preis hatte er sich keinerlei Gedanken gemacht.

»Zehn Yuan«, antwortete Hantou für ihn.

»Das geht in Ordnung, günstiger als Schwein. Ich nehme eins. Aber nicht ohne Tüte. Ich will mir die Hände nicht schmutzig machen.«

»Sehen aus wie abgetriebene Föten«, meinte ein bärtiger Mann.

»Stimmt.«, erwiderte ein anderer. »Schwangere Frauen haben wir doch zu Hauf hier. Im Krankenhaus kannst du dir davon so viele holen wie du willst. Aber hier auf der Straße macht ihr noch Geld damit.«

Die Umstehenden brachen in lautes Gelächter aus.

»Es sind Wildkaninchen, keine Föten!«, sagte Hantou rechtfertigend und errötete.

»Und wenn schon«, wehrte sich Lingguan. »Die Leute essen heute alles, manche essen sich gegenseitig.«

Das zustimmende Gemurmel wurde unterbrochen von einem langhaarigen Mann, der sich mit ausgestreckten Ellbogen einen Weg durch die Menge bahnte und sich nach dem Besitzer der Kaninchen erkundigte. Lingguan gab sich als solcher zu erkennen.

»Verkaufst du sie?«

»Ich versuche es.«

»Hast du eine Lizenz?«

»Wofür?«

»Zum Verkauf von Kaninchen.«

»Nein.«

»Dann muss ich dir eine Geldbuße von zehn Yuan abnehmen.«

»Warum?«

»Warum? Du verkaufst hier ohne Genehmigung. Und du befindest dich außerhalb des dafür vorgesehenen Bereichs. Du verstößt gegen den geordneten Marktverkehr. Du kommst mit zehn Yuan glimpflich davon.«

»Aber wir haben ja noch gar nichts verkauft!«

»Ich habe nicht den ganzen Tag Zeit.« Der Mann griff nach den Kaninchen und begutachtete sie. Lingguan hatte Mühe, sich zu beherrschen.

»Können wir damit warten, bis ich eins verkauft habe? Wir haben kein Geld bei uns.«

»Du weigerst dich zu zahlen? Dann muss ich deine Kaninchen konfiszieren.«

»Mit welcher Begründung? Zeigen Sie uns einen Ausweis, der beweist, dass Sie von der Steuerbehörde sind.«

Der Langhaarige holte einen Packen Strafzettel aus seiner Jackentasche und schlug Lingguan damit gegen die Brust.

»Wie können Sie es wagen!« Lingguan war nun völlig aufgebracht. Das Blut schoss ihm in den Kopf.

Der Langhaarige wedelte erneut drohend mit dem Packen Strafzettel vor seiner Nase hin und her. »Ich werde dich ein weiteres Mal schlagen, wenn du weiter diskutierst.«

»Schon gut, es reicht.« Hantou breitete seine Arme aus und stellte sich zwischen Lingguan und den Langhaarigen.

»Ein Mann wie Sie sollte keine einfachen Bürger schlagen!« Er zog einen zehn Yuan Schein aus der Tasche und drückte ihn dem Langhaarigen in die Hand.

»Die Kaninchen können Sie auch behalten. Zufrieden jetzt oder muss ich noch auf die Knie gehen?«

Der Langhaarige riss sich zusammen, blickte einmal kurz um sich und verschwand fluchend.

Lingguan hätte ihm gerne ein Kaninchen an den Kopf geworfen, aber er wusste, dass es keine gute Idee war, sich mit dem Gesetz anzulegen.

»Das machen diese verdammten Beamten immer wieder«, empörte sich eine Frau.

Jemand war der Meinung, Hantou hätte nicht bezahlen dürfen.

»Er hätte nichts machen können, wenn du dich geweigert hättest!«

»Haben Sie nicht gesehen, dass er drauf und dran war, meinen Bruder noch einmal zu schlagen?«, antwortete Hantou mit gedämpfter Stimme.

»Der Hundsfott ist nicht der einzige mit Fäusten. Wenn du dich gewehrt hättest, wäre ich dir zu Hilfe geeilt. Immer suchen sie sich Bauern als Opfer. Lasst ihn uns schnappen.«

Lingguan schüttelte den Kopf.

»Ich denke, er war sogar noch milde mit dir«, sagte die Frau. »Komm, ich nehme eins von deinen Kaninchen.« Sie reichte Lingguan einen zehn Yuan Schein. Hantou gab ihr eins der Kaninchen.

»Sonst noch jemand?«

Als sich niemand meldete, griff Lingguan nach dem Leinensack und warf ihn wütend im hohen Bogen durch die Luft. Er klatschte mitten auf die Straße und in wenigen Augenblicken waren die Kaninchen nur noch ein Haufen Matsch.

Hantou war wenig erfreut über die Aktion seines Bruders. »Wir hätten mindestens noch zehn Yuan machen können«, sagte er, nachdem sie bereits ein kleines Stück des Weges gegangen waren.

»Alles, was für dich zählt, ist Geld, nicht wahr?«, sagte Lingguan verächtlich.

»Du kannst nicht ohne leben.«

»Was ist Geld ohne Würde?«, seufzte Lingguan und atmete tief durch.

Die beiden Brüder gingen zu einem nahegelegenen Warenhaus, kauften die Palmfasern und nahmen den Bus zurück nach Hause.

4

Das Flussufer entlang der Straße war ein ehemaliger ländlicher Friedhof mit Gräbern der Menschen, die in den umliegenden Dörfern gelebt hatten. Sein Ärger legte sich, als er die zahllosen Ruhestätten an sich vorbeiziehen sah. So war es, ein jeder endete als ein Häufchen Knochen – die Starken ebenso wie die Schwachen, Täter ebenso wie Opfer. Worin also lag der Sinn einer überflüssigen Schlägerei?

Nicht wissend, was im Kopf seines Bruders vorging, versuchte Hantou Lingguan aufzumuntern. »Denk nicht mehr daran. Wir können so tun, als hätten wir dem Idioten ein Geschenk gemacht, oder sie sind uns einfach gestohlen worden. Es bringt nichts, sich weiter zu ärgern.«

»Denkst du noch immer an die Sache?«, lachte Lingguan, »Ich habe das längst vergessen.«

»Das ist gut. Es waren schließlich nur zehn Yuan.« Hantou seufzte. Es schien, als wolle er noch mehr sagen, aber er blickte nur um sich, schluckte und verstummte. Er trottete weiter, augenscheinlich in Gedanken versunken. Doch plötzlich hielt Hantou an. Lingguan spürte, dass sein Bruder etwas loswerden musste und er ahnte, dass es mit seinem Zustand zu tun hatte. Er wollte das Gespräch nicht beginnen. Hantou war so schüchtern und sensibel, dass er befürchtete, seinen Bruder zu verletzen, wenn er nicht die richtigen Worte wählte. Hantou schaute sich um und öffnete den Mund, aber kein Wort kam heraus.

»Wenn du etwas sagen willst, nur zu«, munterte Lingguan seinen Bruder auf.

Hantou schob seinen Unterkiefer hin und her. Seine Gesichtsmuskeln waren angespannt.

»Weißt du, was ich habe?«

»Nein, weiß ich nicht«, antwortete Lingguan, »Irgendetwas mit deinen Rippen, nicht wahr?«

»Meinst du?« Mit einem ernsten Ausdruck in den Augen sagte Hantou:

»Hat denn dein Schulkamerad nichts gesagt?«

»Doch, hat er.«

»Was denn?« Hantou machte große Augen.

»Er hat gesagt, dass seine Freundin drei Schmuckstücke von ihm will – einen Goldring, eine goldene Kette und goldene Ohrringe. Aber er hat dafür kein Geld. Er ist ziemlich deprimiert deswegen.«

»Nun mach schon! Was hat er sonst noch gesagt?«

»Dass sie seit zwei Monaten kein Gehalt mehr bekommen haben.«

»Und sonst?«

»Das war's.«

»Im Ernst?« Hantou blickte in die Ferne. Seine Lippen bewegten sich unbewusst. So schaute er stets, wenn er grübelte. Lingguan kannte diesen

Blick nur zu gut. Einen Moment später sagte er:

»Es war tatsächlich nichts. Der Arzt wollte meine Leberwerte messen, doch ich habe mich dagegen entschieden und er hat mir stattdessen ein paar Medikamente aufgeschrieben. Warum wegen ein wenig Unwohlseins Geld verschwenden!«

Plötzlich überkam Lingguan ein starkes Mitgefühl für seinen Bruder. Er selbst, ein lediger Bursche, hätte mit dem Problem leichter umgehen können. Doch sein Bruder versuchte offensichtlich, etwas zu vertuschen, was nicht zu vertuschen war. Auf keinen Fall konnte er es sein Leben lang geheim halten. Er hatte Verständnis für seinen Bruder. Unwillkürlich musste er an eine Zeile aus dem Lied Frau Wang tötet den Hühnerdieb denken: Ein Mädchen stahl und aß mein Hühnchen. Also wird sie einen Mann heiraten, der keinen hoch bekommt. Offenkundig bedeutete eine Heirat mit einem impotenten Mann die Todesstrafe. Gerne hätte er etwas gesagt, um seinen Bruder aufzuheitern, doch Hantou war geistig entrückt. Und so war alles, was er herausbrachte: »Warum machst du keinen Test, wenn es dich belastet? Du musst doch die Ursache herausfinden, bevor du mit einer Behandlung beginnst.«

Hantou blieb eine Antwort schuldig. Stattdessen kniff er die Augen zusammen und starrte weiter in die Ferne. Plötzlich öffnete er unvermittelt den Mund:

»Mutter möchte ein Enkelkind. Wann immer sie ein Kind im Arm hat, lässt sie es nicht mehr los. Sie sagt nichts, aber ich weiß es.«

»Sie möchte ein Enkelkind? Aber sie hat doch Yindi.«

»Yindi ist die Tochter ihrer Tochter, eine Außenseiterin, wenn du so willst. Mutter will ein Enkelkind von ihrem eigenen Sohn.«

»Nun, das sollte doch nicht allzu schwer zu bewerkstelligen sein.«

»Natürlich nicht.« Hantou blickte kurz zu seinem Bruder auf und tat einen Seufzer. Etwas Unbekanntes blitzte in seinen Augen auf. Etwas, das Lingguan noch nie bei seinem Bruder wahrgenommen hatte und das ihm zu deuten schwerfiel. Aber nur Sekunden später ließ sein Bruder den Blick wieder in die Ferne schweifen. Dann spuckte er auf den Boden und ereiferte sich: »Das Leben ist so verdammt hart!«

Ein alter Spruch unter den Dorfleuten, doch in diesem Moment erschien er Lingguan unpassend. Hantou war nicht wie Mengzi, der wie ein

Feuerwerk explodieren konnte. Der sich aber wieder beruhigte, wenn der Druck abgelassen war. Hantou war wesentlich wortkarger und beschwerte sich praktisch nie. Allerdings wogen seine Worte deutlich schwerer als die seines Bruders. Sie konnten bleischwer im Raum stehen. Sein plötzlicher Ausbruch stand vielleicht in Zusammenhang mit seiner Krankheit, was Lingguan große Sorgen bereitete. »Mach dir keine trüben Gedanken!«, war alles, was er sagen konnte und bemerkte sofort, dass sein Ton verriet, dass er mehr über den Zustand seines Bruders wusste als er zugab. Hantou schien das allerdings nicht wahrgenommen zu haben, denn er starrte weiterhin gedankenverloren in die Ferne.

Die dunkle Gestalt, die Hantou in einiger Entfernung wahrgenommen hatte, war Beizhu. Er näherte sich auf einem klapprigen, alten Fahrrad. Seine Frau Fengxiang saß hinten auf dem Gepäckträger.

»Wo wollt ihr denn hin?«, fragte Lingguan.

Beizhu gab seiner Frau einen Tritt und beide stiegen vom Fahrrad ab. Beizhu, der sonst immer ein Sonnenschein an guter Laune war, wirkte schlecht gelaunt.

»Wohin wir wollen? Wohin schon! Die haben gesagt, sie muss sich röntgen lassen! Die wollen kontrollieren, ob sie eine Spirale hat. Warum tun die uns das an? Wenn wir uns weigern, nehmen sie uns das Land, brummen uns eine Geldstrafe auf oder reißen unser Haus ab. Ich lass keinen von denen meine Frau begrapschen. Verdammte Verbrecher.«

»Du kannst gern andere Frauen begrapschen, wenn es das ist, was dich stört«, lachte Fengxiang ironisch.

»Du hast schon zwei Kinder, warum lässt du dir nicht die Eileiter zunähen?«, sagte Lingguan schroff.

»Zur Hölle, nein!« Beizhu schüttelte energisch den Kopf. »Das würde bedeuten, dass ich keinen Stammhalter mehr bekommen kann. Zwei wohlgeratene Töchter sind nicht so viel wert wie ein Sohn, selbst wenn er blind wäre. Mir egal, sollen sie sie untersuchen. Wir brauchen unser Land. Und ich habe gehört, es soll sich bald geschäftsmäßig etwas bewegen. Drüben in Sangou haben sie deshalb ein privates Stück Land konfisziert. Habt ihr die Palmfaser bekommen?«

Hantou deutete auf die Tasche in seiner Hand.

»Dann macht euch auf die Socken! Sie warten bereits auf euch an der

Baustelle. Sun Datou hat bereits mehrfach jemanden zu euch nach Hause geschickt, um nachzusehen, wo ihr bleibt!«

»Es reicht jetzt.« Fengxiang boxte ihren Mann in die Seite. »Deine Zunge ist wie ein Stück Stoff zum Binden der Lilienfüße, lang und stinkig. Du findest nie ein Ende.«

»Da seht ihr es! Sie kann es nicht erwarten, dass sich ein anderer an ihr zu schaffen macht«, spottete Beizhu. »Bescheidenheit ist einfach nicht ihr Ding.«

»Warum sollte ich einen Grund zur Bescheidenheit haben?«, lachte Fengxiang. »Schlimmstenfalls mache ich die Beine breit und sie stopfen mir irgendein anderes Werkzeug hinein.« Sie kicherte und stieg wieder auf das Fahrrad.

Hantou sah den beiden auf dem klapprigen Fahrrad hinterher, schüttelte den Kopf und sagte: »Auf jeden Topf passt irgendein Deckel.«

»Diese Frau ist wirklich unglaublich«, sagte Lingguan und seufzte. »Ich muss ihnen allerdings zustimmen. Sie sind immer noch fröhlich und guter Laune, auch nachdem das Gemeindeamt ihnen die komplette Wohnung ausgeräumt hat. Alles, was sie ihnen gelassen haben, sind ein paar lumpige Decken und ihr Bettzeug.«

»Keiner wird die Hoffnung auf einen Sohn aufgeben, bevor er nicht alles Menschenmögliche versucht hat«, bemerkte Hantou und warf seinem Bruder einen vielsagenden Blick zu.

5

Hantou brachte die Palmfaser zur Baustelle, während Lingguan den Weg nach Hause einschlug. Seine Mutter kam ihm sichtlich aufgeregt entgegen.

»Was hat er?«

»Nichts Ernstes. Leichte Schmerzen im Rippenraum, das war's. Der Arzt hat ihm etwas verschrieben.«

»Das ist alles?« Sie schaute skeptisch. Ihr Blick blieb auf Lingguan kleben, als wolle sie ihm mehr Antworten aus der Nase ziehen.

»Soweit ich mich erinnere, hatte er mich Essen holen geschickt, als sie sich unterhielten.«

»Hatte ich dir nicht gesagt, du sollst dabeibleiben und zuhören? Aber du hörst ja nie auf das, was ich sage«, beschwerte sich seine Mutter, sichtlich enttäuscht von dem, was Lingguan ihr an Informationen mitgebracht hatte. Sie reichte Lingguan ein Glas Wasser. Er trank es gierig aus, verschluckte sich und bekam einen Hustenanfall.

»Langsam an!«, mahnte sie ihren Sohn. »Du bist nicht in der Wüste. Was möchtest du essen?«

»Wie wäre es mit Nudelsuppe?«

»Geh hinein und ruh dich aus, wenn du müde bist. Ansonsten geh und hilf deiner Schwägerin, den Schweinestall auszumisten.« Sie begab sich in die Küche.

Lingguan murmelte etwas und streckte sich auf dem Sofa aus. Er schloss die Augen, doch der Schlaf ließ auf sich warten. Also stand er wieder auf, wechselte seine Kleidung und machte sich mit einem Spaten auf den Weg nach draußen.

Der Hof war groß. Getreidebündel standen hier und dort. Er öffnete die Tür zum Schweinestall und verscheuchte die Hühner, die laut gackernd vor ihm davonliefen. Die alte Sau neben ihm grunzte zufrieden.

Ying Er hielt inne und schaute in seine Richtung, als er den Stall betrat, doch sie hatte keinen Gruß für ihn übrig. Er betrachtete sie in einem neuen Licht, nun, da er um das Problem seines Bruders wusste. Etwas in ihrem Blick verstörte ihn.

»Ist der Mist schon hart?«, fragte er und bemerkte sofort, wie dumm sein Satz geklungen haben musste. Er errötete.

Sie lächelte, sagte aber nichts. Stattdessen schaute sie ihn an. Dann öffnete sie den Mund:

»Hat er sich untersuchen lassen?«

»Ja, hat er«, antwortete Lingguan. »Es ist nichts Ernstes. Ein leichtes Unwohlsein im Rippenbereich. Das ist alles. Der Arzt hat ihm etwas verschrieben.«

Sie sah zur Seite. Ein Hahn jagte eine Henne und wirbelte dabei mächtig Staub auf. Ying Er seufzte und stieß ihren Spaten mit aller Kraft in den Boden. Sie kam schnell aus der Puste.

Lingguan erlangte seine Fassung wieder. Er ärgerte sich über sein Verhalten und war sich sicher, dass sie sein Erröten bemerkt hatte. Warum nur wurde er immer so schnell rot? Er hasste das an sich selbst. Im Dorf gab es viele Männer und Frauen, die abgebrühter waren als er und niemals erröteten. Aus diesem Grund hänselten ihn die Mädchen im Dorf immer gern. Ying Er hatte das jedoch nie getan. Sie sprachen wenig miteinander. Doch manchmal, wenn sie gemeinsam auf dem Feld arbeiteten, kam es vor, dass die Dorfkinder sie hochnahmen.

»Schaut, schaut, ein junger Mann baggert seine Schwägerin an!« In solchen Momenten aber war sie es, die errötete und davonrannte.

Sie hielt mit ihrer Arbeit inne, aber würdigte ihn keines Blickes. Mit einem gänzlich neutralen Gesichtsausdruck fragte sie:

»Du weißt es wirklich nicht?«

»Was meinst du?«, fragte er, obgleich ihm klar war, worauf sie hinauswollte.

»Er hatte mich weggeschickt, um Essen zu kaufen. Was also hätte ich hören können?«

Sie musterte ihn eindringlich. Er merkte, wie ungeschickt sein ganzes Verhalten auf sie wirken musste.

»Du musst etwas wissen, also belüge mich nicht!«

»Es ist nichts.« Er musste nun irgendetwas liefern. »Der Arzt meinte, er wird wieder.«

»Es ist nicht das erste Mal. Immer, wenn er in die Stadt fährt, kauft er Medikamente. Manchmal besondere Rezepturen, aber nichts davon wirkt.« Sie versuchte, so sachlich wie möglich zu klingen.

Lingguan erinnerte sich an das Gespräch zu Hause und war sich nun sicher, dass seine Mutter nicht um Hantous Situation wusste. Er selbst hatte es eben erst erfahren. Er war überrascht, dass sein Bruder sein Geheimnis so lange vor allen hatte verbergen können.

»Warum dann der Besuch im Krankenhaus?«

»Ich weiß es nicht.« Sie errötete.

Lingguans Kehle fühlte sich trocken an. Um seine Unsicherheit zu überspielen, ging er energisch mit der Schaufel zur Sache.

»Langsam an«, beruhigte se ihn. »Du bist solche Arbeit doch gar nicht gewohnt. Also lass dir Zeit damit. Hat er auf dem Weg nach Hause nichts gesagt?«

»Nichts Besonderes. Nur das, was Freunde so reden.«

»Das war alles?«

»Ja.«

Ying Er drehte sich um und sah ihn an. Dabei stocherte sie gedankenverloren mit ihrer Schaufel in dem Mist. »Denk noch einmal nach!«

Lingguan fragte sich, ob es klug war, das Gespräch über seine Mutter und deren Wunsch nach Enkelkindern zu erwähnen, doch ihm wurde bewusst, wie das auf sie wirken musste, und so sagte er nur: »Er wird schon wieder.«

Sie trieb ihre Schaufel in den Mist und ignorierte seinen Versuch, sie zu trösten. Dann wischte sie sich mit ihrem Kopftuch den Schweiß aus dem Gesicht und sagte:

»Frauen werden geboren, um zu leiden, meinst du nicht auch? Nimm Lanlan zum Beispiel. Ein wundervolles Mädchen, das gezwungen wird, einen Choleriker wie meinen Bruder zu heiraten. Sie konnte nichts dagegen tun. Deine Eltern wollten unbedingt, dass sie meinen Bruder heiratet, damit dein Bruder mich bekommen konnte. Hätte sie nein sagen können? Sie wurde als Mädchen geboren, deshalb hatte sie keine Wahl.«

Er wusste, worauf sie anspielte, doch er hatte keine Ahnung, was er erwidern sollte. Ohne den Handel zwischen den beiden Familien wäre sein Bruder Hantou vermutlich ewig Junggeselle geblieben. Sein Bruder war allerdings gegen diesen Handel gewesen. Nur wenn er betrunken war, kam es vor, dass er verzweifelt war und sich Vorwürfe machte, dass er nicht für seine Schwester eingetreten war.

»Du hast Recht. Vielleicht ist es Schicksal.«

»Schicksal, Schicksal.« Sie bleckte die Zähne.

»Du machst es dir zu einfach. Für einen Menschen kann es das ganze Leben bedeuten. Auf eine Art und Weise hat Lanlan es besser getroffen als ich. Sie hat wenigstens ihre Tochter. Ich weiß genau, was Mutter denkt, auch wenn sie nie darüber spricht. Sie wird niemals die Henne schlachten, die keine Eier legt, weil sie meine Gefühle nicht verletzen will.«

Ihre Stimme brach und Tränen liefen ihr über die Wangen.

Lingguan fühlte sich zusehends unwohler. Wie sollte er sich erklären, wenn jemand sie in dieser Situation sah? Er wusste nicht, wie er sie hätte trösten können in diesem Augenblick. Jedes Wort von ihm konnte ihre Stimmung noch verschlechtern. Einige Frauen waren so. Je mehr man sie tröstete, desto heftiger weinten sie. Er nahm seine Schaufel und buddelte, ohne weiter auf sie einzugehen.

Es funktionierte. Sie trocknete ihre Tränen mit dem Halstuch ab und machte sich gesenkten Hauptes wieder an die Arbeit.

»Männer sind alle gleich.«, sagte sie dann. »Sie sind so egoistisch. Ihre Herzen sind voller Löcher und so groß, dass ein Kamel hindurchspazieren könnte. Ich hatte dich für intelligent und einfühlsam gehalten, aber du bist genauso stumpf wie alle anderen.«

Er überlegte, was sie im Schilde führte, konnte aber nicht sagen, was es war. Ihre sonst so weiche, angenehme Stimme klang in diesem Augenblick fast feindlich.

»Denkst du nicht auch?« Ein kurzes Lächeln umspielte ihre Lippen. Offenkundig hatte sie seine Verlegenheit bemerkt. »Kennst du die Ballade von Liang Shanbo? Er ist so stark wie ein Fichtenstamm und will einen Weidenkorb tragen. Die perfekte Beschreibung für dich.«

Es war nun mehr als offensichtlich, worauf sie hinauswollte. Seine Verlegenheit wuchs und er atmete schnell und hastig vor Aufregung.

»Er muss noch etwas anderes gesagt haben. Denk besser nach!«

Lingguan wurde schwindelig, sein Gesicht brannte. Ying Er entzog ihm alle Kräfte. Er war wie benommen. Durst quälte ihn.

»Ich habe es vergessen. Wenn es mir wieder einfällt, werde ich es dir sagen.« Damit ließ er sie stehen und kehrte zurück nach Hause.

»Du bist zu jung für das Gedächtnis eines alten Mannes!«, rief sie ihm hinterher.

6

Lingguans Mutter erschrak, als sie ihren Sohn sah.

»Was ist mit dir? Dein Gesicht ist ganz rot.«

»Ich weiß es nicht«, stammelte er. »Vielleicht brüte ich etwas aus. Ich habe schreckliche Kopfschmerzen.«

»Schmerztabletten liegen dort auf dem Tisch.«

Während er eine Antwort nuschelte, holte er sich ein Glas Wasser.

»Setz dir etwas auf den Kopf und schlaf dich aus.«

»Ich bin kein Kind mehr«, erwiderte Lingguan. »Mach dir keine Sorgen um mich.«

Nachdem er das Wasser getrunken hatte, fühlte er sich wohler. Er legte sich hin und dachte darüber nach, was Ying Er gesagt hatte. Jedes einzelne Wort schien voller Andeutungen gewesen zu sein. Dann wiederum kam es ihm lächerlich vor. Es kam darauf an, wie er die Sache betrachtete. Die Frauen aus dem Dorf liebten es, in Gesprächen zu flirten, aber das Flirten wirkte nur bei den Männern, die sich für unwiderstehlich hielten. Die meisten nahmen Schmeicheleien nicht ernst. Ying Er war anders. Sie redete wenig, und wenn sie sprach, waren ihre Worte sanft und leise, fast wie Geflüster. Aber an diesem Tag hatte sie sich sonderbar benommen. Lingguan erlaubte seinen Gedanken keine weiteren Ausschweifungen, sie gingen in Richtung seines Bruders Hantou. Armer Hantou.

Noch vor einigen Jahren war es Lingguans seligster Wunsch gewesen, dem Leben am Rande der Wüste durch die Aufnahmeprüfung der Hochschule zu entkommen. Doch dieser Traum war unerfüllt geblieben. Er war enttäuscht und gezwungen gewesen, diesen Traum zu begraben und hatte damit auch den Wunsch seines Vaters enttäuscht. Er hatte alles gegeben, doch es hatte nicht gereicht. Eigentlich musste er sich nicht grämen.

Zwangsläufig überkamen ihn Gedanken, seit er zurück aus der Stadt und in die Wüste gekehrt war. Der Anblick der zerstörten Flussbank und des ausgetrockneten Flussbetts legte einen Schatten über sein Gemüt. Die Aussicht, den Rest seines Lebens in diesem sandigen Wüstenkaff zu verbringen deprimierte ihn. War dies wirklich seine Heimatstadt? War dies der Ort, der ihm warme Schauer über den Rücken getrieben hatte, wenn er sich als Student in der Stadt nach ihr sehnte? Das Wort Heimatstadt bedeutete für ihn nur so lange Trost, wie er die Stadt vermisste. Tatsächlich war das Dorf verarmt, rückständig und öde. Zwischen all den menschlichen Geräuschen und dem Wiehern der Pferde nahm er eine nagende, tödliche Stille wahr.

Einsamkeit war hier quasi unausweichlich. Dennoch wusste er, dass er um seiner Eltern Willen ein Lächeln im Gesicht tragen musste. Sie lächelten. Das Leben war hart und entbehrlich, aber sie lächelten. Und auch Hantou, Mengzi und Lanlan taten es ihnen gleich. Also lächelte auch Lingguan. Und in dieser Einsamkeit und Ödnis des Dorfes wurde Ying Er für ihn zu einem Quell der Kühle und Erfrischung.

Lanlan hatte die Familie verlassen und Ying Er war gekommen. Lanlan war ein offenes, lebendiges Wesen, das gern und oft lachte. Schulbildung hatte sie kaum genossen, doch schien sie mit ihrem Platz im Leben zufrieden. Als ihr Vater beschloss, sie zu verheiraten, um ihrem Bruder zu einer Frau zu verhelfen, weinte sie eine Nacht hindurch, aber stimmte am nächsten Morgen zu. Sie war Teil eines Tauschhandels, durch den ihr Bruder Hantou an seine Ehefrau gekommen war.

Ying Er war in ihrer Heimatstadt eine kleine Berühtmheit im Bereich der Liangzhou-Volksmusik gewesen und hatte zahlreiche Gesangswettbewerbe gewonnen. Er liebte ihre einfachen und doch emotionalen Lieder, die typisch für diese Gegend waren. Während seiner Studienzeit hatte Lingguan eine kurze Abfassung über diese Art der Volksmusik verfasst.

Seit ihrer Heirat mit Hantou sang Ying Er nur noch selten.

Lingguan raufte sich zusammen und ging nach draußen. Die Sonne zog über den Kamm einer Sanddüne und neigte sich nach Westen, bleich und kraftlos. Die Hirten kehrten mit ihren Tieren aus der Wüste zurück ins Dorf. Kamele, Schafe und Maultiere kamen Lingguan entgegen. Das Knurren der Kamele war tief, langgezogen und klang klagend, als ob sie von einer immerwährenden, schweren Last erdrückt würden. Die Maultiere dagegen waren lebhaft, sprangen wiehernd umher und traten mit den Hinterbeinen aus, wobei sie Fontänen von Sand und Staub aufwirbelten. Das Blöken der Schafe mochte Lingguan am liebsten. Für ihn waren es Geräusche frei von Bitternis, Wut, Beschwerde oder Kampf, die ihm direkt ins Herz gingen, wie eine Frühlingsbrise, die ungewohnten Frieden schenkte. In seinen Augen waren Schafe unergründlich, sanftmütig und still. Sie schienen keine Wut zu kennen, nicht einmal im Angesicht des Messers. Sogar dem Schlachter begegneten sie mit freundlichen Augen. Lingguan mied es, Schafen in die Augen zu schauen.

Laoshun und der Lahme erschienen mit ihren Herden. Lingguan fiel auf, wie alt sein Vater geworden war. Er zog ein Bündel trockener Dattelbaumzweige hinter sich her, den Rücken gebeugt. Die untergehende Sonne zeichnete seinen Schatten in den sandigen Boden und verwandelte ihn in einen knorrigen alten Baum. Lingguan fühlte eine schleichende Traurigkeit in sich hochsteigen, als er sich an einen Morgen vor drei Jahren erinnerte. Sein Vater machte sich auf einen längeren Weg, einen Sack Mehl auf dem Rücken. Er konnte sich nur zu gut an das Stöhnen seines Vaters erinnern, als der den Sack ablud.

»Studiere fleißig, mein Sohn und enttäusche deine Mutter und mich nicht!«

Zwei Jahre später – er hatte die Aufnahmeprüfung verfehlt – hatte sein Vater nichts gesagt. Jetzt, nachdem der Schmerz über sein Versagen langsam verblasst war, überkam Lingguan ein fast übermächtiges Gefühl von Schuld und Bedauern. Wie froh wäre sein Vater gewesen, wenn er die Aufnahmeprüfung für die Universität bestanden hätte.

»Schon gegessen?«, fragte Laoshun, als er seinen Sohn bemerkte.

»Wer?« Lingguan war verwirrt von der Frage.

»Der Rötelfalke.«

Nun erinnerte er sich an den Falken, den sie einen Tag zuvor gefangen hatten. Er hatte vergessen, sich um das Tier zu kümmern.

»Ich weiß nicht.«

Laoshun wandte sich dem Lahmen zu:

»Es ist ein außergewöhnlicher Falke, sehr temperamentvoll. Er hat jede Nahrung verweigert, die ich ihm angeboten habe und mich komplett ignoriert. Ich denke, er braucht noch ein paar Tage, bevor er Nahrung akzeptieren wird. Oh, wie geht es ihm, Hantou, meine ich?«

Lingguan fühlte einen Anflug von Missmut angesichts der Tatsache, dass sein Vater dem Falken mehr Beachtung schenkte als seinem eigenen Sohn. Sein Vater war ein Mann, der in seinem Leben des Öfteren durch fehlende Aufmerksamkeit geglänzt hatte und ging deshalb mit dieser Schwäche nicht zu hart ins Gericht. Seine Mutter erzählte wiederholt davon, wie auch ein sehr hohes Fieber von Lingguan den Vater damals keine Minute seines Schlafes gekostet hatte.

»Es ist nichts.«

»Was ist denn los?«, fragte der Lahme. »Ist jemand krank bei euch zu Hause?«

»Es ist nichts«, erwiderte Lingguan. »Niemand ist krank.«

»Oh, das ist eine sehr gute Nachricht.« Laoshuns Miene hellte sich auf. »In diesem Alter und in diesen Zeiten ist nichts wichtiger als eine gute Gesundheit. Wir können es uns nicht leisten, krank zu werden. Deine Mutter, dieses alte Weib, sorgt sich ständig um dieses und jenes und macht aus jeder Mücke einen Elefanten. Wenn nichts ist, dann ist es gut.«

Der Lahme seufzte vernehmbar, sagte aber nichts.

Als sie Laoshuns Haus erreichten, riefen die beiden alten Männer plötzlich »Gao! – Gao! – Gao! – Gao!« Es war ein Befehl an die Schafe, sich in zwei Gruppen zu teilen, was sie auch taten. Eine Gruppe lief in Laoshuns Hof, während die andere dem Lahmen folgte.

Nachdem Laoshun den Stall verschlossen hatte, nahm er ein Stück Kaninchenfleisch, das er zuvor gewässert hatte, aus einer Plastikschüssel, schnitt es in schmale Streifen und ging damit hinüber zu dem Rötelfalken. »Hei!«, rief er und wedelte mit dem Fleisch hin und her, doch der Falke stieß einen Schrei aus und flatterte aufgeregt mit den Flügeln. Auf den Schrei des Rötelfalken reagierten Witwer und Trotzkopf mit Fluchtversuchen, doch gebunden an ihre Lederriemen, fielen sie vornüber und hingen nun beide kopfüber von ihren Stangen.

»Diese Kreatur hat wirklich Temperament«, lachte er. »Ich werde dir Rettich zu fressen geben, heute Nacht und dann schauen wir mal, wie dir das bekommt!«

Lingguan und sein Vater zogen sich die ledernen Schutzhandschuhe über, lösten die beiden Falken von ihren Riemen und gingen mit ihnen in den Hof hinaus, nachdem sie einige Plastiktüten mit Fleisch gefüllt hatten.

Ying Er war noch immer mit dem Säubern des Schweinestalls beschäftigt. Sie blickte Lingguan einen kurzen Moment lang an und senkte dann den Blick. Wieder überkam Lingguan diese merkwürdige Unruhe.

Laoshun setzte den Falken auf den Boden und entfernte sich etwa zehn Schritte. Dann nahm er einen Fleischstreifen und rief den Falken. Trotzkopf flog los, landete auf seinem Handgelenk, schnappte nach dem Fleisch und verschlang es. Selbst nach dreimaliger Wiederholung dieses Vorgangs war der Greif noch immer voll auf Laoshuns Augen fokussiert. Laoshun lachte herzhaft. »So, nun reicht's, du gieriges Biest. Du wirst keinem Kaninchen mehr nachjagen, wenn ich dich zu gut füttere.«

Lingguan verfuhr mit Witwer auf dieselbe Weise wie sein Vater.

»Genug!«, sagte Laoshun. Es ist Zeit, sein Phlegma zu säubern. Füttere ihn mit einem Wollknäuel heute Nacht.«

7

Vor dem Abendessen kam Hantou mit einer Ankündigung.

»Die Bohrmannschaft ist unzufrieden mit dem Essen. Sie beklagen sich, sie bekämen nicht viel mehr als Schweinefutter. Der Anführer hat uns angewiesen von jeder Familie pro Familienmitglied ein halbes Pfund

Hühnerfleisch einzusammeln. Bei uns darf es auch Kaninchen sein, allerdings ein ganzes Pfund pro Person.«

Mengzi spuckte aus. »Verflucht! Das ist ja wohl der Gipfel! Wir bezahlen sie für ihre Arbeit und nun müssen wir sie auch noch füttern! Letztes Mal haben sie genug gesammelt, um ein ganzes Wolfsrudel satt zu bekommen.«

»Es ist nicht allein ihre Schuld«, sagte Hantou. »Wenn die Dorfkader und die städtischen Beamten kommen, müssen sie auch essen und trinken. Die Handvoll Bohrleute essen nicht viel, aber einige der Dörfler sind ohne Scham. Sie kommen einfach vorbei und essen mit. Zu viele Wölfe und nicht genug Fleisch.«

»Dann gehe ich auch und hole mir meinen Anteil«, sagte Mengzi. »Warum nicht, wenn andere es auch tun?«

»Friss dich voll und du kriegst nur Dünnschiss«, sagte ihr Vater. »Tu nicht so, als ob du bei uns nicht satt werden würdest. Lass die Leute das Essen stehlen, aber ich möchte nicht mein Gesicht verlieren.«

»Ich habe es nicht so gemeint, wie ich es gesagt habe, oder glaubst du wirklich, ich hätte das vor?«

»Kratz dich, wenn es dich irgendwo juckt. Du redest zu viel. Das nervt.«

Mengzi murmelte etwas Unverständliches als Antwort.

Ying Er brachte einen Topf voll gekochter Kartoffeln ins Wohnzimmer, dessen Anblick Mengzi augenblicklich die Stimmung vermieste.

»Ist das alles, was du kochen kannst?«, beschwerte er sich.

»Gekochte Kartoffeln und noch mal gekochte Kartoffeln. Ich kriege die Krätze, wenn ich die nur sehe.«

»Was ist falsch an gekochten Kartoffeln?« Ihre Mutter kam mit einem Schälchen eingelegtem Gemüse herein. »Ich bin als Bettlerin geboren und ich liebe Kartoffeln über alles. Geh und hol dir einen luftigen Hefekloß, wenn du keine Kartoffeln willst. Ich dämpfe Teigtaschen und deine Schwägerin müht sich im Schweinestall ab, während du nichts tust. Für heute soll es dir wohl reichen.«

Mengzi zog die Stirn in Falten.

»Also, was willst du essen?« Laoshun warf Mengzi einen verächtlichen Blick zu. »Auch du bist als Bettler geboren. Aber du meinst, dein Magen verdient etwas Besonderes. Schätz dich glücklich über das, was dir geboten wird. Früher konnten sich nur Großgrundbesitzer und Reiche Kartoffeln leisten. Ich bin einmal zum Haus von Meister Chen in Nantan gegangen, um mir Saatgut zu borgen. Nachdem sie mir eine Portion gekochte Kartoffeln vorgesetzt hatten, beobachteten sie mich aufmerksam. Wenn ich sie geschält hätte, hätten sie gesagt, dass ich genug zu essen habe und sie hätten mir kein Saatgut gegeben. Ja, sogar er, ein Mann von Wohlstand und mit großen Besitztümern, aß die Kartoffeln samt Schale. Also, was glaubst du, wer du bist? Du wirst den Wert einer Kartoffel zu schätzen lernen, wenn einmal die Ernte ausfällt und du vor Hunger aus dem Mund stinkst.«

»Ist ja gut«, wiegelte Mengzi missmutig ab. »Kannst du über nichts anderes sprechen als über den alten Chen und seine Kartoffeln? Immer geht es um Großgrundbesitzer und Reiche. Als ob du einer von denen wärst!« Verärgert stand er auf, um sich einen Hefekloß aus der Küche zu holen, den er zusammen mit dem eingelegten Gemüse aß.

»Was ist verkehrt an Landbesitzern und Reichen?«, fragte Laoshun, als sein Sohn zurückkam. »Im Frühling kam der alte Meister Chen ins Dorf und brüllte jeden an, der bis dato noch nicht seinen Dünger ausgefahren hatte. Aber dann lieh er ihnen Arbeitstiere.«

Er nahm sich eine Kartoffel, pellte sie und fuhr fort: »Hei, Alte! Vergiss, was ich gesagt habe. War ich nicht den ganzen Tag draußen in der Sonne? Ich glaube, ich habe einen kleinen Sonnenstich bekommen. Da täte ein Süppchen gut. Dieses Essen hier …«

»Soso, andere zurechtweisen, das kannst du!«, lachte seine Frau.

»Anderen predigt er den Marxismus-Leninismus. Nur bei sich selbst …«, frotzelte Mengzi.

»Genug!«, unterbrach Laoshun seinen Sohn. »Du denkst, dein alter Herr kommt nicht mit Kartoffeln klar?« Daraufhin biss er herzhaft in eine große Kartoffel, spuckte sie aber sofort wieder aus und schrie laut auf. Sie war noch kochend heiß gewesen. Alle lachten über den Vater.

Lingguan aß stumm und tat unbeteiligt, während er heimlich Ying Er beobachtete. Ohne ihn eines Blickes zu würdigen, nahm sie sich eine Kartoffel, streute Salz darauf und aß sie mit dem Gemüse. Sie wirkte abweisend, aber gleichzeitig erreichbar. Er dachte über alles nach, was an dem Tag passiert war und es kam ihm nun irreal vor. Alles schien ihm verschwommen und nicht greifbar, als ob es vor langer Zeit geschehen wäre. Krampfhaft versuchte er, Ordnung in seine Gedanken zu bringen, doch es gelang ihm nicht. Hatte er sie verletzt, dadurch, dass er sie stehengelassen hatte? Wovor fürchtete er sich? Rein vernunftmäßig hatte er nichts Schlimmes getan. Und auch sie hatte nichts Ungewöhnliches gesagt. Zwischen ihnen war nichts vorgefallen. Dennoch hatte sie sich den Anschein gegeben, und es hätte etwas passieren können. Das Bild war trüb und ihm fehlte der Mut, es klar zu erkennen. Er hätte sie zu gern angesehen, aber brachte es nicht fertig, denn sein schlechtes Gewissen sagte ihm, dass ein jeder im Raum um seine Gedanken wusste und alle ihn argwöhnisch beobachteten.

Als das Abendessen beendet war, wischte Hantou sich die Hände an einem Handtuch ab und sagte:

»Ich muss los. Ich bin heute mit der Nachtwache am Brunnen dran.«

»Nicht heute Nacht!«, sagte Laoshun. »Du hast zu hart gearbeitet heute. Mengzi, du gehst!«

»Ich habe zu tun heute Nacht«, erwiderte Mengzi.

»Was solltest du schon zu tun haben!«, brummte Laoshun. »Immer hast du irgendetwas zu tun. Du verbringst zu viel Zeit mit deiner Gaunerbande. Was immer du vorhast, es kann warten bis morgen.«

»Ich habe wirklich zu tun. Die Arbeit am Brunnen ist doch keine harte Arbeit. Wenn ich frei wäre, würde ich sie gern übernehmen.«

Lingguan beobachtete, wie sich die Miene des Vaters verdunkelte. Da er einen Wutausbruch befürchtete, sprang er bei und sagte:

»Lass ihn tun, was er tun muss. Ich werde gehen. Es ist nur eine Nacht.«

»Mein Sohn, ich weiß, du wirst nicht gern hören, was ich zu sagen habe, aber ich muss es tun.« Laoshun holte tief Luft.

»Es ist mir egal, was du sonst so anstellst, aber eines solltest du auf keinen Fall tun und das ist Glücksspiel. Das ist mein Ratschlag. Nimm ihn an oder lass es bleiben. Gib dir selbst eine Antwort. Du kannst entweder ein Drache sein oder ein Tiger. Du hast die Wahl.«

»Ach ja« Mengzi lachte. »Wovon sollte ich spielen? Ich bin so abgebrannt, dass ich mir nicht mal ein Paar neue Hosen leisten kann. Und mein Papiergeld fürs Jenseits braucht auch niemand.«

»Es ist mir egal. Denk einfach daran, was ich dir gerade gesagt habe.«

8

Mengzis Job an diesem Abend war einfach: Shuangfus Frau hatte ihn gebeten, einen Brief an ihren Mann zu schreiben, der sich von ihr getrennt hatte.

Shuangfu wurde im Dorf von allen das »Chemikergehirn« genannt. Ein Freigeist mit guter Erziehung und ein ausdauernder Arbeiter. Einige Jahre zuvor hatte er Getreide von der Produktionsmannschaft gestohlen und Sun Datou, der Dorfvorsteher, hatte eine öffentliche Anhörung gegen ihn veranstaltet, in deren Folge Shuangfu das Dorf verlassen musste und Hals über Kopf nach Lanzhou geflohen war, wo er ein Geschäft eröffnete hatte. Schon bald war er stolzer Besitzer eines zweistöckigen Hauses und erfolgreicher Unternehmer.

»Komm nach dem Essen vorbei«, hatte Shuangfus Frau am Nachmittag zu ihm gesagt. »Du musst einen Brief für mich an meinen nichtsnutzigen Ehemann schreiben.«

Nun stand er also bei ihr in der Wohnung.

Als er den Raum betreten hatte, stand sie barbusig vor einem Waschtisch und kämmte ihre Haare. Ihre vollen Brüste bewegten sich rhythmisch hin und her.

»Wo ist deine Tochter?«

»Bei ihrer Oma.« Sie ignorierte ihn und kämmte weiter ihre Haare, wobei ihre Brüste und ihr Hintern ordentlich in Bewegung gerieten. Seine Kehle wurde trocken.

Als sie ihre Toilette beendet hatte, cremte sie sich vor dem Spiegel das Gesicht ein. Anschließend feilte sie sich die Fingernägel und ging dann zu einer Kommode hinüber, aus der sie eine Bluse herausnahm. Als sie die Schublade wieder schloss, nahm er den Geruch von Mottenkugeln wahr.

»Hungrig?«, fragte sie.

»Nein.«

»Ich kann dir etwas machen.«

»Nicht nötig.«

»Ich dachte nicht, dass du kommen würdest.«

Er wusste nichts darauf zu antworten.

»Ruh dich einen Moment aus. Den Brief kannst du später schreiben.« Sie setzte sich an den Rand des Bettes, die Augen auf ihn gerichtet. Er schaute sie an. Ihre enge Bluse konnte die prallen Brüste kaum halten. Ihre weiche, angenehme Stimme kitzelte ihn.

»Nein, lass ihn uns jetzt schreiben«, meinte er.

»In Ordnung.«

Er bewegte sich nicht vom Fleck.

»Shuangfu ist ein Idiot«, dachte Mengzi. Warum ließ er eine solche Frau allein zu Hause sitzen? Gerüchte kursierten, Shuangfu unterhalte Beziehungen zu leichten Mädchen. Warum tat er das?

»Ich werde den Brief jetzt schreiben.«

»Lass dich nicht stören, wenn es das ist, was du willst.

Er musste einen ziemlich idiotischen Eindruck abgeben, so wie er sie nun mit offenem Mund anstarrte. Sein sonst recht ausgeprägtes Selbstvertrauen verließ ihn ein wenig.

»Shuangfu muss sehr viel zu tun haben, dass er nur ein paar Mal pro Jahr zurückkommt.«

»Es ist mir völlig egal, ob er überhaupt zurückkommt«, sagte sie. »Ihr Männer seid doch alle gleich. Immer schaut ihr in den Topf auf dem Herd, auch wenn eure Schälchen vor euch gut gefüllt sind. Du verstehst das natürlich nicht, aber das wird sich ändern, wenn du einmal verheiratet bist.«

Mengzi bekam kein Wort heraus. In seinem Kopf läutete es wie ein Gong. Er versuchte zu schlucken, sein Adamsapfel bewegte sich hoch und runter, aber seine Kehle blieb wie zugeschnürt.

»Lass uns jetzt den Brief schreiben«, brachte er mühsam hervor.

»Wie du meinst«, sagte sie und reichte ihm Bogen und Stift. »Wenn es das ist, was du möchtest.«

»Warum überhaupt ein Brief? Beauftrage doch jemanden, ihm eine Botschaft zu überbringen!«

»Ein Brief ist besser«, erwiderte sie. »Schreib ihm, die Ernte ist eingefahren, dank einiger bezahlter Hilfsarbeiter. Er soll heimkommen, wenn ihm danach ist, und wenn nicht, ist es auch gut. Ich bin abgebrannt, aber er braucht mir kein Geld zu schicken, wenn er nicht will. Schreib ihm, er soll tun und lassen, was er will. Er braucht sich keine Sorgen um seine Frau oder seine Tochter zu machen. Ich werde seine Tochter mit Essen zu ihm schicken, wenn er im Knast landen sollte.«

»Willst du wirklich, dass ich das schreibe?«

»Sicher.«

»Sonst noch etwas?«

»Das wär's.«

Er bat sie um einen Umschlag, schrieb die Adresse darauf, versiegelte ihn und legte ihn, während er ihr einen Blick zuwarf, auf das Bett. Sein Herz pochte, als er bemerkte, dass sie ihn beobachtete.

»Ich bin kein Menschenfresser«, lächelte sie. »Warum schaust du so ängstlich?« Sie ließ ihren Blick nicht von ihm. In Ihren Augen blitzte es kurz auf.

»Wenn er heimkommt, werde ich ihm sagen, dass du den Brief geschrieben hast. Und wenn mich morgen jemand fragen sollte, wer bei mir war, werde ich sagen: ›Mengzi war hier.‹ «

Er fühlte seinen Puls schneller werden.

»Ich werde jedem erzählen, dass nichts vorgefallen ist und sie zu dir schicken, falls sie mir nicht glauben.« Ihre Stimme war weich wie zerlaufene Butter.

Im selben Moment stürzte er sich auf sie, schlang seine Arme um ihren Körper und bedeckte ihr Gesicht mit unbeholfenen Küssen.

»Benimm dich, Mengzi!«, sagte sie spielerisch. »Ich habe dich hergebeten, um einen Brief für mich zu schreiben.«

Er stöhnte schwer, während er versuchte, ihre Hose zu öffnen. Sie spielte vagen Widerstand. »Ich sage es deiner Mutter, wenn du weiter gehst.«

Ihre Hose saß so eng, dass er es nicht schaffte, sie ihr herunterzuziehen.

»Du weißt nicht, was du da tust, Mengzi!«, hauchte sie, während sie ihre Hose abstreifte und sich nackt auf dem Bett zurücklehnte.

Sie war ein wenig pummelig, mit weißer Haut und vollen Brüsten. Ihr rundlicher Bauch hob und senkte sich. Mengzis Mund stand offen. Er keuchte schwer. Ihre Unverfrorenheit machte ihm ein wenig Angst.

»Ich glaube nicht, dass du es kannst!«, lachte sie plötzlich.

»Ich werd's dir zeigen!« Er drehte sich auf sie, doch sie stieß ihn zurück. »Autsch, deine Klamotten tun mir weh.«

»Ich ziehe sie aus.«

»Tu, was du willst« Mengzi zog sich aus.

»Ich bin nicht in der Stimmung«, sagte sie. Er sah sie an, doch sie hielt ihre Augen geschlossen.

»Deine Brüste sind so …!«

»Mach, was du willst. Mir ist nicht danach.«

Ihre Nippel standen aufrecht. Sobald er begann, sie mit seiner Zunge zu liebkosen, stöhnte sie leise auf.

»Tut es weh?« Sie stöhnte weiter, ohne ein Wort zu sagen. Er ließ von ihr ab.

»Ich werde es dir …!« Er berührte sie.

»Du wirst es mir … was? Mach dich nicht lächerlich!«

Er drückte ihre Beine auseinander, drang in sie ein und begann, sie mit ungeschickten Stößen zu bearbeiten. Wenig erbaut von seiner unbeholfenen Technik, übernahm sie die Führung und leitete ihn an. Sie stöhnte. Dieses Mal lauter und rhythmischer.

»Tut es weh?«, fragte er erneut.

»Langsamer!«, flüsterte sie, nur um ihn Augenblicke später anzustacheln. Sie war wie ein wildes Tier. Dann biss sie ihn in die Lippen.

»Und nun wirst du mich allein lassen?«, fragte sie, als sie fertig waren.

»Drück mich nicht so fest. Ich bekomme keine Luft.« Er war ziemlich außer Atem.

»Nein! So einfach wirst du mir nicht davonkommen. Du hast mich ausgenutzt.«

Sie schlang ihre Arme um ihn und biss erneut in seine Lippen.

»Ich kann nicht glauben, dass du es wirklich getan hast. Wie soll ich morgen den Leuten entgegentreten?« Sie ließ von ihm ab.

Nachdem er zum Höhepunkt gekommen war, verließ Mengzi schlagartig das Interesse. Angezogen hatte sie so attraktiv auf ihn gewirkt, nun, wo sie nackt war, fand er sie ziemlich durchschnittlich.

»Ich sollte gehen«, sagte er kurz.

»Geh, wenn du willst. Aber es warten Leute da draußen. Hast du keine Angst? Wenn sie dich fragen, wo du warst, sag ihnen einfach: ›Shuangfu war nicht zu Hause‹!«

Mengzi wagte sich nicht aus ihrem Haus.

9

Nach seiner langen Schicht war Lingguan der Meinung, er habe sich das Ausschlafen reichlich verdient. Die Sonne stand bereits fast im Zenit und verlieh allen Gegenständen im Hof einen glitzernden Schein. Mengzi war mit dem Vater zur Hasenjagd in die Wüste aufgebrochen, während Hantou seine Schicht beim Brunnen begonnen hatte. Ihre Mutter fütterte die Hühner und schaute nach dem Korn. Als sie Lingguan sah sagte sie:

»Auf dem Herd steht Nudelsuppe und ein paar Hefeklöße sind auch noch da.«

Er murmelte etwas als Antwort, wusch sich und frühstückte anschließend.

»Wenn du müde bist, ruh dich ein wenig aus, ansonsten kannst du dir den Pflug nehmen. Es ist bald Zeit für die Winterbewässerung, aber die Erde ist noch immer klumpig und uneben.«

»Ich hasse diese Arbeit. Wenn ich nur daran denke …«

»Wer soll das Land bestellen, wenn einer dieses nicht will und der andere jenes nicht mag? Geh los und mach so viel, wie du schaffen kannst. Deine Schwägerin ist vor einer Weile zur Xihu-Schlucht aufgebrochen.«

Sein Herz klopfte unwillkürlich. Seine Mutter suchte kleine Steine aus den Kornsäcken, also nahm er sich einen Spaten und machte sich auf den Weg.

Die Xihu-Schlucht lag hinter einer langgezogenen Wegbiegung. Der wolkenlose Himmel war wie ein blaues Tuch, das die gelben Kämme der Dünen in ein besonderes Licht tauchte. Vor diesem Hintergrund sah Ying Er in ihrer leuchtend roten Bluse unwiderstehlich aus. Warum liebte sie Rot so sehr? Seiner Meinung nach stand ihr Blau am besten, doch sie hatte eine unumstößliche Vorliebe für Rot.

Maodan näherte sich Lingguan mit einem Bündel Weizen unter dem Arm.

»Hattest du nicht die Nachtschicht?«, fragte er. »Warum bist du hier und nicht im Bett?«

»Und was ist mit dir?«

»Wir sind eben unterschiedlich. Du kannst dich im Schatten unter einem Baum ausruhen, aber ich muss immer arbeiten, weil ich sonst nichts zu beißen habe, verstehst du?« Er schaute verstohlen um sich.

»Die Frau vom Handlosen Wei hatte ein Baby«, flüsterte er. »Es ist tot. War wieder ein Mädchen.« Dabei schlug er mit der Hand auf das Bündel unter seinem Arm. Lingguan bemerkte nun ein in Stoff gewickeltes Etwas zwischen den Weizenähren.

»So wie ich die Sache sehe, mein Lieber, hat der Handlose Wei einige seiner Kunden mit der Waage betrogen und nun fällt es auf ihn zurück. Das ist auch der Grund, warum seine Kuh ihn gebissen hat. Und als sich die Wunde entzündete, mussten sie ihm seine Pranke amputieren. Schon ein bisschen unheimlich, oder? Und nun ist der Moment der Vergeltung gekommen. Nur Mädchen … und seine Familienlinie ist am Ende.«

»Das ist doch Unfug«, erwiderte Lingguan.

»Das ist zumindest, was sich alle erzählen. Wenn er sich moralisch integer verhalten hätte, warum ist er dann der Einzige, der nur Mädchen bekommt und dessen Linie bald ausgestorben sein wird, während alle anderen im Dorf mindestens einen Sohn haben?«

Lingguan gefiel Maodans Logik nicht, denn weder sein Bruder Hantou noch seine Schwester Lanlan hatten einen Sohn.

»Dann zeig mir doch mal deinen Sohn!«, spottete er.

Maodan lachte und in seinen Augen funkelte es böse. »Wirf mich nicht mit denen in einen Topf. Ich – Ich will nicht heiraten – ach Frauen … Ich weiß genau, du kannst es nicht erwarten, dich an deiner Schwägerin zu vergreifen. Ich muss jetzt los und dieses Baby einäschern. Ich will euch beide nicht weiter stören.«

Lingguan wandte sich ab und ließ Maodan stehen, der sich ebenfalls in Bewegung setzte und mit dem verschnürten Bündel unter dem Arm, eine Melodie summend, langsam hinter ihm hinterhertrottete. Seine nackten Füße klebten an den Schuhen, so dass sie mit jedem Schritt ein schmatzendes Geräusch von sich gaben. Niemand hätte von dem Lächeln in seinem Gesicht und seiner zur Schau getragenen, sorglosen Haltung, darauf schließen können, dass der Mann gerade dabei war, einen Babyleichnam zu entsorgen.

Lingguan fühlte sich angeekelt. Langsam begann er, mit seinem Spaten Erde in eine Vertiefung zu schaufeln.

Maodans Augen wurden groß, als er Ying Er erblickte. Er näherte sich ihr mit einem verqueren Ausdruck im Gesicht.

»Schau her! Schon mal so etwas gesehen?« Dabei breitete er die Getreideähren auseinander und öffnete das Stoffpaket.

»Hau ab, Maodan!«, schrie Lingguan.

Aber Ying Er hatte es bereits gesehen. Sie wich entsetzt zurück und mit einem kurzen, schrillen Schrei fiel sie rücklings auf den Boden.

Maodan grinste breit, befriedigt von dem Resultat seines groben Spaßes. Ying Ers Gesicht war aschfahl. Tränen stiegen ihr in die Augen und liefen dann langsam ihr Gesicht hinunter. Lingguan bückte sich, nahm einen Erdklumpen und schleuderte ihn auf Maodan. Er traf ihn an der Brust. Maodan zog eine Grimasse und sprang wie ein Affe zur Seite. Dann rannte er ein paar Meter, blieb stehen und rief:

«Wie süß du dich um deine Schwägerin kümmerst!« Dabei grinste er hämisch.

Lingguan stieß einen Fluch aus und warf Maodan einen weiteren Erdklumpen hinterher, woraufhin der das Weite suchte und hinter einer Biegung verschwand.

Ying Er, immer noch aschfahl, versuchte, sich mit Hilfe ihrer Schaufel aufzurichten, doch es gelang ihr nicht. Lingguan erschien es unangebracht, ihr beim Aufstehen zu helfen, andererseits mochte er sie nicht hilflos liegenlassen. Also stand er bloß dort und starrte sie untätig an.

Sie rang nach Atem.

»Du denkst wohl, das wäre lustig, nicht wahr? Komm endlich und hilf mir auf!«

10

Sie klopfte sich den Staub von der Brust und seufzte.

»Du weißt doch, ich habe panische Angst vor jeder kleinen Kröte. Wie kannst du es zulassen, dass er mir ein totes Baby zeigt?«

»Er wollte es dort oben am Hang einäschern. Wie konnte ich ahnen, dass er hierherkommt und dich damit erschreckt!«

»Selbstverständlich wusstest du es! Vermutlich wolltest du nur sehen, wie ich reagiere, nicht wahr?«

»Was ist schon dabei!«, sagte er mit einem Lächeln, froh darüber, dass sie ihre Fassung wiedererlangte.

»Der einzige Unterschied zwischen ihr und uns ist die Tatsache, dass sie nicht mehr atmet. Wovor also hast du Angst?«

»Ich wünsche dir, in deinem nächsten Leben als Frau auf die Welt zu kommen. Dann wirst du es schon erleben. Aus welcher Familie ist das tote Baby?«

»Vom Handlosen Wei.«

»Schon wieder? Seine Frau hat schon genug durchgemacht. Sie war mal eine schöne Frau mit edler, weißer Haut und einer tollen Figur. Nun ist sie lediglich Haut und Knochen. Mein Gott, ich zittere immer noch am ganzen Leib. Ich fürchte, dass mir meine Seele entflohen ist. Ich kann mich überhaupt nicht konzentrieren. Weißt du, wie man eine Seele zurückruft?«

»Nein.«

»Es ist einfach. Du musst nur sagen ›Seele und Geist, kehrt zurück in den Körper‹. Das sollte reichen.«

»Mehr nicht? Wirklich? Dann könnte auch ich ein Schamane sein!«, sagte Lingguan. »Gut, ich versuche es: Seele und Geist, kehrt zurück in den Körper!«

»Was tust du denn da? In wessen Körper sollen sie zurückkehren? In den eines Schweins? Eines Hundes? Du musst meinen Namen sagen!«

»Muss ich ›Schwägerin‹ sagen oder deinen Namen?«

»Meinen Namen natürlich!«

»Gut, ich versuche es noch einmal: Seele und Geist von Ying Er, kehrt zurück in ihren Körper!«

»Ich kann es fühlen. Sie kehren zurück!«, lächelte sie. »Mach es noch einmal!«

»Seele und Geist von Ying Er, kehrt zurück in ihren Körper!«

»Noch einmal!«

»Seele und Geist von Ying Er, kehrt zurück in ihren Körper!«

»Sie sind zurück. Oh, das bedeutet Schwierigkeiten!« Sie wirkte zufrieden und irritiert zugleich.

»Sie sind zu dir zurückgekehrt, nicht zu mir! Wie konnte das sein?«

»Ist das dein Ernst? Das ist doch lächerlich!«

»Ja, die Seelen auf der Erde sind zu dir gewandert, und auch meine Geister. Du hast es nicht richtig gemacht. Ying Er…deine Stimme war viel zu weich, zu süß. Jeder, der dich gerade gehört hätte, hätte gedacht, du sagst mir liebe Worte. Kein Wunder, dass sie zu dir gewandert sind.« Noch immer stand ein Lächeln in ihrem Gesicht.

Er errötete und fühlte einen Kloß im Hals.

»Ich hatte dich immer für steif gehalten, steif und gefühllos, aber – aber jetzt gerade klangst du menschlich. Ich war mir nicht sicher, ob du meine Seele zurückholst oder ob du mich mit einem Fluch belegst.«

Sein Gesicht wurde noch röter. Ying Er benahm sich anders als sonst. Für gewöhnlich ein ruhiges Mädchen, konnte sie doch auch ab und an so neckisch wie die Stadtmädchen sein. Er mochte die kluge, schelmische Ying Er, auch wenn sie ihn so in Verlegenheit brachte wie in diesem Augenblick.

Erfreut, ihn weiterhin so verlegen zu sehen, quälte sie ihn unbarmherzig weiter. »Dein Gesicht wird brennen und dein Herz rasen, wenn du die Seele eines anderen Menschen übernimmst. Zumindest, so lange du ein komplett herzloses Wesen bist. Ist das so? Brennt dein Gesicht? Wie sieht es mit deinem Herzen aus? Oh! Ich sehe, du bist ein herzloser Mann.«

Ratlos, wie er sich aus seiner Verlegenheit herausmanövrieren könnte, brach er in Schweiß aus.

»Du brennst nicht? Ich weiß.« Sie gab nicht nach. »Du hast kein Herz.«

Lingguan war hilflos. Dennoch genoss er ihre Neckereien, denn er wusste, dass sie zu Hause eine andere sein musste und sich niemals so öffnen konnte. Also entschied er sich, ihr Spiel mitzuspielen.

»Und wenn es brennt, was dann? Was wäre, wenn ich deine Seele entführt hätte? Du warst so lebendig, als du deine Seele verloren hattest. Aber jetzt, wo du sie wiederhast, ist es vorbei damit.«

»Ist dem so? Also willst du mich mit Geist oder ohne?«

»Was ist mit dir? Welcher Zustand ist dir lieber?«

»Sei nicht oberschlau!«

»Du sollst es sagen.«

Sie kniff die Augen zusammen und schaute ihn an.

»Erinnerst du dich, was dein Bruder an jenem Tag gesagt hat? An dem Tag, als ihr in die Stadt gefahren seid?«

»Nein.« Sein Puls ging schneller.

»Doch, du weißt es, Lingguan.« Dann fuhr sie in einem traurigen, leisen Tonfall fort.

»Du willst mich nicht verletzen, richtig? Er hat gesagt, dass deine Mutter ein Enkelkind will, nicht wahr? In Wirklichkeit weiß ich genau Bescheid. Dein armer Bruder – ich sage das nicht wegen seines Problems. Das ist nämlich nicht der Punkt. Es ist völlig nebensächlich. Jeder wird mal krank. Man muss nur die richtige Behandlung finden. Mit ihm ist es leider anders. Er sorgt sich zu sehr um seinen Ruf und darum, dass er sein Gesicht verlieren könnte. Also verheimlicht er es vor allen und jedem. Aber wenn er allein ist, dann jammert er und stöhnt herum. Solange, bis er krank wird. Worum sorgt er sich so, wenn nicht um seine Fehlfunktion? Dass er Angst hat, sein Gesicht zu verlieren ist die eine Sache. So wie er sich verhält, wird er den Respekt der Leute verlieren. Und die andere Sache ist natürlich die, dass er einen Stammhalter möchte.«

Sie senkte den Kopf.

Sein Gesicht brannte.

Wie aus dem Nichts erschien auf einmal Maodan hinter ihnen.

»Hallo ihr!«, rief er und ließ einen seiner schlüpfrigen Sprüche los. Lingguan war auf alles gefasst.

»Komm rüber!«, rief er zu Maodan. »Komm rüber und schau dir an, was du getan hast. Sie kann kaum allein stehen, solch einen Schrecken hast du ihr eingejagt! Ich bring dich vor Gericht, falls ihr irgendetwas geschieht!«

Einen kurzen Augenblick lang sah man so etwas wie Panik in Maodans Augen, doch sein Gesichtsausdruck blieb verschlossen.

»Alles, was ich getan habe, war, ihr etwas zu zeigen, was sie noch nie zuvor gesehen hat. Gegen welches Gesetz soll ich damit verstoßen haben?«

»Das wirst du schon früh genug erfahren. Wir werden sehen, wer mächtiger ist, das Gesetz oder deine Arroganz!«

Maodan wusste, dass Lingguan bluffte. Also setzte er ein Grinsen auf und sagte:

»Ich stehe seit meiner Geburt mit beiden Beinen auf dem Boden. Spar dir also deine leeren Drohungen. Wenn du mich vor Gericht bringst, werde ich sagen, dass ich euch beide … und dass du mich verklagt hast in dem Augenblick, in dem ich euch dabei entdeckt habe. Also bitte, tu, was du nichtlassen kannst.«

Ying Er schüttelte den Kopf, sah zuerst zu Maodan, dann zu Lingguan hnüber und gab Letzterem ein Zeichen, Maodan wegzuschicken.

»Genug, es reicht!«, sagte er. »Du kannst gehen. Der Handlose Wei wartet sicher schon mit deiner Belohnung.«

»In Ordnung«, winkte Maodan ab und zog die Augenbrauen hoch.

»Ich werde euch nicht länger belästigen. Ihr könnt anstellen, was ihr wollt. Ich werde niemandem davon erzählen. Lingguan, wenn du erst drin bist, dann mach ihr einen kleinen Lingguan!« Daraufhin entfernte sich Maodan und summte erneut seine kleine Melodie vor sich hin.

»Merkst du eigentlich nicht, dass er dich nur provozieren wollte?« Ying Er sah Lingguan irritiert an.

Lingguan bemerkte, dass sich zwischen ihnen fast unmerklich eine Art stillschweigendes Einverständnis entwickelt hatte und dass dieses Einverständnis durch Maodans Erscheinen zerbrochen war und sie ihn deswegen hatten loswerden wollen. Im selben Augenblick jedoch, in dem Maodan sich entfernte, schlich sich eine Mehrdeutigkeit in dieses Einverständnis, das Unbehagen in ihm auslöste.

»Er hat gesagt, du sollst dir keine Gedanken machen.« Ying Er lächelte und fixierte ihn mit ihren strahlenden Augen.

»Worüber auch!«, gab er fast mechanisch zurück, bereute seine Worte aber im selben Moment.

Sie schien es nicht zu stören.

»Du solltest schon wissen, worüber.« Ihre für normal so leise Stimme, klang in diesem Moment geradezu gebrechlich zart, wie ein sanfter Windhauch, der ihn anwehte.

»Lust auf ein Lied? Ich singe eins für dich«, flüsterte sie und hob ihre Stimme an, ohne seine Antwort abzuwarten.

Regentropfen fallen auf die Steine,
Schneeflocken fallen auf das Wasser,
Liebeskummer fällt auf das Herz,
ein blutiger Schorf befällt den Mund.

Um Mitternacht sah ich den Mond den Himmel übernehmen,
Die Tür zu meinem Mädchenzimmer ist halb geöffnet,
Großer Bruder, du bist wie ein Allheilmittel,
Kleine Schwester braucht deine Medizin.

Ein Ochse trinkt Wasser am Ufer des Gelben Flusses,
Das Wasser reicht nicht bis zur Nasenspitze.
Ich denke an dich, wenn ich mein Schälchen nehme,
die Nudeln reichen mir nicht bis zum Mund.

Es schien, als ob das Sonnenlicht den Gesang der Zikaden verstärkte. Sein Verstand setzte aus. Er glaubte zu hören, was sie sang, aber war nicht in der Lage, seinen eigenen Ohren zu trauen. Sang sie wirklich die Worte, die er in diesem Augenblick hörte? Bildete er sich das nicht ein?

»Möchtest du mehr hören?«, fragte sie im Flüsterton.

Eine weiße Päonie fiel ins Wasser,
Fische sie schnell heraus, oder sie wird davontreiben.
Genieße das Leben auf dieser Erde,
genieße es, bevor du alt sein wirst.

Die kleinen Hühner tschilpen lustig,
Streiten sich um die Körner im Trog.
Lass dich von meiner Stille nicht täuschen,
Ich denke an dich, egal was die anderen sagen.

Ansehen ist nur ein leeres Wort,
Wichtig ist doch, was du denkst,
Komm hinein in das Zimmer und wir
Schütten unsere Herzen aus, frei und unbekümmert.

»Traust du dich?«, flüsterte sie mit einem unglücklichen Ausdruck im Gesicht. Er wusste, was sie ihm mit diesem Blick sagen wollte.

Sein Herz klopfte und sein Mund war trocken. Er stand vor ihr, doch kein Wort kam über seine Lippen. Das Strahlen in ihren Augen erstarb und ein Anflug von Scham und Missgunst machte sich in ihrem Blick breit. Er war empfindsam genug, die Veränderung wahrzunehmen. Ich habe sie verletzt. Himmel, hilf mir, betete er stumm.

»Natürlich traue ich mich«, brachte er schließlich heraus.

11

Die Sonne stand fast im Zenit, als sie sich auf den Weg nach Hause machten. Es war ein windstiller, schwüler Tag. Irgendetwas flimmerte auf einem Feld in einiger Entfernung, doch die Helligkeit schmerzte in Ihren Augen und Ying Er kam mit einem Mal alles so irreal vor, dass sie glaubte zu träumen. Es musste ein Traum sein! Wie sonst hätten all die Worte so selbstverständlich aus ihr herauskommen können, wo der reine Gedanke an sie ihr die Schamesröte ins Gesicht getrieben hätte? Sie aber hatte keinerlei Zwang gespürt, eher eine übernatürliche Kraft, die sie gelenkt hatte. Sie fühlte sich angenehm betäubt. Ihr Gesicht brannte und ihr Puls ging schnell, ganz so, als habe sie einen diebischen Schalk mit jemandem getrieben. Genauso fühlte sie sich in diesem Augenblick. Ying Er musste an einen Ausdruck denken, den die Dorfleute benutzten, wenn sie Frauen verunglimpften. »Männer-Dieb«. Sie hatte diesen Ausdruck immer gehasst. Doch nun verkörperte er für sie eine Art sündige Glückseligkeit. Und in all ihrer Normalität gierte sie nun nach etwas Sünde. Hantou war zu gut. Er war das personifizierte Gute und dadurch sterbenslangweilig. Sie fand keine Macken an ihm. Sie beneidete alle Frauen, die öffentlich mit ihren Männern flirteten. Frauen verurteilten liederliche Frauen, und doch hatte eine jede von ihnen den Wunsch, selbst etwas Sündiges zu tun, wenn sich die Gelegenheit dazu böte. Und das galt auch für sie, ganz unabhängig davon, was die anderen sagten. Die Worte, die sie gerade gesungen hatte, kamen den sündigen Gedanken, die sie nun dachte, nicht im Entferntesten nahe, doch sie riefen einen Quell an emotionalen Reaktionen in ihr hervor – ungewohntes Glück, Angst, Schüchternheit und auch ein Gefühl von etwas ganz Neuem. Sie war unsicher, ob sich Verliebtsein ebenso anfühlte. In dem Wörterbuch ihres Lebens stand das Wort Liebe verstaubt in einer versteckten Ecke. Heirat hatte an ihrer Tür angeklopft und noch bevor sie hätte den Staub abwischen können, war sie Hantous Ehefrau geworden und hatte damit das einzige Kapitel in dem Buch ihres Lebens verpasst, das niemals ein Mensch verpassen durfte: Liebe.

»Wie hatte ich diese Worte singen können?« Sie bedeckte ihr Gesicht und sah zu Lingguan auf, der vor ihr lief. Sein Gang war unbekümmert und sie erkannte darin den typischen Stil derer, die eine Schule besucht hatten. Die Sonne verschwand und mit ihr die kühle Brise und das Rauschen von Wasser in den Gräben. Da war nichts zwischen Himmel und Erde außer seinem Rücken. Sie spürte einen Schauer von Glückseligkeit ihren Rücken hinunterrieseln. Alles an ihm, sein Gang, seine Haltung und selbst seine staubigen Schlappen erschienen ihr einfach perfekt, jenseits jeder Beschreibung. Fast wie ein Liebesgeflüster, das sie dahinschmelzen ließ. »Wenn« – Ein Gedanke ergriff Besitz von ihr. Wenn er es nur sein könnte und nicht »er«, wie wundervoll wäre die Welt. Beim Gedanken an den anderen »er« durchfuhr es sie plötzlich. Doch sie bezwang den aufkommenden Gedanken und versuchte, das Glück dieses einen Moments festzuhalten.

Je näher sie dem Dorf kamen, desto mehr Menschen begegneten ihnen. Die menschlichen Stimmen, der Staub und die Tiere, die von den Weiden zurückgetrieben wurden, erfüllten die stickige und trübsinnige Mittagszeit mit Leben. Ein junges Maultier tobte um seine Mutter herum, warf den Kopf hin und her und schnappte spielerisch nach dem Hals seiner Mutter.

Ying Er verlangsamte ihren Gang, um einen kleinen Abstand zwischen Lingguan und sich zu bringen. Noch immer badete sie in ihrem Glücksgefühl und ihre Blicke ließen Lingguan keine Sekunde lang aus den Augen.

Als Lingguan die Straße erreichte, traf er mit Baigou zusammen. Als er sich umdrehte, trafen sich ihre Blicke kurz. Sie nahm es als Aufmerksamkeit seinerseits und genoss den Moment. Er denkt an mich. Dachte sie. Weißt du, dass ich an dich denke? Sie blickte noch einmal in seine Richtung. Die beiden Männer redeten miteinander. Neben dem grobschlächtigen Baigou erschien Lingguan nur noch attraktiver. Er hatte eine Haltung und Aura, die nur Menschen mit Bildung aufwiesen. Es war wie ein ungekünsteltes, angeborenes Verhalten, das von innen heraus zu kommen schien, nichts Erzwungenes oder Gespieltes.

Der ungehobelte, ordinäre Baigou wirkte wie ein Schwein neben einer Gazelle. Sie lächelte über ihren Vergleich und spürte sofort, dass auch dieser Vergleich Lingguan gegenüber nicht fair war. Was war Baigou denn schon? Ein Schwein. Er verdiente es nicht, auch nur neben Lingguan zu stehen. Sie bemühte sich, ein paar Fetzen ihrer Unterhaltung aufzuschnappen. Sie wollte seine Stimme hören, seine Worte, die direkt in ihr Herz flossen und ein Meer von Glückseligkeit erschufen. Fühlte sich so

Liebe an? Ein Lächeln tanzte um ihre Lippen. Bei dem Gedanken, verliebt zu sein, errötete sie.

»Hei, Ying Er! Was ist los mit dir? Du bist ganz rot im Gesicht.« Fengxiang, Beizhus Ehefrau, holte Ying Er aus ihren Träumen zurück. »Hast du das Feld bearbeitet?«, fragte sie.

»Mh«, antwortete Fengxiang und ließ ihren Blick nicht von Ying Ers Gesicht. »Ist alles in Ordnung mit dir? Bist du krank? Hast du Fieber?«

Ying Er entschied sich auf den Karren aufzuspringen und rieb sich wie zur Bejahung der Frage die Schläfen.

»Ruh dich aus! Bei einer Erkältung kannst du nicht mehr tun, als dich auszuruhen und viel Wasser zu trinken. Beizhu hat das in einem Buch gelesen.«

»Ich bin kein kleines Kind mehr und auch nicht aus Pappe.«

»Das ist mein Ratschlag an dich. Nimm ihn oder lass ihn«, sagte Fengxiang.

Krank? Ich bin krank, aber weißt du, was es ist? Ying Er lächelte heimlich. Es ist Liebeskummer. Fieber? Selbstverständlich habe ich Fieber. Hätte ich keinen Liebeskummer, dann hätte ich auch kein Fieber.

Ying Er schaute erst Baigou an, dann Fengxiang. Sie fragte sich, ob zwischen den beiden etwas lief. Im Dorf wurde regelmäßig gemunkelt, dass viele junge Männer Beziehungen mit ihren Schwägerinnen hatten. In der Vergangenheit hatte ihr das nichts bedeutet, doch zum jetzigen Zeitpunkt erweckte es in ihr ein ganz bestimmtes Gefühl. Ihrer Meinung nach könnten, ja sollten Baigou und Fengxiang ein Geheimnis wie das ihre haben. Aber sie dachte von sich selbst anders. Ihre Gefühle für Lingguan waren rein und unverdorben, jenseits aller Konventionen und unvergleichlich. Sollte Fengxiang ihre eigene Geschichte haben, so musste sie abstoßend und ekelerregend sein – sogar das Wort »sündhaft« kam ihr in den Kopf, aber sie verwarf es sogleich wieder. Sie musste lächeln, als ihr bewusst wurde, wie albern ihre Gedanken geworden waren. Das verwirrte Fengxiang. Ihr beiden also auch? Ying Er wies mit einem Blick auf Baigou.

Fengxiang vermochte den subtilen Wechsel in Ying Ers Verhalten nicht wahrnehmen.

»Seine Mutter ist nach Hause gegangen, um zu kochen. Siehst du die dort drüben? Siehst du die, die man den Wölfen vorwerfen sollte?«

Fengxiang lenkte Ying Ers Blick in Richtung ihrer Schwägerin, Yue Er, die sich gerade im Graben das Gesicht gewaschen hatte. Sie winkte Ying Er zu. Ying Er winkte zurück.

»Ein richtig steiler Rotzopf, die Kleine«, spottete Fengxiang. »Keine Ahnung, wie oft am Tag sie sich das Gesicht wäscht. Wenn du mit einem Schweinegesicht geboren wirst, ist es egal, wie oft am Tag du dir das Gesicht wäschst, du wirst keine Schönheit. Wir sind hier geboren und aufgewachsen. Hier zwischen den Feldern. Und eines Tages wird man uns in dieser Erde vergraben. Kein Wunder also, dass wir Staub im Gesicht tragen. Wenn es ihr so verdammt wichtig ist, reinlich zu sein, warum sucht sie sich dann keinen Mann in der Stadt? Aber das Schicksal hat das wohl nicht für sie vorgesehen.«

»Alle jungen Frauen sind so«, sagte Ying Er.

»Willst du mich veräppeln?«, erwiderte Fengxiang. »Mir war mein Äußeres auch vor meiner Hochzeit nicht besonders wichtig. Was bildet sie sich ein? Sie kann rubbeln und reiben so viel sie will. Sie bleibt doch innerlich dreckig. Da gibt's kein Waschpulver.«

Ying Er lächelte schwach. Obschon sie nicht widersprach, waren ihr Fengxiangs Worte zuwider: Was sollte schlecht daran sein, sich das Gesicht zu waschen? Sie liebte es sauber. Also lass sie in Ruhe. Willst du sie so sehen wie dich? Verfilzt? Nennst du eure Bleibe etwa ein Zuhause? Einen Schweinepferch, würde ich es nennen. Es stinkt zum Himmel. Und nirgends kann man sich setzen. Selbstverständlich liebt sie ihr sauberes Gesicht. Neben ihr wirkst du nur um so dreckiger.

Sie hörten Schritte von hinten kommen. Fengxiang wusste, es war Yue Er, die sich ihnen näherte und versuchte, an ihrer Unterhaltung teilzunehmen. Sie biss sich auf die Lippen und verstummte.

»Hallo Ying Er, bleib stehen!«, sagte sie. »Hast du Angst, dass du das Mittagessen verpasst?«

Ying Er verharrte und lächelte sie an. Fengxiang stampfte wütend davon.

Yue Er tat zwei Schritte auf Ying er zu und umarmte sie herzlich. Dann gab sie ihr einen Kuss auf die Wange.

»Ich bin neidisch auf dich, weiß du? Deine Haut ist immer glatt und so schön weiß, egal, wie lange du in der Sonne bist. Schau mich an! Was für ein Leben ist das? Die immer gleiche Sonne scheint auf die immer gleiche Wüste herunter, jeden Tag.«

»Was soll daran schlecht sein? Das Leben ist so. Wie würdest du es dir denn wünschen?«

Ying Er fragte sich, warum Yue Er so vorwurfsvoll klang. Für sie war das Leben im Moment wundervoll. Der Himmel so rein, und nicht anders zeigten sich die Erde, die Sonne und der Wind. Alles zwischen Himmel und Erde schien sie anzulächeln. Nicht jeder Frau war bewusst, dass ein solcher Glücksmoment in der Lage war, das Elend der Vergangenheit wie eine Welle wegzuspülen. Ying Er vergaß in diesem Moment, dass auch sie eben solche Vorwürfe an das Schicksal erhoben hatte.

»Was soll daran so gut sein? Du bist zur Schule gegangen. Irgendwann warst du einmal eine Königin der Volkslieder. Willst du wirklich so weiterleben? Nicht lebendig, aber auch noch nicht ganz tot? Ich kann dem Leben auf dem Land nichts Gutes abgewinnen.«

»Was ist es dann, was du lieber tätest?«, fragte Ying Er. »So viele Menschen führen genauso ein Leben, wie du es beschreibst. Und es geht immer weiter. Du kannst nichts daran ändern, Yue Er. Erinnerst du dich an den Physikunterricht? Trägheit … eine starke Kraft. Nichts geschieht, solange du dich mit ihr bewegst. Aber in dem Moment, in dem du dich gegen sie richtest, endet es im Verhängnis. Genauso leben die Menschen ihr Leben. Solange du ihnen folgst, wird es dir nicht schlecht ergehen. Und ich denke, wenn ich so weiter darüber nachgrüble, hat das Leben auf dem Land etwas sehr Gutes. Du lernst, den Mond und die Sterne zu bewundern. Ist das vielleicht nichts?«

»Mir bedeutet es nichts. Ich bin nicht wie du. Du hast es besser getroffen. Du siehst aus wie ein Mädchen aus der Stadt. Und wenn du in der Stadt geboren wärst, dann hättest du vermutlich Karriere machen können. Was aus mir wohl geworden wäre, hätte ich deine Stimme gehabt? Warum hast du in diesen Hochzeitshandel eingestimmt?«

»Meine Eltern wollten es so. Außerdem war mein Bruder alt genug. Doch er konnte keine Braut finden. Wir konnten nicht ewig danebenstehen und zusehen, wie er auf ewig Junggeselle bleibt.«

»Hast du dich dagegen gewehrt?«, fragte Yue Er.

»Was hätte das genutzt? Meine Eltern hatten keine Wahl. Sie fühlten sich dabei schlechter als ich selbst. Meine Mutter sagt immerzu, dass es kein guter Handel gewesen sei. Wenn sie mich sieht, weint sie, und ich bin es, die sie trösten muss. Manchmal müssen wir an die anderen denken, ist es nicht so?«

»Wie schade, Ying Er. Es geht doch um ein ganzes Leben, siehst du das nicht?«

»Ein Menschenleben … das ist gar nicht so lang. Nicht viel mehr als ein Wimpernschlag.«

Ying Ers Augen waren halb geschlossen. Sie tat einen schwer deutbaren Seufzer. Das Thema war heikel und es berührte einen wunden Punkt in ihr, den sie lieber vermieden hätte. Ein Schleier fiel über ihr Inneres, doch mit dem Gedanken an Lingguan kam ihre Fröhlichkeit zurück.

»Es ist, wie ich sage … ein Wimpernschlag.«

»Ich könnte es nicht tun, selbst wenn mein Leben davon abhinge«, seufzte Yue Er. »Im Ernst. Mutter wollte mich verheiraten, um meinen Bruder unter die Haube zu bringen. Eher hätte ich mich umgebracht.«

»Du sprichst von Baigou? Er ist zu jung. Außerdem ist er klug genug, sich selbst eine Frau zu suchen. Es gibt keinen Grund zur Beunruhigung.«

»Aber woher soll das Geld kommen? Wir mussten Schulden machen, als meine beiden Brüder geheiratet haben. Baigou ist ein Nichtsnutz. Die Leute schütteln mit dem Kopf, sobald jemand seinen Namen in den Mund nimmt. Selbst wenn sich eine Braut für ihn fände, wer würde uns das nötige Geld borgen? Die meisten der Leute haben nicht einmal genug für sich selbst. Warum also sollten sie uns etwas geben? Shuangfu ist wohlhabend, aber er wird uns nicht das leihen, was wir benötigen.«

Ying Er fühlte, wie sich ihre Fröhlichkeit wieder in Trauer und Ärger verwandelte, als sie Yue Er so sprechen hörte. Kein Mädchen in ihrem Alter sollte so reden. Sie seufzte leise und sagte: »Das passiert in allen Familien.«

»Das stimmt. Wir können die Geldbuße nicht bezahlen, die mein jüngerer Bruder für den Verstoß gegen die Geburtenkontrolle auferlegt bekommen hat. Aus dem Grund will er nun den Familienbesitz aufteilen lassen. Mein Vater stimmt dem zu und sagt, wir teilen alles auf und dann kann die Regierung bestrafen, wen sie bestrafen will. Dieses Thema bedrückt mich sehr. Ich möchte dich gern etwas fragen.«

Yue Er kam näher an Ying Er heran, zeigte auf Lingguan und flüsterte: »Will dieser Bücherwurm tatsächlich die Schule schmeißen?«

Ying Er murmelte etwas Unverständliches, neugierig, warum Yue Er ihr diese Frage gestellt hatte.

»Er kann ja nun kein Gelehrter mehr werden. Warum also gibt er sich noch so hochnäsig? Weil er länger in der Schule war als wir? Je länger einer studiert, desto mehr üble Gedanken bringt er hervor. Schau ihn an! Er ist tief gefallen. Und ich hatte ihn für einen Überflieger gehalten.«

»Warum sprichst du so? Du solltest dich nicht über die Fehler anderer Menschen erhaben fühlen.«

»Ich weiß.« Yue Er schürzte die Lippen. »Aber bei ihm kann ich mir nicht helfen. Er hatte solch hohe Ambitionen. Niemand hätte vermutet, dass er versagen würde. Vorbei ist es mit dem Gelehrten!«

»Ich werde mit dir nicht weiterreden«, sagte Ying Er und zog die Stirn in Falten.

»Haha!«, lachte Yue Er.

»Was ist denn los mit dir? Ich habe nicht deinen Schatz kritisiert, weißt du. Warum bist du sauer auf mich?«

»Ich bin es einfach.« Ying Ers Miene verdunkelte sich. »Du redest so nicht weiter.«

Yue Er verstummte angesichts der Reaktion von Ying Er.

Sie hat meinen Schatz kritisiert. Aber woher sollte sie es wissen? Sie dachte an die früheren Momente des Tages zurück und ein Lächeln kehrte zurück in ihr Gesicht. Leise begann sie zu singen.

Kornstiele wachsen oben
Bohnenreben breiten sich unten aus,
Ein Paar läuft die Straße hinunter,
Einer von beiden ist mein Schatz
Auf den grünen Klippen ein Vogelnest
Ich greife nach dem Halt und schaue hinunter
Älterer Bruder ist eine Saite in meinem Herzen
Wenn du sie anschlägst, schmerzt sie.

12

Sturkopf war entkommen.

Lingguan vernahm die Neuigkeit in dem Moment, als er die Stube betrat.

Mit versteinerter Miene und zusammengekniffenen Augenbrauen hockte er auf der Bettkante und rauchte. Blaue Rauchschwaden stiegen hastig empor und Asche fiel auf den Boden. Ein einziger Blick genügte, um Lingguan den Ernst der Situation bewusst zu machen. Er kannte seinen Vater nur zu gut. Ein verlorener Falke würde seine üblichen Schimpftiraden und Nörgeleien weit übersteigen. Sie mussten mit einem schlimmen Wutausbruch rechnen.

Mengzi hätte es besser wissen müssen, doch es sprudelte im selben Augenblick aus ihm heraus, in dem er Lingguan erblickte.

»Hey, Mann, was für ein Ärger! Niemals hätten wir damit gerechnet, dass das Kaninchen in den Wald rennen würde. Verdammt noch mal! Der Falke hinterher – woah – rein in den Wald, und weg war er. Idiotischer Vogel.«

Lingguan warf einen besorgten Blick in Richtung seines Vaters. Mengzi hatte seine kurze Wutrede kaum zu Ende gebracht, da brach es aus Laoshun heraus:

»Pass auf, was du sagst! Wer ist denn hier der Idiot, he? Das Kaninchen oder der Falke?«

Mengzi räusperte sich. Seine Gesichtszüge froren ein, während er seinen Blick langsam von seinem Vater zu Lingguan und von dort weiter zu Ying Er schweifen ließ. Betretenheit stand im Raum. Schließlich murmelte er:

»Gib mir nicht die Schuld dafür. Ich habe den Falken nicht eher losgelassen, als du es mir gesagt hast. Ich hatte Angst, dass der verdammte Vogel zwischen die Bäume fliegen könnte. Jawohl, ich wollte es noch sagen, ich habe mich nur nicht getraut. Da könnt ihr sicher sein. Wisst ihr was? Wenn es nach mir gegangen wäre, hätte ich den Vogel gar nicht losgelassen! Es war doch abzusehen. Die vielen Bäume in der Nähe und all das. Das Kaninchen war nicht blöd. Oder hat irgendjemand geglaubt, das Kaninchen legt sich brav hin und wartet, bis der Falke ihm seine Krallen in den Rücken schlägt? Natürlich ist es abgehauen!«

»Du Trottel Idiot! Wenn du wusstest, was geschehen würde, warum hast du ihn losgelassen? Jetzt wirst du ihn auch suchen gehen. Und zwar sofort! Und wenn du ihn nicht zurückbringst, wirst du etwas erleben!«

»Etwas erleben?«, wiederholte Mengzi, der nun auch die Fassung verlor. »Oh, du willst mich fressen und wieder ausspucken, ist es das? Der Falke war nicht mein Sohn. Und wenn er es gewesen wäre, dann hätte er das getan, was ich ihm beigebracht habe! Jedes Mal, wenn du den Mund aufmachst, beleidigst du diesen oder jenen. Ich werde Mutter fragen, wer hier der gottverdammte Idiot ist!«

»Du wagst es, mir Widerworte zu geben?« Laoshun warf seine Pfeife in die Ecke des Raumes, sprang vom Bett, zog sich einen Schuh aus und rannte auf Mengzi zu. Doch Lingguan ging schnell dazwischen und stellte sich zwischen Mengzi und seinen Vater. Ying Er drängte Mengzi zu gehen.

»Ich bleibe!«, schrie Mengzi. »Ich will sehen, ob er es mit mir aufnehmen kann!« Er lief lila an im Gesicht. Mengzi war außer sich vor Wut. »Glaubt ihr eigentlich, ich hätte den Falken fliegen lassen, wenn er es nicht befohlen hätte?«, schrie er. »Du glaubst wohl, du hast Immer Recht!«

»Hirnloser Trottel!«, schimpfte Laoshun. Seine Augen waren blutunterlaufen. Gegen den Widerstand von Lingguan versuchte er, an Mengzi heranzukommen. Seine ganze Autorität als Vater und Mann stand auf dem Spiel.

»Deine Federn sind trocken und deine Flügel steif, deshalb glaubst du, du könntest große Töne spucken! Ist es das?« Der Schuh flog durch die Luft. Er knallte gegen die Tür und fiel dann zu Boden. Mengzi bückte sich, hob den Schuh auf, machte drei Schritte durch die offene Haustür und schleuderte den Schuh auf das Hausdach.

»Soso, du willst es mir also zeigen. Na, dann zeig es mir!« Mengzi war noch immer erregt, jedoch klang seine Stimme nun etwas weniger aggressiv.

»Was geht hier vor sich?« Die Mutter kam mit mehlverschmierten Händen ins Zimmer.

»Das schau sich doch mal einer an! Ein Vater, der sich nicht wie ein Vater benehmen kann und ein Sohn, der sich nicht wie ein Sohn benimmt. Es ist nur ein Bündel Federn! Was ist daran so tragisch? Aber du willst deswegen jemanden umbringen. Lingguan, geh in die Küche, hol das Beil und gib es deinem Vater. Er kann uns dann alle umbringen und allein weiterleben.«

»Es ist alles deine Schuld!«, empörte sich Laoshun. »Du hast die Kinder zu sehr verwöhnt! Immer wenn ich mit ihnen schimpfen wollte, hast du mich davon abgehalten. Und jetzt? Schau dir an, was das Ergebnis ist! Der Junge denkt, er sei das neue Familienoberhaupt!«

»Würdest du bitte damit aufhören!«, sagte Lingguan. »Es ist nur ein Falke. Du kannst einen anderen abrichten.«

»Zur Hölle, kann ich eben nicht!«, bellte Laoshun. »Es geht eben nicht nur um den Falken. Den kann ich verschmerzen. Er schubst mich herum, das ist das Problem. Du glaubst, du bist ein Mann, nur weil du die Schuhe deines Vaters auf das Dach werfen kannst!«

Ying Er kicherte. Und bald kicherte auch die Mutter. Lingguan konnte sich beherrschen und sagte bloß: »Das ist doch kein Problem. Ich hole sie für dich. Was hältst du davon?«

»Du holst sie für mich? Und du glaubst, damit ist es getan?«

»Was willst du sonst noch?«

»Ich werde dir sagen, was ich will. Er soll sie mir wieder an die Füße ziehen.«

Ying Er konnte sich nicht mehr beherrschen und prustete heraus.

»Ich habe sie dir nicht vom Fuß gezogen«, brummte Mengzi. »Warum also sollte ich sie dir wieder anziehen?«

Lingguan gab seinem Bruder einen Schubs. »Ist schon gut, ich tue es.«

Besänftigt ließ Laoshun sich auf einen Sessel fallen, griff nach seiner Pfeife und tat ein paar lautstarke Züge.

Lingguan kletterte auf das Dach und langte nach dem Schuh des Vaters und kehrte zurück in die Stube. Laoshun war mittlerweile wieder so beschwichtigt, dass er sich nicht mehr darum scherte, wer ihm den Schuh wieder auf den Fuß zog. Er war ganz in den Genuss seiner Pfeife versunken. Er nahm ein paar tiefe Züge, blies den Rauch aus und lachte plötzlich.

»Noch niemals habe ich einen solchen Trottel gesehen, der den Schuh seines Vaters auf das Hausdach wirft.«

Nun konnte auch Lingguan in das Gelächter der anderen einstimmen. Ying Er hielt sich den Bauch vor Lachen, während Mengzi - an die Kommode gelehnt – den Kopf schüttelte und vor sich hinstarrte. Doch schließlich entspannte auch er sich und lachte mit den anderen.

Nach dem Mittagessen schlenderten Laoshun, Lingguan und Mengzi durch das Dorf auf der Suche nach dem Falken. Niemand hatte den Greif gesehen, also gaben sie die Suche auf. Laoshun musste seinen Fokus nun auf Witwer legen. Er stopfte ihm am Abend ein weiteres Wollknäuel in den Schlund, um mehr Phlegma freizusetzen.

13

Lingguan befand sich in einem Dilemma.

Hantou war nach dem Abendessen zur Arbeit gegangen, um am Brunnen die Nachtschicht zu übernehmen. Mengzi zog Lingguan nach draußen und bat ihn, die Tür am nächsten Morgen offenzulassen. Er hatte sich mit Freunden zum Kartenspielen verabredet und wollte nicht, dass die Eltern davon erfuhren. Lingguan willigte ein. Als er den Gemeinschaftsraum betrat, kam ihm Ying Er entgegen. Sie warf ihm einen ernsten Blick zu, bevor sie das Zimmer betrat, das sie gemeinsam mit Hantou bewohnte. Das leichte Klacken, mit dem die Tür ins Schloss fiel, fühlte sich an wie eine Hand, die sich um sein Herz schloss. Er ging zu Bett.

Das Nachtprogramm war beendet und die Eltern schlafengegangen. Lingguan betrat das nördliche Gemeinschaftszimmer. Zum ersten Mal fiel ihm auf, wie groß und geräumig dieses Zimmer war. Für gewöhnlich zog es hier immer kalt durch, doch jetzt herrschte hier eine angenehme Wärme. Die Späthertbsttage waren zuweilen eisig, doch die Mutter hatte ein Feuer unter dem Kang, dem gemauerten Ofenbett, entzündet, das noch immer ein wenig Wärme abgab und den kalten Zug vergessen ließ. Lingguan fühlte sich niedergeschlagen, zutiefst einsam und leer.

Seine Gedanken kehrten zu seinem Bruder Hantou zurück. »Es scheint, als läuft er vor etwas davon.«, sagte er zu sich selbst. Er konnte nicht sagen, was genau es war, doch glaubte er fast, den bemitleidenswerten Blick seines Bruders auf sich zu fühlen. Ganz sicher war er nicht, was in seinem Kopf vorging, doch ein Gefühl machte sich stark, dass er und Ying Er begonnen hatten, einen gemeinsamen Faden miteinander zu spinnen. Gepeinigt von Schuld und Scham, fühlte er sich in diesem Moment wie ein Mann, dem die Kleider vom Leib gerissen wurden. Seltsamerweise kühlte dieses Gefühl sein inneres Fieber.

Vaters lautes Schnarchen drang aus dem Elternschlafzimmer herüber. Seit seiner Rückkehr ins Dorf hatte sich Lingguan allmählich daran gewöhnt. Es bedeutete nicht mehr und nicht weniger, als dass seine Eltern schliefen, so wie Himmel und Erde schliefen, und jedes Getier auf dem Hof schlief. Doch nicht so er selbst. Und vielleicht auch Ying Er nicht.

Was mochte sie denken? Plötzlich tauchten ihre traurigen Augen vor ihm auf. Er war sich sicher, sie war noch wach. Sie musste es sein. Er hatte ihren Blick richtig gedeutet, als sie das Zimmer verließ. Wartet sie auf mich?

All seine Gedanken kreisten um sie. Wie konnte er sich ihr nähern? Sie wirkte nicht realistisch auf ihn, eher wie etwas Surreales, Flüchtiges, wie trockene, extrem klare Luft. Die Erinnerung an ihr nachmittägliches Scherzen erfüllte ihn. »Geh! Geh einfach los und mach dir keine Sorgen!«, sagte er zu sich selbst, wie um sich Mut zu machen. Wo sie nun lag, konnte sie sicher auch das Schnarchen vernehmen. Ihre Augen schauten in das Dunkel der Nacht, ihre Arme verschränkt auf dem Kissen. Diese beiden Details hielten seine Konzentration gefangen. Die Vorstellung ihrer wachen Augen im Dunkel des Zimmers erregten ihn.

Im Hof herrschte Stille. Während er behutsam die Bettdecke zurückschlug, erschreckte ihn das Geräusch, das er dabei machte. Der Stoff raschelte so laut, wie er es niemals zuvor so wahrgenommen hatte. Sein Herz schlug so heftig, dass er glaubte, man müsse es im Zimmer nebenan hören können. Er atmete so tief ein wie er konnte, hielt den Atem an und griff langsam nach seinen Sandalen. Dann bewegte er sich sachte, Schritte für Schritt, in Richtung Tür. Das Geräusch der Sohlen auf dem Fußboden erschien ihm unnatürlich laut. Seine Brust war gespannt und er glaubte, zu ersticken. »Nein«, dachte er. »Ich werde es niemals schaffen«, wankte drei Schritte zurück und ließ sich entmutigt auf der Bettkante nieder. Doch die wachen Augen im Dunkel riefen nach ihm. Ihr helles Lachen erklang in seinen Ohren. Mit angehaltenem Atem trat er ein paar Schritte auf die Tür zu. Als er sie öffnete, gab sie ein Geräusch von sich, als zerreiße jemand ein Stück Seide. Von plötzlicher Furchtlosigkeit getragen, trat Lingguan hinaus in den Hof.

Eine schmale Sichel stand am Himmel. Gerade hell genug, um alles um ihn herum in ein schwaches Licht zu tauchen. Im Zimmer der Eltern meinte er Licht wahrzunehmen. Stand dort die Mutter am Fenster und schaute hinaus in den Hof? Er atmete die kühle Nachtluft ein und sog sie tief in die Lungen.

Als er noch ein Kind war, hatte seine Mutter die seltsame Angewohnheit, den Gesprächen der Nachbarn durch die Katzenluke zu lauschen. Sie hatte einen extrem leichten Schlaf. Ob sie ihn gehört hatte? Er redete sich ein, ihre Stimme in der Stille zu hören. »Schau an, mein kleiner Junge! Was du für Sachen machst! Hast du deine gute Kinderstube vergessen?«

Irritiert trat Lingguan ein paar Schritte zurück. Gerade weit genug, um ihrem Blick zu entgehen, aber den gesamten Hof im Auge behaltend. Sicher schlief die Mutter.

Auf Zehenspitzen schlich er auf Ying Ers Zimmer zu. Jeder noch so sanfte Schritt echote laut in seinen Ohren. Er bückte sich, streifte die Sandalen von seinen Füßen und schlich die letzten Meter barfuß auf die Tür zu. Die Hand bereits kurz vor der Klinke, atmete er einmal tief durch, um sich zu beruhigen, doch es gelang ihm nicht. Bevor er die Tür aufstieß, legte er die Sandalen vor sich auf den Boden, dann rubbelte er seine Fußsohlen solange, bis er keinen Sand mehr darunter spürte.

Die Tür war nicht verriegelt.

Er schlüpfte hinein und schloss die Tür vorsichtig hinter sich.

Drinnen war es pechschwarz. Der zugezogene Vorhang sperrte das Mondlicht aus. Dies kam ihm zu Gute. Wäre es hell im Zimmer gewesen, hätte seine Scham ihn gelähmt. Die Hand auf der Brust, versuchte er, sich im Dunkel des Zimmers zu orientieren. Ein Rascheln verriet, dass Ying Er sich im Bett aufgerichtet hatte. Fast meinte er, die auf ihn gerichteten Augen wahrnehmen zu können.

»Was tust du hier?«, fragte sie leise.

Die Frage traf ihn unvorbereitet. Er hatte gehofft, sie würde ihm einen Vorwurf zu machen und bräuchte nichts zu tun, als sich von ihrer Stimme lenken zu lassen. Er würde sie in den Arm nehmen und sie im Schutze der Dunkelheit küssen. Eine Tat, die ihm Mut abverlangte, die er sich aber in der Dunkelheit zugetraut hätte. In einem erleuchteten Raum konnte er sich diese Szene in keinster Weise vorstellen. Der Gedanke an Helligkeit zerstörte alles. Selbst die winzige Entfernung, die sie jetzt noch trennte, hätte bei Helligkeit für ihn eine unüberbrückbare Entfernung bedeutet.

Nun fühlte er sich ob ihrer Frage fast ermutigt.

Was sollte er antworten? Sicherlich nicht die Wahrheit. Dass er gekommen war, um mit ihr zu schlafen. Warum in aller Welt mussten sie so einen unangenehmen und beschämenden Weg wählen? Lingguan stand wie angewurzelt vor ihr in der Dunkelheit, unfähig, ein Wort hervorzubringen.

»Komm her, wenn du reden willst. Der Boden ist kalt.«, sagte sie fast beiläufig.

Dankbar für das Wort »reden«, das sie benutzt hatte, fühlte er, wie die Spannung ein wenig von ihm abfiel. Mit einem Lächeln ergriff er die feuchte Hand, die sie ihm reichte. Er hatte gehört, dass eine Frau, die sexuell erregt war, feuchte Hände bekam. Er kickte seine Sandalen fort und kletterte auf das Bett, wo ihn augenblicklich eine wohlige Wärme umfing.

Sie drückte seine Hand so fest, dass es ihn schmerzte. Doch es war ein angenehmer Schmerz. Er blieb stumm, noch immer ungewiss, was er hätte sagen können. Ying Er seufzte kaum vernehmlich.

»Warum hast du so lange gebraucht?« Sie lag in seinen Armen und er fühlte die sanften Erhebungen ihrer Brüste durch den dünnen Stoff ihres Nachthemds.

»Mit meiner Hand auf deiner weidenschlanken Hüfte, wie ein Mutterschaf, besorgt um ihr Lamm.« Er zitierte eine Zeile aus einem Volkslied. Sie lächelte leise, doch vernehmbar.

Sie hielt ihn fest umschlungen und murmelte unverständliche Worte in sein Ohr. Aus dem Murmeln wurden Schluchzer. Lingguan wusste nicht, wie er den liebreizenden Körper in seinen Armen trösten sollte.

»Ich habe so lange auf dich gewartet!«, sagte sie. »Küss mich.«

Er nahm ihr Gesicht in seine Hände und bedeckte sie mit stürmischen Küssen. Ungestüm ging er vor, nicht wissend, ob seine Lippen zurückhaltend oder wild ans Werk gehen sollten. Er küsste sie wieder und wieder und eine trunkene Glückseligkeit nahm Besitz von ihm.

»So möchte ich sterben.«, hörte er sie flüstern und spürte ihre Zähne, die sich heftig in seine Lippen verbissen.

»Deine Kleider sind kalt.«

Ihr Atem ging heftig und schnell. Langsam öffnete sie seine Knöpfe, einen nach dem anderen, während er seine Hände in ihren Haaren vergrub. Urplötzlich musste er an Hantou denken und hielt mit den Zärtlichkeiten inne.

»Wird er bald zurück sein?« Seine zitternde Hand lag in ihrer.

»Nein. Und bitte sprich nicht von ihm.« Sie seufzte. Es dauerte eine Weile, bevor ihre Hände wieder ihrem Begehren nachgingen. Er zog langsam zuerst sein Hemd, dann das Unterhemd aus. Sie zog ihn nah an sich, und begann leise zu stöhnen. Ihre jungen, vollen Brüste schmiegten sich weich an seine Brust. Ihre Hand glitt langsam von seiner Schulter zu seiner Brust, und von dort zu seinem Nabel. Ein paar Sekunden verweilte sie dort, bevor sie langsam, aber zielstrebig in kreisenden Bewegungen weiter nach unten fuhr.

»Warum bist du so verspannt?«, flüsterte sie.

Was sollte er tun? Schließlich hatte er keinerlei sexuelle Erfahrung. Er fühlte, wie sich Ying Ers Hand weiter ihren Weg nach unten bahnte. Sie lächelte, als sie ein leises Stöhnen von ihm vernahm. Dann hielt sie mit ihrer Bewegung inne und küsste ihn erst auf die Brust, dann auf den Mund.

Lingguan fühlte sich in einen Strudel von Erregung und Angst gezogen, unfähig, sich zu kontrollieren. Vorsichtig berührte er ihre festen, kleinen Nippel ihrer Brüste. Dann bewegten sich seine zitternden Hände langsam weiter auf ihrer weichen Haut, hinunter in Richtung ihres Tals. Eine Mischung aus heftigster Erregung und vollkommener Unbeholfenheit befiel ihn, als er ihren kleinen Hügel erreichte, der ihn unmittelbar zum Ziel weisen sollte. »Himmel steh mir bei!«, durchfuhr es sein Gedanken. Er spürte, wie er in eine für ihn unbekannte Welt hineingezogen wurde. Sie stöhnte nun lauter. Aus Angst, sie könnte die Eltern aufwecken, bedeckte er ihren Mund mit seiner Hand. Er fühlte ihre Lippen leidenschaftlich auf seinen, ihre Zunge in Vereinigung mit seiner.

»Ich weiß nicht wie … du musst mich führen.« Er stöhnte heftig.

»Ich weiß es auch nicht«, flüsterte sie leise.

14

Lingguan lag noch im Bett, als Mengzi auf Zehenspitzen das Haus betrat. Er wirkte schuldbewusst, wie einer, der verbotene Früchte genossen hatte und nun sein schlechtes Gewissen verstecken musste. Lingguan scherte sich nicht um seinen Bruder. Er schloss die Augen und tauchte noch einmal in sein erstes sexuelles Erlebnis ein, das er jemals mit einer Frau gehabt hatte.

Er hatte den passiven Part übernommen. Als sie nach dem gemeinsamen Höhepunkt ruhig dalagen, empfand er ihr anschließendes Klammern beinahe unerträglich. Hunderte Male hatte er sich zuvor in seiner Phantasie vorzustellen versucht, was genau zwischen Mann und Frau beim Geschlechtsverkehr ablief. Sollte es wirklich so sein, wie es zwischen ihnen passiert war? Er erinnerte sich an das Gefühl völliger Leere, nachdem er gekommen war. Und dieses Gefühl war erst wieder gewichen, nachdem sie ihn erneut erregt hatte.

Ihr kurzer Aufschrei, in dem Moment, als er in sie gedrungen war, haftete am stärksten in seinem Gedächtnis. Und auch jetzt erregte der Gedanke daran ihn aufs Neue.

Die Angst, dass die Eltern sie hätten hören können, war groß gewesen, doch worüber er in den folgenden Tagen noch mehr nachdenken sollte, waren ihre Lustschreie. Sein Schulkamerad hatte ihm erzählt, dass Hantou seit mindestens zehn Jahren impotent war. Das bedeutete folglich, dass Ying Er Jungfrau gewesen sein musste. Da es sein erstes Mal gewesen war, konnte er diese Frage nicht sicher für sich beantworten. Dennoch weckten ihre lustvollen Schreie seinen Argwohn. Er hatte gehört, dass eine Jungfrau beim ersten Mal Schmerzen spürte und dass es nicht ohne Blut geschehen konnte. War da Blut gewesen? Er hatte versucht, welches ausfindig zu machen, doch sie hatte ihn aus Scham nicht nachschauen lassen und ihre abwehrende Haltung hatte bei ihm Enttäuschung ausgelöst. Enttäuschung und Unverständnis.

»Warum lässt du mich nicht nachschauen? Jetzt, nachdem wir es getan haben?« Doch sie hatte nur gelächelt. Verbarg sie etwas vor ihm? Er konnte sich einfach nicht vorstellen, dass sie keine Schmerzen gehabt hatte. Und warum diese lustvollen Schreie?

»Tut es dir weh?«, hatte er sie gefragt.

»Nein.«
»Warum weinst du dann?«
»Weil es sich gut anfühlt.«
Nun war er verärgert. Weil es sich gut anfühlte? Wie konnte es sich gut anfühlen, wenn es ihr erstes Mal und sie noch Jungfrau war? Oder hatte sie doch schon früher Erfahrungen gesammelt?
Ein Stich ging ihm durchs Herz, als er an Hantou dachte. Im Moment des Liebesspiels hatte er sich zwingen müssen, den Gedanken an seinen Bruder zur Seite zu schieben. Sie hatte ihn gefragt, was los sei, als er nach dem Beischlaf still neben ihr lag. Als er ihr den Grund nannte, war sie einen Moment lang still geworden.
»Lass uns nicht über ihn reden.«, war ihre Antwort gewesen.
Er erinnerte sich an die Zeit, als er Student gewesen war und Hantou ihm Lebensmittel gebracht hatte. Hantou lächelte stets etwas unbeholfen und einfältig, wenn er seinem jüngeren Bruder begegnete. Es war ein Lächeln frei von jeder Illoyalität. Lingguan wusste, wie stolz sein Bruder auf ihn war. Eines Tages, als er seinen Bruder zum Tor der Universität begleitet hatte, sagte dieser zu ihm:
»Du musst hart arbeiten, Lingguan. Es gibt viele Menschen, die nur darauf warten, dass wir versagen, so dass sie über uns lachen können.« Dass sein Bruder das Wort uns benutzt hatte, war für Lingguan fast unerträglich. Machte er die Aufnahmeprüfung denn tatsächlich für die Familie?
Von Reue geplagt, schüttelte Lingguan den Kopf. Wie würde Hantou reagieren, fände er etwas heraus über die Affaire zwischen ihm und Ying Er? Würde er sein stummes Einverständnis geben im Wissen, dass es ihm einen Sohn bedeuten könnte? Wenn es so sein sollte, wie würden die Brüder sich fortan begegnen? Er jedenfalls würde sich vor Hantou nackt vorkommen, ganz gleich, wie er sich auch zu verhalten versuchte. Jeden, außer seinen Bruder Hantou hätte er betrügen können. Er schämte sich zutiefst. Von nun an schwebte ein dunkler Schatten über seinem Leben. Ein Schatten, den er nicht wieder würde abschütteln können.
Ist dies Glück? Er stellte sich diese Frage. Ja, es war Glück. Und es wäre Heuchelei gewesen, es zu leugnen. Dennoch war es gleichermaßen eine Grenzüberschreitung. Das Wort Vergeltung machte sich in seinem

Kopf breit. Die Mutter hatte wieder und wieder davon gesprochen. Ein echtes und tiefes Verständnis davon, was es bedeutete, hatte er allerdings erst durch Meister Wu erhalten, den Mönch vom Songtao-Tempel, der zu ihm gesagt hatte:

«Du erntest das, was du sähst. Alles unterliegt dem Prinzip von Ursache und Wirkung. Jedem Handeln folgt Vergeltung, ohne Ausnahme.«

Und mit den buddhistischen Büchern, die ihm Master Wu an jenem Tag überlassen hatte, hatte sich auch seine Weltsicht grundlegend verändert.

Ein dumpfer Schmerz im Unterleib klopfte an das Tor seiner Angst vor Vergeltung. War es bereits so weit? Ein bohrendes Gefühl der Einsamkeit überkam ihn und machte ihn frösteln. Wenn es Vergeltung gab, dann würde sicherlich auch das sündige Organ verwelken müssen. Der Gedanke an Krebs erfüllte ihn urplötzlich mit Horror und schon meinte er, einen schleichenden Schmerz wahrzunehmen. Wie genau äußerte sich Krebs? Er hatte keinerlei Vorstellung. Es musste eine böse Krankheit sein. Die Angst davor produzierte zahllose schreckliche Bilder vor seinem inneren Auge.

Er versuchte, seine Tat mit allen nur erdenklichen Ausreden zu verteidigen, selbst mit dem Argument, seinem Bruder einen Sohn schenken zu können, doch nichts half.

»Es ist eine Sünde.«, sagte er zu sich selbst.

Er betete und hoffte auf Sühne. Er erinnerte sich an die heiligen Schriften des Sanskrit, an die sechssilbigen Mantras, die einem helfen sollten, Sünden reinzuwaschen. Und tatsächlich brachte es ihm eine gewisse, momentane Erleichterung. Doch sobald seine Gedanken zu Ying Er zurückkehrten, zu ihrem Lächeln, zu ihrer heftigen, gemeinsamen Vereinigung, versagten ihm die Worte. Was waren diese monoton vorgetragenen Murmeleien gegen die Kraft der erlebten Ekstase?

Die Sünde würde ihn nicht eher verlassen, als er der Versuchung widerstehen könnte.

»Nur dieses eine Mal. Ich schwöre es. Nie wieder.«

Langsam fühlte er sich ein wenig besser. Jeder Mensch machte Fehler. Anada, die Cousine des Buddha, war einst von einer Dämonin einer unorthodoxen Sekte besessen gewesen. Nur durch das Rezitieren der Surangama Mantren wurde sie wieder davon befreit. Was galt dann für einen einfachen Menschen wie ihn? Bei dem Wort einfach musste er schmunzeln. Er hätte sich niemals als einfach bezeichnet. Er hatte einen Fehler begangen, und nun musste er aufpassen, dass sich dieser Fehler nicht wiederholte.

»Ich habe das Mantra einhundert Mal rezitiert. Das sollte reichen, um mich von meiner Sünde zu befreien«, murmelte er zu sich.

Schließlich schlief er ein.

15

Lingguan erwachte früher als sonst. Die Nacht hatte er nahezu schlaflos verbracht, eine ganz besondere Nacht. Und nun fühlte er etwas ganz Besonderes, eine bemerkenswerte Form des Wohlbefindens. Seine Gedanken streckten sich aus und berührten noch einmal die Geschehnisse der vergangenen Nacht. Sie war einfach wundervoll. Er versuchte, sich ihr Äußeres ins Gedächtnis zu rufen.

»Nie hätte ich gedacht, dass sie so wild sein könnte«, sagte er zu sich. War das tatsächlich das ruhige, schüchterne Mädchen Ying Er? Waren alle Frauen so, wenn sie erst ihr wahres Ich zeigten? So voller Hingabe? Vielleicht ist sie die Ausnahme. Immer scheint sie so bedrückt. Unterdrückte Gefühle konnten nach einer bestimmten Zeit ausbrechen. War genau das bei ihr geschehen?

Aus der Küche drangen Geräusche herüber. Wer bereitete das Essen zu? Ying Er? Die Mutter? Er hoffte, es sei Ying Er. Der Gedanke, sie jetzt zu treffen, erregte ihn. Wie würde sie reagieren, wenn sie ihn jetzt sähe? Verschämt? Glücklich? Oder abweisend? Es war schwer zu sagen. Doch er wusste, er würde sich freuen, egal, wie ihre Reaktion ausfallen würde. Über seine eigenen Gefühle war er sich hundertprozentig klar. Sein Körper begann erneut vor Erregung zu brennen. Er zog die Bettdecke zurück.

Das nächste, was er hörte, waren die Geräusche des Vaters, der die Falken fütterte und dabei Selbstgespräche führte.

»Aufstehen, Mengzi!« Er rüttelte seinen Bruder wach. »Vater wird gleich wieder einen Schreianfall bekommen.«

Mengzi verzog die Lippen und schnarchte weiter.

Lingguan zog sich an und ging in das Zimmer seines Vaters. Laoshun war noch dabei, den Rötelfalken zu füttern.

»Du siehst fit aus heute Morgen«, sagte Laoshun, als er seinen Sohn erblickte.

Lingguan wurde bewusst, dass er einen Fehler begangen hatte. Entgegen seiner Gewohnheit, im Bett zu bleiben und auf die Weckrufe des Vaters zu warten, hatte er sich ungewohnt früh selbst den Ruck gegeben und war aufgestanden. Ob dem Vater das Ungewöhnliche an der Situation aufgefallen war? Sein Herz begann zu pochen, doch Laoshun hatte seine Aufmerksamkeit bereits wieder dem Falken zugewandt. Er streckte die Hand aus und im selben Moment schnappte der Greif danach. Der alte Mann zuckte zurück und biss die Zähne zusammen. Lingguan musste lachen.

»Was gibt es da zu lachen? Ist Mengzi auf? Weck ihn und beginnt mit dem neuen Falken!«

Lingguan ging zurück ins Zimmer und zog seinem Bruder die Bettdecke weg.

»Los, raus aus den Federn. Die Sonne scheint dir schon auf den Pelz.«

Mengzi setzte sich auf und blinzelte verschlafen, doch als er gewahr wurde, dass es Lingguan war, legte er sich wieder hin.

»Ok, schlaf weiter, ganz wie du willst. Mir soll's egal sein. Aber Vater will, dass wir mit den Falken arbeiten.«

Lingguan stülpte sich seinen Lederhandschuh über und ging mit Witwer auf dem Handgelenk hinaus. Der Morgen war freundlich und hell. Ein leichter Nebel hing wie gewöhnlich in der Luft. Für Lingguan war er wie Staub aus Eis und mit jedem Atemzug füllte sich seine Lunge mit einer belebenden Kühle.

Witwer war bereits gut abgerichtet und benötigte nur noch wenig Training. Alles, was er tun musste, war die Hand auszustrecken und ihn zu rufen. Sofort kam der Greif auf sein Handgelenk geflogen.

Das Gatter hinter ihm quietschte, als er sich in Richtung des Dorfes aufmachte. Möglicherweise war es sein Bruder mit einem weiteren Falken. Lingguan verspürte keine Lust auf ein Gespräch mit seinem wortverliebten Bruder. Sicher würde Mengzi ihm die Laune verderben. Also verschwand er schnell in einer kleinen Seitenstraße.

Die Gedanken an das, was passiert war, rief ein Lächeln und gleichzeitig ein Kopfschütteln in ihm hervor. Erst als der Falke auf seinem Arm einen Schrei ausstieß, erwachte Lingguan aus seinen Erinnerungen. Der

Falke hing kopfüber an seinem Handgelenk. Doch dieses Mal reagierte Lingguan nicht wie gewohnt. Anstatt den Falken wieder auf sein Handgelenk zu setzen, drehte er seine Faust ruckartig ein ums andere Mal herum, bis der Greif schließlich selbstständig wieder seine gewünschte Position fand.

Auf dem Rückweg zum Frühstück stieß er schließlich mit Ying Er zusammen. Sie war gelassen und distanziert, ganz so, als sei nichts zwischen ihnen vorgefallen. Ich bedeute ihr nichts. Sie interessiert sich nicht für mich. Er fühlte sich betrogen. Aber dann kam ihm ein anderer Gedanke. Vielleicht bereute sie, was vorgefallen war und nun hegte sie einen Groll gegen ihn. Zu seiner Niedergeschlagenheit, die dieser Gedanke in ihm auslöste, gesellte sich nun die Einsicht, dass er nicht nur seinen Bruder betrogen hatte, sondern auch Ying Er selbst. Die Tatsache, dass es sich bei ihr um eine verheiratete Frau handelte, war völlig aus seinem Bewusstsein verschwunden und brach nun mit Vehemenz in sein Gedächtnis. Scham und Schande würden über ihn kommen. Er vermied den Gedanken an Hantous Gesicht und sein törichtes Lächeln. Auch sie musste bereuen, was sie getan hatten. Er blickte ihr nach, als sie in Richtung Küche ging.

16

Nach dem Frühstück schickte Laoshun Mengzi und Lingguan auf die Suche nach dem verlorenen Falken. Ihm war klar, dass der Greif nicht allzu weit geflogen sein konnte, denn Falken, die ihr Phlegma losgeworden waren, flogen für gewöhnlich weder sehr hoch noch sehr weit weg. Also musste er sich vermutlich irgendwo in der Nähe befinden. Im schlimmsten Fall könnte jemand das Tier aus Ignoranz töten, wenngleich der Lederriemen an den Klauen eindeutig ein Zeichen eines domestizierten Falken war. Möglich war auch, dass jemand den Falken einfach behalten würde.

»Nehmt einen Kaninchenkopf mit und versucht, ihn damit zu locken, falls er auf einem Baum sitzt!«, gab Laoshun seinen Söhnen mit auf den Weg.

Mengzi ging Richtung Süden, Lingguan machte sich gen Norden auf.

Als Lingguan an Baigous Haus vorbeikam, sah er Baigous jüngere Schwester Yue Er, die im Hof Wäsche wusch. Er fragte sie nach dem Falken.

»Ja.«, antwortete sie mit einem mit einem lebhaften Ausdruck in den Augen.

»Wirklich?« Lingguan horchte auf.

»Ist das deine Art, Fragen zu stellen? Aus der Entfernung? Vom Zaun aus? Bist du etwa ein Bettler?«

Lingguan betrat den Hof und setzte sich auf einen Hocker, den sie herbeiholte.

»Wo sind Baigou und die anderen?« Er stockte und bemerkte, dass er eine ungeschickte Frage gestellt hatte. Warum erkundigte er sich nach den anderen, wenn ihn doch der Falke interessierte? Es musste geklungen haben, als hoffe er, die anderen seien außer Haus.

»Auf dem Feld.« Sie unterbrach ihre Arbeit mit der Waschbürste und starrte ihn so aufmerksam an, dass er errötete.

»Ich möchte dich etwas fragen. Hast du die Schule tatsächlich aufgegeben?«

»Ja.«

»Wirst du den Rest deines Lebens nun hier zubringen?«

»Was soll daran schlecht sein? Wir haben zu essen und wir haben Kleidung. Wir sind ganz normale Leute und erwarten keine Wunder.«

»Ich schon.« Sie seufzte. »Ich ertrage es nicht, wenn die Leute über nichts anderes als Essen, Klamotten, die tägliche Arbeit auf dem Feld oder die Ernte reden. Es langweilt mich. Ich komme mir vor wie ein Esel, der immer nur im Kreis läuft, um den Mühlstein in Bewegung zu halten. Ich möchte die Welt kennenlernen.«

»Wer hindert dich daran?« Er lachte. »Du bist hübsch und klug. Du kannst alles machen, was du dir vornimmst. Heirate jemanden aus der Stadt und genieße das gute Essen dort. Kauf dir schicke Kleider und Schuhe. Für mich ist das alles nichts. Ich bin als Bauer geboren und gehöre hierhin.«

»Aiyo!«, rief sie aus. »Hör dir nur zu, wie du redest. Du hörst dich an, als seist du zufrieden mit deinem Leben. Aber in Wirklichkeit tust du nur so. Du verstellst dich. Denkst du, ich durchschaue dich nicht? Die ganzen Jahre wolltet ihr – du und deine kleine Dichterin – Schriftsteller werden. Sag, was ist aus all dem geworden?«

»Schau dich doch an. Immer schriebst du von Jugend und Morgen in deinen Aufsätzen. Was ist schlussendlich daraus geworden? Nur der Sand ist echt. Alles andere ist eine Illusion. Oder etwa nicht?«

Sie seufzte und schüttelte ihren Kopf.

»Mädchen sollten besser nicht zur Schule gehen. Das meine ich ernst.« Sie nahm ein Kleidungsstück und begann, es mit der Bürste zu traktieren.

»Als Frau kann ich einen Mann heiraten und ein normales Leben führen. Aber sobald ich zur Schule gehe, werde ich so viel lernen, dass ich mein Leben lang rastlos bleiben werde.«

»Das stimmt.«, sagte Lingguan. »Schau dir Fengxiang an. Sie kann nicht lesen und deswegen hat sie auch keine Probleme. Sie ist eine einfache Natur. Es macht sie glücklich, Schweine zu mästen und sich ab und zu ein Paar Schuhe zu kaufen. Nicht so wie du. Du machst dir ständig Gedanken über deine Zukunft, über deine Ziele. Du zerfranst dir das Hirn.«

Bei der Erwähnung ihrer Schwägerin schaute Yue Er Lingguan schräg an. »Sie ist so eine einfache Natur, weil sie kein Bewusstsein hat. Noch immer zahlen wir die Schulden ab, die wir wegen ihrer Hochzeit mit meinem Bruder machen mussten. Und was macht sie? Sie beginnt schon, das Familienerbe aufzuteilen. Erst gestern Abend hat sie aus dem Grund wieder eine Szene heraufbeschworen.«

»Genug davon. Alle Frauen tratschen gerne.«

»Um die Wahrheit zu sagen, ich würde wirklich gerne etwas anderes tun. Vielleicht Klamotten verkaufen oder so. Auf jeden Fall werde ich mein Leben nicht auf ewig in diesem Kaff verbringen. Meine Cousine verkauft Kleidung in der Stadt und verdient gut damit. Würdest du jemals auf eine solche Idee kommen?«

»Ich? Du hast wenigsten eine Cousine, aber wen habe ich schon? Du kannst niemanden umbringen, wenn dir das Messer fehlt. Sagt man nicht so? Meine Familie ist so arm, wir haben nicht einmal das Geld, um einen Schöpfeimer für den Brunnen zu kaufen. Wo soll ich das Geld hernehmen, wenn wir nicht einmal genug haben, um eine Hochzeit für Mengzi zu bezahlen?« Seine Miene verfinsterte sich. Das Gespräch begann, ihn zu langweilen. »Lass uns aufhören damit.«

»Ich wollte dich nicht verärgern. Tatsache ist, dass Mengzi und du einmal heiraten wollt und dafür braucht ihr Geld. Die Frage ist, ob du es wirklich willst.«

»Lass uns ein anderes Mal darüber reden. Sag schon, hast du den Falken nun gesehen oder nicht?

»Sicher.« Sie warf das Kleidungsstück in die Waschschüssel.

»Schau, siehst du dort? Was ist das da oben in der Luft?«

Lingguan sah sie böse an, bevor er den Hof verließ. Ihre Stimme verfolgte ihn noch ein kleines Stück. »Du machst mich wütend, Lingguan! Du weißt es einfach nicht zu schätzen, wenn andere es gut mit dir meinen!«, rief sie ihm hinterher.

Er ignorierte sie und setzte seine Suche fort. Niemand hatte den Falken gesehen.

17

Am nächsten Morgen betrat Maodan mit einem breiten Grinsen ihren Hof.

»Jetzt habe ich dich erwischt, Lingguan.«, sagte er, als er den Fuß über die Türschwelle setzte. »Das kostet dich mindestens zwei Päckchen Zigaretten!«

Lingguan, der dem Vater beim Anspannen des Pferdekarrens half, starrte Maodan überrascht an. Hatte der Alte etwa eine Anspielung auf ihn und Ying Er gemacht? Doch bevor er antworten konnte, ergriff Laoshun das Wort.

»Was für ungare Ideen spinnst du dir wieder zusammen in deinem verrotteten Schädel, Maodan? Wenn du etwas zu sagen hast, spuck es aus, und wenn nicht, dann scher dich zum Teufel. Wenn du wirklich etwas zu sagen hast, bekommst du die zwei Schachteln, und noch eine von mir oben drauf, aber wenn nicht, dann mach eine Fliege und belästige uns nicht!«

Maodan verschränkte die Arme, zog die Schultern in die Höhe und grinste frech über beide Ohren. Er machte keine Anstalten zu gehen. Laoshuns Miene verdunkelte sich augenblicklich. »Sieh dich an! Du stotterst herum wie ein altes Weib, wenn ich dich ignoriere, aber sobald ich mit dir rede, ziehst du den Schwanz ein. Was sollte aus deinem Maul schon Gutes herauskommen!«

Maodan schnalzte mit den Lippen und rollte mit den Augen.

»Wenn ihr's nicht hören wollt, dann eben nicht. Ein heißes Bett heißt einen kalten Arsch willkommen, sagt man nicht so? Aber wen interessiert es schon, ob ihr etwas verloren habt oder nicht.«

»Verloren, sagst du?«. Laoshun sprang vom Karren herunter.

»Mein Falke? Maodan, ich glaube, nun kommt doch noch etwas Gutes aus deinem alten Labermaul. Zwei Schachteln, abgemacht! Nein, drei Schachteln.«

Maodan blieb wie angewurzelt stehen und sagte kein Wort.

»Nun rede schon!«, drängte Laoshun voller Ungeduld.

»Wer hat den Falken? Spann mich nicht auf die Folter!«

Maodan lachte. »Ich habe ihn gefunden.«

»Du hast ihn gefunden?« Laoshun starrte den alten Maodan mit offenem Mund an.

»Ja, ich habe den Zettel gefunden, der Lingguan zusammen mit dem Taschentuch aus der Tasche gefallen ist.

»Verdammt, was redest du denn da, Maodan?«, ereiferte sich Laoshun.

»Ich dachte, du sagst einmal in deinem Leben etwas Vernünftiges. Aber es scheint, du redest wieder nur Blech. Was für ein Zettel soll das sein? Scher dich zum Teufel und lass mich in Ruhe.«

Maodan klopfte sich den Staub vom Hintern und sagte in affektiertem Ton:

«Ich denke, ich habe den falschen Arsch geküsst. Ich glaube, ich bin dann mal weg.« Er trottete in Richtung des Tores, wobei seine Sandalen vernehmbar klackten. Dort wandte er sich um. »Nichts für ungut, ok?«, sagte er. »Ich habe bloß einen Zettel gefunden, aber da ist jemand, der hat etwas anderes gefunden.«

»Mein Gott, Maodan!«, schnaubte Laoshun. »Komm zurück! Warum so in Eile? Los, komm her und setz dich. Lingguan bring einen Stuhl.«

»Kein Bedarf. Ich habe nichts mehr zu sagen. Du erinnerst dich?«

»Natürlich hast du.«, erwiderte Laoshun.

»Aha, es geht also doch.« Sichtlich zufrieden zog Maodun die Augenbrauen in die Höhe.

»Wer hat ihn gefunden?«, fragte Laoshun in zurückhaltenderem Ton, sichtlich befürchtend, Maodun zu beleidigen.

»Ich gebe dir drei Schachteln.«

Maodun begann beiläufig, sich die Fingernägel zu säubern. Dann inspizierte er interessiert seine Fingerkuppen.

»Du bist so ein gemeiner Kerl.«

»Schon gut, schon gut, ich sage es dir.«

»Wer hat ihn gefunden?«

»Wir haben also einen Handel, nicht wahr?« Er zeigte auf Lingguan.

»Seinetwegen erzähle ich es dir, aber die zwei Packungen stehen!«

»Aiyo!«, rief Laoshun. »Was soll das ganze Getue. Sind schließlich nur zwei Packungen.«

»Er ist im Haus des Glatzköpfigen Wang.«

»Der Falke?«

»Der Riemen.«

»Machst du wieder Späße?«

»Am Ende des Riemens ist ein Falke.«

»Unsinn.«

»Vergiss es, wenn du mir nicht glaubst. Der Sohn vom Glatzköpfigen Wang hat es mir erzählt. Kurz nach Einbruch der Dämmerung hat sich so eine gefiederte Kreatur auf ein Huhn gestürzt und ließ nicht mehr locker. Nur der Lederriemen hat ihm das Leben gerettet, denn sonst hätten sie den Vogel getötet.«

Laoshun atmete aus.

»Er geht auf alles, was sich bewegt in der Dunkelheit. Hei, Maodan, dieses Mal hast du wirklich eine gute Tat vollbracht.« Laoshun ging in die Stube und griff zwischen das sauber geordnete Bettzeug. Er zog Geld hervor, das er alsbald Maodan in die Hand drückte.

»Geh und kauf dir deine Zigaretten.«

»Nein. Sagte ich nicht, dass ich es für Lingguan tue? Ich will dein Geld nicht.«

»Nimm es!«, sagte Lingguan.

»Schau dich an. Deine Stielaugen sagen alles.«

»Stielaugen sind Stielaugen. Ich bin ich.«, antwortete Maodan.

»Aber ich werde es nicht ablehnen. Ich möchte nicht, dass dein Vater mich für undankbar hält.«

18

Ein künstlich angelegter Wall schirmte das Haus des Glatzköpfigen Wang vor allzu neugierigen Blicken ab. Es lag recht abseits. Laoshun kam nur selten hierhin.

Ein Tümpel zur einen Seite des Hügels führte soeben genug Wasser, um Mensch und Tier für einige Monate zu versorgen. Doch durch die permanente Sonneneinstrahlung war das Wasser gekippt und roch modrig.

Des Abends sangen hier zahllose Frösche vereint im Konzert. Huaqiu nannte es die »Froschserenade«. Die Oberfläche des Tümpels war stets mit einer feinen, wabernden Schicht bedeckt, die spinnwebenartig das Wasser zum Kräuseln brachte. Millionen von Kaulquappen waren hier ebenfalls zu Hause und gaben dem Tümpel den Anschein einer schwarzen lebendigen Masse, die sich hin und herbewegte. Infolgedessen musste man, wenn man hier Wasser schöpfte, es vor dem Gebrauch erst umständlich filtern.

Hinter dem Haus von Wang erstreckte sich ein Hügel, den er mit großer Mühe teilweise abgetragen hatte, so dass genug Platz entstand, um sein Haus plus Hof dort zu anzulegen. Ein niedriges Steinmäuerchen umgab das Grundstück. Drei Räume waren innerhalb des Hofes platziert, während der Stall und die Scheune in den Hügel hineingebaut waren, gesichert von einem Tor aus geflochtenen Weidenruten.

Der Glatzköpfige Wang trug dreihundertfünfundsechzig Tage im Jahr einen Hut. Ein wortkarger Mann, von dem man sagte, er trage auch über seinem Herzen einen Hut. Laoshun fühlte sich unbehaglich, wann immer er dem Mann ins Gesicht blickte.

Er hatte den Gipfel des Hügels erreicht, als Laoshun einen Wagen vor dem Haus von Wang entdeckte. Ein seltener Anblick, denn Wang lebte ausgesprochen zurückgezogen und bekam so gut wie nie Besuch. Was Laoshun allerdings noch mehr irritierte, waren die vielen Menschen im Hof und das offensichtliche Durcheinander. Dann wurde es ihm klar. Die Leute waren gekommen, um die Getreideabgaben einzufordern.

Natürlich konnte hier von »überreden« keine Rede sein. Wann immer Staatsdiener auftauchten und etwas wollten, benutzten die Leute im Dorf das Wort »Plünderer«.

Laoshun ahnte, dass Probleme im Anmarsch waren.

19

Auch der Glatzköpfige Wang spürte, dass Probleme im Anmarsch waren und seine Ohren begannen zu dröhnen. Dorfvorsteher Sun hatte ihm angekündigt, dass die Gemeinde Leute schicken würde, wenn er seine Getreideabgaben nicht zahlte. Nun waren sie da und Wang machte sich vor Angst in die Hosen. Hätte er gewusst, dass es so kommen würde, er hätte seinen Teil gezahlt, auch wenn seine Familie am Hungertuch nagte. Vermutlich hatte er nicht einmal genug in seiner Scheune, um den fälligen Teil aufbringen zu können, doch da waren sechs hungrige Mäuler um ihn herum, die gestopft werden mussten. Die beiden jüngsten Mädchen waren illegale Geburten ohne zugewiesenen Landanteil. Was sollte er tun? Keine schlaue Idee kam aus seinem glatzköpfigen Schädel. Sollte er sie totschlagen und in den Ofen werfen? Einfach »zurückgeben« ging auch nicht. Er musste sich etwas einfallen lassen. Guter Rat war teuer. Das Gesetz war mi den Massen überfordert, deshalb sollten sie sich wehren bis zum bitteren Ende. Niemand hatte damit gerechnet, dass sie wirklich aufkreuzen würden, und schon gar nicht im Haus des Glatzköpfigen Wang. Die staatliche Getreidestation zahlte weit unter Marktpreis. Das war das eine Übel. Schlimmer war allerdings diese Menge von Leuten, die nun um ihn herumstanden und durcheinanderriefen.

Seine Frau schluchzte.

»Was schluchzt du herum? Ist das alles, was du kannst?«

Wang hätte sie am liebsten geschlagen. Er schlug sie regelmäßig. Sein Arm fuhr dann ruckartig herum und »peng« hatte sie einen sitzen. Er genoss das. Vielleicht war er ein ruhiger Typ, der sich herumschubsen ließ, aber körperlich war er ihr natürlich überlegen. Doch in diesem Moment konnte er gar nichts, nicht einmal die eigene Frau schlagen.

»Verdammt!«, sagte er zu sich selbst. Er hatte nicht mehr genug Energie, um sie zu schlagen. Er musste sich jetzt im Zaum halten.

»Los, nehmt euch, was ihr wollte!«, brummte er.

Seine Frau, für gewöhnlich eine ruhige Person, besann sich eines Besseren und begehrte gegen die Beamten auf. Wang traute seinen Ohren nicht.

»Wie sollen wir leben, wenn wir von dem bisschen Getreide, was wir haben, auch alles abgeben müssen?« Er ließ sie reden.

»Erwartet ihr, dass wir von Luft leben?« Sie verschluckte sich beim Sprechen. Ein ersticktes Röcheln kam aus ihrem Rachen. Wang zitterte. Sie hatte Recht. Sie würden in existenzielle Schwierigkeiten gelangen, wenn sie alles abgeben mussten. Hungrige Mäuler waren das eine, Schulgebühren das andere. Wang hoffte, das Lamentieren seiner Frau würde etwas bringen.

»Wie ihr leben sollt?«, wiederholte einer der Beamten ihre Worte. »Das ist euer Problem. Ihr habt die festgesetzte Menge abzuliefern, und damit basta.«

Ihr Jammern wurde lauter.

»Was in der Scheune ist, ist alles, was wir besitzen. Die Setzlinge vom Frühjahr sind fast alle eingegangen. Tut doch nicht so, als wüsstet ihr das nicht. Außerdem sind wir sicher nicht der einzige Haushalt, der Getreideschulden hat!«

Wang war erstaunt. Seine Frau war nicht so dumm wie er dachte. Geschickt hatte sie die Sprache auf die Setzlinge gebracht. Sogar andere Schuldnerfamilien hatte sie erwähnt. Recht so! Wir sind hier nicht die einzige Familie im Dorf. Wenn der Himmel einstürzt, müssen ihn die großen Leute stützen. So ging das Sprichwort. Wang schielte zu seiner Frau herüber und bereute, sie in der Vergangenheit geschlagen zu haben. Vielleicht hätte sie ihre Fähigkeiten allgemein besser entfalten können, wenn er sie nicht ständig malträtiert und herumgestoßen hätte! Andererseits machten diese Fähigkeiten nur Eindruck auf Außenseiter. Ihm bräuchte sie mit ihrer Schlauheit nicht zu kommen. Er entschloss, sie fortfahren zu lassen.

»Keiner kommt davon, ohne zu bezahlen. Wenn ihr nicht bereit seid, eure Abgaben zu leisten, laden wir das Getreide aus euren Scheunen auf unsere LKWs und ihr bekommt obendrein die Rechnung für Arbeit und Transport. Dagegen könnt ihr nichts machen.«

»Ihr glaubt wohl, es sei eure Entscheidung, ob ihr Getreide abliefert oder nicht?«, polterte einer der Männer. »Wir haben es mit Chiang Kaisheks acht Millionen Soldaten aufgenommen. Meint ihr, da interessieren uns ein paar renitente Dörfler?«

Dem Glatzköpfigen Wang lief es eiskalt den Rücken herunter, als er die Drohung hörte. Er wusste, dass sie der Wahrheit entsprach. Als Kind hatte er davon gehört, wie sie acht Millionen in die Flucht geschlagen hatten, eine Zahl, die sein Vorstellungsvermögen überstieg. Es war eine Menge, so viel war ihm klar. Vielleicht mehr als die Getreidekörner in seiner Scheune. Sie hatten sie nicht nur vernichtend geschlagen, sondern auch ihren Generalissimo zur Flucht nach Taiwan gezwungen. Wie konnte er, ein einzelner Mann, es wagen, sich der Regierung zu widersetzen? Seine Kräfte schwanden. Er konnte es nicht geschehen lassen, nun, da sie sich zum Widerstand entschlossen hatten. Wenigstens schluchzte die Frau, eine wirkungsvolle Waffe, die ihnen etwas von ihrer Macht nahm. Im Augenblick schenkte keiner der Anwesenden ihm Aufmerksamkeit. Also verharrte er weiter in der Ecke wie eine Schildkröte mit eingezogenem Hals.

Der fette Beamte, den sie Gemeindevorsteher Jiang nannten, redete mit Dorfvorsteher Sun, der den Kopf schüttelte und dann in Richtung auf Wang zeigte. Sun wollte ihm zu verstehen geben, aufzustehen und das Getreide aufzuladen.

»Sun, du verdammter Idiot. Ein Verräter bist du, ein Lakai!«

»Los jetzt, lade das Getreide auf den LKW!«

Wang schloss die Augen und rührte sich nicht. Ein alter Trick, den er immer anwendete, wenn es brenzlig wurde. Die, die am lautesten schrien, bekamen stets die größten Schwierigkeiten. Er war dagegen ein kleiner Meister der Vermeidungstechnik.

»Gehst du nun, oder nicht?«, schnauzte der Mann.

Macht nur weiter so. Schreit herum! Es wird euch doch nichts nützen. Merkt ihr nicht, dass ihr euch nackt macht und niemand euch ernst nimmt. Ihr glaubt tatsächlich, dass ich das Getreide auflade? Da könnt ihr bis zum Nimmerleinstag warten! Los! Tretet mich! Das kann man nicht einmal einen Tritt nennen … Ich bin wie ein totes Schwein im kochenden Wasser, ich kenne keine Angst.

»Schamlos!«, rief einer der Beamten.

Der Mann beschimpfte ihn. Schamlos? Und wenn schon. Ist das alles, was du kannst, mich beschimpfen? Okay, ich bin schamlos, aber genauso waren deine Eltern. Auch sie waren schamlos. Hätten sie dich sonst auf die Welt gebracht? Bei dem Gedanken musste er fast laut losprusten. Schnell zog er den Kopf wieder ein und verkniff sich das Lachen. Ihm war längst klar geworden: Die Männer hier waren nicht so zum Fürchten, wie er befürchtet hatte. Ihr einziger Trick war es, ihn in die Seite zu treten und als schamlos zu beschimpfen. Er hatte sich von ihrem bedrohlichen Gehabe zu Unrecht einschüchtern lassen.

»Es ist mir gleich, wer das Getreide auflädt. Ich werde es auf jeden Fall nicht tun«, hörte Wang den Dorfvorsteher sagen.

»Dies sind meine Leute. Wie stehe ich da, wenn ich es selbst tue!«

»Du bist der Gruppenleiter! Wenn du es nicht machst, wer dann?« Gemeindevorsteher Jiang war mächtig verärgert.

»Dann kündige ich. Auf keinen Fall werde ich das Getreide selbst aufladen, und damit basta.«

Wang fühlte einen warmen Schauer seinen Rücken herunterlaufen. Dorfvorsteher Sun war am Ende doch kein so schlechter Kerl. Er vergab dem Mann, der diese Männer in sein Haus gebracht hatte. Vermutlich hatte er keine Wahl gehabt. Gut möglich, dass das Gemeindeamt ihn dazu verdonnert hatte. Aber das würde er nie mit Sicherheit herausfinden können. Aber nach dem, was Sun gesagt hatte, konnte der glatzköpfige Wang seinen Zorn nun nicht mehr gegen ihn richten.

»Dann laden wir es selbst auf.«, sagte Jiang, den Blick auf Wang geheftet. Der spürte selbst mit gesenktem Kopf die bohrenden Blicke des Gemeindevorstehers. Keine Frage, Jiang wollte um jeden Preis, dass Wang das Getreide selbst auflud, denn dann würde es nach einer freiwilligen Geste aussehen und nicht nach Zwang. Mir doch egal, wer es nun auflädt, sagte er zu sich selbst. Ihr kommt hierher, um mein Haus zu plündern. Nur zu! Plündert es. Raubt mich aus, bringt mich um. Mir egal. Wang senkte den Kopf noch tiefer.

Jiang orderte zwei Männer in den Lagerraum. Wangs Frau schluchzte und jammerte. Mit ausgebreiteten Armen versuchte sie, sich den Männern in den Weg zu stellen. Doch sie wurde unsanft zur Seite gestoßen. Aus dem Augenwinkel nahm Wang ihre Gebrechlichkeit wahr. Vorwürfe krochen in ihm hoch, seine Frau misshandelt zu haben und er schwor sich in diesem Augenblick, nie wieder Hand an sie zu legen. Warum hatte er sie geschlagen? Sie war Teil der Familie. Es hatte erst zur Plünderung seines Hauses durch diese Horde von Gemeindebeamten kommen müssen, ehe Wang zum ersten Mal die tiefe Bedeutung des Wortes Familie bewusst wurde.

Der Weizen war in Säcken verpackt. Einige wenige Säcke mit Mais waren als Reserve für schlechte Zeiten gedacht. »Mais färbt die Kacke gelb« sagten die Leute im Dorf und sprachen damit den geringen Nährwert an. Doch ein paar Säcke Mais im Haus war immer noch besser als zu hungern. Jetzt aber war das gesamte Getreide auf den LKW verladen. Die offensichtlich gut ausgebildeten Männer hatten die Arbeit im Nu erledigt. Wang fühlte sich seltsam erleichtert. Über die Zukunft konnte er sich morgen Gedanken machen. Nur zu! Nehmt euch alles, was ihr wollt! Der Gedanke an die unbezahlten Schulgebühren aber schnürte ihm die Kehle zu.

Auf einmal verspürte Wang den dringenden Wunsch, nach einem Messer zu greifen und es gegen jemanden zu richten.

20

Laoshun drehte sich der Kopf, als er das Haus des Glatzköpfigen Wang verließ. Er fürchtete Szenen, wie er sie gerade miterlebt hatte. Die Regierungsbeamten waren trainiert darin, einfache Leute zu schikanieren. Ihm wurde angst und bange, denn auch er hatte ausstehende Getreideschulden. Wie hätte er reagiert, wäre das, was gerade geschehen war, in seinem Haus vorgefallen? Seit Jahrzehnten erlebte er immer wieder solche Vorfälle. Der Gedanke, dass andere ihn in ebenso einer Situation beobachten könnten, ließ ihn erschaudern. Der Gedanke daran erdrückte seine zuvor gespürte Freude über den wiedergefundenen Falken vollständig.

Der Falke hatte Gewicht verloren und eine seiner Schwanzfedern war gebrochen. Eine wichtige Feder. Laoshun hatte den Schuppen vom glatzköpfigen Wang durchsucht, bevor er den Greif schließlich in einem Kohleeimer entdeckt hatte.

Der Glatzköpfige Wang ist ein guter Mann, sagte Laoshun zu sich selbst. Nicht nur, weil er meinen Falken gefunden hat. Wang hatte ihm mit dem Kinn angedeutet, wo sich der Falke befand. Die Staubwolken der abgefahrenen LKWs hatten sich noch nicht wieder vollständig gesetzt und seine Frau schluchzte noch immer laut vernehmbar. Es war komplett nachvollziehbar, dass Wang Laoshun in diesem unpassenden Moment ignoriert hatte. Laoshun machte sich auf den Heimweg.

»Mengzi wird dir ein Kaninchen vorbeibringen.«, sagte Laoshun, bevor er sich mit dem Falken auf den Heimweg machte. Wang antwortete nicht und verharrte in seiner Schildkrötenposition.

Laoshuns Frau war allein zu Hause. Er fragte nicht nach den Kindern. Zu schwer lasteten andere Gedanken auf ihm. Der zurückgewonnene Falke tat wenig, seine Stimmung aufzuhellen und Laoshun wusste genau warum. Dorfvorsteher Sun hatte sich den Mund fusselig geredet, bevor die Beamten vom Gemeinderat einem zehntägigen Aufschub der Zahlungen für das gesamte Dorf zugestimmt hatten.

»Zehn Tage und keine Minute länger! Du wirst die Konsequenzen tragen, wenn dein Dorf nicht bis dahin die ausstehenden Getreideabgaben aufbringt!«, hatte der fette Beamte gesagt und Sun hatte dazu so eifrig genickt, wie ein Huhn, das nach Körnern pickt. Sun ist ein guter Mann, sagte Laoshun zu sich. Immer schrie und brüllte er herum, aber wenn es um wirklich wichtige Dinge ging, konnte man sich auf ihn verlassen. Immer trug er dieses einschmeichelnde Grinsen im Gesicht, wenn er seinen Vorgesetzten begegnete. Und dieses Grinsen war einmal echt, und ein anderes Mal gespielt. Untersetzten gegenüber konnte er sowohl äußerst freundlich als auch ziemlich wirsch sein. Am Ende des Tages brauchten sie einen Mann wie ihn einfach. Nachdem er den Deal mit den Beamten ausgehandelt hatte, erging ein Ultimatum an alle Familien, die noch Schulden zu begleichen hatten. Die Regierung machte Ernst und sie mussten dieses Mal ihren Forderungen nachkommen, wollten sie nicht die Konsequenzen tragen.

Laoshun spürte einen Druck auf der Brust, wenn er an die Getreidesteuer dachte. Er verfügte über Getreide, das war nicht das Problem. Er konnte einfach keine zusätzlichen Sorgen mehr ertragen, oder – um mit den Worten seiner Frau zu sprechen – er war kaum mehr in der Lage, einen Teller heiße Nudeln zu meistern. Zu viele kleinere und größere Probleme hatten sich aufgestaut, so dass er beim nächsten unerwarteten Vorfall befürchtete, einen Nervenzusammenbruch zu erleiden. Glücklicherweise war er mit der positiven Gabe der Vergesslichkeit gesegnet, und er war ein Meister in der Kunst der Ablenkung. Wann immer ihn etwas bedrückte, suchte Laoshun sich eine Aufgabe. So beschäftigte er sich beispielsweise mit dem Gespann der Rinder oder er bestellte das Feld. Meist halfen diese

Tätigkeiten, sich der emotionalen Bürden einigermaßen zu entledigen.

Im Augenblick war die Beschäftigung mit dem Falken die beste Ablenkung. Der Vogel bot einen jammervollen Anblick. Sein Federkleid war arg in Mitleidenschaft gezogen. Außerdem hatte er sichtbar an Gewicht verloren. Dies war der Tatsache geschuldet, dass der Glatzköpfige Wang den Falken nicht gefüttert hatte. Den Kaninchenkopf, den Laoshun ihm vorhielt, verschlang er mit gewohnter Gier.

Laoshun machte sich daran, die gebrochene Schwanzfeder zu schienen. Seine Frau hielt den Falken mit dem Kopf nach unten während Laoshun die gebrochenen Federhälften mit Klebstoff bestrich und anschließend mit einem Bindfaden umwickelte.

»Es ist bloß eine Feder.«, meinte sie lapidar.

»Warum machst du so ein Aufheben darum?«

»Da sieht man wieder, wie viel du von der Falknerei verstehst!«, antwortete Laoshun.

»Die Schwanzfedern machen einen guten Falken aus. Wenn auch nur eine davon fehlt, verliert der Falke zu viel Luftwiderstand und kann nicht mehr perfekt rütteln.«

Meng schickte Huaqiu an jenem Abend mit der Nachricht, dass sie sich bereitmachen sollten. In ein oder zwei Tagen würden sie in die Wüste aufbrechen. Zwischen Laoshun und seinen drei Söhnen entbrannte eine Diskussion darüber, wer mitgehen durfte. Mengzi sagte, er sei zum Jäger geboren und keiner könne es beim Schießen mit ihm aufnehmen, was keine Übertreibung war. Hantou argumentierte, er arbeite das ganze Jahr über in der Stube und bräuchte unbedingt eine Abwechslung. Die Wüste käme ihm gerade recht. Auch das entsprach der Wahrheit. Lingguan wünschte sich nichts sehnlicher, als ein Wüstenjäger zu werden. Die Vorstellung war für ihn reine Poesie. Doch als Argument taugte sie nicht. Mengzi hielt seinem Bruder vor, er sei durch das Studium verweichlicht und er solle zu Hause bleiben.

Es war Erntezeit und einer der Familie musste im Rahmen des Brunnenprojekts Schichtarbeit leisten. Durchtrainierte Kerle waren da gefragt. Lingguan aber war genau das Gegenteil, ein Mann ohne nennenswerte körperliche Physis, ungeeignet für die harte Arbeit auf dem Feld. Es machte daher mehr Sinn, ihn in die Wüste zu schicken, damit er von

Huaqiu etwas lernen konnte. Irgendwann würde der Junge für sich selbst sorgen müssen. Mengzi wollte dagegen argumentieren, öffnete den Mund, doch schluckte die Worte schließlich hinunter.

Am selben Abend holte Laoshun die Muskete bei dem Geschichtenerzähler ab und versprach, nach dem Verkauf des Getreides den verlangten Preis zu zahlen. Als er zu Hause eintraf, war die gesamte Familie mit den Vorbereitungen beschäftigt: Bettzeug, Kochtöpfe, Schälchen, Trinkwasser, Mehl, getrocknete Früchte und schließlich zwei gebratene Kaninchen.

Am Morgen des dritten Tages machten sich Lingguan, Meng und Huaqiu auf den Weg in die Wüste.

Kapitel III

1

Jedes Jahr nach der Herbsternte packen die Leute aus dem Dorf Shawan Proviant und einige Habseligkeiten zusammen und reiten mit ihren Kamelen ostwärts ins Herz der Wüste, um ihre unerfüllten Träume zu vollenden. Der Sand ist von einem stumpfen Gelb, das sich so weit erstreckt, wie das Auge sehen kann, mit mächtigen Dünen von bis zu einhundert Metern Höhe. Umgeben von Berggipfeln, zeigt sich die Wüste als Heimat unzähliger Pflanzenarten, die in scheinbarer Unordnung ein doch klar erkennbares Muster bilden. Wie Schiffe in rauher See bewegen sich die Kamele entlang der mächtigen Dünen, die unter den gleißenden Strahlen der Sonne gleichsam hin und herschwanken, als wollten sie mit aller Macht dem Himmel entgegentreten.

Der Himmel war von einem staubigen Grau, als Lingguan und die anderen aufbrachen. Die Sonne hing wie ein gigantischer Feuerball am Firmament. Sie waren noch keine Stunde unterwegs, als eine Brise aufkam, die langsam stärker wurde und ihnen den heißen Wüstensand in die Gesichter blies, begleitet von dem metallenen Klingen der Kamelglöckchen, das sich mit dem Heulen des Windes vermischte.

Als Kind war Lingguan gemeinsam mit seinem Vater in die Wüste gegangen, wo sie nach Einbruch der Dunkelheit ein Lagerfeuer entzündeten, nachdem sie große Mengen der kaktusähnlichen Pflanze, die die Leute

Wüstenreis nannten, gesammelt hatten. Das Knistern des Feuers bot die perfekte Atmosphäre für eine Nacht, die die Männer zum Reden brachte. Sie übertrafen sich in ihren Geschichten über die Vergangenheit von Shawan, wobei eine fast schon legendäre Episode über die Affaire zwischen einem Köhler und einem Dorfmädchen niemals fehlen durfte. Sie stimmten Liangzhou-Lieder an, deren Texte in der Regel kaum jugendfrei waren. Lingguan hatte die Texte nicht verstanden, doch errötet war er trotzdem. Und die sandig-rauen, gefühlsüberladenen Stimmen der Männer vermischten sich mit dem Sand der Wüste zu einer neuen, gelbockerfarbenen Komposition, die sich dem Antlitz der Landschaft auf wundersame Weise anpasste. Wonach Lingguan sich aber am meisten sehnte, war der kalte, einsame Mond. Sobald der Mond aufging, strömte die Wüste einen unergründlichen Frieden aus. Unter seinem milchigen Schein wechselten die Dünen ihre Farben und ihren Kontrast, einmal heller, einmal dunkler. In das Singen der Männer mischten sich oft die Schreie der Wüstenvögel, die ihre Schlafplätze zwischen den Reispflanzen verließen und das Weite suchten. Bei jedem Vogelschrei war Lingguan zusammengezuckt und hatte laut aufgeschrien und ein innerer Drang brachte ihn dazu, sich wie ein Verrückter durch den Sand zu rollen.

Dann war er erwachsen geworden. Das Meer aus Sand blieb unverändert, so wie die Winde der Wüste. Die freudvolle Erregung jedoch, die er früher gespürt hatte, war verschwunden. Das Kind in ihm war in der Stille der Sandtäler und zwischen den Falten der Wüste verlorengegangen. Mochte der Wind noch so stark wehen, das Lagerfeuer noch so hell brennen, der Erwachsene Lingguan konnte sich nie mehr von den emotionalen Lasten befreien, die ihm die Jahre auf die Schultern gelegt hatten.

Innerhalb von drei Tagen hatten sie Magang erreicht. Die Sonne war im Sand versunken und hatte einem blassen Viertelmond Platz gemacht, der sein fahles Licht auf sie herabschickte und die Hügel im Süden erhellte, während die steilen Grate im Norden im Dunkel blieben, wodurch ein mysteriöser Schleier kontrastierender Farben entstand. Nur der alte Meng verstand es, die Wüstennächte zu lesen. Binnen kurzem hatten sie genug Reisig und Gräser gesammelt, um ein Feuer zu entzünden, das Leben und etwas wie eine poetische Aura in die Stille der Wüste brachte. Die Buschzweige knisterten und helle Flammen loderten zum Himmel empor und brachten das Kind in Lingguan wieder zum Vorschein. Eine wundersame Kraft wühlte ihn von innen heraus auf und vertrieb Müdigkeit und Erstarrung. Spätherbstnächte in der Wüste sind bitterkalt. Die Nachtluft überzieht den Sand mit einer feuchten, unangenehmen Kälte, die einem unter die Haut geht. Lingguans verschwitzte Unterwäsche war steif vor Kälte gewesen. Nun aber kroch die Wärme des Feuers langsam in seine Kleidung und entwickelte ein wohliges Gefühl der Behaglichkeit, das ihn an seine Mutter erinnerte. Er legte sich so nah wie möglich an das Feuer, schloss die Augen, schaltete ab und gab sich ganz diesem warmen Schauer hin.

Unter Zuhilfenahme des Feuerscheins errichteten Meng und Huaqiu mit einigen Holzpflöcken, einem Zelt, drei Bettdecken, etwas Kochgeschirr und einigen anderen Habseligkeiten ihr Lager. Das Wort bekam hier, am Ende der Welt, eine ganz andere Bedeutung. Meng hatte sein etwas in die Jahre gekommenes Kamelfell mitgebracht, ein stolzer Besitz, der ihn vor Feuchtigkeit schützte und ihn warmhielt. Über die folgenden Tage sollte der Anblick ihres Bettlagers Lingguan stets das Gefühl von Heimeligkeit vermitteln.

Bis auf das Knistern des Lagerfeuers zeigte sich die Nacht vollkommen ruhig. Wie ein pechschwarzes Gewand hing sie über den Männern. Die Sterne erschienen in ihrem Glanz so dreidimensional, dass Lingguan das Gefühl hatte, er bräuchte nur die Hand weit genug auszustrecken, um sie vom Himmel zu pflücken. Sandhügel tauchten auf und verschwanden sogleich wieder mit dem Auflodern und Ersterben der Flammen. Riesige, verzweigte Buschäste ragten gespenstisch in den Himmel, wenn der Wind die Flammen hochtrieb.

Meng und Huaqiu sprachen miteinander, doch es war mehr ein entferntes Murmeln, fast unwirklich. Eigentlich aber erschien alles in diesem Moment weit weg, alles außer der Stille. Lingguan war überwältigt von diesem Gefühl. Wie lange hatte er das nicht mehr erlebt! Unruhe war sein ständiger Begleiter geworden, sowohl in der Schule als auch später zurück auf dem Land, wo die Leute ihr karges Dasein fristeten. Ein rastloser Geist war kein Zustand. Für ihn war der wahre Geist ein unabhängiges Reich, frei von äußeren Einflüssen. Ja, der Geist und die äußere Welt mussten getrennt voneinander existieren.

Die Mondsichel, als silberner Haken ins Firmament gedrückt, entsandte feine, blasse Lichtschleier auf die Erde, die wie leuchtende Wellenkämme hier und dort aufblitzten, bevor sie schließlich von der Tiefe der Wüste verschluckt wurden. Ein Schauspiel, dem Lingguan sich in einer Mischung aus Angst und Faszination hingab.

Während er noch lange schlaflos in seine Decke gehüllt lag, waren die anderen sofort eingeschlafen. Mengs Schnarchen war unüberhörbar, während Huaqiu nur hier und da ein leises Grunzen von sich gab. Nach und nach schlichen sich zahllose Gedanken in sein Bewusstsein, während er die Geschehnisse der vergangenen Tage Revue passieren ließ. Ying Er tauchte vor seinen Augen auf und das Bild erfüllte ihn mit Traurigkeit. Würde er wirklich sein ganzes Leben so verbringen? Es fiel ihm schwer, seinen Platz in der Welt zu akzeptieren.

2

Spuren zu identifizieren war das Erste, was Lingguan vom alten Meng lernte. Füchse auf Nahrungssuche zogen Jäger an, die ihren Fährten folgten. Es gab drei Arten von Fährten: Nachtfährten, Morgenfährten und Tagesfährten. Nächtliche Fährten waren praktisch nutzlos. Ein Jäger brauchte drei Tage, um die Spur eines Fuchses zu lesen, die dieser innerhalb einer Nacht hinterließ. Kein erfahrener Fuchsjäger scherte sich um nächtliche Fährten.

Morgenfährten waren brauchbar, jedoch mühsam zu verfolgen. Einem glücklichen Jäger passierte es, dass er nach 12-stündiger Suche tatsächlich einen Fuchs aufspüren konnte.

Tagesfährten waren die besten, denn Füchse schliefen über Tag und jagten des Nachts. Laut Meng vertrugen Füchse über längere Zeit die Sonne nicht, weswegen sie geeignete Verstecke aufsuchten, um dort den Tag zu verschlafen. Gewöhnlich dauerte es nicht länger als ein paar Stunden, bevor ein Jäger einen Fuchs aufspürte, der sich unter Buschwerk verkrochen hatte.

Nicht das Auffinden der Spuren jedoch war das Problem, sondern das Deuten. Fuchsspuren ähnelten Hundespuren und hatten die Form einer fünfblättrigen Pflaumenblüte. Füchse machten selten kehrt, so dass sie oftmals lange, gerade Spuren im feinen Sand hinterließen.

Viele der Fuchsjäger von Shawan waren in der Lage, Spuren zu finden, doch einzig Meng konnte sie auch zuordnen und deuten. Die Jagd war für ihn sozusagen ein Kinderspiel.

»Ich gehe zur Bank, Geld abheben«, lautete sein Standardsatz, bevor er mit seiner Flinte in die Wüste ging, und es bedeutete, dass er mit so vielen Füchsen zurückkommen würde, wie er für seinen Lebensunterhalt benötigte.

»Manche Jäger sind einfach Idioten«, pflegte er zu sagen.

»Sie jagen los, sobald sie irgendeine Spur gefunden haben, doch das ist so, wie wenn ein blinder Esel losrennt, um einen Heuhaufen zu suchen. Sie werden nicht einmal aus weiter Ferne einen Fuchs zu sehen bekommen und spätestens am Ende des Tages geben sie auf.

Er verließ das provisorische Lager zusammen mit Lingguan, während Huaqiu als Wache zurückblieb. Im Wissen um dessen lose Zunge und die Unfähigkeit, ein Geheimnis für sich zu behalten, sprach Meng nie über wesentliche Dinge, solange Huaqiu sich noch in Hörweite befand.

»Die meisten Jäger können Fuchsspuren erkennen, doch die wenigsten wissen, wann der Fuchs sie hinterlassen hat. Bei einigen lohnt es, ihnen zu folgen, bei anderen nicht. Viele Jäger verbringen ihr halbes Leben mit der Jagd, ohne doch viel davon zu verstehen.«

Nachdem sie einige Tage durch die Wüste gelaufen waren, begannen Lingguans Waden zu schmerzen. Jeder Schritt tat ihm weh. Obwohl Meng ihm mehrfach angeboten hatte, auf dem Kamel zu reiten, hatte er abgelehnt. Schließlich war es das gehorsame, ausdauernde Tier gewesen, dass die gesamte Ausrüstung bis zu ihrem provisorischen Zuhause transportiert hatte. Das Kamel schnaubte heftig. Der Schaum um sein Maul, der langsam das Fell hinunterlief und in den Sand tropfte, zeugte von der Anstrengung, die das Tier aufbringen musste.

Die Nadelstiche in seinen Waden und die Müdigkeit versetzten Lingguan in einen Dämmerzustand. Er war zu matt, um Fragen zu stellen, obwohl er wusste, dass Meng ihm Dinge verraten würde, die er zuvor vermutlich noch niemandem preisgegeben hatte. Viele Lehrmeister hielten sich mit der Weitergabe ihres Wissens an ihre Schüler zurück, aus Furcht, sich durch die Offenbarung ihres Wissens selbst die Grundlage zu nehmen. Meng würde ihm alles beibringen, was er für richtig hielt, es gab also keinen Grund zur Eile. Doch Meng war verblüfft von Lingguans Sprachlosigkeit.

»Warum fragst du mich nicht, wie ich die Spuren auseinanderhalten kann?«

Meng war im Grunde seines Herzens ein Kind geblieben. Je mehr Lingguan ihn drängen würde, desto wahrscheinlicher war es, dass er sich mit seinen Erzählungen zurückhalten würde. Nur wenn er ihn selbst kommen lassen würde, konnte er darauf hoffen, mehr von Meng zu erfahren.

»Was sollte ich dich schon großartig fragen? Du wirst Gründe für dein Schweigen haben.« Lingguan bemühte sich, möglichst gleichgültig zu klingen.

»Meine Gründe?« Der alte Mann lachte.

»All die Jahre hast du mit dem Studieren verbracht. Wie willst du dich einmal selbst ernähren, wenn du keine Fähigkeiten besitzt? Das Leben ist so schlecht nicht. Du kannst tun und lassen, was du willst. Ich möchte dir etwas beibringen. Andere haben mich mit Schnaps oder Geld zu ködern versucht, oder mit opulenten Mahlzeiten. Kein Wort habe ich denen gesagt. Die Fuchsjagd mag simpel erscheinen, aber genau da liegt das Kreuz. Unerfahrene Jäger rennen jeder erstbesten Spur hinterher. Mag sein, dass sie ab und zu einen Fuchs erjagen, nachdem sie tagelang durch die Wüste gelaufen sind. Was wäre, wenn sie alle meine Fähigkeiten besäßen? Der Bestand an Füchsen ist nicht unbegrenzt. Es dient uns nicht, wenn Hinz und Kunz hier auf die Jagd gehen. Der Himmel würde über mich kommen, wenn ich für die Ausrottung der Füchse verantwortlich wäre. Also behalte für dich, was ich dir anvertraue.«

»Du brauchst mir nichts zu erzählen, solange du mir nicht traust.«

»Hah! Du meinst wohl, ich wüsste nicht, was in deinem Kopf vorgeht, Lingguan? Ich will dir ja etwas beibringen. Ich bin zu alt, um all meine Erfahrungen für mich zu behalten. Bevor ich in der Holzkiste liege und die Augen verschließe, will ich meine Kenntnisse weitergeben.«

Meng seufzte und fuhr fort. »Im Grunde genommen ist es tatsächlich ziemlich simpel. Nichts ist schwierig, nachdem es einmal erklärt ist. Die Quintessenz passt auf ein Blatt Papier. Was frisst ein Fuchs? Ratten. Wann sind Ratten überwiegend aktiv? Du weißt es nicht? Sie sind dann aktiv, wenn keine Katzen oder andere Feinde unterwegs sind. Sie kommen spät nachts heraus und kehren vor Tagesanbruch zu ihren Nestern zurück. Verstanden? Nein? Denk drüber nach. Was geschieht, wenn ein Fuchs seine Spuren vor Mitternacht hinterlässt?«

»Es wird ---«

»Auch Ratten hinterlassen Spuren. Denk nach.«

»Die Rattenspuren wischen die Fuchsspuren aus.«

»Nein, nicht auswischen, aber ... die Fuchsspuren werden gestört ... sind nicht mehr so gut zu lesen. Und ich spreche von nächtlichen Spuren. Und nun denk einmal scharf nach. Was siehst du, wenn die Ratten wieder in ihre Nester zurückgekehrt sind, also bevor Sonnenaufgang? Richtig, der Fuchs kommt heraus und hinterlässt eindeutige Spuren im Sand. Das sind die frühmorgendlichen Fährten.

»Und das ist alles? Klingt wirklich simpel.«

»Morgendliche Fährten sind nicht übel. Aber du musst dem Fuchs den ganzen Tag über folgen, mitunter bis in die Dunkelheit hinein. Warum? Weil er natürlich vor dir flieht. Also wenn du einem Fuchs nachjagst, der sich bereits so früh aufgemacht hat, dann kostet dich das enorme Kraft. Vielleicht erlegst du ihn, aber der Aufwand ist enorm und du entfernst dich zu weit von deinem Lager.«

Lingguan merkte, wie sehr der alte Meng es genoss, ihm von seinen Jagderfahrungen zu berichten und er ließ den alten Mann weitererzählen.

»Tagesfährten sind optimal. Jetzt denk nach. Frühmorgendliche Fährten und Tagesfährten werden nicht von Rattenspuren verwischt und sind deshalb leichter zu lesen. Wie hältst du die beiden aber auseinander?«

Meng stieg eine Sanddüne hinauf, wobei er seine Atmung zu kontrollieren versuchte. Er schaute Lingguan mit einem triumphierenden Blick an. Als er den Schweiß auf dessen Stirn und sein schweres Keuchen wahrnahm, lachte Meng.

»Vielleicht hättest du zurückbleiben und das Lager bewachen sollen und Huaqiu wäre an deiner Stelle mitgekommen.«

Lingguans Oberschenkel pochten und seine Waden verkrampften sich. Mit schmerzverzerrtem Gesicht mühte er sich Schritt für Schritt die Düne hinauf. Er wusste, dies war ein Test, den jeder in der Wüste durchstehen musste. Die Schmerzen würden in ein paar Tagen verschwunden sein.

Meng schien seine körperliche Überlegenheit auszukosten, doch Lingguan wollte ihm diesen Triumph nicht gönnen.

»Ich bin ok. Mach dir keine Sorgen. Ich werde dich nicht aufhalten.«

Mit der Muskete auf dem Rücken kroch er den Hügel weiter empor, bis er schließlich auf der Spitze zusammenbrach, schwer nach Luft schnappend. Meng setzte sich, ohne ihn eines Blickes zu würdigen. Auf diese Weise gab er dem Jungen Gelegenheit, zu verschnaufen, ohne ihn zu drängen.

»Na los, erzähl mir mehr!«, keuchte Lingguan.

»Was willst du wissen?«

»Wie unterscheidest man Tagesfährten von frühmorgendlichen?«

»Du hast Glück! Denn das ist recht einfach. Was macht ein Fuchs bei Tagesanbruch? Er bekommt Angst. Warum? Weil er einen Platz braucht, an dem er sicher schlafen kann. Und was macht er, wenn er Angst hat? Er läuft schnell, er rennt mit Riesenschritten.«

Lingguan hatte verstanden.

3

Sie erreichten eine mit Artemisia bewachsene Senke. Artemisia war eine typische Pflanze der Wüstenregionen. Sie bildete winzige Samen aus, die in gemahlener Form bei der Herstellung von besonders feinen Nudeln Verwendung fanden.

Artemisia lockte ebenfalls einen speziellen Wüstenbewohner an, den die Einheimischen Zhazha nannten, ein gemeiner schwarzer Käfer, mit schwarzen Augen, zwei langen Antennen und acht Beinen, der unverwechselbare Spuren im Sand hinterließ.

Massen von Zhazha zogen Ratten an, bei denen die kleinen Insekten ganz oben auf der Speisekarte standen. Füchse wiederum fraßen Ratten und Springmäuse, die von den Menschen hier tiaotiao genannt wurden. Mit ihren langen Hinterbeinen erinnerten Springmäuse an kleine Kängurus, jedoch fehlte ihnen der für die Säuger typische Beutel.

Wie die Außenwelt, so waren die Wüstensenken wahre Schlachtfelder für zahlreiche ums Überleben kämpfende Kreaturen. Menschen jagten Füchse, die Ratten fraßen, welche sich von Zhazha ernährten. Und diese lebten von der Erde, die letztlich wiederum den Menschen verschluckte. Ein perfekter Lebenszyklus, die Ökologie der Wüste. Nicht zu Unrecht sagten die Leute von Shawan über sich selbst: »Aus der Erde geboren, auf der Erde gelebt, in der Erde begraben«.

Um verschiedene Fährten auseinanderhalten zu können, war zunächst einmal Voraussetzung, ein Fuchsrevier ausfindig zu machen, in dem gut erkennbare nächtliche wie auch Tagesspuren zu finden waren. Ein erfahrener Jäger erkannte mit bloßem Auge, wo ein Fuchs auf Beutezug gegangen war.

Innerhalb kürzester Zeit hatte Meng zwischen dichtem Artemisiagestrüpp eine Spur ausgemacht. Eine Tagesfährte mit klar erkennbaren Abdrücken der Fuchstatzen, die weitgreifende Schritte erkennen ließ. Offensichtlich handelte es sich um ein gefräßiges Tier, das sich erst nach Einsetzen der Morgendämmerung zur Ruhe gelegt hatte. Eine deutliche Spur im Sand führte in Richtung einer niedriggelegenen Dünenkuppe.

»Ich bin mir ziemlich sicher, dass der Fuchs dort unten in dem Loch steckt.«, sagte Meng und zeigte mit der Hand hinüber zu einer flachen Düne.

»Willst du wissen, wie ich darauf komme? Erstens, weil es einfach ist, hier Beute zu finden und ein Fuchs entfernt sich selten weit von seinem Areal. Sie sind nicht wie Menschen mit einem festen Zuhause. Wo immer es Beute gibt, dorthin gehen sie. Zweitens schlafen Füchse nicht an jedem beliebigen Ort. Sie bevorzugen Plätze auf der schattigen Seite des Lochs. Genauer gesagt, suchen sie sich Plätze, wo sie windgeschützt sind. Zu viel Sonne macht einen Fuchs schläfrig. Ich wette, er steckt dort hinten.«

Lingguan verfolgte Mengs ausgestreckte Hand, doch er konnte nichts erkennen außer gelben Sand, soweit das Auge reichte. Er schien sich wie in Wellen aufzubäumen und wieder zusammenzusinken. Und in der Ferne glich er einem flackernden, irrealen Meer.

»Komm herauf zu mir, aber geräuschlos!«, forderte Meng ihn auf.

»Die Viecher haben extrem scharfe Sinne. Sie schlafen fest wie ein Hund, aber sie fliehen schnell wie der Blitz, sobald sie nur ein kleines Geräusch wahrnehmen.«

Zur Verdeutlichung seiner Worte zeigte Meng auf seine Flinte und tat so, als ob er das Schulterblatt seiner Flinte gegen sein Jackenrevers reibe.

»Selbst so ein schwaches Geräusch genügt, um den Fuchs zu alarmieren! Ein verdammt schlaues Tier.«

Er schulterte die Flinte und ging auf das Wüstenloch zu. Erfrischt durch die kurze Rast fühlte Lingguan seine Kräfte zurückkehren, auch seine Atmung ging wieder gleichmäßig. Er spürte einen angenehmen Windhauch über seinen verschwitzten Rücken streichen.

Meng bewegte sich behende. Er schien mehr zu gleiten als wirklich zu laufen. Und wo die meisten Jäger tiefe Spuren im Sand hinterließen, bewegte sich der alte Mann leichtfüßig wie eine Feder. Lingguan fragte sich, ob es antrainiert oder ein natürliches Talent war.

Die fünfblütigen Abdrücke führten geradewegs zu der tiefen Sandkuppe, auf die Meng gezeigt hatte. Ganz offenkundig machten Füchse beim Laufen selten kehrt. Das verriet die Spur.

Meng deutete Lingguan mit der Hand, ihm näher zu folgen, was dem jungen Mann sichtlich schwerfiel. Meng strafte ihn mit einem bösen Blick.

»Bist du hier, um Füchse zu jagen oder zu verjagen? Also sei ruhig!«, zischte er.

Der Artemisia, der hier unten wuchs, hatte daumendicke Stämme und komplex verzweigte Äste, die in alle Richtungen sprießten.

Plötzlich nahm Lingguan eine Veränderung an dem alten Meng wahr. Jeder Anflug eines Lächelns war aus seinem Gesicht gewichen und hatte einer strengen Ernsthaftigkeit Platz gemacht. Seine Augen glichen nun denen eines Falken. Sein gesamter Körper schien unter Spannung zu stehen.

Während er mit der einen Hand auf eine Strauchgruppe zeigte, legte er den Zeigefinger der anderen Hand langsam auf seine Lippen. Lingguan fixierte den Bereich vor ihnen, doch konnte beim besten Willen nichts erkennen. Wo war der Fuchs?

Meng setzte sich behutsam in den Sand und bewegte sich mithilfe der Beine, die er wie zwei Paddel bewegte, langsam weiter vorwärts, die Flinte direkt vor sich im Anschlag. So glitt Meng langsam aber zielstrebig näher und näher an das Loch heran. Lingguan meinte, das Geräusch von fließendem Wasser zu hören, das hart gegen sein Trommelfell stieß. Sein Puls ging heftig. Dann sah er ihn. Im ersten Augenblick war es nicht mehr als ein winziger, hellgelber Hügel unter Zweigen mitten in der Senke, zusammengerollt im Schatten, so wie Meng es gesagt hatte.

Meng näherte sich dem Tier Meter um Meter, leichtfüßig und leise.

Noch vierzig Meter etwa, dreißig, zwanzig, dann ein Schrei, der den Fuchs blitzartig aufschreckte, während Meng im selben Moment feuerte. Ein gedämpfter Schuss, der mehr wie ein Puffen klang.

»Hah! Nicht schlecht für den Anfang«, lachte Meng.

Lingguan rannte den Hügel hinunter. Der Fuchs – tödlich getroffen - bellte und wandte sich. Dann verstummte er und wurde still, seine starren Augen in scheinbarer Wut gen Himmel gerichtet. Lingguan schmerzte der Anblick. Unbehagen überkam ihn, deren Ursache er nicht habhaft werden konnte. Hätte er nicht Erleichterung spüren sollen?

»Das Fell taugt nicht viel«, sagte Meng.

»Wir sind ein bisschen zu früh dran, dieses Jahr. In ein paar Wochen wird es leuchtend rot sein, wenn sie erst das Unterfell abgeworfen haben. Aber wir müssen nehmen, was wir kriegen können.«

Lingguan hob den toten Fuchs am Schwanz in die Höhe und examinierte ihn aufmerksam. Eine winzige rote Blutspur war der einzige Hinweis auf den tödlichen Schuss.

»Ich kann kaum erkennen, wo ihn die Kugel genau getroffen hat.«

»Dazu braucht man Erfahrung.« Meng lachte gutgelaunt.

»Du triffst nicht die richtige Stelle, wenn du zu weit weg bist, aber du ruinierst das ganze Fell, wenn du aus zu kurzer Distanz feuerst. Stell dir vor, wie hässlich es aussähe, wenn in dem Fell ein großes Loch klaffen würde. Dies war ein Kopfschuss.«

»Ein … Kopfschuss?«

»Genau. Du visierst den schlafenden Fuchs an, schreist und feuerst in dem Augenblick, in dem er seine Pfoten hochstreckt. Du kannst ihn nicht verfehlen. Ich treffe auch bewegliche Ziele. Amateure treffen nur liegende Objekte, also schießen sie auf schlafende Füchse. Was für eine Befriedigung kann einem das geben? Außerdem ist es Unrecht und unmoralisch, einen Fuchs dem Höllenkönig zu übergeben, während er sich in einer Traumwelt befindet.«

Bei den Worten Moral und Unrecht musste Lingguan lachen.

»Es ist gut. Das reicht für heute. Du siehst aus wie ein gepeitschter Gecko. Lass uns zusehen, dass wir etwas Warmes in den Magen bekommen. Immer nur Wasser und Mantou, Mantou und Wasser. Wie mir das zum Hals raushängt!«

4

Meng gab Huaqiu ein Zeichen, mit dem Kochen zu beginnen.

Huaqiu inspizierte den Erdboden, indem er hier und dort mit der Fußspitze die Festigkeit des Bodens prüfte. Nachdem er schließlich eine kleine Grube für das Feuerholz ausgehoben hatte, stellte er einen Kochtopf darauf und entzündete die trockenen Zweige, die sofort Feuer fingen und Schwaden von blauem Rauch in den Himmel schickten.

Die Sonne war in der Zwischenzeit weiter nach Westen gewandert und hing nun als roter Ball über einer langgezogenen Dünenkette. Bei Windstille stieg der Rauch nicht gerade nach oben sondern in Spiralen, ganz so, als zöge eine unsichtbare, achtsame Hand graue Fäden an sich. In einer bestimmten Höhe zerliefen die Fäden und legten sich wie dünne Nebelschwaden auf Anhöhen und Senken. Die versinkende Sonne bildete gemeinsam mit dem Rauch, den in hellen und dunklen Kontrasten daherkommenden Wüstenketten und den hochwallenden Wellen aus Sand ein magisches Panorama.

Meng errichtete einen Dreifuß und nahm den toten Fuchs.

»Komm her!«, sagte er zu Lingguan. »Du musst viel lernen! Also pass gut auf. Du wirst es vermutlich später nutzen können.« Er teilte das Fell um das Maul herum und stieß eine dicke Nadel mit einem noch dickeren Faden durch den Kiefer und hängte das tote Tier an den Dreifuß.

»Wir beginnen mit dem Kopf«, erklärte Meng, während er begann, den Fuchs langsam zu häuten. Routiniert führte er das Messer in seiner rechten Hand, wobei er mit der linken die Haut des Fuchses Stück für Stück nach unten zog.

»Der schwierigste Teil ist die Stelle zwischen Kopf und Nacken. Die Knochen sind hier so dick, dass es wichtig ist, dass du ihn nicht richtig zu fassen kriegst. Wenn du diese Stelle bewältigt hast, ist der Rest ein Kinderspiel.«

Lingguan stemmte sich auf den Dreifuß, um ihn zu stabilisieren. Der Geruch von Blut widerte ihn an. Situationen wie diese waren ein Horror für ihn. Er schaffte es nicht einmal, einer Krankenschwester beim Setzen einer Spritze zuzuschauen und floh, wann immer zu Hause ein Huhn geschlachtet wurde. Im Gegensatz zu ihm lachte Mengzi beim Anblick von verspritztem Blut. Für Lingguan besaßen Mensch und Tier denselben

Wert, unabhängig von Größe oder Gestalt. Beiden war eins immanent: das einmalige Leben. Und wenn dieses Leben genommen wurde, war es auf immer verloren.

Meng stimmte zu, dass es keine gute Tat war, einem Tier das Leben zu nehmen, jedoch glaubte er daran, dass alles in der menschlichen Welt auf dem Prinzip von Ursache und Wirkung basierte. Bestimme Tiere waren geboren, um gejagt und getötet zu werden. Und genauso waren bestimmte Menschen geboren, um zu jagen und zu töten. Es war Vorherbestimmung, ein Schicksal, dem niemand entrinnen konnte. Nur deshalb konnte er das tun, was er tat.

Beim Häuten des Fuchses erinnerte er an einen Bildhauer, mit feinen, geschickten Händen, mit fokussierter Hingabe und einem besonderen Gefühl für Rhythmus und das richtige Maß. Die Arbeit schien ihm ein Bedürfnis zu sein. Lediglich das Blut an seinen Händen und der erbarmungswürdige Anblick des Fuchskopfes zollten von der Grausamkeit eines zutiefst ungleichen Kampfes.

»Am besten beginnst du vom Kopf und arbeitest dich dann nach unten.« Das Messer zwischen den Zähnen zog er das Fell mit der rechten Hand nach unten, während er mit der linken Hand die schwierige Stelle an den Gelenken meisterte.

»Hier musst du mit Kraft ziehen!«, sagte Meng.

»Du kannst dabei nichts verkehrt machen, nur mit den Knochen musst du achtgeben. Wenn du zu viel Kraft benutzt, brichst du den Knochen und dabei kann das Fell in Mitleidenschaft gezogen werden. Und das solltest du auf jeden Fall vermeiden.«

Der Dreifuß wackelte bedenklich hin und her.

Vor Lingguans Augen hing nun ein gehäuteter Fuchs. War das noch ein Fuchs zu nennen? Ohne aufrechtstehende Ohren? Ohne sein dichtes Fell? Aller seiner Eigenschaften beraubt! Oder war es lediglich ein Torso, das von seiner Form an einen Fuchs erinnerte? Im Schein der Sonne waren die Blutbahnen und die Struktur des Fleisches deutlich zu erkennen. Die dunklen Blutklumpen gaben Zeugnis von menschlicher Barbarei. Lingguan wurde übel.

»Nun zeige ich dir, wie du den Schwanz häutest«, sagte Meng. »Mach dir nichts draus, du wirst dich mit der Zeit daran gewöhnen.«

Er brach eine Astgabel von einem Strauch ab und klemmte den Schwanz dazwischen. Daraufhin zog er den Schwanz mit Kraft nach unten. Im Nun war das Fell komplett abgelöst und anstatt des buschigen Schwanzes stakte nur noch ein blutiger gertenähnlicher Gegenstand in die Luft.

»Was ist mit dir? Bist du verärgert oder hast du Angst? Dieses Tier wurde geboren, um uns von Nutzen zu sein. Meine einzige Sorge ist, dass einige Leute einfach zu gierig sind. Gier zerstört alles. Sie ist der Grundstein für alles Böse. Alkohol ist gut. Er entspannt den Körper, doch wenn du zu viel trinkst, musst du dich übergeben bis dein Gesicht grün wird. Das ist nicht so angenehm. Ganz ähnlich verhält es sich mit den Füchsen. Du jagst ein paar, um deine Familie zu ernähren, und das ist in Ordnung. Aber es ist falsch, immer mehr zu wollen. Manche jagen nur aus dem Grund, mit Zahlen prahlen zu können, so als wollten sie ihr Bankkonto auffüllen. Stimmst du mir zu oder nicht? Ich zahle nichts ein auf meine Bank. Die Wüste ist meine Bank. Ich hole mir immer nur so viel, wie ich gerade brauche. Ich bin nicht gierig. Ich bin für die Jagd geboren, meine Arbeit ist die Jagd. Ist das Essen fertig?«

»Sobald das Wasser kocht, werfe ich den Teig hinein«, sagte Huaqiu.

Der Alte warf Lingguan das Fell hinüber und wies ihn an, es mit Sand zu füllen. Dann griff er nach seinem Gewehr und während er mit einem langen Stöckchen eine Portion Schießpulver in den Lauf stopfte, fuhr er fort:

»Es ist wahr. Ein Jäger wird geboren, um Leben zu nehmen. Füchse sind menschliche Übeltäter und Mörder aus einem früheren Leben, die als Tier wiedergeboren werden. Sie werden mit der Schuld geboren, die sie durch ihre bösen Taten in ihrem früheren Leben auf sich geladen haben. Und nun müssen sie dafür büßen. Sobald sie ihre Schuld beglichen haben, bekommen sie die Chance auf eine Wiedergeburt als Mensch. Wie? Indem ich sie bezahlen lasse, natürlich. Wer weiß, vielleicht waren sie mir etwas schuldig in einem früheren Leben. Haha.«

Der alte Meng hatte sich warm geredet. Sein Bart bewegte sich im Wind während er erzählte. Lingguan lächelte und füllte das Fell weiter mit Sand.

»Das ist die Wahrheit!«

Seine Stimme wurde lauter.

»Vor Jahren gab es einen Jäger, der sein Leben lang auf die Wolfsjagd gegangen war. Als er auf dem Sterbebett lag, erschienen fünf Wölfe um

Mitternacht. Er dachte, sie suchten Rache und streckte ihnen den Kopf entgegen, in Erwartung, dass sie ihre scharfen Zähne in seinen Nacken schlagen würden. Doch weit gefehlt. Es geschah etwas sehr Seltsames. Die Wölfe knieten vor ihm nieder und hielten ihre Köpfe hin. Der alte Jäger verstand, dass sie gekommen waren, um ihre Schulden zu begleichen. Würden sie sie nicht begleichen können, so wäre ihnen eine erneute Wiedergeburt als Wölfe sicher, ohne die Hoffnung, Mensch zu werden. Dem alten Mann blieb keine Wahl, als die Wölfe zu erschießen. Also mühte er sich, an seine Flinte zu kommen. Die Wölfe aber näherten sich ihm Stück für Stück. Er konnte sie nur einen nach dem anderen erschießen, was bedeutete, dass er mehrfach nachladen musste. Doch er hatte keine Munition mehr. Was sollte er also tun? Er erschoss den ersten Wolf, und die anderen legten ihre Köpfe auf seine Bettkante in Erwartung, ebenfalls getötet zu werden. Es gelang ihm, drei von ihnen mit dem Gewehrkolben zu erschlagen. Blut spritzte an die Wände seines Zimmers. Einer war nun noch übrig, doch der alte Jäger war zu schwach, um sich zu regen. Daraufhin sprang der Wolf auf sein Bett, um sich von dem Jäger mit dessen Kissen ersticken zu lassen. Haha, du siehst, ein Jäger ist in der Lage, gute Taten zu vollbringen. Du klagst mich wegen des Tötens an, doch das Töten geschieht nicht ohne Gedanken an ein gutes Karma. Ich bin sicher, es gibt einen Grund, warum der alte Mann dort oben im Himmel diesen Beruf erschaffen hat. Er würde nie – ach – ist das Essen nun fertig oder nicht?«

»Oh! Fast hätte ich es vergessen!«

Huaqiu sprang auf und kam mit einer Schüssel zurück.

»Ich denke, du bist in deinem früheren Leben ein Wolf gewesen«, sagte er mit einem Lächeln.

»Und zwar der, der mit dem Kissen erstickt worden ist. Du würdest alles sagen, um das wiedergutzumachen, was du in deinem früheren Leben an Schandtaten begangen hast.«

Er schnitt mit einem Messer kleine Stücke von dem Teigklumpen ab und ließ sie nach und nach in das kochende Wasser plumpsen.

»Du bist noch grün hinter den Ohren«, brummte Meng verächtlich.

»Was weißt denn du schon!«

Lingguan hatte das Fuchsfell vollständig mit Sand gefüllt. Nun lag es –

einem ausgestopften Fuchs gleich – vor ihm auf dem Boden. Er zupfte an den spitzen Ohren und an den Tatzen. Ein eigenartiges Gefühl beschlich ihn. Noch vor zwei Stunden war dies ein lebendiges Tier aus Fleisch und Blut gewesen. Nun war es nurmehr ein Stück Fell. Ob dieser Fuchs eine Partnerin hatte? Junge vielleicht? Wenn ja, wie würde die Fuchsfamilie weiterleben?

»Geh und vergrabe das Fleisch!«, befahl Meng.

»Was?« Huaqiu fuhr fort, kleine Teigfetzen in das kochende Wasser zu befördern.

»Werden wir es nicht essen?«

»Niemand ist heutzutage noch Fuchsfleisch. Früher ja, früher haben sie Fuchsfleisch gegessen. Es ist zäh wie Schuhsohlen und der Wildgeruch ist penetrant wie bei keinem andere Tier, das ich kenne. Allerdings hat das Fleisch heilende Wirkung. Irgendwelche Magenprobleme, Lingguan?«

»Einige.«

»Was ist mit dir, Huaqiu?«

Huaqiu legte Feuerholz nach. Er kniete vor der Feuerstelle und blies immer wieder auf die Glut, um das Feuer in Gang zu bringen. Der aufsteigende Rauch biss ihm in die Augen, so dass ihm die Tränen kamen.

»Manchmal habe ich Sodbrennen, besonders, wenn ich zu viel Reste esse.«

»Da habt ihr Glück. In diesem Fall bewahren wir es auf. Lingguan, verpacke das Fleisch in eine Plastiktüte und halte es kühl, damit es nicht anfängt zu stinken.«

»Lingguan, komm schnell! Das Feuer wird zu heiß und die Suppe kocht über. Ich brauche eine helfende Hand.«

Meng beugte sich vor und warf eine Handvoll Sand ins Feuer, woraufhin die Flammen augenblicklich zusammenschrumpften.

»Seht ihr, das ist ein weiterer Trick. Wenn das Feuer zu hoch brennt, streu Sand darauf. Wenn es gar nicht brennen will, gieße Essig darüber. Es wird aufbrennen und deine Nudeln werden perfekt.«

Meng wischte sich die Hände an einem feuchten Handtuch ab und begann, aus dem verbliebenen Teig feine, lange Nudeln zu drehen.

5

Huaqiu rannte in die Dunkelheit, um sich zu erleichtern. Doch schon nach wenigen Sekunden kam er auf Zehenspitzen zurück.

»Dort sitzt ein Kaninchen unter dem großen Busch«, flüsterte er.

»Du hast es hoffentlich nicht verängstigt?« Meng warf eine Portion Nudeln in den Topf.

»Ich habe getan, als hätte ich es nicht bemerkt.«

»Gut so.« Meng griff nach seiner Flinte.

»Heute gibt es die Gelegenheit, dem Küchengott ein kleines Opfer zu bringen. Ein sehr guter Anfang.«

»Es ist sicher längst weg«, sagte Lingguan.

»Oder glaubst du, es wartet auf dich?«

»Längst weg? Ich denke eher, dass es sich sicher fühlt und glaubt, dass wir es nicht bemerkt haben. Und außerdem, wohin sollte es laufen? Dort oben kreisen noch Falken und Habichte. Es wäre schön dumm, sich aus seinem Versteck zu wagen.«

Meng legte den Zeigefinger auf seine Lippen, um die jungen Männer zum Stillsein aufzufordern. Dann bewegte er sich mit der Flinte in der Hand möglichst unbekümmert in Richtung des Kaninchens. Ein paar Schritte hinter ihm folgte Huaqiu, gespannt, was nun geschehen würde.

Sie befanden sich im Herzen der Wüste, umgeben von mächtigen Sanddünen, und hier hatten sie ihr Lager aufgeschlagen. Samtene Wogen von Sand breiteten sich vor ihnen aus wie Meereswellen. Das Becken war übersäht mit allerlei Sträuchern, die hier fast Baumhöhe erreichten. Niemand pflückte hier Pflanzensamen, so dass die Äste aussahen, als wären sie mit kleinen Wollknäueln behangt.

Lingguan hatte das Kaninchen entdeckt. Es war hellgelb, seine Ohren aufgestellt wie Antennen. Offenbar hatte es Meng wahrgenommen, schaute jedoch nicht in dessen Richtung, ganz so, als ob eine Kontaktaufnahme mit den Augen seine Position verraten könnte. Genauso verhielt sich der alte Meng. Er schaute vermeintlich desinteressiert bald in Richtung der entfernten Dünen, bald nach oben zu den kreisenden Falken.

Ein lauter Knall seiner Muskete begleitete das Ende des Kaninchens. Es hatte schließlich sein Versteck aufgegeben und war aus der Deckung geschossen. Im selben Moment tödlich getroffen, flog es einen halben Meter durch die Luft, um dann, schwer wie ein Stein, mit einem quiekenden Schrei, auf den Boden zu fallen.

Huaqiu rannte herbei und stellte seinen Fuß auf das Tier. Meng lachte.

»Du dachtest, du wärst schlauer als wir, nicht wahr?«, sagte Huaqiu triumphierend. Als er keinerlei Bewegung mehr unter seinem Fuß spürte, gab Huaqiu das Kaninchen frei. Blut lief aus Nase und Maul, die roten Augen gen Himmel gerichtet.

»Nicht der Himmel oder die Erde hat dich erwischt, es war Meister Meng!«, spottete Huaqiu.

»Was redest du denn da? Ich habe ihm lediglich Frieden beschert. Kaninchen leben in ständiger Furcht vor dem Menschen und vor Greifvögeln. Was ist das für ein Leben? Mein Schuss hat sein Leben beendet, und vielleicht wird es als Mensch wiedergeboren.«

»Es wird zurückkommen, um dich zu erschießen«, sagte Lingguan.

»Damit habe ich kein Problem.«, erwiderte Meng.

»Das wird dann ein anderes Leben sein. Ich bin ein guter Jäger, deshalb habe ich es erlegt. Wenn es im nächsten Leben mit einer Flinte in der Hand dasteht, dann werde ich halt an der Reihe sein.«

»Warum ist es erst so spät losgerannt?«, wunderte sich Lingguan.

»Diese kleinen Viecher sind verdammt schlau. Die Leute behaupten, der Fuchs sei das klügste Tier, aber in Wirklichkeit ist es das Kaninchen. Unser Geschichtenerzähler sagte einmal, er hätte von einem Fuchs gelesen, der seine Spuren verwischt hätte. So ein Unsinn! Solch eine Intelligenz haben Füchse sicher nicht, Kaninchen aber sehr wohl. Ist das nicht verrückt? Nach dem *Weißen Tau* verlassen sie ihr Revier und benutzen exakt denselben Weg, den sie gekommen sind. Viele Jäger stellen ihre Fallen entlang dieser Route auf, doch die kleinen Teufel sind gewitzt und es kommt vor, dass sie ihre eigenen Spuren verwischen, um die Jäger irrezuführen. Eine solche Leistung bringt kein Fuchs zustande.«

»Warum ist es dann so einfach, ein Kaninchen zu erlegen?«

»Weil sie es manchmal mit ihrer Schläue übertreiben. Nimm dieses hier als Beispiel. Es dachte, wir hätten es nicht bemerkt. Aber es hatte sich getäuscht. Es sah uns, war aber vermutlich zu scheu, deshalb zögerte es. Es war verunsichert. ›Scheu wie ein Kaninchen‹ sagen die Leute in Shawan zu einem schüchternen Menschen. Vielleicht hatte es auch Angst vor den

Falken und blieb deshalb sitzen. Das ist schwer zu sagen. Das Versteck unter einem Busch ist der sicherste Platz für ein Kaninchen – aber nur solange keine Menschen in der Nähe sind, natürlich.«

Das Essen war fertig. Die heißen Nudeln trieben Lingguan und Huaqiu den Schweiß auf die Stirn. Sie hatten mit Sand in ihrem Essen zu kämpfen, aber das ließ sich hier in der Wüste nicht vermeiden.

Huaqiu nörgelte herum und spuckte nach jedem Mundvoll Nudeln den Sand aus, was Meng wütend machte.

»Was tust du da? Reiß dich gefälligst zusammen! Wir können froh sein, überhaupt eine heiße Mahlzeit zu haben. Wenn es regnen würde oder Wind, dann würdest du von Nudeln träumen, Freundchen!«

»Ich verstehe es einfach nicht«, sagte Huaqiu.

»Ich habe das gesamte Geschirr zuhause sorgfältig gewaschen. Mit sauberem Wasser, und es war absolut windstill. Also warum ist das Essen jetzt so versandet?«

Der alte Meng griff zu seiner Pfeife.

»Warum isst du nicht erst und rauchst anschließend?«, fragte Lingguan. »Oder bringt dich deine Sucht sonst um?«

»Wartet nicht auf mich. Esst ihr zuerst. Auf die Nudeln kann ich notfalls verzichten, auf meine Pfeife nicht. Huaqiu, beeil dich mit dem Essen. Du musst das Kaninchen häuten. Wir werden uns einen schönen Leckerbissen zubereiten an unserem ersten Jagdtag. Unser schlaues, kleines Kaninchen. Schlau genug, um seine Spuren zu verwischen, aber doch nicht schlau genug, um zu wissen, wann es fliehen und wann es bleiben sollte. Füchse dagegen fliehen im selben Augenblick, in dem sie eine Gefahr wittern. Welches ist denn nun das klügere Tier?«

Die jungen Männer vergruben ihre Köpfe und ignorierten den alten Mann, der sich nicht darum zu scheren schien, ob ihm jemand zuhörte oder nicht.

»Mag sein, dass Füchse schlauer sind«, murmelte er.

»Aber sie sind nicht in der Lage, ihre Spuren zu verwischen. Gut, dass es so ist, sonst würden wir Jäger verhungern. Also sind doch die Kaninchen die Schlaueren würde ich sagen. Aber sie verkriechen sich unter irgendwelchen Büschen, vertrauen auf das Glück und halten uns Menschen für Dummköpfe. Sie glauben einfach nicht, dass wir klüger sind als sie. Füchse sind kaum klüger als Kaninchen, aber sie wissen, dass sie uns Menschen nachstehen. So muss es sein.«

Während er in regelmäßigen Abständen an seiner Pfeife zog und dicke Rauchringe ausblies, fuhr er fort, mit sich selbst zu philosophieren.

»Warum isst du nicht?«, sagte Huaqiu.

»Und zerbrich dir nicht den Kopf darüber, wer der Schlauste ist.«

»Ich führe eine – eh – wissenschaftliche Analyse durch«, sagte der alte Meng.

»Was weißt du schon von der Wissenschaft! Du bist wie ein Hund, der einem Zug hinterherläuft. Du denkst nur ans Essen. Manchmal frage ich mich, ob du dich nicht bald in ein Schwein verwandeln wirst.«

Er wickelte die Pfeife in seinen Tabaksbeutel und steckte beides in seine Tasche. Dann griff er zu seinem Schälchen.

Nachdem er drei Schälchen Nudeln verputzt hatte, schüttete Huaqiu Wasser in sein Schälchen, um es auszuwaschen. Meng sprang hoch.

»Was tust du da? Verschwende nicht unser Wasser! Wasser bedeutet Leben hier draußen.«

»Also lassen wir unser Geschirr dreckig?«, murrte Huaqiu.

»Selbstverständlich.« Meng stellte sein Schälchen ab.

»Gib mir deins. Ich zeige dir, wie man das macht.«

Meng nahm das Schälchen, schüttete das Wasser zurück in eine Schüssel und füllte das Schälchen dann bis zur Hälfte mit Sand. Dann bearbeitete er den Sand mit den Fingern bis das Essgefäß sauber war und schüttete den Sand wieder aus.

»Bitteschön. Bekommst du das vielleicht mit Wasser so hin?«

»Das nennst du sauber?«

»Sei nicht naiv«, sagte Meng.

»Sand ist sauberer als Wasser. Und die Sonne tötet alle Bakterien ab. Aber wenn dir das nicht passt, kannst du dein Schälchen mit ein paar Tropfen Wasser spülen, bevor wir die nächste Mahlzeit zu uns nehmen.«

6

Die Sonne hatte den Dünenkamm erreicht und eine kühle Brise wehte hinunter in die Senken. Der Wüstenwind kam in Böen daher, die jedoch nicht stark genug waren, für neuen Flugsand zu sorgen. Es fühlte sich mehr an wie eine sanft wogende Flüssigkeit. Das verbrannte Gelb der Mittagssonne war nun einem Grau gewichen, das sie wie leichter Nebel umgab. Von langen Schatten gefolgt, überquerte auch die Vegetation die Schwelle zur Abenddämmerung. Das einsetzende fahle Licht war Zeichen dafür, dass sich die Sonne, die den Tag in ihrem mörderischen Würgegriff gehalten hatte, nun endgültig verabschiedete. Das Kamel wandte sich gesättigt von seinem Trog ab und schaute in Richtung der herannahenden Dämmerung. Im Gegenlicht verlor die Sonne ihre Farbe und wechselte in ein Dunkelgrau, umrandet von einer schwachen Korona. Ihr Schatten ähnelte dem eines umgestürzten Baumes mit knorrigen Ästen.

Karmesinrote Wolken glühten am Westhimmel und zerflossen in Myriaden von Formspielen, die die Wüste unter sich wie tot erscheinen ließen. Die ungeheuren Sandwogen, die sich dem Himmel entgegenzustrecken schienen, hatten es Lingguan am meisten angetan. Ihre Kämme reckten sich scheinbar endlos empor und unterstrichen die grenzenlose Würde der Wüste, so gewaltig, so stark und männlich und gleichzeitig auch weiblich. Ja, weiblich. Die kleinen Sanddünen zwischen den Kämmen erinnerten an zerstobenen Meeresschaum. Mit weichen, gerundeten Linien. Winzige Insekten krabbelten über den Boden und hinterließen Sekundenspuren im Sand. Spuren, die weniger Spuren als eher Andeutungen extremer Vorsicht waren. Trauten sie sich nicht, ihre Spuren zu hinterlassen, um die Struktur des Sandes nicht zu stören? Oder hatten sie Furcht, den mächtigen Ozean von Sand aus seinem Schlaf zu wecken? Solcher Art waren Lingguans Gedanken. Habt ihr einen Ort der Ruhe gefunden? Wenn ja, wo war dieser Ort? Springmäuse, Rennmäuse, Füchse und Wildkaninchen … wo waren sie alle hin? Nahm irgendeine dieser Kreaturen die momentane Stille der Wüste wahr? Oder versuchten sie im Traum, ihren Feinden zu entkommen? Der Gedanke an all die Kreaturen, die durch die Kugeln von Jägern ums Leben gekommen waren, machte ihn schaudern. In diesem Moment war das Töten untrennbar mit der Wüste verbunden – so ruhig, so friedvoll, so vergebend und so großherzig sie auch sein mochte. Er fühlte Gleichmut von sich Besitz ergreifen, ein Gleichmut, der gleichermaßen in seinen Körper und seine Seele eindrang, bis er schließlich selbst zu einer großen Wüste wurde.

Schwebend über dem Kamm der Sanddünen, beschrieb die Sonne einen raschen Bogen gen Horizont.

Die Dünen wirkten nun umso größer. Sie schienen sich aufrichten zu wollen, um aus dem Himmelskörper Bissen herauszuschlagen und im selben Moment in eine Reihe tretend, um die erhaschten Bissen zu verschlucken. Und Tausenden von zerberstenden Funken weißen Lichts gleich, schickte die Sonne ihre Strahlen in den leeren Himmel. Die Dünen verdunkelten sich.

Lingguan vernahm das Geräusch von Wasser. Es erschien ihm weich und betörend, doch in Wahrheit von mörderischer Absicht getragen.

Fast besessen versank die Sonne schließlich, wie gegen ihren eigenen Willen. Dem Herabsinken anheimgegeben dehnte sie sich, um letzte Strahlen an Licht freizusetzen. Schließlich schloss sie endgültig ihre Augen.

Dunkle Schatten streckten ihre Finger aus, die sich aufmachten, in den Himmel einzutauchen, in den Himmel, die Erde, die drei Menschen, das Kamel und in die Wüste, in ihrer Einheit.

7

Sie entzündeten ein Feuer.

Nachdem sich die drei Männer an dem gebratenen Kaninchen gütlich getan hatten, griff Meng zu seiner Schnapsflasche und unterhielt die beiden jungen Herren mit allerlei haarsträubenden Geschichten. Lingguan gab einen Teil des kleingeschnittenen Fuchsfleisches – dem der alte Meng diverse medizinische Kräfte zusprach - zusammen mit einem Rettich in einen Topf und füllte diesen mit Wasser auf. Huaqiu benutzte nun nicht die alte Kochstelle, sondern errichtete mit Hilfe einiger Stöcke, die er in den Sand steckte einen neuen Dreifuß, an den er den Topf hing. Dann nahm er einige brennende Holzscheite und legte sie unter den Topf. Sofort züngelten die Flammen an den Stöcken empor. Es verging kaum eine Minute, als es im Topf leise zu blubbern begann.

»Lass es kochen. Das Fleisch muss eine gute Weile schmoren, bevor es seinen strengen Geschmack verliert. Nur Rettich schafft es, den penetranten Wildgeschmack zu absorbieren. Ohne Rettich ist der Geruch allein schon widerwärtig, vom Geschmack ganz zu schweigen.«

Meng hatte Mühe, deutlich zu sprechen, was entweder auf seinen Schnapskonsum zurückzuführen war, oder auf die Tatsache, dass er noch immer auf einem Knorpel Kaninchenfleisch herumkaute. Das vom Feuerschein rot beleuchtete Gesicht von Meng vor sich, kamen Lingguan seltsame Gedanken. Der alte Meng war ein bewundernswerter Mensch, stets optimistisch, offen und vor allem geistreich. Ein Mann in dessen Welt es das Wort Pessimismus nicht zu geben schien. Seit seiner Kindheit hatte Lingguan nur Bewunderung für ihn. Bewunderung war fast noch zu schwach für sein Gefühl. Man konnte sagen, er verehrte ihn. In seinen jugendlichen Augen gab es nichts, was dieser Mann nicht konnte – Kaninchen erlegen, Sperlinge fangen, Füchse jagen. Darüber hinaus war er im Stande, aus den Stielen der Wüstenorchidee alle möglichen Tiere zu basteln, die so lebensecht aussahen, dass es Lingguan stets die Sprache verschlagen hatte. Nun, nach mehr als zehn Jahren, war der alte Meng zwar nicht mehr das Idol seiner Kindheit, sein Respekt dem alten Mann gegenüber allerdings wuchs mit jedem Tag mehr. Mit sich selbst im Reinen, führte er ein zufriedenes Leben, sorglos wie sein im Wind wehender Bart.

Das Wasser kochte sprudelnd. Lingguan warf ein paar Artemisia Zweige auf das Feuer.

»Ich schätze«, begann Meng, »dass dieser Fuchs heiß war, so wie er sich verhalten hat! Warum sonst hat er sich an einem schattigen Platz verkrochen und nicht an einem sonnigen? Nur dort hat er sich wohl gefühlt, ich kann mir vorstellen …«

»Wie alt kann ein Fuchs werden?«, unterbrach Huaqiu Meng.

»Schwer zu sagen, im Allgemeinen etwa zehn Jahre. Doch wie alt er werden kann, wenn er sich in einen Fuchsgeist verwandelt hat, kann niemand sagen. Füchse sind wie Menschen. Sie können ihr Leben durch Selbstkultivierung verlängern – ihr habt doch von den Unsterblichen gehört?«

»Füchse, die sich in Selbstkultivierung üben? Ich glaube dir kein Wort«, sagte Huaqiu mit einem deutlich höhnischen Unterton.

»Mach dich nicht lustig, Junge. Alle Kreaturen können das, so wie das

Reptil in dem Roman »Die weiße Schlange«. Auch Hunde sind dazu in der Lage. Vor einigen Jahren hatte ich einen Hund. An jedem fünfzehnten Tag eines Monats hat er den Mond angebellt. Auch Füchse machen das. Wenn sie sich in Selbstkultivierung üben, sammeln sie übernatürliche Kräfte, oder umgekehrt. Auf jeden Fall kann ein Tier durch Selbstkultivierung sein Leben verlängern. Ich weiß, dass ein Fuchs, der tausend Jahre Selbstkultivierung pflegt, ein weißes Fell bekommt und nach zehntausend Jahren wird es schwarz.

»Hast du jemals einen weißen Fuchs zu Gesicht bekommen?«

»Habe ich, aber ich habe ihn nicht erschossen. Ein solches Wesen zu erschießen bringt Unglück. 1960 hatte ich im Flussbett des Dasha eine Falle aufgestellt. Am nächsten Morgen gehe ich nachschauen und ein weißer Fuchs sitzt drin! Mit dem Bein verfangen. Ich habe ihn befreit und sein Bein geschient. Dann habe ich ihn laufen lassen, denn ich wusste, was passieren würde, wenn ich ihn tötete. Bai Fu hat einmal unwissentlich einen weißen Fuchs getötet hat. Möglicherweise war es Vorbestimmung, dass er sein Ende finden sollte. Ansonsten wäre er niemals so nah an ihn herangekommen! Weiße Füchse haben übernatürliche Intelligenz und sind kaum zu erjagen. Nur mithilfe eines kastrierten Hundes kann man sie stellen. Der Todfeind eines jeden tausendjährigen Fuchses. Weiße Füchse beherrschen Transformation und die Magie der Unsichtbarkeit, wenn sie jedoch auf einen kastrierten Hund treffen, werden alle diese Fähigkeiten wirkungslos.«

»Jetzt wird es aber langsam absurd.«

Der Deckel auf dem Topf klapperte. Lingguan hob ihn mithilfe seiner Stäbchen hoch, legte die Stäbchen quer auf den Topf und legte den Deckel auf die Stäbchen.

»Das kannst du dir sparen«, sagte Meng.

»Wir wollen den Wildgeschmack loswerden, also brauchen wir volle Hitze!«

Lingguan legte den Deckel beiseite und schürte das Feuer erneut.

Das Knistern des Lagerfeuers begleitete das Geräusch des kochenden Wassers im Topf und erschuf so eine anheimelnde Atmosphäre.

Als er sich vom Feuer entfernte, um sich zu erleichtern, nahm er die absolute Stille wahr, von der sie umgaben waren. Bereits nach wenigen

Schritten wurde er von dem mächtigen dunklen Mantel der Nacht eingehüllt. Und dieses Schwarz war so allgegenwärtig und substanziell, dass er meinte, er müsse nur die Hand ausstrecken, um es berühren zu können. Er fühlte die Dunkelheit von seinem Körper Besitz ergreifen. Mengs Stimme war nur mehr wie eine entfernte Illusion, was sein Gefühl des Alleinseins noch verstärkte. Das Lagerfeuer wirkte aus der Entfernung wie ein fragiler Lichtschein in der Dunkelheit. Und als ob das Feuer sich gegen diese Schwäche wehren wollte, leckten vereinzelte Flammen in die Höhe, um jäh darauf zu ersterben. Wie schwach das Lagerfeuer im Vergleich zur Nacht war! Und schwach waren auch die Menschen innerhalb dieser gewaltigen und erdrückenden Einsamkeit.

Unfähig, der beklemmenden Dunkelheit und der ihn schnürenden Stille irgendetwas entgegensetzen zu können, zog Lingguan seine Hosen hoch und eilte zurück zum Lager, wo ihn die knackenden Geräusche des Feuers empfingen. Hier konnte er der übermächtigen Stille entkommen. Er verstand nun, warum die Leute hier draußen Feuer entzündeten – es ging nicht nur um ein bisschen Wärme, es ging darum, ein Lebenslicht zu entzünden. Ohne ein Lagerfeuer war die Wüste nichts als ein Meer des Todes.

»Ich denke, das reicht. Du kannst das Wasser jetzt abgießen«, sagte Meng.

Huaqiu schüttete den Sud in den Sand.

»Probiere ein Stück und sag mir, wie es schmeckt!«

Lingguan riss ein Stück Fleisch ab und steckte es sich in den Mund. Es fühlte sich nicht wie Fleisch an, eher wie Sägespäne. Der Geruch war abscheulich.

»Oh, Mann, es schmeckt entsetzlich.« Er spuckte es aus.

»So schlimm kann es nicht sein. Wenn du es nicht mit Rettich gekocht hättest, dann würdest du keinen Bissen davon hinunterbekommen.«

Meng lachte herzhaft über Lingguans Grimasse. »Es ist Medizin, mein Junge! Und Medizin ist selten wohlschmeckend. Sie ist bitter, aber bewirkt Gutes! Du musst dich damit abfinden. Das Fleisch mag übel schmecken, aber es wird dir helfen. Nach der traditionellen Lehre enthält Fuchsfleisch eine große Menge an Hitze und kann dem kalten Qi in deinem Magen entgegenwirken. Ich zeige dir jetzt eine andere Methode. Zerhacke das

Fleisch in feine Streifen und dann brate es in reichlich Öl an. Es wird dadurch wesentlich genießbarer.«

Lingguan folgte Mengs Anweisungen und briet das Fleisch in viel Öl. Tatsächlich schmeckte es nun wesentlich angenehmer. Meng und Huaqiu aßen ebenfalls eine Portion.

8

Lingguan erwachte in aller Frühe am nächsten Morgen. Die Feuchte, die über Nacht in seine Decke gekrochen war, ließ ihn nicht länger schlafen.

Ihr Nachtlager war ein »Heißes Bett«. Zuerst legten sie jede Menge glühender Stöckchen in den Sand, die ihre Wärme schnell abgaben, darüber legten sie ihre Bettdecken, die wiederum die Wärme des Sandes aufsaugten und für eine wohlige Wärme sorgten. Das einzige Problem war die klamme Feuchte, die sich bildete und nach und nach von unten in die Decken zog.

Das erste, was er sah, als er die Augen öffnete, waren die Sterne. Sterne in der Wüste sehen anders aus als Sterne in anderen Gegenden. Sie sind von greifbarer Nähe und scheinen niedriger zu hängen als sonst wo. Wie einsame Laternen, aufgehängt in einem Bild. Den Blick fokussiert auf den Nachthimmel, fühlte er, wie seine Decke zu einem fliegenden Teppich wurde, der ihn emporhob und ihn in die Mitte dieser Myriaden von Sternen hineinkatapultierte. Sein Geist war wieder jung und in diesem Moment befreit von jeglicher Konfusion und jedweden ablenkenden Gedanken. Er schien zu leuchten, von innen nach außen und von außen nach innen. Jeder Atemzug füllte seine Lungen mit einer Kühle, die seine inneren Organe und all seine Zellen reinwusch.

Er fühlte ein selten erlebtes Wohlbehagen. Fast hätte er aufgeschrien.

Irgendwann vernahm er Mengs Stimme, der Huaqiu aufweckte. Die Stimme des alten Mannes wanderte von links nach rechts, bevor sie als Echo zurückkehrte und ihm den Eindruck vermittelte, als sprächen mehrere Männer gleichzeitig. Huaqiu gähnte ein langgezogenes Gähnen. Zwei wundervolle Geräusche getragen von der Morgenluft, in unerwarteter Harmonie mit den Wüstensenken.

Lingguan war euphorisiert. Ein Zustand, den er auf keinen Fall loslassen wollte. Dies ist ein Wunder, sagte er zu sich selbst. Die Wüste ist ein Wunder. Das Leben ist ein Wunder, alles ist ein Wunder.

»Los, auf mit dir!«, spottete Meng mit einem herzlichen Unterton in der Stimme. Lingguan lachte und drehte sich auf den Rücken. Er drückte seinen Kopf in das Kissen und beobachtete die schattenartigen Büsche im Morgennebel, der einen feinen Dunstschleier über die gesamte Vegetation gelegt und ihr dadurch einen bewegten Zauber verliehen hatte. Alles wirkte in diesem Moment unwirklich, selbst die Dünen, die Senken und der dunkle Schatten über den entfernten Kämmen.

Weder Lingguan noch Huaqiu hatten die Kondition, die es braucht, die Wüste zu durchqueren. Sie kamen zu selten hierher, so dass der alte Meng sie im Wechsel das Lager bewachen ließ und jeweils nur einen von ihnen mit sich nahm. An diesem Tag war es Huaqiu, der mit Wasser, getrockneten Früchten und zwei Musketen mit Meng aufbrach.

»Zünde ein Feuer auf einem Sandhügel an, falls wir bis Sonnenuntergang nicht zurück sind«, sagte Meng. »Das kannst du behalten, oder?«

»Selbstverständlich!« Lingguan lächelte und sah den beiden Männern hinterher, die das Lager verließen und sich ins Herz der Wüste aufmachten. Der eine leichtfüßig und agil, der andere stark und robust. Bald hatten sie eine Anhöhe erreicht. Dort verharrten sie eine Weile, vermeintlich unschlüssig, welche Richtung sie nehmen sollten. Der Himmel veränderte seine Farbe von einem staubigen Grau hin zu Weiß, und vor dem Hintergrund des dunklen Kammes bildeten die beiden Jäger eine Silhouette von großer Anmut.

Lingguan fand keine Worte, die einer Beschreibung dieses Anblicks hätten gerecht werden können.

Sein Blick wanderte hinüber zu dem Kamel, das regungslos einen Steinwurf entfernt von ihm stand. Es hatte den Kopf gehoben, so als wäre es ebenfalls von der morgendlichen Szenerie eingenommen. Für Lingguan waren diese Wüstenschiffe große Totems, ruhevoll und friedlich, frei von Emotionen, genügsam und niemals streitsüchtig. Menschen nahmen ihre Anwesenheit selten wahr, denn sie fraßen lautlos, wenn sie Hunger verspürten und legten sich stumm nieder, wenn Müdigkeit sie überkam. Dennoch waren sie stets in der Nähe der Menschen.

Er zog sich an und erklomm den höchsten Dünenkamm.

Der Osthimmel zeigte sein erstes Rot. Ein Ozean von Sand legte sich

Er glaubte, vor Durst wahnsinnig zu werden.

Schließlich rannte er hinüber zu dem Wassereimer, kniete sich nieder und trank gierig in großen Schlucken. Er fühlte, wie es kühl und labend seinen Schlund hinunterrieselte und gleichzeitig ein unkontrollierbares Verlangen nach mehr.

Sein Körper war dehydriert und ungeachtet der Kostbarkeit des Wasservorrats trank er weiter und weiter, bis er glaubte, sein Bauch müsse platzen.

Ein Seufzer der Erleichterung entfuhr ihm, als er den Wassereimer wieder mit dem Deckel verschloss. Dann legte er sich in den heißen Sand, um seinen nassen Rücken zu trocknen. Eine kurze Zeit verstrich und er setzte sich auf, um einen Mantou zu essen, bevor er sich das Hemd vom Körper streifte und sich erneut mit dem Gesicht zum Himmel auf den Boden legte.

Ihm schien es, als sei er bereits eine Ewigkeit hier allein an diesem Ort, und doch verriet der Stand der Sonne, dass es nicht einmal Mittag war. Wie sollte er den langen Nachmittag überstehen? Er wagte nicht, darüber nachzudenken. Was hätte er darum gegeben, jetzt zu Hause zu sein! Bilder seines Dorfes und der Dattelbäume vor ihrem Haus tauchten vor ihm auf. Die Früchte waren jetzt sicher reif. Ihre Süße war stets unterstrichen von einem leicht bitteren Geschmack. Was hätte er in diesem Moment für ein paar dieser daumengroßen, köstlichen Datteln mit ihren winzigen schwarzen Kernen gegeben! Sie waren die Besten im Dorf und – für einige Tage in Schnaps eingelegt – eine wahre Delikatesse.

Bei dem Gedanken daran lief ihm das Wasser im Mund zusammen.

Die heißeste Tageszeit war schließlich angebrochen. Lingguan setzte sich aufrecht. Seine Kleidung war klatschnass. Er stand auf, rollte das Hemd hoch und kletterte die Dünenkette hinauf. Dort empfing ihn eine leichte Brise.

Da nahm er plötzlich einen roten Punkt auf dem Gipfel eines entfernten Hügels wahr.

Es war eine Frau. Eine Frau mit einem roten Kopftuch!

Sein Herz begann zu klopfen. Eine Frau … wie wundervoll dieses Wort klang! So belebend, so einfach und doch so perfekt! Es konnte für ihn kein vollkommeneres Wort geben – Frau.

Der Teil, in dem sich die drei Männer aufhielten, wurde »Schwarze Gobi« genannt. Genauso wie Lingguan nie verstanden hatte, warum die Sichelquelle von Dunhuang über die Jahrhunderte nicht vom Sand verschluckt worden war, so konnte er ebenso wenig verstehen, wieso die »Schwarze Gobi« allen Witterungen zum Trotz bis heute hatte existieren können.

Möglicherweise, so dachte er, hatte die Oberflächenvegetation den schlimmsten Angriffsversuchen des Windes getrotzt.

Die Frau mit dem roten Kopftuch stand auf einem hohen Dünenkamm. Da plötzlich tauchte neben ihr eine zweite Gestalt auf, die in der Senke direkt davor kauerte.

Während er sich den beiden Personen näherte, hörte er ein Kichern und sah, wie die ältere Frau mit den Armen fuchtelte, anscheinend um die andere – ein Mädchen – zu sich herunter zu winken. Ein alter Mann mit einem Vogelscheuchenhut und sonnengegerbtem Gesicht blinzelte ihn feindlich an.

»Bist du etwa auch hier, um Haarmoos zu sammeln?«, knurrte er mit einer Reibeisenstimme, die seinen Gulang-Dialekt kaum verbergen konnte.

»Nein, wir sind auf der Fuchsjagd.«

»Fuchsjagd also, kein Haarmoos?« Ein kurzes Flackern erschien in seinen Augen. Als Lingguan zur Bestätigung nickte, atmete der Alte erleichtert auf.

Nach anfänglichem Zögern stieg das Mädchen schließlich von dem Hügel hinunter. Mit einem Zipfel ihres Kopftuchs wischte sie sich ausgiebig das Gesicht. Lingguan kannte diese Prozedur. Viele Mädchen wuschen sich aus Ermangelung von Wasser mit Spucke das Gesicht. Ein ganz normaler Brauch.

»Schon merkwürdig«, begann der Alte. »Noch nie habe ich hier einen Fuchs gesehen. Aber ständig kommen Jäger hierher zur Jagd.«

»Füchse sind schlaue Tiere. Das kleinste Geräusch und sie nehmen Reißaus«, sagte Lingguan zu dem alten Mann, während seine Augen auf das Mädchen gerichtet waren. Es erwiderte seinen Blick, scheinbar überrascht. Dann zuckte es die Schultern, senkte den Kopf und lächelte.

Augenscheinlich nicht sehr erfreut über die Art und Weise, wie

Lingguan seine Tochter ansah, knurrte der Alte – Lingguan deutete ihn als den Vater – das Mädchen von der Seite an:

»Was stehst du da herum? Los, pflücke weiter! Ist das alles, was du gesammelt hast?« Das Mädchen murmelte etwas und griff zu einer kleinen Drahtharke, mit der sie den Sandboden durchkämmte. Nach nur wenigen Augenblicken hatte sie ein kleines, schwarzes Knäuel zusammengeharkt. Sie befreite es von allerlei Grashalmen und Erdklümpchen und warf es in den Korb, den sie auf dem Rücken trug.

Lingguan war Haarmoos nicht unbekannt. Für gewöhnlich war es Bestandteil von Eierkuchen zu Festen und Hochzeiten, doch er hatte dieser exotischen Zutat, deren Fäden dünner als Haare waren, nichts abgewinnen können. Er wusste wohl, dass es unter Geschäftsleuten im Süden des Landes sehr begehrt war, denn es symbolisierte Reichtum. Auch war es nicht billig. 50 Gramm dieser Pflanze brachten leicht 100 Yuan oder mehr, hatte man ihm erzählt.

»Wie viel könnt ihr an einem Tag sammeln?«, fragte er. Doch der alte Mann antwortete nicht und stocherte als Zeichen seiner Ablehnung geschäftig mit seiner Harke im Boden herum. Die Frau schaute zuerst Lingguan an, dann ihren Mann, um schließlich mit gesenktem Kopf wortlos ihrer Arbeit nachzugehen. Das Mädchen aber sah ihn an und antwortete:

»50 Gramm ungefähr.« Ihre Antwort brachte ihr einen ärgerlichen Blick des Vaters ein. Schließlich brach die Konversation ab und die drei Personen fokussierten sich auf ihre Tätigkeit. Lingguan stand unentschlossen dabei. Dann entfernte er sich einige Meter und kletterte eine Düne empor.

Von dort oben machte er das Lager seiner neuen Bekanntschaft aus, das sich in dem Dünenloch vor ihm zwischen Wüstenreis und einer Ansammlung von Artemisia Büschen befand, ganz in der Nähe seines Kamels, das dort seelenruhig graste. Ein Dunstschleier, von der Sonne hell beschienen, stand über dem Dünensattel.

Die Sonne war mittlerweile weiter nach Westen gewandert, die Temperaturen leicht gesunken. Während er sich umschaute, bot sich nun ein ganz anderes Bild vor seinen Augen. Die Dünen waren nicht mehr so hoch, die scharfen Konturen der Kämme eher undeutlich kontrastiert. Sie erstreckten sich in einer losen, fast willkürlichen Linie, wie Wasser, das von einer Brise in Bewegung versetzt wurde.

»Hey, ich denke sie müssten gut sein. Ich komme um vor Hunger.« Das Mädchen beugte sich über eine dunkle Feuerstelle, aus der sie Kartoffeln herausholte.

»Ja, sie sind gut.«

Die Eltern legten die Harken zur Seite und gingen zu ihrer Tochter hinüber. Das Mädchen winkte Lingguan mit einer Kartoffel zu.

»Komm her und iss mit uns!«, rief sie.

»Nein danke, ich habe schon gegessen.«

»Eine Kartoffel wird schon nicht schaden«, insistierte sie und warf Lingguan eine der heißen Kartoffeln zu, als er sich ihnen näherte.

»Iss schon!«, sagte der alte Mann. »Du siehst mir nicht nach einem schüchternen Typen aus.«

»Und was ist mit eurem Mittagessen?«, fragte Lingguan.

»Dies ist unser Mittagessen«, sagte das Mädchen und lächelte.

»Ernsthaft?«

»Wir können uns glücklich schätzen über das, was wir haben«, bemerkte der Alte knapp. »Früher hätten wir von Kartoffeln geträumt!«

»Aber es braucht doch nicht viel Zeit, ein ordentliches Essen zuzubereiten.«

»Und wie sollen wir das anstellen? Kartoffeln und Wasser auf dem Rücken hierher zu tragen, ist schon schwer genug. Wir kommen von weit her.« Das Mädchen biss ein Stück von der heißen Kartoffel ab und sog Luft durch die Zähne, um sich nicht zu verbrennen.

»Könnt ihr eure Sachen nicht auf ein Lasttier laden?«

»Ein Lasttier?«, schnaubte der Alte. »Wir sind mit dem Bus gekommen. Wo soll das Kamel sitzen? Frag mal einen Busfahrer, ob er ein Kamel transportiert!«

Lingguan verstummte. Der Ton des Alten ließ keine Widerworte zu und so schälte er seine Kartoffel und aß schweigend. Der Röstgeschmack war wundervoll.

»Ihr solltest ab und an ein richtiges Mahl zu euch nehmen«, sagte Lingguan, um den Gästen etwas von ihrer Großzügigkeit zurückzugeben.

»Das stimmt«, sagte das Mädchen. »Doch so weit weg von zu Hause ist es kaum möglich für uns.«

»Weg von zu Hause bleibt der Ofen aus«, sagte der Alte in mürrischem Ton.

»Es ist angenehm, zu Hause in den Federn zu liegen, aber von nichts kommt nichts.«

»Wir haben alles, was man braucht in unserem Lager. Wasser, Mehl, Gemüse. Kommt zu uns rüber und kocht, was ihr wollt.«

Die Tatsache, dass er kurz vorher gesagt hatte, er habe bereits gegessen, trieb Lingguan die Schamesröte ins Gesicht, doch die neuen Bekannten schienen es nicht bemerkt zu haben.

»Das klingt toll!«, rief das Mädchen begeistert und sprang auf.

»Selbst eine einfache Nudelsuppe wäre fantastisch. Ich bin die ewigen verkohlten Kartoffeln leid.«

»Du würdest alles essen, nicht wahr?« Ihr Vater warf ihr einen bösen Blick zu.

»Was den Leuten gehört, gehört nicht dir! Ihr seid weder befreundet noch Familie. Wie kommst du darauf, dass du ihr Essen annehmen kannst?«

»Ist schon in Ordnung. Wir teilen gerne.«

»Kommt nicht in Frage!«, raunzte der Alte. Er war laut geworden und aus seiner Stimme klang Verachtung und Abneigung. Lingguan stand bedröppelt da. Warum machte der Alte so viel Aufhebens um so eine Kleinigkeit? Lingguan fand sein Verhalten fehl am Platze. Er unterdrückte jedoch seine Wut und sagte nichts weiter.

Das Mädchen schaute Lingguan an und lächelte sauer.

Der Alte nahm seinen plattgesessenen Hut, klopfte ihn mit der Hand solange, bis er halbwegs in Form war, und setzte ihn sich auf den Kopf. Dann wandte er sich Lingguan zu und sagte:

»Kümmere dich um deine eigenen Angelegenheiten und lass uns in Ruhe. Wir haben noch zu arbeiten.«

Selten in seinem Leben hatte Lingguan sich so respektlos behandelt gefühlt. Anscheinend hatte der alte Mann das Gefühl, dass er es auf seine Tochter abgesehen hatte. Der Gedanke trieb ihm die Röte ins Gesicht. Er blieb stehen, atmete zwei Mal tief durch und lachte dann trocken.

»Ich bin lediglich hergekommen, um nach unserem Kamel zu sehen.«

11

Kurz nachdem Lingguan das Kamel an einen Artemisia-Strauch gebunden hatte, setzte die Dämmerung ein. Der rosa Abendhimmel wechselte innerhalb weniger Minuten in ein dunkles Blauschwarz, so als habe jemand einen Vorhang vor den Sonnenuntergang gezogen und damit das gesamte Bild bedeckt, das noch eben vor seinen Augen ausgebreitet gelegen hatte.

Er entzündete eine Laterne. Unter dem Schein eines fahlen, gelben Lichts, das auf einen pechschwarzen Topf herniederschien, bereitete Lingguan eine Nudelsuppe zu. Nervosität überkam ihn. Waren Meng und er am Tag zuvor doch um diese Uhrzeit längst wieder im Lager gewesen. Konnte es sein, dass die beiden sich verirrt hatten? Bei dem Gedanken daran musste Lingguan lachen. Hatte nicht Meng selbst behauptet, die Wüste besser zu kennen als die Linien auf seiner Hand? Und war es nicht Meng gewesen, der sagte, dass kein erfahrener Jäger einem Fuchs folgen würde, wenn er nicht in der Lage wäre, sein Lager noch vor Anbruch der Dunkelheit zu erreichen?

Was ihn beunruhigte, war die Frage nach der Ursache für ihre Verspätung. In seinen Augen konnte nur Huaqiu der Grund sein. Vielleicht war er zu erschöpft, um weiterlaufen zu können. Huaqiu war zwar mit großem Elan gestartet, doch seine Kondition ließ zu wünschen übrig, sodass er möglicherweise auf halbem Wege eingebrochen war. Er war der Typ, der sich gerne über Kleinigkeiten beschwerte. Eine Eigenschaft, mit der man dem alten Meng keinen Gefallen tat. Schon tauchte ein humpelnder Huaqiu vor seinen Augen auf, der gestützt auf seine Muskete, sich qualvoll vorwärts schleppte. Eine Geschichte fiel ihm ein, die sein Vater ihm erzählt hatte, von einem Soldaten, der sich beim Begehen eines steilen Hügels auf sein Gewehr gestützt und sich unbeabsichtigt erschossen hatte. Huaqiu war genau der Mensch, dem er so ein Malheur zutraute.

Lingguan starrte in die Dunkelheit. Ohne eine Uhr fiel es ihm schwer, die Zeit zu bestimmen, aber sein Gefühl sagte ihm, es müsste noch früh sein, auch wenn er selbst sich fühlte, als sei er eine Ewigkeit allein hier wartend im Lager geblieben. Eine Sternschnuppe raste über das Firmament und verglühte in Richtung Osten.

Was mochte die Familie in diesem Moment tun? Er stand auf und schaute in Richtung ihres Lagers. Natürlich gab es nichts zu sehen. Vermutlich schlief das Mädchen, was sonst sollte sie tun?

Mit einem Mal blitzte eine vage Andeutung einer Erinnerung in seinem Kopf auf. Da war etwas, was er tun musste, doch er konnte nicht sagen, was genau es war. Er zog die Stirn in Falten und suchte im schwachen Schein der Laterne nach einem Hinweis. Ihr Zelt. Es schaute aus wie ein großer Hut unter dem Nachthimmel. Das Mittagessen. Es war sicher bereits kalt und matschig geworden. Der Plastikeimer, die Handtasche, die Tasche mit den Bindfäden - schließlich fiel sein Blick auf den Stapel mit Brennholz. Das war es! Meng hatte ihm aufgetragen, auf der Spitze der Düne ein Feuer zu entfachen.

Oh mein Gott! Lingguan schrie laut auf und schlug sich mit der Hand vor die Stirn. Wie sollten Meng und Huaqiu in der Dunkelheit jemals das Camp wiederfinden? Was um aller Welt war in ihn gefahren, diese Aufgabe einfach zu vergessen!

Mit einem Bündel Feuerholz rannte er die Düne hinauf und entzündete ein Feuer. Schnell leckten die Flammen in die Höhe. Er rannte die Düne wieder herunter, griff nach der Laterne und begann hektisch, mehr Artemisia-Zweige zu schneiden. Er musste das Feuer für einige Zeit am Brennen halten, denn es war unsicher, von wo aus die beiden in der Lage sein würden, es überhaupt wahrzunehmen. Sollten sie die ganze Nacht über wegbleiben, so musste er das Feuer bis zum nächsten Morgen schüren.

Es wurde kalt. Sein Rücken war eisig, während das Feuer seine Brust fast verbrannte. Als er es nicht mehr aushalten konnte, drehte er sich mit dem Rücken zum Feuer.

Der Abendwind trieb die Flammen geräuschvoll empor. Lingguan wandte sich immer wieder vom Feuer ab, dessen Rauch ihm die Tränen in die Augen trieb. Es war einfach zu dunkel, um Zweige in perfekter Größe finden zu können, daher waren viele der Äste, die er schnitt, noch feucht und erzeugten mehr Rauch als Flammen. Aber einmal durchgetrocknet, brannten sie deutlich länger als das trockene Holz, das innerhalb kürzester Zeit zu Asche wurde.

Es verging eine geraume Zeit, bevor Lingguan entfernt sehr schwach menschliche Stimmen vernahm. Das mussten sie sein, sagte er zu sich selbst. Er richtete sich auf, um besser hören zu können. Ja, das war das vertraute Husten des alten Meng.

Lingguan beruhigte sich. Nachdem er mehr Holz auf das Feuer geworfen hatte, lief er, die Laterne in der Hand, die Düne hinunter. Er hing den Topf an den Dreifuß und entfachte ein Feuer. Schnell begann das Essen zu kochen. Dann hörte er Mengs Stimme.

»Gibt's wieder Schweinehirn? Mindestens fünf Kilometer sind wir extra gelaufen, abseits des Weges, in die verkehrte Richtung. Und vermutlich wären wir die ganze Nacht durchgelaufen, hätten wir nicht dein Feuer entdeckt!«

Der alte Mann klang eher erleichtert als verärgert, woraus Lingguan schloss, dass die Jagd erfolgreich verlaufen sein musste. Und tatsächlich trug jeder von ihnen einen toten Fuchs auf der Schulter.

»Sie sind noch nicht gehäutet«, bemerkte Lingguan.

»Keine Zeit«, lächelte Meng.

»Wir wollten eigentlich zurückkehren, nachdem wir den ersten erlegt hatten, doch dann entdeckte ich eine weitere Spur und wir sind ihm nach. Als wir ihn erlegt hatten, ging die Sonne bereits unter.«

Huaqiu ließ den Fuchs von seiner Schulter auf den Boden fallen und setzte sich. Er schien vollkommen erschöpft.

»Bist du wirklich so im Eimer?«, lachte der Alte.

»Du bist noch jung! Das bisschen Weg hat dir anscheinend schon alles abverlangt. Als ich in deinem Alter war, bin ich mit der Leiter auf dem Rücken Frauen besuchen gegangen und war am nächsten Morgen trotzdem pünktlich zur Arbeit auf dem Feld! Ihr jungen Schlappschwänze!«

Huaqiu streckte sich aus, während Meng fortfuhr, sich über die jungen Leute lustig zu machen. Lingguan füllte ein Schälchen und reichte es dem alten Meng, der es in den Sand stellte und seine Pfeife aus der Tasche zog. Er paffte ein paar Mal daran und schickte blaue Rauchringe in den Himmel.

Nachdem er ein weiteres Schälchen für Huaqiu gefüllt hatte, rief er seinen Freund, doch bekam keine Antwort. Huaqiu schlief bereits tief und fest.

Kapitel IV

1

Ein wesentliches, alljährliches Ereignis im Leben der Bauern von Shawan war die Getreideabgabe, eine Form landwirtschaftlicher Steuern an die Zentralregierung. Die Prozedur an sich war denkbar einfach: Inspizierung des Getreides, Wiegung, Rechnungsstellung sowie Auszahlung.

In der Getreidestation herrschte ein einziges Tohuwabohu. Gefüllt mit Massen an Menschen, Tieren und landwirtschaftlichen Maschinen, war die Halle von einem ohrenbetäubenden Getöse erfüllt.

Laoshun fürchtete sich regelrecht vor diesem Ort, vor den Rufen der Stationsarbeiter und vor der allgegenwärtigen Präsenz der Regierungsbeamten. Sobald er die riesige Halle mit ihrem Lehmboden betrat, überkam ihn Stress und Hilflosigkeit. Aber was ihn am meisten bedrückte, waren die Halden an Getreide, die hier lose oder in Säcken aufgetürmt lagerten. Seine Augen fielen ihm fast aus den Höhlen beim Anblick der Jutesäcke, die meterhoch gestapelt lagen.

Der Mann, der auf einer schwankenden Planke auf dem Getreideberg mit seiner Waage hantierte, erinnerte ihn unwillkürlich an einen korrupten Kader.

Laoshun empfand zunehmend Verachtung für die Bauern, die wie läufige Esel hierher eilten, um ihr Getreide zu verschachern, wobei er übersah, dass auch er selbst dabei war, es ihnen gleichzutun.

»Hey, Onkel Shun, hierher!« Es waren Baigou und Beizhu.

»Habt ihr Platz für mich?«

»Sicher.«

Als Laoshun feststellte, dass er mit seinem Eselkarren nicht zu ihnen durchkommen konnte, warf er die Zügel zur Seite, stieg vom Karren, schulterte einen kleinen Sack Getreide und bahnte sich den Weg zu ihnen durch die Massen. Nach einem kurzen Zögern folgte ihm Hantou nach.

Baigou hatte einen perfekten Platz gefunden, nah an der Waage und an dem großen Getreidehaufen, was ihm das Abladen und Wiegen erleichterte. Laoshun ließ seinen Sack auf den Boden plumpsen und atmete tief durch.

»Das reicht für deinen Teil«, sagte Baigou. »Wir erledigen den Rest.«

Schnell hatten Beizhu und er die Säcke beiseite geschleppt.

»Ist das alles?«, fragte Beizhu Laoshun.

»Nein, ich habe noch eine Ladung.«

»Das ist eine Menge, und du weißt, dass sie nicht viel zahlen! Warum wartest du nicht, bis der Preis steigt? Letztens kam ein Scherenschleifer aus Tiemen hier vorbei und baute seinen Stand auf. Der hat sich in Getreide bezahlen lassen anstatt in Cash! Damit ist jetzt Schluss. Er will warten, bis der Preis wieder auf einen Yuan gestiegen ist.«

»Das ist das Gerede der Leute. Aber wer garantiert mir das? Preis hin oder her, ich muss sehen, dass ich über die Runden komme, egal wie. Und das geht nun mal nicht ohne Geld. Warum verkauft dein Vater nicht etwas von seinem Getreide, um dir eine Frau zu besorgen?«

»Ich brauche noch ein paar Jahre meiner Freiheit. Frau und Kind bedeuten nur Fesseln. Da wäre ich doch schön blöd.«

Hantou verschwand stumm mit dem Karren, während Laoshun sich auf einen Sack setzte, um seinen müden Beinen eine Auszeit zu gönnen. Der Lärm der Halle drang ihm in die Ohren. Zwei Männer stritten lautstark um eine Waage. Dumm, sagte Laoshun zu sich selbst. Wirklich dumm. Welche Rolle spielt es, wer nun zuerst an die Waage kommt? Keiner von beiden verliert von seinem Getreide, wozu also streiten? Ein lächerliches Gehabe in seinen Augen.

Dann beobachtete er besorgt einen alten Mann, der mit seiner Tochter einen vollbeladenen Getreidetrog mit wackeligen Beinen über die Planke auf den großen Getreideberg transportierte. Nur wenige Schritte links neben ihm hörte Laoshun, wie ein Mann, der aussah wie ein Beamter, einen jungen Mitarbeiter beschimpfte.

»Zur Hölle mit dir und deiner Mutter!« Woraufhin sich der vermeintliche Beamte sofort von mehreren bulligen Typen umringt sah.

»Das hat nichts mit euch zu tun, Jungs!«, verteidigte er sich.

»Wir sind seine Brüder. Und falls wir noch ein Wort über unsere Mutter hören, dann bekommst du eine aufs Maul!« Laoshun musste lachen.

Plötzlich hörte Laoshun Baigous unterdrücktes Lachen hinter sich. Er drehte sich um und sah, wie die beiden Brüder einen Trog mit Getreide neben seine Säcke legten, wobei Baigou den Beamten an der Waage nicht aus den Augen ließ.

Laoshun war sofort klar, dass die beiden nichts Rechtes im Schilde führten. Er hatte von Leuten gehört, die sich mit bereits abgewogenem und bezahltem Getreide ein zweites oder gar drittes Mal an der Waage anstellten und so ein Vielfaches an Geld herausschlugen im Vergleich zu dem, was ihnen eigentlich zustand. Laoshun hatte das für Gerede gehalten. So dumm konnten in seinen Augen die Beamten hier gar nicht sein. Doch nun bekam er es mit eigenen Augen zu sehen. Baigou setzte eine Unschuldsmiene auf. Die innere Genugtuung war ihm deutlich anzumerken.

In Laoshuns Herz gingen die Gefühle durcheinander. Sein Gesicht brannte. Er schloss die Augen und erinnerte sich mit einem Mal an einen Tag im Jahr 1960, an dem er der Produktionsbrigade einen Sack voll unreifen Getreides gestohlen hatte. Damals hatte ihn ein Unbehagen überfallen, das eine Mischung aus Scham, Schuld, Selbstanklage, Entrüstung und Verzweiflung gewesen war und das ihn wie eine unsichtbare Schlinge um den Hals auf Jahrzehnte gepeinigt und verfolgt hatte. Auch wenn er es aus der Not zu überleben getan hatte, so hatte er sich am selben Tag geschworen, Hand an ein Messer oder ein Seil zu legen, sollte jemals irgendein Mensch von seiner Missetat erfahren.

Seitdem waren Jahrzehnte vergangen, und dennoch spürte er das Bedürfnis, im Erdboden versinken zu wollen, jedes Mal, wenn die Erinnerung daran ihn einholte. Und nun wurde er Zeuge davon, wie diese jungen Männer etwas Ähnliches taten. Am hellichten Tag, und ohne jedes Schamgefühl.

Laoshun seufzte. Die Welt hatte sich zweifellos verändert. Früher hätte ein Dieb oder eine Prostituierte solche Scham über die Familie gebracht, dass die Ahnen vom Opfer-Altar heruntergesprungen wären. Ein Mann, der des Diebstahls überführt war, hatte sein Leben prinzipiell verwirkt. Und eine Frau? Laut dem blinden Geschichtenerzähler musste sich eine Frau den Arm abhacken, hatte sie sich versehentlich von einem Mann berühren lassen.

Aber die Welt war heute eine andere. Sein Blick fiel auf Baigou, der kicherte, als habe er soeben eine bewundernswerte Tat vollbracht.

Eine Ernte einzufahren, ohne zu säen, vergällte Laoshun. Die Ernte eines Jahres verlangte 24 Monate harter Arbeit unter oftmals sengender Sonne und Schwielen an den Handflächen. Doch war dies immer noch

Kindskram im Vergleich zum lästigsten Teil der Arbeit: dem Düngen. Er kam nicht umhin, Düngemittel zu benutzen, obschon er es sich kaum leisten konnte und die Preise dafür stetig stiegen.

Hinzu kamen Kosten für Wasser und Strom. Er schuftete hart für das bisschen Getreide und das, was es ihm einbrachte, während diese beiden jungen Kerle sich ihren Getreidetrog nahmen, eine Runde durch die Halle drehten, um sich dann ein zweites Mal auszahlen zu lassen. Jede Runde brachte ihnen ein paar Hundert Yuan ein. Das waren bei drei oder vier Runden über 1000 Yuan. Verdammt noch mal, das war nicht fair. Laoshun war entrüstet. Die Welt war auf den Kopf gestellt. Ein anständiges Leben zu führen bedeutete Armut.

Seine Augen brannten vom Sonnenlicht. Der Lärm, den er für eine Augenblick ausgesperrt hatte, kam mit unverhohlener Stärke zurück. Alles um ihn herum ging ihm auf die Nerven: Leute liefen umher oder lagen auf Getreidesäcken und redeten belangloses Zeug; Männer, die sich um Tröge stritten oder Frauen anzügliche Blicke zuwarfen; ein Alter, der einen Karren hinter sich herzog und Wassermelonen feilbot. Er konnte all dies nicht mehr ertragen.

Baigou und Beizhu schubsten ihren Trog, der bereits mehrere Runden hinter sich hatte, näher an die Waagestation heran. Sie gaben sich völlig unwissend, mit Zigaretten in den Mundwinkeln plauderten sie belangloses Zeug.

Schließlich hievten sie ihren Trog auf die Waageplattform. Während ein Arbeiter das Getreide inspizierte, kontrollierte ein anderer akribisch den Ausschlag der Waage. Baigou lachte, redete und verteilte Zigaretten. Nachdem der Mann das Gewicht notiert hatte, schleppten sie ihren Trog auf den großen Berg losen Getreides. Beizhu schien Mühe beim Laufen zu haben, denn er humpelte und es hatte den Eindruck, er könne keinen weiteren Schritt mehr gehen. Entlang des Weges zum Getreideberg hielt er an, befreite seine Schuhe von Getreidekörnern und schob den Trog zur Seite, sodass die Nächsten freien Zugang bekamen.

Nervös beäugte Laoshun ihr Vorgehen und tat einen Seufzer der Erleichterung, nachdem sie ihren Trog in eine »sichere Zone« manövriert hatten. Weshalb war er so besorgt um diese zwei Diebe? Das Leben war schwer genug für ihn. Maximal zehn Tröge Getreide hatte er an diesem

Tag herbeischaffen können, und sie waren das Ergebnis eines entbehrungsvollen Lebens seiner gesamten Familie über Jahre hinweg. Baigou hingegen konnte mit Leichtigkeit zehn Tröge pro Tag verkaufen und so ein kleines Vermögen machen. Laoshun konnte den Gedanken nicht zu Ende denken.

Etwas rumorte in ihm – ein Sinn für Gerechtigkeit. Soll ich sie auffliegen lassen? Mir haben sie nichts gestohlen, also warum rege ich mich so auf?

Er blinzelte in die Sonne und schluckte.

Er suchte nach einer Rechtfertigung, die beiden anzuzeigen. Möglicherweise hatten die Arbeiter für solche Verluste geradezustehen? Kann ich einfach danebenstehen und zusehen, wie sie illegale Gewinne einstreichen, während ehrliche Leute leiden? Nein, sicher nicht.

Er machte sich auf den Weg, getragen von dem Glauben, das Richtige zu tun. Unter dem Vorwand, die Toilette aufzusuchen, begab er sich in das Büro des alten Wang.

2

Als Hantou mit der zweiten Ladung ankam und einen Sack voll Weizen in einen Trog schüttete, beruhigte sich Laoshuns Herzschlag wieder ein wenig. Was vorher passiert war, wich in den Hintergrund. Die reifen, goldfarbenen Getreidekörner in dem Trog gaben ihm Seelennahrung. Berauscht von dem ihm so vertrauten Geruch, fiel es ihm schwer, sich von dem Getreide zu trennen.

Laoshun starrte mit leerem Blick auf die Masse an hektischen Menschen. Sein Bewusstsein verfing sich nun wieder ganz im Hier und Jetzt. »Alle verkaufen jetzt« sagte er sich. »Also was macht es schon, wenn ich etwas verliere? Ich werde nicht der einzige sein.«

Getrieben in der Masse der Leute brachten Hantou und Laoshun ihren Trog in Richtung des Wiegeplatzes. Die Sonne stand am Westhimmel und in der Halle war es ungewöhnlich heiß. Ein elektrischer Ventilator brummte und wirbelte jede Menge Staub und Spelzen auf. Laoshun war überrascht, dass er in der Lage war, einen so schweren Trog tragen zu können. Er hatte sich alt gefühlt und diesem Gefühl folgte bei ihm der Gedanke an den Tod. Doch nun war er voller Jugendlichkeit und Frische.

Während sie sich der Waage näherten, beobachtete Laoshun den

Arbeiter, der das Getreide inspizierte und abwog. Ein Mann mit einem frostigen, bedrohlichen Ausdruck im Gesicht, der seine Hand in den Weizen grub und anschließend missmutig Spelzen und Spreu begutachtete, bevor er den Besitzer zur Mühle schickte oder ihm gleich abwinkte. Laoshuns Herz begann zu pochen. Natürlich war er der Annahme, sein Weizen sei sauber, bis auf ein wenig Staub, der beim Dreschen notwendigerweise entstand.

Plötzlich hörte er eine laute Auseinandersetzung nicht weit von ihm. Dann beobachtete er, wie einige der Hallenarbeiter jemanden schlugen. Rasch bildete sich eine Menschentraube um das Geschehen herum.

Dem Anschein nach benutzten sie Gürtel und Knüppel, und dem Geräusch nach waren das Schläge auf nackter Haut. Dann folgte ein Schrei:

»Er versucht zu fliehen!« Ein Schatten rannte weg und verschwand. Hinter dem Schatten drängten die Menschen auseinander, um den Verfolgern Platz zu machen. Dann sah er die erste Person, die von den Arbeitern geschlagen worden war. Sie hatte geschwollene Augen und ein blutverschmiertes Gesicht. Laoshun brauchte einen Augenblick, bevor er gewahr wurde, dass es sich um Beizhu handelte.

Er war geschockt. Beizhu war verprügelt worden, weil er, Laoshun, ihn angezeigt hatte. Seine Stimmung verdunkelte sich. Reue machte sich breit. Schon glaube er, Finger zu spüren, die auf ihn zeigten. Ihm wurde heiß. Schuldbewusst schaute er in die Runde. Sämtliche Augen waren auf Beizhu gerichtet, der von zwei Männern abgeführt wurde. Niemand würdigte Laoshun eines Blickes.

»Diese Diebe sind verkommen!«, sagte ein alter Mann seufzend. Ein anderer unterstrich dessen Meinung:

»Tötet sie! Wenn genug getötet sind, werden wir sehen, ob sich noch jemand traut, zu betrügen!«

Sie haben nicht unrecht, sagte Laoshun zu sich selbst. Ich habe schlechte Menschen angezeigt und dadurch geholfen, Kriminelle auszurotten. Er fühlte sich aber nur unwesentlich besser. Er konnte nicht umhin zuzugeben, dass sein Tun zu einem Teil dem eigenen Neid geschuldet war.

»Diesen Typen geht es einfach zu gut!«, bemerkte ein junger Kerl.

»Da hast du Recht«, erwiderte ein anderer.

»Sie essen und trinken, wie es ihnen beliebt, und im Gegensatz zu uns ernten sie goldenen Weizen jeden Tag.«

»Wann kriegt einer von denen schon mal eine Tracht Prügel!«, meinte ein alter Mann mit angegilbtem Bart. »Ich denke, das wird wehgetan haben.«

»Darauf kannst du wetten!«

Laoshun wiederholte ihre Aussagen stumm für sich. Warum hatte gerade er, der sich im Normalfall immer nur um seine eigenen Angelegenheiten gekümmert hatte, heute entgegen seiner Natur gehandelt? Musste er sich sorgen, dass Beizhu es ihm heimzahlen und sich an seinem Kamel vergreifen oder Baigou sein Haus niederbrennen könnte, würden sie herausfinden, dass er sie verpfiffen hatte? Den beiden war alles zuzutrauen. Die Vorstellung machte ihm Angst.

Laoshun hatte keine Zeit für solcherlei Gedanken. Sie waren an der Reihe. Die Waage war erreicht. Wie all die anderen Bauern beobachtete er furchtvoll den Mann, der das Getreide inspizierte und mit der Hand Proben nahm. Seine Bewegungen waren flink. Laoshuns Herz hämmerte in seiner Brust. Er hoffte, dass der Weizen, den Hantou in den Trog gekippt hatte, nicht aus den letzten sechs Säcken stammte, die mehr Dreck enthielten als die anderen. Dies würde mit Sicherheit den Preis der anderen Säcke schmälern. Nervös starrte er auf die Hand des Beamten. Mit dem Anflug eines Lächelns um seinen Mund, schien der Mann den Moment voll auszukosten zu wollen, als spiele er Katz und Maus mit den Bauern.

Laoshun spürte, wie ihm Schweißperlen die Stirn hinunterliefen. Seine Nerven lagen blank. Schließlich zog der Mann seine Hand aus dem Weizen. Er inspizierte ihn und nahm ein Korn in den Mund. Das Geräusch, das er dabei verursachte, sagte Laoshun, dass es sich um keinen minderwertigen Weizen handelte. Er atmete tief ein und aus.

Schließlich spuckte der Mann den Weizen aus und warf den Rest zurück in den Trog. »Dritte Wahl!«, sagte er mit eisiger Stimme.

Was? Laoshun glaubte, seinen Ohren nicht zu trauen. Dritte Wahl? Wie konnte das sein? Der Mann musste verrückt geworden sein. Laoshun rechnete rasch durch. Die Differenz zwischen erster und dritter Wahl betrug nahezu 100 Yuan. Mit so viel Geld konnte er eine Menge anstellen. Er schaute den Beamten ungläubig an und öffnete den Mund:

»Könnten Sie …?«

»Nein.«

Ungeduldig schnitt er Laoshun das Wort ab und deutete ihm mit einem hektischen Winken an, sich rasch zu entfernen.

Seine Beine wurden weich. Laoshun spürte, wie Wut in ihm hochkochte. Dritte Wahl? Das würde er ganz sicher nicht hinnehmen.

»Warum dritte Wahl? Gib mir eine Begründung!«

Der Beamte musterte ihn misstrauisch. Was wollte dieser einfache Bauer, der es wagte, sein Urteil anzuzweifeln?

»Weil ich es entschieden habe.« Seine Augen weiteten sich.

»Dann zeig mir, wie erste Wahl aussieht! Du kannst mit mir nicht machen, was du willst!«

Der Beamte wurde hochrot und zeigte mit dem Finger auf Laoshun. Er hatte anscheinend nicht mit einer solchen Reaktion gerechnet und fühlte sich überrumpelt. Mit seiner Hand vor Laoshuns Augen hin und herfuchtelnd, war er unfähig, ein Wort herauszubringen.

»Ich will die erste Wahl sehen!« schrie Laoshun. Er war nicht gewillt, klein beizugeben.

»Er ist dritte Wahl, weil ich es sage.«

Der Mann hatte seine Sprache wiedergefunden.

»Was willst du daran ändern, he? Und überhaupt! Nimm dein Zeug mit, wenn du es nicht verkaufen willst und hau ab! Die Regierung braucht deinen armseligen Anteil an minderwertigem Weizen nicht!«

Nun war es Laoshun, der nach Worten rang. Seine Lippen bewegten sich mechanisch, ohne dass ein Wort aus seinem Mund gekommen wäre. Mit dem Zeigefinger deutete er auf den Mann und schnaubte:

«Du …« Vor lauter Wut war er nicht in der Lage, den Satz zu Ende zu sprechen.

»Nimm dein Zeug mit und hau ab!«, pflaumte der Mann ihn an. »Ich habe dich nicht hierher gebeten!«

»Allerdings nicht!«, brachte Laoshun mühsam hervor und schluckte. »Es gibt genug andere Getreidestationen!«

»Mach doch, was du willst!«, gab der Mann zur Antwort.

Im Laufe der Auseinandersetzung hatte sich nach und nach eine kleine Menschentraube um die beiden Streithähne gebildet. Jemand griff mit der

Hand nach Laoshuns Weizen und inspizierte ihn.

»Verdammt noch mal! Wie kann so ein feiner Weizen dritte Wahl sein?«

Ein Vorhang fiel vor Laoshuns Augen. Er fühlte sich mit einem Mal wie unter einer Glocke. Nichts erreichte ihn mehr. Er zitterte. Tränen stiegen ihm in die Augen. Dann bäumte er sich vor dem Mann auf und rief:

»Zur Hölle mit dir! Ich werde nicht verkaufen!«

Er wischte sich mit seiner vom Staub schwarzen Hand das Gesicht ab und schaute in die Runde. Sein Blick fiel auf einen einachsigen Traktor.

»Wem gehört der? Ich will ihn ausleihen. Ich werde dafür bezahlen!«

»Willst du im Ernst dein Getreide wieder mit nach Hause nehmen? Dann kannst du ihn umsonst benutzen«, sagte ein junger Kerl neben ihm.

Laoshun drängte sich durch die Menschenmassen, griff nach seinem Getreidesack und übergab ihn Hantou. Dann rammte er seine Schaufel in den Trog.

Als die beiden schließlich mit dem beladenen Traktor die Eingangshalle passierten, sah er aus dem Augenwinkel zwei Männer in langen, weißen Gewändern, die Beizhu aus dem Büro abführten.

Vorwürfe nagten an ihm. Er hatte sich als Denunziant betätigt.

3

Zur Abendzeit hatte sich Laoshuns Wut gelegt. Auf dem Weg nach Hause hatte er den Beamten in der Getreidestation mit allen erdenklichen Flüchen belegt und ihm sein sämtliches Arsenal an Schimpfwörtern hinterhergeschickt. Laoshun konnte sich nicht erinnern, wann er in den letzten Jahren so heftig aus der Rolle gefahren war. Nun aber hatten sich Wut und Ärger Luft gemacht.

Beim Essen erzählte er davon, was Beizhu und Baigou in der Getreidestation angestellt hatten. Seine Frau murmelte etwas Zustimmendes. Sie war der Meinung, dass das Verhalten der beiden rücksichtslos und tadelnswert war. Dass er die beiden angezeigt hatte, verschwieg Laoshun lieber. Er bedauerte es zutiefst. Sehr zu seinem Missfallen musste er sich eingestehen, dass auch er über eine gehörige Portion Niedertracht verfügte.

Juanjuan, Shuangfus Tochter, erschien mit dem Wunsch ihrer Mutter, Mengzi möchte für sie einen Brief an ihren Vater schreiben.

»Wenn er zu viel zu tun hat, ist es auch in Ordnung«, fügte das Mädchen hinzu. Mengzi fühlte, wie ihm die Schamesröte ins Gesicht stieg. Er aß und tat so, als sei er nicht gemeint. Ying Er nahm sein unhöfliches Verhalten wahr und sprang für ihn ein:

»Das ist kein Problem. Geh nur wieder nach Hause. Er kommt nach dem Abendessen zu euch rüber.«

Laoshun funkelte seinen Sohn an, nachdem das Mädchen gegangen war, sagte aber nichts.

»Der Dorfvorsteher sagt, Shuangfu sei sehr wohlhabend«, sagte Hantou.

»Er hat über Zehntausend Yuan an Einrichtung an die Schule gespendet. Jetzt vergibt er auch noch ein Stipendium. Es heißt doch immer, je reicher die Leute sind, desto geiziger sind sie. Niemand hätte erwartet, dass Shuangfu so großzügig sein kann.«

»Das sind doch lächerliche Summen für ihn!«, spottete Mengzi. »Ich frage mich, wie viel er jedes Jahr für Frauen ausgibt! Er will sich bloß die öffentliche Gunst erkaufen.«

»Das ist nicht fair«, widersprach Hantou. »Egal, wie du zu ihm stehst, seine finanzielle Unterstützung für die Schule macht ihn in meinen Augen zu einem guten Menschen.«

»Woher weißt du, dass es kein dreckiges Geld ist?«, knurrte Mengzi. »Vermutlich ist er nur so wohlhabend, weil er seine Angestellten ausbeutet!«

»Es ist sein Geld, egal, woher es kommt. Nur aus dem Grund, dass er dir nichts abgibt, hast du kein Recht, ihn zu kritisieren!«, widersprach Hantou seinem Bruder.

»Ich hasse die Art, wie er durch die Gegend stolziert.« Mengzi stellte sein Schälchen vor sich auf den Tisch. »Es heißt, dass er sich mit schönen Jungfrauen umgibt.«

»Du würdest dasselbe tun, wenn du es könntest!« Der Vater warf ihm einen verächtlichen Blick zu. Mengzi suchte nach einer Antwort, während Ying Er mit vor dem Mund gehaltener Hand lächelte.

»Du glaubst, etwas Besseres zu sein, nicht wahr? Du liegst in den Federn, solange du lustig bist! Lass ihn stolzieren, wie es ihm passt!«

»Das stimmt«, sagte Hantou sanft. »Was macht es für einen Sinn, neidisch zu sein? Keine Jungfrau hat Zeit für einen armen Schlucker wie dich!

Du könntest bestenfalls um Mitleid bitten. Keine würde dir einen zweiten Blick schenken. Sie würden denken, du bist verrückt!«

»Außerdem«, sagte Laoshun, »kannst du schlechtes Futter noch essen, aber schlechte Worte bleiben am besten unausgesprochen. Er kann tun und lassen, was er will. Es geht dich nichts an. Also halte deinen Mund und renne nicht in der Gegend herum und verbreite Gerüchte.«

»Was meinst du mit Gerüchten? Für wie dumm hältst du mich! Außerdem bin ich nicht wie du. Du hast vor jeder Mücke Angst, die durchs Zimmer fliegt.«

»Esst und hört auf mit der Streiterei«, mischte sich die Mutter ein.

Mengzi seufzte und ging in sein Zimmer, um sich hinzulegen.

»Sie hat dich gebeten, einen Brief zu schreiben. Also, was wirst du tun?«

»Ich habe den ganzen Tag gearbeitet. Ich habe keine Lust.«

»Sie hat ihre Tochter geschickt. Also solltest du hingehen, ob es dir passt oder nicht. Es ist der armen Frau sicherlich nicht leichtgefallen, um diesen Gefallen zu bitten. Vielleicht kann Ying Er gehen.«

»Mich hat sie nicht gefragt«, protestierte Ying Er und deutete auf Mengzi.

»Ich werde sicherlich nicht freiwillig etwas für andere tun! Außerdem will sie mich dort gar nicht sehen.«

Widerwillig erhob Mengzi sich. Ying Er kicherte.

»Du gäbst einen guten Schauspieler ab!«

Er verließ das Haus.

Shuangfus Frau empfing Mengzi kühl und schickte ihre Tochter Zigaretten holen. Mengzi schloss die Tür, packte sie, drückte sie an die Tür und begann, sie wild zu küssen. Sie drückte ihn von sich.

»Ich dachte, du hättest mich vergessen!«

»Ich habe mich nach dir gesehnt!«

»Ich glaube dir kein Wort.«

»Ist mir egal.« Mengzi schlang seine Arme um sie, küsste sie auf den Mund und begann, mit der rechten Hand ihre Hose zu öffnen.

»Nicht jetzt. Juanjuan wird gleich zurücksein. Warte, bis sie im Bett ist.«

»Ich kann nicht bleiben. Sie wissen, dass ich hier bin und werden sich wundern, warum ich für einen Brief die ganze Nacht brauche.«

»Du hast Angst!«, höhnte sie.

»Warum bist du dann hier? Ich denke, du möchtest nicht, dass die schöne Frau deines Bruders eifersüchtig wird! Kein Wunder.«

»Keine hat einen Körper wie du!« Sie lächelte über sein Kompliment.

Sie erschraken, als es laut an der Tür klopfte. Das Mädchen kam mit den Zigaretten zurück.

»Dummes Ding!«, schimpfte die Mutter, während Juanjuan die Zigaretten auf den Tisch legte, ihre Schultasche nahm und in ihr Zimmer verschwand.

»Benimm dich, du dummes Ding!« Keine Reaktion.

»Sie ist kein kleines Mädchen mehr, also müssen wir vorsichtig sein«, flüsterte sie.

Dann sprach sie mit lauter Stimme weiter:

»Shuangfu ist doch verrückt geworden. Spendet der Schule Geld, ohne jeden Grund. Und jetzt will die Stadtverwaltung ihm zu Ehren sogar eine Gedenktafel aufstellen, mit Zeremonie und Gongs und Trommeln. Stimmt das, Juanjuan?«

»Sei bitte ruhig, Mama!«, beschwerte sich Juanjuan. »Ich mache Hausaufgaben.«

»Ich muss herausfinden, ob shuangfu uns noch will oder nicht. Wenn nicht, besorge ich mir ein Messer oder ein Seil. Ich kann so nicht weiterleben, halb tot und halb lebendig.«

»Was ist dein Problem?«, fragte Mengzi. »Er schickt dir regelmäßig Geld. Was willst du noch?«

»Was ich von ihm will? Das Geld ist mir jedenfalls schnurze.«

»Worum sorgst du dich dann?«

»Ich weiß es auch nicht.«

Im Innenzimmer klopfte Juanjuan mit einem Gegenstand auf den Tisch.

Juanjuans Mutter zwinkerte Mengzi zu und flüsterte:

»Das Mädchen ist zu alt für das, was ich tue.«

»Das ist wahr. Ab sofort solltest du dich etwas anständiger benehmen. Besorge dir hundert Münzen, und wenn du nachts nicht schlafen kannst, wirf sie auf den Boden und sammele sie im Dunkeln einzeln nacheinander auf. Das sollte helfen, deine Gedanken zu vertreiben.«

»Bin ich etwa eine trauernde Witwe?«

»Witwe?« Mengzi musste lachen. »Du kommst mir vor wie die keusche Wang Baochuan, die einen Mann nach dem anderen verspeist, während sie auf die Rückkehr ihres Mannes wartet.«

Die Bemerkung brachte Mengzi einen sanften Klaps auf die Wange ein. Sie lächelte.

»Wie ist eigentlich dein Name?«, fragte Mengzi.

»Du weißt nicht einmal meinen Namen?«

»Ich weiß lediglich, dass dich die Leute im Dorf Shuangfus Frau nennen. Ich wüsste gerne deinen richtigen Namen. Ich kenne kaum eine Frau im Dorf mit Namen.«

Sie fixierte ihn mit ihren dunkelbraunen Augen und sagte: »Du kannst mich Xiuxiu nennen.«

»Xiuxiu, ein hübscher Name … für eine ›schlanke Frau‹. So ganz passt er nicht zu dir.« Mengzi lachte.

»Ja, das stimmt.«, lachte sie. »Eine pummelige Xiuxiu hat wohl noch niemand gesehen.« Sie seufzte. »Bevor ich die Welt verstehe, werde ich schon eine alte Frau sein. So ist das Leben. Du machst ein Nickerchen und wenn du aufwachst, hat sich die Welt verändert.«

»Ruhe da draußen! Ich mache meine Hausaufgaben«, beschwerte sich die Tochter aus ihrem Zimmer heraus.

»Du musst uns nicht zuhören!«, rief die Mutter zurück.

»Lass uns mit dem Brief beginnen!«, insistierte Mengzi.

Xiuxiu lachte und flüsterte:

»Ein Brief macht keinen Sinn. Er hat nicht einmal zurückgeschrieben. Das Mädchen … Ich habe einen Vorschlag. Du gehst jetzt nach Hause und kommst später wieder. Es gibt etwas anderes, worüber ich mit dir sprechen muss.«

Als Mengzi nach Hause kam und auf Ying Er traf, sagte er: »Die Frau ist durchgedreht, als sie hörte, dass Shuangfu der Schule Geld gespendet hat. Sie wollte, dass ich einen Brief aufsetze, in dem sie ihrem Ärger Luft macht.«

»Ich hatte dich nicht gefragt, warum du dorthin gegangen bist«, erwiderte Ying Er mit einem Lächeln.

»Wer redet denn mit dir! Ich habe mit mir gesprochen.«

Sie kicherte. Mengzi schaute verlegen. Laoshun warf Ying Er einen finsteren Blick zu. Dann schaute er zu Mengzi hinüber und meinte:

»Die Frau führt nichts Gutes im Schilde. Warum zieht sie sich so an, wenn ihr Mann nicht zu Hause ist. Pass bloß auf, dass ihr Geruch nicht an dir hängenbleibt!«

»Du wirfst keinen gebogenen Schatten, wenn du selbst gerade stehst«, antwortete Mengzi.

»Das kommt darauf an, wie man steht«, sagte Ying Er.

Laoshun zog an seiner Pfeife und schickte kleine Funken an die Zimmerdecke.

»Eine Fliege geht an kein Ei, das nicht zerbrochen ist«, sagte Laoshun und zog damit Mengzis verwirrten Blick auf sich. Er starrte seinen Vater verdutzt an und sah dann zu Ying Er und Hantou hinüber. Ying Er brach in Gelächter aus und Mengzis Verlegenheit schlug um in Ärger. Er hatte das Bedürfnis, sich zu wehren, wusste aber nicht wie.

»Ich denke, es ist nicht seine Schuld«, sagte Ying Er.

»Sie hat ihre Tochter geschickt. Und Mutter hat ihm aufgetragen, zu gehen. Es ist nur ein Brief, nichts weiter.«

Mengzi war dankbar für die Unterstützung. Doch sie schien den Satz mit einem Unterton ausgesprochen zu haben. Er verstummte für einen Moment, bevor er sagte:

»Seid ihr jetzt alle fertig? Euer Gerede bereitet mir Kopfschmerzen«.

Mit einer abweisenden Handbewegung verließ er das Haus. Er würde keine Entschuldigung für später benötigen. Zu dumm, dass es noch so früh war. Die Tochter war vermutlich noch wach, was bedeutete, dass er Xiuxiu noch nicht besuchen konnte. Er amüsierte sich über den so unpassenden Namen und machte sich auf in Richtung von Beizhus Haus.

4

Fengxiang saß auf der Bettkante und nähte Schuhsohlen, während sie lauthals mit ihrer Tochter schimpfte.

»Was ist mit dir?«, fragte Mengzi. »Alles in Ordnung?«

Fengxiang lächelte und bot ihm einen Platz an, während sie der Tochter erlaubte, zur Großmutter hinüberzulaufen.

»Wo ist Beizhu?«

»Du weißt es nicht?«

Mengzi erinnerte sich an das, was sein Vater ihm über die Verhaftung von Beizhu in der Getreidestation erzählt hatte und wunderte sich über Fengxiangs Haltung. Er hatte erwartet, sie weinend zu sehen.

»Ich bin erstaunt, wie gelassen du das Ganze nimmst!«

»Was kann ich schon tun?«

»Vermutlich hast du Recht.«

»Er hätte vorsichtiger sein sollen. So weit ich verstehe, haben sie ihn wegen einer Schlägerei eingebuchtet.«

»Wegen einer Schlägerei? Ich glaube kaum, dass sie es dabei belassen. Ich denke eher, sie wollen ein Exempel statuieren und die anderen dadurch warnen. Ein Huhn schlachten, um die Affen einzuschüchtern«.

»Sie werden ihn schon nicht umbringen. Auf jeden Fall werde ich hier sein, wenn er wieder rauskommt. Aber er kann seine Strafe selbst bezahlen. Dieser Teppich und unsere Kinder sind alles, was wir haben. Sie können sie haben. Schau dich um. Was gibt es hier zu holen? Nichts außer unserem erbärmlichen Leben.«

Mengzi wusste, dass die Behörden ihre Möbel gepfändet hatten, weil sie sich nicht an die staatlich zugelassene Zahl der erlaubten Kinder gehalten hatten. Sein Blick folgte ihrem Finger durch den leeren Raum.

»Es ist nichts übriggeblieben«, ereiferte sie sich. »Wenn sie uns am hellichten Tag ausrauben können, warum sollen wir ihnen nicht auch etwas stehlen? Wir müssen alle leben, oder etwa nicht?«

Sie stöhnte laut. Dann verwandelte sich das Stöhnen in ein hysterisches Lachen, bevor ihr schließlich Tränen in die Augen schossen. Mengzi stand betreten neben ihr. Fengxiang trocknete sich die Tränen ab und warf ihre Näharbeit aufs Bett.

»Du bist zur Schule gegangen, Mengzi. Also sag mir, wer ist dafür verantwortlich, ob es ein Junge oder ein Mädchen wird?«

Mengzi blieb stumm. Also sprach sie weiter:

»Es ist doch seltsam. Warum kriege ich nur Mädchen? Beizhu macht mir immer Vorwürfe. Aber ich denke, es ist der Samen, der alles entscheidet. Er gibt mir weibliche Samen, also bekomme ich Mädchen. Wenn er mir männliche Samen geben würde, dann würde ich selbstverständlich einen Jungen bekommen. Oder etwa nicht?«

»Ja«, sagte Mengzi und lächelte. »Warum fragst du mich, wo du doch bestens Bescheid weißt?«

»Es ist so kompliziert. Ich bin total durcheinander. Sag, wer entscheidet über das Geschlecht, der Mann oder die Frau?«

»Der Mann.«

»Siehst du! Beizhu sagt, ich sei das Problem. Dabei ist er der Verantwortliche. Er schiebt mir die Schuld zu. Das ist doch ungerecht.«

»Das ist wirklich nicht gerecht«, sagte Mengzi. Dann aber änderte er seinen Ton.

»Auch du trägst einen Teil der Schuld. Warum leihst du dir nicht guten Samen, wenn seiner nichts taugt? Wenn er seiner Schwägerin diesbezüglich behilflich ist, warum machst du keine Anleihe bei seinem Bruder?«

Fengxiang lächelte kalt. »Du sprichst von Baigou?«, sagte sie höhnisch. »Allein sein Anblick macht mich krank.«

»Weshalb?«

»Weshalb? Du weißt warum. Seine Mutter und er haben mir das Leben zur Hölle gemacht, und er hat es genossen. Mehr gibt es dazu nicht zu sagen. Mir wird schon schlecht, wenn ich nur daran denke«, sagte Fengxiang.

»Das muss kein Problem sein. Man kann sich aneinander gewöhnen, oder nicht?«, meinte Mengzi.

»Blödsinn. Du kannst dir gerne eine Streunerin suchen, mit der du dein Leben verbringst.«

Mengzi wurde allmählich warm. Die Art und Weise, wie sie miteinander diskutierten, kam einem kleinen Flirt gleich. Er war es gewohnt, bei Beizhu und Fengxiang ein und auszugehen und die beiden machten regelmäßig anzügliche Witze, wobei Fengxiang ihn in ihrer direkten Art mitunter in Verlegenheit gebracht hatte. Bevor er die Beziehung mit Shuangfus Frau eingegangen war, hatte er so manche verbale Erotik von Fengxiang genossen. Doch nun fühlte er sich unbehaglich. Beizhu war sein Freund. Es mochte in Ordnung sein, des Freundes Kleider zu tragen, aber es war nicht in Ordnung, ernsthaft mit dessen Frau zu flirten. Er warf ihr einen entschuldigenden Blick zu und machte sich bald auf. Müdigkeit hatte seine körperliche Lust verdrängt, weswegen er entschied, auf sein Tete-a-tete mit Shuangfus Frau zu verzichten und stattdessen schlafen zu gehen.

5

Der Klang von Gongs und Trommeln erfüllte das Dorf. Ein Zeichen für Mengzi, dass Lehrer und Schüler dabei waren, die Gedenktafel zu Shuangfus Haus zu bringen. Er musste kichern, als er an die vergangene Nacht dachte und fragte sich, wie sie wohl auf sein Nichterscheinen reagieren würde. Ein Theater war ziemlich wahrscheinlich, vielleicht würden sogar Gegenstände fliegen. Während er innerlich noch Selbstgespräche führte, schloss er sich dem Zug der Menschen in Richtung von Shuangfus Haus an.

Gongs und Trommeln verstummten, als sie den Hof erreichten. Ein Mann mit einem dünnen, entenartigen Hals, hielt eine Rede, die hauptsächlich aus Sätzen der Dankbarkeit Shuangfu gegenüber bestand. Mengzi kannte den Mann. Ein Beamter für Bildungsaufgaben aus dem Stadtrat, der regelmäßig die Schule besuchte. Seine Rede quoll vor bürokratischem Duktus über, was die Umstehenden augenscheinlich beeindruckte.

Mengzi fiel auf, wie der Mann seine Rede immer wieder mit kurzen Blicken auf Shuangfus Frau unterbrach, die ganz zufrieden aussah. Er fragte sich, ob die beiden etwas miteinander hatten. Was ihn aber noch mehr ärgerte, war ihre scheinbare Unbekümmertheit. Offenbar hatte es sie ganz unberührt gelassen, dass er das gestrige Rendezvous hatte platzen lassen. Sie machte sich augenscheinlich nichts aus ihm. Mengzi war nicht glücklich.

Zwei junge Lehrer trugen eine Gedenktafel mit der Inschrift »Beitrag für die Heimat« und stellten sie vor dem Haus ab. Mit goldenen Schriftzeichen auf rotem Grund belebte sie die ansonsten sehr schlichte Tür. Mengzi wusste nicht genau, was mit »Heimat« gemeint war, und er war sich sicher, dass auch Shuangfu, seine Frau und die übrigen Leute es nicht wussten.

»Shuangfu, dieser Schurke, spendet mal eben so fünfzigtausend Yuan. Das ist kein Pappenstiel!«, hörte Mengzi einen Mann sagen.

»Fremder hin oder her. Großzügig ist er auf jeden Fall. Ich kriege Gänsehaut, wenn ich an die Summe denke!«, sagte ein anderer Mann.

»Allerdings! Ich habe gehört, er lässt sich jede Nacht Jungfrauen kommen und jede kostet ihn sechstausend Yuan. Was sind da schon fünfzigtausend«

»Stimmt! Fünfzigtausend mehr oder weniger, das merkt der doch gar nicht.«

»Das Geld musst du erst einmal verdienen! Ich glaube kaum, dass er ein so sorgenfreies Leben führt wie wir.«

»Das kannst du laut sagen! Und wenn er einmal die Augen schließt, kann er es auch nicht mitnehmen.«

Das Gerede der Leute amüsierte Mengzi und er fragte sich, wie Shuangfu wohl darauf reagiert hätte, wenn er es mitbekommen würde. Erneut schaute er zu Xiuxiu hinüber. Nun hatte sie ihn in der Menge entdeckt und ließ ihren Blick kurz auf ihm verweilen. Mengzi glaubte in ihren Augen Kummer zu sehen.

»Ich bin ihr doch nicht egal«, dachte er und diese Erkenntnis erfüllte ihn mit Freude.

Die Gongs und Trommeln erklangen aufs Neue und langsam leerte sich der Hof. Mengzi sah, wie der Beamte mit Shuangfus Frau redete und er hoffte, sie würde sich zu ihm umdrehen. Doch nichts dergleichen geschah. Er verließ den Hof und machte sich eilends auf den Weg nach Hause.

Hantou verließ das Haus und traf auf seinen Bruder.

»Gut, dass ich dich treffe. Kannst du heute meine Schicht am Brunnen übernehmen? Ich fühle mich nicht besonders.« Er deutete auf seinen Rippenbogen.

»Was ist los mit dir? Du siehst ja schrecklich aus!« Mengzi war von dem Anblick seines Bruders geschockt.

»Es ist nichts. Ich glaube, ich habe zu viele Nachtschichten geschoben und bin einfach etwas übermüdet.«

»Dann nimm etwas dagegen!«

»Hör mal, ich bin nicht aus Watte! Und außerdem sind Medikamente teuer. Die kann ich mir nicht leisten!«

Nach einem weiteren Versuch, seinem Bruder zuzureden, machte sich Mengzi auf den Weg zum Brunnen.

Hantou fühlte einen dumpfen Schmerz in der Rippengegend und eine große Erschöpfung, also legte er sich in seinem Zimmer aufs Bett. Seit einigen Tagen hatte er alle Angelegenheiten am Brunnenbau überwacht und obwohl die Arbeit nicht sonderlich anstrengend war, hatte der ständige Lärm der Bohrmaschinen ihn irgendwie mürbe gemacht. Die plötzliche

Stille in seinem Zimmer erschien ihm auf einmal befremdlich. Der Schrei des Hahns im Hof stach ihm in den Kopf. Auch die Küchengeräusche der Mutter gingen ihm auf die Nerven. Der Vater war mit den Schafen in der Wüste, Ying Er pflügte das Feld und Mengzi arbeitete am Brunnenplatz. Peinlich berührt stand er auf, trank ein Glas Wasser und ging zu seiner Mutter in die Küche.

»Ich werde aufs Feld gehen und pflügen.«, sagte er.

»Ruh dich aus! Du hast zu viel gearbeitet. Die anderen schaffen das schon.«

»Ich brauche keine Pause. Du weißt doch, ich bin zur Arbeit geboren. Herumsitzen kann ich nicht leiden.«

»Dann repariere den Schweinestall.«

Er murmelte eine Antwort und begab sich nach draußen.

Während er mit einer Schaufel den Boden bearbeitete und Wasser sprengte, überfiel ihn plötzlich ein stechender Schmerz in der Rippengegend. Er versuchte, ihn zu ignorieren und fuhr fort, den Lehm zu bearbeiten. Seine Mutter erschien und warf ein Bündel Stroh in ein Loch, das Hantou gegraben hatte. Sie bemerkte, dass er sich an die Seite fasste.

»Was ist mit dir?«, fragte sie. »Du siehst blass aus.«

»Es ist nichts«, erwiderte er mit gequältem Lächeln. »Es tut ein bisschen weh.«

Sie nahm ihm die Schaufel aus der Hand. »Geh zur Apotheke und hol dir Schmerztabletten.

Plötzlich drangen Hilferufe durch die kleine Öffnung des neuen Schweinestalls. Im selben Moment entdeckten Hantou und seine Mutter dicke Rauchschwaden aufsteigen.

»Feuer!«, rief er, während er in Richtung des Rauches loslief, wo Wuzi, der Sohn des Lahmen, klatschend und lachend um den brennenden Heuschober tanzte. Einige Frauen riefen durcheinander, doch keine traute sich an das Feuer heran, offensichtlich aus Angst vor Wuzi. Hantou wusste, das Wuzi geistig behindert war und es ihm Spaß machte, den Frauen Angst einzujagen. Er war sich sicher, dass der Junge das Feuer gelegt hatte. Er rannte mit dem halbvollen Eimer los und versuchte, das Feuer zu löschen. Die Flammen erloschen, doch das Wasser reichte nicht und bald loderte das Feuer erneut auf.

»Los!«, rief er den Frauen zu, die vor Schock wie angewurzelt dort standen.

»Holt Hilfe!«

Schreiend rannte eine der Frauen los. Hantou schaute wie verdattert auf den leeren Eimer in seiner Hand. Dann schleuderte er den Eimer zur Seite, griff nach einer Schaufel und begann hektisch, Sand auf die Flammen zu werfen. Seine Mutter lief zurück zum Stall, holte eine zweite Schaufel und tat es ihm gleich. Nach und nach gelang es den beiden auf diese Weise, die Flammen zu ersticken, bis schließlich nur noch dicker, blauer Rauch aufstieg.

Einige Dorfleute, die das Unglück mitbekommen hatten, kamen mit Eimern voller Wasser und versuchten, die Glut unter dem Sand zu löschen, doch dadurch wurde die Rauchentwicklung nur noch stärker. Aus Furcht, dass die Glut erneut aufflammen könnte, teilte Hantou das größtenteils verkohlte Stroh mit dem Spaten großflächig auseinander.

Hier und dort hörte man Seufzer der Erleichterung von den Umherstehenden. Da drang durch die Seufzer plötzlich das idiotische Lachen von Wuzi. Hantou drehte sich um, starrte ihn an und schüttelte den Kopf.

»Mein Gott, was für ein Glück!«, keuchte Hantous Mutter, noch immer außer Atem.

»Wenn du das Feuer nicht entdeckt hättest, wäre vermutlich das ganze Haus in Flammen aufgegangen.«

»Schaut nur, wie der lacht. Verpasst dem Kerl eine ordentliche Tracht Prügel!«, ereiferte sich Goubao.

»Was soll das bringen?«, hielt ihn Hantou zurück. »Er ist nicht richtig im Kopf.«

»Warum geht sein Vater nicht mit ihm zum Arzt?«

»Tut er ja«, sagte Fengxiang. »Er muss nach Lanzhou in die Klinik. Seine Großmutter sagt, sie versuchen das Geld dafür zusammenzubringen.«

Erregt von den Stimmen der umherstehenden Frauen, näherte sich Wuzi einer Frau, umschlang sie von hinten und heulte laut auf. Sofort eilten zwei Männer zu der Frau und rissen Wuzi von ihr los. Goubao sprang von hinten auf ihn zu und versetzte Wuzi einen kräftigen Schlag auf den Rücken. Der schien davon völlig unbeeindruckt und heulte wie ein Tier.

»Bringt ihn zurück zum Lahmen!«, befahl Sun ihnen und sah Goubao an.

»Sag ihm, er soll seinen Sohn besser in Schach halten oder ich werde ihn zur Verantwortung ziehen. Und sag ihm, ich habe etwas Geld, wenn er es braucht. Er kann kommen und es sich holen. Und dann soll er den Jungen schleunigst zur Klinik bringen.«

Mit Hilfe einiger Männer griffen sie sich Wuzi und führten ihn weg.

Kapitel V

1

Lingguan hatte nicht damit gerechnet, inmitten der Wüste einen Schafhirten anzutreffen.

Ein Mann von unbestimmbarem Alter, dessen Haut die typischen Anzeichen von Männern zeigte, die lange Zeit den Witterungen der Wüste ausgesetzt gewesen waren. Seine Statur war die eines jungen Mannes, flink auf den Beinen. Staub saß in den gebräunten Furchen seiner Brauen. Er trug einen von Regen und Wind abgegriffenen, schwarzen Hut, der nicht viel mehr als ein Alibi war und dessen ausgefranste Krempe kaum Schutz vor der Sonne bot. Sein langer Bart wehte im Wind. Eine Erscheinung nicht ohne Anmut.

Seine Herde graste verstreut in einer Senke und labte sich an dem vom ersten Herbstfrost geglätteten Gras. Das vereinzelte Blöken der Tiere erfüllte die Gegend um sie herum mit Trostlosigkeit. Nach den schmerzlichen Erfahrungen der Jagd und des Tötens fühlte Lingguan sich von der Schönheit dieser Szenerie angezogen. Es war ihm, als öffne sich sein Herz und ein warmer Schauer floss hinein. Der Himmel war blau, die Wolken silbrig, und unter dem Himmel ausgebreitet das große gelbfarbene Spiel der Wüste. Einen Stock in der rechten Hand, sah der Schäfer ruhig zu Lingguan hinüber, in seinem Gesicht lag ein Ausdruck von Gleichmut.

»Einen Fuchs erbeutet, wie mir scheint«, sagte er und deutete mit der Hand auf das tote Tier auf Lingguans Schulter.

»Ein Schafhirte, wie mich dünkt«, erwiderte Lingguan und ahmte dabei den Ton des Schäfers nach.

»Schon seltsam«, murmelte der Hirte. »Ich bin zwölf Monate im Jahr hier draußen und habe nicht einen einzigen Fuchs zu Gesicht bekommen. Und ihr erlegt täglich einen.«

»Ihr erschreckt sie. Das leiseste Geräusch reicht, um sie zu vertreiben. Deshalb seht ihr nie einen.«

Meng erschien, schnallte sich den Hosengürtel enger und rief:

»Hey! Ich dachte, du seist tot, du alter Halunke!«, sagte er zu dem Schafhirten.

Der Hirte lachte und meinte: »Du bist der Halunke! Erst schlemmst du Fuchsfleisch und dann lädst du den Gestank bei deiner Schwiegertochter ab! Ist das dein Enkel?« Ein schiefes Lächeln auf seinem Gesicht verriet seine Verlegenheit über die unpassende Bemerkung, die er soeben gemacht hatte.

»Nein.«

»Hast du etwas zu Rauchen? Ich bin seit acht Tagen hier in der Gegend, aber mein Tabakbeutel ist leer. Kein Krümel mehr drin. Diese verdammte Wüste. Seit zehn Tagen habe ich keine Menschenseele getroffen.«

»Warum tust du nicht einfach so, als seist du ein Esel, der nicht raucht?«, witzelte Meng, als er seine Pfeife aus der Tasche holte. Der Hirte nahm sie ihm aus der Hand, zündete sie an und tat einen tiefen Zug, den er lange in den Lungen behielt.

»Ah! Wie gut das tut«, stöhnte er befriedigt. »Das geht mir durch bis ins Hirn. ›Vergiss nicht, den Tabak einzustecken!‹ habe ich meinem nichtsnutzigen Sohn gesagt. Und nicht nur einmal. Es ist das einzige, das er vergessen hat.« Erneut zog er an der Pfeife und inhalierte den Rauch genüsslich in seine Lungen.

Meng beobachtete den Mann mit einem Blinzeln, sagte aber nichts, wie um die Stimmung nicht zu stören. Vollkommen unbeeindruckt davon, ob ihm jemand zuhörte, rauchte und redete der Mann vor sich hin.

»Jede Menge Mehl hat er eingepackt, aber ich habe keinen Pferdemagen! Keine Ahnung, was ihm durch den Kopf gegangen ist! Meine Frau braucht nur ›Pieps‹ zu machen, und er merkt sich alles. Aber wenn sein alter Herr etwas sagt, dann ist sein Gedächtnis auf einmal löchrig wie ein Sieb.«

Er rauchte seelenruhig weiter, ohne Meng oder Lingguan Beachtung zu schenken, was letzteren sehr amüsierte. Vielleicht redete der Mann ohne Unterlass, weil er einfach niemanden zum Reden hatte, dachte Lingguan.

»Hast du die Eier, es mit deinem Sohn aufzunehmen, du Schurke?«, witzelte Meng. »Ich denke nicht. Du bist doch hier draußen, weil sie dich im Bett deiner Schwiegertochter erwischt haben! Ein schlechter Ort, um sich ertappen zu lassen. Habe ich Recht oder nicht, du alter Halunke!«

»Blödsinn!«, antwortete der Hirte mit einem Lächeln. »Ich bin ja nicht wie du! Du gibst vor, deinen Enkel besuchen zu wollen, weil du die Hand deiner Schwiegertochter tätscheln willst«, kicherte der Alte.

»Du musst es ja wissen. Du sprichst aus Erfahrung«, spielte Meng den Ball zu dem Hirten zurück.

»Es wird sich gelohnt haben, für dich. Ein Jahr hier draußen mit den Schafen bringt dir eine hübsche Summe Cash ein, denke ich. Müsste für ein paar Gefühle reichen. Du machst einen Handel. Alles, was du sagen musst ist ›Ich bin ein verdammtes Jahr da draußen geblieben, und ich werde den Gedanken an dich einfach nicht los. Tag und Nacht denke ich an dich. Aber an Schafzitzen zu saugen ist nichts im Vergleich zu den Brüsten einer schönen Frau‹.«

Lingguan lachte. Er fragte sich, warum alte Männer stets Witze über ihre Schwiegertöchter machten, wenn sie zusammenkamen. Bedienten sie ein Bedürfnis, das sie sonst nirgends finden konnten? Seine Gedanken kehrten plötzlich zu Hantou und dessen Krankheit zurück. Es musste eine Qual für seinen Bruder sein. Dann erschien plötzlich Ying Er vor seinen Augen. Der Gedanke, seinen Bruder betrogen zu haben, lastete schwer auf ihm.

»Die Wahrheit ist«, hörte er Meng sagen, »dass du mal einen Gang zurückschalten solltest! Was haben dir all die entbehrungsvollen Jahre gebracht? Du hast für die Kooperative Schafe gehütet und nun, da das Land verteilt worden ist, hütest du immer noch Schafe. Hier draußen, allein, das ganze Jahr über. Und wofür? Müh dich nicht dein ganzes Leben lang für die Familie ab! Du vergeudest dein eigenes Leben!«

»Mein Schicksal ist hart, und daran lässt sich nichts ändern.« Der Schafhirte schüttelte den Kopf.

»Ich kann einfach nicht eingepfercht zu Hause herumsitzen. Das Leben in der Wüste ist mein Weg. Es gibt keinen anderen Ort für mich.«

Meng tat einen Seufzer.

»Ich weiß, was du meinst.« Er zuckte mit der Augenbraue und zog an seiner Pfeife. Nach einigen Augenblicken fragte er:

»Warum treibst du dich allein hier draußen herum?«

»Huang ist auf dem Weg nach Zhu Du Jing, um seine Schulden zu begleichen.«

»Was für Schulden?«

»Wasser für seine Schafe. Hasenlippe hat mit dem Brunnen genug Geld gemacht, um sich eine Frau leisten zu können. Ein Wollhändler hat sie ihm mitgebracht. Hat ihn nicht viel gekostet.« Der Hirte blinzelte und drehte sich zur Seite, um nach seinen Schafen zu schauen, die sich ein Stück weiter die Düne hinunterbewegt hatten.

»Er hat es sich verdient. Er muss in den Vierzigern sein.«

»Zweiundvierzig.«

Meng wickelte seinen Tabakbeutel um die Pfeife, nahm seine Feldflasche und trank. Er reichte sie dem Alten, der den Kopf schüttelte und die Feldflasche an seiner Hüfte tätschelte. Meng reichte die Flasche Lingguan, hob seine Flinte auf, öffnete den Schrotbeutel und lud die Waffe. Lingguan nahm ein paar Schlucke und lud sein Gewehr ebenfalls mit grobem Schrot.

»Lass uns gehen«, sagte Meng im Aufstehen.

»Wartet einen Augenblick«, entgegnete der Schafhirte. »Fast hätte ich es vergessen.«

Er holte aus einem Leinenbeutel eine gedämpfte Teigtasche und hielt sie Lingguan hin, der von der Geste des Hirten überrascht war.

»Nimm schon«, sagte Meng und lächelte. »Es ist Brauch und symbolisiert Jagdglück. Ha-ha. Ich denke, ich komme auch ohne aus, dafür kann ich einem alten Kettenraucher unter die Arme greifen.«

Daraufhin nahm er seinen Tabakbeutel und schüttete die Hälfte seines Tabaks in den Beutel des Alten. Der nahm das Geschenk mit einem dankbaren Lächeln an.

Der alte Mann hatte einen tiefen Eindruck auf Lingguan gemacht. Wie einsam musste er sein. Allein hier draußen. Seine einzigen Begleiter waren die Sonne, der Wind und der endlose Sand. Mit seinem Gehstock in der Hand winkte er ihnen und entfernte sich. Schon bald war er nur noch ein kleiner Punkt in dieser großen Weite und seine Schafherde zerstreute Kleckse zwischen den Sanddünen.

»Gibt es viele Schafhirten in der Wüste?«, fragte Lingguan.

»Jede Menge«, antwortete Meng. »Besonders in der Gegend um Magang.«

»Wo wohnen sie?«

»Wohnen? In Höhlen und ähnlichen Unterschlüpfen. Sie sind für das Leben hier draußen gemacht. Wenn sie Bequemlichkeit bräuchten, dann wären sie daheim in ihren warmen Betten.«

»Wie lange bleiben sie hier draußen?«

»Hängt ganz davon ab. Einige bleiben ein paar Monate. Andere sind reine Wüstenbewohner, das ganze Jahr hindurch. Meist sind sie zu zweit unterwegs. Wenn ihr Proviant verbraucht ist, kann einer losgehen und Essen besorgen.«

Lingguan kniff die Augen zusammen und suchte die Wüste ab. Die Dünen erschienen ihm wie wütende Wellen im Ozean, eine höher als die andere. Es war eine Gegend, in der Stille, Grausamkeit und Tod zu Hause waren. Aber darüber hinaus gab es auch dies: Überfluss, Kraft und Würde. Im Angesicht dieser überwältigenden Landschaft konnte der Mensch nur in seiner eigenen Belanglosigkeit versinken und jeder Streit zerfiel zwangsweise in ein Nichts.

»Der Alte führt ein hartes Leben«, sagte Meng. »Sitzt hier draußen fest. Jede Nacht aufs Neue muss er sehen, wo er einen Schlafplatz finden kann. Den Launen der Natur ausgesetzt. Warum quält sich ein Mann so? Das letzte Hemd hat doch keine Taschen.«

»Mir scheint es nicht so schlimm«, sagte Lingguan, der der Lebensweise des Schäfers durchaus etwas abgewinnen konnte. Nachdem sie tagelang mit der Jagd beschäftigt gewesen waren, genoss er nun die Ruhe. Sie hatten einen Ort abseits jeden Wohlstands und abseits jeder Prüfungen und Leiden gefunden. Hier fühlte er eine große, innere Ruhe. Alles andere war in den Hintergrund getreten und hatte einer besonderen Einsamkeit Platz gemacht.

»Geh hinüber nach Magang und schau dich dort um. Vielleicht kannst du ein paar Tagesspuren ausfindig machen«, sagte Meng zu Lingguan, bevor er sich auf einen Dünenkamm setzte und sich seiner Pfeife widmete.

Lingguan murmelte eine Antwort. Mengs Aufforderung an ihn bedeutete die Chance, das umzusetzen, was er gelernt hatte.

Er wusste bereits, wie man Tagesspuren von nächtlichen Spuren unterschied, nicht jedoch die feinen Unterschiede der verschiedenen Arten von Tagespuren. Wonach er zu suchen hatte, waren eben diese wichtigen Unterschiede. Frühmorgendliche Fährten waren größer, während solche, die die Tiere am hellichten Tage hinterließen oftmals Spuren von Eile oder gar Panik verrieten. Lingguan hatte das Prinzip dahinter begriffen, mehr jedoch nicht. Er hatte noch nicht gelernt, aus den Spuren auf das Innenleben des Fuchses zu schließen. Auch konnte er von einer Fährte nicht auf das Geschlecht des Tieres schließen, auf dessen Gewicht oder die Größe. Dinge, die Meng leicht von der Hand gingen.

Die Kunst des Spurenlesens war elementar für jeden Jäger. Sie half ihm nicht nur dabei, seine physische Energie möglichst ökonomisch einzuteilen, sondern auch, den Gebrauch seines Proviants an die jeweilige Phase der Jagd anzupassen. Die optimale Nutzung von Wasser war ein ›Muss‹ in der Wüste.

Meng jedoch verfügte über noch ein weiteres Talent. Er konnte mit absoluter Sicherheit die Stellen benennen, an denen ein Fuchs die Nacht verbracht hatte. Er wusste, wann und bei welchem Wetter sie sich welchen Orten näherten, um Beute zu machen. Und als Beweis seiner Fähigkeiten würde man an einem solchen, von ihm vorhergesagten Ort sich überlappende Spuren finden, Anzeichen davon, dass hier in der vorhergegangenen Nacht ein großes Fressen stattgefunden haben musste, an dem eine bestimmte Anzahl von männlichen und weiblichen Füchsen – einige davon tragend – teilgenommen hatten. Meng jagte ausschließlich männliche Füchse. Einerseits, weil ihr Fell schöner war, andererseits, weil Fähen für den Weiterbestand sorgten. Meng war der Auffassung, dass Fähen übernatürliche Kräfte besaßen und dass die meisten heiligen Füchse weiblich waren. Am Ende des dritten oder vierten Monats im Jahr, nachdem die Fähen ihre Jungen geboren hatten, beteten diese heiligen Füchse den Mond an und baten um ein trockenes Jahr. Regen oder lange Nässeperioden führten zum Tod des Nachwuchses. Außerdem vernichtete der Regen die Ratten, die natürliche Nahrungsgrundlage der Füchse.

»Eine Fähe zu töten bringt Unheil!«, pflegte Meng stets zu sagen.

2

»Schau!«, rief der alte Meng.

Ein verletzter Fuchs humpelte unsicher auf sie zu. Augenscheinlich hatte er sein Gleichgewicht verloren. Erst als Meng aufsprang und auf das Tier zulief, wurde es der Gefahr gewahr, drehte sich um und rannte davon. Im selben Moment fiel der Schuss.

»Hey! Das Fallobst wartet darauf, eingesammelt zu werden!«, lachte Meng.

Der schwer verwundete Fuchs kam noch einmal mühsam auf die Beine, lief einige Schritte und brach dann zusammen. Meng sprang mit schnellen Schritten auf den Fuchs zu und drückte ihn mit dem Lauf seiner Flinte zu Boden. Der Fuchs schnappte nach dem Gewehrlauf und verbiss sich darin.

»Wollen wir doch einmal sehen, was härter ist, deine Zähne oder meine Flinte!« Meng lachte lauthals und drückte seinen Gewehrlauf mit Wucht auf das verwundete Tier. Mit einem schrillen Bellen ließ der Fuchs los.

Ein Mann mit hochrotem Gesicht kam atemlos den Dünenkamm emporgelaufen, während der alte Meng den Fuchs weiter malträtierte. Er setzte sich niedergeschlagen zu Boden.

Lingguan war klar, dass der Mann schlecht gezielt und daher den Fuchs nur verwundet hatte, anstatt ihn mit einem Bauchschuss zu töten. Der Brauch verlangte, dass das Fell an den Jäger ging, der das Wild tatsächlich zur Strecke brachte. »Du hast eine Kugel verschwendet!«, verhöhnte Meng den alten Mann. »Die schlechteste von allen denkbaren Optionen, und für das Tier grauenvoll.«

»Ich kenne die Bräuche«, sagte der Alte. »Ich habe es versaut. Was willst du noch von mir? Verdammt. Seit Tagen lässt sich kein einziger Fuchs blicken und nun verpasse ich diesem einen richtig schlechten Schuss. Es scheint mein Pechtag zu sein heute.«

»Seit Tagen keinen Fuchs gesehen, sagst du? Ich bekomme täglich welche vor die Flinte.«

»Ich habe bis zum Einbruch der Dunkelheit gesucht. Wer weiß, wo sie sich versteckt halten!«

Meng lachte und winkte Lingguan zu. Dann fuhr er fort: »Warum gehst du auf Fuchsjagd, wenn du nicht einmal ihre Spuren lesen kannst? Wie viele Jahre tust du das schon?«

»Jahre? Ich habe gerade erst damit begonnen.«

»Es gibt mehr als einen Weg und mehr als eine Speise auf der Welt. Warum beschäftigst du dich mit einer Sache, von der du nichts verstehst?«

»Mir bleibt keine Wahl. Ich würde mich nicht mit dem Töten von Tieren abgeben, wenn ich es nicht müsste. Mein Sohn ist im heiratsfähigen Alter und ich würde niemals diesen Tag erleben, wenn ich mich auf dem Feld abrackern würde. Ich habe es selbst in der Hand, diesen Tag noch zu erleben. Jagen ist der einzige Weg, wie ich es schaffen kann. Mein Sohn hat sich ein Jahr lang abgeschuftet, doch für nichts. Und warum? Der verdammte Vorarbeiter hat sich aus dem Staub gemacht, ohne den Männern ihre Löhne auszuzahlen. Niemand hat den Kerl mehr gesehen. So ist die Welt heute.«

Meng warf einen Blick auf den Fuchs und sah, dass er tot war. Er gab ihm einen Tritt mit dem Fuß.

»Du bist nicht für die Jagd gemacht«, sagte er. »Sich blindlings auf das Glück zu verlassen, bringt dich nirgendwohin. Du wirst am Boden liegen und die Eier des Höllenkönigs zu spüren bekommen, noch bevor du auch nur ein einziges Haar irgendeiner Schwiegertochter zwischen die Finger bekommst.«

Der gedemütigte Alte warf Meng einen ärgerlichen Blick zu. »Du hast gut reden. Weißt du überhaupt, wie es sich anfühlt, nichts zu haben? Ich sagte bereits, dass ich keine andere Wahl habe. Warum sonst würde ich dieses Leben auf mich nehmen?«

»Geh Wüstenreis sammeln. In der Stadt bekommst du achtzig Cent pro Pfund. Für Artemisia bekommst du sogar noch mehr. Ich denke, über einen Yuan. Es ist harte Arbeit, aber besser als etwas zu tun, von dem du nichts verstehst.«

»Was glaubst du, wie viel ich von dem Zeug sammeln müsste, um meinem Sohn eine Hochzeit zu ermöglichen? Nein, für mich ist die Fuchsjagd der richtige Weg. Wenn ich zwei oder dreihundert für ein Fuchsfell bekomme, reichen mir etwa fünfundzwanzig Felle für eine Braut. Wenn ich Wüstenreis sammeln würde, wäre mein Sohn bereits ein alter Knacker, bevor ich das Geld zusammen hätte.«

»Träum ruhig weiter!«, antwortete Meng. »Fünfundzwanzig Felle, sagst du. Woher willst du die nehmen? Aus deinen Sackhaaren? Ich will ehrlich mit dir sein. Du tappst im Dunkeln. Ein Jäger, der keine Spuren lesen kann, ist wie eine blinde Katze, die zufällig auf eine tote Maus trifft. Wenn du der erstbesten Spur hinterherrennst, die du findest, wirst du nicht einmal nah genug an einen Fuchs herankommen, um seinen Furz zu riechen. Und das selbst dann, wenn du dir die größte Mühe gibst. Wenn es sich um eine nächtliche Spur handelt, brauchst du mindestens zehn Tage. Jede Spur wird dich drei Tage kosten, bevor du sie richtig deutest. Dann ist der Fuchs aber bereits über alle Berge. Füchse folgen ihrer Nahrung und warten nicht darauf, von dir erlegt zu werden. Du glaubst mir nicht? Heute kamst du mir vor wie ein blinder Esel, der zufällig auf einen Heuhaufen stößt. Du hast einen kranken Fuchs gefunden heute, ist dir das klar? Sie dir sein schäbiges Fell an! Er hat an einer sonnenbeschienenen Stelle geschlafen, oder nicht? Ich sage dir, das tun nur alte und kranke Tiere.«

Der alte Mann schaute finster drein. Ihm fehlten die Worte. Schließlich seufzte er betrübt.

Meng stieß den toten Fuchs ein weiteres Mal mit dem Fuß. »Du kennst den Brauch«, wiederholte er. »Du hast ihn verletzt, ich habe ihn getötet, was bedeutet, dass er mir zusteht. Aber wenn du meinen Rat annimmst, die Jägerei an den Nagel zu hängen und nach Hause gehst, dann soll er dir gehören.«

Der Mann hob den Kopf und starrte Meng mit großen Augen an, so als könnte er nicht glauben, was Meng soeben gesagt hatte.

Meng wandte sich zu Lingguan: »Lass uns gehen.« Er ging los, die Flinte über der Schulter. Der alte Mann stand einen Augenblick wie angewurzelt da, dann rannte er mit dem Fuchs in den Armen mit einem Jubelschrei die Sanddüne hinunter.

Lingguan folgte dem Mann wortlos. »Es ist schon in Ordnung«, sagte der alte Meng. »Lass ihn den Fuchs mitnehmen. Stell dir vor, der arme Kerl käme ohne Beute nach Hause. Wie könnte er sich über die Türschwelle wagen?«

Lingguan blickte voller Bewunderung auf Meng. Er wusste aus eigener Erfahrung, wie schwer es war, einen Fuchs zu erlegen. Deshalb verstand er die Gefühle des Mannes nur zu gut. Lingguan selbst wollte Meng dazu überreden, dem Mann den Fuchs zu überlassen, doch er hatte nicht gewusst, wie er es in Worte hätte bringen sollen. Hätte er ein Tabu gebrochen? Das fragte er sich. War das Glück über sie gekommen durch die gedämpften Backwaren des Schafhirten? Und konnten sie dieses Glück nun an diesen Mann weiterreichen mitsamt dem erlegten Fuchs? Nein, es war besser, nichts gesagt zu haben, denn er hatte die Großzügigkeit Mengs nicht vorausgesehen.

Mit einem Mal hörten sie einen Ruf hinter sich. Lingguan drehte sich um und sah den alten Mann, der - das Gewehr in der Hand und den toten Fuchs auf der Schulter – hinter ihnen hergerannt kam. Als er die beiden erreicht hatte, warf er ihnen den Fuchs vor die Füße. »Ich kann es nicht annehmen!«, sagte er atemlos. »Wenn ich die Bräuche verletzte, wie stünde ich dann da?« Er schnappte nach Luft, sein Hemd vor der Brust mit Fuchsblut beschmiert.

»Welche Bräuche!«, rief Meng unwirsch. »Menschen entscheiden, was ein Brauch ist und was nicht. Du hast mir den Fuchs nicht gestohlen, ich habe ihn dir geschenkt. So schließt man Freundschaften. Nun kannst du beruhigt nach Hause gehen, ohne das Gesicht zu verlieren. Suche dir eine andere Arbeit. Du bist nicht zur Jagd geboren.«

Der Mann wischte sich über die verschwitzte Stirn, noch immer außer Atem. Dann griff er unvermittelt in seine Tasche und zog ein Bündel vorgeschnittenes Zigarettenpapier heraus. Vorsichtig entfaltete er es und nahm daraus einige zerknitterte Geldscheine, die er Meng in die Hand drückte. »Kauf dir Zigaretten davon!«

Mengs Gesicht verdüsterte sich. Er nahm die Geldscheine und warf sie vor sich auf den Fuchskadaver.

»Verdammt!«, rief er aus. »Wenn es mir um Geld ginge, dann wäre ich jetzt mit diesem Fuchsfell für ein paar Hundert Yuan auf der Schulter auf dem Heimweg.« Zornig stapfte er davon.

Der alte Mann stand da und rieb sich verlegen die Hände. Während er Meng nachsah, der sich langsam entfernte, nahm er etwas aus der Jackentasche und reichte es Lingguan. »Gib ihm dies!«, sagte er. »Geschnitzt aus der Feder eines Schwarzmilans.« Lingguan schaute in seine Hand und erblickte eine kunstvoll geschnitzte Pfeife. Er wollte sie dem Mann zurückgeben, bemerkte jedoch, dass dieser bereits den Tränen nahe war. Also murmelte er ein leises Einverständnis.

Sie waren bereits einen guten Kilometer gewandert, als Lingguan Meng das Geschenk reichte, in Erwartung einer Standpauke. Zu seiner Verwunderung jedoch leuchteten Mengs Augen auf, als er die Pfeife aus seiner Hand nahm.

»Wo hast du die her?« fragte Meng. Als Lingguan es ihm erzählte, schüttelte Meng den Kopf und lächelte. Dann strich er liebevoll über den rötlichen Pfeifenschaft. »Gute Arbeit« murmelte er. »Lebendig, eine Feder von einem echten Schwarzmilan, nicht nur ein toter Knochen.«

Meng blickte in die untergehende Sonne.

»Das reicht für heute. Wir können nicht ewig hier draußen bleiben.«

3

Die Sonne stand noch hoch am Himmel, als sie das Lager erreichten. Meng reichte Lingguan seinen Rucksack und verschwand mit dem Hinweis, er wolle noch ein Kaninchen schießen.

Lingguan war heilfroh, endlich das Lager zu erblicken. Er, der tagelang nachts nicht mehr als vier Stunden geschlafen hatte, war vollkommen erschöpft und übermüdet. Er hatte an seine letzten Reserven gehen müssen und an Gewicht verloren. Gewichtsverlust war nichts Ungewöhnliches bei Jägern. Ein Prozess, bei dem der Körper überschüssige Fettreserven verbrannte. Die Folge war, dass der Jäger agiler wurde und bessere Kondition aufbaute. Diese Phase hatte Lingguan noch nicht erreicht. Er hatte lediglich ein übergroßes Schlafbedürfnis.

Der Tag war noch nicht alt. Es würde noch einige Stunden hell sein. Da er wusste, dass Huaqiu ein Langschläfer war und er ihn nicht stören wollte, schlich er so leise wie möglich in das Zelt.

Innen hörte er ein Stöhnen und in dem Moment, in dem er realisierte, was der Ursprung dieses Stöhnens war, stand er schon mitten im Zelt.

Vor ihm lag – die Hosen heruntergelassen – Huaqiu auf einem Mädchen, das ebenfalls vom Becken ab unbekleidet war. Er starrte dem Mädchen geradewegs in ihr erschrockenes Gesicht. Es war das Mädchen, das er zuvor beim Sammeln des Haarmoses getroffen hatte.

Huaqiu war blass. Trotzdem grinste er und murmelte etwas Unverständliches.

Lingguan hatte es die Sprache verschlagen. Er stand mit offenem Mund da und brachte kein Wort heraus. Dann verließ er das Zelt.

Was um Himmels Willen war in Huaqiu gefahren? Während der alte Meng und er sich auf der Jagd abgemüht hatten, vergnügte Huaqiu sich im Zelt.

»Ich gehe und schaue nach dem Kamel«, knurrte er.

Es war das Mädchen mit dem Haarmoos. Daran bestand kein Zweifel. Das Bild ihres überraschten Gesichts hatte er direkt vor Augen.

Kurz darauf hörte er ein Räuspern und Huaqiu kam aus dem Zelt. Lingguan spürte, wie ihm heiß wurde. Die Begegnung war ihm unangenehm. Warum zum Teufel schämte er sich? Schließlich war Huaqiu es, der sich danebenbenommen hat.

»Bruder Lingguan«, sagte Huaqiu.

Seine Stimme klang unnatürlich. Normalerweise nannte er ihn stets nur bei seinem Namen und hatte dabei sein typisches, verschmitztes Lächeln im Gesicht. Nun aber redete er ihn steif mit »Bruder« an, weil er beim Geschlechtsverkehr erwischt worden war. Lingguan quälte sich zu einem Lächeln. Er wandte sich Huaqiu zu, der ihn angrinste und versuchte, so natürlich wie möglich zu wirken. Doch das Grinsen war aufgesetzt und er wusste, dass Lingguan es wusste.

»Wir haben bereits darüber gesprochen. Ich werde sie heiraten«, sagte er, ganz so, als wolle er die soeben geschehene Situation rechtfertigen. Tatsächlich veränderte sich seine Haltung augenblicklich. Huaqiu wurde sofort lockerer. Er schaute Lingguan an und schien auf dessen Reaktion zu warten. Lingguan zuckte mit den Schultern.

»Weiß ihr Vater Bescheid?«, fragte er ruhig.

»Wir haben es ihm noch nicht gesagt. Er ist ein unnachgiebiger, alter Knacker.«

Huaqiu tat einen langen Seufzer. »Aber es wird langsam besser. Er hat ein paar Mal hier gegessen. Ich erwarte ihn bald und dann kann sie für ihn kochen.«

»Du bist mir vielleicht einer. Du vergreifst dich an unseren Vorräten, um dir eine Frau zu ergaunern.«

»Hey, du weißt, die beiden haben fast eine Woche lang keine vernünftige Mahlzeit mehr gehabt. Das ist kein Spaß. Das Mädchen hat bereits aufgesprungene Lippen.«

»Erzähle meinem Großvater nichts davon!«

»Wovor fürchtest du dich?«, höhnte Lingguan. »Er wird vor Glück nicht mehr ruhig sitzen können, wenn er erfährt, dass sein Enkel Huaqiu sich eine Frau besorgt hat.«

»Noch ist es nicht so weit. Wir sind erst am Anfang. Es braucht noch Zeit.«

»Am Anfang? Ich will meinen, der Reis ist gekocht. Ich hoffe, du meinst es ernst mit ihr?«

Huaqiu lachte. »Ich meinte nur, dass wir es ihrem Vater noch nicht erzählt haben. Wer weiß, ob er uns seinen Segen gibt. Sie hat noch eine Schwägerin und einen Neffen. Ich habe keine Ahnung, was ihr Alter für Vorstellungen hat. Sie kann mich gern heiraten, aber ich werde nicht in ihre Familie ziehen. Ich ziehe in kein abgelegenes Niemandsland. Eine verarmte Gegend mit nichts als Bergen.«

Lingguan zog die Brauen hoch. Er schaute Huaqiu eine Weile schweigend an, bevor er anhob zu sprechen: »Warum hast du sie dann angerührt? Wenn der Alte sie nicht ziehen lässt, hast du ihr Leben ruiniert!«

»Ruiniert? Wovon redest du? Sie hat gesagt, dass sie mich heiraten wird, wenn ihr Vater es erlaubt. Und wenn nicht, will sie mit mir durchbrennen. Es läuft doch beides auf das Gleiche hinaus, oder etwa nicht?«

»Es ist nicht leicht für ihn, eine Tochter großzuziehen. Wenn er nicht zustimmt, dann versuche, ihn zu überreden. Er hat ein Herz wie jeder andere Mensch auch.«

»Lass gut sein, ich habe genug. Wo ein Wille ist, da ist auch ein Weg. Lass uns nicht mehr darüber sprechen. Sie traut sich vor Scham nicht zu kochen. Aber sie macht sich Sorgen, denn ihre Eltern werden bald hier sein und erwarten eine fertig zubereitete Mahlzeit. Sie traut sich nicht, dir unter die Augen zu treten.«

»Willst du, dass ich mich verziehe und euch Raum gebe?«

»Nein, du kannst bleiben. Wenn das Essen fertig ist, wird sie sich schon beruhigt haben.«

Einige Augenblicke später kam das Mädchen verschämt aus dem Zelt.

4

Huaqiu hatte nicht damit gerechnet, das Mädchen so leicht für sich zu gewinnen. Am Tag nachdem Lingguan von den Dreien erzählt hatte, machte er sich auf über den Dünenkamm in die dunkle Gobi. Huaqiu war wesentlich geschickter im Umgang mit Menschen als Lingguan und nach ein paar Zigaretten, zu denen er den Alten eingeladen hatte, waren die beiden miteinander warm geworden. Trotz seiner Sturheit hatte der Mann sich schließlich den Reden seiner Frau und den Bitten seiner Tochter unterworfen und das Mädchen am nächsten Tag hinübergeschickt, um für alle Essen zu kochen. Es war Mittag, der unbarmherzigste Teil des Tages. Der Zeitpunkt, an dem die tödlich stille, dumpfe und nüchterne Wüste im Menschen die leidenschaftlichsten, ureigensten Triebe und Begierden erweckte. In dem Moment, in dem sie seine Welt betrat, nahm er sie sich.

Sie wehrte sich hartnäckig. Überrumpelung, Wut und Angst ließen ihre Attraktivität ein wenig verblassen, doch die Art, wie sie sich wehrte, machte sie nur um so anziehender für ihn. Die Bewegungen ihres jungen Körpers unter ihm so wie ihre baumelnden Brüste trieben ihn in eine sexuelle Extase. Der einzige Makel waren ihre trockenen, spröden Lippen. Die lustvoll weiche Erwartung ihres Mundes entpuppte sich als ein raues, fast schmerzhaftes Berühren der aufgesprungenen Lippen.

Huaqiu vergaß die Zeit und hätte nicht sagen können, wie lange ihr Liebesspiel gedauert hatte. Erschöpft lag er neben ihr. Seltsamerweise hatte das Mädchen nicht um Hilfe gerufen. Wäre das passiert, hätte er von ihr abgelassen, selbst wenn ihre Hilferufe niemanden erreicht hätten. Doch sie war stumm geblieben und hatte sich stattdessen gewehrt. Dann hatte sie die Zähne aufeinandergebissen und ihn angesehen. Ein Anblick, der sie attraktiver machte als in dem Moment, als er sie genommen hatte. Huaqiu lächelte und biss ihr sanft in die Lippen. Das raue Gefühl missfiel ihm, aber er liebte ihr leises Stöhnen.

Er stoppte seine Küsse und begann, ihre Brüste zu streicheln, die im Liegen nicht besonders aufragten. Doch sie fühlten sich weich und voll an. Nun, da sie ihren Widerstand aufgegeben hatte, fand Huaqiu sie äußerst zauberhaft. Ihre vom Küssen geröteten Lippen waren von dem schönsten Rot, dass er je gesehen hatte.

Das Stöhnen des Mädchens verwandelte sich in heftiges Atmen. Die Sonne schrie, Blut zirkulierte.

Im kritischen Moment gab sie ihre Gegenwehr auf. Huaqiu wusste nicht warum. Er war erschöpft, seine Begierde unter Kontrolle. Er tastete nach ihrem Hosenverschluss. Ein riskantes Unterfangen. Er war bereit, zu kapitulieren, sollte sie sich wehren. Das Mädchen wehrte sich jedoch nicht.

Während es Sonnenlicht regnete, machte sich Huaqiu im Dunkeln auf die Suche. Seine Bewegungen waren plump, wie ein schwerfälliger Ochse, der sich Dank seiner Kraft einen Weg durch unwegsames Gelände bahnt. Er bewegte sich suchend weiter nach vorn, ohne zu wissen, was eigentlich sein Ziel war. Er schämte sich vor sich selbst, und hätte das Mädchen ihn in diesem Moment ausgelacht, er wäre in Panik geflohen. Sie hielt aber die Augen geschlossen und stöhnte nur leise.

Jählings wurde er von einem wohligen Strom übermannt.

Er stand auf, als sei er gerade aus einem Traum erwacht. Der Blick auf den nackten Körper des Mädchens sagte ihm, dass er soeben etwas Ungeheuerliches getan hatte. Er wischte sich den verschwitzten Körper mit einem Handtuch ab. »Zieh dich an!« sagte er. Sie lag dort, wortlos, mit übereinandergeschlagenen Beinen, die Augen geschlossen. Nach einer Weile hörte Huaqiu ihr Schluchzen. Tränen liefen ihr über das Gesicht.

»Ich kann nicht mehr weiterleben, nachdem, was passiert ist.« sagte sie, wobei jedes einzelne Wort kühl und artikuliert aus ihrem Mund kam.

Huaqius Zunge fühlte sich an wie Leder. Er ging auf die Knie und schlug seinen Kopf wiederholt vor ihr in den sandigen Boden. »Ich bin kein Mensch. Ich bin ein Biest!«, rief er. Ein Dröhnen ging durch seinen Kopf. »Mein Leben ist aus und vorbei.«

Gequält fuhr er sich mit den Händen durch die Haare. »Was für ein Mensch bin ich?« fragte er sich wiederholt. »Ich bin ein schmutziges Tier, ein ungebildetes Subjekt. Ich bin verachtenswert. Wie konnte ich so etwas tun? Ich bin verloren.« Er verfluchte sich und schlagartig überkam ihn der nächste Gedanke. Was war, wenn das Mädchen schwanger wurde? Er würde es vor niemandem verbergen können. So, wie man kein Feuer in Papier wickeln konnte, würde es jeder im Dorf mitbekommen. Die Leute bespuckten Männer, die Frauen verführten. Hatte er das Mädchen verführt? Nein, es war Vergewaltigung. Vergewaltigung. Das Wort erweckte die Vorstellung eines Namens auf einer Gerichtstafel: Vergewaltiger. Daneben ein rotes Zeichen, welches für »Exekution« stand. Er bekam einen kalten Schweißausbruch.

Wird sie mich anzeigen? Er schaute hinüber zu dem Mädchen, das sich seine Tränen abwischte. Ja, sie wird es tun. Jeden Mann, der ein Mädchen vergewaltigt, erwartet eine Kugel. Renn weg! Das war der einzige Ausweg. Sie wusste nicht, wo er wohnte, kannte nicht einmal seinen Namen. Er war bloß ein namenloser Jäger. Die Wüste war groß, die Jäger zahlreich. Welcher Jäger also sollte der Vergewaltiger sein? Ja, es könnte funktionieren. Er schaute sich im Zelt um. Alles, was er sah, war unwichtig geworden, jetzt, in dem Moment, in dem sein Leben auf dem Spiel stand.

Seine Gedanken gingen zu seinem Großvater und zu Lingguan. Er wusste, dass sein Großvater ihm niemals vergeben würde. Die Ahnen werden aus Scham vom Altar springen. Großvater wird mich aufhängen und mich auspeitschen, so wie er es mit Huaqius Vater vor Jahren getan hatte. Ich verdiene es. Für jemanden, der etwas so Verachtenswertes getan hat, ist eine Auspeitschung eine milde Strafe. Das Bild vom alten Meng, der kerzengerade vor ihm stand, ließ ihn erschaudern.

»Wie soll ich nun weiterleben?« schluchzte das Mädchen. »Was sollen wir jetzt machen? Sag es mir!«

Huaqiu hatte keine Idee. Aus ihren Worten jedoch hatte er Verlegenheit herausgehört. Worauf deutete das hin? Es deutete darauf hin, dass sie ihn nicht anzeigen würde. Das war sicher. Ja, sie war zu eingeschüchtert von allem. Sehr gut. Er fühlte sich erleichtert. Sein Leben war ihm zurückgegeben. Alles würde sich regeln lassen, solange sie auf eine Anzeige verzichtete. Sollte sie Geld verlangen, kein Problem. Er würde ihr eine Truhe mit Fuchspelzen schenken. Auch kein Problem. Er drehte sich zu ihr um:

»Ich biete dir zwei Fuchspelze, zweihundert Yuan das Stück.«

»Das ist es, was ich wert bin?«, fragte sie zurück. »Zwei Fuchspelze?«

»Wie viele willst du? Du kannst unsere haben. Ich erzähle den anderen, dass sie jemand geklaut hat. Wäre das in Ordnung für dich? Wir haben sonst nichts, was von Wert wäre … nur Lebensmittel, Wasser, Bettzeug oder das Zelt.« Nervös schaute er sich um, verärgert darüber, nichts Kostbareres mit in die Wüste gebracht zu haben.

Sie schüttelte den Kopf. »Fuchspelze sind alles, was du anbieten kannst? Hast du nichts wirklich Wertvolles?«

»Nein, im Ernst. Ich habe sonst nichts. Schau dich doch selbst um, wenn du mir nicht glaubst.«

»Bist du denn nichts wert?«, sagte sie und senkte den Blick.

Es brauchte einen Augenblick, bevor er realisierte, was das Mädchen angedeutet hatte. Ein Lächeln trat in sein Gesicht. Warum war er nicht selbst darauf gekommen? Heirate sie und die Sorgen sind weg. Warum in aller Welt hatte er sich all die Horrorszenarien ausgemalt? Er musterte das Mädchen eindringlich. Sie war nicht seine Traumfrau, so viel stand fest. Was für einen Typ hatte er sich vorgestellt? Eine Frau wie Lanlan. Die war schon vergeben. Das Mädchen vor ihm hatte nichts von dem, was Lanlan hatte: eine weiße Haut, einen grazilen Körper, weiche Lippen. Er sah nun deutlich, dass das Mädchen bei Weitem nicht so attraktiv war, wie sie ihm vorgekommen war, als er sie sich mit Gewalt genommen hatte. Ein dunkler Schatten legte sich über sein Herz. Um sein Leben würde er nicht bangen müssen. Die Frage nun war, ob sie ihm eine gute Ehefrau würde sein können.

»Bist du wirklich nichts wert?«, wiederholte das Mädchen.

Huaqiu murmelte eine Antwort während er überlegte, ob sie ihn bereits die ganze Zeit gemustert hatte. Hatte sie ihn am Ende verführt, um aus ihrem Bergdorf flüchten zu können? Sie hatte sich nicht gewehrt, als er ihren Hosenbund gelöst hatte, und da war auch kein Blut gewesen. Vielleicht ... war sie keine Jungfrau mehr? War es eine Falle gewesen? Huaqiu schüttelte den Kopf und zwang sich zu einem Lächeln, um zu verhindern, dass sie seine Gedanken las und zum Gegenangriff übergehen könnte. Bei dem Wort Gegenangriff musste er lachen. Das Wort implizierte Vergewaltigung, und das wäre ein Desaster.

Das Mädchen lächelte zurück. Allem Anschein nach hatte sie sein Lächeln als Versprechen gedeutet. Ihr Lächeln versetzte ihm einen Stich. Ganz offensichtlich war sie ein einfaches Mädchen mit einem schönen Gesichtsausdruck und ihr Lächeln verlieh ihr eine besondere Attraktivität. Es war ein einnehmendes, natürliches Lächeln. Diese Erkenntnis veränderte Huaqius Haltung. Sie zu heiraten war keine so schlechte Idee.

Eine halbe Stunde später, als ihre Eltern zum Essen herüberkamen, redeten und lachten die beiden bereits wie ein junges Paar.

5

Huaqius Eskapade nahm ihren Lauf.

Es passierte drei Tage, nachdem Lingguan die beiden erwischt hatte. Der störrische alte Mann und seine dürre Frau waren bereits zwei Mal zum Essen in ihr Lager gekommen und hatten sich an Wildkaninchen gütlich getan. Lingguan fiel auf, dass der Alte Huaqiu stets mit skeptischem Blick beobachtete. Er ahnte, dass er im Bilde war, oder zumindest das veränderte Benehmen seiner Tochter wahrgenommen hatte, denn ab und an starrte er auch sie mit auffälligem Missmut an. Das Mädchen duckte sich unter den Blicken ihres Vaters.

Huaqiu gab sich, als sei nichts geschehen und ignorierte den Alten weitestgehend, doch Lingguan vermutete, dass dieses Spiel nicht lange gut gehen würde.

Drei Tage, nach ihrer letzten gemeinsamen Mahlzeit stürmte der Alte in das Zelt und begann, Huaqiu mit seiner Sandale zu bearbeiten. Huaqiu sprang auf, riss sich die Hosen hoch und floh aus dem Zelt. Nach ein paar Schritten blieb er stehen und hörte aus dem Inneren des Zeltes weitere Schläge. Er überlegte, ob er zurück gehen und dem Mädchen zur Seite stehen sollte, als der Alte heraussprang und mit einem Messer auf ihn zukam. Huaqiu nahm Reißaus und rannte, ohne sich umzuschauen, bis zur nächsten Dünenmulde. Da erst nahm er die Flüche wahr, die der Alte ihm hinterherschrie.

Als Meng und Lingguan das Camp mit einem erlegten Fuchs erreichten, stand der alte Mann wutentbrannt vor dem Zelt, neben sich zwei schluchzende Frauen.

»Huaqiu dürfte in Schwierigkeiten sein.« Lingguan warf Meng einen vielsagenden Blick zu.

Meng verstand instinktiv, was geschehen sein musste. Er reichte Lingguan sein Gewehr und sagte zu dem alten Mann:

»Lass uns reden.« Er bat Lingguan, einen Topf Wasser aufzusetzen. Der alte Mann bellte in Richtung des schluchzenden Mädchens:

»Worüber weinst du? Ich werde den Hurensohn anzeigen. Ich kann nicht glauben, dass … wozu gibt es Gesetze? Weggerannt ist er? Wohin soll er schon rennen, der Hurenbock!«

»Was ist geschehen?«, fragte Meng mit unschuldigem Lächeln. »Noch ist der Himmel nicht zusammengestürzt, oder? Lass uns reden.«

»Es gibt nichts zu reden. Er gehört erschossen für das, was er getan hat und ich werde ihn nicht davonkommen lassen. Mein alter Pelz gegen seinen jungen!«

Meng war erleichtert, denn er merkte, dass der Alte zwar wütend war, jedoch allem Anschein nach nur bluffte. Viel prekärer wäre es gewesen, hätte der Mann stumm vor ihm gesessen. Bellende Hunde beißen nicht. Meng hatte genug Lebenserfahrung und wusste, wie er den Alten anzupacken hatte. Er hockte sich nieder, stopfte seine Pfeife und begann zu rauchen.

Während er seine Pfeife rauchte, begann Meng, einen Plan zu schmieden. Vermutlich ging es dem Mann um Geld. Er musste also hart verhandeln. Er wischte die Pfeife an seiner Jacke ab, füllte sie erneut mit Tabak und reichte sie dem Alten.

»Nimm ein paar Züge!«

Das Angebot kam nicht an bei dem Mann. Er nahm die Pfeife, stand auf und warf sie im hohen Bogen ins Gebüsch. Die Pfeife landete im Sand, der Tabak hing in Fetzen in einem der Zweige.

»Ihr Gauner!«, schnaubte er und seine Stimme überschlug sich. »Ihr wollt euch einen Spaß mit mir erlauben. Was glaubt ihr, wer ihr seid?«

»Ich glaube, ich höre nicht richtig!«, bleckte Meng zurück und sprang auf die Füße.

»Wen nennst du Gauner? Du kommst hierher und blähst dich auf! Dies ist unser Camp, nicht deins. Habe ich dich etwa eingeladen? Hast du es auf unser Kamel abgesehen oder willst du vielleicht unsere Pelze stehlen?«

Von Mengs Gegenattacke geschockt, verstummte der Mann einen Moment. Dann schüttelte er den Kopf und sagte:

»Euer Junge hat meine Tochter ausgenutzt.«

»Unser Junge Meinst du ihn etwa?« Meng zeigte auf Lingguan.

»Der andere Kerl war es.«

»Du meinst den Landstreicher?«, sagte Meng. »Wir haben keine Ahnung, von wo er gekommen ist. Er war ausgehungert. Also haben wir ihn bewirtet.«

»Er behauptet, er gehört zu euch. Er sollte das Camp bewachen, während ihr auf die Jagd geht.«, sagte der Alte.

»Das ist richtig. Ich gab ihm zwei Yuan pro Tag für seine Arbeit.«

»Das soll ich glauben?« Missbilligend starrte der Alte Meng an. »Ihr versucht, euch rauszureden. Aber das wird euch nicht gelingen. Ich werde ihn wegen Vergewaltigung anzeigen! Er wird eine Kugel in den Kopf bekommen und ich werde dabei zuschauen. Sein Leben für meins, wie ich bereits sagte.«

»Nur zu, zeig ihn an«, spottete Meng. »Du kannst ihn vierteilen, wenn du willst. Es ist mir völlig egal. Und davon abgesehen, wer weiß denn überhaupt, wer hier wen verführt hat!«

»Unsinn!«, empörte sich der Alte und spuckte aus.

Meng warf Lingguan sein Feuerzeug zu und deutete ihm an, die Pfeife zurückzuholen. Dann stopfte er die Pfeife bedächtig und reichte sie dem alten Mann. Dieses Mal akzeptierte er das Angebot und begann zu rauchen.

Das Schluchzen des Mädchens war in lautes Weinen übergegangen. Lingguan sah, dass Meng dabei war, den Alten weichzukochen.

»Lass uns reden«, sagte Meng. »Schreien bringt nichts. Jeder kann mal die Kontrolle verlieren.«

Der Alte erwiderte nichts.

»Was geschehen ist, können wir nicht mehr ändern. Eine vernünftige Lösung muss her. Was denkst du, sollten wir tun?«

»Was ist dein Vorschlag?«, gab der Alte zurück. »Sie war noch Jungfrau.«

»Ich denke, es gibt einen Ausweg aus dem Dilemma«, sagte Meng ruhig. »Aber wir müssen warten, bis der Bursche zurück ist. Falls er wirklich getan hat, was du ihm vorwirfst, so werde ich die Verantwortung dafür übernehmen. Doch Geld haben wir keines. Nur diese Felle, die jeweils zwei, dreihundert Yuan pro Stück bringen. Du sagst mir, wie viele du willst. Anschließend geht ein jeder seines Weges und niemand bleibt etwas schuldig.«

»Nein!«, rief das Mädchen zu den Männern hinüber.

Der Alte drehte sich um, starrte seine Tochter an und knurrte: »Halt du deinen Mund!«

»Er hat versprochen, mich zu heiraten!«, schluchzte sie.

»Und das wäre die zweite Option!« Meng lächelte. »Das Mädchen hat es soeben ausgesprochen. Sie kann meinen Enkel heiraten … ja, du hörst richtig. Er ist mein Enkelsohn. Ein guter Kerl, keine schlechte Wahl für deine Tochter. Sie sind fast im selben Alter. Unser Zuhause ist ein anständiger Ort und kann es alle Male mit eurem Bergdorf aufnehmen. Lassen wir die beiden heiraten! Es wird sicherlich eine Menge an Hochzeitsgeschenken geben.«

Der Mann blickte Meng misstrauisch an, sagte aber kein Wort.

Erst gegen Mitternacht kehrte Huaqiu zum Camp zurück. Bereits von Weitem hörte er die ausgelassene Stimmung. Den Geräuschen nach vertrieben sich die Männer die Zeit mit Trinkspielen.

Kapitel VI

1

Am Tag nach ihrer Rückkehr aus der Wüste, geschah in Lingguans Dorf ein tragischer Unfall: der Brunnenschacht brach zusammen.

»Der Brunnen ist komplett eingebrochen und hat den Bohrkopf unter sich begraben. Die dreißigtausend Yuan sind verloren«, berichtete Hantou seiner Familie. »Es ist eine Katastrophe. Dorfvorsteher Sun hat die Vorschriften erlassen, und nun bricht er sie selbst. Alle Männer haben ihre Frauen im Griff, nur er nicht!«

»Wer ist dort gewesen? Seine Frau oder seine Mutter?«, fragte Lingguan.

»Seine Frau natürlich.«

»Er wird zahlen müssen. So war die Abmachung«, sagte Laoshun.

»Zahlen? Wovon?«

»Du hast die Frau gesehen? Warum hast du sie nicht aufgehalten?«, fragte Laoshun.

»Ich habe es versucht. Sie kam auf mich zugerannt. Dann hat sie mir in die Seite geboxt und ist einfach an mir vorbei zum Brunnenrand. Auch Maodan kommt eine Teilschuld zu. Als die Frau auf der Baustelle erschien, hat er ein riesiges Tohuwabohu angestellt. Es hat aber nichts genützt. Der Schacht ist trotzdem kollabiert.«

»Vielleicht wäre nichts passiert, hätte Maodan die Klappe gehalten«, sagte Laoshun.

»Was soll das alles mit Maodan zu tun haben?«, fragte Lingguan. »Er ist nur ein armer Kerl, auf den es die Leute immer wieder abgesehen haben.«

»Die Arbeiter sagen, der Einsturz hat nichts mit der Frau zu tun, sondern mit der Bodenbeschaffenheit.«

»Was sagt Sun Datou dazu?«, fragte Laoshun.

»Du machst wohl Witze! Anstatt sich zu kümmern, hat er seinen Esel zum Veterinär gebracht. Vermutlich ist er noch nicht wieder zurück.«

»Lasst ihn bezahlen!«, ereiferte sich Laoshun. »Er hat die Vorschriften erlassen, also soll er auch blechen.«

»Dann geh los und sag es ihm!«, mischte sich die Mutter ein. »Hinter seinem Rücken Reden schwingen kannst du. Aber wenn es hart auf hart kommt, ziehst du den Schwanz ein. Darauf wette ich.«

»Warum sollte ich den Schwanz einziehen? Er kann mir nichts.«

»Dann geh!«

Lingguan lachte. »Die Männer hier im Dorf sind alle so. Zu Hause klopfen sie große Sprüche, aber wenn es darauf ankommt, bleibt nichts als ›heiße Luft‹.«

»Ok, ich mache es.« Laoshun rollte seine Hemdsärmel auf.

»Schaut ihn an! Ich wette, er macht sich vor Angst schon in die Hosen« lachte die Mutter.

Ying Er kicherte.

»Du glaubst, ich tue es nicht, du altes Waschweib?« Laoshun stand auf und stürmte aus der Tür.

Seine Frau schubste Mengzi in Richtung Tür.

»Los, halte ihn auf, bevor er Dummheiten macht.«

»Ich will noch meinen Spaß haben.« Mengzi konnte sich das Lachen nicht verkneifen.

»Mit dem Dorfvorsteher ist nicht zu spaßen. Lingguan, du gehst!«

Schon nach einer Minute war Lingguan wieder zurück.

»Ratet einmal, was los ist! Der alte Herr liegt auf seinem Bett und raucht.«

Alles lachte.

2

Nach dem Abendessen machten sich Lingguan und Mengzi auf den Weg zum Brunnen. Alles war hell erleuchtet und das halbe Dorf drängte sich um die Unglücksstelle. Sun Datou hockte auf der Brunnenplattform, den Kopf gesenkt, mit einem Ausdruck eines geschlagenen Mannes. »Haut alle ab! Los macht schon!«

Der alte Meng vertrieb die Dorfkinder: »Es gibt hier nichts zu sehen. Verdrückt euch!«

Die Anwesenden verhielten sich überwiegend still. Vereinzelt ging einer von ihnen an den Rand der Plattform und schaute ungläubig auf das Loch, das übriggeblieben war.

Der Lahme wirkte besonders geknickt. Sollte ein neuer Brunnen gebaut werden, so würden alle Dorfbewohner erneut zur Kasse gebeten werden. Der Gedanke gefiel nicht jedem.

»Wie sollen wir überleben?«, sagte er und schlurfte ein ums andere Mal um den Schacht herum.

»Solche Sachen passieren«, sagte einer der Arbeiter. »So ein Bohrkopf kostet Tausende. Und schwupp, weg ist er!«

»Du arbeitest für die Regierung!«, erzürnte sich der Lahme und erschrak über seinen vorwurfsvollen Ton. »Wir sind doch die eigentlichen Verlierer.« Seine Stimme erstarb.

»Warum jammert ihr? Ein Brunnen ist eingestürzt? Dann baut einen Neuen!«, sagte Shuangfus Frau, die sich auch unter den Schaulustigen befand.

»Sicher«, erwiderte der Lahme, den Kopf noch immer gesenkt. »Aber es bedeutet, dass wir den Gürtel wieder enger schnallen müssen.«

»Dein Sohn Wuzi ist krank. Mach dir keine Sorgen. Ich werde deinen Anteil übernehmen.«

Mit aufgerissenen Augen starrte der Lahme Shuangfus Frau an. Dann brach er plötzlich in Tränen aus. »Ich bin wertlos.«, schluchzte er. »Mein Stolz wäre dahin … Ich will keinen Heller von dir.«

»Mein Gott!«, rief Beizhu aus, der drei Tage in Polizeigewahrsam verbracht hatte. »Wenn wir das Projekt begraben, bleibt uns wenigstens noch unser ärmliches Leben.«

»Dummes Zeug!«, ereiferte sich Meng und zeigte mit dem Finger auf

Beizhu. »Du glaubst, ein Brunnen ist eine Bagatelle? Du wirst dein Getreide nicht wässern können. Und wenn der Regen ausbleibt, ist alles vorbei!«

Beizhu verkniff sich eine Reaktion.

»Manchmal muss man Opfer bringen, um Schlimmeres zu verhindern. Wir müssen weiterleben. Ein jeder von uns. Und wir werden einen neuen Brunnen ausheben. Wovor habt ihr Angst? Vermischt euren Hirsebrei mit Mais und gebt mehr Wasser in die Suppe. Dann wird es schon gehen.«

»Er hat recht«, sagte der Lahme. »Wir werden tun, was zu tun ist. Aber das Geld muss von irgendwoher kommen.«

»Da hast du Recht. Das Geld muss von irgendwoher kommen«, stimmte Maodan ihm zu. »Ich bin abgebrannter als ein glatzköpfiges Weib.«

»Wer soll dir das abnehmen?«, erwiderte Beizhu. »Du lebst allein. Und du wirst bezahlt, jedes Mal wenn du ein Grab aushebst oder ein Neugeborenes einäscherst.«

»Sicher. Aber so viele sterben nun auch wieder nicht. Ich kann nicht nach Belieben Gräber ausheben. Ich wünschte, jeden Tag würde jemand sterben! Dann hätte ich ein stabiles Einkommen!«

»Pfui Teufel! Ich wünschte, der nächste, der stirbt, wirst du selbst sein!«

»Kein Wunder, dass sich keine Frau mit dir Bastard einlässt!«

Die Frauen spuckten vor Verachtung aus.

»Was ist eigentlich so toll an unserem Leben?«, fuhr er fort. »Nie hat man genug zu essen oder ordentliche Kleidung. Täglich kommt der Staat und presst uns aus wie eine Zitrone. Ich werde keinen neuen Brunnen graben. Ohne mich. Und ich werde auch kein Feld mehr bestellen. Von allem, was ich ernte, will der Staat das Doppelte. Lieber lebe ich als Bettler, als dass ich dieses Leben weiterführe.« Maodan redete sich in Rage.

»Es reicht!«, sagte Sun Datou schließlich. »Euer ganzes Gerede ist sinnlos. Geht nach Hause, Leute.«

»Einer muss die Verantwortung dafür übernehmen, dass eine Frau die Baustelle betreten hat.«, sagte einer der Männer. Ein offensichtlicher Stich gegen den Dorfvorsteher.

»Du meinst, du hättest eine Heldentat vollbracht und könntest uns allen eine Lehrstunde erteilen!«, erregte sich Maodan.

»Er ist ein richtiger Schweinehund«, schimpfte ein anderer.

Sun Datou senkte den Kopf. Innerhalb eines Moments war er aus seiner Rolle des Dorfvorstehers in die Rolle des Angeklagten gerutscht. Doch er keilte sofort zurück:

»Maodan, du Dämlack! Was habe ich getan, he? Darf ich nicht mehr reden? Für wen hältst du dich? Beschuldigst mich, für den Einsturz verantwortlich zu sein. Ich schreie mir täglich die Eingeweide aus dem Leib, und wozu das alles? Glaubst du wirklich, ich würde dir zuliebe meinen Kopf unters Fallbeil legen, wie ein stumpfsinniges Tier, mit dem man machen kann, was man will?«

Die Männer schauten sich gegenseitig an und es schien, als suchten sie nach einer passenden Reaktion. Doch keiner sagte etwas. Schließlich wagte sich der alte Meng vor.

»Sun Datou! Wer will dir die Schuld in die Schuhe schieben? Wer will ernsthaft deinen Kopf unter dem Fallbeil sehen? Von mir aus schreie herum, aber halte deine Zunge im Zaum!«

»Ich habe mit Maodan gesprochen, nicht mit dir!«

»Verkauf uns nicht für dumm!« Meng war sichtlich geladen.

»Lassen wir es gut sein damit«, sagte Lingguan zu dem Vorarbeiter des Brunnenteams.

»Die Leute wollten Sun Datou zur Verantwortung ziehen. Stattdessen haben sie eine Abreibung bekommen und den Schwanz eingezogen.«

»Interessant«, sagte der Vorarbeiter, lächelte und schüttelte den Kopf. »Sehr interessant.«

Kapitel VII

1

Als Shuangfu, der eine Brille mit Goldrahmen trug, die Einfahrt des Hofes betrat, merkte er instinktiv, dass etwas nicht mit rechten Dingen zuging.

Er schickte den Fahrer weg und schaute auf seine Armbanduhr: es war genau zwei Uhr nachts. Er hatte die Uhrzeit nicht von ungefähr gewählt.

Aus dem Haus hörte man etwas, das klang wie Schnarchen. Obgleich er sich innerlich auf eine solche Situation vorbereitet hatte, schwoll ihm jetzt der Hals vor Wut. Die Schnarchgeräusche kamen ganz sicher nicht von seiner Frau. Mit einem Ruck öffnete er die Wohnungstür und knipste das Licht an.

Seine Frau setzte sich mit einem Ruck auf. Doch da war noch eine weitere Person neben dieser ihm so vertrauten Frau. Das Schnarchen hielt an.

»Oh nein!«, entfuhr es der Frau. Sie starrte vor sich hin. Dann verpasste sie der schnarchenden Person neben sich einen Stoß, woraufhin das Schnarchen abbrach.

»Du Hure!« Shuangfu sprang auf sie zu, packte sie an den Haaren und verpasste ihr eine schallende Ohrfeige.

Seine Frau rollte aus dem Bett, klammerte sich mit beiden Armen um die Beine ihres Mannes und schrie: »Hau ab! Los, hau schnell ab!«

Mengzi sprang aus dem Bett und rannte. Der Anblick seines nackten Körpers widerte Shuangfu an. »Du Bastard!« fluchte er. Er konnte nicht erkennen, wer die Person war. Er schäumte vor Wut.

Mengzi erreichte den Türrahmen, blieb unvermittelt stehen und drehte sich um. Er hatte es sich anders überlegt. Ein echter Mann kneift nicht, sagte er zu sich selbst. Er stünde als echter Bastard da, würde er die Frau ihrem Schicksal überlassen.

»Du bist es also, Mengzi … zur Hölle mit dir!«, fauchte Shuangfu. Er wollte auf Mengzi zuspringen, doch da seine Frau sich noch immer an ihn geklammert hielt, strauchelte er und stürzte zu Boden.

»Nun hau schon ab, du Idiot!«, rief die Frau erneut. »Worauf wartest du?«

»Ich werde nirgendwo hingehen«, sagte Mengzi. »Ich weiß, was ich getan habe und stehe dazu.«

Shuangfu rappelte sich wieder auf, löste sich aus der Umklammerung seiner Frau und starrte Mengzi an.

»Du Hurensohn!« Er spuckte vor Mengzi auf den Boden. Dann schlug er ihm unvermittelt hart ins Gesicht.

»Aufhören!«, schluchzte seine Frau. »Es ist mein Fehler, lass ihn in Ruhe.«

»Schlampe!«, zischte Shuangfu. »Du verteidigst ihn auch noch. Verdammte Hure!« Er packte sie mit der linken Hand bei den Haaren und schlug ihr mit der rechten Hand zwei Mal ins Gesicht.

»Lass sie aus dem Spiel!«, rief Mengzi.

»Keine Sorge!«, höhnte Shuangfu. »Du bekommst deinen Teil noch!« Er griff nach einem Krug auf dem Nachttisch und warf ihn gegen den Fernseher. Mit lautem Knall platzte der Bildschirm in Tausend Stücke.

Mengzi versuchte, sich so gut es ging zu schützen, doch Shuangfu war wie von Sinnen und prügelte unablässig auf ihn ein.

Dann hörten die Schläge jäh auf. Mengzi öffnete die Augen. Es war der Frau gelungen, ihren Mann beiseite zu schieben.

»Hau endlich ab!«, forderte sie ihn erneut auf.

Mengzi rappelte sich auf. Er dachte kurz nach und machte dann ein paar Schritte in Richtung auf das Bett zu, neben dem seine Sachen lagen. Doch während er versuchte, in die Hose zu steigen, traf ihn ein schmerzhafter Tritt, der ihn zu Boden streckte.

»Worauf wartest du noch? Soll er dich umbringen?«, schrie sie von Tränen halb erstickt und griff nach dem Arm ihres Mannes. Shuangfu packte sie wie einen Kettenhund und schleifte sie quer durch den Raum.

Mengzi erhob sich, sprang in seine Hose und floh aus dem Haus, seine Kleider unter dem Arm. Als er das Tor zum Hof erreicht hatte, konnte er noch immer das Geräusch von Shuangfus Schlägen hören.

»Verdammt! Das war es für mich«, sagte er zu sich. »Wenn die Leute davon Wind bekommen, bin ich geliefert.«

Die schmale Sichel des Mondes hing am Himmel und auf der Straße war es vollkommen still. Während er die Straße entlangschlurfte, ließ das Pochen an seinen Schläfen langsam nach. Er blieb stehen. Er steckte in einem Dilemma, denn er konnte weder vor noch zurück. Was ihn erwartete, war eine unerträgliche Scham und die Angst, dass seine Mutter von der Sache erfahren könnte, wuchs mit jeder Minute. Den immensen Gesichtsverlust würde sie kaum ertragen. Von dem Vater hatte er sicher Schläge zu erwarten.

Würde Shuangfu es herumerzählen? Hoffentlich nicht … vielleicht nicht … ganz bestimmt nicht. Sein Ruf war ihm zu wichtig, als dass er mit dieser Geschichte hausieren gehen würde. Ein leiser Hoffnungsschimmer, mehr nicht.

Was war mit der Frau? Shuangfu würde ihr niemals verzeihen. Er musste jemanden warnen, denn es konnte sein, dass er seine Frau umbringen würde. Er sah sie vor sich, auf dem Boden liegend. Er sah Shuangfu vor sich, wie er sie mit Schlägen und Tritten bearbeitete.

Mengzi nahm den direkten Weg zu Mengs Haus und klopfte energisch an die Tür. Schlaftrunken öffnete Meng.

»Shuangfu ist dabei, seine Frau totzuschlagen. Du musst sofort los!«

»Ist er denn im Dorf?«, fragte Meng, noch nicht ganz wach. »Warum ist er hier?«

»Wer weiß?«, brummte Mengzi. »Ich muss weiter.«

Wenig später klopfte er auch am Haus des Lahmen und wiederholte, was er Meng gesagt hatte. Als er Meng sah, der den Weg in Richtung Shuangfu eingeschlagen hatte, seufzte er erleichtert.

Nach Hause zu gehen, kam für ihn nicht in Frage. Also machte er sich auf zu Maodans Haus. Die Tür war nicht verschlossen und Maodan schlief und schnarchte wie ein Holzfäller. In seiner Not legte sich Mengzi, angezogen wie er war, zu ihm ins Bett. Da es ihm nicht gelang, Maodan wachzurütteln, nahm er sein Feuerzeug, zog die Bettdecke zurück und hielt es ihm an die Füße.

»Was zum Teufel …?«

»Er bringt sie um!«

»Wer?« Maodan setzte sich auf.

»Shuangfu bringt seine Frau um!«

»Er ist gar nicht im Dorf.«

»Er ist zurück.«

»Im Ernst?«

Er hat ihr die Kleider vom Leib gerissen und schlägt sie grün und blau.«

»Willst du mich veräppeln?«

Maodan sprang aus dem Bett, warf sich ein paar Sachen über und machte sich auf den Weg.

»Schau nach, was dort los ist und dann komm zurück! Ich gebe dir einen Yuan!«, rief Mengzi ihm hinterher.

»Abgemacht!«, rief Maodan zurück.

2

Was wäre passiert, wenn er den Tatort nicht verlassen und stattdessen geblieben wäre? Eine Schlägerei wäre unvermeidlich gewesen. Shuangfu war ihm körperlich nicht gewachsen, so viel war klar. Er lächelte über seine unbegründete Angst. »Er könnte mich anzeigen«, sagte er zu sich. Aber wofür? Für den Sex mit seiner Frau? Das war schließlich nicht illegal. Außerdem würde sie es nicht als Vergewaltigung darstellen, selbst wenn Shuangfu es von ihr verlangen würde. Oder doch?

Er dachte an das erste Mal mit ihr zurück. Sie hatte sich gewehrt. Konnte man es also als Vergewaltigung bezeichnen? Wenn ja, dann war er ein Vergewaltiger und könnte im Zuchthaus landen. Sollte Shuangfu sein Geld arbeiten lassen, drohte ihm eventuell sogar Schlimmeres.

Und was war mit ihr? Würde sie ihm mit einer Retourkutsche kommen? Schwer zu sagen. Frauen waren unberechenbar. Was würde sie tun, wenn Shuangfu ihr mit Scheidung drohen und sie zu einer Anzeige zwingen würde? Er war reich und hatte alle Vorteile auf seiner Seite. Solange sie bei ihm blieb, konnte sie von ihm profitieren. Kaum vorstellbar, dass sie all dies für ihn, der ihr nichts bieten konnte, aufgeben würde. Der Gedanke war lächerlich. Mengzi spürte, wie es seine Kehle zuschnürte.

Wieder kehrten seine Gedanken zurück zu der unerfreulichen Szene. Sie hatte Shuangfus Beine umklammert gehalten und ihn angefleht, das Haus zu verlassen. In dem Moment hatte sie sich nicht um sich selbst gekümmert. War das nicht der Beweis dafür, dass sie ihn liebte? Sicher würde sie ihn nicht anzeigen.

Je länger er darüber nachdachte, desto mehr wünschte er sich, geblieben zu sein. Stattdessen hatte er sich wie ein räudiger Hund aus dem Staub gemacht. Scham überkam ihn. Shuangfu würde sie grün und blau prüglen, so viel war sicher. Es war richtig, dass er Meng und den Lahmen alarmiert hatte. Er fragte sich, was wohl im Moment dort vonstattengehen mochte.

Die Frage, die ihn jedoch am stärksten beschäftigte war, ob Shuangfu die Sache ausplaudern würde.

3

Es war bereits hell, als Maodan sich bei Mengzi revanchierte, indem er ihn mit einem Streichholz an den Füßen weckte. Er setzte sich im Bett auf und starrte in Maodans grinsendes Gesicht.

»Mann, du bist wirklich eine Nummer!«, höhnte er. »Erst lässt du dich mit seiner Frau ein und anschließend schläfst du wie ein Murmeltier. Das gibt einen Riesenskandal, so viel ist sicher!«

Mengzis rückte zum Ende des Betts und kauerte sich stöhnend zusammen.

»Dein Vater ist vor ihm auf die Knie gegangen. Shuangfu wird sich scheiden lassen. Das sind die aktuellen Informationen.«

»Wie hat er es herausgefunden?«

»Herausgefunden? Alle wissen Bescheid! Er hat geschworen, dich umzubringen. Als ich Meng zugeflüstert habe, wo du steckst, sagte er, das Beste wäre, du verdrückst dich irgendwo weit weg für ein paar Tage. Hier ist dein Leben in Gefahr. Und das ist kein Spaß. Du musst es diesem Schweinehund geben. Seine Frau hat er übel zugerichtet … mit dem Gürtel … Sie ist stur geblieben. Wollte ihren Fehler nicht eingestehen.«

»War sie immer noch nackt?«, fragte Mengzi.

»Nein. Im Ernst, ich habe noch niemals in meinem Leben solch weiße Haut gesehen. Wie konnte der Bastard sie mit einem Gürtel malträtieren?«

»Ist mein Vater wirklich niedergekniet?«

»Das ist er. Und während er niederkniete, hat er dich mächtig verflucht! Vom Stolz der Familie hat er geredet. Und dass du dich besser gleich umbringen solltest. Dann hat er seinen Kopf auf den Boden geschlagen, bis die Stirn geblutet hat. Meng und der Lahme haben ihn schließlich beruhigen können. Meng sagte so etwas wie, dass auch ein großer Mann nicht für die Moral seiner Frau oder den Gehorsam seines Sohnes garantieren könne. Dein Vater hat gejammert wie eine alte Kuh.«

»War meine Mutter dort?«

»Nein. Sie sagten, sie sei zu Hause und würde sich die Augen aus dem Kopf weinen.«

Mengzi tat einen Seufzer und sprang aus dem Bett. Dann schlüpfte er in seine Schuhe und sagte: »Jeder Mann, der etwas auf sich hält, sollte zu seinen Taten stehen. Warum ziehen sie meinen Vater und meine Mutter mit hinein? Ich werde rübergehen und mir selbst ein Bild machen.«

Maodan stoppte ihn. »Bist du verrückt geworden? Du machst alles nur noch schlimmer.«

»Lass mich los. Es ist mir egal, was passiert. Aber ich werde auf keinen Fall zulassen, dass meine Eltern deswegen leiden.« Er riss sich los, schubste Maodan auf das Bett und stürmte aus der Tür.

»Das wird nicht gut enden«, sagte Maodan, stand vom Bett auf und folgte Mengzi nach draußen.

Mengzi lief mit großen Schritten in Richtung Shuangfus Haus. Nach und nach schlossen sich ihm einige Dörfler an, sodass sich schnell eine kleine Menschenschlange gebildet hatte.

»Macht euch bereit für ein großes Spektakel!«, rief Maodan.

Shuangfu erstarrte beim Anblick von Mengzi. Offensichtlich hatte er ihm nicht zugetraut, sich noch einmal blicken zu lassen. Sein forsches Auftreten verunsicherte ihn. Laoshun stand in der Mitte des Raumes und starrte seinen Sohn sprachlos an. Die Frau kauerte in einer Zimmerecke am Boden.

»Hier bin ich, du Hurensohn! Anstatt unbeteiligte Leute mit hineinzuziehen, solltest du die Sache besser mit mir regeln.«

Shuangfu wollte sich auf Mengzi stürzen, doch Laoshun kam ihm dazwischen.

»Du verdammtes Monster!«, fluchte er, sprang auf seinen Sohn zu und begann, wild auf ihn einzuschlagen. Der alte Meng packte ihn von hinten und rief: »Schluss damit. Hört alle auf. Ihr sollt miteinander reden, verdammt noch mal.«

Mengzi starrte Shuangfu an. In seinen Augen flackerte es.

»Du hast Schande über unsere Familie gebracht!« sagte Laoshun und begann, sich selbst zu ohrfeigen. »Ich wünschte, du wärest tot, du Bastard.« Seine Stimme brach.

»Hier geht es allein um mich, um niemanden sonst. Ich allein trage die Verantwortung«, erwiderte Mengzi. »Du hast nichts mit der Sache zu tun.«

»Ich habe nichts damit zu tun?«, wiederholte sein Vater fassungslos. »Du reibst mir Hundekacke ins Gesicht und sagst, ich hätte nichts damit zu tun? Du bist schlimmer als ein Tier.«

Laoshun griff nach einem Staubwedel und begann, auf seinen Sohn einzuschlagen. Mengzi riss ihm den Wedel aus der Hand und zerbrach ihn in zwei Stücke. Laoshun kämpfte mit den Tränen. »Du hast unsere Vorfahren mit Schmutz beworfen.« Meng zog Laoshun zur Seite.

»Was hat diese Sache mit den Vorfahren zu tun? Anstatt mich zu schlagen, solltest du mir lieber eine Ehefrau organisieren. Es lässt dich nicht sonderlich gut aussehen, wenn du deinen Sohn schlägst.«

Laoshun hielt inne, stand einen Moment reglos vor seinem Sohn und lief schließlich aus dem Haus.

»Du dummer Kerl!«, raunzte Meng ihn an. »Wie konntest du so zu deinem Vater reden?« Er gab dem Lahmen, der wie angewurzelt mit im Raum stand, ein Zeichen, Laoshun zu folgen.

»Ich habe getan, was ich getan habe«, sagte Mengzi zu Shuangfu und funkelte ihn böse an. »Wie gedenkst du, mit der Sache umzugehen?«

Shuangfu schaute Mengzi feindselig an, sagte aber nichts. Der alte Meng zog Mengzi zur Seite. Shuangfu drehte sich um und sagte zu Meng: »Was kann ich schon sagen nach allem, was er getan hat? Sie ist wie eine läufige Stute, die besprungen werden will. Aber es ist mir egal. Ich will die Hure nicht mehr.«

»Für wen hältst du dich?«, spottete seine Frau. »Bei dir dreht sich doch sowieso alles nur um Geld. Deine Tochter und ich sind dir doch vollkommen egal. Ich bin auch nur ein Mensch. Während du dir in der Stadt ein schönes Leben machst, soll ich in dieser Einöde ersticken. Sag mir, was dein Plan ist. Okay, ich habe mit ihm geschlafen. Du kannst sagen, ich habe mich selbst beschämt. Aber das alles ändert nichts an der Situation. Was willst du jetzt tun?«

»Du willst mir weißmachen, dass du das Opfer bist? Jeder hier kann bezeugen, dass ich dich zu nichts gezwungen habe. Wenn du glaubst, du kannst mich einschüchtern, dann bist du schief gewickelt. Du hast dich derart selbst entehrt, es ist schon fast das Gleiche, als wärst du tot.«

»Natürlich würdest du mich gerne tot sehen, denn dann hättest du Platz für eine Neue. Also, raus mit der Sprache, was hast du vor? Und keine Ausreden.«

»Ich werde das nicht mit dir diskutieren.«

»Schön«, sagte sie mit einem kalten Lächeln. »Du meinst vielleicht, es sei ein Privileg, mit dir verheiratet zu sein. Ehrlich gesagt, wäre ich lieber

Witwe. Geh nur und habe deinen Spaß. Ich komme schon durch mit dem, was mir bleibt.«

»Aha«, erwiderte Shuangfu, »Langsam erkennst du das ganze Bild. Wann reichen wir die Scheidung ein?«

»Von mir aus jederzeit.«

»Rede keinen Unsinn, Shuangfu!«, sagte Meng. »Jeder macht mal einen Fehler.«

»Spare dir deinen Atem, Meng«, sagte sie. »Er hat sich bereits entschieden. Über Jahre hat er sich kaum blicken lassen und meine Briefe beantwortet er auch nicht. Nun, ich bin auch nur ein Mensch und kann mich ebenfalls amüsieren. Also lassen wir ihn gehen. Dann brauchen Juanjuan und ich uns keine Gedanken mehr darüber zu machen, was er treibt. Ich sage dir, Meng, er plant schon lange, uns beide loszuwerden. Es geht nur um das wann, nicht um das ob.«

»Ich freue mich, dass du das endlich begriffen hast«, höhnte Shuangfu.

»Immer mit der Ruhe, ihr beiden«, beschwichtigte Meng. »Sagt nichts, was ihr hinterher bereut. Keine Rede mehr von Scheidung. Beruhigt euch und dann sprecht noch einmal über alles. Die Situation ist schwierig, aber ich denke, jeder von euch muss ein Stück weit nachgeben. In einer Beziehung geht es nicht ohne Kompromisse.«

»Worüber sollen wir noch sprechen, nach allem was passiert ist?«, sagte Shuangfu. »Was erwartest du von mir? Wie soll ich den Leuten begegnen? Sie werden darüber tratschen, was meine Frau hinter meinem Rücken getan hat. Ich habe meinen Stolz.«

»Und was ist mit dir? Halte nicht immer nur den anderen den Spiegel vor. Schau auch selbst einmal hinein. Ich habe vielleicht Mist gebaut, aber glaubst du, du bist makellos?«

»Männer müssen sich behaupten, weißt du das nicht?« Shuangfu grinste feindselig.

»Das also ist deine Form der Rechtfertigung?«

»Ich kann alles in einem Wort zusammenfassen – Scheidung.«

»Ich habe nichts dagegen.«

»Was ein Unfug!« zürnte Meng.

4

Laoshun hockte wie ein Affe auf einem Dünenkamm westlich des Dorfes. Vergeblich hatte sich der Lahme bemüht, ihn zum Heimgehen zu überreden.

Gegen Mittag kam Wind auf, der einen heftigen Sandsturm mit sich brachte. Laoshun zeigte sich davon unberührt und verharrte regungslos in seiner Stellung.

Die Sonne sank gen Westen und verblasste. Sand flog durch die Luft und stach den Menschen in die Haut wie Nadelstiche. Das Atmen fiel zusehends schwerer. Wer jetzt nicht gezwungen war, nach draußen zu gehen, blieb im Haus.

Wutentbrannt war Laoshun aus Shuangfus Haus gerannt. Da er seinen Gemütszustand nicht einschätzen konnte, hatte der Lahme ihn keine Sekunde aus den Augen gelassen.

»Nimm dir die Geschichte nicht so zu Herzen, Laoshun. Du bist nicht für deinen Sohn verantwortlich.«

Laoshun erwiderte nichts.

»Solche Dinge passieren immer wieder. Mengzi ist sicherlich nicht der Einzige ohne Heiratschancen.«

Laoshun blieb stumm.

»Der Junge ist noch unreif. Was er gesagt hat, kam aus dem Effekt heraus. Das solltest du dir über die Schulter werfen.«

Laoshun reagierte nicht.

Der Lahme wusste nicht, was er noch sagen sollte. Er umkreiste Laoshun wie ein Maultier den Mühlstein und seufzte. Schließlich wusste er sich nicht mehr zu helfen und überließ Laoshun sich selbst.

Als sie hörten, was geschehen war, eilten Lingguan und Hantou hinaus in die Wüste zu ihrem Vater. Der Sandsturm wütete nach wie vor heftig. Lingguan bemerkte die dunklen Gestalten auf dem Dünenkamm als Erster. Nach der Erzählung des Lahmen schien die Situation ernst zu sein.

Lingguan gab seinem Bruder keine Schuld. Er verstand ihn. Was ihn bekümmerte, war der Gesichtsverlust für ihn, oder besser gesagt: für seine Eltern!

»Lass uns gehen, Vater. Der Wind nimmt zu.« Nervös zupfte Hantou am Ärmel seines Vaters. Lingguan schaute ihn an. Der Sturm hatte den

Sand in die tiefen Furchen seines Gesichts geweht. Er wirkte stark gealtert und es hatte den Anschein, als ob der Wind dem alten Mann sämtliche Körperflüssigkeiten entzogen und ihn in eine Mumie verwandelt hätte.

»Nun komm schon«, insistierte Hantou. »Lass uns nach Hause gehen.«

Laoshun aber verharrte stumm in seiner Haltung. Sein Gesicht glich einer Fratze.

»Nun sag doch etwas, Vater!«, drängte Hantou. »Es ist nicht gut für dich, hier draußen herumzusitzen.«

Lingguan piekste seinen Bruder in die Seite und griff nach dem linken Arm seines Vaters. Ein Zeichen für Hantou, sich den rechten Arm zu greifen. Sie hoben ihren Vater hoch und begannen, ihn vorsichtig die Düne hinunterzutragen. Laoshun wehrte sich nicht. Doch nach nur wenige Metern durch den tiefen Sand waren die beiden Brüder so erschöpft, dass sie den Vater wieder absetzen mussten. Laoshun kraxelte auf allen Vieren wieder auf den Kamm hoch und begab sich unter den besorgten Blicken seiner Söhne in dieselbe Hockstellung wie zuvor.

Die Brüder versuchten erneut, ihren Vater hochzuheben.

»Hört auf damit!«, entfuhr es dem Vater schließlich. »Lasst mich einfach in Ruhe!«

»Lass uns endlich nach Hause gehen, Vater«, forderte Hantou seinen Vater erneut auf.

»Lasst mich allein. Und macht euch keine Sorgen. Ich werde schon keine Dummheiten anstellen. Ich werde nicht sterben, solange es noch mehr zu erleiden gibt.«

Lingguan schüttelte den Kopf.

»Du bleibst hier bei ihm. Lass mich den alten Meng holen«, sagte Hantou. Lingguan war einverstanden.

»Und bringt einen Karren mit!« rief er seinem Bruder hinterher. Hantou machte sich auf den Weg.

Lingguan setzte sich zu seinem Vater, den Rücken gegen den Wind.

Er blickte seinen Vater an. Tränen kullerten ihm das Gesicht herunter und wuschen feine Bahnen in das sandbedeckte Gesicht, bevor sie ihm in die Mundwinkel liefen. Lingguan war erleichtert. Endlich hatte der Vater ein Ventil für seine aufgestauten Gefühle gefunden. Er schloss die Augen und kauerte sich an ihn, als langsam ein leiser Groll in ihm aufstieg. Der traurige Anblick des Vaters veränderte seine Stimmung und auch seine Haltung dem Bruder gegenüber. Mengzi hätte es besser wissen müssen. Dies galt in erster Linie für seine verletzenden Worte.

Der alte und der Lahme waren auf dem Weg, und noch bevor sie den Dünenkamm erreicht hatten, rief Meng:

»Was bist du, ein Mann oder ein Weib? Willst du, dass dich die Frauen auslachen, wenn ich dich wie ein totes Schwein auf eine Stange fessele?«

Hantou, der den beiden mit einem Handkarren folgte, musste lachen.

Als Meng den Dünenkamm hinaufkletterte, nahm er ein langes Seil aus dem Karren und deutete Laoshun an, was er damit vorhatte. Laoshun stand auf und ging wortlos die Düne hinunter.

»Du störrischer, alter Bock«, sagte Meng. »Wie kannst du dich so gehen lassen?«

Laoshun trabte langsamen Schrittes zurück ins Dorf, gefolgt von den anderen Männern. Lingguan beobachtete seinen Vater von hinten. Die Kleider schienen zu groß für den alten Mann zu sein. Jeder kleinste Windhauch schien in der Lage, ihn forttragen zu können.

Der Sturm hatte sich gelegt. Die Sonne würde bald untergehen.

5

Nach dem Abendessen lag eine gedrückte Stimmung im Raum. Niemand wusste, wo Mengzi sich versteckt hielt. Laoshun lag neben seiner Frau auf dem Ofenbett, zu ihren Köpfen zwei unberührte Reisschälchen. Hantou saß am Tisch und rieb mit sorgenvoller Miene seine rechte Rippengegend. Ying Er kam lautlos ins Zimmer, nur um im nächsten Augenblick wieder zu verschwinden. Der Lahme hatte sich ein paar Mal blicken lassen, ließ aber bis auf einen leisen Seufzer nichts vernehmen.

Lingguan war deprimiert. Er glaubte, im Haus ersticken zu müssen und floh hinaus. Als er Beizhus Haus passierte, winkte ihm dieser zu, hereinzukommen.

»Hast du gehört? Shuangfu lässt sich scheiden. Und seine Frau ist dafür. Sie waren bereits beim Amtshaus und nur weil der Beamte nicht zugegen war, konnten sie es nicht durchziehen. Ansonsten wären sie jetzt bereits geschiedene Leute. Die Leute sagen, dass er ihr 200.000 Yuan angeboten hat, doch sie hat abgelehnt. Sie ist durchgedreht, meinst du nicht? Meine Vermutung ist, sie will Mengzi heiraten.«

»Weißt du, wo er steckt?«

»Er ist bei Maodan.«

Mengzi war tatsächlich dort. Außerdem waren Baigou, Huaqiu und noch einige andere Männer anwesend. Maodan grüßte Lingguan mit einem schiefen Grinsen. Dann zog er die Brauen hoch und sagte:

»Gut, dass du gekommen bist. Du kannst deinen Bruder verteidigen« Lingguan ignorierte ihn.

Mengzi war es peinlich, seinem Bruder zu begegnen, doch war seine Wut auf Shuangfu offenbar größer als die Scham, Lingguan in diesem Moment zu begegnen.

»Ich denke, du brauchst keine Angst zu haben«, sagte Baigou. »Du hast ihn schließlich nicht gebeten, sich scheiden zu lassen.«

»Richtig«, fügte Maodan hinzu. »Ehebruch schadet doch keiner Frau. Das ist, wie wenn du eine Rübe aus dem Boden ziehst. Was bleibt, ist ein kleines Loch. Aber dem Kerl haben sie wohl den Kopf verdreht bei seinen ständigen Besuchen in der Stadt. Er hätte sich von diesen Orten fernhalten sollen. Aber wohlhabend ist er auf jeden Fall geworden. Kein Wunder, dass er sich jede Frau in der Stadt leisten kann. Der Bastard hat es geschafft.«

»Eifersüchtig?«, neckte Baigou. »Falls ja, dann geh doch und tu es hm gleich.«

»Was hätte ich schon zu bieten?«, erwiderte Maodan. »Ich habe nichts als meine alten Knochen. Die Frauen haben heute Ansprüche.«

»Wer sagt das?«, warf Baigou lachend ein. »Eine aus der Stadt hat es einmal mit einem Beamten getrieben, als sie mittendrin von einem Bauern erwischt worden ist. Da hast sie es anschließend auch mit ihm getrieben, damit er seine Klappe hält. Und während er es ihr besorgt hat, rief sie immerzu ›Oh, ihr Bauern seid einfach die besten!‹«

Huaqiu prustete seinen Tee aus und Mengzi konnte sich ein Lachen nicht verkneifen. Nur Lingguan blieb stumm.

»Alles, was die Frauen heutzutage wollen, ist Geld. Alles andere ist ihnen egal. Du hast Erfahrung, Beizhu. Stimmt es, was ich sage oder nicht?«

»Woher verdammt noch mal, soll ich das wissen? Du musst es getan haben, um es beurteilen zu können. Geh doch selbst einmal am Abend auf den großen Platz und halte Ausschau. Versuche es!«

»Warum nicht«, meinte Baigou mit einem Augenzwinkern. »Das Ding mit Frauen ist, solange sie kein Geld haben, sind sie hinterm Geld her. Aber sobald sie es haben, wollen sie auch noch Spaß. Schau dir Shuangfus Frau an. Wen hat sie sich gegriffen? Mengzi!«

»Ich frage mich, warum er so hart mit ihr umgegangen ist«, sagte Maodan.

»Lass uns hingehen und nachsehen. Dann wissen wir Bescheid.«

»Das gibt doch nur Ärger!«, hielt Mengzi die Männer zurück.

»Wir haben nur Spaß gemacht«, sagte Maodan. »Kein Grund, sauer zu werden. Aber ich denke, er sollte doch eine kleine Abreibung erhalten. Was sagt ihr, Baigou und Huaqiu?«

Lachend zogen die drei Männer Mengzi zu Boden. Lingguan verließ das Haus, um seinen Bruder nicht in Verlegenheit zu bringen. Von draußen hörte er Lachen und Flüche. Plötzlich schrie Maodan auf:

»Hey Mann, der Typ hat vielleicht einen Ständer! Da kommt kein Esel mit … Jetzt ist mir klar, warum alle Frauen auf Mengzi stehen. Ich habe Shuangfus gesehen … ein kleines Stöckchen … nicht größer als ein Regenwurm …«

Die ausgelassene Stimmung sagte Lingguan, dass er beruhigt nach Hause gehen konnte. Er war noch keine zwanzig Schritte gegangen, als er vor sich das Gespräch einiger Frauen aufschnappen konnte.

»Die Schlampe hat doch keinen Funken Anstand im Leib.«

»Stimmt. Und das mit einer Tochter in dem Alter.«

»Gibt es irgendetwas, das Shuangfu ihr nicht bieten könnte? Sie hat keinerlei Geldsorgen, also warum beschwert sie sich? Anscheinend leidet sei an ihrem eigenen Glück!«

»Das kannst du wohl sagen. Was würden andere Frauen dafür alles tun!«

Der Gedanke an die bedrückte Stimmung zu Hause deprimierte Lingguan. Es begann gerade erst zu dämmern. An schlafen war noch nicht zu denken. Ruhelos lief er durch die Gassen des Dorfes. Er brauchte jemanden zum Reden. Der alte Meng war die naheliegendste Option.

6

Der alte Meng wohnte in einem Haus ohne Grundstücksmauer am nördlichen Rand des Dorfes. Entgegen der lokalen Konventionen hatte Meng sich nach dem Tod seiner Frau das Haus mit Huaqius Vater geteilt. Auf diese Weise war er nicht allein.

Der alte Mann saß regungslos auf einem Baumstamm mitten im Hof, neben ihm lag sein großer, schwarzer Hund.

Hier draußen herrschte vollkommene Stille. Der Lärm und die Geschäftigkeit des Dorfzentrums reichten nicht bis hierher. Allerdings wohnte der Stille hier eine gewisse Trostlosigkeit inne wie auch ein zartes Gefühl von Außenweltlichkeit. Man konnte die Felder sehen, die im Mondschein nur schemenhaft hervortraten und entfernter und größer wirkten als bei Tage. Hier und dort hörte man das Zirpen der Zikaden und das Säuseln des Windes.

Lingguan stand einen Augenblick schweigend da, umgeben von einer Kühle, die er als reinigend empfand. Auf keinen Fall wollte er diese Stille stören.

Meng rutschte wortlos ein Stück zur Seite, um seinem Besucher Platz zu machen. Lingguan setzte sich und streichelte den Kopf des Hundes, der ihm dankbar die Hand leckte.

»Es wird kalt«, sprach Meng vor sich hin. »Wieder geht ein Jahr zu Ende. Die Nonnengänse rufen bereits in der Nacht. Das bedeutet, wir werden einen kalten Winter bekommen.«

Lingguan erwiderte nichts. Er ließ Mengs Worte auf sich wirken. Sie lösten die Knoten in seiner Seele. Es gab keinen Grund zu sprechen.

»Sieh, wie die Blätter sich färben - und wie die Menschen sterben. Ist es nicht interessant, darüber nachzudenken, wie sich alles verändert und so irreal ist? Heute vor zwei Jahren ist Gelbbart gestorben. Ein beeindruckender Mann, mit allen Wassern gewaschen. Du kennst ihn nicht. Nichts ist mehr übrig von ihm, außer seinen Knochen. Seine Frau ist ebenfalls tot. Ihr Grab ist längst eingeebnet. Weißt du, früher gab es hier viele Bäume, der Fluss führte oft Hochwasser und es gab reichlich Füchse in der Gegend. Heute sind die Bäume verschwunden, die Füchse haben sich aus dem Staub gemacht und das Wasser im Fluss reicht gerade einmal für die Katzen. Ich frage mich, wie das alles in einigen Jahren aussehen wird.

Interessant, einmal so darüber nachzudenken.«

Lingguan hätte gerne etwas über die Launen der Natur gesagt, doch er wusste nicht wie er beginnen sollte. Also blieb er stumm und tat nur einen langen Seufzer.

»Auch das Wetter hat sich verändert. Früher hat es hier im Sommer mehr geregnet und im Winter mehr geschneit. Damit ist lange Schluss. Jetzt haben wir Trockenheit. Und was kommt danach? Was hält die Zukunft noch für uns bereit? Kannst du es mir sagen?«

»Veränderungen passieren. Warum zerbrichst du dir darüber den Kopf?«

»Du hast Recht. Vielleicht, weil es für mich so faszinierend ist. Ich habe viel gesehen und getan über die Jahre und es lässt mich einfach nicht los. Lügner werden belogen und Betrüger betrogen. Die, die kämpfen, werden besiegt und selbst die Gescheitesten stoßen irgendwann an ihre Grenzen. Reichtum nützt dir nichts. Am Ende des Weges ist keiner besser oder schlechter als der andere. Jeden von uns erwartet das Grab, und jedes unerledigte Geschäft nimmst du mit.«

»Du hast Recht, doch die wenigsten Menschen sehen das so.«

»Wenn sie es sähen, würden sie geistig gesund bleiben. Aber natürlich sehen sie es nicht. Schau dich doch einmal um. Alles strebt nach Geld und Macht, aber am Ende wartet die Vergänglichkeit. Wie ein Hund, der in einen Ball beißt und der Ball quiekt dabei. Am Ende stehen alle mit leeren Händen da, weil nichts bleibt. Du musst lediglich dafür sorgen, dass eine Holzkiste bereitsteht, wenn du die Augen schließt, doch selbst die haben nicht alle Menschen. Ist es nicht lächerlich, wie alle Hunde Bällen hinterher rennen? Aber lächerlicher ist es wohl, wie wir Menschen einem erfolgreichen Leben hinterher rennen.«

Meng streichelte den Kopf seines Hundes. Er knurrte leise. Der Hund war alt. Sein Fell fiel ihm in dicken Bündeln aus. Lingguan erinnerte sich daran, wie er als kleiner Junge mit dem Hund gespielt hatte. Diese Tage waren Vergangenheit. Lingguan fragte sich plötzlich, ob auch der Hund Erinnerungen an seine Jugend hatte und menschliche Gefühle wie Niedergeschlagenheit oder Kummer kannte.

»Kennst du die Geschichte von den Affen, die versuchten, den Mond aus dem Teich zu schöpfen?«, fragte Meng. »Der Mond war natürlich nur eine Spiegelung und wenn die Affen das gewusst hätten, hätten sie von ihrem törichten Tun abgelassen. Nur die Schlauen wussten es. Die Dummen wussten es nicht. Sie dachten, der Mond läge auf dem Grund des Teichs und so versuchten sie, ihn herauszufischen und ertranken dabei, ohne jemals erfahren zu haben, dass sie einer Täuschung aufgesessen waren. Das ist zum Lachen, oder etwa nicht? Schau dir Beizhus Mutter an! Sie war eine Schönheit, als sie jung war. Was ist aus ihr und ihrer weißen Haut geworden? Eine alte Frau mit faltiger Haut und grauen Haaren. Alles andere ist gleichgeblieben. Du bist zu jung, um das zu erkennen, aber wenn du alt bist, wirst du die Wahrheit sehen.«

Der Mond trieb zwischen den Wolken. Oder waren es die Wolken, die sich bewegten? Lingguan konnte es nicht sagen. Doch ganz sicher war dort Bewegung. Im Hof war es vollkommen still. Meng starrte in die Ferne. Der Hund lag reglos zu seinen Füßen.

Lingguan fühlte mit einem Mal, wie er weggetragen wurde. Sein Körper und sein Geist.

In der Entfernung hörte man Hundegebell.

7

Baigou hatte Mengzi blutig geschlagen.

Der Grund für die Schlägerei war simpel. Baigou, Huaqiu und Maodan wollten sich einen Spaß machen und Mengzis Genitalien untersuchen, ein Spiel, das die Männer »Melonenprüfung« nannten. Aus dem Spiel war schnell Ernst geworden und schließlich war es zwischen Mengzi und Baigou zu einer wüsten Schlägerei gekommen, an deren Ende Baigou Mengzi eine Flasche über den Schädel gezogen hatte.

Die Mutter schrie auf, als sie Mengzis blutüberströmtes Gesicht sah. Für sie konnte nur Shuangfu der Schuldige sein.

»Schmeißt ihn raus!«, rief Laoshun. »Schmeißt ihn sofort raus. Er hat es verdient. Sie hätten ihn totschlagen sollen.«

Mengzi rappelte sich langsam wieder auf.

»Was stöhnst du herum, nach allem, was du angerichtet hast?« Laoshun war noch immer außer sich.

Die Mutter zitterte am ganzen Körper, während sie Mengzi mit einem heißen Handtuch das Blut abwischte. Tränen liefen ihr das Gesicht herunter.

Hantou kehrte mit einem Arzt zurück, der sogleich Mengzis Wunde inspizierte, ihm einen Verband anlegte und ein Rezept für Schmerztabletten ausstellte.

Maodan erzählte, was sich zugetragen hatte. Lingguans Mutter sprang auf und legte ihre Arme schützend um ihren Sohn.

»Ich dachte, es sei Shuangfu gewesen. Also war es Baigou. Wer hat ihm das Recht dazu gegeben?«

»Mengzi hat ihm die Nase blutig geschlagen. Er hat angefangen.«

»Das ist mir egal. Mengzi hat niemanden mit einer Flasche geschlagen. Hilf ihm auf! Wir bringen ihn hinüber zu ihrem Haus. Ich werde ihn nicht einfach so davonkommen lassen.« Hantou warf seinem Vater einen hilflosen Blick zu.

»Was machst du für ein Gezeter?«, schnauzte Laoshun. »Der Junge hat Scham und Schande über unsere Vorfahren gebracht. Wie kannst du es wagen, mit dem Jungen zu ihrem Haus zu gehen?«

»Er ist immer noch mein Sohn und ich will wissen, was tatsächlich passiert ist!«

»Warum hat er sich mit diesem nichtsnutzigen Bastard angelegt? Zu schade, dass er ihm nicht den Schädel gespalten hat.«

»Was ist eigentlich in dich gefahren?«, rief seine Frau und starrte ihren Mann entgeistert an. »Sollen wir uns etwa an dir ein Beispiel nehmen? Was bist du für ein Vater? Hantou, geh und hole deinem Vater das Beil! Wir wollen sehen, wem er den Schädel spalten wird. Ich habe den Jungen großgezogen und ich habe ihn nicht einmal geschlagen.«

Laoshun schäumte, sein Bart zitterte.

»Es ist deine Schuld, du alter Dämon! Du hast ihn verwöhnt. Jedes Mal, wenn ich ihn bestrafen wollte, hat er aufbegehrt und ist damit davongekommen. Jetzt schau dir das Ergebnis an! Er ist erwachsen und tut unvorstellbare Dinge. Dir mag es egal sein, dein Gesicht zu verlieren, mir nicht. Also rede nicht über mich, du schamloses altes Weib!«

»Moment!«, rief Maodan dazwischen und versuchte, Laoshun zur Seite zu schieben.

»Wir sollten uns alle ein wenig beruhigen. Was geschehen ist, ist geschehen.«

»Verzieh dich!« Die Mutter spuckte vor Maodan aus.

»Er soll erklären, in wieweit ich schamlos bin! Frag ihn, was ich getan habe. Habe ich geklaut? Leute ausgeraubt? Betrogen? Mich prostituiert? Sag es mir! Ich werde dich nicht in Ruhe lassen, solange du mir keine Antwort gibst! Ich habe die Schnauze gestrichen voll. Von mir aus, hau doch mir den Schädel ein, wo du schon einmal dabei bist!«

Daraufhin boxte sie ihrem Mann in den Bauch. Es begann eine Rauferei zwischen den beiden.

Da trat Maodan vor, griff den Arm der Mutter und trennte die beiden Alten.

»Lass sie los, Maodan!«, verlangte der Vater. »Wir wollen mal sehen, zu was die alte Schachtel fähig ist.« Und zu seiner Frau gewandt fuhr er fort:

»Du glaubst wohl, eine tolle Leistung an ihm vollbracht zu haben? Warum schlägt er dann jetzt so aus dem Ruder?«

»Nun kommt doch zur Besinnung!«, versuchte Maodan die Situation zu beschwichtigen. »Alles wird sich klären lassen.«

»Du bist Mengzis Vater. Willst du behaupten, dass du gute Erziehungsarbeit geleistet hast? Ein Kind aufzuziehen, ohne ihm eine Vorstellung davon zu vermitteln, was Recht und was Unrecht ist, ist die Schuld des Vaters. Hast du ihm überhaupt jemals etwas beigebracht?«

»Ich? Ihm beigebracht? Jedes Mal, wenn ich es versucht habe, hast du mir den Kopf abgerissen. Wie hätte ich ihm jemals etwas beibringen können?«

»Du drohst damit, ihm den Schädel einzuschlagen und verfluchst ihn, als sei er der Teufel. Kein anderer Vater geht so mit seinem Sohn um. Hast du jemals ein gutes Wort für ihn übriggehabt?«

»Ein gutes Wort? Der Junge hat doch niemals auf mich gehört. Er ist kein Mensch, er ist ein Biest. War ich es, der ihm gesagt hat, er soll herumhuren?«

Ying Er betrat den Raum, nahm ihre Schwiegermutter bei der Hand und versuchte, sie von ihrem Mann wegzuziehen.

Ying Er und Maodan gelang es schließlich mit gemeinsamen Kräften, die Mutter wegzuziehen und ins Nebenzimmer zu zerren. Dort beruhigte sie sich langsam.

Mengzi hielt die Augen geschlossen. Seine Stirn war schweißnass. Er konnte nicht sagen, was mehr schmerzte, seine Wunde oder die Scham über das, was sich gerade in der Familie abspielte.

Laoshuns Ärger verpuffte, nun da seine Frau außer Sichtweite war. Er kletterte auf das Ofenbett und zündete seine Pfeife an.

»Was war bloß los mit der alten Krähe?« murmelte er vor sich hin. »Wie kann sie behaupten, ich sei verantwortungslos? Was wollte sie damit andeuten? Dass ich unseren Sohn noch nicht unter die Haube gebracht habe? Das ist doch ungeheuerlich.« Er warf den Tabakbeutel beiseite und vergrub den Kopf in seinen Händen.

Als Lingguan das Haus betrat, hatte sich die Atmosphäre nur unmerklich beruhigt. Seine Mutter hörte er in Ying Ers Zimmer schluchzen. Der Vater hockte auf dem Kang und rang um Fassung. Maodan gestikulierte noch immer wild mit den Händen, während er die Geschichte wieder und wieder erzählte. Lingguan spürte, wie all die Klarheit, die der alte Meng ihm in seinem Hof unter dem Sternenhimmel geschenkt hatte, sich in nichts auflöste.

8

Die Verletzung hatte für Mengzi auch etwas Gutes: Er konnte das Haus seiner Eltern wieder betreten.

Was ihn am meisten beunruhigte, war die Konfrontation mit seiner Mutter. Seinem Vater gegenüber spürte er keine Gewissensbisse. Dessen Schelte und Vorwürfe prallten mehr oder weniger an ihm ab. Aber bei dem Gedanken an seine Mutter legten sich tiefe Sorgenfalten auf seine Stirn.

Er erwachte am folgenden Morgen mit pochenden Schläfen. Als er die Augen öffnete, blickte er in ihr sorgenvolles Gesicht. Die Angst, dass Mengzi ernsthaft verletzt sein könnte, überlagerte ihre Sorge um die Affaire mit Shuangfus Frau. Sie fragte ihn nach seinem Befinden und antwortete lapidar. Es war fast, als wäre nichts vorgefallen.

Seine Kopfschmerzen hatten nachgelassen und auch die Wut auf Baigou verblasste nach und nach. Er dachte an die Schlägerei zurück und musste sich eingestehen, dass auch er überreagiert hatte. Am Ende hatte er Glück gehabt, denn der Schlag mit der Flasche auf seinen Kopf hätte durchaus ernstere Folgen haben können.

Nun war er zurück im sicheren Hafen der Familie, abgeschirmt vom Gerede und den Vorhaltungen der Leute. Er drehte sich um und genoss die Ruhe. Eine angenehme Benommenheit wiegte ihn in einem Zustand zwischen Schlaf und Wachsein. Er empfand nun sogar eine gewisse Dankbarkeit für Baigou, denn ohne dessen schmerzlichen Angriff würde er vermutlich noch immer ziellos und einsam dort draußen herumirren, nicht wissend, ob oder wann er wieder nach Hause zurückkehren könnte.

Die Mutter brachte ihm gebratene Eier zum Frühstück. In seinem Kopf dröhnte es noch immer und als er sich aufsetzte, wurde ihm bewusst, wie ernsthaft er verletzt war. Doch ihr besorgter Blick zauberte ein Lächeln in sein Gesicht. Er rückte sein Kopfkissen zurecht und genoss die Mahlzeit. Die Mutter saß bei hm und beobachtete jede seiner Bewegungen, wobei ihre Brauen und Lippen bei jeder Bewegung seines Kiefers zuckten.

»Ich werde schon wieder!«, sagte er.

Sie verließ den Raum. Er schaute ihr hinterher. Wie schmerzlich musste es für sie gewesen sein zu hören, was er getan hatte. »Was habe ich nur getan?«, dachte er.

Er stellte das leere Reisschälchen auf die Bettkante und legte sich wieder hin. Die Ereignisse der letzten Tage kamen zurück in sein Gedächtnis. Zu viele Dinge waren in zu kurzer Zeit geschehen. Es kam ihm vor, als seien Jahre vergangen. Er fragte sich, wie es um Shuangfus Frau stand und was sie in diesem Moment tat. Was würde aus ihr werden, selbst wenn es zu einer Scheidung kommen würde? Sie zu heiraten war ihm nie ernsthaft in den Sinn gekommen. Sie war nicht der Typ von Frau, den er sich als Ehepartner hätte vorstellen können. Er liebte diese Frau nicht. Für ihn war ihre Beziehung rein sexueller Art und ihre heftigen Umarmungen und ihre Küsse nach dem Geschlechtsverkehr hatten ihn irritiert und abgestoßen.

Seine körperliche Verletzung und der Verlust seines Rufs für eine Frau, die er nicht liebte, überstiegen, was er zu geben gewollt war. Nie hätte er damit gerechnet, dass die Sache einmal herauskommen würde. Und nur aus dieser Sicherheit heraus hatte er die Hosen heruntergelassen. Eher würde er mit Yue Er schlafen. Sie war hübsch, sexy und noch dazu Jungfrau. Er dachte an ihren verführerischen Blick. In ihrem Fall hätte sich der hohe Einsatz wenigstens gelohnt. Nun war sein Ruf endgültig ruiniert – und wofür?

Er versuchte, sich von seinen Gedanken zu befreien, doch immer wieder kehrten sie in sein Bewusstsein zurück. Er erinnerte sich an sein Treffen mit Shuangfu in der Stadt zwei Jahre zuvor und an sein ignorantes Verhalten ihm gegenüber. Es war der Auslöser gewesen für das, was sich später ergeben sollte. Mengzis Stimmung hellte sich auf. Seine trüben Gedanken verschwanden und ein Gefühl von Befriedigung und Rache stellte sich ein.

Shuangfu war ein stolzer Mann mit Bildung, angeberisch und vor allem wohlhabend. Es war nichts Verwerfliches daran, seine Frau ins Bett zu kriegen. Für Shuangfu war es in etwa so, zwei Ohrfeigen gleichzeitig zu bekommen, eine Vorstellung, die Mengzi liebte, wenn er an sein arrogantes Gehabe dachte. Was hatte der Mann schon zu bieten außer seinem Geld? Zudem war Mengzi sich sicher, dass viele der Männer im Dorf hinter ihm standen, denn die meisten von ihnen waren voller Neid auf Shuangfu. Und nun war er es, der seine Frau ins Bett gekriegt hatte. Es würde ihm sicherlich die Achtung vieler Männer einbringen. Allein sein beschämender Abgang war ihm unangenehm.

Ein Verdacht stieg in Mengzi hoch, als er Shuangfus Verhalten überdachte. Während der Schlägerei war er nicht besonders aggressiv vorgegangen. Seine Schläge waren eher gemäßigt und ohne Frage hätte der Mann sich problemlos aus dem Griff seiner Frau lösen und ihn verfolgen können, wenn er es gewollt hätte. Auch am nächsten Morgen gab es keine Anzeichen übersteigerter Feindseligkeit, die aufgrund seiner persönlichen Natur eigentlich zu erwarten gewesen wäre. Und warum war er ihm nicht gefolgt und hatte sich stattdessen nur noch mit seiner Forderung nach einer Scheidung beschäftigt? In Mengzis Kopf pochte es.

Diese Gedanken verwandelten seine Befriedigung darüber, mit Shuangfus Frau geschlafen zu haben in Niedergeschlagenheit. Die Scham überwog, betrogen worden zu sein. Er verstand nun, dass Shuangfus Frau den Plan ihres Mannes von Anfang an durchblickt hatte, nämlich den Skandal als Mittel zur Scheidung für sich auszunutzen. Mengzi war so stolz auf sich gewesen. Was für ein erbärmlicher Witz! Ein Möchtegern-Schlauer war er, wie seine Mutter ihn oft zu nennen pflegte.

Mengzi war derart gefangen in seinen Gedanken, dass er Lingguan nicht wahrgenommen hatte, der mit einem Mal neben seinem Bett stand und ihn eingehend musterte. Genervt drehte er sich zur Seite, sicher konnte jeder ihm ansehen, mit welcher Naivität er Shuangfu auf den Leim gegangen war.

Nun war klar, warum Shuangfu eine eigentlich delikate Angelegenheit, die er normalerweise totgeschwiegen hätte, derart an die öffentliche Glocke gehängt hatte. Er hatte die Karte der persönlichen Erniedrigung ausgespielt, um die anderen davon zu überzeugen, dass er jedes Recht der Welt besaß, seine Frau loszuwerden. Niemand im Dorf würde ihm das Recht absprechen, auf einer Scheidung zu bestehen. Und er, Mengzi, war der Grund für diese Scheidung und das Auseinanderbrechen der Familie. Genau das musste sein Plan gewesen sein.

Kapitel VIII

1

Laoshun schien über Nacht gealtert zu sein. Er wirkte noch dünner als sonst. Seine Wangenknochen standen hervor und seine Augen lagen in zwei tiefen, dunklen Höhlen.

Das Erste, was er an diesem Morgen unternahm, war ein Besuch bei der Schamanin des Dorfes, Großmutter Qi.

Sie galt als die zweitreichste Person in Shawan. Obwohl erst fünfzig Jahre alt, war ihr Gesicht doch bereits von tiefen Furchen gekennzeichnet. Ihre Oberlippe hing über ihrer Unterlippe, beide Lippen von einem tiefen Rot. Beim Sprechen liebte sie es, ihre Lippen genüsslich zu lecken, wobei sie sie gelegentlich zu einem angedeuteten Lächeln formte. Auf ihren kleinen Füßen bewegte sie sich anmutig, wobei sie ihre Hüften wie die Zweige einer jungen Weide hin und her wog.

Es ging das Gerücht, sie sei in ihrer Jugend von einer schlimmen Krankheit befallen gewesen, für die es drei Jahre lang kein Heilmittel gab. Eines Abends erschien ihr um Mitternacht ein Geist. Sie gähnte drei Mal, ihre Gelenke knackten und sie bekam einen Zitteranfall. Schließlich trat Schaum vor ihren Mund und sie verlor das Bewusstsein. In jenem Moment soll dieser Geist von ihr Besitz ergriffen und ihr schamanische Kräfte verliehen haben.

Der Geschichtenerzähler sagte, was von ihr Besitz ergriffen hatte, wäre kein Geist, sondern ein Kobold gewesen. Echte Geister, wie Götter, kämen nicht einfach, nur weil sie gerufen würden. Und einmal besessen, seien sie nicht einfach wieder loszuwerden. Eines Tages – sie war gerade dabei eine Heilung vorzunehmen - sagte sie in einer unheimlichen, fremdartigen Stimme, dass sie aus Lantian in der Provinz Shaanxi stamme, wo sie achtzehnjährig an einer Krankheit gestorben sei, bevor sie mit der Selbstkultivierung begonnen habe, um Magierin zu werden. Laut ihrer eigenen Aussage befand sie sich auf der untersten Stufe der Gottheiten, zu denen himmlische, unsterbliche, irdene, menschliche und geisterhafte Gottheiten gehörten. Letztere zielten auf ein Erreichen der Unterwelt ab, ohne ein klares Bild der drei magischen Berge. Obschon befreit vom Kreislauf der Wanderung, war ihnen der Zugang zur Insel Penglai verwehrt, außer zum Ziele der Wiedergeburt als menschliches Wesen. Jenen, die sich in Selbstkultivierung übten, war nicht an Erleuchtung gelegen. Stattdessen waren sie auf schnellen Erfolg aus, der sich in Form verwelkter Figuren mit aschfarbener Haut zeigte. Hatten sie einmal Besitz von Geist und Bewusstsein einer Person ergriffen, legten sie den Fokus ganz auf das Erreichen von Spiritualität, welche sie schließlich zu Geistern der Unterwelt machte. Aus diesem Grund zählten sie zu den erleuchteten Geistern, allerdings ohne Unsterbliche der reinen Yang-Welt zu sein. Sie wurden als Geister bezeichnet, weil sie über einen einzigen Willen verfügten, ein Zusammenwachsen des Yin, der negativen Kraft innerhalb des Daoismus.

Sie plauderte gerne über die lokalen Sitten und Gebräuche der Leute in Lantian und sang Lieder über deren zehn Ungewöhnlichkeiten: »Ihre Teigtaschen gleichen Topfdeckeln, ihre Nudeln gleichen Hosengürteln, sie setzen sich zum Essen vor ihre Türen, ihre Häuser bauen sie in geraden Linien ohne Höfe, ihre Töchter heiraten niemals Männer von außerhalb, sie essen scharfe, frittierte Gemüsesamen, und sie hocken stets anstatt zu sitzen.« Das war die Wahrheit.

Als vor Jahren ein fahrender Kräuterhändler ins Dorf kam, sagte er:

»Das ist doch merkwürdig. Die Frau muss eine Gottheit sein, denn sie kennt alle zehn besonderen Sitten der Menschen aus Shaanxi und beherrscht ihren Akzent perfekt, ohne jemals dort gewesen zu sein.«

Infolgedessen strömten Leute von nah und fern zu ihrem Haus, sodass ihre Türschwelle, die aus Dattelholz gezimmert war, unter dem Gewicht der Besucher innerhalb kurzer Zeit achtzehn Mal gebrochen war. Fast alle ihrer Generation im Dorf nannten sie ein Familienmitglied, eine Qingjia.

Und wurden ihre Fähigkeiten als Schamanin nicht gebraucht, so betätigte sie sich als Heiratsvermittlerin.

»Ich bin entehrt worden, meine Liebe«, sagte Laoshun und seufzte vernehmlich. »Den Jungen großzuziehen hat Scham und Schande über meine Familie gebracht. Ich kann nicht mehr weiterleben und so tun, als sei nichts geschehen.«

»So schlimm kann es nicht sein, mein Lieber.« Sie schürzte die Lippen. »Alle Jugendlichen stellen dummes Zeug an. Davon abgesehen war es vorherbestimmt und konnte nicht vermieden werden.«

»Ist das so?« Laoshun starrte sie mit großen Augen an.

»Es ist das, was man eine karmische Hürde nennt. Manchmal tritt sie offen zu Tage, manchmal bleibt sie im Geheimen. In jedem Fall entkommt ihr niemand. Hat er diese Hürde erst überwunden, so wird die Gefahr gebannt sein, du brauchst dich also nicht zu sorgen. Wenn er verheiratet ist und einen Sohn hat, wird er durch harte Arbeit ein neuer Mensch werden. Im Moment ist er wie ein unbeugsamer Hengst.«

Laoshun dachte an seine eigene Jugend und daran, was für Eskapaden er selbst als junger Mann veranstaltet hatte.

Die Schamanin nahm einen Zahnstocher aus Bambus und begann, sich ausgiebig die Zahnzwischenräume zu reinigen. »Ich weiß, warum du hier bist«, sagte sie. Du willst, dass ich eine Frau für Mengzi finde, nicht wahr? Kein Problem. Wir sind Familie. Also ist dein Problem auch mein Problem. Ich werde meine Augen offenhalten und dir Bescheid geben, sobald ich etwas Passendes gefunden habe. Bist du in letzter Zeit hinaus in die Wüste gegangen?«

»Wie sollte ich? Die Ereignisse der letzten Tage haben mich an den Rand des Wahnsinns gebracht. Ich habe meine Falken vernachlässigt, wie könnte ich da Lust verspüren, in die Wüste zu gehen? In den kommenden Tagen werde ich mich aufmachen und dir ein paar Kaninchen bringen.«

»Keine Eile. Nur, wenn es sich einrichten lässt. Sag mir, was dir vorschwebt. Damit erleichterst du meine Arbeit.«

»Solange es ein weibliches Wesen ist, überlasse ich alles Weitere dir. Sobald wir das Haus aufteilt haben, kann er Tiger oder Drache sein. Dann erspare ich mir Ärger, wenn ich ihn sehe. Alle Väter haben ihren Kindern gegenüber eine karmische Schuld. Ich werde damit meine Schuld begleichen. Dann liegt es an ihm. Alle, die wissen, was er angestellt hat, sehen in ihm einen Nichtsnutz. Die anderen werfen mir vor, ich sei nicht in der Lage, ihm eine Frau zu besorgen. Das gefällt mir nicht. Deswegen bitte ich dich um diesen Gefallen. Ich vertraue deinem Einschätzungsvermögen. Zu attraktiv, und er wird sie nicht halten können, nicht attraktiv genug, und er wird murren. Also irgendetwas in der Mitte wäre wünschenswert.

2

Laoshun verließ die Schamanin und machte sich auf den Weg zum alten Meng.

»Ich brauche Geld!«, war der erste Satz, den er sagte, als er sein Haus betrat.

»Das sollte kein Problem sein«, antwortete Meng mit einem Lächeln. »Aber ich muss zur Bank, um es zu holen.« Laoshun wusste, was das bedeutete. Er musste zuerst in die Wüste auf Fuchsjagd gehen.

»In Ordnung«, erwiderte Laoshun. »Aber es ist dringend. Wenn du mir zweitausend Yuan borgen kannst, werde ich einen Weg finden, mir etwas dazuzuleihen und auch etwas Getreide zu verkaufen. Ich will endlich die karmischen Schulden für meinen nichtsnutzigen Sohn abbezahlen.«

»Die Zeit ist also gekommen«, sagte Meng und kicherte. »Sobald Mengzi aus der Tür ist, folgt Lingguan als Nächster. Du wirst nicht einmal Zeit zum Verschnaufen haben, du alter Hornochse.«

»Alles zu seiner Zeit«, erwiderte Laoshun. »Ich habe das Gefühl, meine alten Knochen wollen nicht mehr so richtig. Es wird Zeit. Der alte, ehrwürdige Herr sollte Erbarmen mit mir haben und mir eine Ruhepause gönnen.«

»Noch nicht. Dafür ist es noch zu früh«, sagte Meng. »So würdest du zu einfach davonkommen. Eine alte Kuh scheißt bis zu dem Tag, an dem sie stirbt. Auf dich warten noch harte Zeiten. Zuerst musst du dir Schwiegertöchter suchen, dann musst du dich um deine Enkelkinder kümmern. Und du kannst dich nicht einfach aus der Affäre ziehen, mein Lieber. So einfach macht es dir der alte Mann da oben nicht.«

»Ich weiß. Ich werde solange arbeiten, wie Luft durch meine Lungen geht. Aber es gibt Tage, an denen wünschte ich, ich wäre endlich am Ende angelangt. Alles erscheint mir so sinnlos.«

»Was redest du da für ein dummes Zeug!«, brummte Meng ernst. »Jeder macht das Beste aus seinem Leben. Ein einfaches Leben ist immer noch besser als ein nobler Tod. Die Natur verschont selbst einen Grashalm ohne Wurzeln. Wenn du selbst Hand anlegst, wirst du zum Geist eines unrechtmäßigen Todes und es wird nirgendwo einen Platz für dich geben. Wenn du im Leben nicht viel herzuzeigen hast, dann wird sich das auch im Tod nicht ändern.«

»Du meinst also, ich muss so weiterleben wie bislang, wie eine alte Kuh, die ihr Leben lang gelitten hat, und wenn sie tot umfällt, dann verschwinden ihre Knochen und ihr Fleisch in den Mägen der Menschen? Was soll der Sinn eines solchen Lebens sein?«

»Alles ist verknüpft mit dem Schicksal«, erwiderte Meng und ein Lächeln erschien in seinem Gesicht. »Also nimm es an! Wenn es dein Schicksal ist, Gras zu fressen, dann schließe die Augen und tu es. Verschwende nicht zu viele Gedanken. Absurde Gedanken lösen keine Probleme, sie machen einen Mann höchstens wahnsinnig.«

»Du hast gut reden. Aber das macht die Sache noch nicht einfacher. Wenn das Leiden dir Annehmlichkeiten verschafft, dann meinetwegen, aber ich fühle mich irgendwie … ungerecht behandelt.«

»Was bereitet dir solche Unannehmlichkeiten? Dein Sohn hat mit einer Frau geschlafen. Das war's. Er hat nichts verbrochen, was ihn seinen Kopf kosten würde. Du hast dir weder einen Arm gebrochen noch eine Sehne gestaucht, und deiner Familie geht es gut. Was willst du noch? Geh in die Stadt ins Hospital. Täglich sterben dort Menschen. Einer hat eine kaputte Nase, der Nächste ist blind, wieder andere leiden an dem Versagen ihrer inneren Organe oder an Krebs. Ist es dies nicht, ist es das. Immer wollen die Leute mehr, als sie haben können. Sei dankbar für das, was du hast. Alles andere wird sich regeln.«

»Ich fühle mich weniger bedrückt, sobald ich mich mit anderen vergleiche«, erwiderte Laoshun. »Aber die Probleme verschwinden dadurch nicht.«

»Probleme? Welche Probleme könntest du schon haben? Sie bedeuten gar nichts. Wenn du wirklich einmal darüber nachdenkst, wirst du erkennen, dass sie überhaupt nicht existieren. Es ist wie mit dem Neujahrsfest. Sobald du daran denkst, ist es bereits vorbei. Und wenn du nicht daran denkst, ist es ebenso vorbei. Warum also solltest du deine Gedanken dahingehend verschwenden? Es macht einfach keinen Unterschied. Wenn es wirklich an der Zeit ist, ein Problem anzupacken, dann tu es. Zerbrich dir nicht ewig den Kopf mit solchen Gedanken. Solange dein Sohn klein ist, sorgst du dich darum, ob er erwachsen wird. Reine Zeitverschwendung. Er wird erwachsen, egal ob du dir das Hirn zermarterst oder nicht. Er wird ganz sicher nicht zurück in die Gebärmutter wandern. Sobald er erwachsen ist, sorgst du dich darum, weil er älter wird und keine Frau findet. Auch das ist reine Zeitverschwendung. Er wird erwachsen, egal ob du dich sorgst oder nicht. Also hör auf, dir Gedanken zu machen.«

Laoshun schaute missmutig drein. »Das ist alles einfach gesagt, aber was kann ich tun?«

»Das fragst du ernsthaft? Was du jetzt tun solltest, ist, dir Geld zu borgen und eine passende Frau für Mengzi zu finden. Alles andere ist unwichtig. Es ist wie bei den Wassermelonen: hier ein bisschen Dünger, dort ein wenig Unkraut zupfen, dann noch ein paar Kannen Wasser. Das war's. Die Dinge richten sich in der Regel so, wie sie es sollen. Im schlimmsten Fall erntest du am Ende keine Melonen. Selbst in dem Fall solltest du dir keine Sorgen machen, denn du hast dein Herz und deine Seele gegeben, der Rest ist dem Himmel geschuldet. Die Natur macht sich keine Sorgen. Wenn der Himmel einen Fehltritt tut, wird sie sich sorgen müssen, warum also grübelst du törichter Kerl so viel?«

»In Ordnung, du altes Labermaul. Du hast gewonnen«, sagte Laoshun und lachte. »Du könntest selbst einer sterilisierten Eselin Nachwuchs andichten mit deinem Gerede!«

»Es ist nicht das Maul«, erwiderte Meng.

»Nicht das Maul? Was dann? Ein Schleusentor?«

»Es ist das Herz. Das solltest du wissen. Es ist wichtig, zufrieden zu sein mit dem, was einer hat. Sei nicht gierig. Wenn du Hirsebrei in deinem Schälchen hast, dann gräme dich nicht, dass es kein Kaninchenfleisch ist. Und wenn es Kaninchen ist, schiele nicht nach Hirsebrei. Erfreu dich an dem, was du hast und verlange nicht stets nach mehr. Der Wunsch nach immer mehr macht dich zu einem gierigen Menschen, zu einem, der sich Vorteile auf Kosten anderer erschleicht, der anderen Schaden zufügt … und das wäre ein unwürdiges Leben. Der Schlüssel zum Leben liegt darin, wie wir es leben. Ein gutes Herz ist die Basis für ein gutes Leben. Ein schlechtes Herz führt zu einem Leben ohne Wert. Du hast ein Riesentheater aus dem gemacht, was Mengzi angestellt hat, doch selbst wenn es ein Riesentheater war, bringt es dir nichts, dich deswegen aufzuhängen. Er ist ein junger Kerl, dem einmal die Sicherungen durchgebrannt sind und der etwas getan hat, was er nicht hätte tun sollen. Wem ist das nicht hier und da passiert? Dir vielleicht? Keine Bange, ich werde nicht auf dir herumhacken. Du sagst, er hat dich gedemütigt, vielleicht irgendwie beschmutzt. Und? Du läufst durch die Gegend mit einem Gesicht, das so dreckig und stinkig ist, dass selbst alle Wasser des Dasha-Flusses es nicht reinwaschen könnten! Und ich sage dir, es ist unwichtig. Und das wirst du früher oder später erkennen. Glaubst du, dass ein Mensch, der ein streng konfuzianisches Leben führt, niemals über die Stränge schlägt? Sogar Konfuzius selbst hat es getan. Der Geschichtenerzähler sagte, Konfuzius habe eine Beziehung zu einer Frau namens Nanzi gehabt. Man kann es in Büchern nachlesen. So ist halt das Leben. Und dein Gerede von ›Die Ahnen springen vor Scham vom Familienaltar‹ Wofür sollen sie sich schämen? Warum müssen sie vom Altar springen? Auch sie waren nur Menschen, und ich kann mir nicht vorstellen, dass keiner von ihnen einmal rumgehurt hat. Also sehe ich keinen Grund für dich, herumzuschreien und deinen Sohn zu beschimpfen. Denk zurück an deine eigene Jugend. Mehr brauchst du nicht zu tun!«

Laoshun starrte den alten Meng an. Dann lachte er. »Es gibt wirklich auf dieser Welt kein geschickteres Maul als deins! Du kommst mir vor wie ein läufiges Maultier, das mal hierhin rennt, mal dorthin, und immer Recht behält. Dabei warst du es, der Mengzi gegenüber anfänglich am kritischsten war. Du solltest dich einmal reden hören.«

Der alte Meng lächelte. »Mit den jungen Herren rede ich anders. Wir beide sind alt und wir haben eine Menge gesehen und erlebt. Es ist an der Zeit für uns, Milde walten zu lassen. Nichts von dem, was ich dir gesagt habe, würde ich so den jungen Herren sagen. Sie würden sonst den Eindruck bekommen, dass das, was sie getan haben, in Ordnung wäre. Oder sie würden nur noch auf der faulen Haut liegen und nichts mehr tun, außer zu essen und zu schlafen. Was auf dich zutrifft, trifft nicht automatisch auch auf sie zu.«

Laoshun fühlte sich erleichtert. Durch seine Worte hatte Meng die dunkle Stimmung, die ihn seit Tagen bedrückte, ein wenig aufgehellt.

»Ich werde tun, was du sagst und aufhören, mir weiter Sorgen zu machen. Aber ich brauche die Hälfte des Geldes von dir für Mengzis Hochzeit. Mach dir keine Sorgen, du bekommst das Geld zurück. Ich würde keinen Liter Öl erhalten, wenn ich meine alten Knochen auspressen würde, und sie würden keinen Teller füllen, raufte ich mir sämtliche Haare aus. Selbst wenn ich alles veräußern würde, was ich noch besitze, es reichte nicht, um ihm eine Frau zu organisieren.«

»Wie schamlos du bist«, sagte Mengzi. »Sie wird dich Vater nennen, nicht mich. Warum sollte ich mich mit solchen Dingen beschäftigen?«

»Ich werde schon dafür sorgen, dass sie dich gebührend anredet. Sie wird dich ansprechen, wie du es wünschst.«

»Nein, das Recht kommt dir zu. Ich verzichte gerne. Später, wenn du ihr unter die Arme greifst, um das Baby zu nehmen und dabei etwas Angenehmes berührst, dann vergiss mich nicht.«

»Kein Problem. Ich werde zur Seite treten und dann kannst du das Baby nehmen und dich bedienen.«

Die beiden Männer lachten herzerfrischend. Laoshun machte sich auf den Weg. Die Sonne stand freundlich am Himmel. Er hob den Kopf. »Merkwürdig«, dachte er, »Wie kann es sein, dass ich sie die ganzen Tage über nicht wahrgenommen habe?«

3

Nach einer Woche, die er überwiegend im Bett verbracht hatte, verließ Mengzi schließlich zum ersten Mal wieder das Haus. Seine Wunde war rasch verheilt. Alle wesentlichen Symptome waren verschwunden, bis auf einen gelegentlichen stechenden Schmerz in der Seite. Über Huaqiu erfuhr er, dass Shuangfu das Dorf ohne eine Scheidung verlassen hatte. Es hieß, der zuständige Beamte sei nicht zu sprechen gewesen und so hätte sich Shuangfu klammheimlich davongeschlichen. Die Leute im Dorf waren anfangs der Meinung gewesen, Shuangfu habe Mengzi eine Abreibung verpasst. Doch die Erzählungen von Huaqiu, Maodan und Baigou hatte ihnen die Augen für eine andere Sichtweise der Angelegenheit geöffnet.

»Weißt du, wann Shuangfu das Dorf verlassen hat?«, fragte Huaqiu.

»Schon deutlich vor Sonnenaufgang. Wie ein Hahnenrei hat er sich nicht unter die Augen der Leute getraut. Aber jemand hat ihn gesehen. Und weißt du auch wer? Beizhu! Er sagte, Shuangfu sei vor Scham rot geworden, als er ihm begegnet ist. Er hat Beizhu dann sofort eine Zigarette angeboten – eine richtig Gute natürlich. Trotzdem hat Beizhu die Geschichte gleich an der nächsten Ecke ausgeplaudert. Denk, was du willst, aber für mich ist er als Gehörnter aus dem Dorf geflohen.«

Mengzi lächelte als er daran dachte, wie er mit Fengxiang geflirtet hatte. Beizhu wusste nichts davon, aber es hatte nicht viel gefehlt und er hätte Beizhu ebenfalls Hörner aufgesetzt. Huaqiu missdeutete sein Lächeln und sprach:

»Alle empfinden eine innere Freude darüber. Der arrogante Kerl mag Geld haben, na und? Das letzte Mal, als er hier war, hat er allen außer mir eine Zigarette angeboten. Der arrogante Bastard. Klar, ich rauche nicht, aber das ist ja wohl meine Sache, oder meinst du nicht? Er hat mich nicht einmal angesehen. Hat mich wie ein kleines Kind behandelt. Zur Hölle mit ihm. Wie viel älter ist er als ich? Ein paar Jahre vielleicht. Ehrgeiz hat nichts mit Alter zu tun, und dein Leben ist verpfuscht, wenn du keine Ziele verfolgst. Materielle Dinge sind leicht zu handhaben, aber Menschen sind schwer zu durchschauen. Wer weiß, vielleicht erwische ich auch eines Tages das große Los und dann werde ich so reich, dass ich Opium rauchen kann. Wer braucht da schon seine ausländischen Zigaretten!«

Mengzi musste lachen. Huaqiu klang so naiv, dabei waren seine Worte nicht mehr als die Hoffnungen eines Mannes, der nichts besaß.

»Ich stimme dir zu. Es kommt bisweilen vor, dass einem Blinden die Speise direkt in den Mund fällt. Also kann es auch sein, dass du eines Tages auf dem Bürgermeisterstuhl landest.«

»Bürgermeister?«, sagte Huaqiu mit einem schiefen Lachen. »Ich denke eher an den Job als Parteivorsitzender … was ist nur los in diesem Land? Warum gibt es nur einen Parteivorsitzenden? Fühlt sich schäbig an, wenn du mich fragst. Wir bräuchten sechs oder sieben, und ich wäre dann einer davon. Auf Gehalt würde ich verzichten. Geld wird sowieso überbewertet.«

Mengzi musste so laut lachen, dass sein Kopf schmerzte. Mengzis Lachen erfreute Huaqiu.

»Parteivorsitzender oder gemeiner Bürger, alle sind sie gleich. Das ist wie beim Essen. Alle müssen essen und alle müssen verdauen. Was also sollte so besonders sein an einem Parteivorsitz?«

»Was ist bloß los mit dir?«, fragte Mengzi. »Gerade wolltest du noch die Welt regieren, und jetzt entpuppst du dich als Papiertiger.«

»Genauso, wie alle anderen.«

Laoshun kam aus dem Haus und Huaqiu verstummte. Laoshun ignorierte die beiden Männer und führte sein Kamel hinaus aus dem Dorf in Richtung des Dasha-Flusses.

»Oh, beinahe hätte ich das Wichtigste vergessen!«, sagte Huaqiu, griff in seine Hosentasche, zog einen 50 Yuan-Schein heraus und reichte ihn Mengzi. »Baigou bat mich, dir das Geld zu geben. Du sollst dir etwas Gutes kaufen und er hofft, dass du nicht mehr sauer auf ihn bist.«

»Ich will sein Geld nicht!«, erwiderte Mengzi. »Männer schlagen sich. Das ist normal. Kann sein, dass ich ihm eines Tages seinen Schädel einschlagen werde, und dann bekommt er nichts von mir.«

»Genau davor fürchtet er sich.« Huaqiu lachte. »Er weiß, dass er es nicht mit dir aufnehmen kann, doch das schützt dich nicht davor, dass er nächstes Mal ein Messer zücken und es gegen dich benutzen könnte.«

»Versuche nicht, mich einzuschüchtern, es funktioniert nicht.«

»So wie ich es sehe, kannst du nicht ihm allein die Schuld geben. Du hast auch ganz schön ausgeteilt.«

»Lass es gut sein, ok?«, antwortete Mengzi und fühlte, wie seine gute Stimmung wieder zu kippen drohte. »Alles ist gut jetzt. Es ist Vergangenheit. Er soll sein Geld behalten.«

»Klar, ich habe ihm sowieso gesagt, dass du sein Geld sicher nicht annehmen würdest. Alle hier wissen, aus welchem Holz du geschnitzt bist.«

4

Lingguan kam aus dem Haus und sah zu Mengzi hinüber, der sich angeregt mit Huaqiu unterhielt. »Du bist mir vielleicht einer!«, sagte er zu seinem Bruder. »Zuerst schreckst du ein ganzes Hühnerhau, und jetzt plauderst du wieder seelenruhig mit deinen Freunden?«

»Welche Laus ist dir über die Leber gelaufen?«, sagte Huaqiu und lachte. »Bist du Manns genug? Jeder, dem es gelingt, ein Stück aus dem Hintern von Shuangfus Frau zu beißen, ist für mich ein echter Kerl.«

»Na, dann beiß sie doch selbst einmal!«, erwiderte Lingguan und gab Huaqiu einen Puff in die Seite. »Aber pass auf, dass du dabei nicht deine Zähne verlierst!«

»Zu spät. Da hat bereits jemand seinen Fuß in der Tür.«

Lingguan kniff Huaqiu in den Arm und wandte sich Mengzi zu.

»Ich glaube, du siehst die Sache zu einfach. Vater hat vor Wut gekocht!«

»Ich weiß«, sagte Mengzi und zog die Stirn in Falten. Ihr wollt, dass ich die Miene eines reuigen Sünders aufsetze, nicht wahr? Das kann und werde ich nicht tun.«

»Lingguan meint es gut mir dir«, sagte Huaqiu mit einem Lächeln. »Du hast die Wut in den Augen deines Vaters gesehen. Er hatte Furchen in seinem Gesicht wie eine Kröte.«

»Was hat er denn zu quaken? Ich bin nicht sein Boxsack.«

»Höre sich einer dein großspuriges Gerede an!«, höhnte Lingguan. »Vergiss einfach, was ich gesagt habe.« Er drehte sich um und ging davon.

Als er das Feld erreicht hatte, bemerkte er Hantou, der in einiger Entfernung am Rand einer der Sanddeiche hockte und sich die Seite hielt.

»Geh doch nach Hause, wenn du dich nicht gut fühlst«, sagte Lingguan. »Es wird noch einige Tage dauern, bevor die Rapssamen gelb werden. Außerdem können wir das genauso gut tun.«

Ying Er ließ die Samen in ihrer Hand auf den Boden fallen und wischte sich das schweißnasse Gesicht mit ihrem Halstuch ab. »Er hört nicht auf mich«, sagte sie.

»Es geht mir gut«, sagte Hantou. »Die Schmerzen sind immer da, selbst wenn ich im Bett liege. Also, was soll's?«

»Du solltest herausfinden, was wirklich mit dir los ist. Es kann nicht sein, dass du einfach nur Medikamente nimmst.«

»Sie haben mich eingehend untersucht, Leberfunktionen eingeschlossen, aber sie wissen nicht, was es ist. Ich soll eine Sonografie machen lassen, aber das ist zu teuer, kostet fast hundert Yuan. Und wozu auch?« Er stand auf und fuhr fort: »Es ist schon etwas besser geworden, nur noch ein minimaler Schmerz. Merkwürdig, findest du nicht? Diese Schwellung und diese Schmerzen zwischen meinen Rippen.«

»Es hilft auf jeden Fall nichts, dir in die Rippen zu pieksen«, sagte

Lingguan. Außerdem kann sich aus einem kleinen Problem mitunter auch ein größeres entwickeln, wenn man sich nicht rechtzeitig darum kümmert.«

»Ich habe bereits einen Plan«, sagte Hantou. »Ich werde es auf jeden Fall untersuchen lassen und habe das Geld dafür zur Seite gelegt. Danach sehen wir weiter. Wenn meine Zeit abgelaufen ist, dann ist es halt so.«

»Was sollen diese Unkenrufe«, beschwerte Ying Er sich. »Du solltest dich lieber in Optimismus üben und nach vorn schauen.«

»Da hast du völlig Recht«, ergänzte Lingguan.

»Wie geht es Mengzi?«, fragte Hantou. »Du solltest ihn im Auge behalten. Pass auf, dass er keine Dummheiten macht.«

»Huaqiu und er haben sich vorhin bestens unterhalten.«

»Genug von deinem Sarkasmus«, erwiderte Hantou. »Sei nicht zu streng mit ihm.«

»Eben erst hat er mich beschimpft.«

»Warum sollte er das ohne Grund tun? Vermutlich geht es ihm schlecht.«

»Das habe ich auch gedacht«, lachte Lingguan. »Warum macht er sich keine Gedanken darüber, was vorgefallen ist?«

»Je mehr sich einer den Anschein gibt, eine Sache sei ihm egal, desto mehr Gedanken macht er sich«, warf Ying Er ein.

Wortlos nahm Hantou eine Handvoll Rapssamen. »Er hat es mit der Frau eines anderen Mannes getan. Ein netter Donnerschlag, würde ich sagen. Was soll sie machen, wenn ihr Mann die Scheidung verlangt?«

»Eine Scheidung ist doch genau das, was er wollte«, sagte Lingguan. »Das Ganze war doch nur eine Ausrede. Er hat ihr einen Batzen Geld angeboten, doch sie hat abgelehnt.«

»Was willst du mit Geld?«, fragte Ying Er. »Was einer Frau wichtig ist, ist die Liebe. Solange sie die Liebe haben, ist Armut bedeutungslos.«

»Gibt es irgendetwas, das Shuangfu nicht hat?«, fragte Hantou. »Er ist reich, was braucht er noch, um ein liebender Mann zu sein?«

»Da sieht man, wie wenig du kapierst«, sagte Ying Er vorwurfsvoll. »Man kann das nicht mit Worten beschreiben, was Liebe ist. Aber eine Frau weiß es. Shuangfu kennt nur Geld. Die Familie bedeutet ihm nichts. Sie kann sich besser scheiden lassen, als ein Leben als Strohwitwe zu führen.«

Hantou schaute verdutzt. Seine Miene verdunkelte sich, als er eine Handvoll Unkraut ausriss.

Lingguan hatte sofort bemerkt, dass Ying Ers unüberlegter Kommentar Hantou verletzt hatte.

»So so, du scheinst wohl eine dieser fortschrittlichen Frauen zu sein?«, sagte er. »Du hättest einen besseren Ort verdient, um geboren zu werden. Du hast hier einfach nicht den Platz, den du bräuchtest.«

Ying Er wischte sich über ihr Gesicht, schaute Lingguan an und sagte mit einem Lächeln: »Reden ist das eine, Tatsachen sind das andere. Shuangfus Frau ist eine starke Person. Ich kann mir nicht vorstellen, was passiert wäre, wenn es eine andere Frau gewesen wäre.«

»Stark?«, rief Hantou aus. »Ein schamloses …« Er stockte und ließ den Satz unvollendet.

Ying Er biss sich auf die Lippen und schaute erst Hantou, dann Lingguan an.

»Genau so ist es!«, betonte Lingguan. »Männer stehlen Dinge, Frauen stehlen Männer. Sie sind die schlimmsten.«

Ying Er streckte ihre Hand aus und kniff Lingguan schmerzhaft in den Arm.

Kapitel IX

1

»Wuzis Krankheit verschlimmert sich zusehends. Erst setzt er Goubaos Heuhaufen in Brand, dann beißt er mehrere Mädchen. Der Lahme war so aufgebracht, dass er den Jungen mit der Peitsche bearbeitet hat.« Laoshuns Familie saß beisammen und alle hörten, was die Mutter soeben gesagt hatte.

»Kein Wunder, dass so viele Leute dort waren«, sagte Lingguan.

»Der Lahme weiß nicht mehr weiter«, fuhr sie fort. »Er hat bereits sein Getreide verkauft. Der Junge war auch eine Zeitlang im Krankenhaus. Sie haben ihm Medikamente gegeben, doch alles ist beim Alten geblieben.«

»Wenn es doch beim Alten geblieben wäre«, sagte Laoshun. »Das wären gute Nachrichten. Doch es sieht so aus, als ob es immer schlimmer werden würde, je mehr sie ihn behandeln. Zuerst ist er den Mädchen nur hinterher, aber jetzt … es scheint mir wie ein Seil, das an der dünnsten Stelle reißt.«

»Ich bin deiner Meinung«, sagte Lingguan. »Nimm Shuangfu zum Beispiel. Der Kerl ist gesund wie ein Pferd.«

Die Erwähnung des Namens Shuangfu legte einen Schleier auf Laoshuns gute Laune, doch er ließ es bei einer abfälligen Handbewegung und vermied einen Kommentar.

»Er weiß, wie man sich gesund ernährt«, meinte Mengzi. »Nur Ginseng und Weichschildkröten kommen bei ihm auf den Tisch.«

Lingguan warf seinem Bruder einen Blick zu und konnte sich ein Lachen nicht verkneifen.

»Wieso lachst du? Das ist die Wahrheit.«

»Natürlich ist sie das. Ich lache über dich, du Clown.«

Hantou schaute zu Mengzi hinüber und stimmte in das Lachen ein. Er war im Begriff, auch etwas zu sagen, doch nach einem verstohlenen Blick auf seinen Vater, entschied er sich, den Mund zu halten. Lingguans Mutter schaute ihren Mann an und änderte dann das Thema:

»Was hat der Lahme zu sagen?«

»Was soll er schon sagen?«, antwortete Laoshun schnippisch. »Alles liegt dem Schicksal anheim. Er könnte sich eine Rippe herausschneiden, aber was würde das bringen?«

»Tut dir die Seite noch weh?«, fragte die Mutter nach ein paar Löffeln Suppe. »Gespräche über Krankheiten machen mir Angst.«

»Es ist ok«, sagte Hantou und tätschelte seine Seite. »Die Medikamente, die wir letztes Mal gekauft haben, scheinen zu wirken.«

»Hör nicht auf ihn!«, ereiferte Lingguan sich. »Heute Morgen auf dem Feld hattest du starke Schmerzen, oder etwa nicht?«

»Manchmal krümmt er sich vor Schmerzen wie eine Garnele«, sagte Ying Er. Und zu Hantou gewandt fügte sie hinzu: »Wie kannst du behaupten, es sei nichts?«

»Mach uns nichts vor, mein Junge!«, sagte die Mutter. »Mit Krankheiten spielt man nicht.«

»Ich weiß«, sagte Hantou und lächelte. »Die Schmerzen kommen in Wellen und alles, was ich tun muss, ist gegenzupressen.«

»Medikamente sind immer noch besser als gar nichts zu tun«, sagte die Mutter.

»Es gibt in der traditionellen Medizin kalte und heiße Medikamente, genau wie bei den Krankheiten. Wenn du eine heiße Krankheit mit heißen Medikamenten behandelst oder umgekehrt, wird alles nur noch schlimmer«, betonte Lingguan.

»Er hat Recht«, sagte Hantou. »Mein Mund ist immer trocken, und je öfter ich mein Medikament nehme, desto schwieriger ist es … ihr wisst schon.«

»Nicht beim Essen, bitte!«, sagte Ying Er und runzelte die Stirn.

»Ich habe ja nicht »scheißen« gesagt.«

»Genug!« Du hast es schon übertrieben.«

»Iss dein Essen«, lachte Mengzi. »Und lass ihn sagen, was er will. Er scheißt schließlich nicht auf deinen Teller.«

Ying Er warf Mengzi einen bösen Blick zu, sagte aber nichts.

»Kein schmutziges Gerede mehr«, sagte Lingguan. »Jeder, der sich nicht daran hält, bekommt einen vollen Nachttopf von mir über den Kopf!

Mengzi prustete so hart los, dass sein Essen vor ihm auf dem Tisch landete. Ying Er nahm ihr Reisschälchen, schlug es auf den Tisch und verließ den Raum.

»Habt ihr das gesehen?«, fragte die Mutter. »Ein paar rauhe Worte und sie kriegt ihr Essen nicht mehr herunter.«

»Ich glaube, es reicht jetzt mit diesem dummen Gerede«, erwiderte Laoshun. »Esst auf und geht wieder an eure Aufgaben.«

»Wie kommt es, dass alles, was ich sage, dummes Gerede ist?«, fragte seine Frau. »Nur das, was die anderen sagen, ist Perlmutt aus ihren Mündern!«

Nach dem Mittagessen ging Laoshun hinüber zu dem Lahmen. Eine Schar von Menschen hatte sich um sein Haus versammelt. Seine Frau saß auf einem Stuhl nahe der Tür und weinte. Wuzi saß auf den Treppenstufen, ein zufriedenes Lächeln im Gesicht. Er wirkte abwesend. Der Lahme saß mit angezogenen Beinen auf dem Ofenbett, zog an seiner Pfeife und ignorierte die Leute, die ein- und ausgingen.

»Das hätte jedem passieren können«, sagte der alte Meng tröstend. »Es gibt keinen Grund, den Kopf hängen zu lassen. Wir sind alle nur Menschen, und nur eine herzlose Person würde einen Kommentar abgeben.«

»Niemand hat etwas gesagt«, meinte Beizhu. »Alle wissen, dass Wuzi krank ist.«

»Richtig«, fiel einer der Umherstehenden ein.

»Einen Heuhaufen hat er angezündet, na und? Es ist schließlich nur Heu. Falls Goubao sauer ist, kann er mein Heu haben.«

»Wer hat gesagt, ich wäre sauer? Ich habe kein Wort gesagt. Ich kann Baumblätter oder Dung benutzen, um das Ofenbett im Winter zu heizen. Beides ist einfach zu beschaffen. Kein Grund zur Sorge.«

»Er hat Recht«, sagte Beizhu zustimmend. »Komm zu mir und hol dir, was du brauchst. Von mir aus kannst du es auch essen.«

»Du magst Heu essen, ich nicht.«

»Was sonst hat er angestellt?«, fragte Beizhu. »Ein paar Mädels in die Lippen gebissen. Na und? Die sind alle vorher schon einmal geküsst worden, oder nicht? Sind doch keine Jungfrauen mehr. Wuzi küsst halt ein wenig stürmischer. Auf Goubaos Hochzeit haben wir das Kuss-Spiel mit seiner Braut gespielt, und Mengzi hat sie blutig geküsst. Hat sich damals jemand beschwert?«

Sein Kommentar erntete Gelächter.

»Kannst du niemals deine Klappe halten?«, echauffierte Goubao sich. »Lass es endlich gut sein.«

»Ich denke, es ist nicht allein Wuzis Schuld. Die Mädels hätten besser mit der Situation umgehen können. Er ist der Behinderte, nicht sie. Deswegen ist er hinter ihnen her. Warum sind sie nicht einfach weggelaufen? Ich denke, sie wollten testen, wie es ist, von einer männlichen Jungfrau geküsst zu werden.«

Mehr Gelächter.

»Du bist in der Tat das größte Plappermaul, das mir jemals unter die Augen gekommen ist!«, meinte der alte Meng.

»Beizhu!«, schnauzte der Lahme plötzlich in die Runde. »Ich kann dein Gewäsch nicht mehr ertragen. Ich habe bereits genug Probleme. Dieser Junge ist die Last meines Lebens. Ich schäme mich für das, was er uns allen angetan hat, aber ich lasse nicht zu, dass jemand hinter meinem Rücken so über ihn redet.«

Beizhus Lippen bewegten sich, aber er blieb stumm.

»Ich glaube, das reicht«, sagte Meng. »Du kennst Beizhu. Nichts von dem, was er sagt, kannst du ernst nehmen.«

»Ich habe nur Spaß gemacht«, rechtfertigte Beizhu sich und gab Meng einen freundschaftlichen Puff auf die Brust.

»Lasst uns bitte ernsthaft werden«, sagte Laoshun und zog die Brauen in die Höhe. »Wir müssen uns besser um Wuzi kümmern. Gestern ein Heuhaufen, morgen der nächste. Bevor wir uns versehen, ist alles Heu niedergebrannt. Dann stehen wir dumm da, wenn der Winter kommt. Auch seine Beißerei muss aufhören. Niemand wird sich mehr in unser Dorf trauen.«

»Ich denke, du hast Recht«, sagte Meng. »Lasst uns überlegen, wie man das Problem lösen könnte.«

»Er muss ärztlich behandelt werden«, sagte Goubao.

»Als ob es irgendeine Behandlung gäbe, die sein Vater noch nicht ausprobiert hätte«, meinte Goubao.

»Es reicht«, protestierte der Lahme. »Ich kann das nicht mehr ertragen.«

»Das ist dein Problem«, sagte Meng. »Ich habe den Jungen aufwachsen sehen. Von der Zeit, als er ein Baby war bis zum heutigen Tag. Wir sind alle traurig darüber, was aus ihm geworden ist. Es muss etwas getan werden und wir brauchen Ideen.«

»Ich ahne, worauf du hinauswillst«, sagte Beizhu. »Jeder schmeißt so viel in die Kasse wie er kann. Ich bin mit fünfzig Yuan dabei.«

»Ich habe nicht viel«, sagte Laoshun. »Aber ich denke, ich kann hundert Yuan aufbringen.«

»Stop!«, protestierte Wuzis Vater. »Ich weiß eure Großzügigkeit zu schätzen, aber ihr verplempert bloß euer Geld. Es würde nichts nutzen. Solange er im Hospital ist, gibt es keine Probleme. Aber zurück zu Hause, fängt es jedes Mal aufs Neue an. Ich habe bereits einige Tausend Yuan ausgegeben, und doch verschlechtert sich sein Zustand zusehends. Der Junge liegt in der Hand des Schicksals.«

»Mach dir keine Sorgen«, sagte Meng. »Du hast alles getan, was du tun konntest. Nun warte ab, bis wir alles getan haben, was wir leisten können. Und dann schauen wir. Der Himmel wird sich um die sorgen, die es am nötigsten haben.«

»Genau«, pflichtete Laoshun ihm bei. »Der Himmel wird es richten.«

An jenem Abend gingen Laoshun und Meng von Tür zu Tür. Am Ende ergab sich eine Summe von über achthundert Yuan. Der Lahme weigerte sich, das Geld anzunehmen.

»Betrachte es als ein Darlehen«, sagte Meng. »Du kannst es zurückzahlen, sobald du über Mittel verfügst.« Am folgenden Morgen machte sich der Lahme mit Wuzi auf den Weg in die Stadt.

2

Laoshuns Frau redete ihrem Sohn Hantou ins Gewissen. Die Schmerzen in seiner Seite plagten ihn nach wie vor. Sie beschwor ihn, einen Arzt aufzusuchen. Doch er weigerte sich.

»Langsam habe ich das Gefühl, die beiden Rezepte von Doktor Chen haben es nur noch schlimmer gemacht.«

»Kannst du nicht zu einem anderen Arzt gehen? Fahr in die Stadt! Ying Er sagt, du hast letzte Nacht vor Schmerzen gestöhnt. Du solltest das nicht auf die leichte Schulter nehmen.«

»Jetzt übertreibst du aber, Mutter«, antwortete Hantou.

»Es ist einen Versuch wert«, mischte sich Laoshun ein. »Wenn es eine Diagnose gibt, kann man auch etwas tun. Und wenn nichts ist, dann wird sich deine Mutter auch wieder beruhigen.«

»Last uns aufhören damit, bitte.«

»Sie wollen, dass du dich untersuchen lässt!«, sagte Mengzi genervt. »Warum tust du nicht, was sie von dir erwarten?«

Hantou antwortete nicht.

Die Mutter übergab Lingguan die fünfzig Yuan von Baigou und bat ihn, seinen Bruder zu begleiten. Die beiden Brüder fuhren mit dem Bus in die Stadt und meldeten sich am Stadtkrankenhaus an. Der Arzt ordnete einen Ultraschall an, doch als Hantou hörte, dass dieser dreißig Yuan kosten sollte, verlor er jeglichen Optimismus.

»Der Ultraschall wird nicht das heilen, was mir Schmerzen bereitet, warum also verzichten wir nicht darauf und kaufen nur die Medikamente?«

Das klang vernünftig in Lingguans Ohren.

Nachdem er Hantous Puls gefühlt und seine Zunge begutachtet hatte, zog der Arzt seine Stirn in Falten und schrieb ein Rezept. Hantou standen kleine Schweißperlen auf der Stirn, während er den Arzt musterte. Seine Lippen bewegten sich im Takt zu dessen Augenlidern.

»Kein Grund zur Beunruhigung.«, sagte der Mann in Weiß. »Leberbeschwerden, hervorgerufen durch Verdauungsprobleme.«

Lingguan seufzte erleichtert. Hantous Gesichtsmuskeln entspannten sich. Lingguan holte die verschriebenen Medikamente: zwei Päckchen traditionelle Kräutermedizin sowie mehrere Papiertütchen mit Tabletten. Alles zusammen kostete etwas über zwanzig Yuan. Sichtlich erfreut über die vergleichsweise geringen Kosten, wurde Hantou von plötzlicher Euphorie gepackt.

»Nicht übel, was? Nur zwanzig Yuan. Die Untersuchung hätte mehr als dreißig gekostet und vermutlich gar nichts gebracht.« Er lächelte.

Nachdem sie eine Nudelsuppe gegessen hatten, nutzten sie die frühe Stunde und trieben sich ein wenig in der Stadt herum. Hantou begeisterte sich an den Geräuschen und der Geschäftigkeit. Er kam nur äußerst selten in die Stadt. Die negative Diagnose des Arztes hatte ihn augenscheinlich in beste Laune versetzt. Während er seinen Bruder auf diese oder jene Sehenswürdigkeit aufmerksam machte, dachte Lingguan insgeheim an sein Verhältnis mit Ying Er.

Mit einem Mal zupfte Hantou seinen Bruder am Ärmel und sagte: »Mutter hat mir aufgetragen, Zypressen-Räucherstäbchen zu kaufen.« Sie fragten in mehreren Geschäften nach, doch keines hatte, was sie suchten.

»Ich bin mir sicher, dass wir so etwas im Haizang-Tempel bekommen«, sagte Lingguan. »Aber das ist noch ein gutes Stück Weges von hier. Also lass uns zuerst am Schrein des Donnergotts schauen. Vielleicht haben wir dort Glück.«

Der Schrein war ein dem Gott des Regens gewidmetes hohes Lehmgebäude. Hier drängten sich Massen von Menschen, denn es war der 15. Tag des Mondmonats. Einige Frauen übten sich zu fremd klingender Musik in einer Art magischem Tanz. Lingguan, der solche Tänze schon mehrfach miterlebt hatte, war nicht sonderlich beeindruckt von der Szene, während Hantou sie als unheimlich empfand.

Lingguan wendete sich an einen alten Mann und erkundigte sich nach der Bedeutung des Tanzes. »Sie erlernen Zauberei«, war die Antwort.

»Aber wie bringt man jemandem Zauberei bei?«, fragte er weiter.

»Eine gute Frage«, antwortete der Mann. »Eine Zauberin ist eine Frau, dessen Körper von einer übernatürlichen Macht besessen ist, und das ist nichts, was man lehren oder lernen kann.«

»Welche Art von Wesen nimmt von dem Körper der Frauen Besitz?«

»Es sind übernatürliche Wesen«, sagte der alte Mann.

»Für mich ist das eine Form von Geisteskrankheit«, warf ein junger Mann im Anzug ein.

»Das kann man sehen, wie man will«, erwiderte der alte Mann. »Dennoch ist es eigenartig, dass manche Kranke durch diesen Spuk geheilt werden, wo keine Medikamente mehr helfen.«

»Das ist sicher nur ein psychologischer Effekt«, bemerkte der junge Mann.

»Dann würde es sich um eine Art Psychotherapie handeln«, sagte Lingguan und lächelte. Dann fuhr er fort:

»Einige Dinge sind schwer zu erklären. Nimm zum Beispiel ein weinendes Baby. Ein Baby kann noch nichts von psychologischen Effekten wissen, und doch hört es auf zu weinen, sobald man eine magische Beschwörung anwendet.«

Hantou brachte seinen Bruder zum Schweigen, indem er ihn wegzog. Lingguan besorgte zwei Eintrittskarten. Als sie durch das Eingangstor des Tempels schritten, wurde der Lärm lauter und Hantou fühlte sich zusehends überfordert.

Die steinernen Löwen an der Frontseite des Tempels waren bedeckt mit Geldmünzen und kleinen Scheinen. Dicke Bündel Räucherstäbchen, die in den Messinggefäßen abbrannten, sandten dicke Rauchschwaden über das Gelände. Eine Frau mit tränenüberströmtem Gesicht, betete kniend vor einem der riesigen Räuchergefäße, wobei sie ihren Kopf immer wieder auf den Boden schlug und dabei Unverständliches murmelte. Andere warfen Mengen von rotem Opfergeld in die Flammen.

Münzen, Geldscheine, Hefeklöße und Früchte lagen aufgetürmt auf dem großen Altartisch vor den Statuen verschiedener Gottheiten. Ein Schamane legte Geldscheine vor jede der Statuen. Lingguan warf eine Handvoll Münzen auf den Tisch.

Der junge Mann im Anzug trat neben Lingguan und lachte, als er sah, was Lingguan tat. »Ich gebe niemals Geld. Ich habe nichts verbrochen, also benötige ich auch keine Absolution.«

»Ich gebe Almosen. Das Leben besteht aus Geben und Nehmen. Einige geben Geld anstatt Leben, andere geben Leben anstatt Geld.«

An einer aus Backstein gemauerten Stelle zum Abbrennen von Räucherstäbchen im südöstlichen Teil der hinteren Halle stieg dicker, blauer Rauch empor. Hier lag die Asche in großen Haufen, vor denen einige Betenden knieten. Die Schamanen zeigten hier ihre Fertigkeiten, indem sie Heilungsrituale vollführten oder Beschwörungen vornahmen. Ein junger Mann mit offenkundig besonderen Fähigkeiten sang in einer Falsettstimme Beschwörungsformeln, allem Anschein nach im Versuch, einer Frau eine Art von Heilung angedeihen zu lassen. Es wirkte eigenartig, einen deutlich jüngeren Mann zwischen den älteren Schamanen zu sehen. Er beantwortete vielerlei Fragen der Umherstehenden, die allem Anschein nach, großes Interesse an seinen Ausführungen hatte.

Die Gesänge der Schamanen klangen vertraut in Lingguans Ohren. Er hörte, dass sie im Liangzhou-Dialekt vorgetragen wurden. Sogar einzelne Strophen konnte er verstehen, wobei ihm auffiel, dass die alten Melodien mit modernen Texten versehen waren. Ihm gefiel die Vorstellung, dass sie von Geistern aus Liangzhou besessen sein könnten, denn warum sonst sollten sie diese Weisen anstimmen? Dann fiel sein Blick auf einen alten Schamanen, der einem Mädchen mit sehr heller Haut ein Lied im Liangzhou-Dialekt beizubringen versuchte. Anscheinend war sie eine Schülerin, die noch lernte und »zurechtgerieben« werden musste. Das Wort erinnerte ihn an das Abrichten der Falken und ihren Ausdruck »zerreiben«. Er hatte gehört, dass es sich dabei um einen äußerst quälenden Prozess handelte, bei dem die übernatürlichen Kräfte und eine menschliche Person einen oft jahrelang andauernden Kampf ausfochten. Gewann der Mensch, so erholte sich die besessene Person wieder, behielt der Geist die Oberhand, so hatte er Kontrolle über die Person und konnte jederzeit von ihr Besitz ergreifen.

Lingguan entdeckte Hantou, der in der Menge stand und seinen Hals reckte. Er versuchte, sich zu einer Stelle vorzukämpfen, wo eine Schamanin die Zukunft deutete, wobei sie ihre Handinnenflächen und ihre

Finger einsetzte. Nachdem ein Kunde ihr Jahr, Tag und Zeit der Geburt genannt hatte, begutachtete sie lange und intensiv seine Hand und sagte dann:

»Schau an! Hier liegt der Ursprung deiner Krankheit. Ich sehe einen Wald … südöstlich von deinem Haus.« Dann folgte ein fremdartiger Gesang, der – anders als bei den anderen Schamanen – von ihr aber nicht im lokalen Dialekt vorgetragen wurde.

»Ich will mir meine Zukunft lesen lassen«, sagte Hantou und stupste seinen Bruder an.

»Vergiss das. Es bringt nichts. Wenn sie dir Positives erzählt, wirst du froh sein. Aber wenn sie dir Negatives berichtet, wirst du hinterher verzweifelt sein.«

»Ach komm! Es kostet nur zwei Yuan.«

Hantou gab seine Geburtsdaten an. Die Schamanin beobachtete ihn eine Weile durch halbgeschlossene Augen, bevor sie zu sprechen begann:

»Du hast deinen Geist verloren. Geh nach Hause und rufe einen Geist. Fühlst du dich ständig müde? Fühlst du dich oft überfordert und verwirrt? Du kannst kein Gewicht zunehmen und hast wiederholt Albträume?«

Hantou nickte, den Blick ehrfurchtsvoll auf das Gesicht der Frau geheftet.

Sie murmelte etwas vor sich her, bevor sie fortfuhr: »Und du trägst eine unaussprechliche Krankheit in dir.«

»Was sagst du da?«, entfuhr es Hantou unfreiwillig. Er schaute zuerst seinen Bruder an, dann senkte er den Blick.

»Du hast eine immense Hürde vor dir. Wenn du sie meisterst, wird sich alles zum Besten geben. Wenn nicht, wird deine Zukunft schwer vorherzusagen sein.«

»Was können wir tun? Gib uns einen Rat. Wir zahlen dafür«, machte sich Lingguan einen Spaß. Ihm waren die Gepflogenheiten der Wahrsager nur allzu vertraut. Stets schüchterten sie ihre Kunden ein, um sie anschließend um ihre Ersparnisse zu bringen.

»Kein Grund, so mit mir zu sprechen, junger Mann«, sagte die Schamanin und warf Lingguan einen missbilligenden Blick zu. »Ich sage lediglich, wie es ist.«

»Ich glaube dir«, beeilte sich Hantou zu sagen.

»Vergiss es. Ich bin es leid, noch mehr zu erzählen.« Dann jedoch erhob sie ihre Stimme und verfiel in eine Art Sprechgesang:

»Diese karmische Prüfung ist vorherbestimmt. Was geschieht, mag gut oder schlecht ausgehen. Keiner kann ihr entkommen. Mit einem Krug voll Schnaps in diesem weiten Raum zwischen Himmel und Erde. Geist und Körper befinden sich in unterschiedlichen Räumen. Wir sind alle nur Durchreisende.«

Lingguan war verärgert. Die Ankündigung der Schamanin hatte er mehrfach auf ähnliche Weise in einem Buch über Wahrsagerei gelesen. Vermutlich hatte sie das Buch auswendig gelernt und zitierte nun daraus, um ihre Kunden einzuschüchtern und um den Finger zu wickeln und ihren Kunden Angst zu machen. Er griff in die Hosentasche, holte einen zwei Yuan Schein hervor, warf ihn der Frau vor die Füße und zerrte Hantou mit sich fort.

»Was hat sie gemeint?«, bohrte Hantou seinen Bruder mit Fragen. »Was war das mit gut und böse?« Hantou fehlte die nötige Bildung, um die Worte der Schamanin interpretieren zu können.

»Sie sagte, du sollst dem Schnaps fernbleiben. Wenn du das Trinken sein lässt, ist das gut für dich, und wenn du trinkst, wird es übel für dich ausgehen.«

»Sie hat Recht. Genau das hat auch der Doktor zu mir gesagt. Sie hat den Nagel auf den Kopf getroffen. Aber woher wusste sie, dass ich immerzu müde bin? Und dass ich durcheinander und oft überwältigt bin von allem? Wie konnte sie das alles so haargenau wissen? Es erscheint mir wie ein Wunder. Sie sagte, dass ich dieses Jahr eine schwere Hürde zu meistern haben werde.«

»Es geht um deinen Lebensgeist«, antwortete Lingguan. Wenn du den nicht wiederfindest, würden dir Krankheiten drohen. Aber wenn du ihn zurückerlangst, wird alles gut werden.«

Lingguan erläuterte seinem Bruder mit großer Vorsicht die Worte der Schamanin. Ihm war klar, dass Hantou, sobald er wirklich verstand, was die Frau gemeint hatte, möglicherweise krank werden würde, selbst wenn ihn kein Leid plagte. Was für eine Hexe! Ihm dämmerte nun, dass er deshalb wütend geworden war, weil die Schamanin den Grund seiner Sorgen exakt auf den Punkt gebracht hatte: Sein Gefühl, dass ein schreckliches Unglück über die Familie kommen würde. Und diese Ahnung hing bereits seit Wochen wie ein Schwert über seinem Kopf.

Sobald sie sie das Tor hinter sich gelassen hatten, verflogen der dichte Rauch und verstummten die unheimlichen Gesänge. Die Sonne schien auf sie herab und heiterte ihre Stimmung auf. Er konnte wieder über sich selbst lachen und darüber, dass eine solche Frau ihm die Stimmung hatte vermiesen können.

Die schrägstehende Sonne sagte ihnen, dass keine Zeit zum Trödeln mehr war und so kauften sie die Räucherstäbchen und stiegen in den nächsten Bus nach Hause.

Die Mutter versuchte in ihren Gesichtern zu lesen, als sie das Haus betraten.

»Ist alles in Ordnung?«

»Alles ist bestens. Der Doktor sagte, es sei nichts Ernstes, lediglich eine kleine Dysfunktion der Leber und des Magens«, antwortete Lingguan. »Die verschriebenen Medikamente werden es richten.«

Ying Er kam aus ihrem Zimmer. Sie warf Lingguan einen erwartungsvollen Blick zu. Dann sagte sie zu Hantou gewandt: »Hast du mir mitgebracht, worum ich dich gebeten hatte?«

»Oh, Mann! Ich hab's vergessen! Warum hast du mich heute Morgen nicht noch einmal daran erinnert?« Hantou lächelte verschämt, als er in die Tasche griff und die Räucherstäbchen herauskramte. »An Mutters Räucherstäbchen habe ich gedacht. Du kannst für dein Haar genau so gut Waschpulver nehmen. Shampoo ist verdammt teuer und auch nicht so toll, wie die Leute immer sagen.«

»Schon gut«, erwiderte Ying Er. »Ich hatte dir gesagt, dass Waschpulver meiner Kopfhaut schadet und dass ich davon Schuppen bekomme. Du bist mir vielleicht einer!« Woraufhin sie sich umdrehte und in ihrem Zimmer verschwand.

»Ich habe es nicht wirklich vergessen«, murmelte Hantou und kratzte sich verlegen am Kopf. »Ich habe in mehreren Geschäften gefragt, aber eine Flasche Shampoo kostet mindestens drei Yuan. Ich habe sogar eins für fünfzig Yuan gesehen.«

Kapitel X

1

Der Tag dämmerte noch, als Laoshuns kratzige Stimme erklang:

»Hoch mit euch, junge Herren! Zeit aufzustehen!«

Lingguan rieb sich die Augen. Er fühlte sich wie benommen. Das nervige Geräusch eines Besens und der aufwirbelnde Staub begrüßten ihn wie an jedem andern Morgen. Während er sich anzog, bemerkte er angetrocknete Flecken an seiner Unterhose. Zeichen der Träume der vergangenen Nacht, die er mit einem verstörten Schütteln des Kopfes zur Kenntnis nahm.

Das Frühstück bestand, wie jeden Tag, aus Kartoffeln, Hirsebrei und Mantou, den traditionellen, gedämpften Hefeklößen. Ihm war, als ob sein Herz einen kleinen Aussetzer tat, als er Ying Er das Frühstück hereinbringen sah. Heimlich schielte er zu ihr herüber, doch es kam keinerlei Reaktion. Frauen waren Schauspielerinnen, von Natur aus, so dachte er. Sie wirkte vollkommen gelassen.

Nach dem Frühstück schickte die Mutter Mengzi und Hantou zum Haus ihrer Schwester Lanlan, um dort bei der Herbsternte auszuhelfen. Ihre Ländereien waren vergleichsweise groß und Lanlan musste sie allein bestellen, denn auf ihren Mann war bei dieser Art von Arbeiten nicht zu zählen. Doch sie verfolgte noch einen weiteren Grund. Sie wollte, dass Hantou in Lanlans Dorf eine Frau trifft, eine Wahrsagerin, die erst vor kurzer Zeit den Grad einer Schamanin erreicht hatte und – so hatte sie es vernommen – eine Person mit großer Macht war.

Nachdem Mengzi und Hantou das Haus verlassen hatten, bat Laoshun Ying Er, sich in der weiteren Umgebung nach Orten mit intensivem Artemisiabewuchs umzuschauen. Der Preis für Artemisiasamen war in letzter Zeit enorm gestiegen und viele der Leute im Dorf machten sich ebenfalls auf den Weg.

»Das ist eine gute Idee«, meinte die Mutter. »Du solltest ebenfalls gehen. Und nimm ein Laken mit, dann kannst du mehr transportieren. Wenn ihr einen guten Platz gefunden habt, werde ich nachkommen und euch helfen. Ein paar Tage guter Arbeit sollten sich für uns lohnen.«

Lingguan schaute zu seiner Mutter hinüber und errötete, als sich ihre

Blicke trafen. »Ich haben niemanden getroffen, der Samen verkauft«, murmelte er sichtlich unzufrieden.

»Jedes Bisschen zählt«, erwiderte der Vater. »Es ist immer noch besser als nichts. So wie die Dinge stehen, können wir Extraeinnahmen gut gebrauchen, wenn wir nicht vom Wind allein leben wollen. Geh und hüte die Ziegen, wenn dir das lieber ist. Ich werde deine Mutter begleiten.«

»Bloß keine Ziegen hüten! Ich werde gehen und hole Huaqiu dazu.«

»Warum brauchst du überhaupt jemanden, der dich begleitet? Ihr geht nicht auf Fasanenjagd!«

Mit einer abschätzigen Handbewegung füllte Lingguan einen Wasserkrug, stopfte einige Hefeklöße in eine Tasche, nahm sich ein Bettlaken, einen Birkenzweig und eine Sense und verließ das Haus. Als er sich umdrehte, sah er Ying Er, die ein rotes Halstuch trug. Der Kontrast, in dem das Tuch zu ihren leuchtend grünen Augen stand, empfand Lingguan als irritierend. »Warum kleidet sie sich in solch unmöglichen Farben?«, dachte er. »Sie geht schließlich nicht zu einem Heiratsvermittler.«

Der Handlose Wei kam auf seinem Esel vorbeigeritten. Sein einziger Besitz. Der geschmeidige Gang des Tieres und sein glänzendes Fell ließen darauf schließen, dass der alte Mann gut für seinen Esel sorgte. Er schaute zuerst zu Lingguan hinüber, dann zu Ying Er.

»Ah!«, raunzte er vielsagend. »Ich sehe, ihr seid auf dem Weg in die Wüste. Ein guter und angenehmer Ort – habt ihr auch ein Laken dabei?«

Lingguan, der die Anspielung nicht mitbekommen hatte, schüttelte demonstrativ das Laken in seiner Hand, woraufhin Wei laut zu lachen begann.

»Ah, du hast eins dabei. Das ist großartig. Das erleichtert vieles. Dort draußen werdet ihr mutterseelenallein sein!«

»Pass du besser auf, dass du deinem Esel nicht zu nahekommst!«, erwiderte Lingguan schnippisch.«

»Keine Sorge, darin bin ich nicht so gut«, lachte Wei. »Aber vielleicht kannst du mir behilflich sein?«

»Nein danke. Ich will dir deinen Spaß nicht nehmen!«, antwortete Lingguan, während der Handlose Wei an ihm vorbeiritt. Lingguan drehte sich zu Ying Er um, die ein paar Meter hinter ihm stand und lächelte.

Sobald sie die Wüste erreicht hatten, trafen sie auf eine Gruppe von

Mädchen, die Samen von Wüstenreis sammelten. Sie lachten, spotteten und machten ihre Späße mit Lingguan und Ying Er. Den Kommentaren des Handlosen Wei hatte Lingguan Paroli bieten können, doch den schamlosen Bemerkungen dieser Mädchen hatte er nichts entgegenzusetzen. Also senkte er verlegen den Kopf, während Ying Er belustigt neben ihm stand.

Obschon entlang des Weges einige der Büsche offensichtlich noch unberührt waren, so fanden sie doch Markierungen, die diese Büsche als »besetzt« kennzeichneten und die zweifelsfrei die Zugehörigkeit zu einer bestimmten Familie ausdrückten, ein üblicher Brauch in der Gegend. Natürlich gab es auch woanders noch reichlich Artemesiabestände, dennoch erinnerte er sich an die Warnung des Vaters, sich zu sputen.

Das Laufen in der Wüste war deutlich beschwerlicher als auf festen Wegen. Bei jedem Schritt versanken sie mit den Füßen im weichen Sand und das lange Marschieren war sehr kräftezehrend. Er atmete mehrmals tief durch, um Kontrolle über seine unregelmäßige Atmung zu erlangen.

Mit einem Mal fühlte sich seine Hand ganz leicht an und er merkte, dass Ying Er ihm den Wasserkanister abgenommen hatte. Er hielt an, warf das Laken vor sich auf den Boden und setzte sich darauf. Ying Er konnte sich ein Lächeln nicht verkneifen.

»Du bist mir vielleicht einer. Du gehst drei Schritte und musst dich schon wieder ausruhen. So werden wir niemals ans Ziel gelangen.« Lingguan tat, als habe er sie nicht gehört. Er schloss die Augen. Seine Beine zitterten.

Ying Er strich sich die Schläfenhaare glatt und blickte in die Ferne.

»Lass uns aufbrechen«, sagte sie nach einer Weile. »Die Sonne steht bereits hoch und bei unserem Tempo werden wir es kaum bis Mittag schaffen. Sobald wir dort sind, werde ich mich ans Werk machen. Dann kannst du dich ausruhen. Dein Vater wird Ärger machen, wenn wir mit leeren Händen zurückkehren.«

Stöhnend erhob Lingguan sich. Der Gedanke, sein gesamtes Leben hier in der Wüste verbringen zu müssen, deprimierte ihn. Als Student hatte er die Vorstellung geliebt, doch nun, wo die Wüste so präsent war, sehnte er sich wiederholt nach dem ruhigen Leben an der Schule. Er konnte seine Zukunft in seinem Vater sehen und die Vorstellung machte ihm Angst.

Manchmal wünschte er sich, er wäre nie zur Schule gegangen. Dann wäre ihm die tägliche Mühsal des Landlebens nicht so zuwider geworden. Er hätte sich dem Schicksal gefügt wie sein Vater, der so einfach zufriedenzustellen war. Ein Kaninchen zu grillen war für ihn pures Glück.

Die sandigen Kämme wurden höher und die Täler tiefer, was das Vorwärtskommen umso beschwerlicher machte. Wenn er bergab lief, musste er aufpassen, nicht seiner Erschöpfung nachzugeben und sich Hals über Kopf fallenzulassen. Einige Male verlor er sein Gleichgewicht und rutschte einige Meter über den Sand, der ihm in Mund, Ohren und in den Kleidern saß, was ihn jedoch nicht weiter störte. Das einzige, was er wirklich fürchtete, war, vor Ying Er das Gesicht zu verlieren.

Ying Ers Gang war leichtfüßig. Sie mied große Steigungen oder Gefälle und wählte stattdessen Wege über gemäßigte Hügel, wobei sie oftmals im Zickzack ging.

»Die schattigen Seiten sind angenehmer«, riet sie ihm. »Bewege dich in indirekten Mustern entlang der Steigungen und vermeide die direkten Aufgänge. Das mag zwar länger dauern, aber du sparst eine Menge Kraft. Wenn du es nicht glaubst, probiere es aus.«

Wortlos bückte Lingguan sich nieder und zog seine Schuhe aus, die mit Sand gefüllt und schwer geworden waren. Er schlug sie gegeneinander, um den Sand loszuwerden. Dann band er die Schnürsenkel zusammen und hängte sich die Schuhe über die Schulter. Sofort spürte er die angenehme Kühle des Sandes zwischen den Zehen.

»Ich denke, es wäre besser, wenn du sie wieder anziehst«, lautete ihr nächster Rat. »Der Sand ist kühl, doch es wird nicht lange dauern, und deine Füße werden geschwollen sein. Außerdem wird der Sand dir die Haut aufschürfen.«

Lingguan trabte weiter. Stoisch erklomm er die nächste Steigung in eben demselben direkten Winkel wie zuvor. Er versuchte, einen größeren Abstand zwischen sich und Ying Er zu bringen, um ihr zu beweisen, dass er kein schlechter Läufer war. Doch schon sehr bald musste er erkennen, dass sie ihm stets in kurzem Abstand folgte, egal wie sehr er seinen Gang auch beschleunigte.

Die Sonne stand hoch über ihren Köpfen. Lingguan rannte eine Steigung hinunter und ließ sich in den Sand fallen. Er nahm die Schuhe von seiner Schulter, wischte sich den Sand von den Füßen und zog die Schuhe wieder an. Nicht, weil er Angst vor Blasen oder Schwellungen hatte, sondern weil die Kälte des Bodens nicht mehr auszuhalten war. Verlegen beobachtete er Ying Er, die scheinbar mühelos und mit gleichmäßigem Atem auf ihn zukam.

Sie trocknete sich mit einer Ecke ihres Kopftuchs die verschwitzte Stirn, dann tupfte sie sich vorsichtig Nase und Mundwinkel ab. Lingguan schaute zur Seite. Plötzlich hörte er sie sagen:

»Na gut, lass uns hier beginnen.«

Er schaute sich um. Der Bewuchs an Artemisia und Wüstenreis war eher als spärlich zu bezeichnen. Es war eine trostlose, einsame Gegend, ohne jedes Anzeichen von Leben – keine Menschen, keine Vögel, keine anderen Tiere. Eine bedrückende Stille lag auf der gesamten Szenerie und er merkte, wie sein Puls schneller wurde. Sein Atem ging ungewöhnlich flach und hastig, sein Herzschlag unregelmäßig. Er schluckte und merkte, dass es ihm Schwierigkeiten bereitete. Im selben Augenblick hörte er, wie auch Ying Er schluckte.

Er breitete das Laken auf dem Boden aus und legte den Birkenwedel darauf. Dann ging er hinüber zu einem großen Artemisia Busch und schnitt einige der reichlich mit Samen behangenen Zweigspitzen ab und legte sie vorsichtig auf das Laken.

Ying Er rubbelte die Samen mit der Hand ab und schüttete sie in einen offenen Sack an ihrer Seite. In der Luft breitete sich ein einzigartiger Duft aus.

Bald hatte Lingguan einen kleinen Haufen Artemisia Zweige zusammengetragen. Er nahm eine zweite Plane, breitete sie auf dem Boden aus und legte die Zweige darauf. Anschließend griff er nach dem Birkenwedel und begann die Zweige zu dreschen. Staub wirbelte auf.

Ying Er beobachtete jede seiner Bewegungen. Lingguan strahlte eine besondere Attraktivität aus. Ein zartes Lächeln huschte über ihr Gesicht.

Lingguan ließ schließlich den Wedel sinken, nahm die Samen auf, schüttelte sie in den Händen und warf sie zur Seite. Dann holte er einen weiteren Haufen Zweige herüber, zog sein T-Shirt aus und spuckte in die Hände.

Ying Er lachte. Sie fragte sich, warum er das tat. Wollte er sie geschmeidig machen oder war es nur eine angeberische, männliche Geste? Sie war sich nicht sicher, doch es amüsierte sie.

Die Mittagssonne stand nun genau im Zenit. Obschon die Hitze zunahm, war es aufgrund der ständigen leichten Brise in dem Wüstenloch gut auszuhalten. Es war Spätherbst, die Zeit, in der die Wüste gelber und das Gras weißer wurde. Im Vergleich zum Hochsommer hatte die Sonne bereits etwas an Kraft verloren. Lingguan schwang seinen Birkenwedel mit großer Sicherheit. Nach einer Weile waren seine Nasenflügel vom Staub geschwärzt. Als ihr klar wurde, dass sie vermutlich genauso aussehen musste wie er, löste sie ihr Kopftuch aus dem Haar und wischte sich das Gesicht ab. Das Tuch war erstaunlich sauber. Nachdem sie es wieder ordentlich um ihr Haar gebunden hatte, hielt sie mit der Arbeit inne, um ihn zu betrachten.

Der Schweiß lief ihm die Schläfen herunter. Staub und feine Grashalme klebten an seinen Armen und Beinen.

»Langsam an, junger Gelehrter! Kein Mädchen wird dich heiraten, wenn du deine Gesundheit ruinierst.«

Nach mehreren kraftvollen Schlägen ließ er den Wedel sinken. Sein Atem ging hastig. Er hob sein T-Shirt vom Boden auf und wischte sich durchs Gesicht. Dann legte er sich rücklings auf das Laken und schaute aus halb zusammengekniffenen Augen zu den Wolken empor. Nach und nach spürte er, wie von dem sonnengewärmten Sand ein wohliges Gefühl seinen Körper durchflutete.

Sie kam mit dem Kanister herüber und forderte ihn auf, zu trinken, doch er rührte sich nicht. Er schloss die Augen und entspannte sich, und plötzlich erschien es ihm, als ob alles um ihn herum aufhörte zu existieren. Die Sonne, die Wüste, ja sogar sein eigener Körper. Nur sein Rücken war noch da. Sein Rücken und der Sand unter seinem Rücken. Kein Wort hätte das, was er im Moment fühlte, beschreiben können.

»Trink etwas!«, ermahnte sie ihn.

Er öffnete die Augen, erhob sich und trank einige Schlucke. Das Wasser schmeckte fad und ein wenig nach Plastik, denn es war den ganzen Tag über in dem Kanister der Sonne ausgesetzt gewesen. Er brauchte kein Wasser. Allem Anschein nach hatten die Kartoffeln und der Hirsebrei zum Frühstück ihn ausreichend mit Flüssigkeit versorgt. Kein Wunder, dass die Leute in Liangzhou nicht darauf verzichten mochten. Sie nahm ihm den Kanister ab und trank daraus, ohne die Stelle abzuwischen, die seine Lippen zuvor berührt hatten. Sie lächelte ihn an und beide erröteten.

»Hungrig?«, fragte sie. »Nimm einen Hefekloß.«

»Ich bin nicht hungrig«, erwiderte er und beendete die Unterhaltung, bevor sie entstehen konnte.

Mechanisch nahm Ying Er eine Handvoll Samen, rieb sie zwischen ihren Fingern und wog sie von einer Hand in die andere. Die Spelzen flogen auf und zurück blieben winzige braune Samen von der Größe eines Stecknadelkopfes. Sie warf sich die Samen in den Mund und begann zu kauen. Nach einer Weile spuckte sie den Brei wieder aus.

»Ist das nicht merkwürdig? Diese winzigen Dinger sehen nach nichts aus, und doch könnte man ohne sie keinen ordentlichen Nudelteig herstellen.«

Lingguan reagierte nicht.

»In der Provinz Shanxi essen die Leute ausschließlich Artemisia-Nudeln, wusstest du das?«

Lingguan blieb stumm.

»Angeblich kann man es sogar zum Brotbacken benutzen. Es macht das Brot schön locker. Hast du davon gehört?«

Lingguan ließ ein kaum hörbares Grummeln vernehmen.

»1960 haben die Leute Artemisiasuppe gekocht und so überlebt.«

Noch immer zeigte Lingguan keinerlei Reaktion. Er lag mit geschlossenen Augen auf dem Rücken und nur ein kleines Hölzchen, das sich in seinem Mundwinkel bewegte zeigte, dass er nicht eingeschlafen war.

Sie blickte in den nahezu wolkenlosen Himmel, wo ein Schwarzmilan langsam seine Kreise zog. Es war ungewöhnlich still. Die Sonne schien hell, doch ihr war nicht heiß. Sie schaute zu Lingguan hinüber, dann wieder zu dem Milan, bevor ein Mäuseloch wenige Schritte von ihr entfernt ihre Aufmerksamkeit in Anspruch nahm.

Lingguan kaute auf dem Hölzchen, die Augen noch immer geschlossen. Ying Er beobachtete weiterhin das Mäuseloch, bevor sie ihr Kopftuch abnahm und es wendete. Dann sagte sie, ohne ihn anzusehen:

»Ich möchte dich etwas fragen.«

Die Worte hatten kaum ihren Mund verlassen, als sie erschrocken den

Kopf hob, ganz so, als habe sie gerade etwas gesagt, das sie nicht hatte sagen wollen. Als sie bemerkte, dass Lingguan sie nicht anschaute, senkte sie den Blick.

»Ich möchte dich etwas fragen. Hältst du mich für eine liederliche Frau?«

Er antwortete nicht. Das Hölzchen wippte auf und nieder.

»Sag etwas!«

Das wippende Hölzchen verharrte. Mit einem Mal fühlte er die Hitze. Ein Insekt krabbelte über seinen Hals. Es juckte und er kratzte die Stelle. Dann schluckte er mehrfach, was ihm sehr schwerfiel.

Ying Er spielte mit dem Kopftuch in ihren Händen, den Blick gesenkt. Das Heben und Senken ihrer Brust war nun deutlich sichtbar. Schließlich konnte er sie schluchzen hören. Als sie den Kopf hob, war ihr Gesicht tränenüberströmt.

»Was kann ich tun?«, sagte sie mit harter Stimme. »Ich bin eine Frau und muss mein Schicksal akzeptieren. Ich habe nur dieses eine Leben, was also habe ich zu verlieren?« Ihre Stimme war heiser. Sie war nun nicht mehr das sanfte und zerbrechliche Mädchen.

Lingguan seufzte und blickte zum Himmel empor, als suche er etwas. Das unangenehme Gefühl in seinem Inneren verstärkte sich.

»Hantous Problem ist heilbar. Es ist nichts Ernstes«, sagte er.

»Er sagt, er kann die Peinlichkeit nicht ertragen und verweigert deswegen jede Hilfe. Ich bin erst etwas über Zwanzig. Ich habe noch mein ganzes Leben vor mir.«

»Ich werde mit ihm reden.«

»Mit ihm reden? Was soll er dann denken?«

»Sag mir, was würde er denken, wenn du mit ihm sprechen würdest? Er würde sich alles Mögliche zusammenreimen, jetzt, wo ich dir von seinem Problem erzählt habe, hier draußen, in der Wüste, ohne eine Menschenseele außer uns.«

Ihre Stimme wurde zu einem Flüstern. Sie klang nun wieder so weich, wie sonst, nur noch eine Spur zarter.

Sein Puls ging schneller.

»Was würde er denken? Was sagte der Handlose Wei vor einer Weile?«

Ihre sanfte Stimme streichelte sein Ohr, so dass er nach Luft rang. Er fühlte nichts außer ihrer Stimme und seinem pochenden Herzen. Sein Mund war ausgetrocknet. Er griff nach dem Kanister. Seine Hand kam mit ihrer heißen Hand in Berührung.

Es war unklar, welche Hand zuerst aktiv geworden war, doch nun lagen ihre Hände ineinander, beide Handflächen feucht. Sie stöhnte leise, als er sich auf sie legte. Eine angenehme Benommenheit überkam ihn. Ihre Lippen trafen sich. Sie seufzte. Er war Feuer und Flamme. Seine Hand bewegte sich unter ihre Kleidung und berührte ihre weichen, vollen Brüste.

»Schenk mir einen Sohn«, murmelte sie.

Die Sonne stand hoch über ihnen.

«Lass mich sicherstellen, dass niemand in der Gegend ist.«

Er stand auf und kletterte auf den Rand der Düne, von wo aus er die Gegend absuchte. Nichts als Dünen, Sonne und Sand. Als er zurück war, hatte sie die Samen eingepackt und das Laken ausgebreitet.

Er fühlte etwas in sich explodieren, als er in sie eindrang, gefolgt von einem wohligen Schauer.

Ein intensives Verlangen, das im selben Moment wieder verebbte. Der Höhepunkt verging so schnell, dass er keine Zeit hatte, die unbeschreibliche Befriedigung auch zu genießen. Zurück blieb ein Gefühl der Leere und des Verlorenseins. Ihre wollüstigen Blicke und verlangenden Arme überforderten ihn und er vermied es, ihre Lippen, die sich ihm verlangend näherten, zu küssen. Stattdessen erhob er sich und zog seine Hose wieder hoch.

Melancholie ergriff ihn. Doch dieser Zustand wurde jäh zerstört, als das Bild von Hantou vor seinen Augen auftauchte. Mühsam entledigte er sich seines Unterhemds und legte sich wieder hin, um sich vom warmen Sand streicheln zu lassen. Ying Er strich ihre Kleidung glatt, legte sich neben ihn und küsste seine verschwitzten, nackten Schultern und seinen Bauch. Dann biss sie ihm leidenschaftlich in den Arm.

»Kein Interesse mehr, jetzt, nachdem du mich benutzen durftest. Ist es das?«

Er drehte sich um.

»Du solltest etwas essen, auch wenn du nicht hungrig bist. Wir haben noch ein Stückchen Arbeit vor uns.«

Lingguan erwiderte nichts.

Die heißeste Stunde des Tages war angebrochen, also nahm sie das Laken und hängte es über einen Strauch in der Nähe. Ein Lächeln huschte über sein Gesicht, das sie sogleich erwiderte. Er nahm einen Hefekloß aus ihrer Hand, biss hinein und öffnete den Verschluss des Wasserkanisters.

»Vergiss nicht, du darfst kein kaltes Wasser trinken, nach dem, was wir gerade getan haben. Ansonsten wirst du krank.« Sie sah ihn amüsiert an.

Ying Er war liebenswürdig und noch dazu wunderschön. Der Druck von übertriebener Intimität, der ihn noch vor wenigen Augenblicken abgestoßen hatte, war wie weggeblasen. Lingguan wischte seinen Schweiß ab und trank von dem Wasser.

»Langsam an, mein Lieber«, meinte sie. »Ich werde mich wieder um die Samen kümmern. Dein Vater wird wenig begeistert sein, wenn wir nicht eine ordentliche Menge mit nach Hause bringen.« Dann ahmte sie die Stimme ihres Schwiegervaters nach und sagte: »Ist das etwa alles, was ihr jungen Wildkatzen an einem ganzen Tag eingesammelt habt? Womit habt ihr euch die Zeit vertrieben, he?« Sie lachte. »Was meinst du, sollte ich ihm antworten?«

»Sag ihm, dass du geschlafen hast.«

»Ich werde ihm sagen, er soll seinem Sohn das Fell über die Ohren ziehen. Für keine rechtschaffene Arbeit ist er zu gebrauchen, aber in den unanständigen Dingen ist er ein Meister. Wie das Sprichwort sagt: ›Die jungen Mäuse lernen das Graben von den Alten‹.«

Lingguan lächelte. Er lag zusammengekauert im Schatten und beobachtete sie stumm.

Sie hatte eine ernste Miene aufgesetzt und versuchte, nicht zu ihm herüberzuschauen, doch je mehr sie sich zusammenriss, desto unglaubwürdiger wurde ihre gespielte Ernsthaftigkeit. Schließlich musste sie doch lächeln. Lingguan fühlte erneut diese Mischung aus Benommenheit und sexuellem Verlangen.

»Schau mich nicht so an«, sagte sie. »Ich bin bei der Arbeit.«

»Mach nur weiter. Ich will dich nicht aufhalten.«

»Wie soll ich arbeiten, wenn du mich so anschaust?«

Obwohl sie eine unsichtbare Grenze zwischen sich niedergerissen hatten – als habe man mit einem besonders scharfen Messer ein Blatt Papier sauber durchtrennt – fühlte Lingguan doch noch eine gewisse Scham, die ihn daran hinderte, sein sexuelles Verlangen ganz unverblümt zu zeigen. Verlegen kratzte er sich am Kopf.

Ying Er blickte zum Himmel empor, ließ die Hand sinken und sagte: »Es reicht. Wenn wir jetzt nicht aufbrechen, werden wir es nicht mehr bei Tageslicht nach Hause schaffen. Wir verplempern einfach zu viel Zeit auf dem Weg. Warum nicht einfach in der Wüste übernachten? Morgen bringen wir uns Bettzeug mit und schlafen unter freiem Himmel. Was sagst du dazu?«

»Warum nicht! Viele Leute übernachten hier draußen. Aber du wirst niemanden finden, der dich begleitet. Alles wäre einfacher, wenn Lanlan noch zu Hause wohnen würde.«

»Du kannst genauso gut mein Partner sein, oder traust du dich nicht?«

»Mich nicht trauen? Wenn du dich traust, traue ich mich auch.«

»Oh! Da spuckt aber jemand große Töne. Ich glaube dir nicht.«

Lingguan errötete, während er mit einer Handvoll Samen spielte. Dann öffnete sie den Sack und er ließ die Samen langsam hineinrieseln. Als sie ihre Sachen gepackt hatten nahm Lingguan den Wasserkanister und drehte den Verschluss los.

»Gieß den Rest nicht aus. Besser, wir bewahren es auf.« Lingguan verschloss den Kanister wieder.

»Warum willst du schon gehen?«, fragte er. »Es gibt keinen Grund zur Eile. Lass uns doch noch ein wenig bleiben.«

»Ich denke, es ist besser, wir machen uns jetzt auf, dann brauchen wir uns unterwegs nicht zu beeilen. Ich habe wenig Lust, ständig auf dich zu warten.«

Er nahm ihre Hand und sie tätschelte sie und sagte mit einem Lächeln: »Du musst schon den Sack mit den Samen tragen. Ich will dir nicht zu viel zumuten.«

Obschon er den Sack auf dem Rücken trug, empfand er den Rückweg als deutlich weniger anstrengend als den Hinweg am Morgen.

Als sie das Haus betraten und er den Sack auf den Dielenboden legte, kam Laoshun ihnen entgegen und gab dem Sack einen Tritt. Entgegen ihrer Erwartung, beschwerte er sich nicht, sondern sagte: »Habe ich es dir nicht gesagt! Es gibt jede Menge Gold dort draußen. Man muss nur losgehen und es holen.«

»Gibt es viel Artemisia dort draußen?«, fragte Laoshun später beim Mittagessen.

»Die Sträucher nahe des Dorfes sind allesamt gekennzeichnet. Weiter draußen gibt es jede Menge, doch allein für den Hin- und Rückweg braucht man mehr als einen halben Tag.«

»Geht morgen wieder los und bleibt ein paar Tage. Sammelt so viel ihr könnt!«, sagte Laoshun. »Und nehmt eure Mutter mit.«

»Wer kocht für dich, wenn wir sie mitnehmen?«, fragte Lingguan.

»Ich bin kein Vielfraß. Drei einfache Mahlzeiten am Tag.«

Lingguan bemerkte, dass Ying Er ihm zuzwinkerte, also sagte er: »Dann bleibe ich hier. Ich kenne keine Familie, in der der Mann Frauenarbeit übernimmt.«

»Stimmt, du brauchst nicht zu gehen«, erwiderte Laoshun. »Der Acker am Damm ist noch nicht gepflügt. Da kannst du Dreckklumpen zerkleinern. Vielleicht schmeckt dir das?«

»Schon gut«, erwiderte Lingguan hastig. Ying Er zeigte ihm eine Grimasse.

Laoshun legte sich auf den Kang und zog geräuschvoll an seiner Pfeife. »Hast du die Schweine gefüttert, Weib?«, raunzte er seine Frau an. »Bereite ein paar Flachbrote zu, dann kannst du morgen ein wenig in der Wüste spazierengehen. Du wirst mal etwas Neues sehen bei der Arbeit.«

»Bist du es nicht immer, der sagt, dass er sich zu Hause langweilt?«, antwortete seine Frau aus der Küche. Warum ergreifst du nicht die Gelegenheit zu diesem Spaziergang?«

»Hast du schon einmal einen Mann gesehen, der mit seiner Schwiegertochter in die Wüste geht?«, brummte Laoshun.

»Und ich dachte, genau das wäre es, worauf du gehofft hattest. Niemand braucht den Kang für dich zu heizen, während du draußen bist.« Beide lachten. Ying Er räumte den Tisch ab und ging in die Küche.

»Ich dachte, ihr bringt etwas mehr mit nach Hause als diesen halben Sack voll«, sagte die Mutter, als sie wieder in den Raum kam. Da sind ja mehr Zweige und Stöckchen als Samen drin.«

»Wir haben fünf Stunden für den Fußmarsch dorthin gebraucht. Und nach einer Stunde Mittagspause hatten wir noch vier Stunden übrig. Die Samen pflückst du immer eine Handvoll nach der anderen. Es geht nicht so schnell, wie du denkst, Mutter.«

»Ich meinte ja bloß«, lachte die Mutter. »Ihr habt euer Bestes gegeben. Das ist schon in Ordnung.«

»Mach dich fertig«, sagte Laoshun. »Füll den großen Wasserbehälter, und dann geh herum und frage, ob sonst noch jemand mitkommen will. Ihr könnt gegenseitig aufeinander Acht geben. Ob du selbst sammelst, ist nicht so wichtig. Du kannst sie bekochen und ihnen Gesellschaft leisten. Spiel einfach die feine Hausdame.«

»Wann hatte ich jemals die Gelegenheit, die feine Hausdame zu spielen?« Seine Frau lächelte. »Eine alte Kuh gebärt ein Dutzend Kälber. Und für nichts anderes habe ich Zeit. Ich werde hier schuften, solange ich atme.«

»Du kannst hierbleiben«, sagte Lingguan. »Wenn jemand gehört hätte, was du gesagt hast, sie würden denken, dass wir unsere eigene Mutter tyrannisieren.«

»Ist ja gut. Ich sage nichts mehr.« Darauf ging sie zurück in die Küche.

Lingguan ging ins Bett und schlief sofort ein. In jener Nacht wartete Ying Er vergeblich.

2

Es war bereits hell draußen, als Lingguan vom Weckruf des Vaters hochschreckte. In seinem Traum hatte er mit Ying Er geschlafen. Nachdem er aufgestanden war, hatte Laoshun das Kamel mit Wasser, Mehl, Töpfen, Schälchen und Bettzeug beladen. Die Mutter fütterte das Schwein. Lingguan spritzte sich etwas Wasser ins Gesicht, drückte Zahnpasta aus der Tube und begann, sich lustlos die Zähne zu putzen.

»Wenn du dir schon die Zähne putzt, dann mach es wenigstens richtig«, beschwerte sich seine Mutter. »Was für eine Geldverschwendung. Du spuckst die Paste aus, bevor du überhaupt gründlich geputzt hast.«

»Siehst du denn nicht, dass Vater nur darauf wartet, mir wieder eins auszuwischen? Wenn ich mich nicht beeile, geht er wieder durch die Decke.«

»Geh und iss dein Frühstück«, sagte sie. Wir brechen auf, sobald du fertig bist.«

Ying Er schaute Lingguan missmutig an, als sie mit einer Schüssel Reis den Raum betrat. »Du hast sicher gut geschlafen«, flüsterte sie ihm zu.

»Ich habe umsonst auf dich gewartet.«

»Ich war vollkommen kaputt. Ich habe nicht einmal mehr Richter Bao im Fernsehen geschaut und bin sofort eingeschlafen.«

»Wird es ein nächstes Mal geben?«

»Nein. Es ist einmal passiert, und dann noch ein zweites Mal. Aber es wird kein drittes Mal geben.«

«Wie kann man dir nur dein Plappermaul stopfen?«, sagte Laoshun, als er hereinkam. »Weißt du, wie spät es ist?«

»Ich habe nichts gesagt. Ich habe ihr lediglich erzählt, dass ich gestern Richter Bao verpasst habe. Das war alles.« Ying Er warf ihm hinter dem Rücken des Vaters einen vielsagenden Blick zu.

»Außerdem hat sie sich beschwert, dass ich ein Langschläfer bin.«

Mit großen Augen zeigte sie auf Laoshuns Rücken. Lingguan streckte ihr die Zunge heraus.

»Beeil dich. Sieh, dass du fertig wirst«, sagte der Vater. »Eure Trödelei heute geht mir auf die Nerven. Wenn wir früher in die Wüste gegangen sind, waren wir bereits vor dem ersten Hahnenschrei unterwegs und zum jetzigen Zeitpunkt hart am Arbeiten.«

»Wenn ich dir nicht zuhöre, sagst du, bei mir geht jedes Wort da rein und dort wieder raus. Und wenn ich dir zuhöre, sagst du, dass ich mit dem Essen trödele«, beschwerte sich Lingguan.

»In Ordnung. Ich werde nichts mehr sagen. Ich weiß, du hörst dir nicht gerne an, was ich zu sagen habe. Gute Medizin schmeckt nun einmal bitter.« Daraufhin drehte er sich zu seiner Schwiegertochter um. »Du solltest dich auch beeilen mit dem Frühstück. Deine Schwiegermutter sagt, Beizhu und seine Familie kommen auch mit. Also lass sie nicht unnötig warten.«

Lingguan schlang sein Frühstück herunter und packte ein paar Dinge für unterwegs.

»Du gehst nicht auf Geschäftsreise, warum die vielen Sachen? Der Weg ist lang. Nimm so wenig mit wie möglich.«

»Wozu haben wir dann das Kamel?«, erwiderte Lingguan.

Laoshun brummte missbilligend.

Lingguan führte das Kamel aus dem Stall, während die Mutter sich um das Schwein kümmerte. »Das Schweinefutter muss erst angewärmt werden. Und füge nicht zu viel Kleie hinzu. Verschwende nicht das gute Essen eines halben Jahres in ein paar Tagen. Wenn du das Schwein jetzt zu sehr verwöhnst, haben wir am Ende nichts Gutes mehr.«

»Ich weiß.«

»Die Hühner bekommen jeden Tag von ihrem Futter.« Sie fuhr mit ihrer Arbeit fort.

»Sieh zu, dass der Stall abgeschlossen ist.«

»Bist du endlich fertig, Alte?«

»Und achte darauf, dass die Suppe nicht zu dünn wird.«

»Nun haut schon ab und macht euch auf den Weg. Ich bin nicht dein Sohn.«

»Was ist denn mit dem Sohn?«, meckerte Lingguan. »Immer beschwerst du dich über mich.«

Ying Er lächelte über Lingguans Ausbruch. Auch die Mutter schien sich zu amüsieren.

Sie verließen den Hof und riefen die Nachbarn. Beizhu und Fengxiang hatten Yue Er überredet, mitzugehen.

»Der alte Meng ist wieder in die Wüste hinaus«, sagte Beizhu. »Es muss viele Füchse geben dieses Jahr. In der Wüste wimmelt es vor Ratten.«

»Es gibt mehr Ratten, weil sich die Füchse rar gemacht haben«, sagte Lingguan

»Die Fülle an Ratten zieht die Füchse erst an«, meinte Beizhu. Sun Datou hat gestern Abend einen erlegt. Mann, der war vielleicht stolz. Hatte die ganze Zeit so ein breites Grinsen im Gesicht.« Dann wandte er sich zu Lingguans Mutter.

»Bist du nicht eigentlich zu alt, um dich in diese Angelegenheiten einzumischen? Überlass den jungen Leuten diese Art von Arbeit. Fürchtest du nicht, dass du nur eine Belastung bist?«

»Genau«, mischte sich Ying Er ein. »Du hast Recht. Warum lässt du nicht Baigou mit seiner Schwägerin gehen und du mischt dich einfach nicht in diese Angelegenheiten ein!«

»Hey, ich habe nicht von dir gesprochen«, sagte Fengxiang. »Du kannst reden, über wen du willst, aber lass mich aus dem Spiel.«

»Wie kommst du darauf, dass ich dich meine?«, sagte Ying Er mit einem Lächeln. »Baigou hat mehr als nur eine Schwägerin.«

»Ich werde nicht mehr mit dir reden. Du hast ein Spatzenmaul, und noch dazu ein loses«, sagte Fengxiang. »Hör mir gut zu, Lingguan. Pass genau auf, was unsere Schwägerin dir beibringt.«

»Korrekt«, meinte Ying Er. »Deine Schwägerin, Fengxiang, bringt dir anscheinend etwas bei. Macht dich das eifersüchtig, Beizhu?«

Lingguans Mutter lachte und auch die anderen stimmten in das Gelächter ein.

Kurz nachdem sie das Dorf verlassen hatten und auf die Straße einbogen, begegneten sie Huaqiu und seiner Mutter. Huaqiu befestigte einen Wasserbehälter auf dem Rücken seines Kamels. Anschließend begaben sie sich gemeinsam auf den Weg in die Wüste.

Die Sonne kam um die Spitze einer Anhöhe herum und klomm langsam an einem wolkenlosen Himmel in die Höhe. Saxaulsträucher und Wüstenreis wirkten wie von einer weißen Patina aus Sonnenstrahlen bedeckt. Die Kamele setzten sicher Schritt um Schritt auf den sich windenden Pfaden.

Lingguan und Huaqiu führten ihre Kamele über einen hohen Kamm auf den eigentlichen Karawanenweg. Auch der war für den Laien kaum als Weg auszumachen, sondern bestand aus wenig mehr als einer Andeutung im Sand, der alle folgten. Die Kamele, ihre Glocken, die Morgensonne, die Saxaulsträucher, das Buschwerk und die Menschen bildeten eine eigentümliche Szenerie. Lingguan fühlte neue Stärke in sich. Gerade, als er Ying Er um ein Lied bitten wollte, erklang von hinten die laute Stimme von Beizhu:

Die Herde von Bruder Wang – Schafe auf den südlichen Hügeln
Die Sonne sinkt – im Westen – Hügel – Schafe kehren zurück in den Stall
Mit den Händen auf dem Fenstersims, schaue ich hinaus
Warum – keine – Spur – von Bruder Wang –

Es klang mehr wie ein Rufen als ein Lied. Beizhu hatte die Melodie viel zu hoch angesetzt und die Frauen so zum Lachen gebracht. »Stop!«, sagte Fengxiang. »Deine Kastratenstimme können die Kamele nicht ertragen. Ich glaube, sie drehen gleich durch.«

»Ihr habt ja keine Ahnung«, erwiderte Beizhu. »Das ist moderner Gesang.«

»Dann auf nach Peking!«, sagte Fengxiang. »Vielleicht wirst du ja noch berühmt. Dann kannst du dir jede Frau leisten, falls du gut genug bist.«

»Hättest du damit ein Problem?«

»Weißt du, es ist nicht so, als ob der Winter hier sämtliche Männer dahingerafft hätte.«

»Ich möchte nicht, dass du in Tränen ausbrichst«, erwiderte er.

Die Neckerei des jungen Paares hatte Lingguans Aufmerksamkeit für seine Umgebung abgelenkt. Der Leinensack mit seiner Zahnbürste und dem Aluminiumbecher schepperte gegen die Topfdeckel, die auf dem Rücken des Kamels befestigt waren und gab bei jedem Schritt ein klapperndes Geräusch von sich.

»Ratten!«, rief Huaqiu plötzlich aus. »Sie sind riesig und es sind viele.«

Die Kamele hielten an. Lingguan hörte laute, aufgeregte Vogelschreie, konnte aber keinen Vogel ausmachen. Was er sah, war eine Gruppe von Ratten, die sich gegenseitig zu jagen schienen. Eine Ratte stand auf ihren Hinterbeinen neben einem dunklen Loch neben einem Artemisia Strauch. Sie hielt ihre Vorderpfoten zusammen. Mit ihren dunklen, runden Augen musterte sie zuerst die Kamele, dann die Menschen. Sieben oder acht weitere Ratten liefen hin und her, scheinbar keine Notiz nehmend von den Neuankömmlingen. Sie waren die Quelle der »Vogelstimmen«, die Lingguan gehört hatte.

»Schaut euch die Ratten an!«, rief Huaqiu den Frauen zu.

»Oh, mein Gott! Die sind ja riesig!« Yue Er lief hinüber zu den Männern. Augenblicklich verharrten sämtliche Ratten und stellten sich aufrecht. Die Frauen kreischten. Daraufhin stoben die Ratten auseinander in Richtung des schwarzen Lochs. Direkt vor dem Locheingang verharrten sie erneut und machten Männchen, wie um sich einen neuen Überblick über die Lage zu verschaffen. Im nächsten Augenblick waren alle bis auf die größte der Ratten in dem Loch verschwunden.

Diese Ratte schien weniger beeindruckt von den kreischenden Frauen und hob witternd die Nase.

»Eine wahrhaft dämonische Ratte! Ich denke, selbst eine Katze würde wohl gegen so ein Exemplar den Kürzeren ziehen!«, sagte Ying Er.

»Egal, wie groß die Ratte sein mag, sie wird sich vor jeder noch so schwachen Katze fürchten. Es liegt in ihrer Natur«, antwortete Lingguans Mutter.

»Ich habe gehört, dass Ratten, die Salz und Öl fressen, sich in Fledermäuse verwandeln können«, meinte Fengxiang.

»Du hast doch überhaupt keine Ahnung!«, rief Beizhu. »Ratten und Fledermäuse sind zwei grundlegend verschiedene Tierarten. Kleine Fledermäuse kommen von großen Fledermäusen, nicht von Ratten. Du kannst auch keine Stute werden, egal was du isst. Naja, vielleicht reicht es bei dir für eine Eselstute.«

»Und bei dir reicht es für einen echten Idioten!«, schnaubte Fengxiang. »Du willst Ahnung haben? Das einzige, wovon du Ahnung hast, ist, wie man seiner eigenen Schwägerin nachstellt.«

Der Kommentar brachte alle zum Lachen.

Beizhu kratzte sich am Kopf und lächelte. Fengxiang warf ihm einen bösen Blick zu und fuhr in verschärftem Ton fort: »Und es wäre nie ans Licht gekommen, wenn seine Schwägerin ihn nicht so überschwenglich gelobt hätte.«

Dann sagte sie in verändertem Ton: »Alles ist dem guten Beizhu zu verdanken. Wäre er nicht aktiv geworden, wer weiß, was aus dem Kind geworden wäre.«

Die anderen brüllten vor Lachen. Nur Yue Er blieb stumm und schaute verschämt zur Seite.

Von dem lauten Gelächter verschreckt, verschwand nun auch die letzte Ratte in dem Loch.

Huaqiu zog seinen Schuh aus und schleuderte ihn in Richtung der Ratte. »Verdammtes Viech!«, rief er.

3

Es war Mittag, als sie schließlich eine Senke mit reichem Bewuchs an Wüstenreis und Artemisia erreichten. Die Hitze war mittlerweile enorm und sowohl Tier als auch Mensch waren erschöpft.

»Wie sollen wir es machen?«, fragte Beizhu. »Sammeln wir gemeinsam oder sucht sich jeder seine eigene Stelle?«

»Ich denke, jeder sollte sich seine eigene Stelle suchen, ansonsten wird zu viel gequatscht und zu wenig gesammelt.«, meinte die Mutter.

»Ich finde es besser, wenn wir zusammenarbeiten«, widersprach Yue Er ihr. »Allein verliert man zu schnell die Lust.«

»Das finde ich auch«, sagte Huaqiu. »Wir können die Arbeit sehr gut aufteilen. Einer schneidet die Zweige, einer trägt sie herüber und die anderen dreschen. So arbeiten wir am effizientesten.«

»Das hört sich vernünftig an«, sagte die Mutter. »Keiner kann sich verdrücken und jeder bekommt seinen Anteil.«

Nachdem sie einen halbwegs geschützten, ebenen Platz gefunden hatten, entluden sie die Kamele. Anschließend gruben Lingguan und Huaqiu eine Feuerstelle mit einer Öffnung für das Brennmaterial und einer Abzugseinrichtung am Rand. Dann gingen sie los, um Brennholz zu sammeln. Lingguans Mutter füllte eine Schüssel mit Mehl, schüttete Wasser dazu und begann, einen Teig zu kneten. Früher war sie oft hier draußen in der Wüste gewesen, um Wüstenreis zu sammeln. Sie hatte von allen die größte Erfahrung. Bald war der Teig fertig. Mit einem Messer schnitt sie ihn in lange, dünne Streifen und bepinselte diese mit Öl. Dann legte sie sie zum Aufgehen an die Seite. »Es ist Zeit, das Feuer zu entfachen«, sagte sie zu Huaqius Mutter, die gerade vom Brennholzsuchen zurückkam.

Huaqius Mutter stellte einen Topf auf die Feuerstelle und entzündete das Feuer. Sofort stieg dichter Rauch empor. Der Anblick erinnerte Lingguan an einen Teil in einem klassischen Gedicht. ›In der Weite der Wüste steigt eine Rauchsäule direkt in den Himmel‹. Er wandte sich zu Huaqiu um und wiederholte die Zeile.

»Ich habe niemals Rauchsäulen direkt in den Himmel aufsteigen sehen. Der Rauch verteilt sich immer in Schwaden. Wie könnte hier eine Rauchsäule entstehen?«

»Vielleicht beschreibt die Zeile einen windstillen Moment«, erwiderte Lingguan.

»Wenn es windstill ist, senkt sich der Rauch normalerweise ziemlich schnell und steigt einem beißend in die Augen. Eine Rauchsäule wäre mir lieber.«

»Mit Wind?«, rätselte Huaqiu.

Yue Er und Ying Er kamen von einer nahegelegenen Wüstensenke zurück, jede einen Bündel Reisig unter dem Arm.

»Du hast all die Jahre an der Schule vergeudet, Lingguan!«, sagte Yue

Er, die das Ende des Gesprächs mitbekommen hatte.

»Wenn man an einem windstillen Tag Wolfsdung verbrennt, steigt der Rauch wie eine Säule direkt nach oben. Hast du nie etwas darüber gelesen?«

»Du bist bewundernswert!«, sagte Lingguan, seinen Blick auf Yue Er geheftet. »Du bist Doktor Allwissend!«

»Allerdings, und glaube nicht, du könntest den anderen etwas vormachen.«

Mit ihrer Bemerkung erntete Yue Er einen vielsagenden Blick von Ying Er.

»Lass uns noch einmal losgehen. Wir brauchen sicherlich noch mehr Brennholz.« Yue Er und Ying Er machten sich ein weiteres Mal auf den Weg.

»Hat deine Schwester eigentlich einen Verlobten?«, fragte Lingguan Beizhu.

»Noch nicht. Sie ist außerordentlich anspruchsvoll. Keiner ist ihr gut genug, so scheint es. Meine Mutter sagt immer, die Schulbildung hat sie verdorben. Mädchen werden ehrgeizig, sobald sie Bildung erfahren.«

»Das ist richtig. Aber für ein Mädchen ist es wichtiger, einen Ehemann zu finden, als auf die Universität zu gehen. Sie wird alles bekommen, was sie braucht, wenn sie erst einen passenden Mann gefunden hat.«

»Das sagt meine Mutter auch, aber Yue Er ist wählerisch.«

»Was für einen Typen wünscht sie sich?«

»Sie sagt, es sei ihr egal, ob der Mann Bildung hat, solange er sie liebt und er ehrlich ist. Aber was genau ist das eigentlich: Liebe? Ein Gefühl, das man weder sehen noch anfassen kann. Es heißt doch immer, man soll seinen Gefühlen folgen. Aber wie macht man das? Es ist mir ein Rätsel.«

»Klar, dass du das nicht verstehst. Aber es ist so, Gefühle sind real«, erwiderte Lingguan.

»Kannst du mir das bitte genauer erklären?«, fuhr Beizhu fort.

»Das kann ich nicht. Wenn ich sie in Worte fassen könnte, wären sie ja keine Gefühle mehr.«

»Hey! Wir sind fast fertig, aber es gibt kein Brennholz mehr«, rief Fengxiang und unterbrach ihre Diskussion. Die drei gingen mit ihrem Brennholz zurück zur Feuerstelle.

Ying Er und Yue Er kneteten den Teig und kniffen kleine Stücke ab, die sie in das kochende Wasser warfen. Ying Er ging dabei äußerst geschickt vor. Ihre Stücke waren gleichmäßig geformt. Die Arbeit schien ihr leicht von der Hand zu gehen. Nicht so Yue Er. Ihre Nudeln waren an einem Ende dünn, am anderen dick, und immer wieder blieb der Teig an ihren Fingern kleben. Sie wusste nicht, ob sie über ihre eigene Ungeschicktheit lachen oder weinen sollte.

»Lass mich das übernehmen, meine Liebe! Sonst lachen noch alle über dich!«, sagte Lingguans Mutter mit einem Lächeln, als sie das Gemüse fertig geschnitten hatte.

Yue Er warf ein weiteres Stück Teig in den Topf und stellte ihn bei Seite.

»Ich habe dir gesagt, es ist an der Zeit für dich, solche Dinge zu lernen, Yue Er«, sagte Fengxiang. »Welcher Mann wird mit einer Frau wie dir Geduld haben? Du kannst nicht erwarten, dass dein Zukünftiger und seine Familie dich wie eine Prinzessin behandeln.«

»Dann heirate ich eben nicht. Mutter wird sich schon um mich kümmern«, antwortete sie.

»Träum weiter!«, mischte sich Beizhu ein. »Ich werde Mutter bitten, einen für dich zu finden und euch anschließend rauszuwerfen.«

»Hör gut zu, Lingguan!«, sagte Huaqius Mutter. »Schnapp sie dir, wenn man sie rauswirft. Es gibt nicht so viele kluge und attraktive Frauen wie sie!«

Alle amüsierten sich über ihre Bemerkung.

Ying Er schaute zu Lingguan hinüber und bemerkte, dass er rot geworden war.

»Das Glück wird er nicht haben«, meinte Lingguans Mutter.

»Jetzt hör dir das an, Yue Er!«, sagte Fengxiang. »Deine Schwiegermutter in spe ist also einverstanden. Und wie steht es mit dir?«

»Er steht auf Frauen mit hohen Absätzen und einer tollen Frisur, die beim Gehen mit dem Hintern wackeln«, sagte Yue Er und warf einen Blick zu Lingguan hinüber. »Warum also sollte er Interesse an mir haben?«

»Aber du hast Interesse, oder?«, neckte Fengxiang weiter.

»Bist du endlich fertig?«, brummte Yue Er genervt.

Das Essen war fertig. Alle griffen zu ihren Schälchen und Bechern.

»Dies ist unsere erste Mahlzeit in der Wüste und die Tradition besagt, dass wir sie so perfekt wie möglich zubereiten müssen«, sagte Lingguans Mutter. »Wer noch etwas beisteuern kann, her damit! Ich habe etwas geschmortes Kaninchenfleisch anzubieten.«

»Ich habe Pfannkuchen dabei«, sagte Huaqius Mutter.

»Ich habe – «, begann Fengxiang, bevor sie von Beizhu unterbrochen wurde. »Gekochte Süßkartoffeln.«

»Und – «, wieder wurde sie von ihrem Mann unterbrochen. »und Wüstenporree. Das war's.«

»Das hört sich nicht gerade nach einem opulenten Mahl an«, motzte Huaqiu.

»Für dich vielleicht nicht, für mich schon«, gab Beizhu zurück.

»Hey Geizhals, wo ist der Fasan?«, bemerkte Fengxiang. »Bewahrst du ihn für dein ungeborenes Kind auf?«

»Ah, Fasan!« Yue Er klatschte begeistert.

»Ich dachte, du hättest ihn noch gar nicht zubereitet?«, sagte Beizhu und lächelte verlegen.

»Sollte ich ihn zu Hause vergammeln lassen?«

»Auf jeden Fall wusste ich nicht, dass du ihn überhaupt eingepackt hattest.«

»Ach so. Du dachtest, ich würde ihn an die Hunde verfüttern, richtig?«

»Ich dachte, du hast ihn vielleicht längst selbst gegessen.«

»Aha. Ich bin also ein futterstehlender Hund?« Alle lachten. Ying Er und Yue Er hielten sich die Bäuche.

Die Mahlzeit aus Kaninchen, Fasan, Wüstenporree und den weiteren Zutaten konnte sich sehen lassen. Der einzige Makel war der Sand, der sich in den Reis geschlichen hatte.

»Sagt mal, wer hat denn hier Sand anstatt Salz benutzt?«, fragte Beizhu.

»Wenn du es besser kannst, dann übernimm doch das Kochen!«, fuhr seine Frau ihn an.

»Ich meinte ja bloß.«

»Leute, die im Stehen reden, bekommen keine Rückenschmerzen. Du wärst sicher nicht so wählerisch, wenn du dich selbst einmal um das Kochen kümmern würdest.«

Nachdem er ein Schälchen Reis gegessen hatte, schüttete Lingguan etwas Wasser in sein Schälchen.

»Direkt nach dem Essen soll man kein kaltes Wasser trinken, sonst bekommt man Verstopfung«, sagte Ying Er und erntete für ihre Bemerkung ein Lachen von Beizhu.

»Was gibt es da zu lachen?«, fragte Huaqiu.

»Hör dir an, wie sie mit Lingguan umgeht.« Dann äffte er sie nach: »Direkt nach dem Essen soll man kein kaltes Wasser trinken, sonst bekommt man Verstopfung.«

Huaqiu lachte. Ying Er wandte sich zu Fengxiang. »Nun tu doch endlich etwas. Ich glaube langsam, dein Mann ist ernsthaft gestört.«

»Daran kann ich leider auch nichts ändern«, lächelte Fengxiang. »Niemand kann daran etwas ändern. Ich finde es übrigens ok, wenn du so lieb zu deinem Schwager Lingguan bist. Aber ich habe dich noch nie ein nettes Wort zu deinem Mann sagen hören.« Darauf drehte sie sich zu Lingguans Mutter um und sagte: »Hast du schon einmal ein liebes Wort zu Hantou aus ihrem Mund vernommen, Tantchen?«

Lingguans Mutter lächelte wortlos. Ying Er errötete. Sie zeigte mit dem Finger auf Fengxiang und meinte: »Ihr beide seid das perfekte Paar. Zwei Durchgedrehte, die immer nur an eins denken.«

»Was genau meinst du?« Fengxiang lächelte. »Sag schon, was denke ich? Sicher nicht, was du denkst.«

Ying Er errötete noch mehr. »Lasst es gut sein«, sagte Lingguans Mutter. »Esst eure Schälchen leer, anstatt den Mund so voll zu nehmen. Wir haben noch eine Menge Arbeit vor uns.«

4

Es war fast zwei Uhr Nachmittag, als sie das Essen beendet und die anstehenden Aufgaben verteilt hatten. Drei Männer wurden eingeteilt, die Zweigenden der Büsche abzuschneiden. Ying Er, Fengxiang und Yue Er pflückten Samen und brachten anschließend die abgeschnittenen Zweige hinüber zu den ausgebreiteten Laken, wo sie von Lingguan und Huaqius Mutter gedroschen wurden. Im Nu verwandelte sich das Sandloch so in einen Ort reger Betriebsamkeit. Während Lingguan und Huaqius Mutter auf den Nachschub an Zweigen warteten, unterstützten sie die Frauen beim Pflücken der Samen. Es entstand ein ausgelassenes Schwatzen über dieses und jenes.

Ying Er und Yue Er jedoch wechselten nur wenige Worte. Yue Er dachte noch über das vorherige Gespräch nach und warf Lingguan, der in einiger Entfernung Zweige schnitt, verstohlene Blicke zu. Seit sie in die Wüste aufgebrochen waren, empfand sie Yue Er gegenüber eine unterschwellige Abneigung. Yue Ers Jugendlichkeit und Attraktivität waren ihr ein Dorn im Auge. Doch sie war nicht der Typ Frau, der seine Gefühle offen vor sich hertrug und verstand sich darauf, ihr Innenleben zu verbergen. Außer in gelegentlichen Momenten, in denen sie stark emotional reagierte, bewahrte sie stets die Kontrolle. Sie strahlte eine natürliche Leichtigkeit aus, die ihr einen besonderen Charme verlieh. In den Jahren seit ihrer Heirat mit Hantou war ihr diese Gelassenheit jedoch ein wenig abhandengekommen. Sie empfand das hübsche, junge Mädchen als Nebenbuhlerin und behandelte sie daher zwar freundlich, aber keinesfalls warmherzig. Einerseits war sie gezwungen, ihre wahren Gefühle für Lingguan zu verstecken, andererseits war Yue Er ein sympathisches Mädchen, dem sie nicht mit echter Feindseligkeit begegnen wollte.

»Bringt Zweige herüber, damit wir mit dem Dreschen beginnen können!«, rief Lingguans Mutter.

Fengxiang und Yue Er holten die Zweige und legten sie auf die ausgebreiteten Laken, wo die beiden älteren Frauen begannen, sie lautstark zu dreschen. Feiner Staub wirbelte auf und Yue Er rannte davon, wie von der Tarantel gestochen.

»Schaut euch unser sauberes Fräulein an!«, rief Huaqiu. »Nimmt die Füße unter den Arm wegen ein bisschen Staub!«

»Das saubere Fräulein isst Waschpulver, um sich den Magen zu reinigen!«, scherzte Beizhu.

»Du hast wohl vergessen, dir heute Morgen die Zähne zu putzen, oder?«, sagte Yue Er zu ihrem Bruder. »Da dir Staub und Dreck nichts ausmachen, bist du hier genau richtig aufgehoben!«

»Da magst du Recht haben.«

»Hör nicht auf ihn!«, warf Ying Er ein. »Sein Maul stinkt.«

Beizhu lachte. »Lingguans Maul duftet, habe ich recht? Ist schon merkwürdig, ich habe dich noch nie geküsst und du weißt trotzdem, dass mein Maul stinkt?«

Fengxiang lachte. »Los, stopf ihm den Mund mit Kameldung!«

Als das Wort Kamel fiel, blickten alle auf, doch keines der beiden Tiere war zu sehen.

»Sie sind weg!«, rief Lingguan.

»Kamele sind keine Esel!«, antwortete Beizhu. »Die laufen nicht so einfach weg. Sie kommen zurück, sobald sie sich sattgefressen haben.«

Lingguan kletterte auf eine nahegelegene Anhöhe und schaute sich um. Tatsächlich entdeckte er die Kamele in einiger Entfernung in einer Senke, wo sie friedlich grasten.

»Sie sind ziemlich weit weggelaufen. Ich werde sie zurückholen«, rief er zu seiner Mutter.

»Mach lieber deine Arbeit!«, antwortete sie. »Die kommen von allein zurück.«

Lingguan schaute in die Ferne auf eine hohe Kette von Wüstenkämmen. Das Flimmern über dem heißen Sand erweckte die Illusion von Wasser. An den beschatteten Stellen wirkte der Sand dunkel, ja fast schwarz, während er an den sonnenbeschienenen Stellen hellgelb wirkte. Der Kontrast war enorm. Über ihm in der Höhe bemerkte er einige Schwarzmilane, die am wolkenlosen Himmel kreisten.

»Komm runter, Junge!«, rief die Mutter. »Du holst dir noch eine Erkältung da oben!«

»Keine Sorge«, gab er zurück.

»Schau ihn dir an!«, sagte die Mutter zu Huaqius Mutter. »Fast zwanzig ist der Bengel und ich muss immer noch auf ihn aufpassen, als wäre er ein kleiner Junge!«

»Sie sind doch alle gleich. Es heißt immer, mit achtzehn werden Jungs erwachsen. Das gilt für Lingguan und Huaqiu leider nicht.«

»Los, komm schon!«, rief Beizhu ihm zu. »Immer verdrückst du dich vor der Arbeit. Ich habe keine Lust, alles allein zu machen.«

Es dauerte nicht lange, bevor sie die Senke leergepflückt und selbst die älteren Büsche abgeerntet hatten. »Lasst uns den Ort wechseln«, schlug Lingguan vor.

»Vergiss es. Ich denke, es ist besser, wir bleiben heute hier«, erwiderte Beizhu und schaute zum Himmel empor. »Wir vergeuden bloß Zeit, wenn wir jetzt aufbrechen. Lasst uns in der Senke dort drüben weitermachen. Wir sind genug Personen, die die Zweige herübertragen können.«

Dann rief er den Frauen zu: »Hört mal, wir machen in der Senke dort drüben weiter!«

»Auf geht's!«, rief Lingguans Mutter. »Und vergesst nicht: Reden ist erlaubt, aber nur, solange ihr arbeitet. Wenn wir alle kräftig anpacken werden wir heute noch fertig.«

Alle nahmen ihre Werkzeuge und begaben sich an den neuen Ort, nicht weit von ihrem ersten Sammelplatz. Die Artemisiabüsche dort waren üppig, die Zweige voll mit dicken Samen, die mühelos zu schneiden waren. Beizhu war zufrieden, nicht so Huaqiu.

»Es sind einfach zu viele«, rief er. »Wir werden hier nie fertig werden.«

»Hör dir dein Gerede an«, sagte Beizhu. »Jeder andere Mensch würde sich freuen, eine solche Stelle zu finden. Nur dir ist es zu viel Arbeit.«

»Je mehr desto besser, das ist mir schon klar.«

»Denk einfach nicht so viel nach. Jeder geschnittene Ast ist ein Ast mehr, und jede fünfzig Gramm Samen, die wir ernten, sind fünfzig Gramm weniger zu pflücken.«, sagte Lingguan.

»Jetzt, wo wir beide allein sind, kannst du es mir sagen«, fuhr Beizhu zu Lingguan gewandt fort:

»Hast du es schon mit Ying Er getrieben?«

»Kannst du nicht über etwas anderes reden?«, antwortete Lingguan, nahm einen Zweig und piekte Beizhu damit in die Seite.

»Sag schon! Ja oder nein?«

»Zuerst sagst du mir, ob du es schon einmal getan hast.«

»Habe ich. Erinnerst du dich nicht an das Gespräch letztens? Von wegen sexueller Hilfestellung?«

»Ist das dein Ernst? Wie kann deine Schwägerin so dumm sein?«

»Verdammt, Mann. Sie war nicht dumm. Ich habe mir bloß einen Spaß erlaubt. Nie hätte ich gedacht, dass es wirklich passieren würde. Frauen sind so. Du weißt nie, was sie wirklich denken. Sie sagen das eine, aber tun das andere. Ihre Hosen waren unten und da ist es passiert. Sie hat mir ihre Hände auf den Hintern gelegt und gesagt ›Nein! Nein!‹. Was zum Teufel sollte das bedeuten? Eine halbherzige Ablehnung nenne ich so etwas. Du hältst sie für dumm? Vielleicht ist sie schlauer als wir beide zusammen. Es ging darum, sie zu schwängern, und zwar so, dass sie ihr Gesicht nicht verliert. Also haben wir es getan.«

»Nicht dumm?« Lingguan stocherte mit seinem Zweig im Boden und warf ihn dann auf den Reisighaufen. »Wenn sie wirklich so clever ist, warum hat sie die Geschichte dann weitererzählt?«

»Komm schon. Wem hätte sie die Geschichte schon anvertrauen können? Ich war es, der es erzählt hat. Sun Datou hatte mir versprochen, es für sich zu behalten, doch er hat eine lose Zunge und so ging die Nachricht von einem zum anderen, bis es schließlich alle wussten.«

»Das war nicht besonders schlau von dir, finde ich. Wie konntest du es nur ausplaudern? Und wie soll deine Schwägerin nun damit umgehen?«

»Ich wollte es nicht herumerzählen, ehrlich. Wir hatten alle getrunken. Du weißt, wie doch wie das ist. Prahlereien über dieses und jenes. Sie haben mich ausgelacht und hochgenommen. Nach dem Motto: Fast dreißig und von Tuten und Blasen keine Ahnung. Außerdem hatten alle geschworen, dicht zu halten.«

»Was hat der alte Meng neulich über dich gesagt?« Lingguan lachte und schlug Beizhu mit einem Zweig auf die Schenkel. »Ach ja. Du wärst wie heiße Nudeln. Die knicken auch irgendwann ein.«

»Sun Datou hat auch so seine Geheimnisse. Letztens auf dem Feld hat er sich an der Frau vom Handlosen Wei vergriffen. Die beiden rollten zusammen im Gras. Zuerst muss sie sich noch gewehrt haben, aber dann hat es ihr so gut gefallen, dass sie noch mehr wollte. Der Handlose Wei hat sein Ding nicht im Griff, sagen sie.« Beizhu senkte seine Stimme und schaute sich in alle Richtungen um.

»Was meinst du mit »nicht im Griff«? Ist seiner zu klein?«, fragte Huaqiu.

»Das ist nicht das Problem. Solange du ihn hart kriegst und in die Tür kommst. Aber Wei kriegt seinen nicht hoch. Das hat zumindest seine Frau dem Dorfvorsteher erzählt.«

»Und die Geschichte hast du weitererzählt?« Lingguan starrte Beizhu fassungslos an.

»Dass er impotent ist, habe ich niemandem erzählt, wohl aber, was seine Frau getan hat. Daraufhin ist sie zu mir gekommen und hat mir das Gesicht blutig gekratzt. Wei hat mir noch ordentlich eins aufs Maul gehauen und mich gewarnt, er würde mich kastrieren, wenn ich noch einmal Lügen über seine Frau verbreiten würde. Dieser Bastard war auch noch undankbar.«

»Pst!«, flüsterte Huaqiu. »Die Frauen kommen.«

»Worüber habt ihr gesprochen?«, fragte Ying Er, als sie mit den beiden anderen Mädchen die Senke hinuntergelaufen kam.

»Wir sprachen über einen jungen Mann, der mit seiner Schwägerin intim wird. Sorge dafür, das Lingguan seinen Mund hält. Er hätte es niemandem sagen sollen. Hantou würde dich übelst verprügeln, sollte er jemals davon erfahren«, sagte Beizhu.

Ying Er wurde blass. »Wirklich? Ich will wissen, was er gesagt hat. Was ist genau abgelaufen?«

»Na was schon! Sie haben es zusammen getrieben.«

»Es muss eine Strafe sein, mit einem Mann wie ihm verheiratet zu sein«, sagte Ying Er zu Fengxiang. »Ständig kommt etwas Dreckiges aus seinem Mund. Wahrscheinlich benimmt er sich nur, wenn er schläft.«

»Im Schlaf ist er noch weniger zu ertragen«, lachte Fengxiang. »Da redet er noch noch schmutziger. Es ist nicht auszuhalten.«

»Mein Gott. Er hat dich komplett verdorben. Du warst so ein nettes Mädchen, doch seit eurer Hochzeit bist du eine richtige Schlampe geworden.«

»Ich habe vielleicht ein loses Mundwerk, aber ich bin keusch«, sagte Fengxiang. »Anders als du. Du tust nur keusch, aber in Wirklichkeit bist du richtig versaut. Tagsüber schaust du deinen kleinen Schwager nicht an, aber wer sagt mir, was du nachts tust? Komm Lingguan, gib es zu! Hast du an ihren Brüsten gesaugt?«

»Natürlich! Und jetzt würde ich gerne an deinen saugen.« Lingguan hatte sich spontan entschieden, in die Offensive zu gehen. »Würde dir das gefallen?«

»Sicher«, lachte Fengxiang. »Lass uns tauschen. Du und Beizhu, ja? Ansonsten wird er vor Eifersucht grün werden. Komm schon!« Sie tat so, als öffne sie die Knöpfe ihrer Bluse. Lingguan errötete.

Schließlich gingen die drei Frauen kichernd mit ihren Reisigbündeln zurück zum Dreschplatz. Lingguan schaute ihnen genervt hinterher.

»Beizhu, deine Frau hat eine schärfere Zunge als du!«, meinte Huaqiu und lachte.

»Allerdings. Sie ist mit allen Wassern gewaschen. Frauen sind voller

Lingguan und Huaqiu: »Und …? Wollt ihr es mir nachmachen? Bitte!«

»Ich kann es nicht«, gab Lingguan zu.

»Natürlich nicht«, erwiderte Beizhu. »Alles, was ihr könnt, sind Selbstverständlichkeiten. Einen Igel zu fangen, zum Beispiel. Selbst ein Blinder kann einen Igel fangen.«

»Ich hast vermutlich wieder einmal Recht«, sagte Lingguan. »Ich schlage vor, du isst den Igel, den du mit verbundenen Augen fängst und wir essen diesen hier, in Ordnung?«

»Ich sagte bereits, dass ich keinen Igel esse. Igel fressen Insekten und Würmer. Ihr Fleisch ist ungenießbar.«

»Du willst also nichts?«, fragte Lingguan.

»So ist es.«

»Wie bereiten wir ihn zu?«, fragte Huaqiu und stupste den Igel mit einem Stöckchen an.

»Wie bitte?«, sagte Ying Er entgeistert. »Dieses Tier hat dir nichts getan. Warum willst du es töten?«

»Damit wir ihn essen können. Warum, glaubst du, haben wir die ganze Aktion gestartet?«

»Ihr müsst ihn zuerst ertränken«, sagte Huaqius Mutter. »Holt Wasser!«

»Wozu brauchen wir Wasser?«, fragte Beizhu. »Nimm den Stock, der tut es auch.«

»Nein, ich werde ihn ertränken«, sagte Huaqiu. Er durchsuchte seine Satteltaschen und kam mit einer Plastikschüssel zurück. Nachdem er die Schüssel mit Wasser gefüllt hatte, nahm er den Igel, doch Lingguan stellte sich ihm in den Weg.

»Willst du ihn wirklich ertränken? Lass ihn frei. Warum willst du für so ein bisschen Fleisch ein Tier töten? Lass ihn laufen.«

»Genau! Lass den Igel frei!«, stimmte Ying Er Lingguan zu. »So ein armes Tier.«

»Keiner muss davon essen, wenn er nicht will«, erwiderte Huaqiu. »Die Natur hat dieses Tier dafür bestimmt, gegessen zu werden. Von wegen ›armes Tier‹.« Darauf drückte er den Igel unter Wasser. Sofort stiegen kleine Luftblasen empor.

»Damit hast du einen halben Kanister Wasser vergeudet«, entrüstete sich Lingguans Mutter.

»Ich habe gar nichts vergeudet. Mit dem Wasser werde ich mich morgen waschen. Wir alle werden uns damit waschen.« Er nahm ein Klappmesser von seinem Schlüsselbund und öffnete es. Dann fischte er den toten Igel aus der Schüssel. »Wer hilft mir, ihn auszunehmen?«

»Ich helfe dir«, sagte Beizhu.

»Du hast nichts mehr zu melden«, antwortete Huaqiu. »Auch, wenn du bettelst, ich werde dir nichts von dem Fleisch abgeben.«

»Dein Igelfleisch kannst du dir an den Hut stecken. Ich wollte dir lediglich meine Hilfe anbieten. Ich befürchte, dass du nicht mit dem Messer umgehen kannst und seine Eingeweide triffst. Das wäre ekelhaft.«

»Das wird nicht passieren. Du kannst mir helfen, Lingguan.«

Lingguan seufzte und kam kopfschüttelnd herüber. Er griff nach dem Kopf des Igels und sagte: »Lege etwas Holz nach, Yue Er.«

Huaqiu schlitzte den Igel auf und entfernte die Eingeweide. Dann warf er sie ins Feuer, wo sie zischend verbrannten.

»Habt ihr keine bessere Idee?«, empörte Yue Er sich. »Mann, wie das stinkt.«

»Du hast ja keine Ahnung«, lachte Huaqiu. »Das nennt man eine Feuerbestattung. Du musst schon etwas für das Tier tun, wenn du sein Fleisch essen willst.« Er reichte seiner Mutter die Taschenlampe und bat sie um einige Gewürze.

»Hole sie dir selbst«, antwortete die Mutter.

»Ich bin zu kalt und steif.«

»Schon gut, ich hole es.« Die Mutter nahm die Taschenlampe und ging hinüber zu den Satteltaschen.

»Ihr seid luxuriös ausgestattet in die Wüste gekommen«, sagte sie. »Es scheint, ihr habt noch so einiges vor hier draußen!«

Lingguan half beim Würzen. Sie nahmen Blütenpfeffer, Salz und gemahlenen Sternanis, vermengten die Gewürze mit einer Handvoll Mehl und stopften damit den ausgenommenen Igel.

»Halte ihn bitte, ich hole einen Draht!«, sagte Huaqiu zu Lingguan. Er nahm seiner Mutter die Taschenlampe aus der Hand und kam wenig später mit einem Draht zurück. Er umwickelte den Igel und hängte ihn zwischen zwei Holzscheite über das Feuer.

Die Mutter pellte eine Süßkartoffel und reichte sie ihrem Sohn, der die heiße Kartoffel von einer Hand in die andere rollte.

»Das Fett löst sich langsam auf und dringt in die Füllung. Das wird ein köstliches Mahl!«

»Du müsstest dich selbst reden hören«, sagte die Mutter. »Und überhaupt, wie viele Igel hast du schon gegessen in deinem Leben?«

7

Huaqiu nahm den Igel vom Feuer, löste den Draht und gab die Füllung in ein Schälchen. Ein wunderbarer Duft entfaltete sich und sorgte für freudvolle Gesichter in der Runde.

»Ich hätte nie geglaubt, dass du so etwas hinbekommen würdest, Huaqiu«, sagte Beizhu voller Bewunderung.

»Ist mir schon klar. Trotzdem werde ich dir nichts abgeben.«

»Wer sagt, dass ich etwas davon haben will? Ich bin noch satt von vorhin.«

Lingguans Mutter nickte, als sie einen Löffel von der duftenden Füllung nahm und sich in den Mund steckte. Auch Fengxiang und Huaqius Mutter probierten und lobten Huaqiu in höchsten Tönen. Ying Er weigerte sich, von der Füllung zu probieren.

»Das ist echtes Wild«, sagte die Mutter. »Die Chance solltest du dir nicht entgehen lassen. So etwas gibt es vielleicht nie wieder.«

Schließlich kosteten auch Ying Er und Yue Er von der Füllung. Lingguan stieß Huaqiu in die Seite und deutete auf Beizhu.

»Beizhu ist ein Mann seines Wortes«, sagte Huaqiu betont laut. »Er sagte, er wird nicht probieren, auch wenn wir es ihm anbieten.«

»Genau so ist es«, antwortete Beizhu.«

»Lasst ihn in Ruhe, wenn er nicht will!«, sagte Fengxiang. Es ist sein Problem.«

»Mein Problem? Ich habe lediglich gesagt, dass ich verzichte.«

Huaqiu schnitt mit dem Messer einige Streifen von dem Fleisch ab und bot sie den älteren Frauen an. Die Mädchen ließen sich nicht überreden.

»Wirklich nicht?«, fragte Huaqiu. »Ihr werdet es vielleicht bereuen. Igelfleisch tut wahre Wunder für die Haut einer Frau. Schon ein paar Bissen und sie wird geschmeidig und zart.«

»Ist das wahr?«, fragte Yue Er mit skeptischem Blick.

»Ich bin zwar keine Schönheitsexpertin«, sagte Huaqius Mutter. »Aber ich weiß sicher, dass Igelfleisch besonders nahrhaft ist und eine zarte Haut verleiht.«

»Dann probiere ich es auch«, sagte Yue Er. Ying Er verzichtete auch weiterhin.

»Willst du wirklich nicht probieren, Beizhu?«, sagte Huaqiu.

»Sicher nicht.«

»Es ist vorzüglich.« Huaqiu steckte sich einen Streifen Fleisch in den Mund und leckte sich die Lippen. »Ist es nicht köstlich, Mutter?«

»Ja, es ist wunderbar.«

»Hat es dir nicht geschmeckt, Tantchen?«

»Es war vorzüglich.«

»Und euch, ihr jungen Schwägerinnen?«

»Es war super lecker.«

»Aromatisch und köstlich«, schwärmte Huaqiu.

»Wirklich?«, fragte Beizhu. »Gib mir einen Streifen, ich möchte schnuppern, ob es gut ist. Ich werde es nicht essen, nur daran riechen.«

Lachend schnitt Huaqiu einen kleinen Streifen Fleisch ab und reichte ihn Beizhu. Er führte den Streifen an die Nase und schnupperte lange und ausgiebig daran.

»Es riecht unangenehm.«

»Blödsinn«, erwiderte Huaqiu.

»Im Ernst.«

Huaqiu warf Lingguan einen skeptischen Blick zu. Ess war offensichtlich, dass Beizhu versuchte, ein Spielchen mit ihnen zu spielen.

»Beizhu ist ein Fuchs und das Fleisch sind die Trauben«, sagte er.

»Pass besser auf, Beizhu!«, lachte Huaqiu. »Wenn du weiter so einen Blödsinn redest, verpasse ich dir ein schwarzes Gesicht, wie Richter Bao im Fernsehen.«

»Ich habe auch von dem Fleisch probiert, Beizhu!«, sagte Fengxiang. »Bitte benimm dich und unterlasse deine ekligen Kommentare.«

»Ich meine es gut, aber es interessiert anscheinend niemanden«, empörte sich Beizhu. »Huaqiu hat versehentlich mit dem Messer die Eingeweide erwischt. Kein Wunder, dass es stinkt.«

»Würdest du bitte aufhören, Beizhu?«, sagte Lingguans Mutter.

»Lass ihn reden«, meinte Fengxiang. »Mir kann er den Appetit nicht verderben.«

Yue Er schien schlecht zu sein. Sie hielt sich die Hand vor den Mund. Ying Er hielt sich die Ohren zu.

Huaqiu hielt den Igel in der Hand und blickte Lingguan an. Nun wusste er auch nicht mehr, ob er lachen oder weinen sollte.

»Was frisst ein Igel?«, fuhr Beizhu fort. »Mistkäfer und Mäuse. Mistkäfer sitzen mit Vorliebe auf den Exkrementen anderer Tiere und ernähren sich davon. Das alles ist in das Fleisch übergegangen. Ihr sagt, es hat euch großartig geschmeckt? Na, dann guten Appetit!«

Yue Er erbrach sich lauthals.

Die beiden älteren Frauen lächelten gequält. Lingguans Mutter hielt sich den Bauch.

Ying Er kümmerte sich um Yue Er, die zusammengekauert dasaß. Sie war froh, nicht von dem Fleisch gekostet zu haben.

»Du Idiot hast mir den Appetit verdorben. Nimm ihn schon.« Daraufhin reichte Huaqiu Beizhu den Igel.

»Mag sein, dass du die Eingeweide getroffen hast und die Mistkäfer mit dem Fleisch in Berührung gekommen sind. Glücklicherweise hast du aber eine Füllung zubereitet mit allerlei Gewürzen. Die Füllung hat den ganzen Dreck an Mistkäfern und anderen Insekten aufgesaugt. Deswegen bin ich sicher, dass das Fleisch völlig unbeschadet ist.«

Nun übergab sich Ying Er, die von der Füllung gegessen hatte.

»Ihr seid alle so zartbesaitet«, sagte Fengxiang und lächelte.

Grinsend schnitt Beizhu einen Streifen Fleisch ab, hob den Kopf in den Nacken und steckte ihn sich in den Mund. Er kaute genüsslich und leckte sich dann die Lippen. »Wisst ihr, das Fleisch riecht fantastisch und schmeckt tatsächlich köstlich. Ihr braucht mir nicht zu erklären, wie wunderbar Huaqiu es zubereitet hat.«

8

Eingetaucht in die Stille und die Kühle der Wüstennacht, lag Lingguan schlaflos auf seinem Lager. Ein sanfter Nachtwind ging und schickte die Seele der Wüste in jede einzelne Pore, als wolle sie den Menschen von innen heraus reinigen. Er hörte ein Rauschen wie von Wasser. Die Dunkelheit herrschte wie ein schwarzes Banner und ließ den Himmel höher erscheinen und die Sterne heller und klarer als er sie jemals zuvor erlebt hatte. Ihr Glanz und ihre Klarheit hatten etwas Unwirkliches und er wünschte sich, es gäbe einen Schalter, mit dem er das nächtliche Schauspiel vor seinen Augen hätte ausschalten können, um einer vollständigen Dunkelheit Platz zu bereiten.

Die Nacht erschien ruhiger, wenn er sich nicht der Betrachtung der Sterne hingab. Er konnte kaum ein Geräusch vernehmen. Es war die typische Stille der Wüste, die die Menschen in dieser Gegend Meer des Todes nannten. Lediglich das schwache Rauschen des Windes, der seine Ohren streichelte, war zu vernehmen. Die enorme Kraft, die in der Stille lag, machte ihm seine eigene Bedeutungslosigkeit bewusst. In diesem Augenblick fühlte Lingguan sich der Wüste in besonderem Maße verbunden. Der nächtliche Himmel verschleierte ihre Ausdehnung, legte gleichsam einen Mantel über ihre Grenzenlosigkeit, wodurch sie an ihrer Bedrohlichkeit verlor. Ihr eigentliches Wesen war nicht zu fassen.

Lingguan stand auf, zog sich an und stieg eine Anhöhe empor, von der sich ein Ausblick ergab, der jenseits seiner Sehkraft lag. Die geheimnisvolle Stille und Einsamkeit betörten ihn. Das Fließen der Nachtströmungen war spürbar. Diese Strömungen umspielten ihn, doch es war nicht seine Haut, die umspielt wurde, sondern sein Geist. Befreit von jedem Denken und jeder Form, waren Freude und Gelassenheit alles, was er empfand. Eine Freude geboren aus dem Rausch von Körper und Geist. Eine Gelassenheit, gleichermaßen transparent wie unverfälscht. Nach und nach erloschen Freude und Gelassenheit, und schließlich erlosch auch er selbst und trat in einen Zustand völligen Vergessens ein.

Sehr viel später – oder im selben Moment – nahm er ein Geräusch wahr, und dieses Geräusch eroberte die Wüste und verlieh ihr einen einzigartigen Charme. Nach einer kurzen Pause erwachte es erneut, doch manifestierte es sich nicht in Form eines ungeduldigen Aufgewühltseins, sondern in Form eines ruhigen Lächelns. Eine Ruhe, die einer Erleuchtung entsprungen war, einer Befreiung von Sorge und Angst, einem Wissen um das Verstehen der Vergangenheit und der Zukunft. Die Wüste zeigte sich schlicht und doch imposant, natürlich und rätselhaft, erhaben und flach, alles umfassend.

Inmitten der Geräusche der Natur erwachten Füchse, Wüstenmäuse und wilde Kaninchen. Alles und jedes im Universum war zufrieden, folgte dem Pfad seiner Existenz und erfüllte sein vorherbestimmtes Los.

Eine lange Zeit war er in diesem Zustand versunken. Die Nacht neigte sich ihrem Ende entgegen. Orion, oder die drei Sterne, war bereits weit in den Westen gewandert. Doch Lingguan spürte keine Müdigkeit, eher eine ungewohnte Energie in sich; er war ruhig und fokussiert. So fokussiert, dass er Ying Er nicht wahrnahm, die bereits eine Zeitlang hinter ihm gestanden hatte. Schließlich hörte er ihr leises Seufzen.

Ohne sich umzudrehen wusste er, dass sie es war. Keine andere Frau seufzte wie sie. Ying Er kam und ging lautlos.

»Kannst du auch nicht schlafen?«, fragte Lingguan sie.

»Ich kann schlafen, aber ich möchte nicht.«

Er seufzte und nahm sie wortlos in den Arm. Es war, als ob sie übergangslos Teil des Zaubers wurde, den er gerade spürte. Er stellte keine weitere Frage. In diesem Moment waren Worte überflüssig. Es vergingen mehrere Minuten, bevor sie schließlich zu ihm flüsterte:

»Ich habe drei Worte in einem Buch gefunden«. Sie suchte seinen Blick: »Sie heißen ›ein wundervoller Fehler‹«.

»Was meinst du?«, flüsterte er zurück.

»Du und ich.«

Er zitterte. Vielleicht wegen der Stille, vielleicht auch wegen der Wüste und der Menschen in dieser Wüste in dieser ruhigen Nacht. Etwas klopftee von innen an seine Brust. Etwas, das lange Zeit in dem gelben Sand der Wüste verborgen geblieben war.

Tränen kullerten ihm die Wangen hinunter. »Habe ich einen Fehler gemacht, Ying Er?«

»Wenn es ein schöner Fehler ist, dann lohnt es sich, diesen Fehler bis an unser Ende zu leben.«

»Aber ich … aber Hantou mein eigener Bruder ...« Er seufzte, aber ließ den Satz unvollendet. Lass uns jetzt nicht darüber sprechen.«

Ein trockener, kalter Wind setzte ein. Sie hielten sich fest umschlungen.

»Ich wünschte, wir könnten so sterben«, sagte er.

»Ich auch«, flüsterte sie. »Ich möchte dir etwa sagen. Ich werde … wir werden ein Kind bekommen. Seit unserer ersten Nacht habe ich meine Periode nicht mehr bekommen.«

Kapitel XI

1

Wenige Tage waren vergangen, seit sie aus der Wüste zurückgekehrt waren. Die Mutter machte sich wieder einmal Sorgen um ihre Tochter Lanlan, die Bai Fu, einen Mann aus dem Nachbardorf geheiratet hatte und in dessen Folge nicht mehr bei ihnen wohnte. Ihre Kinder waren für sie das Wichtigste in ihrem Leben und zu jedem von ihnen hatte sie eine starke Herzensbindung. Zu Lanlan war diese Bindung durch die Entfernung jedoch noch stärker als zu den anderen. Sie trug Mengzi auf, in dem kleinen Laden im Dorf Plätzchen und ein paar Dosen Lebensmittel zu kaufen und ließ sich von ihm, auf dem Gepäckträger seines Fahrrades, an den Rand des Dorfes bringen. Dort schickte sie ihn zurück und legte den Rest des Weges zu Fuß zurück.

Das Leben als eingeheiratete Frau war nicht mit dem Leben in der eigenen Familie zu vergleichen, das war ihr natürlich bewusst, doch der Anblick des heruntergekommenen Hauses deprimierte sie und verursachte in ihr einen dumpfen Schmerz. Die Vorstellung, dass ihre Tochter, ein bildhübsches Mädchen, an einem solchen Ort lebte, machte ihr das Herz schwer.

Lanlans Schwiegermutter empfing sie mit großer Herzlichkeit.

»Komm herein, meine Liebe! Komm herein und setz dich. Welcher Wind hat dich heute zu uns geweht?«

»Alle Winde dieser Welt«, entgegnete Lingguans Mutter mit einem Lächeln.

»Wie oft habe ich Bai Fu gesagt, er soll dich einladen. Die Herbsternte ist eingefahren, wir haben reichlich Muße. Da passt es wunderbar, dass du uns besuchst. Lass uns ausgiebig plaudern, jetzt, wo du hier bist. Mein Gott, wie freue ich mich. Sag, wie geht es Ying Er? Ach, was rede ich denn da. Natürlich geht es ihr prächtig bei so wunderbaren Schwiegereltern!« Die alte Dame überhäufte Lingguans Mutter mit Freundlichkeiten.

Sie lächelte und ließ die alte Dame reden. Sie hätte nicht gewusst, wie sie eine Unterhaltung hätte beginnen sollen und da die alte Dame ohne Punkt und Komma plauderte, blieb sie stumm und nickte bloß in regelmäßigen Abständen als Zeichen ihrer Aufmerksamkeit.

»Ich habe dich so vermisst, weißt du? Ich erzähle den Leuten immer, dass ich Glück mit meinem Karma habe, weil ich solch liebenswürdige angeheiratete Verwandte habe. Du bist so weise und so höflich. Immer wieder sage ich zu Bai Fu, dass er eine tolle Schwiegermutter hat und dass er dich besuchen soll, aber er ist einfach ein fauler Hund. Das einzige, was er sagt ist ›Meine Schwiegermutter ist genau wie meine eigene Mutter. Warum also soll ich sie mit all diesen Höflichkeiten nerven?‹ Da muss ich ihm Recht geben. Vor den Hochzeiten waren wir zwei getrennte Familien, doch nun sind wir eine große. Ist es nicht so? Wir brauchen uns also nicht wie Fremde zu begegnen.«

»Natürlich. Ich bin ganz deiner Meinung. Wo ist denn mein Mädchen?«

»Sie ist draußen auf dem Feld, aber ich denke, sie wird bald zurück sein. Leichte Arbeit, nur eine Feldeinfassung. Ich sagte ihr, ich würde es tun, aber sie bestand darauf, es selbst zu machen. Sie sagte, sie könne es schneller als ich. Leichte Arbeit, wie gesagt. Sie wird bald zurück sein.«

Lan Lans Mutter schaute mit Unbehagen auf die schmalen Lippen der Frau vor sich, die sich unablässig bewegten. Was ihre Abneigung auslöste, war die affektierte und übertrieben freundliche Art zu reden, weswegen sie von Anfang an eine Distanz zwischen sich und der alten Dame gespürt hatte. Etwas an Lanlans Schwiegermutter empfand sie als Heuchelei, und auch wenn es nur eine Spur von Heuchelei war, so erzeugte sie bei ihr doch Beklommenheit. Davon abgesehen war sie sich sicher, dass ihre Tochter es mit einer so redegewandten Schwiegermutter nicht im Entferntesten aufnehmen konnte. Dieser Gedanke betrübte sie, dennoch sagte sie:

»Mein kleines Mädchen hat noch eine Menge zu lernen. Du solltest sie nicht zu sehr verwöhnen.«

»Ach, was sagst du denn da, meine Liebe«, erwiderte Lanlans Schwiegermutter in theatralischem Ton. »Ich sage immer, wir sind alt und ändern uns nicht mehr. Es ist, wie es ist. Aber die jungen Leute haben noch ihr ganzes Leben vor sich. Wenn wir sie verhätscheln und zulassen, dass sie schlechtes Benehmen entwickeln, dann wird das Auswirkungen auf ihr ganzes Leben haben. Ist es nicht so, meine Liebe?«

»Du hast ja so Recht«, antwortete Lingguans Mutter, doch erschauerte sie. Ich kenne doch meine eigene Tochter, sagte sie zu sich selbst. Und meine Tochter hat kein schlechtes Benehmen. Du bist es, die ihren eigenen Sohn enger an die Kandare nehmen sollte. Sie zwang sich zu einem Lächeln und sagte:

»Du hast Recht, wir überschütten die Kinder mit nichts als Liebe. Wir wollen immer nur das Beste für sie.«

»Du sprichst mir aus dem Herzen, meine Liebe.« Die alte Dame stellte eine Platte mit gedämpften Teigtaschen auf den Tisch und schenkte ein Glas mit Wasser ein. »Greif zu! Das ist für den kleinen Hunger.«

»Aber das ist doch nicht nötig.«

»Sag so etwas nicht, meine Liebe. Wir sind doch keine Fremden. Kein Grund zur Lüge also. Es sei denn, du denkst, meine Teigtaschen sind noch roh und du könntest dir den Magen verderben. Oder fürchtest du, ich hätte Rattengift hineingegeben? Denkst du das? Komm, probiere wenigsten eine.« Die alte Dame nahm eine Teigtasche, brach sie auseinander und legte die eine Hälfte in die Hand ihres Gastes. Lingguans Mutter steckte sie sich in den Mund.

»Mhm! Ganz köstlich.«

»Ich freue mich, dass du sie nicht für ungenießbar hältst. Sie sind nicht besonders gut geworden, aber gar sind sie in jedem Fall. Ich kann es wahrlich nicht mit dir aufnehmen, meine Liebe. Du machst die köstlichsten Teigtaschen weit und breit. Hättest du deiner Tochter nur einen Bruchteil deiner Kochkünste mitgegeben. Irre ich mich oder gehst du mit der Tradition, Familiengeheimnisse nur an Söhne und nicht an Töchter weiterzureichen? Hahaha!«

Im ersten Augenblick freute sich die Mutter über das Lob, doch natürlich war ihr der latente Vorwurf nicht entgangen. »Will sie meine Kochkünste loben oder mich kritisieren, meine Tochter nicht entsprechend erzogen zu haben?« sagte sie still zu sich. Lanlans Teigtaschen konnten es nicht mit denen ihrer Mutter aufnehmen, doch sie war keinesfalls eine schlechte Köchin. Lanlans Kochkünste waren sicherlich besser als es ihre Schwiegermutter nun darstellte. Sie verbiss sich einen Kommentar und lächelte. Als habe die alte Dame das Unbehagen ihres Gegenübers erspürt, fuhr Lanlans Schwiegermutter fort:

»Ach, du kennst mich ja. Ein scharfes Mundwerk, aber ein Herz aus Watte. Ich sage immer, was mir auf dem Herzen liegt, aber nun habe ich dich verärgert. Weißt du, deine Tochter ist doch auch meine Tochter, also können wir zwei ganz ehrlich miteinander sein, meinst du nicht auch?«

»Du hast Recht«, antwortete die Mutter etwas verunsichert. »Du wirst deine Sache schon richtig machen. Bring ihr bei, was sie noch lernen muss.«

»Sicher. Und ich hoffe, du tust dasselbe mit Ying Er. Eltern sind alle gleich. Wir wollen, dass unsere Kinder es einmal guthaben. Richtig? Wir bringen ihnen alles Mögliche bei, solange sie uns zuhören. Aber wir sind machtlos, wenn sie es nicht tun. Sie können Drache oder Tiger sein, das liegt ganz bei ihnen. Stimmst du mir zu, meine Liebe?«

»Hat dieses undankbare Mädchen, das sich meine Tochter nennt, etwas angestellt?«

»Ach was! Wovon redest du? Als ihre Schwiegermutter rege ich mich doch nicht über diese jungen Dinger auf. Ist es nicht so, meine Liebe? Habe ich vielleicht etwas angestellt, worüber sie sich beschweren könnte? Ich bin noch kräftig genug, um zu arbeiten. Aber wenn ich erst alt und zu nichts mehr Nutze sein werde, dann können mein Sohn und meine Schwiegertochter mit mir anstellen, was sie wollen. Sie können mich den Hunden zum Fraß vorwerfen oder mich in ein Loch stoßen. Ist es nicht so, meine Liebe?«

Mehr und mehr davon überzeugt, dass Lanlan durch ihr Benehmen ihre Schwiegermutter verärgert hatte, legte die Mutter den Rest ihrer Teigtasche auf den Teller und sagte:

»Erzähl mir, was los ist, meine Liebe. Erzähl mir alles, und verschweige nichts. Ich weiß, dass meine Tochter manchmal sehr impulsiv werden kann und nicht immer den richtigen Ton trifft. Ich bin sicher, sie hat etwas gesagt, was dich verletzt hat, ist es so? Ich weiß, dass du ein toleranter Mensch bist und dich von solchen Dingen nicht ärgern lässt, und das ist so, weil du eine ganz wundervolle Person bist. Bitte erzähl mir, was das junge Ding angestellt hat. Ich habe sie auf die Welt gebracht und großgezogen. Sie würde niemals Widerworte geben, wenn ich sie ausschimpfe oder sich wehren, wenn es eine Tracht Prügel setzt.«

»Nun machst du aber aus einer Mücke einen Elefanten, meine Liebe. So schlimm ist sie nun auch wieder nicht. Aber sie ist noch jung und muss noch lernen, ein Teil der Gesellschaft zu sein. Deswegen ist es ganz normal, dass sie hier und da Probleme macht. Aber die sind nicht wirklich gravierend. Ich versuche, immer das Beste für sie zu tun. Nur diejenigen, die die Situation nicht verstehen, denken vielleicht, ich sei engstirnig und nörgele an ihr herum. Ist es nicht so, meine Liebe?«

»Sag schon, was passiert ist. Wir sind doch quasi Familie. Wenn du glaubst, dass ich es wert bin, dann heraus mit der Sprache. Ich weiß doch, wie Lanlan ist. Sie bräuchte manchmal einen Maulkorb, dann würde sie andere Menschen nicht vor den Kopf stoßen.«

»Es ist kaum der Rede wert. Sie ist nicht unbedingt die Fleißigste. Schläft oft bis in die Puppen. Stell dir vor, meine Liebe, ich bereite das Frühstück vor. Aber niemand kann von mir erwarten, dass ich es ihr ans Bett bringe, oder? Also habe ich den beiden die Leviten gelesen. Seitdem macht sie Fortschritte.«

»Du hast vollkommen richtig gehandelt. Wenn sie faul ist, musst du etwas dagegen tun. Auch junge Esel müssen erzogen werden. Du hast alles richtig gemacht, meine Liebe.«

Ein Lächeln huschte über das Gesicht der alten Frau. »Ach, ich bin ja so froh, dass du mich verstehst. Ich wünschte, meine Schwiegertochter wäre nur halb so sensibel wie du es bist. Es ist … .sie hat … .nun, tatsächlich hat sie nichts gesagt, was mich aufgebracht hätte. Es ist einfach die Art und Weise, wie sie geht. Sie poltert durch das Haus. Ich könnte meine Augen schließen und alles wäre gut, aber wir leben auf so engem Raum zusammen, da kann doch niemand von mir verlangen, dass ich so tue, als wäre sie nicht da, verstehst du, meine Liebe?«

»Das ist allerdings eine kleine Macke von ihr. Auch bei mir ist sie früher manchmal herumgepoltert. Mach dir keine Sorgen, meine Liebe. Ich werde mit ihr reden.«

»Es spielt keine Rolle, ob du mit ihr redest oder nicht. Es stört mich nicht. Niemand außerhalb dieser vier Wände wird davon erfahren, solange ich es nicht erzähle. Wir hängen unsere dreckige Wäsche nicht nach draußen, oder? Aber einige Dinge sind einfach nicht in Ordnung. Und die Leute werde anfangen zu reden, selbst wenn ich nichts sage. Gerüchte werden in die Welt gesetzt. Du weißt, wovon ich spreche. Bitte ärgere dich nicht!«

»Das werde ich nicht. Ich verspreche es.«

»Stell dir vor, es kommt Besuch. Was glaubst du, reden diese Leute über eine junge Frau, die ständig ausgeht? Die einen sagen, das sei normal, weil es für junge Leute hier einfach nicht besonders interessant ist. Aber viele tratschen. Sie sagen, dass ihre Mutter ihr nichts beigebracht hat. Du würdest wütend werden, wenn du hörtest, was sie sich erzählen. Ich habe ihnen gesagt, dass die Mutter meiner Schwiegertochter eine gewissenhafte Person ist, die weiß, wie man sich benimmt, und ich erlaube es ihnen nicht, schlecht über dich zu reden. Verstehst du?«

Die Mutter fühlte, wie es in ihr hochkochte.

»Erzähle mir alles. Ich kann nicht glauben, dass dieses kleine Luder …«

»Ach! Ich möchte nicht, dass du denkst, ich würde Gerüchte verbreiten. Ich hasse Leute, die hinter ihrem Rücken über andere herziehen. Ich schütte dir mein Herz aus, weil wir beide uns so prima verstehen.«

»Ja, ich weiß.«

»Versuche, dich in mich hineinzuversetzen. Es ärgert mich, wenn meine Schwiegertochter zu den Nachbarn geht und dort mit den jungen Männern lacht und feixt. Es ist mir egal, wenn sie mich kritisieren, aber ich will nicht, dass sie über dich reden, verstehst du? Tagaus tagein singt sie irgendwelche Lieder über Liebe und Romantik. Ist es dir noch nicht aufgefallen? Sie ist weder Schauspielerin noch Sängerin, warum also tut sie solche Dinge? Die Leute lachen über sie. Das sind selbstverständlich alles triviale Dinge und die Leute können sagen, was sie wollen. Sollen sie sich dabei zu Tode amüsieren, mir ist es egal. Aber einige Dinge kann ich nicht so einfach durchgehen lassen. Ständig ist sie mit anderen jungen Frauen unterwegs und ich frage mich, was ich dagegen tun kann. Was sage ich den Müttern dieser jungen Frauen? Natürlich kann ich gar nichts sagen, aber jeder weiß, dass es sich um meine Schwiegertochter handelt. Wenn ich den Mund aufmache, ist sie unglücklich. Ich möchte nicht, dass du denkst, ich sei keine gute Schwiegermutter.«

Die Mutter war zu aufgebracht, ein Wort herauszubekommen. Dieses schamlose Mädchen. Sie hat dafür gesorgt, dass ihre gesamte Familie das Gesicht verliert. Dieser Besuch war eine Demütigung.

»Schau dich an! Du bist erzürnt, nicht wahr? Ach, das alles nur, weil wir uns so prima verstehen. Ich hätte es nicht erzählen dürfen. Ich hätte mein Plappermaul halten sollen. Schau, wie sauer ich dich gemacht habe.«

Die Mutter zwang sich ein Lächeln ab. »Was meinst du? Rede nicht so. Wir sind eine Familie und können uns alles erzählen.«

»Eine Schwiegertochter ist für mich dasselbe wie eine eigene Tochter – nein, eine Schwiegertochter ist noch wichtiger. Das ist der Grund, warum ich versuche, die ganze Sache so gut es geht zu ignorieren. Ich ertrage es einfach, wenn sie Geld ausgibt, ohne mich zu fragen oder hinter meinem Rücken Süßigkeiten isst. Aber andere Dinge lasse ich nicht durchgehen. Wenn sie Nachbarn überredet, ihr ein Paar stinkige Schuhe zu überlassen. Versuche, es aus meiner Sicht zu sehen. Wir sind nicht so arm, dass sie sich keine Schuhe leisten könnte. Wenn sie sich Kleidung kaufen möchte, braucht sie mich nur zu fragen. Ich würde Getreide eintauschen oder unser Haus verkaufen, um es ihr rechtzumachen. Warum muss sie jemanden wegen ein Paar stinkiger Schuhe betrügen? Nun siehst du, wie es ist, meine Liebe.«

»Dieses schamlose Mädchen.« Laoshuns Frau stiegen Tränen in die Augen. »Was für eine Schande.«, schluchzte sie.

»Ach! Es ist alles meine Schuld. Es tut mir aufrichtig leid. Ich hätte meinen Mund halten sollen. Ich kann nichts dagegen tun. Ich musste dir mein Herz ausschütten.«

»Es ist nicht dein Fehler.« Die Mutter trocknete ihre Tränen.

»Ich wäre im Dunkeln geblieben, wenn du mir nicht alles erzählt hättest. Ich wünschte, ich hätte ihr das Genick gebrochen am Tag ihrer Geburt. Es wäre besser gewesen, sie an die Hunde zu verfüttern, als auf diese Weise das Gesicht zu verlieren.«

2

»Hallo Mama!« Lanlan war überglücklich, ihre Mutter zu sehen.

»Hast du deine Arbeit beendet?«, sagte ihre Mutter und rang sich ein Lächeln ab.

»Nein, ich brauche noch ein oder zwei Tage.«

Der Mutter fiel sofort auf, dass ihre Tochter deutlich dünner geworden war. Ihr Gesicht war blass, die Backenknochen traten hervor und ihre Wangen waren eingefallen. Mit schmerzendem Herzen sah sie zu der Schwiegermutter hinüber, die von der Teigtasche, die sie ihr vorher überreicht hatte, ein Stück abbrach.

»Sei behutsam.« Ihre Mutter deutete mit dem Finger auf Lanlans Babybauch. »Du kennst deine Grenzen.«

»Kein Problem. Schwangere Frauen brauchen Bewegung.«, sagte sie.

Die Mutter seufzte. »Du hast Gewicht verloren.«

»Oh, sie zieht eine gute Figur der Gesundheit vor«, warf die Schwiegermutter ein. »Ihr Aussehen ist ihr wichtiger als das Baby in ihrem Bauch.«

Lanlan blickte zu ihrer Schwiegermutter hinüber und wollte etwas sagen, hielt jedoch inne. Stattdessen sagte sie zu ihrer Mutter:

»Wie geht es zu Hause? Hantou hatte Schmerzen, als ich letztes Mal bei ihm war. Geht es ihm mittlerweile besser?«

»Viel besser. Der Arzt hat ihm etwas verschrieben. Es ist nichts Ernstes.«

Während sie sprachen, kam Lanlans Schwiegervater mit Tochter Yindi herein. Er war ein redseliger Mann, der allerdings nur über Geschäfte sprach und Plaudereien mit Frauen – Personen mit langem Haar und kurzer Denkweise – schlichtweg ablehnte. Nach einem kurzen Gruß verließ er den Raum. Lanlans Schwiegermutter ging in die Küche und ließ die beiden allein. Die Mutter zog ihre Tochter an sich und überhäufte sie mit eiligen Küssen.

»Wo ist Bai Fu?«

»Bai Fu? Wer weiß? Vater und Sohn taugen beide zu nichts. Der Alte rennt jeden Tag von einem Nachbarn zum anderen und verhandelt großartige Geschäfte mit Antiquitäten oder Stahlprodukten. Aber leider haben wir noch keinen Cent aus diesen Geschäften gesehen. Der Junior spielt Mahjong, Karten oder andere Spiele, und das ist auch das einzige, was er tut. Vor ein paar Tagen haben sie ein Schwein verkauft und er hat den

Erlös komplett verspielt.« Ihre Augen funkelten während sie berichtete.

»Dein Vater und ich tragen die Schuld.« Ihre Mutter senkte den Kopf und seufzte. »Wir hatten nicht unseren Verstand beisammen, als wir dich in dieses Rattenloch geschickt haben. Aber zu der Zeit …«

»Ist schon gut, Mama.« Lanlan trocknete ihre Tränen. »Die Spielerei ist sein einziges Problem, ansonsten ist er ganz in Ordnung. Er arbeitet hart. Was will man mehr hier auf dem Land? Bestimmt wird alles gut.«

Ihre Mutter tat einen langen Seufzer.

Plötzlich hörten sie vom Hof her eine laute Stimme: »Mann, sag mir, ist er ein Arsch oder nicht?

»Bai Fu«, sagte Lanlan. »Er ist zurück.« Bevor sie den Satz beendet hatte, kam ein kräftig gebauter Mann herein.

»Dieser Schuft … Oh, die Schwiegermama ist da. Stell dir das vor, dieser verdammte Schuft betrügt bei den Karten. Kein Wunder, dass ich verloren habe. Dieser Bastard betrügt nach Strich und Faden.«

»Dann hör doch auf zu spielen«, sagte Lanlan. »Warum spielst du mit solchen Typen?«

»Meinst du, den lasse ich einfach so laufen? Ich war so wütend. Ich habe ihn gepackt und ihm ein paar Schläge verpasst. Und weißt du, was dann passiert ist? Er konnte nicht mehr schummeln und ich habe gewonnen.« Darauf zog er einige zerknitterte Scheine aus der Tasche.

Lanlans Mutter schaute ihre Tochter an, die gequält lächelte und sich dann ihrem Mann zuwandte.

»Schon gut, ich glaube es reicht. Vielleicht können wir jetzt über etwas anderes reden?«

Bai Fu lachte. »Meinst du nicht, dass ich etwas Anerkennung verdient habe? Ständig beklagst du dich, dass ich anderen mein Geld schenke. Jetzt gewinne ich und kein nettes Wort kommt über deine Lippen.« Er verließ den Raum und wenig später drang sein verbales Gepolter aus der Küche herüber.

»Wenn wir das geahnt hätten damals …«, begann die Mutter erneut.

»Du hast noch nicht erlebt, wie er sich aufführt, wenn er verliert«, sagte Lanlan. »Er zerschmettert Sachen oder wirft sie durch das Zimmer. Aber so ist er nun einmal. Du brauchst dich nicht zu sorgen, Mama.«

»Zumindest mit Ying Er haben wir Glück gehabt. Sie ist ein gutes

Mädchen. Ansonsten wären wir vermutlich vor Reue gestorben. Ich wünschte, dein Mann wäre nur halb so gut wie Hantou.«

»Er ist auch nur ein Mensch, und niemand ist perfekt. Denk nicht so viel darüber nach. Ich bin daran gewöhnt, Mama. Ich merke es mittlerweile schon gar nicht mehr. Als ich zu Anfang hierher kam … wollte ich sterben.« Wieder füllten sich ihre Augen mit Tränen.

»Du musstest so viel ertragen. Ich hätte es besser wissen müssen.«

»Es ist schon in Ordnung, außer …«

Lanlans Schwiegervater kam erneut ins Zimmer, anscheinend, um etwas zu suchen. »Du musst sicher lachen, wenn du unseren missratenen Sohn siehst!«, sagte er zu Lanlans Mutter. Zu nichts nutze, der Bengel. Aber wenn wir nur ein Wort sagen, dann rastet er sofort aus.«

»Er ist noch jung. Er wird noch lernen und in ein paar Jahren wird er sich machen.«

»In ein paar Jahren? Wenn ich das Zeitliche segne, dann ist mir egal, was er tut.« Er schnaubte wütend, als er nach draußen ging, um seinen Geschäften nachzugehen.

»Jeden Tag streiten sie. Es geht hin und her, und meist wegen Lächerlichkeiten. Verbal ist er unterlegen, aber er hat seine Fäuste. So gibt es nie einen Sieger oder einen Verlierer«, sagte Lanlan mit einem schwachen Lächeln.

»Warum muss so ein altes Paar noch ständig streiten? Das will mir nicht in den Kopf«, sagte ihre Mutter und sah ihre Tochter fragend an.

»Es kommt mir vor, als hätten sie nichts zu tun, wenn sie nicht streiten. Vielleicht machen ihre Diskussionen süchtig. Wie eine Stelle, die juckt, aber die man nicht kratzen kann.«

Mutter und Tochter mussten beide über die Bemerkung lachen. Ein kurzer Moment der Leichtigkeit entstand zwischen ihnen. Lanlans Mutter holte ein kleines weißes Stoffsäckchen aus der Tasche, entfaltete es und zum Vorschein kam ein rotes Portemonnaie mit zehn Yuan.

»Dein Vater gab mir dieses Geld für Medikamente gegen meine Kopfschmerzen, aber ich habe es nicht übers Herz gebracht, das Geld auszugeben. Kauf dir etwas zum Handarbeiten oder was dir sonst Spaß macht.«

»Ich kann dir schon sonst nichts anbieten, Mama. Wie könnte ich dieses Geld von dir annehmen?«

»Nimm es und verwahre es sicher. Pass auf, dass niemand es entdeckt.«

Lanlan nahm das Geld und steckte es in eine Innentasche.

»Komm und hol das Essen, Lanlan!«, rief die Schwiegermutter aus der Küche. Lanlan ging in die Küche, wo Bai Fu vor dem Ofen saß, seine Geldscheine glättete und nicht müde wurde, von seinem Heldentag zu erzählen. Lanlan nahm Stäbchen, Schälchen, einige Gewürze und trug alles hinüber in den anderen Raum.

»Es tut mir aufrichtig leid, meine Liebe«, sagte Lanlans Schwiegermutter, als sie mit den dampfenden Nudeln herüberkam. »Ich hatte keine Zeit, ein ordentliches Essen zuzubereiten. Außerdem ist es bei uns – anders als bei euch – so, dass wir nicht immer das essen können, was wir gerne möchten. Deshalb kann ich dir nur eine einfache Nudelsuppe anbieten. Davon aber haben wir genug. Du kannst also so viel essen, wie du magst, meine Liebe. Es freut mich, wenn du ordentlich zugreifst.«

»Hör sich einer deine Reden an. Als ob wir nicht alle gleich wären. Das sieht doch gut aus, sehr gut sogar.«

3

»Bai Fu, geh mit deiner Mutter aufs Feld und hilf ihr beim Abstechen der Feldränder«, sagte Lanlans Schwiegervater nach dem Mittagessen. »Gib Lanlan und ihrer Mutter Gelegenheit, miteinander zu reden. Die beiden sehen sich nicht oft. Also lassen wir sie eine Weile allein.«

Bai Fu, noch immer in Hochstimmung über sein gewonnenes Geld, stimmte sofort zu.

»Das klingt doch gut«, sagte Lanlans Schwiegermutter. »Ihr beide bleibt hier und unterhaltet euch, während wir aufs Feld gehen. Ist dir das recht, meine Liebe? Ich würde dir gerne Gesellschaft leisten, doch ich denke, ein bisschen Privatsphäre tut euch auch gut. Mit uns dabei würdest du deinen Besuch sicher nicht in gleichem Maße genießen.«

»Was redest du denn da? Lanlan und ich haben uns nicht so viel zu sagen, wie du vielleicht denkst. Ich habe sie von der Zeit aufgezogen, als sie nicht größer als mein eigener Schuh war. Aber ich möchte euch bei eurer Arbeit nicht behindern. Ihr benötigt stabile Dämme für den Herbst.«

Mutter und Sohn verließen das Haus und wenig später ging auch der Vater mit Yindi in einem kleinen Bollerwagen los.

Mutter und Tochter blieben allein zurück. Eine ungewohnte Stille kehrte ein. Die Mutter beobachtete ihre Tochter, die den Blicken ihrer Mutter auswich.

»Ich möchte dich etwas fragen, Lanlan. Und ich will, dass du ehrlich mit mir bist.«

»Was willst du wissen? Ich habe nichts zu verbergen.«

»Kommst du nicht gut aus mit deiner Schwiegermutter?«

»Nicht besonders. Sie ist meine Schwiegermutter. Das ist alles. Sie ist, wie alle Schwiegermütter sind.«

»Streitet ihr euch?«

»Ein paar Mal haben wir gestritten. Zu Anfang. Aber seit ich weiß, wie ich sie nehmen muss, nicht mehr. Weshalb fragst du? Hat sie irgendetwas gesagt?«

»Nein, ich bin bloß neugierig. Aber achte darauf, morgens ein bisschen früher aufzustehen.«

»Früher aufstehen? Wie früh meinst du? Jeden Tag stehe ich auf, bereite das Frühstück vor, fege den Hof und füttere die Schweine. Und das alles, während der Rest der Familie im Bett liegt.«

»Gut so. Damit solltest du auch weitermachen. Du bist die Jüngste in der Familie, das bedeutet, dass du vor den anderen aufstehen musst. Sie haben sich die meiste Zeit ihres Lebens geplagt. Nun ist es an der Zeit für sie, es ruhiger angehen zu lassen. Oh, und geh bitte nicht so oft zu den Nachbarn hinüber, es sei denn, du hast einen wichtigen Grund.«

»Das tue ich nicht. Manchmal gehe ich nach nebenan, um fernzusehen. Unser alter Fernseher ist längst kaputt. Ich gehe nur rüber, weil wir kein Geld haben, ihn zu reparieren. Und das passiert selten, vielleicht alle zwei Wochen einmal. Hat sie sich beschwert?«

»Nein, aber die Leute fangen an zu tratschen, wenn du zu oft rausgehst. Du denkst dir nichts dabei, aber deine Schwiegereltern können nicht damit umgehen, verstehst du? Du musst auch an sie denken. Natürlich redet man mit den Nachbarn, wenn man sie besucht. Vernünftige Leute kapieren das, aber andere sagen vielleicht, dass du mit Männern flirtest und dass da etwas im Gange ist. Ich kenne dich, weil du meine Tochter bist, aber andere kennen dich nicht. Ich denke, du verstehst mich, oder?«

»Mama.« Lanlan schaute auf. »Warum rückst du nicht mit der Sprache heraus? Was hat sie noch über mich erzählt?«

»Deine Schwiegermutter ist kein schlechter Mensch«, seufzte ihre Mutter. »Du musst einfach ein bisschen vorsichtiger sein. Komm zu uns nach Hause, wenn du etwas Bestimmtes essen möchtest. Ich koche es für dich. Wenn du irgendetwas brauchst, dann sage es mir und ich werde es dir kaufen. Rühre ihre Sachen nicht an und gib niemandem einen Anlass, über dich zu tratschen.«

»Du brauchst nicht weiterzureden. Ich weiß Bescheid. Die Hexe muss gesagt haben, dass ich ihr Essen gestohlen und ihr Geld ausgegeben habe.« Lanlan begann zu weinen. »Es wäre nicht das erste Mal, dass sie mich vor anderen Menschen schlechtmacht. Als ich schwanger war, hatte ich Lust auf Spiegeleier. Also habe ich mir eins gebraten. Danach sagte sie, ich würde ihr Essen stehlen. Sag mir, welche schwangere Frau hat nicht solche besonderen Bedürfnisse? Zwei Wochen lang hat sie mir das jeden Tag vorgehalten. Sie hätte mir vergeben sollen für meine Fehlgeburt, oder nicht? Ich hatte ein Glas kaltes Wasser getrunken. Ich war so deprimiert und verzweifelt … Und das Geld? Als die alte Tante Medikamente für ihre Kopfschmerzen brauchte, hatte sie kein Geld und fragte mich, ob ich ihr etwas leihen könnte. Natürlich hatte ich nichts. Da sah ich einen Yuan Schein auf dem Tisch liegen und gab ihn ihr. Hinterher erzählte sie, ich würde ihr Geld stehlen. Sage mir, Mama, was für eine Schwiegermutter ist das? Ich bin vielleicht nicht viel wert, doch sicher mehr als einen Yuan.« Lanlan schluchzte heftig.

Die Mutter schluckte schwer. Sie fühlte einen Kloß im Hals, als sie an das Lächeln der Schwiegermutter dachte.

»Sie beklagt sich, dass ich Nachbarn besuche, mit Männern flirte und tratsche. Angeblich hätte ich jemandem ein Paar alte Schuhe abgeluchst. Jeder im Dorf hat diese Geschichte gehört. Nachbarn besuchen, um zu tratschen? Wie in aller Welt sollte ich das anstellen? Alles, was ich jemals getan habe, war, bei Xiulan Fernsehen zu gucken. Und das passierte, als ihr Mann nicht zu Hause war. Was könnte ich getan haben? Später bin ich genau aus dem Grund zu den Nachbarn gegangen. Weil sie es mir vorgeworfen hat. Sie darf nach Herzenslust mit allen Männern quatschen und ich muss meinen Mund halten? Wenn mir jemand eine Frage stellt, dann gebietet es die Höflichkeit, darauf zu antworten, oder nicht? Sie aber wirft mir vor, ich würde flirten. Dabei ist sie es, die tratscht und Gerüchte verbreitet. Benimmt sich so ein erwachsener Mensch? Xiulan hat mir ein Paar Schuhe gegeben, neue Schuhe, die ihr nicht passten. Ich habe ihr dafür ein Kopftuch geschenkt. Das ist die Wahrheit hinter der Geschichte.«

Sprachlos saß die Mutter vor ihrer Tochter.

»Sie hat Bai Fu angestachelt, mich zu schlagen. Eine geprügelte Frau sei willig, sagte sie. So wie ein gut gekneteter Teig die besten Nudeln hergibt. Sie ist ein grausamer Mensch. Es scheint sie zu ärgern, wenn Bai Fu nett zu mir ist. Also sucht sie ständig nach Fehlern und ist erst zufrieden, wenn er mich schlägt. In ihren Augen sündige ich auch, wenn mein Schwiegervater mich anschaut. Er hat nun mal Augen im Kopf, was also soll ich tun, wenn er mich anschaut? Ich kann ihm nicht die Augen ausstechen, oder? Ich muss ihm Essen servieren, oder nicht?«

Hilflos sah die Mutter Lanlan an.

»Aber das ist noch gar nichts. Das Schlimmste ist …« Lanlan trocknete ihre Tränen. »Ich verstehe diese vielen Fehlgeburten nicht. Alle werden tot geboren, eins nach dem anderen. Nur das eine, das den Segen von Großmutter Qi erhielt, hat etwas länger gelebt. Aber auch das starb nach wenigen Tagen. Mama, ist es vielleicht mein Schicksal, dass ich keinen Sohn haben werde? Wenn Yindi nicht da wäre, ich wollte am liebsten sterben. Bai Fu schreit mich an und schlägt mich. Er sagt, ich wolle ihm keinen Statthalter schenken, der die Familienlinie fortsetzt. Ach, ich sollte das alles gar nicht erzählen. Ich möchte nicht, dass du dir Sorgen machst. Alles ist so sinnlos.«

Lanlans Mutter wollte ihre Tochter trösten, doch fand keine passenden Worte. Stattdessen kamen nur immer mehr Tränen. Diese Frau missbrauchte ihre Tochter nicht nur, sie demütigte und betrug sie obendrein.

»Erzähle mir alles, Lanlan. Vielleicht entlastet es dich ein wenig, wenn du dir deinen Kummer von der Seele reden kannst.«

»Es ist nichts sonst, Mama.« Das Mädchen öffnete die Augen ganz weit, so als ob sie gerade aus einem Traum erwacht wäre.

»Wirklich, sonst ist nichts. Auf jeden Fall geht es mir besser als vielen anderen Schwiegertöchtern. Ich habe zu essen und Kleider zum Tragen. Nur manchmal fühle ich mich ganz schrecklich. Aber ich habe mich daran gewöhnt. Mach dir also keine Sorgen um mich.«

Wohlwissend, dass ihre Tochter versuchte, sie zu trösten, fühlte sie sich nur umso schlechter. Die Tränen liefen ihr das Gesicht herunter, als wäre ein Damm gebrochen. Lanlan tat das Beste, ihre Mutter zu besänftigen, doch es endete nur in noch mehr gemeinsamen Tränen. Mutter und Tochter schlangen die Arme umeinander und gaben sich ihrer Traurigkeit und Verzweiflung hin.

4

Nachdem sie einen Einblick in die wahren Verhältnisse im Hause der Schwiegereltern bekommen hatte, veränderte sich die Haltung der Mutter gegenüber dieser Familie. Sie hatten ihre Tochter in diese Familie verheiratet und dort gehörte sie nun hin. Als Mutter hatte sie keinen Einfluss darauf, wie ihre Tochter behandelt wurde. Sie würde nicht, wie viele andere Eltern, im Haus der Schwiegereltern wegen Alltäglichkeiten Streitereien anzetteln. Dies würde möglicherweise die ganze Beziehung zerstören und nur dazu führen, dass die Situation für die eigene Tochter noch unerträglicher werden würde.

Es konnte nicht mehr lange dauern, bis die Schwiegermutter von der Feldarbeit zurückkehren würde. Was die Mutter beunruhigte war die Frage, wie sie der alten Frau begegnen sollte. Die Schwiegermutter war nicht auf den Kopf gefallen und konnte sich denken, dass Lanlan ihr alles erzählt haben würde. Die Tatsache, dass nun eine andere Version der Wahrheit auf dem Tisch lag, würde ihr sicher peinlich sein. Doch wie würde sie mit dieser Peinlichkeit umgehen?

In dem Moment, in dem die alte Frau in die Tür kam, zeigte sich ein warmes Lächeln in ihrem Gesicht, ein so natürliches und unverfälschtes Lächeln, dass man nicht glauben konnte, diese Frau könnte auch nur irgendein schlechtes Wort über ihre Schwiegertochter sagen.

»Ach, meine Liebe, da seid ihr ja.« Ihr freudiger Ton machte Lanlans Mutter ihre eigene Lächerlichkeit nur umso bewusster. Nach dem Abendessen forderte sie Bai Fu auf, ein Huhn zu schlachten. Außerdem bereitete sie die Kaninchen zu, die die Mutter mitgebracht hatte. Zu allem Überfluss schickte sie Bai Fu zu dem kleinen Laden im Dorf, um eine Flasche Hirseschnaps zu besorgen. Wenig später saßen alle drei mit dem jungen Paar um einen Esstisch herum und aßen und tranken nach Herzenslust.

Lanlans Mutter fühlte, wie sich ihre deprimierte Stimmung durch die herzliche Bewirtung der alten Frau allmählich legte. Auch Lanlan schien besserer Laune zu sein, vermutlich wegen der Entscheidung ihrer Schwiegermutter, ein Huhn zu schlachten. In Lanlans Mutter veränderte sich erneut etwas. Sie erkannte, dass es ihrer Tochter im Grunde genommen doch nicht so schlecht ging, auf jeden Fall besser, als sie es angenommen hatte. Und die alte Frau war letzten Endes keine so üble Person. Immerhin hatten sie eigens für sie ein Huhn geschlachtet.

»Ach, meine Liebe«, sagte die Mutter. »Das wäre doch nicht nötig gewesen! Ich bin doch keine Fremde.«

»Was redest du da, meine Teuerste? Schließlich sind wir Verwandte und du kommst selten genug zu uns. Da wären wir doch dumm, wenn wir es uns nicht gut gehen ließen, oder?«, meinte die alte Frau mit einem Lächeln. Diese Reaktion radierte das hässliche Bild, das noch Stunden zuvor im Kopf von Lanlans Mutter entstanden war, komplett aus. In welcher Familie gab es keine Probleme? »Selbst die Zähne kommen manchmal der eigenen Zunge in die Quere«, dachte sie.

»Nimm dir, so lange es heiß ist!«, forderte die alte Frau sie auf. Lanlan stellte die Platte mit dem frittierten Hühnchen auf den Tisch. Ihre Schwiegermutter griff mit den Stäbchen nach einer Keule und legte sie Lanlans Mutter in ihr Schälchen. Die Geste freute sie und brachte sie zum Lächeln. Vielleicht ließ sie sich zu leicht von einem Lächeln einwickeln, doch die familiäre Atmosphäre erwärmte ihr Herz ein wenig.

Offensichtlich gerührt von der Freundlichkeit, mit der ihre Schwiegermutter ihre Mutter bewirtete, nahm Lanlan ein Stück von dem Hühnchen und bot es der alten Frau an.

»Iss nur, Mutter. Du solltest zuerst essen, wenn du willst, dass die anderen zugreifen.« Die alte Frau akzeptierte, ohne zu protestieren, schob sich ein Stück von dem Huhn in den Mund und begann, genüsslich zu essen. Dann leckte sie sich die fettglänzenden Lippen und ihr Gesicht begann zu strahlen. Es schien, als freue sie sich über die Tatsache, dass sie eine gute Schwiegertochter hatte.

Lanlans Mutter rührte ihre Stäbchen nicht an, als ihre Tochter mit dem Kaninchen hereinkam. »Dies ist für euch. Ich habe so viel Kaninchen gegessen in letzter Zeit, es steht mir bis hier.«

Die alte Frau wusste, dass Lanlans Mutter dies sagte, um ihr entgegenzukommen, weshalb sie sie nicht zum Essen drängte.

»Das Kaninchen ist nicht gut gelungen«, sagte sie mit entschuldigender Miene. »Es ist zu dunkel. Ich denke, es stand zu lange auf dem Herd.«

»Oh nein,« erklärte Lanlans Mutter lächelnd. »Wildkaninchen ist so. Das Fleisch ist deutlich dunkler. Ich finde, es duftet fantastisch.«

»Hhm, es duftet wirklich himmlisch.«

Bai Fu hatte auch den letzten Funken Tischmanieren abgelegt und schaute mit gierigen Augen auf das geschmorte Fleisch. Er liebte Wildkaninchen über alles und aß, bis ihm Fett und Soße das Kinn hinunterliefen. Selbst der Vater vergaß seine Rolle als Gastgeber und Lanlans Mutter lächelte über die völlig inakzeptablen Tischmanieren der beiden.

Die alte Frau bat ihren Sohn, Lanlans Mutter nachzuschenken. Nach einige Runden mit Trinksprüchen sagte die Schwiegermutter: »Ich hoffe, du bist satt geworden und auch dein Durst ist gestillt, ansonsten würde ich mich ganz schrecklich fühlen.«

»Ich hatte reichlich, danke«, antwortete sie lächelnd.

»Ich bin eine Person mit gutem Herzen aber mit scharfer Zunge«, sagte Lanlans Schwiegermutter nach zwei weiteren Gläsern Hirseschnaps. »Es ist also unvermeidlich, dass ich dir vor den Kopf stoße. Aber nimm es dir bitte nicht zu Herzen. Es heißt doch: der Großherzige vergibt dem Kleingeistigen.«

»Was redest du denn da, meine Liebe? Mir sind Personen lieber, die gerade heraus sind und sagen, was sie denken. Ich mag keine Leute, die sich winden und nie auf den Punkt kommen. Ich weiß, wie du bist. Sonst wären wir nie Verwandte geworden.«

Lanlans Mutter erstaunte, mit welcher Selbstverständlichkeit die Worte aus ihr herauskamen, selbstverständlich und ungezwungen, voller Aufrichtigkeit.

»Ich habe eine Macke. Ich bin manchmal ziemlich engstirnig und ärgere mich zu sehr über Kleinigkeiten. Hätte ich nur etwas von deinem Temperament«, fügte sie hinzu.

»Das ist nicht wahr. Ich habe auch meine Macken. Nichts kann ich für mich behalten. Alles muss immer und sofort raus. Deshalb stoße ich die Leute vor den Kopf, obwohl es nicht meine Absicht ist. Wer mich kennt, weiß das. Aber wer mich nicht kennt, der bekommt den Eindruck, dass mit mir nicht gut Kirschen essen ist.«

»Das ist schon in Ordnung«, erwiderte Lanlans Mutter. »Man sollte sein Herz ausschütten dürfen. Wenn man zu viele Dinge für sich behält oder verdrängt, dann wird man irgendwann krank. Schau dir mich an! Jede Bagatelle bringt mich aus dem Rhythmus. Weshalb sonst bin ich so hager?«

»Die Medaille hat zwei Seiten«, erwiderte Lanlans Schwiegermutter. »Du weißt doch, wie viel Geld alte Leute ausgeben können, ohne dass sie auch nur ein bisschen abnehmen.«

»Da bin ich anderer Meinung. Ich finde es besser, ein Paar Kilo zu viel zu haben. Ein gutgenährter Körper kann sich besser gegen Krankheiten wehren. Ich huste und krächze, sobald ich nur eine leichte Erkältung bekomme.«

Die beiden Frauen fuhren fort, sich gegenseitig Komplimente hin und herzuschieben, während die Männer immer gelangweilter wurden und nach einigen Gläsern Schnaps ins Bett gingen. Die Frauen unterhielten sich indes noch bis spät in die Nacht.

»So übel ist sie gar nicht«, sagte Lanlans Mutter zu sich, als sie endlich in ihrem Bett lag. Tatsächlich hatte sie ihre Meinung über Lanlans Schwiegermutter wiederum ein wenig geändert. Die alte Frau war sicherlich schlechter, als sie erhoffte hatte, und doch war sie nicht so übel, wie ihre Tochter sie am Nachmittag dargestellt hatte.

Kapitel XII

1

Nach zwei Tagen im Haus der Schwiegermutter kehrte die Mutter nach Hause zurück. Die alte Frau hatte sie zum Bleiben gedrängt, doch sie sorgte sich um die Tiere, die zu füttern waren und – allem voran – um ihren Sohn Hantou. Ein junger Mann aus Lanlans Bekanntenkreis war kürzlich an Magenkrebs gestorben. Es hatte mit Magenschmerzen begonnen, die er solange ertragen hatte, wie es eben ging, doch als man ihn schließlich ins Krankenhaus brachte und operierte, fanden die Ärzte einen bösartigen Tumor. Nach wenigen Tagen war der junge Mann gestorben. Wenn der

Tumor früher entdeckt worden wäre – so hieß es – hätte der Mann durch Entfernen eines Teils des Magens mit großer Wahrscheinlichkeit gerettet werden können. Diese Nachricht hatte sie stark aufgewühlt und sie sah bereits ihren Sohn, wie er sich vor Schmerzen krümmend im Bett hin und her wälzte. Sie erlaubte sich nicht, an das Schlimmste zu denken, doch konnte sie die Angst vor einer ernsthaften Erkrankung nicht mehr von sich schieben. Das schreckliche Bild ließ sie nicht mehr los.

Laoshun reparierte gerade im Hof seinen Handkarren, als er seine Frau erblickte. Mit einem Lächeln sagte er: »Ah, die Dame des Hauses ist zurück. Das ging aber schnell. Ich war davon ausgegangen, dass sie dich ein paar Tage verwöhnen würden. Aber du schaust noch immer aus wie ein Hungerlappen. Oh, Bai Fu ist auch mitgekommen.«

Laoshuns Frau reichte Bai Fu eine Tasche mit Sojabohnen. Dann wandte sie sich ihrem Mann zu. »Nur jemand wie du, der im vorigen Leben ein Schwein gewesen ist, redet ständig vom Essen. Wo ist Hantou?«

»Beim Brunnen.«

»Geht es besser mit ihm?«

»Er sagt, die Medikamente zeigen Wirkung.«

Augenscheinlich beruhigt durch diese Aussage, begann seine Frau, von ihrem Besuch im Haus der Schwiegereltern zu erzählen.

»Typisch Frauen! Immer streitet ihr euch wegen Kleinigkeiten. Wenn es nicht wegen einem Ei ist, dann ist es wegen ein Paar Schuhen.« Laoshun lachte. »Lange Haare, kurzer Verstand.«

»Und über welche tiefgreifenden Probleme dieser Welt hast du dir währenddessen den Kopf zerbrochen?«, erwiderte sie schnippisch. »War es dein Handkarren oder das Kamelhalfter? Was sonst liegt dir auf der Seele? Grübelst du über die Politik der Regierung nach oder über die wichtigen Geschehnisse weltweit? Ich für meinen Fall bin nun einmal Tag für Tag mit Alltäglichkeiten konfrontiert. Worüber sonst sollte ich mir also Gedanken machen?«

»Schon gut, schon gut! Grübele ruhig weiter über deine Banalitäten«, lachte Laoshun. »Ich hatte sowieso nicht dich gemeint, sondern die verehrten Schwiegereltern unserer Tochter. Warum also echauffierst du dich?«

»Du machst dich schon wieder lustig über mich. Ich wünschte, du wärest selbst Schwiegermutter, dann wüsstest du, dass sich nichts erledigt, so lange du die Dinge nur aufschiebst. Wenn du aber die Dinge anpackst, dann geht das nun einmal nicht ohne größere oder kleinere Streitigkeiten.«

»Das sage ich doch die ganze Zeit«, erwiderte Laoshun. Warum regst du dich über Lanlans Schwiegermutter auf? Versetze dich doch einfach einmal in ihre Lage. Außerdem bist du genauso Schwiegermutter.«

»Ich habe nichts Schlechtes über sie gesagt. Ich erzähle dir lediglich, was vorgefallen ist. Und ich bin auch nicht wütend.«

Fengxiang und Ying Er kamen schwatzend und kichernd um die Ecke. In dem Moment, in dem sie die Mutter erblickten, verstummten beide.

»Warum bist du nicht ein bisschen länger geblieben?«, fragte Ying Er.

»Ich bin auf die Welt gekommen, um Mühsal zu ertragen. Ich halte es dort nicht länger als ein, zwei Tage aus. Dann bekomme ich Hummeln im Hintern. Also bin ich zurückgekommen, um hier mein Schicksal zu erdulden. Fühlt euch also frei, hinter meinem Rücken über mich zu reden.«

Fengxiang und Ying Er tauschten Blicke.

»Du bildest dir etwas ein! Wer hätte schon Zeit, über dich zu tratschen?«

»Wer weiß! Es gibt immer jemanden, der Staub aufwirbelt.«

»Ich bin nur hier, um den Karren auszuleihen. Ich habe nichts Schlechtes zu Ying Er gesagt«, meinte Fengxiang.

»Du brauchst gar nichts zu sagen. Dich habe ich sowieso nicht gemeint«, erwiderte Laoshuns Frau knapp. »Wenn du nie etwas Peinliches getan hast, dann brauchst du dich auch nicht um das Gerede der Leute zu scheren.«

»Ich habe ihn gerade geschmiert und geölt.« Laoshun strich mit der Hand über die Seitenkante des Handkarrens. »Wenn du willst, kannst du ihn jetzt mitnehmen.«

Fengxiang warf ihre Tasche auf den Karren und machte sich auf den Weg.

»Kannst du nicht einmal deine Gedanken für dich behalten?«, kritisierte Laoshun seine Frau. »Das war doch völlig unnötig.«

»Sie hat wirklich nichts über dich gesagt«, stimmte Ying Er ihrem Schwiegervater zu. »Sie hat lediglich von dem Streit erzählt, den sie mit Beizhus Mutter hatte.«

Die Mutter merkte, dass sie ungerecht gewesen war, doch konnte sie nicht sofort in die Verzeihung wechseln und antwortete:

»Also habt ihr doch über jemanden gesprochen, oder etwa nicht?«

»Du hast ja Recht«, sagte Laoshun. »Aber halte nicht immer nur den anderen Leuten den Spiegel vor. Schau ab und zu auch selbst hinein.«

Sie warf ihrem Mann einen mehrdeutigen Blick zu und ging in die Küche.

»Fengxiang hat mich gebeten, ihr mit den Kartoffeln zu helfen«, sagte Ying Er nach einer Weile. »Sie ist nicht mehr weit entfernt vom Entbindungstermin und will sich und das Baby schonen. Sie kann den Karren unmöglich allein ziehen.«

»Dann geh!«, sagte die Mutter.

Ying Er verließ das Haus und machte sich auf den Weg. Eigentlich hatte sie nach Lanlans neuer Familie fragen wollen, doch der Zeitpunkt dafür war offenkundig ungünstig gewesen.

2

Ying Er ging hinaus aufs Feld.

Die Süßkartoffelernte fiel in diesem Jahr hervorragend aus. Die Früchte waren dick und ebenmäßig. Fengxiang und Ying Er gruben den ganzen Vormittag die schönsten Süßkartoffeln aus der Erde. Beide waren in dieser Gegend aufgewachsen und so verband sie mit den Feldfrüchten eine innige Verbindung. Die Arbeit stimmte sie froh und so beschäftigten sie sich ausgelassen den ganzen Morgen.

Als sie schließlich mit dem Karren zurückkamen, empfing die Mutter sie kühl.

»Mach dir nichts daraus«, sagte Ying Er zu ihrer Freundin, als sie den Karren abluden. »So ist sie nun einmal.«

»Ich weiß, wie sie ist«, meinte Fengxiang. »Schwiegermütter sind alle gleich. Ich kenne sie in und auswendig. Sie sagen immer, was ihnen gerade passt. Wen kümmert's?«

»Genau! Tu einfach, als ob du nichts gehört hättest.«

»Du hättest meine Schwiegermutter erleben sollen, als ich gerade in Beizhus Familie eingeheiratet hatte! Wenn ich nur ein paar Minuten zu spät aufgestanden bin, flogen schon Teller und Tassen durch die Küche! Sie war eine richtige Furie. Jetzt ist sie nicht mehr so schlimm. Die Menschen sind doch alle gleich. Das gilt auch für Schwiegermütter. Aber wenn du dreist bist und Widerworte gibst, dann kannst du ihnen den Zahn ziehen. Dann bekommen sie sogar Angst vor dir. Aber wehe, du gibst klein bei, dann machen sie mit dir, was sie wollen. Die typische Schwiegermutter spielt sich vor den Schwachen auf und duckt sich vor den Schwiegertöchtern, die ihnen Paroli bieten.«

Ying Er warf ihrer Freundin einen Blick zu, ohne zu antworten.

»Findest du es nicht merkwürdig, dass sie jedes Mal wütend wird, wenn mein Mann nett zu mir ist? Sie fährt dann richtig aus der Haut. Einmal trug ich ein neues Kleid. Was glaubst du, ist passiert? Beide – meine Schwiegermutter und meine Schwägerin – haben mich links liegenlassen. Mir war das egal, doch sie haben sich auf der Stelle umgedreht und sind abgedampft. Also habe ich ihnen hinterhergerufen, sie sollten vorsichtig sein, und ihre Hintern nicht zu sehr verdrehen, sonst könnte er ihnen abfallen.«

»Sie waren sicher nur eifersüchtig«, lachte Ying Er. »Denk einmal darüber nach. Sie hat so viel Mühsal auf sich genommen, ihren Sohn großzuziehen, und nun ist er dir mit Haut und Haaren ergeben. Wie könnte sie da nicht eifersüchtig sein? Je netter er zu dir ist, desto wütender wird es sie machen.«

»Vielleicht hast du Recht.« Auch Fengxiang lachte. »Aber es ist nun einmal so: ein Mann muss eine Ehefrau haben. Das ist ein Naturgesetz. Er kann nicht sein ganzes Leben mit seiner Mutter zusammenleben, oder?«

»Pass einfach ein wenig auf. Dann wird es auch keine Probleme geben. Und vermeide zu viel Zärtlichkeiten im Beisein der Alten.«

»Wovon redest du? So weit kommt es bei uns gar nicht. Er schaut mich kaum einmal an. Männer sind so. Sie sind nur nett zu dir, wenn sie das Eine von dir wollen, oder etwa nicht?«

»Vielleicht«, erwiderte Ying Er. »Ich bin kein Mann, deshalb weiß ich auch nicht, wie sie denken. Was kann ich schon dazu sagen?«

»Jetzt tu nicht so verklemmt. Ich kenne mich aus. Ruhige Männer und laute Frauen sind am besten im Bett. Hantou ist sanft wie ein Lamm, aber im Bett ist er vermutlich wie ein wilder Hengst. Kein Wunder bei deinem Äußeren. Wenn ich ein Mann wäre, würde ich dich jede Nacht verspeisen!«

»Hör auf damit«, sagte Ying Er. »Lass uns über etwas anderes reden.«

Fengxiang sah sie prüfend an.

»Ich frage mich, warum du so verschämt daherkommst. Der Reis ist gekocht und du bist eine Frau geworden. Was also ist dir so peinlich? Letzten Endes wird Sex auch überbewertet, findest du nicht?«

»Ich möchte wirklich nicht darüber sprechen.« Ying Er war rot geworden. »Erzähle mir lieber, wie es dir als Schwiegertochter ergangen ist.«

»Es war nicht leicht. So viel kann ich dir sagen! Nach etwa acht Jahren war ich an einem Punkt angekommen, wo ich es einfach nicht mehr ertragen habe. Die Situation änderte sich erst, als wir den Haushalt aufgeteilt haben.«

»War es tatsächlich so schlimm?«

»Und ob! Wegen jeder Kleinigkeit hat mir meine Schwiegermutter eine Szene gemacht. Also habe ich mich irgendwann gewehrt. Ich habe ihr Respekt entgegengebracht, aber sie konnte nie nett zu mir sein. Wozu dann also der Respekt? Schließlich habe ich zurückgeschrien, wenn sie mich anschrie. Dann waren wir pari. Ich hatte keine Angst mehr vor ihr. Sicher, die eine oder andere Tracht Prügel habe ich bezogen. Mein nichtsnutziger Ehemann musste ja sein Gesicht wahren, also hat er mich geschlagen, wenn ich mit meiner Schwiegermutter im Clinch lag. Und er konnte verdammt brutal werden. Einmal hat er mich so malträtiert, dass ich mehrere Tage im Bett bleiben musste. Aber das war mir egal. Ich konnte nicht aufstehen, also blieb ich liegen und schlief, ohne mich um den Haushalt zu kümmern, selbst als der Weizen auf den Feldern vertrocknete. Dann langsam verbesserte sich die Situation ein wenig. Ich schrie nicht mehr, solange sie nicht schrie, und ich war netter zu ihr, sobald sie mich nur einigermaßen freundlich behandelte. Ich hatte mein Ziel erreicht. Sie hörte auf, ein Drachen zu sein.«

»Das ist in der Tat merkwürdig«, sagte Ying Er und lächelte. »Eine Frau im Dorf meiner Eltern redet genauso über ihre Schwiegermutter.«

»Aber ich habe ihr den Kopf gewaschen, ob du es glaubst oder nicht. Jetzt, wo wir den Haushalt aufgeteilt haben, muss sie alles allein machen. Wir leben getrennt. Jeder hat seine eigenen Aufgaben.«

»Ich hielt dich immer für aufrichtig. Wer hätte gedacht, dass eine echte Intrigantin in dir steckt!«

»Intrigantin? Ich bin ein einfaches Mädchen, das sagt, was sie denkt.

Aber ich nehme gewisse Dinge wahr. Einmal kaufte sie Tomaten und begann zu schreien, als sie in den Hof kam:

»Fengxiang! Komm und hol dir eine Tomate!«

Ich war gerade dabei, in der Küche Gemüse zu putzen. Sie sagte kein weiteres Wort mehr, sondern schaute nur in meine Richtung. Ich reagierte einfach nicht. Später ging ich aus und kaufte zwei Büschel Weizen. Einen davon brachte ich ihr. Sie lief rot an und sagte:

»Ach Kind, davon haben wir doch wirklich genug.« Natürlich hatte sie Recht. Also sagte ich:

»Ich habe zu viel gekauft, aber es wäre doch zu schade, es an die Schweine zu verfüttern.«

»Du bist wirklich unmöglich!«, lachte Ying Er. »Du hast sie Schwein genannt. Ihr habt tatsächlich ständig wegen Lappalien gestritten. Viel unnötiger Ärger, den du dir hättest sparen können.«

»Klar.« Fengxiang verzog die Lippen. »Aber sie ist die Kleingeistige. Ich könnte dir noch viel mehr Geschichten erzählen. Nach unserem Auszug ist es ein besser geworden, aber auch nicht wirklich gut. Jedes Mal, wenn ich mit jemandem rede, macht sie eine blöde Bemerkung. So, wie sie deine Mutter vorhin gemacht hat, weil sie meinte, ich hätte über sie gesprochen.«

Ying Er lächelte. »Ist es nicht genau das, was du gerade tust? Über sie zu reden?«, sagte sie zu sich selbst.

»Wenn wir über sie reden, dann deshalb, weil es sich lohnt, über sie zu reden, oder etwa nicht?«, sagte Fengxiang, als habe sie Ying Ers Gedanken erraten.

»Wer geradesteht, wirft keinen krummen Schatten. Warum also regt sie sich auf?«

3

Ying Er ging in die Küche, um ihrer Schwiegermutter mit dem Abendessen zu helfen.

»Sind die Süßkartoffeln groß?«, fragte sie das Mädchen.

»Sehr groß.«

»Natürlich sind sie das. Sie düngen ihr Feld mit Sesamspelzen. Unsere wären noch größer als ihre, wenn wir dasselbe täten.«

»Dann machen wir es genauso im nächsten Jahr.« Ying Er lächelte.

»Ihre Süßkartoffeln sind groß und ganz gleichmäßig gewachsen. Es sind kaum kleine dabei.«

»Nächstes Jahr? Das sagst du so einfach. Woher sollen wir das Geld nehmen? Lingguan und Mengzi sind noch nicht unter der Haube. Hantou geht es nicht gut. Jede Packung seiner Medikamente kostet über dreißig Yuan.«

Ying Er wollte einwenden, dass der Erlös einer guten Kartoffelernte das Zigfache der Kosten für Sesamspelzen einbringen würde, doch sie verkniff sich den Kommentar.

»Fengxiang ist eine Person, mit der du nicht zu viel Zeit verbringen solltest.«

»Sie kann den Karren nicht allein ziehen und hat mich um Hilfe gebeten. Vater war auch einverstanden.«

»Dein alter Herr ist auch nicht besser. Ich sage ja nicht, dass du nicht gehen darfst. Selbstverständlich sollst du ihr helfen, aber verbreite keine Gerüchte über andere Leute. Sie ist dir sprachlich überlegen und macht aus kleinen Dingen Riesengeschichten. Jeder im Dorf weiß das. Ich will auf keinen Fall, dass du unter ihrem Einfluss genauso wirst wie sie.«

»Ich habe nichts gesagt und sie auch nicht. Außerdem bin ich nicht dumm. Mich führt niemand so leicht in die Irre.«

»Das weiß man nie so genau. Gut zu sein, lernt man von guten Menschen. Doch wer die Flussgötter angreift, der lässt sich mit dem Drachenkönig ein. Ehe du dich versiehst, nimmst du schlechte Gewohnheiten an, und wenn das erst geschehen ist, wird es schwer, sie wieder abzulegen.«

»Ich weiß.«

»Sie macht ihren Schwiegereltern so viele Sorgen. Beizhus Mutter weint jedes Mal, wenn sie von ihr erzählt. Und dieses Mundwerk! Nichts und niemand kann es ihr rechtmachen. Allein Ihr Aussehen geht mir gegen den Strich. Und ihr loses Maul. Ständig tratscht sie. Sie bringt die Leute gegeneinander auf, wenn sie erzählt, die Katze der Familie Zhang hat den Hund von Familie Li gebissen. Ihre Schwiegermutter hat keinen Einfluss mehr auf sie. Das Recht hat sie verspielt, als sie die Haushalte geteilt haben.«

Ying Er kannte Fengxiangs Macke, regelmäßig bei den Nachbarn Gerüchte in die Welt zu setzen. Andererseits war sie eine Frau, die gerade heraus war. Die Leute im Dorf kannten ihre Art und pflegten eine gute

Beziehung zu ihr. Im Gegensatz zu dem, was Ying Ers Schwiegermutter behauptete, kam Fengxiang mit allen Leuten gut aus und säte niemals Zwietracht zwischen ihnen.

»Sie kommt mir vor wie ein Strauß, der den Kopf in den Sand steckt! Schau dir nur ihr Haus an! Ein Schweinestall. Das erbärmliche Zuhause einer heruntergekommenen Frau.«

»Sie hat es jetzt aufgeräumt«, warf Ying Er ein.

»Jetzt vielleicht.« Laoshuns Frau wurde plötzlich laut. »Du hast nie erlebt, wie es dort früher ausgesehen hat! Man musste sich überwinden, überhaupt einen Fuß in das Haus zu setzen. Zerrissene T-Shirts, dreckige Hosen, stinkende Schuhe und Socken überall verstreut! Du musstest dir die Nase zuhalten, wenn du das Haus betreten hast!«

Ying Er fragte sich, von welcher Zeit ihre Schwiegermutter erzählte.

»Lass uns nicht mehr davon sprechen. Wer ermöglicht ihr eigentlich ihr Leben? Ist es nicht der erwachsene Sohn? Warum also gibt sie sich so hochnäsig? Wenn sie ein neues Kleid trägt und jemandem begegnet, stolziert sie einher wie ein Pfau! Ich denke, das sollte sie sein lassen! Sie benimmt sich wie eine Obdachlose, die es nicht schafft, ein bisschen Reis für den nächsten Tag aufzubewahren.«

Laoshun kam herein. Seine Miene verfinsterte sich, als er merkte, worüber seine Frau redete.

»Schon wieder diese Geschichten? Ständig mäkelst du an dieser oder jener Person herum.«

»Kein Grund, überheblich zu sein«, gab sie zurück und warf ihm einen bösen Blick zu.

»Wenn ich demnächst Zeit habe, werde ich einmal deine Geschichten auf den Tisch bringen, damit deine Schwiegertochter erfährt, was du in Wirklichkeit für ein Mensch bist.«

»Nur zu, du kannst gleich anfangen«, lachte Laoshun. »Ich bin kein Dreikäsehoch, der sich vor Angst in die Hosen macht.«

»Ist dem so? Na gut, dann fange ich doch gleich an. Wie wäre es mit der Geschichte von der Leiter …?«

Laoshun starrte seine Frau an und floh aus der Küche. Seine Frau platzte vor Lachen.

Wenn sie doch nur öfter so lachen würde, dachte Ying Er.

Als das Abendessen angerichtet war, kamen Lingguan und Mengzi mit einem Kaninchen auf der Schulter ins Haus. Ying Er war überglücklich, Lingguans Stimme zu hören.

4

Spät in der Nacht wurde Laoshuns Frau durch das Schlagen einer Tür und das Bellen eines Hundes aus dem Schlaf gerissen. Die Geräusche kamen aus der Richtung von Beizhus Haus.

»Hör mal! Was ist das? Ein Dieb?« Sie schüttelte ihren Mann, der sich langsam aufsetzte.

»Welcher Dieb klopft an und kommt durch die Vordertür?«

»Was ist es dann?«

»Vielleicht ist es Beizhu. Er spielt oft bis spät in die Nacht Karten.«

»Sein eigener Hund würde ihn nicht anbellen.«

»Verdammt!«, entfuhr es Laoshun unvermittelt. »Das könnte ein schlechtes Zeichen sein!« Ihm schoss ein Gedanke durch den Kopf.

»Das könnten die Typen von der Familienplanungsabteilung sein. Sun Datou sagte, sie hätten kürzlich mehrere junge Paare festgenommen. Die Bezirksregierung hat Wagen losgeschickt.«

Seine Frau stand auf, schaltete das Licht an und zog sich schnell etwas über. »Ich gehe hinüber und schaue nach. Hoffentlich nehmen sie Fengxiang nicht mit. Sie wird bestimmt zu einem Messer greifen, sollten es hart auf hart kommt.«

»Da könntest du Recht haben. Besonders, weil sie bereits zwei Kinder hat.«

Während sie sich die Schuhe zuschnürte, humpelte die Mutter nach draußen.

Schon nach wenigen Minuten kam sie mit Fengxiang im Schlepptau wieder ins Haus. Fengxiang war nur mit einer Weste und einer Wollhose bekleidet. Beide waren dreckbeschmiert. Nervös schaute sich die Mutter im Raum um.

»Was jetzt? Wo soll ich sie verstecken?«

Sie öffnete einen großen Kleiderschrank, doch der war vollgestopft mit Bettzeug und alten Decken. Kein Platz, um einen erwachsenen Menschen zu verstecken. Von draußen wurden Stimmen laut. Jemand klopfte

sie die Nachricht hörte. Hantou war in sein Zimmer verschwunden. Sie wickelte sich in ihre Bettdecke ein und merkte, wie Gefühle von Eifersucht in ihr hochstiegen. Laoshun merkte an ihrer heftigen Atmung, dass sie emotional aufgewühlt war. Er lachte stumm in sich hinein.

Früh am nächsten Morgen ging die Mutter zu Beizhus Haus hinüber. Als sie den Hof betrat, bemerkte sie eine Leiter an der Rückwand des Hauses. Nun war ihr klar, wie Fengxiang den Männern entkommen war. Dann betrat sie das Haus. Beizhu lag noch im Bett, erschöpft von den Vorfällen der vergangenen Nacht, während seine ältere Tochter Schweinefutter zusammenmischte.

»Wo ist deine Mama?«, fragte sie und strich dem Mädchen über den Kopf. Das Kind zeigte mit einem Blick hinüber zu ihrem Vater. Beizhu gähnte und sagte: »Sie ist an einem sicheren Ort. Mann, das war knapp gestern. Ich habe gehört, sie haben eine Frau fortgeschleppt, bei ihr künstlich die Wehen eingeleitet und den Embryo getötet. Es war ein Junge. Die Frau ist verrückt geworden.«

»Dann musst du dafür sorgen, dass niemand erfährt, wo Fengxiang sich versteckt hält.«

»Niemand kennt den Ort.« Beizhu gähnte erneut.

Draußen hörte man einen Esel schreien. Laoshuns Frau trat nach draußen und sah einen schwarzen Esel, der seinen Kopf aus dem Stall steckte. Sicherlich war er hungrig. Sie ging hinüber, um nach dem Tier zu sehen. Der Trog war leer. Keine einzige Spelze mehr zu sehen. Sie hängte sich einen Eimer über die Schulter, ging hinüber in die Scheune und schüttete anschließend das Futter in den Trog, woraufhin der Esel begierig zu fressen begann.

Ying Er kam mit einem Eimer aus dem Haus, um die Schweine zu füttern. Sie blickte zu ihrer Schwiegermutter hinüber. Ihr fragender Gesichtsausdruck war klar. »Es ist alles in Ordnung.«

»Ich verstehe nicht, warum sie sich nicht sterilisieren lässt«, meinte Lingguan beim Frühstück. »Ständig sind sie hinter ihnen her. Was ist das für ein Leben?«

»Eine Familie ohne Sohn? Wie soll das gehen? Solange du jung bist, ist es kein Problem. Aber wer soll dir die Suppe bringen oder das Brennholz schlagen, wenn du erst alt und schwach bist?«, sagte Laoshun.

»Und wer soll das Kinderbanner halten auf deiner Beerdigung oder das Opfergeld an Neujahr verbrennen?«, fügte die Mutter hinzu.

»Wozu ist das wichtig?«, fragte Mengzi amüsiert. »Besaufe dich heute und lass die Sorgen von Morgen warten!«

»Er hat Recht. Alles endet mit dem Tod. Dann ist Schluss. Wofür also das ganze Theater?«, mischte Lingguan sich ein.

»Wer sagt das? Für deine Seele gibt es keinen Schluss«, argumentierte die Mutter. »Und außerdem fällt das Opfergeld denen zu, deren Nachwuchs es verbrennt. Niemand kann es ihnen wegnehmen.«

»Jetzt übertreibst du aber ein wenig, oder nicht?«, sagte Mengzi mit einem Lächeln.

»Es ist wahr. Die Schamanin hat es mir erzählt. Wenn du beim Verbrennen des Opfergeldes einen Kreis in den Sand ziehst, können nur die Geister deiner eigenen Verwandten diese Linie überschreiten. Es ist genauso, wie bei dem Kreis des Affenkönigs im Fernsehen.«

»Ha! Also werden die Nachkommen alle Affen!«, sagte Mengzi. »Was wird dann mit den Geistern derer, die keinen Nachwuchs haben?«

»Was aus ihnen wird?«, antwortete die Mutter. »Sie leben als wandelnde Geister, die sich umhertreiben, bis sie eine Person mit schwacher spiritueller Natur treffen, die sich erbarmt, für sie etwas Opfergeld zu verbrennen.«

»Das hört sich doch nach Freiheit an«, witzelte Lingguan. »Je mehr Leute ich treffe, desto mehr Geld gibt es! Warum also sollte ich mich im Diesseits verstecken, nur weil ich mir einen Sohn wünsche!«

Seine Mutter blinzelte. Es lag ihr etwas auf der Zunge, doch im letzten Moment entschied sie sich, nichts zu sagen. Ying Er lächelte.

»So kann man die Sache nicht sehen«, ergriff Laoshun das Wort. »Ihr wisst doch, wie die Leute reden, wenn eine Familie keinen Sohn hat. Sie sagen, dass es dir an Moral fehlt und du deshalb nicht im Stande bist, einen Sohn zu zeugen.«

»Aber hast du nicht immer gesagt, Söhne sind die Personen, denen man im früheren Leben Geld schuldete? Warum also sehnt sich jeder nach so einem Schuldengeist?«

»Auch so kann man die Sache nicht betrachten. Was ist der Sinn des Lebens, wenn nicht ein Sohn, der dir Enkel beschert? Warum sonst bist du auf dieser Welt? Alles andere wäre sinnlos.«

»Was soll sinnvoll daran sein, Söhne und Enkel zu bekommen?«, insistierte Lingguan.

Laoshun ignorierte Lingguans Einwand und fuhr fort: »Wenn du keinen Sohn hast, verspotten dich die Leute und das fühlt sich gar nicht gut an. Natürlich kannst du sie reden lassen, dennoch zählen Jungs mehr als Mädchen, wenn es zum Beispiel um die tägliche Arbeit auf dem Feld geht, oder etwa nicht? Nimm die Bewässerung als Beispiel. Einen Sohn kann ich inmitten der Nacht hinaus aufs Feld schicken, ohne mir Sorgen machen zu müssen. Das kann ich mit einer Tochter nicht. Zehn perfekte Töchter taugen weniger als ein blinder Sohn.«

»Warum sind wir dann überhaupt am Leben?«, entrüstete Ying Er sich. »Kann man die Mädchen doch besser gleich nach der Geburt den Hunden zum Fraß vorwerfen.«

»Allerdings!«, fuhr die Mutter fort. »Das ist der Grund, weshalb eine Familie nicht ohne Mutter auskommt. Eine Kuh kann zehn Kälber haben, und jedes einzelne Kalb ist vollständig von der Mutterkuh abhängig. Ihr Männer denkt alle, ihr seid so viel mehr Wert. Lasst es uns ausprobieren! Ying Er und ich werden ein paar Tage die Hände in den Schoß legen und dann schauen wir einmal, wie euch das schmeckt. Ich bin mir sicher, ihr würdet solche herzlosen Kommentare sein lassen, wenn ihr erst drei Tage ohne uns auskommen müsstet!«

Laoshun lachte. »Das ist doch Blödsinn. Ein Huhn pickt nach Körnern und ein Schwein wühlt im Dreck. Jeder hat seine Fähigkeiten.«

»Da hast du Recht. Aber kannst du mir auch sagen, wieso ein blinder Sohn besser als zehn perfekte Töchter ist? Lass den blinden Sohn erst ein paar Kinder haben und wir werden sehen wie er zurechtkommt!«

»Mutter klingt überzeugend. Warum versucht sie nicht, Lanlan zu überreden, sich sterilisieren zu lassen?«, sagte Lingguan.

»Das wird nicht funktionieren. Sie wünscht sich unbedingt einen Jungen. Aber sie ist mit ihrem Rat am Ende.«, erwiderte die Mutter.

»Siehst du nun, was ich meine? Jungs sind doch mehr wert als Mädchen«, lachte Laoshun und alle stimmten in sein Lachen ein.

»Ich frage mich, wie es in Lanlans Familie aussieht«, sagte die Mutter und seufzte. »Sie grämt sich so sehr, weil sie denkt, sie kann sich ohne einen Sohn nicht mehr unter die Leute begeben.«

Lingguan warf Ying Er einen Blick zu und errötete, als sie seinen Blick erwiderte.

Kapitel XIII

1

Manche Leute sagen, Liangzhou sei ein mysteriöser Ort.

Eines Tages kam Bai Fu mit seiner Tochter Yindi auf einem Esel in den Hof geritten. Nachdem er seine Verwandten begrüßt hatte, setzte er seine Tochter ab und begab sich zum Handlosen Wei. Laoshuns Frau nahm das kleine Mädchen auf den Arm und schmuste mit ihr.

Kurz nachdem Bai Fu bei dem alten Wei angekommen war, erschien auch Goubao, mit dem er regelmäßig Karten spielte.

»Was suchst du hier, Bai Fu?«, fragte Goubao.

»Meine Eselin soll mir ein Maultier machen.«

»Vergiss es! Ein Maultier mit einem Pferd zu zeugen, ist ein Kinderspiel, aber mit einem Esel … Das ist, wie wenn du in einer Sandkiste ein Goldkörnchen suchst.«

»Ist mir egal. Wenn andere es hinbekommen, warum nicht ich?«

»Ist Fengxiang davongekommen?«, wollte der alte Wei wissen.

»Um ein Haar hätten sie sie erwischt«, sagte Goubao. »Sie haben viele Paare verhaftet letzter Zeit. Wenn sie eine junge Schwangere erwischen, dann nehmen sie sie mit und sie landet auf dem OP-Tisch. Und dann kommt das Messer. Ich habe gehört, dass sie den Dorfvorsteher gewarnt haben. Wenn er zu viel durchgehen lässt, wird er seinen Job los.«

»Wenn sie uns schnappen, dann kann nur das Schicksal helfen. Wenn nicht, versuchen wir es weiter. Sie muss endlich etwas mit einem Schwanz zwischen den Beinen auf die Welt bringen«, sagte Bai Fu.

Wei kam mit seinem Hengst heraus, der beim Anblick der Eselin laut zu wiehern begann. Die Eselin leckte sich die Lippen, Geifer lief ihr aus dem Maul. Anscheinend war das Tier ebenso erregt wie der Hengst.

»Das Tier ist nicht dumm!«, lachte Wei. »Als der Glatzköpfige Wang, seine Eselin herübergebracht hat, lief nichts. Ein dürres, schmuddeliges

Tier. Als der Hengst endlich so weit war, hat sie ausgeschlagen. Wir haben alles versucht, aber es kam zu keiner Kopulation. Jetzt schau dir den Unterschied an! Der Hengst kapiert, was für eine hübsche Eselin du da an deiner Seite hast. Dieses Mal werde ich als Heiratsvermittler definitiv nicht gebraucht!«

»Die beiden Tiere willst du doch wohl nicht vergleichen.« Bai Fus Brust blähte sich vor Stolz, als er die Worte von Wei vernahm. »Schau dir ihr Fell an, schwarz und glänzend! Sieht sie nicht aus wie ein echtes Vollblut?«

Der Hengst und die Eselin berührten sich mit ihren Schnauzen.

Wei band den Schweif der Eselin zur Seite. Der Hengst wieherte laut, ging auf die Hinterbeine und legte die Vorderpfoten auf den Rücken der Eselin. Einen Augenblick später begann die Eselin am Unterleib zu zittern. »Es klappt!«, rief der alte Wei aus. »Es funktioniert wirklich! Schaut sie euch an! Sie will pissen! Drück ihr unten die Stelle zu, sonst war alles umsonst! Wenn sie uriniert, fließt der Samen mit heraus und alles war umsonst!«

Bai Fu drückte so gut er konnte und erstickte damit das Bedürfnis der Eselin zu urinieren.

Goubao kam herüber, löste das Band und klatschte dem Tier auf das Hinterteil.

»Es scheint, der Hengst hat seine Sache gut gemacht. Vielleicht klappt es dieses Mal.«

»Der Himmel hat für alles seine Gründe«, sagte Wei. »Nicht so wie deine Schamanenmutter, die sich etwas in ihren nicht vorhandenen Bart murmelt und keiner versteht's.«

»Sag das nicht!«, erwiderte Goubao mit ernster Miene. »Mutter kennt sich aus mit der Tradition und erzählt den Leuten keinen Humbug. Sie besitzt ein magisches Buch, es heißt ›Die Magie der Pfirsichblüten‹. Es wurde von der Pfirsich-Dame der Zhou-Dynastie über Generationen weitergegeben. Die Wahrsagungen des Meisters von Zhou waren nichts im Gegensatz zu den Gebetsriten der Pfirsich-Dame. Er war zwar ein Fachmann im Bereich der Hexagramm-Weissagung und konnte Katastrophen voraussagen, aber all das verblasste gegen ihre Gebetsriten. Eine Geschichte handelt von einem jungen Mann, der innerhalb von drei Tagen sterben sollte. Es hieß, er würde von einem Felsbrocken getroffen und unter Geröll verschüttet werden, und dass er diesem Schicksal nicht entfliehen könnte. Da er ein treuergebener Sohn war, wollte er seine Mutter nicht leiden sehen, also schlich er sich eines Nachts von zu Hause fort, um weit draußen zu sterben. Doch seine Mutter erfuhr davon und suchte die Pfirsich-Dame auf, um sie um Hilfe zu bitten. Die Pfirsich-Dame malte ein Zeichen auf ein Stück Papier und gab es ihr. Dann trug sie ihr auf, es in der dritten der folgenden Nächte zu verbrennen und dabei vor dem Feuer den Namen ihres Sohnes zu rufen. In jener Nacht goss es in Strömen, weshalb der Sohn Schutz in einem riesigen Ziegelofen suchte. Als er die eindringlichen Rufe seiner Mutter hörte, verließ er den Ofen, der im selben Augenblick hinter ihm zusammenstürzte. Er war gerettet. Der Meister von Zhou musste anerkennen, dass die Pfirsich-Dame ihm mit ihren magischen Kräften überlegen war.«

»Ich hatte wohl gehört, dass die alte Schamanin über besondere Kräfte verfügt, aber von dieser beeindruckenden Tradition wusste ich bislang nichts«, sagte Bai Fu sichtlich beeindruckt.

»Sie verfügt über genau diese Kräfte. Ich habe das Buch selbst gesehen. Es ist auf demselben gelben Papier gedruckt, das man auch für das Opfergeld benutzt. Und es ist mit zahllosen mysteriösen Zeichen und Zahlen versehen. Ich bekomme das Gruseln, wenn ich es sehe.«

»Und das negative Qi, das die Menschen verhext? Ist das auch echt?«

»Selbstverständlich ist es das. Letztes Jahr kam ein Mann aus der Stadt, einer, der sich mit Qigong beschäftigt. Er sagte, dass das alles Sinn macht. Nimm die Frauen, die im Jahr der Ziege geboren sind. Du wirst sehen, dass alle Frauen in unserem Dorf, die im Sternkreiszeichen Ziege geboren sind, ein besonders hartes Leben führen! Einige sind sogar Witwen! Die Konstellation, die dieses Sternzeichen kontrolliert, verfügt über besonders viel von diesem negativen Qi. Dasselbe gilt für die entsprechenden Personen. Bei Männern zeigt sich das nicht so, aber bei den Frauen ist es schlimm, weil sie über mehr magnetische Felder verfügen. Denk mal darüber nach! Da wäre es doch fast logisch, dass sie irgendwann eine andere Person zu Tode hexen wird, oder?«

Bai Fus Gesicht wurde schlagartig blutleer.

»Da war eine Wahrsagerin letztens hier«, brachte er mühsam hervor. »Sie sagte, meine Tochter hätte zu viel negatives Qi und dass sie andere

Menschen verhexen könne. Sie könnte der Grund dafür sein, dass alle unsere männlichen Babies sterben. Ich wollte ihr nicht glauben, aber das Mädchen ist auch im Sternzeichen Schaf geboren.«

»Du meinst Yindi? Genau das hat auch meine Mutter gesagt!«, platzte Goubao heraus, um im selben Augenblick hinzuzufügen: »Natürlich habe ich ihr nicht geglaubt.«

»Was hat sie gesagt? Was genau hat deine Mutter gesagt?«, insistierte Bai Fu.

»Wir sollten all dieses schräge Zeug nicht für bare Münze nehmen!«

»Du bist kein Kerl, wenn du es mir nicht sagst. Wie kannst du zuschauen, wenn meine Familie ausstirbt? Ich will nur wissen, was sie gesagt hat, das ist alles. Dann kann ich mich auf die Suche nach einer Lösung des Problems machen. Ich werde jemanden suchen, der ein Ritual für mich abhält. Also, was hat sie dir erzählt?«

»Eigentlich hat sie fast gar nichts erzählt. Nur, dass sie hexen würde. Als Mädchen verhext sie ihre Brüder. Und als Erwachsene ihren Mann. Das war's.«

Bai Fu schwieg lange, den Kopf zwischen den Händen vergraben. Schließlich sagte er fast im Flüsterton: »Ich wusste, dass etwas nicht stimmt. Wie sonst hätte es immer und immer wieder passieren können? Ich wusste, es muss einen Grund geben.«

»Sie hat es gesagt, aber was kann ich dafür? Vergiss es einfach und alles ist gut.«

Bai Fu sah Goubao mit regungsloser Miene an. Dann stand er unvermittelt auf, ließ seinen Freund wortlos stehen und zog mit der Eselin ab.

2

»Blödsinn!« Laoshuns Miene verfinsterte sich, als er die Geschichte von Bai Fu vernahm. »Kein einziges Wort glaube ich von dem, was du da erzählst. Woher soll dieses clevere, hübsche Mädchen negatives Qi haben? Wie soll sie Menschen verhexen? Ich will nichts von diesem unsinnigen und unverantwortlichen Gerede hören!«

»Ich habe es mir nicht ausgedacht. Es sind die Worte von Großmutter Qi.«

»Großmutter Qi? Was ist sie? Eine Dämonin, genau das ist sie. Eine Frau in den späten Fünfzigern, die sich noch immer die Lippen grell schminkt und beim Laufen die Hüften wiegt, als habe sie eine Wespentaille. Von ihr kann doch nichts Positives kommen. Jedes Wort aus ihrem Mund ist vergiftet.«

»Was redest du da?«, amüsierte sich seine Frau. »Sie benutzt keinen Lippenstift, sie wurde mit roten Lippen geboren! Und was haben wiegende Hüften mit dem zu tun, was sie von sich gibt? Beizhu wiegt zwar nicht seine Hüften, aber kommt deswegen auch nur ein ehrlicher Satz aus seinem Mund?«

»Mir doch egal!«, schnaubte Laoshun. »Aber lasst mich bitte mit eurem Quatsch in Ruhe!«

Yindi schaute zuerst zu ihrem Vater, dann zu ihrem Opa und fragte dann in Richtung ihrer Großmutter: »Was bedeutet verhexen, Oma?«

»In einem Haushalt mit Kindern sollte man nichts auf das wirre Gerede der Erwachsenen geben!«, erwiderte Lingguans Mutter und tätschelte den Kopf des Mädchens.

»Was ist hexen, Oma?« Das Mädchen griff die Hand ihrer Großmutter und zog daran.

Lingguans Mutter überlegte kurz und sagte dann: »Hexen bedeutet … wenn man mit einem Messer ein Bild aus Holz schnitzt.«

Yindi klatschte in die Hände und lachte: »Dann habe ich meinen kleinen Bruder gehext. Soll ich etwas für dich hexen, Papa?«

»Schluss damit!« Bai Fu packte seine Tochter und ehe sie sich versah, bekam sie ein paar Schläge auf den Po. Das Mädchen begann zu weinen. Lingguans Mutter ging dazwischen.

»Hör auf! Du bist brutal und herzlos!«

»Wenn du deine Autorität zur Schau stellen willst, dann mach das draußen!« Laoshun schob Bai Fu zur Seite und nahm seine Enkelin auf den Arm.

»Ihr habt gehört, was sie gesagt hat!«, ereiferte sich Bai Fu, der vor Erregung rot angelaufen war.

»Was hat sie gesagt? Ich habe nichts gehört. Sie ist ein Kind, gerade mal sieben Jahre alt. Was weiß sie schon? Gräbst du auch im Matsch nach Regenwürmern? Das ist es, was Kinder wie sie tun!«

»Braves Kind!« Lingguans Mutter schlang die Arme um das Mädchen, bis es aufhörte zu schluchzen. Yindi hatte nicht verstanden, warum der Vater sie geschlagen hatte. Verstohlen blickte sie ihrem Vater mit ihren großen, leuchtenden Augen hinterher.

»Sag solche Sachen nicht mehr, Liebes!«, sagte Lingguans Mutter zu dem Mädchen, das sich neben sie gesetzt hatte.

»Papa hat gesagt, ich hätte einen kleinen Bruder gehext. Warum darf ich dann nicht noch einmal hexen?«

»Ich habe dir gesagt, damit ist jetzt Schluss!«, forderte Bai Fu und erhob erneut seine Hand. Yindi verstummte und vergrub ihren Kopf im Schoß der Großmutter.

»Hör nicht auf das, was du nicht hören willst!« Laoshun warf seinem Schwiegersohn einen grimmigen Blick zu. »Und such nicht überall Probleme, wo keine sind!«

Bai Fu setzte sich in die Ecke neben den Kang, sah Yindi an und schnaubte. Dann griff er nach Laoshuns Pfeife, wischte sie kurz ab und zündete sie an. Er tat ein paar hastige Züge und blies den Rauch in die Luft.

»Das ist doch Aberglaube«, brummte Laoshun. »Man darf es nicht komplett ablehnen, aber du kannst auch nicht alles glauben! Einiges mag stimmen, zum Beispiel, welche Tage verheißungsvolle Tage sind und welche nicht. Auch das Ritual der Opfergaben zu Ehren der Gottheiten ist sicherlich eine gute Tradition. Aber du kannst auf keinen Fall einen Regelsatz an Glaubensnormen auf alles anwenden! Dann würdest du dich in eine Ecke manövrieren. Man muss aufpassen, wenn man sein Leben danach ausrichtet.«

Bai Fu zog wortlos an der Pfeife. Seine Miene spiegelte Wut und Ablehnung wider. Laoshun spürte die Anspannung und änderte seinen Ton: »Komm mit Großvater, Yindi!« Die beiden verließen den Raum, wobei sich das Mädchen noch einmal nach ihrem Vater umschaute.

Lingguans Mutter entfernte mit ihren Fingern ein paar Reiskörner von ihrem Kragen und sagte zu Bai Fu: »Hat Großmutter Qi das wirklich gesagt?«

»Nicht sie, es war Goubao.« Bai Fu atmete den Rauch der Pfeife langsam aus.

»Und was kann man dagegen tun?« Sie starrte ihm in die Augen, so als wolle sie ihm eine Antwort entreißen.

»Ich weiß es nicht. Ich habe nicht danach gefragt. Sie war es, die uns bei der letzten Geburt die magischen Zeichen gelegt hat. Das Baby war keine Totgeburt. Es lebte etwas länger als die anderen zuvor. Aber es starb auch nach wenigen Tagen.«

»Davon weiß ich. Geh und frage sie, ob es eine wirksamere Methode gibt!«

Bai Fu spuckte aus, wickelte den Tabaksbeutel um die Pfeife und warf sie beiseite, bevor er vom Kang hinunterstieg. Gedankenverloren stand er einen Augenblick auf der Stelle, bevor er einen langen Seufzer tat.

»Was gibt es Neues?«, fragte Lingguan, der ins Zimmer kam und die betretenen Mienen bemerkte.

Wie aufgeschreckt, sagte Bai Fu: »Du kommst gerade zum rechten Zeitpunkt! Hast du einmal etwas gelesen über das Verhexen von Menschen oder über negatives Qi?«

»Verhexen von Menschen?«, fragte Lingguan verständnislos zurück.

»Genau. Die Situation, in der ein Mensch einen anderen durch Magie verzaubert. Hast du darüber in deinen Büchern etwas gelesen?«, fragte Lingguans Mutter in angespannter Erwartung.

»Warum wollt ihr das wissen?«, fragte Lingguan zurück und lachte. »In meinen Büchern habe ich davon nichts gelesen. Doch einmal habe ich eine Vorlesung über Qigong besucht. Der Meister behauptete, es sei real und dass jeder Mensch eine Art magnetisches Feld besitzt, jeder sein ganz persönliches. Wenn sich diese Felder positiv vernetzen, kann man damit sogar Krankheiten heilen, doch wenn die Vernetzung negativ ist, können auch die Folgen negativ sein und Krankheiten entstehen erst.«

»Das bedeutet demnach«, stammelte Bai Fu, »dass Verhexen tatsächlich Wirklichkeit sein kann.« Schweißperlen liefen ihm die Stirn herunter.

»Ich würde mich nicht darauf verlassen«, fuhr Lingguan fort. »Er hat es zwar so gesagt, aber wer weiß, ob es tatsächlich stimmt! Schließlich ist es nichts, was man sehen oder anfassen kann. Ich habe meine Zweifel. Manchmal allerdings kommt es mir selbst merkwürdig vor. In der Gegenwart von bestimmten Menschen fühle ich mich wohl und entspannt, aber mit anderen gehemmt und unwohl, egal, ob ich sie kenne oder nicht. Deswegen nehme ich an, dass es dieses magnetische Feld tatsächlich gibt. Ich habe sogar gehört, dass es Infrarotkameras gibt, die solche magnetischen Felder eines Menschen aufzeichnen können.« Er hielt inne, als er merkte, wie die Farbe aus den Gesichtern seiner Mutter und seines Schwagers wich.

»Das bedeutet also, es ist wahr«, murmelte Bai Fu.

»Was? Wovon redet ihr eigentlich?«, fragte Lingguan zurück.

»Unsere schamanische Großmutter Qi behauptet, Yindi könne Menschen verhexen«, sagte seine Mutter mit einem gequälten Lächeln. »Die Babies sterben, weil sie von ihr verhext werden.«

»Ach davon redet ihr!«, lachte Lingguan. »Das ist doch kompletter Unsinn. Nehmt das bloß nicht für bare Münze.«

»Die Wahrsagerin, die kürzlich hier war, behauptete dasselbe«, beharrte seine Mutter auf ihrem Standpunkt.

Lingguan schüttelte den Kopf. »Wie könnt ihr so etwas glauben? Jeder Mensch wird mit seinem persönlichen Karma geboren. Wie sollte ein kleines Mädchen darauf Einfluss haben? Ein Witz ist das! Warum benutzt ihr nicht euren Verstand?«

»Aber sagtest du nicht gerade etwas von magnetischen Feldern?«, entgegnete seine Mutter und blickte hinüber zu Bai Fu.

»Magnetische Felder? Davon sprach dieser Mann, aber heißt das auch, dass sie tatsächlich existieren? Und was wäre wenn? Jeder, der über so ein Feld verfügt, verhext automatisch andere Menschen? Darüber kann ich nur lachen.« Lingguan spürte, dass seine Worte mehr und mehr an Überzeugungskraft verloren. Er entschloss sich, keine weiteren Erklärungen zu den magnetischen Feldern zu machen und wechselte stattdessen das Thema. »Wer glaubt schon an diese Qigong-Meister? Die wenigsten von ihnen sind seriös. Die meisten wollen nur an dein Geld. Ein bekannter Meister behauptet, er könne Kraft seiner Gedanken Mücken sterilisieren, sodass sie sich nicht mehr fortpflanzen können.« Er sah Bai Fu an und nahm wahr, dass die Erwähnung des Wortes Fortpflanzung bei ihm nicht gut ankam.

Die Mutter blickte Bai Fu mit einer Mischung aus Sorge und Nervosität an. Schließlich sagte sie leise: »Ein kleines Kind kann unmöglich etwas verändern, das der Himmel vorherbestimmt hat, oder?«

Bai Fu blieb stumm, in Gedanken versunken. Der Schweiß auf seiner Stirn war getrocknet, doch sein Gesicht noch immer aschfahl.

3

»Was kann ich dazu sagen?« Großmutter Qi rülpste vernehmlich und ein unangenehmer Knoblauchgeruch verteilte sich in der Luft. Dann blinzelte sie Bai Fu an, der vor ihr saß und sie anstarrte wie ein Krebspatient, der einem Spezialisten gegenübersaß. Dann hielt sie plötzlich inne. Bai Fu fühlte die Spannung wie einen körperlichen Schmerz. Die Schamanin war überaus zufrieden mit der Wirkung, die sie erzielt hatte.

»Goubao!«, rief sie ihrem Sohn zu. »Nimm achtzig Cent und geh hinüber zum Kiosk der Familie Lin und bezahle die Rolle Toilettenpapier, die ich heute Morgen mitgenommen habe.« Anschließend begann sie, mit einer Nadel den schwarzen Dreck unter den Fingernägeln zu entfernen, wobei sie sich für jeden Nagel endlos viel Zeit nahm und betont langsam und penibel vorging. Bai Fu glaubte, einem Nervenzusammenbruch nahe zu sein.

»Erzähle mir bitte …«, war alles, was er herausbrachte.

»Wirklich nicht einfach zu sagen.« Nach einer halben Ewigkeit schaute sie Bai Fu schließlich an. »Du kannst daran glauben, aber es ist trügerisch. Niemand hat jemals eine Wunde oder Narbe am Körper eines Menschen gesehen, der zu Tode gehext wurde. Wenn du nicht daran glaubst, wie erklärst du dann die vielen Menschen, die gestorben sind, nachdem sie verhext wurden? Ist dir nicht aufgefallen, wie viele der Witwen im Sternkreiszeichen der Ziege geboren sind?«

»Was ich sagen wollte, ist …«

»Nicht nötig. Ich weiß genau, was du sagen willst. Mit Kindern ist es Dasselbe. Sie tragen sogar noch mehr negatives Qi in sich. Das ist auch der Grund, weshalb Geister sie meiden und sich manchmal in tödliche Feuerbälle verwandeln. Die mit dem bestimmten Blick, können sie sehen. Wenn eine Person verhext wird, dann geht das mit einer Kraft einher, wie zum Beispiel mit einem Wirbelwind, sehr mächtig – aber darüber spreche ich selten. Die mich verstehen, glauben es. Die mich nicht verstehen, halten mich für gefährlich und für eine Betrügerin.« Sie verstummte, nur um gleich darauf einen weiteren, knoblauchgeschwängerten Rülpser loszulassen.

»Manche Leute behaupten, ich hätte sie um ihr Geld betrogen. Aber die, die mich angegangen sind, waren immer die, die mich schließlich um Hilfe gebeten haben. Wie Huang Huzi, der jetzt tot ist. Er hatte mich regelrecht tyrannisiert. Und doch kam er am Ende und bat mich um Hilfe, Eiterpusteln am ganzen Körper … widerlich … sein gesamter Körper war übersät damit! Er flehte mich an, und es ging ihm schließlich besser, nachdem ich seine Seele zurückgeholt hatte. Nun rate einmal, was ich mit ihm gemacht habe? Ich hatte seine Seele in einen Dornenbusch geschickt! Kein Wunder, dass er voller Pusteln zurückkam! Alles andere wäre ein Wunder gewesen. Er hätte nicht weiterkämpfen können. Und doch hat er mich angegangen. Als die Sitzung zu Ende war und wir zurückgekehrt waren, da hat er herumgedruckst, und ich entschied aus Wut, seine Seele fortzuschicken. Am Ende kam er bettelnd zurück.« Großmutter Qi hatte über das Eintauchen in ihre Erinnerungen den Gast vor ihr völlig vergessen.

Obschon er die Erzählung bereits mehrfach gehört hatte, tat Beizhu so, als wäre sie neu für ihn und er veränderte seinen Gesichtsausdruck von gespielter Überraschung hin zu Ungläubigkeit, je nachdem, wie die Schamanin sie erzählte.

»Ich lasse mich nicht so leicht schikanieren«, begann sie erneut. »Allerdings bin ich auch nicht der Typ, der andere einfach so schikaniert. Wenn mir aber einer blöd kommt, dann wehre ich mich. Es gibt noch eine weitere Person – ich werde ihren Namen nicht nennen und du behältst die Geschichte für dich – in der Zeit, als ich noch in der Agrarkooperative war. Diese Person war mich körperlich angegangen und behauptete, ich wäre eine Betrügerin. Ich wurde rasend vor Wut und schickte seine Seele in eine Wasserkuhle und zerschlug sie mit einem Stein. Natürlich ahnte er nicht, was vor sich ging. Mit Ach und Krach schaffte er es zurück nach Hause. Innerhalb von 6 Monaten starb er. Niemand fand jemals den wahren Grund für seinen Tod heraus. Es gab keine Anzeichen für eine Krankheit. Ich habe nie jemandem davon erzählt und du behältst es auch für dich.«

Bai Fu nickte und murmelte einen Schwur, doch musste innerlich lachen, da er diese angeblich so geheime Geschichte bereits mehrfach gehört hatte. Trotzdem begegnete er der Schamanin mit großem Respekt, denn er glaubte an ihre schamanischen Kräfte. Und das taten die meisten Leute im Dorf. Viele Leute im Dorf meinten damals, Großmutter Qi habe den Mann bestrafen wollen.

»Was ist die Seele?«, fragte sie Bai Fu unvermittelt. Bai Fu fühlte sich ertappt. Er hatte keinerlei Vorstellung, was eine Seele war, und anscheinend erwartete die Schamanin auch keine Antwort von ihm.

»Eine Seele ist eine Seele«, beantwortete sie ihre eigene Frage. Bai Fu tat, als beeindrucke ihn die Interpretation.

»Es gibt drei Formen von Seelen und sieben Formen von Geistern, klar?«

Er wagte weder ja noch nein zu sagen. Aber auch dieses Mal schien die alte Frau gar keine Antwort zu erwarten. Großmutter Qi schürzte die Lippen. Eine Geste, die ihm zuvor nicht aufgefallen war. Ihre roten Lippen wirkten nun noch viel röter. Dann blickte sie ihn wie zufällig an. Ein Schauer durchfuhr ihn.

»Rot, Orange, Gelb, Grün, Blau, Indigo, Purpur, sieben Farben, sämtlich auf Schultern. Rot besitzt die Eigenschaft, leicht zu fallen. Eine Spur von Angst, schon fällt sie, genau wie ein Mensch. Du bist deinem Geist ähnlich, und du wirst krank. Ich habe Massen an Geistern eingesammelt und die Leben, die ich gerettet habe, sind so zahlreich wie Ziegenköttel. Ich sollte dafür ein wenig Anerkennung erfahren.«

»Sicher.« Bai Fus Mund war ausgetrocknet. »Kannst du mir mit meinem Problem helfen?«

Sie verharrte mit einem Mal in ihrer Bewegung und starrte ihn durchdringend an. Bai Fu bekam eine Gänsehaut. Dann, nach einer langen Weile, atmete sie tief ein und aus und sagte:

»Selbstverständlich kann ich das. Was lässt dich annehmen, ich könnte es nicht?«

»Dann musst du mir helfen, bitte.« Er hatte das Gefühl, vor ihr auf die Knie gehen zu müssen. »Nichts hat funktioniert und ich weiß nicht, was ich noch tun kann. Ich habe bereits daran gedacht, mich umzubringen. Ich wusste einfach den Grund nicht – wer hätte denn ahnen können …«

»Es ist richtig, dass du zu mir gekommen bist. Um ehrlich zu sein, bin ich die einzige Person, die dir helfen kann. Die anderen können nichts für dich tun.« Sie machte einen Schmollmund und fuhr fort: »Meine Rezepte helfen immer, ohne Ausnahme und bei jedem. Und falls nicht, brauchst du zu niemand anderem zu gehen. Akzeptiere einfach dein Schicksal.« Ein verqueres Lächeln erschien auf ihrem Mund.

»Es ist nicht viel«, sagte er unvermittelt und legte einen fünfzig Yuan Schein vor ihr auf den Tisch. »Ich werde dir ein adäquates Geschenk bringen, sobald es vollbracht ist!«

»Warum behandelst du mich so? Nimm das Geld. Wir sind praktisch Verwandte, wie kann ich Geld von dir nehmen? Bitte, nimm es zurück.« Sie schob das Geld zurück über den Tisch.

»Du musst es nehmen, Großmutter Qi, sonst wird es nicht funktionieren.« Er stieß ihre Hände weg und schob das Geld wieder ein Stück weit in ihre Richtung. »Dann ist es eben nicht für dich, sondern für die Götter.«

»Wenn es so ist, dann muss ich es akzeptieren. Ich werde es für dich aufbewahren und Räucherstäbchen davon besorgen«, sagte sie feierlich. »Aber nur dieses eine Mal werde ich Geld von dir akzeptieren und ich werde dir auch nur einmal helfen. Wenn meine Hilfe Erfolg zeigt, so wird es durch den Segen der Götter geschehen, wenn nicht, so wird es dein Los sein. Doch meine Heilmittel sind mächtig und helfen allen, denen nicht vorbestimmt ist, ohne Nachkommen zu bleiben. Nur du wirst in den Genuss meines Rituals kommen, niemand sonst.« Dann fuhr sie fort: »Vergrabe sieben Pfirsichzweige in der Mitte deines Hofes. Verstecke sieben neue Stecknadeln unter der Türschwelle deines Schlafzimmers und hänge jeweils einen gebogenen Pfirsichzweig und einen Pfeil aus Weidenholz über die Tür. Anschließend lege ein scharfes Objekt neben das Kopfkissen deiner schwangeren Frau, um das Böse abzuwehren.«

Tränen strömten Bai Fus Wangen hinunter, als er die Anweisungen der Schamanin hörte.

»Ich bin am Ende. Was du sagst, ist exakt dasselbe, was du mir letztes Jahr als Anweisung mitgegeben hast.«

4

Wie benommen betrat Bai Fu die Küche. Ein Blick der Mutter genügte, um zu ahnen, dass hier etwas ganz und gar nicht in Ordnung war.

»Es ist vorbei. Ich bin am Ende«, sagte er. »Das Leben macht einfach keinen Sinn mehr.«

»Was hat sie gesagt?«

»Was sie gesagt hat? Zuerst hat sie stundenlang Geschichten erzählt, die ich schon kannte, und als sie mir ihr Heilmittel mitteilen wollte, waren es exakt dieselben Ratschläge wie letztes Jahr. Aber wenn sie wirklich so große Macht hat, warum haben ihre Mittel dann beim letzten Mal nicht gewirkt? Warum müssen wir all das noch einmal durchmachen?«

»Was weiß ich« Lingguans Mutter fühlte sich erleichtert. »Ich denke, die Welt ist groß genug. Sicherlich finden sich irgendwo mächtigere Schamanen als sie eine ist. Wir werden uns woanders Hilfe suchen, wenn ihre Zaubermittel keine Wirkung zeigen. Ärgere dich nicht, und vor allem: gib nicht auf.«

»Sie hat noch etwas anderes gesagt.«

»Was?«

»Erinnerst du dich noch an den weißen Fuchs, der in die Falle gegangen war?«

Wie hätte sie das vergessen können? Es war die Zeit kurz nach Lanlans Hochzeit. Bai Fu und Hantou hatten an einer Stelle, zu der Füchse regelmäßig zum Trinken kamen, eine Falle aufgestellt. Eines Morgens sahen sie einen weißen Fuchs an das offene Tor gelehnt, gefangen in der Falle, mit gebrochenem Bein, Tränen in seinen Augen. Bai Fu hatte einen Knüppel genommen und ihn erschlagen. Daraufhin bekam er von Laoshun eine Lektion erteilt. »Ein weißer Fuchs ist tausend Jahre alt, ein schwarzer zehntausend. Dieser hier hatte genügend Selbstkultivierung, um den Fallensteller ausfindig zu machen. Außerordentlich! Selbst einer, der Scheiße frisst, hätte nicht getan, was du getan hast!«

»Die Schamanin sagte, ihr Zauber hätte gewirkt, wenn Yindi ihn nicht zuvor verhext hätte. Ihre Macht war in dem Moment übergroß. Dann sagte sie noch, dass ein junges Mädchen, das singen und tanzen kann und sich in so einem jungen Alter bereits für ihr Aussehen interessiert, in ihrem früheren Leben ganz sicher ein Fuchs gewesen sein muss. Ich habe den Verdacht, dass Yindi der weiße Fuchs gewesen ist, der Rache nehmen wollte. Warum sonst sind die Babies eines nach dem anderen gestorben?«

»Halte deinen Mund!«, sagte die Mutter. »Ich kann nicht glauben, dass ein süßes Mädchen wie sie ein Fuchs gewesen sein soll.«

»Füchse sind klüger als Menschen. Hast du nicht gesehen, wie clever die Schlangendämonin im Fernsehen ist? Die Fuchsfee in Ordination der Götter ist ebenfalls schlauer als wir.«

Sie funkelte ihn böse an und suchte nach einer passenden Antwort, doch etwas anderes kam ihr in den Sinn und sie verlor die Konzentration. Sie setzte sich auf die Ecke des Kang und verstummte.

Erst als Hantou, Lingguan und Ying Er vom Feld zurückkamen, erwachte sie aus ihrer Versunkenheit und begab sich in die Küche. Lingguan stellte sofort fest, dass sein Schwager wieder über das Thema des Vormittags brütete, tat aber so, als nähme er es nicht wahr.

»Was gibt's Gutes?«

Bai Fu tat einen langen Seufzer und ließ den Kopf hängen.

»Komm schon, heraus damit! Du wirst noch depressiv, wenn du immer alles in dich hineinfrisst!«

»Ich bin am Ende. Die Schamanin kann nichts für mich tun. Sie sagte genau das, was ich bereits befürchtet hatte, nämlich, dass Yindi in ihrem früheren Leben dieser weiße Fuchs gewesen sein muss. Der, den ich letztes Jahr erschlagen habe.«

Lingguan, der gerade ein Glas Wasser an den Mund gesetzt hatte, prustete laut. »Wie bitte? Du hängst noch immer dieser völlig aus der Luft gegriffenen Theorie nach? Das ist doch unglaublich!«

»Allerdings!«, fügte Hantou hinzu.

»Was meint ihr damit?«, entgegnete Bai Fu missmutig. »Wie könnt ihr wissen, dass nichts dran ist an der Sache? Seit sie auf der Welt ist, bekommen wir tote Babies. Findet ihr das nicht befremdlich? Wenn sie wirklich dieser weiße Fuchs war, dann wäre es ein Wunder, wenn ich nicht am Ende ohne männlichen Nachwuchs dastehen sollte.«

»Das ist doch lächerlich. Du musst besessen sein von dieser Idee. Was um Himmels Willen soll das mit diesem Fuchs zu tun haben?«, fragte Lingguan.

»Ich bin ganz meiner Meinung«, pflichtete Hantou ihm bei. »Sie ist so ein süßes Ding! Eher glaube ich, dass sie die Reinkarnation einer Fee ist!«

Laoshun kam mit Yindi an der Hand ins Zimmer. Schnell war klar, worum im Raum diskutiert wurde.

»Du bist und bleibst ein Idiot.«, rief Laoshun aufgebracht. »Zu dumm, um deinen Kopf zu benutzen, selbst wenn man dir Hilfestellung gibt. Ein Fuchs? Nein.« Er wollte seiner Wut Nachdruck verleihen, doch wusste er nicht, wie er der Theorie widersprechen sollte. Also schnaubte er nur einmal laut, hockte sich an das Ende des Kang und begann zu reden, ohne dabei jemanden direkt anzusprechen.

»Der Mensch ernährt sich von den 5 Getreidesorten. Und wenn du dich Mensch nennst, dann musst du auch wie ein Mensch reden. Dann redest du, wenn es etwas zu reden gibt,und schweigst, wenn es angebracht ist. So vermeidest du, dich selbst zu verwirren. Ob du ihn hättest erschlagen sollen oder nicht, ist egal. Der Fuchs ist tot und du brauchst dir dafür keine Schuld zu geben. Was glaubst du, wie viele Füchse der alte Meng in seinem Leben getötet hat? Ist auch nur einer von denen wiedergeboren worden? Vielleicht stand der Fuchs in deiner Schuld und kam, um sie zurückzuzahlen. In dem Fall hätte er die Chance gehabt, als Mensch wiedergeboren zu werden.«

»Das stimmt.«, sagte Bai Fu. »Genau das hat Großmutter Schamanin gesagt. Und das war der Grund für seine Wiedergeburt: er wollte Mensch werden.«

»Genug!«, rief Laoshun. »Hör auf mit dem Unsinn! Ich will nichts mehr davon hören.«

»Vielleicht lässt du dich einmal untersuchen«, meinte Lingguan. Für jedes Problem gibt es eine Lösung. Möglicherweise ist es auch eine Art Infektion. Ich sah im Fernsehen eine Meldung über ein Krankenhaus, in dem auffällig viele Neugeborene starben. Nach einer Untersuchung stellte sich heraus, dass der Grund eine Infektion war.«

»Eine gute Idee«, stimmte Hantou zu. »Und höre auf, ständig die Schuld bei dir oder anderen zu suchen.«

»Untersuchen? Wir haben uns beide bereits untersuchen lassen. Ohne Ergebnis. Und wie willst du das Baby in ihrem Bauch untersuchen?«, gab Bai Fu zurück.

Nach dem Essen griff die Mutter das Thema erneut mit Laoshun auf.

»Ich befürchte es stimmt, was Bai Fu sagt. In der Nacht, als er den Fuchs erschlagen hat, hatte ich einen Traum. Ich träumte, dass der Fuchs weinend an unserer Tür saß. Er saß bloß da und weinte, und dann huschte er wie vom Wind getragen in Lanlans Arme und verschwand. Danach hat sie Yindi bekommen.«

»Verschone mich bitte mit deinen wirren Träumen!« Laoshun blickte seine Frau zornig an. »Lass bloß diesen Blödmann nichts davon hören!«

Laoshun ging mit Yindi nach draußen, um nach den Ziegen zu schauen. Die Gedanken drehten sich in seinem Kopf. Mit einem Mal erschien seine Enkeltochter mit spitzer Schnauze und Fuchspelz vor ihm. Er schüttelte das Bild ab und blickte hinunter auf das Kind, das ihn mit seinen lebhaften Augen ansah.

»Gefällt es dir in der Wüste?«

»Sehr.«

»Magst du Füchse?«

»Ja, sehr.«

»Hast du keine Angst vor ihnen?«

»Warum sollte ich? Sie sind sehr lieb.«

»Du hast also schon einmal einen gesehen?«

»Ja, Onkel Meng hat einen totgeschossen. Er hatte so eine lange, spitze Schnauze und ganz rotes Fell. Er war sehr schön. Die Leute sind gemein. Opa, warum hat er den Fuchs totgeschossen? Er hat ihm doch gar nichts getan.«

»Sein Fell ist sehr kostbar.«

»Also schießt er nur Füchse mit Fell?«

»Sicher, warum sonst sollte er ihn erschießen?«

»Würde er mich auch totschießen, wenn ich ein Fell hätte?«

Laoshun schaute seine Enkeltochter mit befremdlichem Blick an. Ist sie wirklich eine Fuchsfee? Beim Blick in ihre leuchtenden Kinderaugen schämte Laoshun sich für seinen Gedanken.

5

Laoshun reichte dem Lahmen etwas Wasser und einen zusammengerollten Pfannkuchen.

»Danke, ich habe selbst etwas dabei.«

»Wie kannst du diese harten Dinger essen? Du beißt dir noch die Zähne aus!«

»Das ist mein Los, und ich schätze mich glücklich, dass ich wenigstens das bisschen habe. Ich möchte keine Lebensmittel verschwenden, warum also soll ich sie den Hühnern vorwerfen? Außerdem haben wir nicht so reichlich.«

»Komm zu uns nach Hause und hole dir etwas, wenn du magst.«

»Danke, aber ich komme schon zurecht. Ich lebe von einem Tag zum nächsten. Wenn ich mir leihe, was ich nicht zurückzahlen kann, wird man schlecht über mich reden, wenn ich meine Beine zum letzten Mal ausstrecke.«

»Wer redet von Zurückzahlen? Wir haben alle einmal klamme Zeiten«, sagte Laoshun, nahm ihm das harte Brot aus der Hand und warf es zu den Ziegen.

»Ich frage mich, ob es Wuzi inzwischen besser geht«, seufzte Laoshun.

»Ich denke, seine Mutter müsste eigentlich zurück sein. Egal, ob es ihm besser geht oder nicht, wir können es uns nicht länger leisten. Wenn es ihm besser geht, dann ist es sein Glück, wenn nicht, dann können wir nichts mehr für ihn tun. Wir haben bereits alles verkauft, Holz und Getreide. Was uns geblieben ist, sind ein paar zerdellte Töpfe. Wir haben uns fünftausend Yuan geliehen. Aber keiner weiß, ob es sich lohnen wird. Jetzt können nur noch die Götter helfen.«

»Es geht ihm bestimmt besser, schließlich war er dieses Mal eine ganze Zeitlang fort«, sagte Laoshun.

»Die Ärzte sagen, dass er für eine vollständige Heilung eine ganze Serie von Behandlungen durchmachen muss. Woher soll das Geld dafür kommen? Ich habe zwar den Eindruck, es geht besser mit ihm, aber er ist auf Medikamente angewiesen. Solange er die Tabletten nimmt, verschwinden die Symptome. Aber setzt er die Tabletten ab, fällt er sofort zurück in den alten Krankheitszustand. Die Situation ist mehr als unbefriedigend.«

»Die Tabletten gehen sicher auch auf den Magen, oder?«, fragte Laoshun und schaute auf Yindi, die zu Besuch gekommen war und Beeren von einem Boxdornstrauch pflückte.

»Sicher, aber du weißt ja, was man für traditionelle Medizin auf den Tisch legen muss! Ein Mehrfaches von dem, was die westlichen Tabletten kosten. Wir haben es jetzt nicht mehr in der Hand.«

Laoshun musste an seinen eigenen Sohn Hantou denken und es fröstelte ihn.

»Der Himmel ist blind. Warum ereilen Krankheiten immer die Menschen, die es sowieso schon schwer genug haben?«

«Diese Frage stelle ich mir auch immer wieder«, entgegnete der Lahme. »Wir werden daran nichts ändern. Manchmal ist es schwer, noch einen Sinn im Leben zu sehen.«

»Was redest du da? Der Himmel sorgt für die, die ohne Ausweg sind. Man muss durchhalten, dann ergibt sich früher oder später eine Lösung.«

»Mag sein, aber manchmal verliere ich die Hoffnung. Geht es dir nicht genau so?«

»Ein Sandbaby, Großvater!«, rief Yindi ihrem Großvater zu.

»Lass es in Ruhe und schrei nicht so laut«, entgegnete Laoshun.

»Aber es frisst einen Käfer!«

»Lass es einfach fressen.«

»Aber der Käfer weint und ruft um Hilfe.«

»Na, dann rette ihn doch.«

»In meinem Alter muss ich noch die Ziegen hüten. Wenn ich einen Tag draußen bin, fühle ich mich abends total erschöpft«, klagte der Lahme. »Was kann ich tun? Es muss sein. Das bisschen, das ich an den Tieren verdiene, brauche ich für meine Familie.«

»Die Preise sollen steigen in diesem Jahr, oder nicht? Im Moment sind es noch fünf Cent pro Ziege pro Monat. Wenn man bedenkt, wie die Lebenshaltungskosten steigen, ist das wirklich viel zu wenig«, ereiferte sich Laoshun.

»Vergiss es«, stöhnte der Alte. »Aber immer noch besser als gar nichts. Wenn wir nach mehr fragen, kommen sie und schlachten die Tiere. Dann bleibt uns gar nichts mehr.«

»Du hast Recht«, stimmte Laoshun ihm zu. »Keiner von uns einfachen

Leuten hat Geld. Die Beamten sind die Reichen. Die wissen gar nicht, wie sie ihr Geld ausgeben sollen. Das sind doch verrückte Zeiten!«

»Verrückte Zeiten? Lass die Zeiten verrückt sein. Bei uns geht es immer nur ums nackte Überleben. Und wenn das Überleben zu schwierig wird, können wir uns nur überlegen: nehme ich ein Messer, ein Seil oder schlucke ich Gift? Alles probate Mittel.«

»Jetzt fängst du wieder damit an! Der Himmel wird schon nicht zusammenbrechen.«

»Großvater! Ein Fuchs!«, rief Yindi unvermittelt.

»Wo?« Laoshun spähte in die Richtung, die seine kleine Enkeltochter zeigte. Doch kein Fuchs war weit und breit zu sehen.

»Die Kleine hat es wohl mit den Augen. Ich kann keinen Fuchs entdecken.«

»Ich auch nicht«, stimmte der Lahme ihm zu.

»Ein großer, weißer Fuchs! Er starrt mich an mit seinen großen, leuchtenden Augen!«

»Hör auf mit dem Unsinn!«, rief Laoshun seiner Nichte zu.

»Es ist kein Unsinn«, beharrte das Mädchen. »Nun ist er weggelaufen. Ich sehe ihn nicht mehr.«

»Befremdlich«, murmelte der Lahme und musterte Laoshun. »Warum haben wir ihn nicht gesehen?«

Laoshun schaute Yindi mit finsterer Miene an, drehte sich zu seinem Freund um und sagte: »Sie muss sich getäuscht haben.«

»Ich habe mich nicht getäuscht, Opa. Da war ein großer Fuchs.« Sie winkte mit ihren kleinen Händen.

»Kleine Kinder haben für gewöhnlich gute Augen. Vielleicht hat sie eine Fuchsfee gesehen.«

Laoshun blickte in die Ferne, seufzte und meinte: »Was für eine Fuchsfee? Ich glaube, das ist alles nur Einbildung.«

»Einbildung? Da liegst du falsch«, widersprach der Lahme. »Sie wissen alles. Sie heulen den Mond an, an jedem Ersten und Fünfzehnten eines Monats. Hunde machen das auch. Unser hat es getan, wie ein Dämon. Also habe ich ihn getötet. Daraufhin ist Wuzi krank geworden. Alle Schamanen, die ich gefragt habe, sagten, es sei der Geist des Hundes, der Wuzi befallen hat. Es war seltsam, denn er heulte jedes Mal, wenn er einen

Schub bekam und sein Heulen klang exakt so wie das Heulen des Hundes. Sehr befremdlich, oder nicht?«

Yindi kam angelaufen und drückte ihrem Großvater eine Handvoll Beeren in die Hand.

»Gutes Mädchen«, sagte der Lahme und strich Yindi über den Kopf. »Noch so jung und weiß doch, was sich gehört.«

»Die Kinder heute sind alle so«, meinte Laoshu. »Dagegen waren wir in dem Alter noch völlig unreif.«

Yindi steckte ihrem Großvater einige Beeren in den Mund und fragte, ob sie süß oder sauer seien.

»Warum haben Füchse so ein schönes Fell, Opa? Ohne dieses schöne Fell würde kein Jäger auf sie schießen, habe ich Recht?«

»Eine merkwürdige Frage. Was sollten die Füchse denn dann tragen?«, amüsierte sich der Lahme.

»Na Kleidung, so wie wir«, antwortete das Mädchen.

»Und wer gibt ihnen die Kleidung?«

»Ich.« Das Mädchen fingerte an ihrem Ärmel. »Ich gebe ihnen alles, was ich anhabe.«

»Was frisst ein Fuchs?«

»Insekten … Mäuse … alles, was er findet.«

»Also frisst er auch kleine Tiere. Das ist nicht nett.«

»Natürlich macht er das. Sonst müsste er verhungern«, lachte der Lahme.

Das Mädchen runzelte die Stirn, tief in Gedanken versunken. Dann brachte es hervor: »Ich werde ihm Hefeklöße geben, dann braucht er keine Mäuse zu fressen.«

»Wenn Füchse keine Mäuse fressen würden, dann würden sie sich rasant vermehren und bald so groß wie Esel werden. Wir hätten bald eine Fuchsplage, so wie es Heuschreckenplagen gibt. Und sie würden unser Korn fressen. Und wenn sie das Korn gefressen haben, würden sie uns fressen. Sie würden kleine Mädchen wie dich fressen.« Yindi schrie auf und vergrub ihren Kopf in Laoshuns Armen. Die beiden alten Männer lachten.

»Also, sollen Füchse Mäuse fressen oder nicht?«, fragte der Lahme Yindi.

»Ja.« Yindi nickte.

»Die Welt ist schon merkwürdig. Jedes Ding hat seinen Platz. Der Mensch schießt Füchse, die Mäuse fressen. Mäuse fressen Insekten, die sich von der Erde ernähren. Und am Ende kehrt der Mensch zur Erde zurück. Ist das nicht seltsam?«

»Allerdings«, entgegnete Laoshun. »Alles ist vom Himmel vorherbestimmt.

»Ich frage mich, ob der Himmel tatsächlich existiert«, fuhr der Lahme fort. So faszinierend, wie die Natur gestaltet ist, müsste es ihn geben. Doch warum gibt es dann so viel Ungerechtigkeit auf der Welt? Warum sorgt sich der Himmel nicht? Warum sind es immer die schlechten Menschen, die die Macht haben? Warum sind es immer die Reichen, die Betrüger, die Gewissenlosen und die Gemeinen, die ein gutes Leben führen? Die Guten sterben jung, während die Bösen ewig leben. Ist der Himmel also blind oder existiert er gar nicht?«

»Warum zerbrichst du dir darüber den Kopf? Unser Leben ist zu kurz, um sich darüber Gedanken zu machen. Ob es ihn gibt oder nicht, wir leben unser Leben. Ob er blind ist oder nicht, was ändert das schon?«

Die beiden alten Männer diskutierten, bis die Dunkelheit anbrach und sie mit den Ziegen zurück ins Dorf kehrten. Die Abendsonne verwandelte die Wolken am Westhimmel in ein großes Farbenmeer und schien golden auf die Tiere, die Bäume und die beiden Männer herab. Die Schafe blökten und der Lahme begann mit seiner rauen Stimme zu singen.

Die Sonne versinkt im Westen – die Schafe kehren zurück in den Stall
Schwarzkopfschafe – Lämmer – attackiert vom Wolf
Mädchen – Mädchen – steht am Wegesrand
Zerstör nicht die Herde vom Bruder Wang

Yindi lachte über den Gesang des alten Mannes und auch Laoshun amüsierte sich über die Gesangskünste seines Freundes. Als der Lahme sein Lied beendet hatte, schien er plötzlich in Gedanken abzuschweifen und die letzten Worte verhallten wie kleine Steine, die lautlos in ein Wüstenloch kullern.

6

Bai Fu wachte an diesem Morgen schlechtgelaunt auf.

»Alles ist vergeblich. Das Leben macht keinen Sinn mehr.«

»Was ist nun schon wieder?«, fragte seine Schwiegermutter.

»Nichts. In meinem Traum hat Yindis Mutter einen strammen Jungen zur Welt gebracht. Heißt es nicht, Träume seien das Gegenteil der Realität? Wenn das stimmt, werden wir vermutlich wieder ein Mädchen bekommen.«

»Du weißt nicht, wie man Träume deuten muss, also lass es lieber bleiben!«, wies Lingguan ihn zurecht.

»Weißt du, wie mein Traum zu deuten ist?«

»Sicher. Der stramme Junge steht für einen kleingeistigen Menschen. Es bedeutet, dass du demnächst mit jemandem in Streit geraten wirst.«

»Kannst du nicht etwas Positives sagen?«, mischte sich die Mutter ein. »Ob ein Traum gut oder schlecht ist, hängt ganz davon ab, wie die Person, die ihn deutet, darüber spricht.«

»Hört her!«, sagte Ying Er und konnte sich ein Lächeln nicht verkneifen. »Mutter betätigt sich neuerdings auch als Schamanin. Und sie klingt ganz plausibel.«

»Vielleicht wird es tatsächlich zu einem Streit kommen.« Bai Fu zog die Stirn in Falten.

»Lingguan, lass uns beide diesen Streit vom Zaun brechen, dann wird sich mein Traum erfüllen.«

»Von mir aus können wir uns auch raufen«, erwiderte Lingguan. »Jeder Mensch braucht ab und zu eine Gelegenheit, um Dampf abzulassen.«

»Mein Bruder hat mir einmal erzählt, wie man einen bösen Traum loswerden kann«, sagte die Mutter.

»Und wie?« Bai Fu schaute die Mutter erwartungsvoll an.

»Nicht so voreilig«, unterbrach ihn Mengzi. »Lass Mutter doch erst ausreden.«

»Es ist eigentlich ganz simpel«, begann Lingguans Mutter. »Du gehst bei Sonnenaufgang mit einem Schälchen Wasser aus dem Haus. Mit dem Mittelfinger deiner linken Hand malst du ein Kreuz in den Sand. Dann stellst du dich auf das Kreuz und drehst dich gegen den Uhrzeigersinn drei Mal um dich selbst, wobei du drei Mal von dem Wasser etwas ausspucken musst. Anschließend drehst du dich im Uhrzeigersinn und tust das gleiche noch einmal. So kannst du einem bösen Traum seine negative Kraft entziehen.«

»Warum hast du mir das nicht schon früher erzählt?«, beschwerte sich Bai Fu.

»Du liegst doch jeden Tag bis in die Puppen im Bett. Gib mir nicht die Schuld!«

»Ich habe eine Lösung«, sagte Yindi unvermittelt, ihre großen Kinderaugen weit aufgerissen.

»Was soll von einem kleinen Mädchen schon Großartiges kommen?«, sagte Bai Fu in verächtlichem Ton.

»Du gibst mir eine Tracht Prügel. Dann brauchst du dich mit niemandem zu streiten, aber die Wirkung ist dieselbe, oder?« Alle lachten.

»Verdrück dich!«, sagte Bai Fu. »Ich bin schon genervt, wenn ich dich nur sehe!«

»Beherrsche dich in meiner Gegenwart!«, sagte Laoshun scharf und warf Bai Fu einen bösen Blick zu. »Ich liebe meine kleine Enkeltochter. Von euch kann es keiner mit ihr aufnehmen!«

Bai Fus Adamsapfel hüpfte auf und nieder.

»Es reicht!«, protestierte die Mutter. »So früh am Morgen habe ich keine Lust auf eure Nichtigkeiten. Geht Wasser holen, wenn ihr zu viel Kraft habt.«

Ying Er ging hinaus, um Schälchen zu holen.

Goubao betrat das Haus.

»Ihr frühstückt um diese Zeit? Wisst ihr eigentlich, wie spät es ist?«

Die Mutter gab Ying Er ein Zeichen, für den Gast ein zusätzliches Schälchen zu holen, doch der lehnte ab.

»Nein danke. Ich habe sehr früh gegessen.« Dann gab Goubao Bai Fu einen Wink, mit ihm nach draußen zu gehen.

Wenig später hörten sie draußen einen lauten Streit.

»Was ist jetzt schon wieder los?«, sagte Laoshun. Die Mutter lief den beiden jungen Männern hinterher.

»Das klingt nach Bai Fu. Geh raus und schau nach, was da los ist«, sagte Lingguan.

Draußen rauften sich Bai Fu und Goubao, zogen sich gegenseitig an den Haaren und beschimpften einander.

»Dann habe ich eben gesagt, dass du ohne männlichen Nachfolger bleiben wirst« rief Goubao.

»Du hältst dich für etwas Besseres, nur weil du einen Sohn hast, nicht wahr?«, ereiferte sich Bai Fu. »Ich sage dir etwas: dein Sohn wird keine achtzehn Jahre alt!«

Goubaos Faust traf Bai Fu hart im Gesicht. Er schrie auf und taumelte.

»Was ist hier los?«, rief Laoshun und versuchte, die Streithähne zu trennen.

Goubao hielt stöhnend inne und sagte: »Er behauptet, ich hätte meine Spielschulden nicht bezahlt, aber das stimmt nicht.«

»Wegen ein paar lausiger Kröten schlagt ihr euch also? Mein Gott, ihr seid Verwandte. Benehmt euch auch entsprechend!«

»Frag ihn, was er noch gesagt hat!« Bai Fu atmete schwer.

»Was ich noch gesagt habe? Du hast steif und fest behauptet, ich hätte dich nicht bezahlt.«

»Was hast du sonst noch gesagt?«, fragte Laoshun Goubao.

»Ich habe gesagt, wenn es stimmt, dass ich meine Schulden nicht zurückgezahlt habe, dann soll er ohne männliche Nachkommen bleiben. Aber da hatte er bereits zugeschlagen.«

»Du wolltest mich provozieren, das ist die Wahrheit!«

»Das habe ich nicht so gemeint«, sagte Goubao und blickte zu Laoshun hinüber.

Laoshuns starrte seinen Schwiegersohn an. Nach einer kurzen Pause sagte er: »Ich bin nicht taub, mein Freund. Ich habe genau gehört, was du gesagt hast. Du bist keinen Deut besser. Er hat noch keinen männlichen Nachkommen, na und? Er ist noch jung und kann noch einen zeugen. Und bilde dir nicht zu viel auf deine Kinder ein! Sie brauchen noch Jahre, bevor sie erwachsen und selbstständig sein werden.«

Goubao wich einige Schritte zurück, drehte sich dann noch einmal um und sagte schließlich: »Damit das ein für alle Male klar ist: Ich habe dir das Geld gegeben.«

»Verdrück dich! Ich will dein verdammtes Geld nicht«, brüllte Bai Fu ihm hinterher.

Goubao entfernte sich wortlos. Dann überlegte er es sich anders und drehte sich noch einmal am.

»Er hat mich gar nicht erst zu Wort kommen lassen! Er sollte seine Energie nicht mit mir verschwenden, sondern lieber auf seiner Frau. Habt ihr mich gehört?«

»Komm zurück, du Bastard!«, schrie Bai Fu.

»Damit du wieder deine Schlägerqualitäten unter Beweis stellen kannst?«, rief Goubao und verschwand.

7

»Dieses Mal ist er eindeutig zu weit gegangen«, ereiferte sich Bai Fu, nachdem sie wieder ins Haus zurückgekehrt waren.

»Lass ihn reden!«, sagte Laoshun. »Es kann dir doch egal sein.«

»Ich erinnere mich allerdings, dass er dich bezahlt hat«, sagte die Mutter. »Ist es nicht möglich, dass du es einfach vergessen hast? Denk noch einmal darüber nach! Ihr habt getrunken an jenem Abend.«

Bai Fu runzelte die Stirn. »Es spielt doch gar keine Rolle, ob er bezahlt hat oder nicht. Was mich ärgert sind seine unverschämten Reden!«

»Es spielt keine Rolle?«, lachte Mengzi. »Immerhin habt ihr euch deswegen mächtig in die Wolle gekriegt, oder etwa nicht?«

»Es ging um etwas anderes«, gab Bai Fu trocken zurück. »Wie konnte er so etwas nur sagen? Keinen männlichen Nachkommen …«

»So ist er nun einmal und niemand wird ihn ändern«, meinte Lingguan leichthin.

»Er behauptet, es läge daran, dass ich mich unmoralisch verhalte.«

»Das hat er tatsächlich gesagt?« Laoshun brauste auf. »Dafür hättest du ihm die Zähne ausschlagen sollen! Er sollte sich lieber um sein eigenes Karma kümmern!«

»Lass ihn reden«, beschwichtigte die Mutter ihren Sohn. »Niemand kann ihm die Lippen zunähen, oder? Eine saubere Hand greift nicht in den Dreck.«

Bai Fu schnaubte. »Lieber bringe ich seine Söhne um und sorge dafür, dass seine Linie ausstirbt.«

»Rede nicht so einen Unsinn«, empörte sich die Mutter und funkelte ihn an. »Hör einfach nicht auf das, was er sagt! Lanlan wird dir sicher noch ein weiteres Kind schenken.«

Bai Fu verfiel in Schweigen. Mit versteinerter Miene saß er lange Zeit wortlos da.

Yindi wagte kaum zu atmen. Sie hielt die Hand ihrer Oma. Ab und an blickte sie verstohlen zu ihrem Vater hinüber. »Hab keine Angst. Dein Vater hatte einen Streit, aber das ist nicht deine Schuld.«, sagte

»Richtig«, sagte die Mutter. »Und doch müssen wir herausfinden, warum Lanlan solche Schwierigkeiten hat, ihre Babies zu behalten. Es muss einen Grund dafür geben.«

»Wir haben bereits alles Menschenmögliche getan«, seufzte Laoshun.

»Bei uns im Dorf lebt eine neue Schamanin« Bai Fu wandte sich an seine Schwester. »Du kennst sie, Ying Er. Es ist diese Frau mit dem schiefen Hals. Sie verfügt über außergewöhnliche Fähigkeiten. Die Leute kommen von weit her angereist, um sich bei ihr Rat zu holen.«

»Welchen Gottheiten huldigt sie?«, fragte die Mutter.

»Sie ist allwissend. Sie kann dir sogar sagen, ob und wo du ein Muttermal an deinem Körper hast!«

»Dann geh und hole dir Rat bei ihr. Ich habe Hantou vorgeschlagen, eine weitere Schamanin aufzusuchen, aber …«

»Und hat es etwas gebracht?«, gab Hantou zurück.

»Er hat Recht«, sagte Laoshun zu seiner Frau. »Wie viele Schamanen hast du bereits aufgesucht? Frauen, Männer. Immer hieß es, es würde dir guttun, aber hat dir wirklich jemals ein Mensch helfen können? In meinen Augen bist du immer noch angespannt und nervös. Von dem Geld, was uns das gekostet hat, will ich gar nicht erst reden.«

Seine Frau murmelte etwas vor sich hin, gab aber keine Widerworte.

»Ich werde meine Mutter fragen, ob diese Schamanin wirklich göttliche Verbindungen hat«, sagte Ying Er nach einer Weile des Schweigens. »Ich habe auch etwas, das ich für mich selbst herausfinden muss.«

»Du musst etwas für dich herausfinden?«, lachte die Mutter. »Was könnte das sein?«

»Sei nicht so neugierig!«, sagte Ying Er und piekste ihrer Schwiegermutter in den Arm.

»Das trifft sich wunderbar«, sagte die Mutter zu ihrer Schwiegertochter. »Wir haben zurzeit nicht viel zu tun, also werde ich dich begleiten.«

»Und wer kümmert sich um das Essen und die Schweine, wenn ihr beide weg seid?«, protestierte Laoshun.

»Du hast Recht. Ihr werdet ohne uns verhungern«, frotzelte seine Frau.

»Alles kein Problem«, sagte Mengzi beschwichtigend. »Richtig kochen kann ich zwar nicht, aber für eine Nudelsuppe reicht es.«

»In Ordnung«, stimmte Lingguan ihm zu. »Ich denke, mit Nudelsuppe werden wir es schon ein paar Tage aushalten können.«

»Meinetwegen«, brummte Laoshun. »Ihr beide könnt gehen.«

Am Nachmittag änderte die Mutter jedoch ihre Meinung und entschied sich, zu Hause zu bleiben. Also machte Ying Er sich gemeinsam mit ihrem Bruder auf den Weg ins elterliche Haus.

8

Ying Er kehrte mit dem Ratschlag der Schamanin heim, sie sollten den Gottheiten in ihrem Haus Opfer darbringen, um sie zu besänftigen. Insbesondere der Küchengott sei ungnädig und sie mussten unbedingt etwas daran ändern. Laoshuns Frau schickte Mengzi zu ihrem jüngeren Bruder, einem hageren Mann mit hohem Haaransatz. Laoshun hatte seinen Schwager nie ausstehen können und hielt ihn für abgehoben und affektiert. Mengzi hingegen mochte seinen Onkel und suchte seinen Rat, wann immer er ein Problem hatte.

Nachdem der Onkel den Grund für Mengzis Besuch erfahren hatte, führte er mit den Fingern eine Weissagung durch, bevor er sagte:

»Die Familiengötter sind beunruhigt und der Küchengott ist verärgert. Eine Opfergabe ist daher ratsam. Im besten Fall solltet ihr einmal pro Jahr eine solche Opfergabe durchführen, damit ihr den vollen Schutz der Götter genießt. Doch letztes Jahr … letztes Jahr gab es ein Problem.«

»Was für ein Problem?«, fragte Mengzi.

»Etwas passierte während des Rituals. Ihr vergaßt, die spirituellen Tafeln nach der Anbetung und habt sie erst am folgenden Tag verbrannt. Mehr als hundert Mal haben wir dieses Ritual durchgeführt, aber so etwas ist uns noch niemals vorgekommen. Ist das nicht sonderbar?«

»Also waren die Opfergaben vergeblich?«, sagte Mengzi.

»Ja. Es ist uns nicht gelungen, die bösen Geister zu vertreiben. Und das ist nicht alles. Es ist wichtig zu warten, bis die Götter das Haus verlassen

dein bestes Stück bedecken können! Stattdessen beleuchtest du es noch mit der Taschenlampe.«

»Wer hat euch gesagt, dass ihr aus dem Haus kommen sollt?«, gab Laoshun empört zurück.

»Schon gut«, sagte Mengzi und lachte. »Ich glaube nicht, dass sie irgendetwas gesehen hat. Und wenn doch, wird es ihr nichts ausgemacht haben.« Lingguan stupste ihn an, während er sich schwer beherrschen musste, nicht laut loszulachen.

»Pass auf, was du sagst!«, sagte die Mutter barsch. »Und hör auf, deinen Vater auf den Arm zu nehmen!«

Die beiden jungen Männer gingen wieder zu Bett, während Laoshun und seine Frau die Nacht über bei der Sau blieben und aufpassten, dass sie ihre neugeborenen Ferkel nicht zerquetschte, ein nicht unübliches Malheur bei der Geburt von Schweinen.

Im Jahr zuvor hatte ihre Sau zehn Ferkel zur Welt gebracht, ohne, dass einer der Familie dabei gewesen wäre. Am folgenden Morgen hatten sie drei leblose Ferkel neben der Sau gefunden, von der eigenen Mutter erdrückt. Ein Verlust von mehreren Hundert Yuan.

Laoshun schaltete die Taschenlampe aus, um Batterie zu sparen. Die beiden saßen in vollkommener Dunkelheit auf dem feuchtkalten Boden des Schweinestalls.

»Wenn ich die Ferkel verkauft habe, werde ich mir eine Brille kaufen. Das habe ich mir fest vorgenommen. Sun Datou will mir seine für hundertzwanzig Yuan überlassen.«

»Aha, der Pfau braucht neue Federn! Und was ist mit der Stromrechnung und den Hochzeitsausgaben der Jungs? Auch für das Neujahrsfest brauchen wir Geld. Eine Brille bringt uns kein Stück Fleisch auf den Tisch und keinen Pullover zum Anziehen. Wozu eine Brille?«

»Wozu?«, schnaubte Laoshun. »Was glaubst du, wozu? Jeder trägt heute eine Brille, nur ich nicht. Wir haben unsere drei jungen Herren großgezogen. Und jetzt, wo sie erwachsen sind, darf ich mir nicht einmal eine Brille leisten?«

»Sun Datou ist ein eitler Fratz mit Geld. Für dich gilt: Schuster, bleib bei deinen Leisten!«

»Es ist mir egal, was du denkst. Morgen gehe ich los und besorge mir ein paar Brillengläser.«

»Tu, was du nicht lassen kannst. Ich werde mich auf jeden Fall an dich wenden, wenn ich Geld brauche!«

Als es endlich hell wurde, grunzte die Sau noch immer, doch von Ferkeln keine Spur. Laoshun examinierte erneut den Boden um die Sau herum und entdeckte plötzlich Köttel in dem Blut. »Das darf doch nicht sein!«, schrie er entsetzt. »Sie scheißt Blut! Die Sau scheißt Blut.«

Seine Frau rannte in den Hof und weckte die Kinder. »Mengzi, steh auf und hol Doktor Huang! Mach schnell!«

»Was ist denn los?«

»Die Sau scheißt Blut!«

»Oh Gott!« Mengzi sprang in seine Kleidung und machte sich auf den Weg zu dem Tierarzt.

Auch dieses Mal mussten sie lange auf Doktor Huang warten. Die Sonne stand bereits hoch am Himmel, als er endlich auf dem Hof erschien, seinen fetten Bauch durch das Tor schiebend. Laoshuns Frau starrte ihn an, als sei soeben der Retter der Welt erschienen. Sie war so aufgebracht, dass ihre Hände zitterten. Doktor Huang examinierte die Exkremente eingehend und schüttelte dann den Kopf. Laoshun stand hilflos daneben. »Kannst du sie retten?«, fragte er schließlich. »Ich werde es versuchen«, lautete die Antwort. »Versuchen?«, stotterte Laoshun. »Wenn du sie retten kannst, dann gib ihr eine Spritze. Aber du weißt, dass das Fleisch ungenießbar wird, wenn du sie ihr setzt.« »Ungenießbar?« Laoshuns Frau schaute ihn entgeistert an. »Wie kannst du in diesem Moment ans Essen denken? Natürlich bekommt sie eine Spritze.« Und zu Doktor Huang gewendet sagte sie: »Los, geh deiner Arbeit nach. Hier gibt es nichts zu diskutieren!«

»Ihr solltet es euch genau überlegen.«, entgegnete Veterinär Huang. »Wenn ihr unbedingt wollt, gebe ich ihr eine Spritze. Wenn ihr dagegen seid, lasse ich es bleiben. In jedem Fall ist es schwer zu sagen, ob es sie retten wird. Auf jeden Fall ist es alles, was ich für das Tier tun kann.«

»Vergiss es!«, sagte Laoshun. »Sie ist nicht zu retten. Die Sau scheißt Blut und das ist keine Kleinigkeit. Sie wird geschlachtet. So bringt sie uns wenigstens noch etwas, wenn es auch ein großer Verlust ist.«

Lingguan und Mengzi nickten zustimmend.

»Das kommt nicht in Frage!«, rief seine Frau. »So lange sie noch atmet werde ich alles tun, um sie zu retten. Und wenn ich sage alles, dann meine ich es auch.« Und zu Laoshun gewandt fügte sie hinzu: »Von dir will ich kein einziges Wort mehr hören!«

Laoshun senkte den Blick. Die jungen Herren blieben stumm. Doktor Huang holte sein Werkzeug aus der Tasche und verpasste der Sau eine Ladung Penicillin. Anschließend bat Laoshuns Frau ihn ins Haus, wo Ying Er ihm ein paar Spiegeleier zubereitete.

9

Nach dem Essen zündete sich Doktor Huang eine Pfeife an, als sie plötzlich von draußen ein schrilles Quieken hörten. Dr. Huang schaute verdutzt drein. Laoshun wurde blass, wickelte seine Pfeife in ein Tuch, sprang vom Kang herunter und rannte mit den anderen hinaus zum Stall.

Die Sau war tot. Sie lag in einer riesigen Blutlache. Seine Frau schluchzte und wimmerte und tätschelte ungläubig das tote Tier. Schon bald machte die Nachricht die Runde und eine Schar neugieriger Nachbarn versammelte sich um den Stall herum. Beschämt versuchte Mengzi, seine Mutter wegzuziehen. Ihr Wehklagen wurde indes noch herzzerreißender. Tränen strömten ihr übers Gesicht.

Angewidert von der Szene sagte Mengzi in scharfem Ton: »Was gibt es da zu jammern? Es war nur ein Schwein. Kein Grund, deswegen so eine Szene zu machen. Dein Verhalten ist peinlich!«

Die Mutter verstummte. Dann röchelte sie kurz, als bekäme sie keine Luft und begann von neuem zu weinen.

Mit abwesendem Blick stand Laoshun wortlos daneben. Es schien, als würde ihm in diesem Moment die Tragweite des Verlusts durch den Tod der Sau bewusst. Hantou stand neben ihm, tiefe Sorgenfalten auf der Stirn.

»Macht euch keine Sorgen!«, sagte Doktor Huang und stieß die tote Sau ein paar Mal mit dem Fuß.

»Wir sollen uns keine Sorgen machen?« Entgeistert blickte Laoshun den Tierarzt an.

»Was ich meine«, antwortete Doktor Huang und setzte ein großmütiges Lächeln auf. »Das Fleisch ist noch genießbar, sobald ihr die Sau habt ausbluten lassen.«

Mengzi nahm ein Messer und schlitzte den Hals der Sau auf, doch lediglich ein dünnes Rinnsal Blut erschien, als er es wieder herauszog. Er stand auf und trat auf den Bauch der Sau, woraufhin einige Blutblasen aus der Halswunde traten.

»Vergiss es!«, sagte Laoshun.

»Ihr könnt das Fleisch bedenkenlos essen«, wiederholte Doktor Huang. »Ich habe dem Tier kein Gift injiziert! Das Neujahrsfest steht schon vor der Tür.«

Laoshun runzelte die Stirn und winkte Hantou heran. »Geh und leihe dir einen großen Wok. Wir werden die Sau abbrühen.«

»Nein«, erwiderte Lingguan. »Wir können das Fleisch nicht essen.«

»Warum nicht?« Mengzi schaute seinen Bruder fragend an.

»Wir wissen nicht, was für eine Krankheit sie gehabt hat. Oder weißt du es? Die Sau hat Blut geschissen. Möglicherweise hatte sie eine bakterielle Infektion. Wir können es nicht ausschließen. Unsere Gesundheit ist wichtiger als ein paar Koteletts, oder etwa nicht?«

»Vermutlich hast du Recht«, sagte Mengzi. Ich denke, dass man das Fleisch eines kranken Tieres lieber nicht essen sollte.«

»Ich sage euch, ihr könnt es essen«, beruhigte Doktor Huang. »Aber die Entscheidung ist euch überlassen.«

»Ich sage Nein!« Lingguan beharrte auf seinem Standpunkt. »Meine Gesundheit ist mir wichtiger. Begraben wir es!«

»Was sagst du da?« Laoshun wurde wütend. »Ich esse es. Wovor fürchtest du dich? Los, holt den Wok und macht ein Feuer.«

Die Mutter war noch immer in Tränen aufgelöst. Sie konnte das Geschehen nicht fassen. Von allen Familienmitgliedern pflegte sie die engste Beziehung zu den Tieren auf dem Hof. Selbst ein verlorengegangenes Küken konnte sie zum Weinen bringen. Und nun eine ausgewachsene Sau mit Ferkeln im Bauch.

Hantou und Huaqiu kehrten mit einem großen, gusseisernen Wok zurück. Beizhu kam und grub ein großes Loch inmitten des Misthaufens, auf den der Wok gesetzt wurde.

»Verdammt!«, fluchte Laoshun. »Warum passieren uns immer wieder solch fürchterliche Dinge?«

»Der Himmel ist blind!«, sagte der Lahme.

»Das kannst du laut sagen«, meinte einer der Umherstehenden.

»Geht es Wuzi mittlerweile besser?«, fragte Laoshun den Lahmen.

»Ach, wenn es doch so wäre! Immer dieses idiotische Grinsen.«

»Macht er Probleme?«

»Sitzt immer herum und starrt Löcher in die Gegend.«

»Du solltest ihn regelmäßig untersuchen lassen.«

»Mit Untersuchungen ist Schluss. Wir können es uns nicht leisten.« Die Miene des Lahmen sprach Bände. Er seufzte.

Ying Er schüttete zwei Eimer kochendes Wasser in den Wok. Mengzi band die Vorder- und Hinterhufe der Sau zusammen und ließ das Tier gemeinsam mit Beizhu und den anderen vorsichtig in den Wok gleiten. Der Kadaver bewegte sich in dem Wasser auf und nieder. Der Lahme schrubbte die Sau mit einem Spaten, bis eine hellweiße Haut zum Vorschein kam. Anschließend begannen die jungen Männer mit dem Entfernen der Borsten.

»Unsere jungen Herren sind im heiratsfähigen Alter, doch wir haben keine Ersparnisse. Nun ist uns auch noch die Sau verlorengegangen.« Laoshun schaute dem Prozedere nachdenklich zu.

Das geschrubbte Schwein wurde an einen Dattelbaum gehängt, wo es langsam hin und her schwang. Die Umherstehenden murmelten ihr Bedauern über den Verlust der Sau. Mengzi kam mit einem Eimer kalten Wassers und begoss das Schwein damit, um das Abschaben der letzten feinen Borsten zu erleichtern. Dann griff Beizhu nach seinem Messer und schlitzte die Sau bäuchlings der Länge nach auf; eine kleine Gruppe Kinder, die hinter ihm standen, verlangten nach der Blase.

»Verdrückt euch!«, motzte er die Kinder an, die sich sogleich ein paar Schritte zurückzogen, nur um sich gleich darauf wieder um ihn zu scharen.

»Was passiert mit den Eingeweiden?«, fragte Beizhu Laoshun.

»Wirf sie weg!«, antwortete Lingguan, noch bevor sein Vater antworten konnte.

»Meinetwegen behaltet das Fleisch, aber die Eingeweide kommen weg. Wer weiß, was für eine Krankheit die Sau sich eingefangen hatte.«

»Dann könnt ihr sie genauso gut mir geben«, bat der Lahme.

»Auf keinen Fall!«, beharrte Lingguan. »Wer weiß, was du dir damit einfangen kannst.«

»Es wird mich schon nicht umbringen.« Der Lahme lachte herzergreifend, doch einen Augenblick später senkte er den Kopf und wischte sich eine Träne aus dem Augenwinkel.

»Vergiss es. Wir werden dir etwas von dem Fleisch geben«, sagte Lingguan. »Die Eingeweide sind zu nichts Nutze. Das Risiko ist zu groß, denn wir kennen die Ursache für die Krankheit nicht.«

»Ich will nichts von dem Fleisch. Aber es liegt bei euch. Wenn ihr mögt, gebt mir die Eingeweide, ansonsten verzichte ich«, sagte der Lahme in ruhigem Ton.

»Na gut, du kannst sie haben.« Beizhu spießte die Eingeweide mit der Mistgabel auf und hängte sie über einen Ast des Dattelbaums.

»Na los, worauf wartest du noch?«

Lingguan seufzte und ließ Beizhu gewähren.

10

Als Laoshuns Schwager Chen Shun am nächsten Vormittag das Haus betrat, um das Ritual durchzuführen, war die Mutter noch immer untröstlich. Sie saß mit geschwollenen Augen inmitten der anderen. Laoshun hatte sich die ganze Nacht hin und hergewälzt und über den Verlust nachgedacht, den der Tod der Sau für ihn bedeutete. Verglichen mit dem Lahmen ging es seiner Familie immer noch sehr gut, doch Laoshun fühlte sich zunehmend deprimierter.

»Eine gute Nachricht!«, rief der Onkel, als er vom Tod der Sau hörte, woraufhin sich die drei Brüder entgeistert anschauten.

»Erstens, die Sau stirbt genau am Abend vor unserem Ritual. Ein offensichtliches Zeichen dafür, dass das Tier sich den Göttern opfern wollte. Die Götter werden mehr als zufrieden sein. Zweitens, ihr habt eine nicht unerhebliche Menge Geld aufgebracht und damit automatisch Unheil abgewendet, denn durch das Geld, das ihr für die Sau ausgegeben habt und das euch nun verlorengeht, werdet ihr mit Gesundheit und Frieden belohnt werden. Alle nur denkbaren Probleme hat die Sau durch ihren Tod mit sich genommen.«

Laoshun, der zeitlebens nicht viel von den Fähigkeiten seines Schwagers gehalten und in ihm eher einen Scharlatan denn einen fähigen Ritualmeister gesehen hatte, fühlte sich in diesem Moment von dessen Worten eigenartigerweise beruhigt, während seine Frau schon immer zu ihrem Bruder aufgeschaut hatte. Doch seine Worte konnten sie in diesem Moment nicht trösten. Die Frage, ob die Götter zufrieden waren oder nicht, ob jedes Unheil mit dem Tod der Sau tatsächlich vertrieben worden war oder ob sie fortan ein Leben in Ruhe und Frieden würden leben können … All das erschien ihr irreal. Der Verlust der Sau dagegen war Realität und ein enormer Verlust für die Familie. Die Worte ihres Bruders fanden keinen Eingang in ihr Herz und so gab sie sich erneut und vollends ihren Wehklagen hin.

»Was soll das Geheule?«, sagte Laoshun, sichtlich geladen. »Meinst du, dein Jammern bringt uns die Sau zurück?«

»Warum darf ich die tote Sau nicht beweinen?«

»Nur zu, vermutlich gefällt es den Göttern sogar. Ich schlage vor, wir verzichten ganz auf das Ritual und lassen dich stattdessen weiter heulen.«

»Bei der Erwähnung des Wortes Ritual verstummte seine Frau mit einem Mal. Dann begab sie sich in die Küche, um die Opfergaben vorzubereiten.

Gemäß den Forderungen des Onkels lief Mengzi zum Ufer des Dasha-Flusses und kam wenig später mit einem heiligen Essigstein zurück, einem porösen, nahezu völlig runden, dunkelgrünen, feuerfesten Stein. Wenig später kam auch Herr He dazu, ein Mann, der dem Onkel regelmäßig bei Ritualen dieser Art zur Hand ging. Er verfasste die Beschwörungsformeln während der Onkel die heiligen Tafeln beschrieb. Hantou besorgte zwei Scheffel, die er randvoll mit Weizen füllte und anschließend auf dem Opfertisch platzierte. Im Anschluss daran nahm er ein Bund Nadelgras, knipste jeweils beide Enden ab, schnitt sie ein und zog die äußere Schicht ab. Dann befestigte er die heiligen Tafeln auf den Stielen und steckte diese in die gefüllten Scheffel.

In dem Scheffel zur Linken befanden sich acht Tafeln und fünf farbige Banner: ein grünes Banner für den östlichen Zhen Kreis, es repräsentierte neun Essenzen für die Frühlingsgottheiten; ein rotes Banner für den südlichen Li Kreis, es repräsentierte drei Essenzen für die Sommergottheiten; ein weißes Banner für den westlichen Dui Kreis, mit sieben Essenzen für die Herbstgottheiten; und ein schwarzes Banner für den nördlichen Kang Kreis, mit fünf Essenzen für die Gottheiten des Winters. In einem Scheffel waren vier Tafeln platziert: eine für den Yuan Kreis, mit zwölf Essenzen für die Erde, mit dem Gelben Kaiser als führender Gottheit (gelbes Banner); eins für die fünf Gottheiten des Ostens, Westens, Südens, Nordens, des Zentrums, für den Erdgott sowie den Drachengott, eins für den lokalen Erdgott und schließlich eins für die Schutzgottheit des jeweiligen Jahres.

Zur Linken des linken Scheffels waren drei Tafeln platziert: eine für die Gottheit, die die Tür bewachte, eine für die Gottheit, die die Herden und Weiden beschützte und eine für die Gottheit, die die Pferde beschützte. Rechts davon befanden sich zwei Tafeln für den Küchengott sowie die Gottheit des Großen Wagens der Unsterblichkeit und der Katastrophenvermeidung. In der Mitte befanden sich zwei Tafeln, eine für den Herrn der Medizin zur Vermeidung von Krankheiten, und eine gewidmet den Ahnen der Familie, für die Gottheit zum Schutz der wissenschaftlichen Ehrungen.

Daneben gab es noch eine besondere Tafel mit der Inschrift »Die Familie/Mitglieder der Chen-Familie über drei Generationen«, »Geistige Tafel für Groß Groß Großeltern«.

Nachdem sämtliche Tafeln an ihrem vorgesehenen Platz verordnet waren, begab sich Laoshun nach draußen und holte etwas Erde. Streng nach Anordnung seines Schwagers hockte er sich in Richtung Nordwesten und verbrannte drei Bögen gelbes Papier, vollführte drei Mal hintereinander einen vollständigen Kotau, während er bei jedem Kotau etwas Erde vom Boden aufhob und in die Luft warf. Dann kehrte er in den Opferraum zurück, legte die Erde auf einen Teller und stellte diesen vor die heiligen Tafeln. In der Mitte des Tellers lag ein Ei für den Erdgott, dem nachgesagt wurde, dass er eine Vorliebe für in Hirseschnaps gekochte Eier habe.

Der Platz vor den Tafeln war nun voll mit den verschiedensten Opfergaben: Hefeklöße, Nudeln, Reis, Wasser, mit Blut versetzter Schnaps, Walnüsse und Datteln.

Als sie mit dem Ritual begannen, hatte die Dunkelheit bereits eingesetzt. Herr He, der Adjutant des Onkels, stand neben dem Altar und erhob seine heisere Stimme:

»Seid ruhig – steht still – bemächtigt euch eurer Aufgaben – Hauptanbeter in Position – Nebenanbeter in Position –«

Den Anordnungen des Onkels folgend, boten Laoshun und Hantou – der Onkel leitete sie als Hauptanbeter an – Räucherstäbchen dar, versprengten geweihten Schnaps, verbrannten Opfergeld und stellten den mit Hühnerblut versetzten Schnaps an die dafür vorgesehene Stelle. Mengzi war für das Opferlamm zuständig. Nachdem dieser Teil des Rituals beendet war, begann Herr He die am Nachmittag vorbereiteten Zeilen zu zitieren:

»… Oh, heiliger Geist, du lenkst den Großen Wagen, der sein Licht ins Universum schickt. Du beschützt die Menschen und gibst ihnen Langlebigkeit. Schicksalsschläge gehören zum Leben aller Menschen, Glück und Unglück werden durch die Sterne bestimmt. Hier steht heute dein frommer Schüler Chen Shun, der Frieden und Gesundheit erfleht. Seit vielen Jahren warten wir auf genau diese Konstellation der Sterne. Sein ältester Sohn wurde von einer Krankheit heimgesucht. Die Tiere auf seinem Hof gedeihen nicht und nichts ist, wie es sein sollte. So nimm seine Opfergaben an und gib ihm dafür den Schutz der Götter, den er erbittet und mache, dass sie ihren grenzenlosen Segen spenden mögen.«

Mit einem Ausdruck großer Frömmigkeit folgten Laoshun und Hantou den Bewegungen des Onkels, während dieser den Schnaps versprengte, niederkniete und die Opfertafeln verbrannte. Lingguan schloss sich ihm an, indem er einige gewaltige Böller losließ. Ihm folgte Mengzi, der die Gaben des Opferlamms zurücknahm.

»Opfergaben für das Glück«, intonierte der Hauptanbeter.

»Opfergaben für das Glück«, sprachen die anderen nach.

»Abwendung aller Katastrophen.«

»Abwendung.«

Im Laufe des Rituals wurde fünfzehn Gottheiten geopfert, wobei mehrfach zwei Gottheiten gleichzeitig geopfert wurde. Das Ritual wurde zwölf Mal wiederholt und erforderte zwölf verschiedene Texte, wobei jede der drei Familiengenerationen eigener Beschwörungen bedurfte. Jede Gottheit war verantwortlich für eine bestimmte Aufgabe, und von jeder Gottheit erbat man sich unterschiedliche Dienste, weswegen jedes Mal ein neues Ritual durchgeführt werden musste.

»Wir opfern den Göttern der Fünf Richtungen und bitten sie um ihren Segen, auf dass sie Krankheiten und Plagen fernhalten mögen und die bösen Geister und Dämonen zurück in ihre Winkel treiben mögen. Wir bitten darum, dass die Fünf Elemente sich nicht gegenseitig bekämpfen, sondern dass sie in Harmonie miteinander treten und dass die Fünf Geschicke aufblühen, die Fünf Körner reifen mögen und dass der Friede in allen Fünf Richtungen des Landes gedeihen möge.

Wir opfern unseren Vorfahren und bitten sie darum, Frieden für alle drei Lebenszeiten zu sichern, gutes Geschick über die Familie zu bringen, Glückseligkeit zu schenken und Krankheiten fernzuhalten.

Wir opfern dem Herrn der Medizin und bitten ihn um seine Rezepturen für alle erdenklichen Krankheiten, und um seine magische Formel, mit der alle Seuchen ausgemerzt werden können.

Wir opfern den Göttern des Viehs und bitten sie um Schutz für all unsere Tiere. Mögen sie sie von Krankheiten verschonen und ihnen nichts als gute Gesundheit schenken.

Wir opfern dem Küchengott und bitten ihn um geweihtes Wasser und möge er jegliches Feuer von unserem Haus fernhalten.

Wir opfern dem Erdgott und bitten ihn, unsere Felder von üblen Einflüssen zu befreien, die vier Jahreszeiten normal walten zu lassen und uns Gesundheit zu schenken, auf dass wir unsere Felder bestellen können.

Wir opfern den Türgöttern und bitten sie, ihre Gnade in unser Haus zu schicken und nur männlichen Nachwuchs zuzulassen.

Wir opfern den Vorfahren unserer drei Generationen und bitten sie um Schutz für einen jeden von uns und Glück für uns alle.

Nachdem die Opfergaben an die Gottheiten vergeben und die Tafeln verbrannt worden waren, war von dem Opfergeld nur mehr ein kleines Aschehäufchen übrig. Kerzen flackerten inmitten einer Wolke schwarzen Rauchs und der gesamte Raum war in Dunkelheit getaucht. In der Asche glimmten noch Nadelgraszweige und das in Hirseschnaps gekochte Ei, das für den Erdgott bestimmt war. Kleine blaue Flammen züngelten empor, begleitet von einem Knacken und Knistern und einem sonderbaren, verkohlten Geruch. Laoshun und Hantou trugen Asche, Papier und Getreidehalme und folgten dem Onkel bei der Verabschiedung der Gottheiten. Auch fünf farbige Banner trugen sie zu der Stelle, an der Laoshun die Erde aufgehoben hatte. Sie verstreuten die Asche und verbrannten das Papier und die Getreidehalme. Dann kniete der Onkel nieder und begann zu beten:

und Dämonen, die es nicht ertragen könnten, einem der ihren kopflos in dem Essig zu begegnen, zumal mit den zugesetzten Haaren darin. Sie würden sicherlich in Panik davonstürzen. Zumindest haben unsere Vorfahren uns das so erzählt.«

»Mit Essig lassen sich böse Geister vertreiben. Alle feindseligen Dinge fürchten sich vor Essig, sage ich euch!« Laoshuns Schwager schlug sich auf die Schenkel.

»Was ist mit dem Essig aus der Schöpfkelle geschehen? Geht und holt ihn. Es wäre zu schade, ihn wegzuschütten. Ein kleiner Schluck wird jedem von uns guttun und die Kinder immun gegen Krankheiten machen.«

Mengzi kam mit dem Essig und der Onkel tat den ersten Schluck. Die anderen taten es ihm gleich. Dann schickte der Onkel Mengzi in die Küche, denn auch die Frauen sollten von dem Essig trinken.

»Essig tötet Bakterien«, bemerkte Lingguan. »Essig im Raum zu versprühen, wenn die Grippe umgeht, kann helfen, die Verbreitung von Keimen zu verhindern. Vielleicht geht es beim Schwingen des Essigsteins um dasselbe Prinzip.«

»Geh mir weg mit Büchern!«, murrte der Onkel. »Was du in Büchern findest, ist nichts als wissenschaftlicher Unsinn, mit dem Unerklärliches erklärbar gemacht werden soll. Warum willst du etwas erklären, was keiner Erklärung bedarf? Mit der Vertreibung von Geistern ist es dasselbe. Sind sie einmal vertrieben, werden die Menschen wieder gesund und Frieden kehrt in die Häuser zurück. Darum geht es und um nichts anderes. Es besteht kein Anlass dafür, dies wissenschaftlich erklären zu wollen. Je mehr man sich auf die Wissenschaft verlässt, desto unwissenschaftlicher wird man.«

»Das ist wahr«, pflichtete der Adjutant ihm bei. »Geister sind eben Geister, und sie bleiben immer was sie sind, egal, ob du sie als biologische Informationen oder elektromagnetische Wellen bezeichnest. Für Wissenschaftler sind sie biologische Informationen, aber für uns nur Geister. Genauso wie Kartoffeln bei anderen Leuten Erdäpfel heißen. Es handelt sich um ein und dasselbe Ding. Und dieses Gerede vom Austreiben des Aberglaubens! Alles Unsinn, wenn du mich fragst.«

Laoshun musste lachen. Er war stets der erste, der lachte bei solchen Gelegenheiten, egal ob er die Diskussion verstand oder nicht.

»Manche Dinge sind wirklich schwer zu verstehen«, fuhr der Adjutant nachdenklich fort. »Die menschliche Lebensspanne zum Beispiel. Wer sagt denn, dass die Leute, die wirklich Ahnung von Wissenschaft und Ernährung haben, am Ende nicht die sind, die sogar früher sterben? Nimm meine Großmutter zum Beispiel. Sie hat sich ihr Leben lang von nichts anderem ernährt als Kartoffeln und Hirsebrei. Heute ist sie neunzig und erfreut sich bester Gesundheit.«

»Du hast völlig Recht«, antwortete Lingguan. »Diese Dinge sind schwer zu beurteilen. Manchmal scheint es, als würden immer mehr junge Leute, die sich mit wissenschaftlichen Methoden auseinandersetzen, sterben. Ich habe von einem Bezirk in Beijing gehört, Zhongguancun heißt er, dort kommt es zu auffällig hohen Todeszahlen unter Wissenschaftlern. Also, mir ist das mit der menschlichen Lebensspanne nach wie vor ein Rätsel.«

»Der nördliche Wagen herrscht über das Leben, der südliche über den Tod«, sagte der Onkel lächelnd. »Hast du nicht die Inschriften auf den Tafeln gelesen? ›Gottheit des nördlichen Wagens, verantwortlich für ein langes Leben und die Abwehr von Katastrophen‹. Ihre Aufgabe ist die Lebensspanne des Menschen. Sie kann dich vor Unheil schützen und dir so ein langes Leben ermöglichen.«

»Es war einmal ein treuergebener Sohn, der noch an seinem Lebensabend das Feld bestellte«, begann der Adjutant zu erzählen. »Lü Dongbin, einer der Acht Unsterblichen, erschien ihm als taoistischer Mönch, um ihm die Erleuchtung zu bringen. Als der Mann ihn aus der Ferne sah, warf er seine Peitsche fort, rannte zu ihm herüber und sprach ›Ich habe lediglich dies bisschen Geld bei mir, Großvater. Warte hier auf mich, während ich nach Hause laufe und mehr besorge.‹ ›Morgen Mittag wirst du tot sein.‹, erwiderte Lü Dongbin. ›Warum also pflügst du noch deinen Acker?‹ Der Mann brach in Tränen aus, als er die Nachricht hörte. Lü fuhr fort: ›Heute um Mitternacht werden zwei alte Männer auf dem Berg Hua chinesisches Schach spielen. Begib dich mit einem Krug voll Schnaps dorthin, aber sprich kein Wort. Knie dich neben sie und fülle ihre Becher nach, sobald sie leer sind. Dann bitte denjenigen, der auf der nördlichen Seite sitzt, dein Leben zu verlängern, sobald er deinen Krug geleert hat. Sie werden deinem Wunsch nachkommen.‹ Der Mann tat, wie ihm geheißen und tatsächlich fand er auf dem Berg zwei schachspielende Männer vor. Also kniete er nieder, füllte ihre Becher mit Schnaps und bat um ein langes Leben. Der alte Mann schimpfte mit Lü Dongbin und warf ihm vor, sich in seine Geschäfte einzumischen. Doch ihm blieb nichts anderes übrig, als das Leben des Mannes von neunzehn Jahren auf neunundneunzig Jahre zu verlängern. Ha! Genau das ist der Grund, warum wir wissen, dass der nördliche Wagen für das Leben, und der südliche für den Tod verantwortlich ist.«

»Eine nette Geschichte, doch beweisen kann sie niemand«, entgegnete Laoshun und schickte Lingguan in die Küche, um nach dem Huhn zu sehen.

»Alles ist wirklich, solange du glaubst, und alles ist unwirklich, sofern du nicht glaubst«, sinnierte der Adjutant.

Lingguan kam mit dem fertig zubereiteten Huhn zurück. Laoshun lachte und sagte: »Wen kümmert es, wer nun für das eine und wer für das andere verantwortlich ist! Lasst uns essen und trinken!

Alle lachten und setzten sich gemeinsam an den Tisch, nachdem sie sich die Hände gewaschen hatten.

12

Der Brauch sah vor, dass an den kommenden drei Tagen kein Besuch gestattet war. Zum Zeichen dessen befestigte Laoshun ein Stück roten Stoff an der Haustür.

Ein Grund dafür war, dass man vermeiden wollte, dass familiäre Geister unbemerkterweise Geister von Fremden mit ins Haus brachten. Jedes Tor und jede Tür verfügte über einen Wächter, der die Seelen verstorbener Familienmitglieder hineinließ, jedoch machtlos war, wenn Störenfriede fahrlässig böse Geister mitbrachten. Dies erklärte auch, warum die Geister der Familienmitglieder schuld daran waren, wenn fremde Geister Lebende zu Schaden brachten. Im Rahmen von Opferritualen für die Ahnen einer Familie war deshalb stets das Ziel, für die Vorfahren zu beten, böse Kräfte auszutreiben und – vorrangig vor allem anderen – keinen fremden Geistern Zutritt zum Haus zu gewähren. Da dies in der Regel nie gelang, wurde das Ritual des Essigsteins eingeführt, mit dessen Hilfe sämtliche Geister, gute wie böse, ausgetrieben wurden. Auch dem roten Stofftuch wurden diesbezüglich magische Kräfte nachgesagt, auch wenn der Türgott nicht die Macht besaß, Familienmitglieder auszuschließen.

Ein weiterer Grund bestand im Blockieren besonderer Außenseiter, dem Prinzip des Yin – mit anderen Worten: Frauen. Sie trugen die schmutzigste, unheilvollste Last mit sich: Das Blut der Menstruation. Sie galt es auszusperren. Das rote Stofftuch sprach seine eigene, deutliche Sprache: Kommt an einem anderen Tag!

Mengzi konnte die durch das Opferritual auferlegte Stille im Haus nur schwer ertragen. Er vertrieb sich die Zeit mit dem Lesen von Büchern über Kampfkunst und suchte angestrengt nach einem Grund, das Haus, wenn auch nur kurzzeitig, verlassen zu können, als er plötzlich jemanden von draußen rufen hörte.

Er schaute durch einen Spalt in der Tür und erkannte seine Schwester Lanlan mit ihrem Mann und ihrem Esel. Laoshun war unschlüssig, als Mengzi ihn fragte, ob er die Tür öffnen solle. Der Brauch sah eindeutig vor, dass drei Tage lang kein Besuch gestattet war. Lanlan war hochschwanger, was bedeutete, dass sie ein Übermaß an Yin mitbrachte. Außerdem hatte Bai Fu den Esel dabei, was bedeuten musste, dass es mit der Befruchtung offenkundig nicht geklappt hatte. Laoshun war sich der Bedeutung des Rituals und der Anbetung der Gottheiten bewusst. Während er unschlüssig von einem auf das andere Bein hüpfte, mischte seine Frau sich ein.

»Öffnet die Tür und lasst sie herein. Sie sind keine Fremden. Wir können unserer eigenen Familie den Eintritt nicht verweigern.«

Mengzi lief hinaus und öffnete das Tor. Beim Anblick seiner hochschwangeren Tochter sank Laoshun das Herz in die Hose. Das gesamte Ritual war vergebens, sagte er zu sich selbst. Er murmelte eine Begrüßung und ging an den Gästen vorbei nach draußen. Nach wenigen Schritten hielt er jedoch inne, drehte sich um und sagte zu Bai Fu:

»Hat wohl nicht funktioniert beim letzten Mal? Wenn du willst, begleite ich dich zum Handlosen Wei.«

Der Hengst von Wei wieherte, als er Bai Fus Eselin sah. Sofort versuchte er, die Eselin zu besteigen. Sie schmatzte mit den Lippen, Schaum trat vor ihr Maul.

»Dieses Mal musst du dich ein bisschen mehr anstrengen und deinen Job richtig erledigen«, sagte Laoshun und lachte.

»Wenn ihr in solcher Eile seid, warum tust du es nicht gleich selbst?«, scherzte der Handlose Wei.

»Du bist prädestiniert für diesen Job«, entgegnete Laoshun, während im selben Moment jemand hinter ihm in Lachen ausbrach. Es war Wuzi.

»Was gibt es zu Lachen, Wuzi?«, fragte Laoshun den Jungen. Wuzi beobachtete die Eselin wortlos. Laoshun hatte den Eindruck, als stimme etwas nicht mit dem Jungen, vermochte aber nicht zu sagen, was es war. Scherzend sagte er: »Na, mein Junge, könntest du auch eine Frau gebrauchen?«

Die Eselin war drei Jahre alt und noch nie tragend gewesen. Es dauerte eine Weile, bevor das Tier es sich gefallen und den Hengst gewähren ließ.

Wuzi starrte wie gebannt auf den Hengst in Aktion. Sein Gesicht rötete sich und seine Nasenflügel bebten. Er atmete schwer. Dann schrie er gellend auf. Ein Schrei, der keine menschlichen Züge trug. Sein Gesicht war zu einer Fratze geworden, gekennzeichnet von einem Ausdruck, der zwischen unerträglichem Schmerz und vollkommener Ekstase wechselte. Sein Blick glich dem eines wilden Tieres. Dann lenkte Wuzi seinen Blick urplötzlich auf Lanlan, die sich zusammen mit Lingguan der Gruppe näherte.

»Wuzi!«, schrie Laoshun lauthals und warf die Zügel in den Sand. »Wuzi!«

Lanlan blieb keine Zeit zu reagieren. Schon hatte Wuzi sie erreicht, umklammerte sie und biss ihr in die Lippen. Ein Biss wie von einem Tier. Lanlan schrie auf, von Panik erfasst. Wuzi ließ nicht von ihr ab. Er packte sie mit beiden Händen, drückte sie gegen eine Wand, presste seinen Unterkörper zwischen ihre Schenkel und begann, sie mit unbändiger Kraft zu bearbeiten.

Lanlan war keine schwache Frau, jedoch hochschwanger. In diesem Augenblick war sie vollkommen überrascht von dem unerwarteten Angriff.

»Schluss damit!«, rief Laoshun, sprang nach vorne und verpasste Wuzi ein paar Schläge von hinten auf den Rücken. Wuzi stieß Laoshun zur Seite. Lanlan gelang es für einen Augenblick, dem stinkenden Mund von Wuzi zu entkommen. Sie schrie unaufhörlich, während sie verzweifelt versuchte, Wuzis hochrotes, verzerrtes Gesicht von sich zu schieben. Er aber gewann erneut die Oberhand und presste sich hart gegen sie. Plötzlich warf sich Bai Fu auf Wuzi und zog ihn von hinten an den Haaren. Schließlich gab Wuzi nach und Lanlan gelang es, sich aus der Umklammerung zu befreien. Panisch rannte sie davon.

Zu dritt gelang es den Männern schließlich, Wuzi zu bändigen, der augenblicklich in sich zusammensackte, wie ein luftleerer Ballon. Er lächelte idiotisch. Sein Blick war glasig und leer.

»Dem ist nicht zu helfen«, ächzte Laoshun, sichtlich erschöpft und mitgenommen. Gemeinsam mit Lingguan begleitete er den Jungen schließlich nach Hause.

Der Lahme schien von dem Vorfall wenig überrascht zu sein. »Du Tier!«, fluchte er in Richtung seines Sohnes. Dann tat er einen langen, verzweifelten Seufzer, hockte sich auf den Boden und holte seine Pfeife aus der Jackentasche. Wuzi schien benommen, aber das Lächeln war nicht aus seinem Gesicht gewichen. Nun wirkte er vollkommen friedlich. Nichts ließ erahnen, auf welch brutale Weise er eben erst eine schwangere Frau attackiert und misshandelt hatte.

»Lass es gut sein«, sagte Laoshun zu dem Lahmen. »Der Junge ist einfach nicht richtig im Kopf.«

Der Lahme antwortete mit einem weiteren langen Seufzer.

»Er kann nichts dafür. Er ist krank und gehört in ein Spital.«

»Das muss der Himmel entscheiden«, entgegnete der Lahme.

Lingguan interpretierte Wuzis idiotisches Lächeln als Zeichen von Zufriedenheit. Er schien etwas zu genießen. Sein Gesichtsausdruck war der eines glücklichen Menschen. Dieses Lächeln eines Besessenen war zugleich angsteinflößend als auch faszinierend.

Mit einem Mal erlosch das Lächeln in Wuzis Gesicht und ein Funkeln trat aus seinen Augen. Seine Nasenflügel bebten und sein Atem begann zu rasen. Lingguan folgte dem Blick seiner Augen. Er fiel auf Huilanzi, der Frau von Dorfvorsteher Sun Datou, die sich an der Tür mit Wuzis Mutter unterhielt. Wuzi schrie gellend auf und stürzte auf die Frau zu. Noch ehe sie realisiert hatte, was geschah, hatte Wuzi sie bereits auf den Boden geworfen.

»Verflucht noch mal!«, rief Wuzis Mutter. »Beeil dich, alter Mann!«

Der Lahme tat einen Satz auf seinen Sohn zu, ergriff einen Lederriemen, der aus seiner Tasche hing und begann, auf seinen Sohn einzuschlagen. Wuzi schrie auf, sein Gesicht zu einer Grimasse verzerrt. Er wandte sich zu seinem Vater, dann aber riss er seinen Kopf zurück und stürzte sich wieder auf die Frau. Sein Körper schien von Krämpfen geschüttelt.

Die Peitsche fuhr ein ums andere Mal auf Wuzi herunter. Huilanzi schrie in panischer Angst wie eine Verrückte.

Laoshun griff nach der Peitsche. »Das reicht!«.

»Dieses Tier! Diese verdammte Bestie. Schande bringt er über unsere Familie.«

Der Lahme ließ die Peitsche auf den Boden sinken, griff seinem Sohn in die Haare und verpasste ihm ein paar Ohrfeigen.

Laoshun und Lingguan packten Wuzi an beiden Armen und zogen ihn weg. Die Frau zitterte am ganzen Körper, ihre Lippen bluteten.

Wuzi brüllte wie ein Stier. Noch immer hielt er den Blick starr auf die am Boden kauernde Huilanzi geheftet, seine Augen gerötet und blutunterlaufen.

»Du Tier!«, schrie der Lahme über den Hof.

13

Seit Wuzi sie überfallen und auf den Boden gepresst hatte, plagte Lanlan die Angst um ihr ungeborenes Kind. Auf Drängen der Mutter hatte Mengzi einen Arzt gerufen, der Lanlan untersucht und ihr den Puls gemessen hatte.

»Kann gut sein, dass es nichts ist«, lautete seine lakonische Antwort. Laoshun runzelte die Stirn. So eine Aussage war nicht mehr wert als das, was Doktor Huang von sich gegeben hatte. Kann sein? Was zum Teufel sollte das heißen? Er reichte dem Arzt eine Zigarette. Der bemühte sich daraufhin zu einem »Keine Sorge, es geht ihr gut.« Das beruhigte Laoshun zumindest ein wenig.

Doch als er das Rezept sah, auf dem gleich mehrere Medikamente standen, trieb es erneute Sorgenfalten auf Laoshuns Stirn. Die Sau war gestorben, was einen erheblichen finanziellen Verlust bedeutete. Das Opferritual war ebenfalls kostspielig gewesen. Nun also eine ganze Reihe an Medikamenten, die sicher nicht billig werden würden. Alles lief schief. Niedergeschlagenheit und Wut machten sich in ihm breit. Er brauchte ein

Ventil, um die schlechte Laune herauszulassen, also sagte er in schroffem Ton zu seiner Frau:

»Was soll ihr schon groß fehlen?«

»Sie ist schwanger und ihr Bauch tut weh. Reicht das nicht?«

»Sie ist verweichlicht. Einmal ist es der Kopf, dann wieder hat sie Fieber. Nun ist es der Bauch. Woher willst du wissen, dass dem Baby etwas passiert ist? Vielleicht passt es ihr nur nicht, ein einfaches Leben zu führen! Du warst damals am Tag nach der Geburt der Kinder bereits wieder mit der Hacke auf dem Feld. Wir verhätscheln sie einfach zu sehr.«

»Da sagst du etwas«, entgegnete seine Frau. »Vielleicht sollten wir Großmutter Qi bitten, etwas für sie zu tun.«

»Unsinn!«, schnauzte Laoshun. »Alles, was dir einfällt, ist Großmutter Qi!«

»Der Tod der Sau war schon merkwürdig. Was heute geschehen ist, war ebenfalls merkwürdig. Überleg doch mal! Die Tatsache, dass Wuzi heute … Das alles fühlt sich für mich nicht normal an. Außerdem …«

»Außerdem was?« Laoshuns Geduld war bereits arg strapaziert. »Verschone mich bitte mit deinen abstrusen Gedanken!«

»In Ordnung«, antwortete seine Frau. »Ich halte meinen Mund. Aber wenn etwas passiert, dann wirst du die Verantwortung übernehmen!«

Bai Fu machte sich nach dem Essen mit dem Esel auf den Nachhauseweg. Lanlan und Yindi blieben zurück. Seit dem kurzen Disput mit seiner Frau quälte Laoshun insgeheim die Angst, dem Baby könne doch etwas zugestoßen sein. Wenn dem so war, würde es sicherlich Ärger mit Bai Fu geben. Aber er konnte Lanlan in ihrem Zustand nicht nach Hause schicken. Frustriert schaute er seinem Schwiegersohn hinterher und vergrub die Hände in den Taschen.

14

Lanlan setzte sich mit Ying Er zusammen. Sie weinte, da sie von der Stadt wegen Missachtung der Familienplanungsvorschriften zu einer Geldstrafe in Höhe von fünftausend Yuan verurteilt worden war. Bei Nichtzahlung drohte ihr eine Zwangsabtreibung. Ihre Schwiegermutter hatte Lanlan zu ihrer eigenen Familie geschickt, um den geforderten Betrag zu borgen. Laoshun schnaubte vor Wut.

»Was sagst du da? Fünftausend Yuan? Von mir? Ich habe selbst nichts als meine alten, rostigen Knochen!«

Sofort begann Lanlan wieder zu schluchzen, Ying Er tat es ihr gleich.

Yindi näherte sich Ying Er, nahm ein Taschentuch und begann, ihrer Tante die Tränen abzuwischen. Ying Er umarmte ihre Nichte und weinte nur umso mehr. Laoshuns Frau schneuzte in ein Taschentuch und wandte sich an ihren Mann:

»Mag sein, dass du kein Geld hast, aber das ist noch lange kein Grund, so mit ihr umzugehen. Sie kommt selten genug zu Besuch. Da hast du es nötig, sie noch herunterzuputzen? Es ist schlimm genug, dass andere sie ständig schikanieren. Warum kann das arme Kind bei uns nicht ein wenig Ruhe haben?« Laoshun verstummte.

»Wenn du weinen musst, dann ist es gut. Vielleicht erleichtert es dich ein wenig.«

»Es ist mir schon klar, wie hart das Leben für euch ist«, begann Lan Lan. »Es ist nur so, dass wir einfach keinen Ausweg finden. Wenn es anders wäre, hätte ich bestimmt nichts gesagt.« Laoshun tat einen laut vernehmbaren Seufzer.

Ying Er hielt ihre Nichte noch immer im Arm. Sie rang sich ein Lächeln ab und fragte:

»Kannst du die Lieder noch, die ich dir beigebracht habe?«

»Ja, ich denke schon.« Daraufhin begann Yindi mit ihrer wunderbar sanften Stimme einige Kinderlieder zu singen.

»Das machst du toll!«, lobte Ying Er sie. Dann wandte sie sich ihrer Schwägerin zu.

»Ich kenne meinen Bruder Bai Fu und sein Temperament. Er liebt Schmeicheleien, aber wehe einer sagt etwas, das ihm nicht gefällt. Sogar mit meinen Eltern hat er sich angelegt. Ich kann mir nur zu gut vorstellen, wie schwer er dir das Leben macht.«

»Was bringt es, darüber noch zu reden?«, sagte Lanlan mit einem Lächeln. Dann brachte sie ihren Mund ganz nah an Ying Ers Ohr und flüsterte: »Ergeht es dir denn nicht genau so? Ich kenne meinen Bruder. Er ist so gefühlvoll wie ein Stück Holz. Da fällt es einer Frau nicht leicht, ihre Gefühle zu zeigen.«

»Weg mit dir«, antwortete Ying Er und stieß Lanlan von sich.

»Aber er hat ein gutes Herz. Als ich klein war und ihn absichtlich ignorierte, hat er alles getan, um meine Aufmerksamkeit zu gewinnen. Ich hatte immer das Gefühl, er hätte mir gerne einmal sein Herz ausgeschüttet.«

Ying Er wusste nicht so recht, was sie auf Lanlans Worte entgegnen sollte. Sie errötete plötzlich, als erinnere sie sich an eine bestimmte Situation aus der Vergangenheit.

»Sei nicht zu streng mit ihm«, flüsterte Lanlan ihr zu. »Und mach nicht eines Tages Schluss mit ihm, nur wegen irgendeines dahergelaufenen Typen mit geöltem Haar, der dich anlächelt. Hörst du?«

»Pass du lieber auf dich selbst auf«, erwiderte Ying Er lachend. »Du bist doch diejenige, um die man sich Sorgen machen muss. Du flirtest mit jedem Jungen im Produktionsteam, bis du es nicht mehr unter Kontrolle hast!«

Lanlan bekam ein knallrotes Gesicht. Sie musterte ihre Schwägerin eine Weile, bevor sie entgegnete:

»Ich bin nicht wie du!«

»Ich vermisse dich so«, sagte Yindi und nahm Ying Ers Hand.

»Ich vermisse meine kleine Nichte genauso«, antwortete Ying Er und gab dem Mädchen einen Kuss.

»Ich muss dir viel erzählen«, fuhr sie fort.

»Meine kleine Yindi hat ein Geheimnis?« Ying Er beugte sich zu dem Mädchen herunter und hielt ihr Ohr an deren Mund.

»Ich will aber nicht, dass es jemand hört«, sagte Yindi und zog ihre Tante an der Hand aus dem Raum. Dann schaute sie sich einmal um und sagte im Flüsterton: »Ich habe eine Stoffpuppe für meinen kleinen Bruder in Mamas Bauch gekauft.«

»Oh! Meine kleine Yindi ist schon so erwachsen! Und wo hast du das Geld dafür her?«

»Du hast mir Geld gegeben, und Onkel Mengzi, und Onkel Lingguan und Großmutter! Die Puppe hat einen langen, weißen Bart und sie ist rot. Ich mag sie sehr, aber ich spiele nicht mit ihr, denn dann geht sie bestimmt kaputt.«

»Mach dir keine Sorgen«, antwortete ihre Tante und strich ihr über die Wange. »Spiel ruhig damit. Falls sie kaputtgeht, kaufe ich dir eine Neue.«

Das Mädchen schüttelte den Kopf.

»Nein, die Puppe ist doch für meinen kleinen Bruder. Ich freue mich auf meinen kleinen Bruder. Und Mama freut sich auch. Mama hat mich gefragt, ob ich wüsste, was es dieses Mal wird und ich habe so getan, als wäre ich ein Junge, der strullert. Mama hat gelacht.«

»Meine Yindi ist die Beste!«

»Papa sagt, ein Junge kann für die ganze Familie sorgen. Ein Mädchen muss zu einer anderen Familie gehen, egal wie gut sie ist. Papa sagt, zehn fleißige Mädchen taugen weniger als ein blinder Junge. Glaubst du nicht auch, dass es wundervoll sein muss, ein Junge zu sein?«

»Ich glaube, er redet Unsinn.«

»Das sollst du nicht sagen.« Yindi stieß ihre Tante von sich und sagte mit düsterer Miene:

»Was du gerade gesagt hast, kann den kleinen Bruder in Mamas Bauch in eine kleine Schwester verwandeln.«

Ying Er lachte und meinte: »Schon gut, ich sage ja nichts.«

»Ich verstehe das nicht, Tante. Papa hat gesagt, ich hätte meine kleinen Brüder zu Tode gehext.«

»Das ist Unfug.« Ying Ers Gesicht verfinsterte sich. »Hat er das wirklich gesagt?«

»Ja, das hat Papa gesagt. Ich dachte, ich könnte ihm einen kleinen Bruder hexen, aber als ich ihm das gesagt habe, hat er mich geschlagen. So fest hat er mich noch nie geschlagen.«

»Na, der kann etwas erleben, wenn ich ihn treffe. Er sollte sehr froh sein, dich zu haben. Wie kann er so stumpf und gefühllos sein! Sag mal, Yindi, hasst du deinen Papa?«

»Nein.« Sie schüttelte den Kopf. »Natürlich nicht. Aber warum hat er mich geschlagen?«

»Warum?« Ying Er hielt den Kopf des Mädchens und strich ihr zärtlich über die Haare. »Weil er dumm ist. Du hast nichts falsch gemacht. Aber bitte sprich nicht mehr vom Verhexen, hörst du?«

Yindi nickte, fügte aber noch hinzu: »Dann sage ich Papa, dass ich ab heute keine kleinen Brüder mehr verhexen werde, richtig?«

»Das tust du auf keinen Fall!« Ying Er stellte sich wütend. »Du sagst ab heute nie mehr etwas vom Verhexen, hast du mich verstanden?«

Yindi nickte.

»So ist es gut, meine kleine Nichte.« Ying Er küsste Yindi auf die Stirn. »Ich gehe jetzt wieder hinein, oder möchtest du mir noch etwas sagen?«

»Tante, Mama sagt, dass der Onkel sehr krank ist.« Erneut schaute sich das Mädchen um und fuhr fort: »Brauchst du Geld? Ich kann dir welches geben.«

»Wie bitte?«

»Großmutter hat Geld. Ganz viel Geld, in ihrem Kopfkissen. Geldscheine. Ich hole welche und bringe sie dir.«

»Nein, lass das bitte. Sonst wird dein Papa dich sicher wieder schlagen.«

»Ich habe keine Angst vor Papa. Wenn ich groß bin, werde ich ich es ihm zurückgeben.«

»Dein Papa braucht dieses Geld, um dir einen kleinen Bruder zu kaufen. Was würde passieren, wenn sie ihn nach dem Geld fragen und du hast es mir gegeben?«

Yindi begann zu weinen.

»Mach dir keine Sorgen, alles geht in Ordnung. Deinem Onkel wird es bald besser gehen.«

»Was können wir bloß tun?«, sagte Yindi. »Wäre es nicht toll, wenn ich ein Schwein wäre? Dann könntest du mich verkaufen und würdest viel Geld bekommen.«

»Ich mache mir keine Sorgen«, antwortete Ying Er. »Meine kleine Nichte taugt mehr als zehn gute Jungs!« Sie drückte das Mädchen und küsste sie mehrfach auf die Stirn.

15

Spät in der Nacht rief Laoshun plötzlich leise Lanlans Namen.

»Ich hätte nicht so aus der Haut fahren dürfen. Aber wir können es uns einfach nicht leisten, Getreide zu verkaufen. Ansonsten müssten wir uns für den Rest des Jahres den Mund zunähen. Ich weiß nicht, ob dir bewusst ist, in was für einer schwierigen Lage wir stecken?«

»Ich weiß«, antwortete Lanlan. »Mach dir keine Sorgen.«

»Du bist doch verärgert. Ich spüre es doch. Ich war nicht gerecht zu dir, aber was kann ich machen?«

»Ich bin nicht verärgert, Vater. Du machst dir etwas vor. Niemand gibt dir irgendeine Schuld.«

»Wir müssen lernen, mit dem zu leben, was wir haben«, seufzte Laoshun. »Und das Leben ist erst dann zu Ende, wenn wir die Augen für immer schließen.«

»Ich weiß, also gräme dich nicht.«

»Ich habe über die Jahre ein wenig zur Seite gelegt. Nicht mehr als zweihundert. Die nimmst du erst einmal. Niemand weiß davon. Das Geld war für den Notfall gedacht. Nun haben wir einen. Es ist nicht viel, aber besser als nichts. Ansonsten musst du dir selbst helfen. Bei mir ist nicht mehr zu holen.«

»Ach nein! Du alter Egoist sparst dir heimlich ein kleines Vermögen an«, sagte Laoshuns Frau, die dem Gespräch zwischen den beiden gelauscht hatte. »Du verfolgst sicher einen Plan, oder nicht?«

Laoshun schwieg.

»Ich habe es für mich klar durchdacht«, sagte Lanlan. »Wir sind nicht in der Lage, das nötige Geld aufzubringen, aber auch wenn wir es könnten, würde ich es nicht bezahlen. Ein totes Schwein fürchtet keinen Kochtopf. Sollen sie mit uns machen, was sie wollen. Angeblich gibt es im Gefängnis besseres Essen als wir es uns leisten können.« Lanlan lachte.

Nach einem Augenblick des Schweigens fuhr Laoshun fort: »Ich habe wirklich nicht viel gespart, aber ich wollte dich nicht beunruhigen.«

»Was du gesagt hast, hast du gesagt!«, lachte seine Frau. »Dann gib mir das Geld! Ich könnte einen neuen Mantel gebrauchen. Meiner fällt schon fast auseinander.«

»Hätte ich doch nur meinen Mund gehalten. Ich denke, es ist das Beste, wir legen das Geld zur Seite. Woher soll Geld kommen, wenn wirklich ein Notfall eintritt?«

»Hör auf mit deiner Schwarzmalerei! Wir können keinen Notfall gebrauchen.«

»Ich finde, Mama könnte wirklich einen neuen Mantel gebrauchen«, sagte Lanlan. »Du hast zwei erwachsene Söhne. Allein wegen ihnen solltest du dich ein bisschen anständiger anziehen.«

»Woher soll ich die schicken Sachen nehmen? Ich könnte mir eine Rippe herausschneiden, aber die will niemand. Also lass es gut sein. Ich bin eh schon halb auf dem Weg ins Jenseits. Mir genügt eine Decke, mit der ich mich zudecken kann. Ihr jungen Leute solltet euch netter anziehen! Morgen gehst du los und kaufst von Vaters Geld einen schönen Stoff und bittest Huahua, dir ein Kleid zu nähen! Sie ist eine patente Schneiderin und wird es sicherlich umsonst tun.«

»Das kommt gar nicht in Frage. Ich habe einen ganzen Kleiderschrank voll Sachen. Es war hart genug für Vater, dieses Geld abzusparen. Es wäre für mich, als wenn ich ihm ein Stück aus seinem Herzen reißen würde«, entgegnete Lanlan.

»Nimm das Geld und kauf dir etwas«, sagte Laoshun. »Mag sein, dass ich oft über Geldprobleme rede, aber wenn es um dich oder deine Geschwister geht, will ich nicht kleinlich erscheinen.«

»Vergiss es. Ich will nichts. Im Übrigen klang es nicht wirklich großzügig.«

»Allerdings«, stimmte die Mutter zu. »Alle wissen, was für ein Geizkragen du bist.«

»Als ob du anders wärst! Du hältst dich anscheinend für die große Gönnerin?«, lachte Laoshun. »Wovon hättest du all die Jahre gelebt, wenn ich das Geld nicht beisammengehalten hätte? In der Produktionsbrigade haben wir damals geschuftet, während die vier Kinder hungrig zu Hause gewartet haben. Den Hunden hätten sie dich vorgeworfen, wenn ich das Geld nicht zusammengehalten hätte.«

»Ich hätte mich lieber den Hunden vorwerfen lassen«, witzelte Lanlan.

»Es geht uns heute wirklich besser als damals«, seufzte die Mutter. Du glaubst vielleicht, dein Leben heute sei hart. Aber es ist nichts im Vergleich zu unserem Leben, als wir Kinder waren. Wir hatten nicht einmal Bettdecken. Mit unserem Mantel mussten wir uns zudecken. Wenn mein Vater sich morgens aufmachte, um für den Großgrundbesitzer zu arbeiten, lagen wir zu Hause im Bett und uns war schlecht vor Hunger.«

»Ständig sprecht ihr über Essen. Wir sind doch nicht nur zum Essen auf der Welt.«, sagte Lanlan.

»Wofür sonst? Kleidung. Und für einen Ehepartner.«

»Dann möchte ich lieber als Schwein wiedergeboren werden«, sagte Lanlan.

»Vergleiche uns Menschen nicht mit einem Schwein.«, entgegnete Laoshun. »Schweine brauchen sich nicht um Klamotten oder ähnliches zu sorgen. Fressen und schlafen ist alles, was sie tun. Ich würde auch gern als Schwein zurück auf die Welt kommen, wenn nur am Ende der Schlachter mit dem Messer nicht wäre.«

»Als ob es so einfach wäre, als Schwein wiedergeboren zu werden. Du musst zuerst einmal genug positives Karma aufbauen. Wenn du Pech hast, wirst du als Ochse wiedergeboren und musst dein Leben lang auf dem Feld schuften. Und wenn du stirbst, landest du auf den Tellern der Menschen.«

»Oh, das klingt schauderhaft«, stöhnte Laoshun und brachte Lanlan zum Lachen.

»Ochsen sind angeblich die Inkarnation des Bodhisattva. Sie leben, um den Menschen zu dienen, indem sie die Äcker pflügen und uns Milch geben. Selbst nach ihrem Tod opfern sie sich uns durch ihr Fleisch, das wir essen.«

»Das erzählen sich die Leute, aber wer weiß, was wirklich ist? Was bedeutet Vergeltung überhaupt? Warum sind immer die Bösen an der Macht? Die Reichen betrügen und intrigieren, während diejenigen, die sich an Recht und Ordnung halten, Not leiden.«

»Und fast immer sind es die armen Leute, die schwere Krankheiten bekommen«, ergänzte Lanlan. »Wie erklärst du dir das?«

»Ist der Himmel blind?«

»Wir leben nicht nur dieses eine Leben. Solange wir im jetzigen Leben genug positives Karma sammeln, ist uns im nächsten Leben etwas Besseres beschieden. Wenn wir aber in diesem Leben Schlechtes tun, dann müssen wir dafür im nächsten Leben geradestehen.«

»Ob das wirklich stimmt? Ich weiß lediglich, dass immer die Aufrichtigen leiden. Kann es denn sein, dass all diese Menschen in ihrem vorigen Leben nur Böses getan haben?« Laoshun runzelte nachdenklich die Stirn.

»Ich weiß es nicht. Es ist nur alles, was ich gehört habe.«

»Genug davon.« Laoshun drehte sich um und stöhnte vernehmlich. »Lasst uns jetzt schlafen. Je mehr wir diskutieren, desto verwirrter werde ich.«

Kapitel XIV

1

Am dritten Tag des Neujahrsfests in jenem Jahr fiel Schnee und die Temperaturen sanken innerhalb weniger Stunden. Es war der erste Schnee seit Anbruch des Winters gewesen.

Die Landbevölkerung liebte die verschneiten Tage. Beim Blick durch die Fensterscheiben sah man nichts als eine riesige weiße Fläche, die im Nichts zu enden schien. Die Menschen saßen müßig auf ihrem geheizten Ofenbett, machten ein Nickerchen, tratschten über dieses und jenes, tranken Tee und knackten Melonenkerne und überließen sich dem Nichtstun.

Nicht so Bai Fu, der gekommen war, um seine Schwiegereltern zu besuchen.

In der Nacht hatte er geträumt, dass Lanlan einen Jungen zur Welt gebracht hatte. Er hatte sogar den winzigen Penis berührt. Dann war jäh ein weißer Fuchs aufgetaucht und hatte den Säugling im Maul davongetragen. Bai Fu hatte so laut geschrien, dass Lanlan aus dem Schlaf hochgeschreckt war.

»Was ist mit dir?« Bai Fu zitterte und murmelte dann:

»Ein Fuchs!«

»Was für ein Fuchs?«

»Ein Fuchs hat unseren Jungen geholt … den Jungen, den du im Bauch trägst.« Seine Kehle war wie zugeschnürt.

»Dein Hintern lag blank. Das ist alles!« Lanlan lachte.

Bai Fu schloss die Augen und versuchte, seinen Traum zurückzuholen. Er ahnte, dass der Fuchs in seinem Traum der Fuchs gewesen sein musste, den er getötet hatte. Konnte das möglich sein? Er öffnete die Augen.

»Erinnerst du dich noch an den Fuchs, den ich damals geschossen habe?«

»Welchen Fuchs?«

»Den weißen! Die Leute sagen, weiße Füchse sind tausend Jahre alt, schwarze zehntausend. Der, den ich erschossen habe, müsste sich mittlerweile in einen Dämon verwandelt haben. Überlege doch einmal. Glaubst du nicht, dass er mich heimsuchen will?

»Was meinst du?«, sagte Lanlan verschlafen.

»Die Schamanengroßmutter hat gesagt, dass die beiden toten Jungen zu Tode gehext worden sind.« Er seufzte.

»Von wem?« Lanlan machte große Augen.

»Wer könnte es schon sein?« Bai Fu schaute zu Yindi hinüber, die fest schlief. Ihr Gesicht glühte. »Jemand in unserem Haus. Was glaubst du?« Bai Fu fuhr sich mit der Hand durch die Haare.

»Du meinst … Yindi?« Lanlan sprach ihren Namen nur zögerlich aus.

»Wer, wenn nicht sie?« Der Anflug von Wut in seiner Stimme war ihr nicht entgangen.

»Überlege doch einmal. Seit sie auf der Welt ist, sind uns zwei Jungen gestorben. Aber das ist nicht alles. Du weißt, dass sie geboren wurde, direkt nachdem ich den Fuchs getötet hatte. Kennst du die Geschichte von Fan Lihua, der Kriegerin, die ihrem Mann Xue Pinggui geholfen hat, die Feinde im Westen zu besiegen? Der blinde Alte hat sie mir erzählt. Als sie einen ihrer Gegner – Su Baotong – tötete, schlüpfte der in ihren Bauch und wurde als Xue Gang wiedergeboren. Xue Gang aber kreierte solchen Ärger, dass seine gesamte Sippe – über Hundert Personen – auf Befehl des Kaisers geköpft wurde. So hatte Su seine Rache bekommen.«

»Das hat doch nichts mit Yindi zu tun!«, sagte Lanlan. »Sie ist so ein unschuldiges, kleines Wesen. Wie könnte sie die Reinkarnation eines Fuchses sein? Ich glaube nicht daran.«

»Warum nicht?« Bai Fus Miene verdunkelte sich. »Meinst du, ich würde schlechte Dinge über meine eigene Tochter erzählen? Sie ist ein kluges kleines Kind, nicht so beschränkt wie wir beide. Denk nur an die vielen Lieder, die sie sich merken kann, obwohl sie sie nur ein einziges Mal gehört hat! Glaubst du, in unserem Dorf gibt es auch nur ein anderes Kind, das solche Fähigkeiten hat wie sie?«

»Und das soll der Beweis sein? Dann meinst du also, dass mein Vater kein kluger Mensch ist? Oder meine Mutter? Nimm Lingguan als Beispiel. Er ist auch ein kluger Kopf. Wessen Reinkarnation ist er? Ich möchte, dass du mit diesem Quatsch aufhörst!«

»Lingguan ist keine besonders helle Leuchte! Innerhalb von drei Tagen hat er es nicht fertiggebracht, mit dem Ochsen das Feld zu pflügen. Wenn er wirklich so klug wäre, hätte er die Universität abgeschlossen. Stattdessen hat er Jahre verschenkt und deinen Eltern auf der Tasche gelegen. Er kann es mit Yindi nicht aufnehmen!«

»Was ist mit mir?« Yindi war aufgewacht und schaute ihre Eltern fragend an.

»Schlaf weiter!«, schrie Bai Fu, woraufhin das Mädchen sich verschreckt wieder in ihre Bettdecke hüllte. Lanlan umarmte das Mädchen

»Meine kleine Yindi.« Sie tätschelte den Rücken des Mädchens und sagte zu Bai Fu gewandt:

»Ich möchte von deinen Ideen nichts mehr hören.«

»Was schreist du hier herum an Neujahr?« Lanlans Mutter kam ins Zimmer. »Du darfst gerne bei uns übernachten. Ansonsten geh nach draußen und schau den Leuten beim Kartenspielen zu.«

Bai Fu machte ein langes Gesicht. Er warf Lanlan einen wütenden Blick zu und vergrub seinen Kopf zwischen den Händen. Er war sich sicher, dass seine Frau einen Jungen in sich trug.

Alle Anzeichen sprachen dafür: zum einen hatte sie einen Gibber auf alles Saure. Das war traditionell typisch für einen Jungen. Scharf deutete auf ein Mädchen hin. Zum anderen betrat sie das Zimmer mit dem linken Fuß zuerst. Am Abend des Mittherbstfestes hatte Lanlan einen Rettich vom Feld des Nachbarn geklaut. Ein ebenmäßiger Rettich mit einer ausgeprägten kleinen Spitze. Ähnlich der Spitze, die er sich zwischen den Beinen seines zukünftigen Sohnes vorstellte. Dann war da noch der Schamane, den er am Leitai-See getroffen und der ihm einen Sohn prophezeit hatte. Seiner Weissagung nach würde das Kind nicht lange leben. Jemand würde es verhexen. Fortan legte er ein Messer unter Lanlans Kopfkissen und forderte sie auf, jede Nacht ein rotes Dreieckstuch, das Teil eines Opferrituals gewesen war, auf ihren Bauch zu legen.

Lanlan flüsterte Yindi etwas ins Ohr, woraufhin beide laut lachten. Bai Fu warf die Bettdecke zurück und raunzte:

»Haltet die Klappe! Wenn ihr lachen wollte, dann geht gefälligst nach draußen!«

»Du kannst gern nach draußen gehen, wenn dir unser Lachen nicht gefällt. Niemand hält dich auf. Vater ist schon emsig.«

Bai Fu ballte seine Fäuste. Zu gerne hätte er sie geschlagen, doch im Haus seines Schwiegervaters musste er sich beherrschen. Im Übrigen war

»Zu erledigen? Der Himmel schenkt uns einen Ruhetag. Also genieße ihn!«

»Los, rauf aufs Bett und mitgespielt!«, drängte Fengxiang ihn. »Es ist nur ein Kartenspiel und es geht nicht um Geld.«

»Ein anderes Mal vielleicht. Ich habe wirklich etwas zu erledigen.« Bai Fu winkte ab und verließ die Runde.

2

Der kalte Wind, der ihm draußen ins Gesicht schlug, vertrieb für einen Moment die schlechte Laune, die ihn seit dem Morgen begleitete. Das allgegenwärtige Weiß, das in die Augen stach, bildete einen eigentümlichen Gegensatz zu dem schweren Grau des Himmels, aus dem dicke Schneeflocken zu Boden fielen. Bai Fu genoss es, durch den Schnee zu stapfen. In diesem Moment fühlte er sich stark und eins mit sich selbst. Das war nicht immer so.

Er ging ein Stück des Weges und erneut kehrten die Bilder seines Traums zurück und setzten sich in seinem Kopf fest. Seine Stimmung wurde düsterer.

Urplötzlich kam ein schwarzer Hund aus einer Gasse auf den Weg gesprungen. Bai Fu erschrak zu Tode. Dem ersten folgten zwei weitere Hunde, ein weißer und ein gestromter. Sie jagten einander wie junge Burschen, die ihren Mädchen hinterherlaufen. Es musste wundervoll sein, wie diese Hunde, frei und unbekümmert herumtollen zu können. Ihm fehlte dazu die Energie.

»Komm, lass uns Karten spielen!«, rief Huaqiu, der ihm durch den tiefen Schnee entgegenkam.

»Sie spielen in Beizhus Haus«, antwortete Bai Fu. »Sag einmal, du hast doch so viele Bücher gelesen. Kannst du mir sagen, wie man Träume deuten muss?«

»Soviel ich weiß, beschäftigt man sich in seinen Träumen mit den Dingen, die einen am Tag verfolgen. Du träumst also von den Sachen, die dir auf der Seele liegen.«

»Hast Du Bücher darüber gelesen?«

»Machst du Spaß?« Huaqiu lachte und zeigte auf das Haus von Großmutter Qi, der Schamanin.

»Sie weiß, wie man Träume deutet und kennt auf jede Frage eine Antwort.« Damit ließ er Bai Fu stehen und stapfte weiter durch den Schnee. »Recht hat er«, murmelte Bai Fu zu sich selbst. »Warum bin ich nicht schon früher auf die Idee gekommen?«

Die Schamanin saß an die Wand gelehnt auf ihrem Ofenbett und knackte Melonenkerne. Außer ihr war noch eine weitere ältere Dame bei ihr, eine Verwandte, wie es schien.

»Komm herauf zu uns«, lud Großmutter Qi ihn ein. »Hier auf dem Kang ist es herrlich warm!«

Bai Fu klopfte sich den Schnee von den Schuhen. »Schon in Ordnung, Großmutter. Mir ist nicht kalt.« Großmutter Qi nahm eine Handvoll Melonenkerne und reichte sie Bai Fu, der sie entgegennahm, jedoch nicht zu knabbern begann, sondern sie lediglich in der Hand hielt, um den beiden Damen in ihrem Gespräch zu lauschen.

Es dauerte eine Weile, bevor Bai Fu gewahr wurde, dass die beiden Frauen über eine Heiratsvermittlung diskutierten. Das Thema war für ihn von keinerlei Interesse, jedoch schien es die volle Aufmerksamkeit der beiden Frauen zu beanspruchen.

»Du willst mit mir reden? Also, was liegt dir auf dem Herzen? Sicher bist du nicht grundlos gekommen.«

Bai Fu brauchte einen Moment, bis er verstand, dass Großmutter Qi nun zu ihm gesprochen hatte. Warum er zu ihr gekommen war?

»Es ist nichts Besonderes«, stammelte Bai Fu. »Bloß ein Traum.«

Die Schamanin lachte. »Ein Traum sagst du? Ich fürchtete schon, es sei etwas Ernstes. Jeder Mensch hat Träume.«

»Aber dieser Traum war anders …« Darauf erzählte er Großmutter Qi von seinem Traum und davon, wie er den weißen Fuchs erschossen hatte.

»Weiße Füchse leben tausend Jahre, schwarze zehntausend«, fügte sie seiner Erzählung hinzu. »Du hättest ihn nicht erschießen dürfen! Es handelte sich ohne Zweifel um eine unsterbliche Fee, die sich jahrelang in Selbstkultivierung geübt hat.«

Sie warf Bai Fu einen prüfenden Blick zu.

»Schau, ich habe dir damals schon gesagt, dass du ein Verbrechen begangen hast!« Dann wandte sie sich ihrem Gast zu und fuhr fort: »Keiner seiner männlichen Nachkommen hat überlebt.«

»Auf keinen Fall hättest du ihn töten dürfen. Diesen unsterblichen Wesen muss man Respekt entgegenbringen.«

»Das sagen alle«, antwortete Bai Fu. »Aber dafür ist es nun zu spät. Seine Knochen sind bereits zu Asche geworden. Was kann ich noch tun? Es liegt nicht in meiner Hand.«

Die beiden Frauen tauschten einen wortlosen Blick.

Bai Fu verzog das Gesicht, legte die Stirn in Falten und stieß schließlich seinen Verdacht hervor:

»Ich vermute … mein Mädchen, Yindi … sie war dieser Fuchs.«

»Schaut her!« Großmutter Qi schürzte die Lippen und lächelte. »Kein Gedanke ist ihm zu fern!« Dann wandte sie sich ihrer Freundin zu. »Seine Tochter hat es allerdings faustdick hinter den Ohren. So jung, und doch hat sie enorme Fähigkeiten. Kennt sich mit Papierschnitt genauso gut aus wie mit dem Singen. Ein bildhübsches Mädchen mit glänzenden Augen … aus denen allerdings manchmal ein Fuchs zu blicken scheint.« Die alte Frau lachte. »Vielleicht ist sie tatsächlich ein Fuchs.«

»Lacht nicht! Mir ist die Sache zu ernst. Egal, in welche Richtung ich denke, so bleibt doch mein Eindruck, dass mit dem Mädchen etwas nicht stimmt. Seit sie geboren wurde, hat kein männliches Baby mehr überlebt. Und jedes Mal, wenn ich von ihr träume, hat sie im Traum einen Fuchsschwanz.«

»Pass auf, dass deine Phantasie nicht mit dir durchgeht«, mahnte die alte Frau. »Und wenn sie die Reinkarnation des Fuchses ist, was dann? Was geschehen wird, wird unweigerlich geschehen. Dennoch gibt dein Traum Anlass zur Besorgnis. Du solltest dir etwas einfallen lassen.«

»Das solltest du allerdings«, betonte die Schamanin. »Du musst eine Lösung für dein Problem finden.«

»Was soll ich nur tun?«, fragte Bai Fu mit deutlicher Verzweiflung in der Stimme. »Ich habe alles ausprobiert. All deine Ratschläge und Heilmittel sind wirkungslos geblieben.«

»Warum bist du dann hier?« Das Gesicht der Schamanin verdunkelte sich. »Mag sein, dass meine Kräfte wirkungslos waren. Aber ich war es nicht, die zu dir gekommen ist, um Hilfe anzubieten. Vergiss das nicht! Du solltest nicht mehr hierherkommen.«

»Nein … was ich sagen wollte, war …« Bai Fu erblasste.

»Tatsächlich hast du doch etwas bewirkt. Der erste Junge war eine Totgeburt, aber nachdem du das Ritual vorgenommen hattest, hat der zweite einen guten Monat gelebt.«

»Siehst du?«, sagte die alte Frau. »Es hat also doch gewirkt.«

»Aber …« Bai Fu verstummte.

Großmutter Qi hob den Kopf und ihre Augen formten sich zu zwei engen Schlitzen.

»Nun höre mir einmal gut zu, mein Junge. Ich habe meine Pfirsichblütenmagie schon hundert Mal angewendet, und in neunundneunzig Fällen hat sie funktioniert. Du warst die einzige Ausnahme. Warum? Weil das Kind verhext war. Das solltest du selbst wissen. Mehr will ich dazu nicht sagen. Und suche mich in Zukunft nicht wieder auf. Du vergeudest bloß deine Zeit.«

»Großmutter Qi!« Bai Fu faltete die Hände und kniete vor der Schamanin nieder. Tränen liefen über sein Gesicht.

»Es hat keinen Sinn.« Großmutter Qi lächelte kalt. »Wir sind verwandt, also werde ich ganz offen zu dir sein. Meine Kräfte sind denen deiner Tochter unterlegen. Du stehst in ihrer Schuld und ich kann nichts Übermenschliches leisten. Es gibt nichts, was ich für dich tun könnte. Das ist die Wahrheit. Und nun geh!«

»Willst du, dass ich sterbe, Großmutter?« Bai Fu wischte sich die Tränen ab und schluchzte. »Ich werde mir das Leben nehmen, wenn du mir nicht hilfst.« Er kniete ein zweites Mal vor ihr nieder und schlug mit dem Kopf mehrmals hart gegen den Fußboden. Die Schamanin schloss die Augen und würdigte ihn keines Blickes.

»Steh auf!«, sagte die alte Frau. »Ein erwachsener Mann sollte sich nicht so gehen lassen. Soweit ich weiß, gibt es nur eine Sache, wovor sich tausendjährige Füchse fürchten, und zwar vor kastrierten, weißen Hunden! Geh und finde einen! Vielleicht hilft es dir.«

»Wo in aller Welt soll ich so einen Hund finden?«, fragte Bai Fu resigniert.

3

»Blödsinn!«, raunzte der alte Meng, noch bevor er die Geschichte von Bai Fu zu Ende gehört hatte. »Dein Hintern lag blank. Du hast geträumt! Das war alles. Kein Grund, dir das Herz aus der Brust zu heulen und so ein Theater zu veranstalten. Ein tausendjähriger, weißer Fuchs und ein zehntausend Jahre alter schwarzer Fuchs? Das hat sich irgendjemand ausgedacht. Ich habe einmal einen Bau mit schwarzen Füchsen gesehen. Die waren gerade geboren. Und du sagst, sie waren schon zehntausend Jahre auf der Erde? So ein Unfug. Sie waren schwarz, weil ihre Eltern schwarz waren. Vielleicht werden sie zwanzig oder dreißig Jahre alt, aber niemals zehntausend. Erleuchtete Füchse mögen länger leben. Sie praktizieren Selbstkultivierung und beten den Mond an. Sie sind tatsächlich in der Lage, ihr Leben zu verlängern, sobald sie ein bestimmtes Niveau erreicht haben. Sie können sich in hübsche Frauen verwandeln. Solche Füchse fürchten nichts mehr als den Schlag des Donners. Im Normalfall kommen sie also durch einen Donner um. Vor kastrierten, weißen Hunden haben sie eine ganz natürliche Furcht, würde ich sagen. Das ist nichts anderes, als wenn sich eine Maus vor einer Katze fürchtet. Es liegt einfach in ihrer Natur. Kastrierte, weiße Hunde haben ein sehr starkes negatives Qi. Selbst ein starker Fuchs verliert seine Kraft, wenn er einem solchen Hund begegnet. Das ist zumindest, was ich gehört habe. Aber ich kenne niemanden, der schon einmal einem solchen Tier begegnet wäre. Heutzutage werden Füchse ein paar Jahre alt, wenn überhaupt. Dafür sorgen schon die Jäger. Sobald sie eine Spur gefunden haben, geht es den Füchsen an die Gurgel, so schlau sie auch sein mögen. Und nun überlege einmal! Wenn ein Fuchs nicht einmal in der Lage ist, sein eigenes Schicksal zu meistern, wie sollte er in der Lage sein, an einem anderen Lebewesen Rache zu nehmen?«

Der alte Meng sah Beizhu lange wortlos an. Dann fuhr er fort:

»Ich will dir eine Geschichte erzählen. In Liangzhou lebte ein Angehöriger der Manzhu, ein Beamter, in einem Yamen. Dieser Mann besaß einen kastrierten, weißen Hund. Eines Tages klopfte ein Jäger an seine Tür und wollte sich den Hund ausleihen, da er einen tausend Jahre alten weißen Fuchs ausgemacht hatte, ihn aber nicht zur Strecke bringen konnte. In dem Moment, in dem er seine Flinte angelegt hatte, war der Fuchs verschwunden. Ein taoistischer Priester hatte ihm den Rat mit dem kastrierten, weißen Hund gegeben, weswegen er schließlich das Haus des Manzhu aufsuchte. Dieser willigte ein, ihm seinen Hund für die Fuchsjagd zu borgen. In jener Nacht wurde der Beamte von einem alten Mann mit weißem Bart aufgesucht, der ihm riet, seinen Hund nicht zu verleihen. Der Manzhu antwortete, ›In Ordnung. Ich werde ihn nicht verleihen. Ich nehme ihn mit in den Yamen.‹ Der Alte verschwand, nachdem er ein Schälchen Nudelsuppe gegessen hatte. Am folgenden Tag kettete der Manzhu seinen Hund hinter dem Haus an einen Pfahl und trug seiner Familie auf, dem Jäger mitzuteilen, er habe seinen Hund mit in den Yamen genommen. Es deutete alles daraufhin, dass der Tod des Fuchses besiegelte Sache war. Der Jäger kam und hörte den Hund hinter dem Haus bellen. Es gelang ihm, den Hund über den Zaun zu heben und so verschwand er mit ihm. Auf der Höhe eines Friedhofes trafen sie schließlich auf den weißen Fuchs. Der Hund stürzte sich sofort auf ihn. Als der Jäger ihn mit dem Messer aufschlitzte, hatte er die Nudelsuppe noch nicht verdaut. Das Ende der Geschichte war: der Fuchs hatte die Gestalt des alten Mannes mit dem weißen Bart angenommen.«

»Später nahm der weiße Fuchs Rache an der Familie des Manzhu und verbreitete Tod und Verderben. Alles wurde ihnen genommen. Er erhielt die Strafe für sein nicht gehaltenes Versprechen. Aber warum erzähle ich dir das alles eigentlich? Bai Fu? Was ist mit dir? Oh Gott! Ich hätte es dir nicht erzählen dürfen. Ist doch bloß eine Geschichte. Reiner Unfug. Warum reden wir überhaupt darüber? Hei, Bai Fu! Was ist denn mit dir?«

4

Yin Di war ausgesprochen fröhlich, denn ihr Vater, der sonst kein nettes Wort für sie übrig hatte, war wie ausgewechselt und behandelte seine Tochter mit ausgesprochener Zärtlichkeit.

»Papa kann so nett sein, sogar netter als Mama«, dachte sie. »Alles, was Mama tut, ist, ihre Arme um mich zu legen, wenn sie mir Lieder beibringt. Aber Papa hat mich auf seinen Schultern bis zum kleinen Laden der Familie Lin getragen und mir etwas gekauft.«

»Was möchtest du essen, Yindi?«, fragte er seine Tochter. Sie traute sich nicht, den Mund aufzumachen, doch er fragte erneut und schließlich sagte sie: »Instant Nudeln.« »Oh, meine Kleine hat einen guten Geschmack. Sonst noch etwas?«

Yindi schaute ihren Vater mit großen Augen an. Sie wusste nichts mehr zu sagen. Für sie konnte es auf der ganzen Welt nichts Leckereres geben als einfache Nudeln. »In Ordnung, dann bekommst du einfache Nudeln.« Er nahm zwei Yuan aus seiner Tasche und kaufte drei Packungen. Sie aß mit großem Appetit. Die Nudeln schmeckten einfach köstlich. Gerade wollte sie nach der zweiten Packung fragen, als sie plötzlich innehielt. Auf keinen Fall wollte sie gierig erscheinen. Gier war das Wort, das Mama Papa vorwarf. Sie wollte eine Packung für den kleinen Bruder in Mamas Bauch aufbewahren und die dritte Packung sollte für die Mutter sein. Doch die Mutter beachtete die Nudeln gar nicht, sondern schaute nur den Vater an.

»Ist es denn die Möglichkeit?«, lachte sie. »Heute scheint die Sonne tatsächlich im Westen aufzugehen.«

»Was schaust du mich so an?«, motzte Bai Fu. »Passt es dir nicht, dass ich unserer Tochter etwas Gutes zu essen gebe?«

»Nun verhältst du dich endlich wie ein richtiger Vater.« Sie starrte ihren Mann eine Weile lang an, bevor sie Yindi bat, ihre Nudeln dem Großvater zu geben. Yindi verstand nicht, warum ihre Mutter die Nudeln nicht wollte. Sie waren so köstlich. Doch es gefiel Yindi, dass der Großvater die Nudeln bekam. Großvater war viel zu dünn. Er machte sich immer Gedanken, und das viele Nachdenken hatte ihn so dünn gemacht. Er liebte Fleisch über alles. Jedes Mal, wenn es darum ging, runzelte die Großmutter die Stirn und schimpfte mit ihm:

»Im nächsten Leben wirst du sicher als Wildkatze wiedergeboren. Dann kannst du jeden Tag Fleisch essen!«

»Hast du gewonnen?«, hörte Yindi ihre Mutter sagen.

»Ich will nur, dass sie etwas Anständiges isst«, erwiderte der Vater. »Was soll die Fragerei?«

»Ich finde es nur so merkwürdig. Nie hast du ihr gegenüber Gefühle gezeigt. Kann es wirklich sein, dass du etwas dazugelernt hast?«

Am nächsten Tag trug er Yindi auf den Schultern in ein Warenhaus in der Stadt und kaufte ihr ein Kleid. Ein wunderschönes Kleid mit blauen

Blumen und weißen Punkten. Yindi wollte es erst anziehen, wenn ihr Bruder auf der Welt war, doch ihr Vater drängte sie, es gleich anzuziehen und sie gehorchte. Es war ihr erstes Kleid, und die Kinder im Dorf umringten sie und berührten es mit ihren dreckigen Händen.

Yindi verstand nicht, warum der Vater stets grimmig blickte. Sie wollte ihn lachen sehen, aber er lachte nie. Nur wenn er sie anschaute, versuchte er jedes Mal, sie zum Lachen zu bringen. Doch sobald sie lachte, verschwand sein Lächeln und er blickte wieder finster drein.

Sie konnte nicht vergessen, dass der Vater gesagt hatte: sie habe den kleinen Bruder verhext, obschon sie nicht wusste, wie sie das angestellt haben sollte. Bedeutete das Wort hexen mit einem Messer ein Stück Holz bearbeiten? Sie erinnerte sich nicht, irgendwann ein Messer oder eine Schere in der Hand gehalten zu haben, denn die Mutter verbot ihr solche Gegenstände, mit denen man sich schneiden konnte. Ihr fehlte der Mut, den Vater zu fragen, obwohl sie es sich sehnlichst wünschte. Also hatte sie die Mutter, Tante Ying Er und die Großmutter gefragt. Jedes Mal erhielt sie dieselbe Antwort: »Kleine Mädchen sollen nicht so viele Fragen stellen.«

Yindi wollte ihren Vater so gern zum Lachen bringen, doch er lachte nicht. Manchmal bewegten sich seine Gesichtsmuskeln. Das war die Art und Weise, wie der Vater lachte. Wie kann ich ihn glücklich machen, fragte sich das Mädchen. Vielleicht mit einem Lied? Sie liebte Singen über alles. Tante Ying Er hatte ihr viele Lieder beigebracht. Alle Kinder im Dorf liebten ihren Gesang und kamen angelaufen, sobald sie sang. Nicht so der Vater. Er sah immer böse aus, wenn sie zu singen begann. Und jedes Mal schaute er sie dann mit einem ganz merkwürdigen Blick an.

Eines Tages hatte die Großmutter sie gefragt: »Yindi, was glaubst du, bekommt Mama dieses Mal?«

»Dieses Mal bekommt sie einen …« Sie ahmte einen pinkelnden Jungen nach.

»Kindermund tut Wahrheit kund«, sagte die Großmutter, lächelte und schaute zu Yindis Vater hinüber. Yindi bemerkte, dass ihr Satz dem Vater gefallen hatte, denn er lächelte. Also wiederholte sie den Satz mit derselben Geste, doch nun verschwand sein Lächeln und er wurde ernst: »Genug davon. Es reicht.« Yindi verstand nicht, warum ihr Vater so oft böse wurde.

Das einzige, was ihrem Vater wirklich Spaß machte, war das Mahjong-Spiel. Aber die Mutter mochte es nicht, wenn er spielte. Sie konnte es an ihrem Gesicht sehen, wenn der Vater zum Spielen nach draußen ging. Sie machte dem Vater jedes Mal eine Szene, wenn er nach Hause kam und das machte den Vater wütend. Manchmal schlug er die Mutter, wenn er verärgert war. Ein anderes Mal sagte er kein Wort, nahm ein Kissen, vergrub den Kopf darin und schlief eine halbe Ewigkeit. Yindi fürchtete sich vor den Launen des Vaters. Und sie fürchtete sich vor dem schlafenden Vater. Wenn er schlief, blieb sie mucksmäuschenstill und schlich auf Zehenspitzen durchs Haus, um ihn nicht aufzuwecken.

»Papa spielt so gerne Mahjong«, sagte sie zu ihrer Mutter. »Lass ihn doch spielen gehen.«

Die Mutter nahm sie in die Arme und sagte: »Du bist zu jung, um das zu verstehen. Es ist nicht nur ein Spiel. Es ist ein Fass ohne Boden, und dieses Fass könnte dich, Großvater und Großmutter, mich und sogar unser Haus verschlucken.«

Natürlich glaubte Yindi ihrer Mutter nicht. Ein Fass? Wo befand sich dieses Fass, wenn der Vater spielte? Yindi wusste, dass man zum Spielen Geld brauchte. Sie wünschte sich, erwachsen zu sein und viel Geld zu verdienen. Dann würde ihr Vater so oft Mahjong spielen können, wie er wollte. Sie dachte an Onkel Shuangfu, von dem sie sagten, er habe so viel Geld wie Blätter an einem Baum. Diese Vorstellung faszinierte sie. Sie fragte sich, ob das Geld von diesem Onkel ausreichte, um das bodenlose Fass zu füllen, von dem die Mutter gesprochen hatte.

»Wo hast du denn das gehört, du verrücktes, kleines Ding? Selbstverständlich hat Onkel Shuangfu genug Geld, um das Fass zu füllen.«

»Wenn ich groß bin, werde ich auch so viel Geld wie Onkel Shuangfu verdienen, und dann kann Papa so oft Mahjong spielen, wie er will. Aber ich möchte, dass er verliert.«

»Und warum möchtest du das?«

»Wenn er gewinnt, dann werden doch die Väter der anderen Kinder unglücklich.«

»Meine Kleine sieht aus wie ein kleines Mädchen, aber denkt wie ein Erwachsener.«

Ihre Mutter nahm sie in den Arm.

5

»Komm Yindi, Papa zeigt dir einen tollen Platz zum Spielen.«

Die Landschaft lag schneebedeckt vor ihnen und die Sonne schien leicht von Westen. Das Mädchen hüpfte wie ein Spatz vor ihrem Vater her und klatschte in die Hände. Vielleicht hatte die Mutter dem Vater von ihrem Plan mit dem Geld erzählt. Sicher war er deshalb so guter Laune und wollte ihr einen neuen Platz zum Spielen zeigen. Yindi wollte die Mutter danach fragen, doch der Vater hatte sie in die Stadt zum Einkaufen geschickt. Die Mutter konnte kein Geheimnis für sich bewahren. Doofe Mama, ich werde dir ab sofort kein Geheimnis mehr anvertrauen. Doofe Mama.

Doch die Freude, mit dem Vater hinausgehen zu dürfen, überwog.

Es fror. In den sonnenabgewandten Sandkuhlen lag Schnee. Yindi liebte Schnee und das Geräusch ihrer Schuhe, wenn sie durch den Schnee stapfte. Am liebsten baute sie Schneemänner. Groß mussten sie sein und eine Mohrrübe als Nase durfte nicht fehlen. Manchmal machte die Mutter Späße und tat so, als ob sie Yindis Nase langziehen würde. Eines Nachts träumte sie davon, eine riesige, schrumpelige Nase im Gesicht zu haben. Die Mutter weckte sie auf und Yindi war froh, dass es nur ein Traum gewesen war. Als sie ihn der Großmutter erzählte, sagte sie: »Glaube nicht alles, was die Hexe sagt!« Die Großmutter nannte ihre Mama hinter ihrem Rücken eine Hexe. Doch Yindi behielt das für sich. Sie wollte auf keinen Fall ein Plappermaul sein.

Was würde sie nun mit ihrem Vater spielen? Was hatte er vor? Gerne hätte Yindi eine Schneeballschlacht mit ihm gemacht. Schneeballschlachten waren bei den Dorfkindern sehr beliebt. Die Luft war im Winter so kalt, dass man den Atem vor dem Mund sehen konnte.

Der Schnee in den Senken war nicht dick genug, um einen Schneemann zu bauen. Trotzdem war sie glücklich, mit dem Vater draußen spielen zu können. Aber warum schaute er wieder so ernst? Und warum stöhnte er bei jedem zweiten Schritt? Warum lachte er nicht und freute sich, wie die Mutter es immer tat? Manchmal rollte sie auf dem Ofenbett von einer Ecke in die andere und lachte sich halb krumm. Ihr Vater hatte niemals so gelacht. Die Mutter machte gerne Späße, aber der Vater konnte darüber nicht lachen, sondern wurde stattdessen wütend.

»Bin ich ein guter Vater, Yindi?«, fragte Bai Fu seine Tochter.

Yindi schaute hoch zu ihrem Vater und bemerkte den sonderbaren Gesichtsausdruck, mit dem er sie musterte. Noch nie hatte er sie so angeschaut. »Warum fragt er mich das? Natürlich ist er ein guter Vater. Es gibt keine schlechten Väter, oder?« Er hatte sie geschlagen und angeschrien, aber deshalb war er immer noch ihr Vater. »Familie bleibt Familie«, hatte die Großmutter einmal gesagt.

»Natürlich bist du ein guter Vater.«

»Hasst du Papa?«, fragte er, noch immer denselben eigentümlichen Ausdruck in seinen Augen. Nun sah er so aus, als habe er geweint.

Das Mädchen schüttelte den Kopf und dachte: »Warum fragt er mich das? Hatte die Mutter wieder etwas ausgeplappert? Sie hatte ihr gesagt, dass sie den Vater hasst, wenn er sie schlägt. Doofe Mutter. Warum konnte sie das nicht für sich behalten?«

»Letztes Mal hast du Mama so fest geschlagen, dass sie rote Striemen im Gesicht hatte. Schlag Mama bitte nicht mehr. Sie weint immer heimlich. Schlag mich, wenn du sauer bist.«

Es kostete Yindi große Überwindung, ihrem Vater nicht von Onkel Shuangfu und dem Geld zu erzählen, das sie für ihren Vater verdienen wollte.

»Gut, meine Kleine. Ich verspreche, dass ich Mama nicht wieder schlagen werde. Manchmal kann sich dein Vater nicht anders helfen, weißt du? Ich bin so geboren. Mit einem schwierigen Temperament. Ich kann mich oft selbst nicht kontrollieren. Aber dein Papa hat ein gutes Herz. Glaubst du mir?«

»Natürlich hast du ein gutes Herz, sonst könntest du ja kein Papa sein«, sagte Yindi in ihrer kindlichen Art. »Mama sagt, es war hart, mich aufzuziehen. Sie sagt, ich hätte ausgesehen wie eine kleine Maus, als ich auf die Welt gekommen bin. Das ist komisch, Papa. Wie kann ich aussehen wie eine Maus? Ich glaube Mama nicht. Mama ist doof.«

Bai Fu hielt sich die Hand vor das Gesicht. Er kniete im Sand nieder und verharrte so lange Zeit. Sie waren in der Wüste angekommen. Seine Schultern zuckten.

»Was ist los, Papa?« Yindi bekam es mit der Angst. »Was ist passiert, Papa?«

Bai Fus Augen waren feucht. Er wischte sich die Tränen fort. Sie liefen weiter und weiter.

»Was ist mit dir, Papa?« Nun war das Mädchen selbst den Tränen nahe.

»Ich … hatte etwas im Auge.«

»Wirklich? Das ist nicht schön. Ich hatte auch einmal etwas im Auge. Es tat schrecklich weh und ich konnte nichts sehen. Mama hat es mir weggeleckt. Danach war wieder alles gut. Ich kann es dir auch weglecken, Papa. Soll ich?«

Das Mädchen spuckte ein paar Mal aus.

»Mama hat gesagt, man muss vorher alles Böse, was man im Mund hat, ausspucken. Komm, Papa! Ich lecke dein Auge wieder heil.«

»Nein, lass nur. Es ist schon In Ordnung.« Bai Fu wankte kurz, bevor er schließlich wieder festen Stand fand.

»Möchtest du hierbleiben? Wenn nicht, gehen wir nach Hause.«

»Ich möchte bleiben. Warum gibt es hier keine Insekten, Papa?«

»Es gibt sie nur im Sommer.«

»Wann wird es hier Sommer? Großvater Shun hat gesagt, Ratten fressen Insekten, Füchse fressen Ratten und Menschen jagen Füchse. Warum jagen Menschen Füchse, Papa? Sie sind so schöne Tiere.«

»Nichts an ihnen ist schön. Sie sind … problematisch. Komm her! Wenn du noch spielen möchtest, trage ich dich.«

Yindis Gesicht war bereits rot vor Kälte. Bai Fu nahm seinen Mantel und hängte ihn dem Mädchen um die Schultern. Dann nahm er sie huckepack und ging mit großen Schritten weiter hinein in die Wüste.

6

Yindi war selig.

Hoch oben auf den Schultern ihres Vaters hatte sie einen wunderbaren Blick. Die fahle Sonne hing wie ein Teller aus Eis am Himmel. Hier und dort zogen weiße Wolkenfetzen in großer Höhe nach Westen. Diese Wolken erinnerten sie an das Halstuch der Mutter. Oft hatte sie damit gespielt, es im Laufen hinter sich hergezogen, so dass es munter flatterte. Doch eines Tages hatte Großvater das Tuch um das Halfter des Esels gebunden. Yindi war untröstlich gewesen.

Während sie den Wolken hinterherschaute, spürte das Mädchen, dass sie wieder etwas falsch gemacht hatte. Sie hätte nicht nach einfachen Nudeln fragen sollen. Sie schmeckten köstlich, keine Frage, doch wie schnell waren sie aufgegessen! Und wenig später war sie wieder hungrig gewesen. Nein. Yindi hätte den Vater um ein Halstuch bitten sollen. Ein rotes oder ein weißes. Die Mutter bevorzugte weiß, Yindi mochte rot lieber. Am besten wäre ein weißes. Ein weißes Halstuch, das die Mutter sich um den Hals binden konnte und mit dem Yindi spielen würde. Sie bereute ihre Entscheidung. Irgendwann würde sie den Vater darum bitten. Die Mutter hatte schon sehr lange kein Halstuch mehr getragen.

Yindi brachte es nicht übers Herz, ihren Vater erneut um etwas zu bitten. »Eine gierige Person ist wie eine Schlange, die versucht, einen Elefanten zu verschlucken« hatte die Großmutter zu ihr gesagt. Sie hätte es besser wissen müssen. Der Vater war nicht einmal bereit, sich ein Paar anständige Socken zu kaufen, während sie so unverschämt gewesen war, nach einfachen Nudeln zu betteln.

Um sie herum erstreckten sich Sanddünen soweit das Auge reichte. Bis in den Himmel schienen sie zu ragen, mächtig und furchteinflößend. Als der Vater eine der Dünen erklomm, schaute sie sich nach dem Weg um, den sie gegangen waren. In der Ferne konnte sie ihr Dorf erkennen, wenn auch nur schemenhaft. Die Häuser wirkten klein wie Streichholzschachteln. Auch einige Schornsteine, aus denen schwarzer Rauch emporstieg, waren in großer Entfernung auszumachen. Der Rauch erinnerte sie an den Großvater, der tagein tagaus nichts tat als rauchen. Großvater konnte Ringe blasen, große und kleine. Yindi liebte es, ihm dabei zuzuschauen. Die Schornsteine wirkten steif. Sicherlich konnten sie nicht so schöne Rauchringe ausblasen wie Großvater es konnte. Der Rauch aus den Schornsteinen stieg kerzengerade in den Himmel. Das gefiel ihr ebenso gut.

Mit einem Mal schwankte der Vater unter ihr. Ich bin zu schwer für ihn, dachte Yindi.

»Setz mich ab, Papa. Ich kann alleine laufen.«

»Sitz nur einfach ruhig, meine Kleine. Es ist das erste Mal, dass ich dich so auf dem Rücken trage.« Er hustete. »Gefällt es dir?«

»Natürlich.«

Der Vater erschien ihr unendlich groß, so groß wie der Himmel. Er hatte breite, starke Schultern. Sie wusste, dass es wichtig war, stark zu sein. Die Leute sagten, ihr Vater könne arbeiten wie ein Ochse. Doch für sie war der Vater viel stärker als ein Ochse. Kein Ochse konnte einen Hang hinunterrennen wie er. Ganz sicher nicht. Wie konnten sie ihren Vater mit einem dummen Ochsen vergleichen?

Doch manchmal hatte der Vater auch zu viel Kraft. Zum Beispiel, wenn er die Mutter schlug. Er zog sie einfach an sich, warf sie auf den Boden und verprügelte sie. Sie war ihm gegenüber völlig wehrlos. In solchen Momenten betete Yindi, der Himmel möge ihren Vater schwach machen. Doch nie hatte der Himmel auf ihre Gebete gehört.

Angenehm schaukelnd ritt sie auf den starken Schultern des Vaters. Um sie herum Sanddünen, der blaue Himmel und Artemisiabüsche, die die eintönige Gegend wie mit kleinen Farbtupfern in ein lebhaftes Bild verwandelten. Yindi war glücklich, und doch schlich sich zum wiederholten Male ein schlechtes Gewissen bei ihr ein, denn sie fragte sich, ob sie den Vater mit ihrer Freude traurig machte.

»Lass mich herunter, Papa.« Das Mädchen wackelte hin und her, um ihren Vater dazu zu bringen, sie herunterzulassen.

»Warum? Gefällt es dir nicht?« Seine Stimme klang bedrückt.

»Schon. Aber ich bin zu schwer für dich.«

»Ich bin nicht müde, Kleine. Ich bin nicht gut zu dir gewesen. Es ist nicht deine Schuld. Es ist nur, dass du … vergiss es. Merke dir, was ich dir sagen werde, und hasse mich nicht.«

Yindi war durcheinander. Sie verstand nicht, was der Vater ihr sagen wollte. Seine Worte machten keinen Sinn. Ja, er hatte sie das eine oder andere Mal verhauen, aber das tat längst nicht mehr weh.

»Papa, du hast mir Nudeln gekauft. Das war sehr lieb von dir. Aber von heute an darfst du Mama nicht mehr schlagen, in Ordnung?«

»Von heute an? In Ordnung. Ich verspreche es dir.«

7

Die Sonne war hinter der höchsten Düne versunken und ein intensives Abendrot hüllte die Landschaft ein und strahlte auch auf Yindi.

Bai Fu setzte Yindi ab. Schweiß stand ihm auf der Stirn und rann ihm in die Augenwinkel.

»Wo sind wir?«, fragte Yindi sich. Sie rieb ihren eingeschlafenen Hintern und schaute sich um. Sanddünen, Sandmulden, Sandsträucher, Artemisia, und viele andere Dinge, deren Namen sie nicht wusste. Schließlich kam ihr in Erinnerung, dass sie einmal mit Großvater Shun und seinen Ziegen in dieser Gegend gewesen war. Wie hatte er diese Gegend genannt? Ach ja, er nannte sie »Wüste«. Sie erinnerte sich aber an einen weiteren Begriff, den Onkel Lingguan stets benutzte. Warum benutzten Erwachsene für ein und dieselbe Sache zwei Wörter? Erwachsene waren anders als Kinder, und Kinder durften nie zu viele Fragen stellen. Sie kümmerte es nicht, wie die Gegend hieß.

Es war bitterkalt. Yindis Gesicht war rot vom eisigen Wind, ihre Füße gefühllos von der Kälte. Ihre Hände schmerzten vom festen Griff des Vaters. Dennoch war sie guten Mutes. Die Wüste machte Spaß. Hier war alles anders als daheim, wo man sich beim Spielen oft schmutzig machte. Hier konnte sie im Sand rollen, ohne dass ihr Kleid dreckig wurde. Das neue Kleid. Es hatte bereits Flecken. Flecken von den dreckigen Händen der Dorfkinder. Die Wüste hingegen war reinlich. Selbst wenn sie es anders gewollt hätte, hier blieb die Kleidung immer sauber. Yindi liebte die Wüste.

Bai Fu hockte sich in den Sand und verharrte minutenlang regungslos wie eine Statue. Schließlich hob er den Blick, schaute Yindi an und sagte:

»Es wird bald dunkel. Fürchtest du dich? Du kannst hier bleiben und spielen oder mit Papa zurück nach Hause gehen, ganz wie du möchtest.«

»Ich möchte bleiben und spielen. Schau Papa! Dort oben steht die Mondsichel. Großvater Shun sagt, dass die Füchse den Mond anbeten und dass sie sich vor ihm verbeugen. Er sagt auch, dass sich ein Fuchs, nachdem er sich einhundert Jahre vor dem Mond verbeugt hat, in ein hübsches Mädchen verwandelt. Ich frage mich, ob das Mädchen genauso hübsch ist wie Tante Ying Er?«

Bai Fu starrte seine Tochter mit einem irren Blick an. Der Blick machte sie schaudern, so dass sie ihm auswich. »Habe ich wieder etwas Falsches gesagt?«, fragte Yindi sich. »Ich habe nichts davon erzählt, einen kleinen Bruder zu verhexen. Also warum schaut er mich so komisch an?«

Bai Fu wandte sich ab und murmelte: »Es scheint ihr Schicksal zu sein. Es ist nicht allein meine Schuld.«

Er stand auf, lief einige Meter in eine Senke und kehrte mit einem Armvoll merkwürdig geformter Dinge zurück, die Yindi an Salatgurken erinnerten. Lang und dünn. Sie glaubte, diese Dinger schon einmal irgendwo gesehen zu haben.

»Was hast du da?«, fragte das Mädchen, nur um sich im selben Moment zu erinnern, dass Großvater Shun damals auch diese gurkenähnlichen Gegenstände gesammelt hatte. Eselstöcke nannte er sie. Und schließlich hatte er einen dieser Eselstöcke genommen, ihn auseinandergebrochen und Yindi gezeigt. Sie waren innen mit Sand gefüllt.

»Gold«, murmelte Bai Fu.

»Was ist Gold?«, fragte sie.

»Gold? Was Gold ist?« Bai Fu hob die Brauen, bevor er antwortete: »Gold ist Gold. Kostbarer als Geld. Ein kleiner Klumpen, so groß wie dein Finger, bringt dir einen ganzen Haufen Geld.«

»Mehr als Onkel Shuangfu?«

»Sicher.« Bai Fu musterte sie mit einem seltsamen Blick. »Du weißt von Shuangfu?«

Sie lachte. Sollte sie dem Vater nun von ihrem Plan erzählen?

»Verrückte Göre.« Bai Fu fragte nicht weiter.

Yindi war glücklich. Verrückte Göre. So hatte er sie immer genannt, wenn er gespielt und gewonnen hatte. Und einen Kuss auf die Wange hatte er ihr auch gegeben. Doch dieses Mal küsste er sie nicht. Stattdessen starrte der Vater auf einen Haufen voller Gold. Wie viel mochte all das Gold wert sein? Vielleicht brauchte sie gar nicht zu warten, bis sie groß war. Aber wieso beklagte der Vater immer seine finanzielle Situation, wenn hier ein ganzer Haufen Gold vor ihm lag? Sie verstand den Vater nicht.

»Großvater hat sie Sandige Eselstöcke genannt.«

Bai Fu starrte seine Tochter an. Dann schaute er sich langsam in alle Richtungen um. Schließlich richtete er seinen irren Blick wieder auf das Mädchen.

»Diese … sie … natürlich heißen sie Eselstöcke. Aber sie sind aus Gold.« Er zerbrach einen der Stöcke, fingerte mit der Hand im Inneren des Stockes herum, bis er schließlich ein stecknadelgroßes, glänzendes Körnchen in der Hand hielt.

»Siehst du? Das ist Gold. Wir nehmen es mit nach Hause. Dort legen wir es in Wasser und befreien es von dem Sand. Ein kleines Körnchen hier, ein kleines Körnchen dort, schon hat man eine Handvoll. Dann legen wir es in eine Kelle, halten es über ein Feuer und schmelzen es zu einem großen Klumpen Gold.«

Yindi glaubte ihrem Vater. Sie hatte einmal einem Mann zugeschaut, der einen Topf hergestellt hatte. Sie erinnerte sich an das Metall, das langsam über dem Feuer flüssig und dann in eine Form geschüttet wurde.

Niemand in der Familie musste sich also Sorgen um die Zukunft machen. Die Mutter nicht, und auch die Großeltern nicht. Alles, was zu tun war, war hier in der Wüste kleine Goldkörner aus den Eselstöcken zu fummeln, daraus Gold zu schmelzen und das Gold gegen Geld zu tauschen. Yindi grübelte eine Weile. Dann, urplötzlich sagte sie zu ihrem Vater:

»Du bist schrecklich, Papa.«

Bai Fu zuckte zusammen. Hatte er richtig gehört? Seine Tochter klagte ihn an. Wieder schaute er sich unsicher um.

»Warum hast du das nicht früher erzählt? So viel Gold … Großvater hätte nicht vor lauter Sorgen weiße Haare bekommen müssen!«

»Ich … ich …«, Bai Fu fehlten die Worte. Mit offenem Mund starrte er seine Tochter irre an.

Yindi legte die Stirn in Falten und dachte angestrengt nach. Plötzlich begann sie über das ganze Gesicht zu strahlen.

»Ich kenne auch Ginseng Babies.«

»Was soll das sein, Ginseng Babies?«

»Diese hier sehen genau so aus wie Ginseng Babies. Tante Ying Er hat mir davon erzählt. Niemand kann sie fangen, denn sie verschwinden, sobald man sie fangen will. Nur gute Kinder können sie sehen. Ist es nicht so, Papa?«

Bai Fu starrte noch immer entgeistert auf seine Tochter. Nach und nach fand er wieder ein wenig die Fassung.

»Schlaues Kerlchen, meine Kleine, Du hast es wirklich faustdick hinter den Ohren. Woher weißt du das alles? Erstaunlich.«

»Dann werde ich das Kind mit dem guten Herzen sein. Ob sie sterben werden, wenn ich sie fange? Sei nicht doof, Papa!

»Natürlich nicht. Sie sind sehr einsam, glaube ich. Schau mal! Es ist sehr kalt hier … eh … wir nehmen sie mit nach Hause und waschen den Sand ab. Dann werden sie erst richtig glänzend und schön.«

Reumütig schüttelte Bai Fu den Kopf, murmelte etwas Unverständliches und schaute hinüber in Richtung eines nahen Hügels.

»Hast du roten Faden dabei?«, fragte Yindi.

»Wofür?«

»Um die Stöcke zusammenzubinden, damit sie nicht verschwinden. Wusstest du nicht, dass man Ginseng Babies mit einem roten Faden zusammenbinden muss, damit sie nicht fliehen können? Das hat Tante Ying Er gesagt. Ich bin sicher, bei diesen goldenen Babies ist es genauso.«

»Na gut. Ich besorge roten Faden und du bewachst sie und passt auf, dass sie nicht fliehen. In Ordnung?«

Mit einem Mal heulte Bai Fu laut auf. Es klang wie das Brüllen eines Rindes.

»Ich bin kein guter Mensch … ich … suche dir eine gute Familie im nächsten Leben.«

Yindi erschrak. Verschüchtert blickte sie ihren Vater an.

»Ich habe nicht gesagt, dass ich nicht auf sie aufpassen werde.«

Dann fügte sie leise hinzu: »Mach dir keine Sorgen, Papa. Ich gehe nirgendwohin.«

8

Der Mantel der Nacht legte sich über die Wüste.

Die roten Lichtstrahlen über den Hügeln wurden nach und nach von der Nacht verschluckt. Die Luft schien sich in kaltes Wasser zu verwandeln, das sich in alle Richtungen ausbreitete. Yindi zitterte vor Kälte. Papa war mit seinem gefütterten Mantel von ihr gegangen. Sie hatte darauf bestanden, dass er ihn anzog. Der Vater hatte die Augenbrauen hochgezogen, dann war er in den Mantel geschlüpft. Obwohl sie mit den Zähnen klapperte, war ihr nicht kalt, denn der Gedanke, dass der Vater nicht fror, tröstete sie. Er ist ein guter Vater, dachte sie. Er hat mir Nudeln gekauft. Sie schmeckten köstlich. Niemals werde ich den wunderbaren Duft vergessen. Bei dem Gedanken an die dampfenden Nudeln musste sie lächeln. Doch das Lächeln fiel ihr schwer, denn die Kälte machte ihre Glieder steif.

Der Mond hing wie eine Sichel aus Eis am nächtlichen Himmel. Sie starrte empor. War nicht dieser Mond wie sie selbst? Wartete er nicht auch auf seinen Vater? Auf einen Vater, der gegangen war und nicht zurückkehrte? Der Mond weinte. Die Sterne waren seine Tränen. Armer Mond. So viele Sterne, so viele Tränen. So viele Menschen wie auf der Erde leben, so viele Sterne stehen am Himmel. Das hatte Tante Ying Er gesagt. Vielleicht stimmte es. Die Tante hatte sie nie belogen. Deswegen glaubte Yindi ihr. Welcher Stern ist Mama? Welcher ist Onkel Lingguan? Und welcher ist Tante Ying Er? Das musste der schönste von allen sein. Und die Großeltern? Sicher waren das zwei alte Sterne. Alte Sterne hatten einen Bart. Ein Unglücksstern war vielleicht so ein Stern mit Bart. Großmutter hatte die Mutter hinter ihrem Rücken Unglücksstern genannt. Aber es war die Großmutter, die einen Bart hatte wie ein alter Stern. Also war die Großmutter der wahre Unglücksstern. Bei dem Gedanken lächelte sie.

Nach und nach begann sie, den Sternen Namen zu geben. Dieser dort oben war Mama, jener weiter rechts Onkel Lingguan. Doch die Sterne bewegten sich und es fiel ihr schwer, sie auseinanderzuhalten. Warum bewegten sich die Sterne? Besuchten sie einander? Ja, wenn ein Mensch einen Freund besuchte, dann bewegte sich sein Stern mit ihm. Das musste ein Sternendurcheinander geben.

Für eine Weile lenkten die Sterne sie ab, doch der kalte Wind meldete sich zurück. Yindi spürte ihre Füße nicht mehr. Mühsam stand sie auf und begann, von einem auf das andere Bein zu hüpfen. Wo war der Vater? Sicher würde er schon bald zurückkommen. Es gab keinen Grund, sich zu sorgen. Der Vater war ein schneller Läufer. Schon bildete sie sich ein, seine herannahenden Schritte zu hören.

9

Yindi betrachtete den großen Haufen »Gold« unter ihren Füßen und fühlte sich mit einem Mal leichter. Der Vater hatte so viel gefunden, dass sie sicher in der Lage waren, daraus einen Riesenklumpen zu schmelzen. Die Mutter würde sich freuen. Der Vater hatte sie mit in die Wüste genommen, weil sie das Kind mit dem guten Herzen war. Hatte der böse Mann nicht auch mit Hilfe eines guten Kindes die Ginseng Babies gefangen? Es tat Yindi leid, wenn sie an das Gold dachte. Sicher war das Gold genau so wie die Ginseng Babies. Werden sie keine Schmerzen empfinden, wenn man sie über ein Feuer hängt? Doch, das würden sie sicher. Einmal hatte sie sich an einem kleinen Funken verbrannt. Das hatte tagelang weh getan. Sie fühlte mit dem Gold. Es war nicht richtig, sie über ein Feuer zu hängen. Man konnte sie einfach so verkaufen. Es ist in Ordnung, wenn wir weniger Geld bekommen. Hauptsache, sie mussten nicht leiden.

Der Wind nahm an Schärfe zu. Das Atmen fiel ihr zusehends schwerer. Sie schüttelte sich und zog ihren Mantel enger, doch es half nichts. Tränen liefen über ihre Wangen. Sie wollte tapfer sein. Es kostete sie große Anstrengung, nicht lauthals zu weinen. Sie trocknete ihre Tränen und schaute sich nach einem windgeschützten Platz um, doch gab diese Idee sogleich wieder auf, da sie befürchtete, die Gold Babies könnten flüchten. Würden sie das wirklich tun? Schwer zu sagen. Yindi merkte, wie schlechte Gedanken von ihr Besitz ergriffen. Sie würden sicher fliehen, wenn sie gewahr wurden, was ihnen blühte, und das wiederum würde den Vater unglücklich machen. Es bedeutete, dass er seinen Kopf unter einem Kissen vergraben, dass er die Mutter schlagen und die Großmutter beschimpfen würde. Bitte seid nicht böse, Gold Babies. Ich bin kein guter Mensch, sagte Yindi. Wir sind doch Freunde. Helft mir bitte. Sie sah wie die Gold Babies nickten und sie anlächelten. Yindi lachte.

»Wir sind gute Freunde, oder nicht?«, dachte das Mädchen.

Der Vater war noch immer nicht zu sehen.

Böser Vater.

Sie war bereits steif vor Kälte. Ihr Gesicht brannte, als hätte ihr jemand tausend Nadeln in die Haut gestochen. Ihre kleinen Hände waren vollkommen gefühllos. Die Kälte sog auch die letzten Kraftreserven aus ihr heraus. Mit großer Willensanstrengung hob sie die Hände vor den Mund und blies ihren warmen Atem aus, doch sie blieben eisig und gefühllos. Ich verwandele mich in einen Eisklumpen, dachte sie. Mit einem Mal musste sie an den Eisverkäufer neben der Schule denken. Die weiße, gelbe und rote Sorte hatte sie noch nicht probiert. Wie sie wohl schmeckten? Ihr Kopf schmerzte von der Anstrengung, sich den Geschmack vorzustelllen. Sicher so wie ihre Finger. Die waren allesamt zu Eis geworden. Es musste so sein, als würde sie an ihren Fingern saugen.

Vater. Böser Vater. Schau, ich esse ein Eis. Sicher möchtest du auch eins, oder?

Von irgendwoher drang ein eigentümliches Geräusch herüber, ähnlich dem Schrei eines Tieres. Der Wind hatte noch einmal zugenommen. Sand flog vom Boden auf und peitschte ihr ins Gesicht.

Yindi fürchtete sich. Nun erinnerte sie sich an die Geschichte vom Wolf, der vorgab, die Großmutter zu sein. Tante Ying Er hatte ihr die Geschichte erzählt. Yindi fürchtete sich vor diesem Wolf, der Menschenblut trank und es hinunterschüttete wie Hirsesuppe. Der den Menschen die Finger abbiss mit einem Geräusch, als breche man frische Bohnen entzwei. Fuchspelze hatte Yindi gesehen, aber noch nie einen echten Wolf. War dieser als Großmutter getarnte Wolf so etwas wie ein Fuchs? Dann bräuchte sie keine Angst zu haben. Doch sie hatte Angst. Der Gedanke, dass der Wolf den Menschen die Finger abbiss, machte sie schaudern. Doch ihre Finger waren bereits zu Eis geworden. Also würde der Wolf sich daran die Zähne ausbrechen. Sie lächelte, als sie sich das Bild von einem Wolf mit ausgebrochenen Zähnen vorstellte. Sie öffnete den Mund, doch anstatt zu lachen entfuhr ihr ein verzweifelter Schrei. Dieser Schrei erschreckte sie bis ins Mark.

»Mama …!« Yindi schrie nach ihrer Mutter, und kaum hatte der Schrei ihren Mund verlassen, fragte sie sich, warum sie nach der Mutter rief, wo es doch der Vater war, auf dessen Rückkehr sie so sehr hoffte?

»Mama!…Mama!« Yindi brach in ein verzweifeltes Weinen aus. Trotz ihrer Verwirrung konnte sie nicht anders, als nach der Mutter zu rufen. Aus den Rufen wurden panische Schreie, die von den Wänden der Senken als Echo zurückkehrten und es schien, als ob sie den gesamten Raum zwischen Himmel und Erde erfüllten.

Bald verstärkte sich der Wind ein weiteres Mal. Gnadenlos wirbelte er Mengen von Sand auf, die dem Mädchen ins Gesicht und auf ihre Kleidung fielen und ihre Schreie erstickten. Stumm bewegte sie ihre Lippen. Mit einer Hand versuchte sie, ihre Augen vor dem Sand zu schützen, der ihr messerscharf das Gesicht zerschnitt. Doch sie spürte keinerlei Schmerz mehr. Sie biss sich in den Finger. Nichts. Nun brauchte sie auch keine Angst mehr vor dem Wolf zu haben. Der würde sich an ihr die Zähne ausbeißen. Sie versuchte zu lächeln. Dieses Mal gelang es ihr.

Böser Vater. Er ist noch immer nicht zurück.

Die Mondsichel war verschwunden. Nun war der Himmel dunkler als die Kochtöpfe der Großmutter. Der Himmelshund muss den Mond verspeist haben, sagte sie zu sich selbst. Ein Satz, den die Großmutter gesagt hatte. Was war das eigentlich, ein Himmelshund? Yindi hatte keine Vorstellung. Vielleicht war er so etwas wie ein Wolf? Und ein Wolf war so etwas wie ein Hund. Zumindest behauptete die Großmutter das. Sie liebte Haitang, den Hund der Nachbarn, ein schwarzer Mischling mit gefleckter Schnauze. Er wedelte immer mit dem Schwanz, sobald sie sich ihm näherte und manchmal leckte er mit seiner langen Zunge ihre Füße, so dass es kitzelte. Ein schaurig schönes Gefühl. Vielleicht war der Himmelshund ja der Großmutter-Wolf, der den Mond verschlang, nachdem er gemerkt hatte, dass er sich an ihren Fingern nur die Zähne ausbeißen würde. Yindi kicherte.

Sie schaute sich um, konnte aber in all der Dunkelheit nichts erkennen. Da waren nur Sand, Wind, Dunkelheit und bittere Kälte. Die Angst vor dem Großmutter-Wolf wich von ihr, doch nun packte sie eine viel schlimmere Angst: die vor Gespenstern. War das merkwürdige Geräusch nicht der Schrei eines Gespenstes gewesen? Der Wolf hätte nicht so geschrien. Er hätte zuvor die Gestalt der Großmutter angenommen und freundlich zu ihr gesagt: »Yindi, liebe Yindi, öffne mir die Tür!« Er wäre schlau vorgegangen, um seine wahre Gestalt nicht zu verraten und ganz sicher hätte er sich nicht umgedreht, so dass man seinen Schwanz sehen konnte. Von Tante Ying Er wusste Yindi viel über den Wolf. Nein, der fürchterliche Schrei musste von einem Gespenst herrühren. Yindi spürte, wie sie eine Gänsehaut bekam.

Wieder glaubte sie, das unheimliche Geräusch hinter sich zu hören.

Yindi weinte. Sie konnte nichts dagegen tun. Sie weinte und rief nach ihrer Mutter. »Mama!« Yindi hatte keine Kontrolle mehr über sich. Sie wollte nach dem Vater rufen, doch ihr Mund rief nach der Mutter. »Mama!«, rief sie. Und noch einmal: »Mama!«

Die Mondsichel lugte zwischen den Wolken hervor. Der Wind hatte sich ein wenig gelegt, doch ihr war kälter als je zuvor. Konnte es sein, dass die Kälte das Gespenst vertrieben hatte? Das unheimliche Geräusch war nur noch ganz schwach und in großer Entfernung zu hören. Schließlich konnte Yindi es gar nicht mehr vernehmen.

Der Vater war noch immer nicht zurückgekehrt. Yindi spürte ihre Glieder nicht mehr, und das war gut so. Sie schaute sich um, doch alles war merkwürdig verschwommen und sie erkannte nur Schemen. Der feine Sand verschluckte das fahle Licht des Mondes bevor er zu Boden fiel.

Böser Vater. »Er ist eingeschlafen und hat mich vergessen.«, dachte Yindi. Mutter hatte ihn oft gescholten, den Langschläfer.

Sie begann zu dösen und ihr Kopf wurde schwer. Yindi schüttelte sich, um wach zu bleiben. Böser Vater. Langschläfer. Schlaf nicht unterwegs ein. Ohne Decke wirst du frieren. Du wirst dich erkälten und bekommst Husten und deine Nase läuft. Böser Vater. Langschläfer.

Mit einem Mal kicherte Yindi. Ein unkontrolliertes Kichern, das sie in Panik versetzte. Großvater Shun sagte, Lachen im Winter in der Wüste bedeutet, dass die besagte Person sterben wird. Yindi wusste nicht, was sterben genau bedeutete, doch konnte es nichts Schönes sein, denn jedes Mal, wenn im Dorf jemand gestorben war, weinten die Menschen und sahen sehr traurig aus. Mit großer Mühe schüttelte sie den Kopf. Sie hatte das Bedürfnis zu sprechen. Sie wollte ihrer Mutter sagen, dass sie noch nicht sterben würde. Doch kein Wort kam aus ihrem Mund. Ihre Lippen waren bereits blau gefroren. Sie berührte ihre Wange mit der Hand. Nichts. »Ich werde noch nicht sterben, Mama«, sagte sie zu sich. »Noch nicht.« Sie konnte ihr Kichern nicht unterdrücken.

In unregelmäßigen Abständen entfuhren unkontrollierte Geräusche ihrem Mund. Yindis Augen fixierten die Gold Babies vor ihr auf dem Boden. »Lauft mir bloß nicht weg, hört ihr? Ist euch kalt? Macht euch keine Sorgen. Ich bin bei euch.« Mit einem letzten, ungeheuren Kraftaufwand bückte sie sich hinunter zu den Gold Babies, knöpfte mit den erfrorenen Händen ihren Mantel auf, nahm eines nach dem anderen in die Hand, verschloss den Mantel unbeholfen und begann, die Gold Babies in ihrem Schoß zu wiegen.

»Jetzt wird euch nicht mehr kalt werden.«

Eine bleierne Schläfrigkeit senkte sich schließlich wie ein gewaltiges Netz langsam über Yindi und hüllte ihren Körper ein.

Das Kichern jedoch hielt an und hallte noch über Stunden unheimlich hinaus in die Ferne, dem Todesschrei eines wilden Tieres gleich.

10

Am folgenden Tag entdeckten Dörfler, die auf der Suche nach Wüstenreis in die Gegend gewandert waren, ihren steifgefrorenen Körper in einer Senke. Sie schüttelten den Kopf beim Anblick des kleinen Mädchens, das ein Bündel Eselsstöcke in den Armen hielt, die von ihrem aufgeknöpften Mantel umwickelt waren.

»Ein böser Geist muss in sie gefahren sein«, sagte einer der Leute.

»Ja«, meinte ein anderer. »Der alte Wang aus Shawan soll Schlamm gefressen und dabei gesagt haben ›Oh, meine Lieben, so köstliche Nudeln habe ich noch nie gegessen.‹ Der war auch besessen.«

In Bai Fus Haus brach eine Tragödie los.

Lanlan schaute ihren Mann mit einem irren Lächeln an.

»Warum schaust du mich so an?«, sagte Bai Fu mit zitternder Stimme. »Vorgestern bin ich einen trinken gegangen. Wenn du mir nicht glaubst, frag Routou. Woher soll ich wissen, wohin sie gegangen ist?«

Noch immer saß Lanlan regungslos auf dem Ofenbett. Dann brach es plötzlich aus ihr heraus. »Yindi!«, schrie sie und schlug mit dem Kopf gegen die Wand. Einmal, zweimal, dreimal. Dann hielt sie inne, kletterte vom Kang hinunter und zog sich mechanisch die Schuhe an. Mit demselben irren Lächeln blickte sie Bai Fu an.

»Was hast du vor?« Nervös wich Bai Fu dem Blick seiner Frau aus. »Du willst mich umbringen? Ist es das?«

Prüfend blickte sie ihrem Mann in die Augen. Dann ging ihr Blick in Richtung des Tisches. In ihren Augen flackerte es böse. Dann warf sie sich mit einem verzweifelten Schrei gegen den Tisch und rammte ihren Bauch gegen eine der Tischkanten.

Sie sank zu Boden und verlor das Bewusstsein.

In derselben Nacht erlitt Lanlan eine Fehlgeburt.

Kapitel XV

1

Hantou machte sich nicht allzu große Gedanken wegen des Knotens, den er unterhalb seines Rippenbogens ertastet hatte. Er hielt ihn für einen normalen Knoten, der ihm nur gelegentlich Schmerzen bereitete, und diese waren bislang nicht der Rede wert gewesen. Doch an diesem Tag kehrten die Schmerzen während des Essens heftiger zurück.

»Ist das nicht seltsam? Ich habe hier so einen Knoten«, sagte er.

»Mach morgens nach dem Aufstehen Spucke drauf«, riet der Vater. »Mit Spucke kriegst du jedes Hautproblem weg.«

»Es ist nicht oberflächlich«, entgegnete Hantou. Ich habe das Gefühl, der Knoten wächst unter der Haut. Er tut weh. Es ist ein latenter Schmerz, der kommt und geht.«

»Jeder bekommt das, was er am meisten fürchtet«, sagte Lingguans Mutter. In ihrer Stimme schwang Sorge mit. Dein altes Problem bist du noch nicht los und schon kommt das nächste.«

Hantou lächelte und sagte: »Es ist dasselbe Problem, Mutter. Ich denke, die Probleme kommen von diesem Knoten. Als ich den Abszess am Hals hatte, tat er so lange weh, bis er aufplatzte.«

»Du sagst, der Knoten sitzt in deinem Unterbauch?«, fragte die Mutter.

»Ich denke ja. Von dort kommen die Schmerzen, unterhalb des Rippenbogens. Wenn ich gewusst hätte, dass es lediglich ein Knoten ist, hätte ich die Medikamente nicht genommen. Ich hätte einfach gewartet, bis er aufplatzt. Wir hätten viel Geld sparen können.«

Die Mutter forderte Hantou auf, sein Hemd auszuziehen. Prüfend drückte sie einige Male auf den Knoten. Hantou stöhnte vor Schmerzen auf.

»Seit wann hast du das?«, fragte sie

»Gestern Abend habe ich ihn zum ersten Mal gefühlt. Ich glaube, der Knoten ist reif und wird bald aufplatzen.«

«Er ist noch nicht reif.«, sagte die Mutter. »Wenn ein Abszess reif ist, wird er weich und geschmeidig. Dieser Knoten fühlt sich hart an. Sobald er platzt, wirst du dich besser fühlen, aber das dauert noch.«

»Du solltest damit zum Arzt gehen, auch wenn es nur ein Abszess ist.«, sagte Lingguan.

Mengzi schob sein Schälchen zur Seite.

»Warum aus einer Maus einen Elefanten machen?«, sagte er. »Es ist schließlich nur ein Knoten.« Daraufhin nahm er etwas Geld aus der Tasche und legte es auf den Tisch.

»Von Baigou. Habe es dem Gauner beim Spielen abgenommen.« Er warf einen einschmeichelnden Blick in Richtung des Vaters.

»Ich verstehe dich nicht.«, sagte die Mutter. »Erst betrügt er dich, und nun seid ihr wieder beste Freunde?«

»Ich bin nicht mehr sauer auf ihn. Nur wegen des kleinen Lochs, das er mir in den Kopf gehauen hat ...«

»Ich kann mir schon vorstellen, was dir beim nächsten Mal blüht, wenn ihr aneinander geratet«, brummte Laoshun.

»Hör auf damit!«, ereiferte sich die Mutter.

»Kann ich etwas dafür, dass er Schläge bekommen hat? Es war sein Fehler. Gib mir nicht die Schuld.«, empörte sich Laoshun.

»Er ist mein Sohn. Und er ist auch dein Sohn.«

»Nun hört schon auf.«, mischte sich Lingguan ein. »Lasst uns bei den wirklich wichtigen Dingen bleiben!«

»Er hat Recht«, pflichtete Mengzi seinem Bruder bei. »Und lasst bitte die Leier von meinem Sohn und deinem Sohn. Wir haben uns unsere Eltern nicht ausgesucht.«

»Du hältst gefälligst den Mund!« Die Mutter warf Mengzi einen strengen Blick zu. »Mach dich auf den Weg und verkaufe einen Sack Weizen.«

»Wir haben kaum noch welchen«, beschwerte sich Laoshun.«

»Verkauft bitte kein Getreide!«, warf Hantou ein. »Die Medikamente nützen sowieso nichts.«

»Ich sagte nicht, dass du keinen Arzt aufsuchen sollst«, fuhr Laoshun fort. »Ich sagte lediglich, dass deine Mutter ihr Angespartes unter der Matratze hervorholen soll.«

»Angespartes? Redest du von der Hornhaut an meinen Füßen?«

Später am Abend lagen Laoshun und seine Frau im Bett und brachten das Thema des Nachmittags erneut zur Sprache.

»Ich habe das ungute Gefühl, es könnte etwas Ernstes sein mit dem Jungen«, sagte Laoshun. Seine Frau richtete sich auf.

Hantou schnaufte und schaute vor sich auf den Boden. Sein Ärger war noch nicht verflogen.

Lingguan und die anderen waren überrascht, als sie zurückkehrten und Maodans Schreie hörten und das verbrannte Stroh sahen.

»Hey, Lingguan. Ich habe bloß einen Spaß mit deinem Bruder gemacht, doch der schlägt sofort zu. Scheinbar kann er keinen Spaß vertragen.«

»Was für ein Spaß?«

»Ich habe lediglich gesagt …« Weiter kam Maodan nicht, denn schon sprang Hantou erneut auf ihn zu und wollte ihm an die Gurgel gehen. Doch dieses Mal war Maodan besser vorbereitet. Mit einem Satz entkam er dem Angriff. Dann nahm er die Beine unter die Arme und lief weg. Doch nach wenigen Metern blieb er stehen und setzte erneut an: »Ich habe lediglich gesagt …« Schon kam Hantous Schaufel geflogen. Maodan konnte ihr in letzter Sekunde entweichen, bevor sie in einem Strauch landete und dabei einige Zweige kappte.

3

Beim Anblick von Lingguan und Ying Er, die eines Stückes vor ihm liefen, befielen Hantou gemischte Gefühle. Er lag rücklings auf dem Boden, den Kopf in beiden Händen und seufzte.

Für ihn war Ying Er mehr wie ein flüchtiger Schatten, stets außer Reichweite, und kein real existierender Mensch. Und genau dieses Gefühl überkam ihn jedes Mal, wenn er an sie dachte, sie sah oder sie berührte. Stets übermannte ihn das Gefühl, dass diese Frau eines Tages davonfliegen würde, wie ein Ballon, der am blauen Himmel schwebt und langsam den Blicken entschwindet. Sie gab ihm das Gefühl, ihr nicht genügen zu können. Die Ursache dafür lag aber nicht allein in seinem persönlichen Problem. Sie erschien ihm wie ein perfektes Ganzes: sie war kultiviert und gebildet, bewegte sich stets leichtfüßig. Jegliche Sorgen schienen ihr fremd. Niemals zeigte sie Gefühlsausbrüche. Nein, sie wirkte letztendlich körperlos auf ihn. In den zahllosen beschämenden Momenten, die sie gemeinsam erlebt hatten, hatte sie ihn mit immer derselben sanften Stimme zu trösten versucht. Niemals hatte sie ihm Vorwürfe gemacht, niemals gestöhnt. Doch ihr Mitgefühl hatte ihn in eine tiefe Traurigkeit gestürzt, denn ihm war klar geworden, dass er keinerlei Anziehungskraft auf sie besaß. Darüber bestand kein Zweifel. Im Vergleich zu ihr war er dumm und ungebildet. Selbst sein Gang wirkte unbeholfen und hölzern, ohne eine Spur von männlicher Lässigkeit. Hantou war neidisch auf seinen jüngeren Bruder und dessen lässigen, selbstbewussten Gang. Er selbst vermochte nicht so zu gehen. Allem Anschein nach fehlte ihm das entsprechende Gen, eine natürliche Lässigkeit im Erscheinungsbild. Es war vorgekommen, dass er heimlich versucht hatte, den Gang seines Bruders zu imitieren.

Ich kann es einfach nicht. Ich bin wie ein Holzklotz. Seine Schlussfolgerung verstärkte das Gefühl von Selbstmitleid.

Hantou war überzeugt davon, dass Ying Er zu gut für ihn war. Genauso, wie seine Schwester Lanlan zu gut für Bai Fu war. Diese Wahrheit lastete schwer auf ihm. Was seine Schwester anging, so war er ihr ein ebenso schlechter Bruder wie er seiner Frau ein miserabler Ehemann war. Er war im Grunde genommen ein Nichts. Er fragte sich, warum er nicht stärker opportuniert hatte, als die Eltern mit dem Vorschlag gekommen waren, ihre Töchter zu tauschen. Schon damals hatte er geahnt, dass es keine gute Idee gewesen war. Doch er hatte sich in diese großen Augen mit den langen Wimpern und die wie aus Jade geschnitzte, wohlgeformte Nase verliebt. So war es gewesen. Ihm stockte der Atem, wenn er an sie dachte. Am Tag der Hochzeit hatte er sich ungläubig auf die Zunge gebissen und festgestellt, dass es kein Traum gewesen war. Eingelullt in einen traumähnlichen Zustand, war er geradewegs in ein Meer an Schmerzen und Beschämung geglitten.

In den ersten drei Nächten nach ihrer Hochzeit hatte Hantou es nicht gewagt, die in ihre Bettdecke eingewickelte Ying Er zu berühren. Als er in der Hochzeitsnacht ihr Seufzen wahrgenommen hatte, deutete er es instinktiv als Zeichen ihrer Enttäuschung darüber, einen Versager geheiratet zu haben. Verkrampft hatte er die Nacht in ein und derselben Position neben ihr verbracht. Immer in der Angst, sie durch die leiseste Bewegung aufwecken zu können.

In der vierten Nacht schließlich wagte er sich, sie zu berühren. Der Grund dafür waren die Neckereien von Beizhu und seinen Freunden Tags zuvor gewesen.

»Eine Frau stöhnt, wenn sie zum Höhepunkt kommt«, erklärte er Hantou. »Frage sie, ob es ihr gut gefallen hat. Wenn sie nicht stöhnt, bedeutet das, dass du es ihr nicht richtig besorgt hast. Wenn du es richtig machst, dann stöhnt sie, egal ob sie will oder nicht. Genau das braucht ein Mann im Bett. Ansonsten kannst du genauso gut eine Puppe nehmen.«

In jener Nacht nahm Hantou mit Verwunderung wahr, dass Ying Er sich bei eingeschaltetem Licht entkleidete. In den Nächten zuvor, hatte sie jedes Mal gewartet, bis er das Licht gelöscht hatte. Doch nun zog sie sich auf ganz selbstverständliche Weise bei Licht den Pullover, die Hose und ihre Bluse aus. Nur mit einem dünnen Unterhemd und einem roten Slip bekleidet, schlüpfte sie unter die Bettdecke. Er meinte, einen kurzen Blick von ihr erhascht zu haben. Sie löschte das Licht und tat den gleichen kurzen Seufzer, den er die Nächte zuvor von ihr gehört hatte.

Er spürte, wie sein Herz gegen seine Brust hämmerte. Alles, was er sehen konnte, war rot. Das Rot ihres Slips. Und seltsamerweise war es nicht ihre Nacktheit, die ihn erregte, sondern eben jenes Rot. Es drang direkt in sein Herz ein, von dort floss es hinunter in seinen Unterleib und brachte sein Blut zum Kochen.

Wiederholt streckte er seinen Arm aus, nur um ihn im selben Moment wieder zurückzuziehen. Jeder Versuch brachte ihn an den Rand der Verzweiflung. Sein Herz pochte wild und ein Dröhnen hämmerte in seinen Ohren. Er glaubte, ersticken zu müssen. Immer wieder zuckte sein Arm zurück. Hass gegen sich selbst stieg in ihm auf. Zentimeter um Zentimeter näherte sich seine Hand ihrem Arm und jeder Zentimeter bedeutete eine unvorstellbare Anstrengung. Schließlich berührte seine Hand tatsächlich die für ihn so unendlich weit entfernte Bettdecke seiner Frau.

Sie wich ihm weder aus, noch kam sie ihm entgegen. Im Grunde genommen zeigte sie überhaupt keine Reaktion. Doch da er nun die unsichtbare Grenze zwischen ihnen geöffnet hatte, rückte er hinüber und schlüpfte unter ihre Bettdecke. Erstaunt und glücklich nahm er wahr, dass sie ihren Arm um ihn legte.

Im selben Moment, in dem er ihren Körper berührte, meinte er, die Kontrolle zu verlieren. Als ob sein Blut gekocht und übergeschäumt wäre, fiel sein Körper in sich zusammen, sobald er den ihren berührte. Seine Erregung, seine Freude, ja sein gesamtes Selbstvertrauen. Ihm fehlte jegliche

Kraft, sich von ihr herunterzubewegen.

»Himmel.« Er erinnerte sich, wie dieses Wort seinen Mund verließ.

Es war ihm unmöglich, das Territorium zu besetzen, das darauf gewartet hatte, von ihm besetzt zu werden. Er hatte es nicht gekonnt. Trotz aller Leidenschaft, die er gespürt hatte.

Nach und nach verließ ihn auch diese Leidenschaft.

Immer wieder hatte er nach Ursachen für sein Versagen gesucht. Er fand keine Antwort. Er fragte sich, ob er zu alt war oder zu schnell zu viel wollte. Doch es gab ein Ereignis in der Vergangenheit, das ihm die plausibelste Erklärung lieferte.

An einem Sommertag vor vielen Jahren hatte er ein Mädchen vor dem Ertrinken gerettet, indem er in den eiskalten Dasha-Fluss gesprungen war. Er erinnerte sich daran, dass im selben Moment, in dem er in das kalte Wasser gesprungen war, etwas von ihm Besitz ergriffen hatte. Es war ein Gefühl gewesen, als habe sich ein Wurm durch seine Fußsohlen hinauf bis in seine Hüfte gebohrt. Seit jenem Tag litt er an Rückenschmerzen, hatte Probleme beim Wasserlassen und bekam immer wieder Schüttelfrost. All diese Symptome waren nie gänzlich verschwunden.

Plötzlich merkte er, dass ihm eine Träne die Wange hinunterlief. Hantou versuchte, die Erinnerungen an jenen Tag zu vertreiben. Der Himmel war blau. Ein grenzenloser, blauer Baldachin über seinem Haupt. Wolken zogen vorbei, wie durstige Schafe auf der Suche nach einer Quelle. Er schaute den Wolken nach und fühlte sich ein wenig erleichtert.

»So macht das Leben keinen Sinn mehr«, dachte er.

Die Mutter rief zum Essen. Er erhob sich. Sein Kopf dröhnte. Hoch am Himmel stand die Sonne und schien laut auf die Erde herunter.

4

Nach dem Essen berichtete Hantou von Wuzi und dem Feuer. Laoshun und Mengzi waren heilfroh über Hantous sofortigen Einsatz und die Tatsache, dass das Feuer nicht auf das Haus übergegriffen hatte. Lingguan indes ärgerte sich über die Auseinandersetzung zwischen Maodan und seinem Bruder. Er vermutete, dass Maodan über Ying Er und ihn das eine oder andere ausgeplappert haben dürfte. Sicherlich wollte er keinen Keil zwischen die Brüder treiben, doch er liebte es, andere zu provozieren.

Beim Mittagessen gab Hantou sich ungewöhnlich entspannt, beschrieb die Geschichte mit dem Feuer in aller Ausführlichkeit, während er der anschließenden Schlägerei keinerlei Bedeutung mehr beimaß. Doch dies war nur der Schein. Tatsächlich war ihm die Auseinandersetzung zu Herzen gegangen und er tat alles, um seine Emotionen vor den anderen zu verbergen. Lingguan schloss aus Hantous Verhalten auf die Ursache für deren Rauferei und hörte seinem Bruder mit einem mulmigen Gefühl zu.

Der Vater forderte Mengzi auf, das Geld zu besorgen, während die Mutter Lingguan und Ying Er auftrug, das Feld zu Ende zu pflügen.

»Ich bin doch kein Maultier!«, versuchte Lingguan sich zu widersetzen. »Für wen hältst du dich?«, fuhr der Vater ihn an. »Finde dich damit ab!« Zu müde, seinem Vater weitere Widerworte zu geben, griff Lingguan nach einem Hammer und trollte sich davon.

Die Nachmittagssonne schien heiß auf Lingguan herab. Er fühlte sich benommen und die Welt um ihn herum war ein einziges Dröhnen. Während er gedankenverloren entlang der Felder und Sandkämme in die Weite blickte, übermannte ihn mit einem Mal der Gedanke, den Rest seines Lebens mit eben dieser stupiden Landarbeit zubringen zu müssen, und eine bodenlose Traurigkeit ergriff von ihm Besitz. Das Schicksal hatte ihn dorthin gebracht, wo er jetzt stand und seine sogenannten Ideale waren nichts mehr als ein ihn verhöhnender Schein auf dem Vorhang seiner Erinnerungen. Er warf den Hammer beiseite, legte sich auf die Erde und schloss die Augen. Er war nicht mehr Herr seiner Gefühle und seine Niedergeschlagenheit suchte sich ein Ventil, in dem sie ihm heiße Tränen in die Augen trieb.

»Wenn du schlafen willst, geh heim und leg dich ins Bett.« Als er Ying Ers samtene Stimme hinter sich wahrnahm, rieb er sich rasch mit dem Ärmel die Tränen aus dem Gesicht.

Ihre lächelnde Erscheinung tröstete ihn. Ying Er war für ihn zur Quelle des Zuspruchs geworden. Doch der Gedanke an Hantou und Maodan kehrte sogleich zurück.

»Weißt du, was Maodan zu Hantou gesagt hat?«

»Es Ist mir egal. Er soll sagen, was er will.«

»Es muss um uns beide gegangen sein.«

»Lass ihn reden. Ich schere mich nicht um dieses Lästermaul.« Sie sah ihn an und lächelte vielsagend. »Warum fragst du? Hast du etwas getan, was du nicht hättest tun sollen?«

Lingguan seufzte. Schuldgefühle nagten an ihm. Ihm schien, als wüsste bereits die gesamte Familie von ihm und Ying Er. Oft glaubte er, alle Blicke auf sich gerichtet zu wissen.

»Bist du nicht der anständigste Mann weit und breit? Wovor also fürchtest du dich?« Sie schaute ihn kurz an und fuhr fort. »Wenn du also nichts Unrechtes getan hast, gibt es auch keinen Grund zur Beunruhigung, oder doch?« Er spürte ihren prüfenden Blick.

Lingguan seufzte erneut.

»Heraus damit! Du bist ein erwachsener Mann!«

Er nahm seinen Kopf zwischen die Hände und hockte sich vor ihr nieder.

»Nun lass dir nicht jedes Wort aus der Nase ziehen! Schau dich an! Wie ein Laie benimmst du dich.«

Mit sichtlichem Unbehagen presste er hervor: »Verschone mich, in Ordnung?«

»Verschonen? Was habe ich getan? Dich getreten? Geschlagen? Dich beschimpft? Nun sag schon!«

»Oh! Wer hätte gedacht, dass unser wortkarges Tantchen plötzlich so eine scharfe Zunge bekommt?« Lingguan ging in die Offensive. »Endlich zeigst du dein wahres Gesicht. Kennst du den Film ›Die Fratze‹? Ein Dämon verwandelt sich in eine Schönheit, nachdem er sich eine Maske aufgesetzt hat.«

»Tatsächlich? Das muss dann wohl ich gewesen sein. Du findest also, dass ich eine attraktive Frau bin?«

»Das hat nichts mit meinem Empfinden zu tun. Du bist ganz objektiv eine schöne Frau. Überleg doch einmal! Wie könntest du mit einer Maske nicht wunderschön sein?«

Ihr spontanes Lachen wich im selben Moment aus ihrem Gesicht. Sie verstummte. Nach einer kleinen Weile öffnete sie wieder den Mund: »Das ist es, was du wirklich denkst, nicht wahr? In deinen Augen bin ich nur eine Maske, richtig? Du denkst wirklich, ich benötige eine Maske, um eine echte Frau zu sein? Und vermutlich hältst du mich für ein Flittchen?« Ihre Stimme wurde mit jeder Frage dünner, bis sie schließlich kaum noch zu vernehmen war. »Kein Wunder …« Ying Er war den Tränen nahe.

Lingguan stand verlegen neben ihr. Ihm war nun klar, dass sie unter denselben Schuldgefühlen litt wie er, ganz gleich, wie sie sich äußerlich gab. Das Letzte, was sie wollte, war, in den Augen der Leute als Flittchen dazustehen. Genau wie er selbst, hatte sie ein schweres Kreuz zu tragen.

Lingguan bemühte sich um einen zwanglosen Ton. »Schau her! Ich habe lediglich einen Spaß gemacht, aber du nimmst es gleich ernst. Zuerst sagst du, ich sei der aufrichtigste Mann weit und breit, aber dann verstehst du meinen Spaß nicht. Wie soll ich denn zukünftig überhaupt noch mit dir reden?«

Kein Lächeln erschien auf ihrem Mund. Wie zu sich selbst flüsterte sie: »Zukünftig …? Wird es denn eine Zukunft geben? Siehst du mich wirklich so? Bin ich so eine Frau? Dann ist es kein Wunder …«

»Was soll das nun wieder? Niemand sagt, dass du so eine Frau bist! Du bist gescheit, sensibel und klar. Du bist die perfekte Frau. Ist es dir so recht?«

»Du verspottest mich.« Ying Er errötete. »Du nimmst mich auf den Arm mit deinen schönen Worten, doch in Wirklichkeit denkst du das Gegenteil. Du hältst mich weder für klug noch für sensibel oder klar. Und du hast Recht. Warum habe ich mich solange für dich aufgespart? Männer sind alle gleich. Nur für das, was sie nicht haben können, interessieren sie sich.«

Er wusste auf ihre Worte nichts zu antworten.

»Macht mich die Tatsache, dass ich den Rest meines Lebens mit einem stumpfen Partner verbringen muss so gescheit, wie du sagst?« Sie kämpfte mit den Tränen.

Betrübt schaute sich Lingguan um. In einiger Entfernung sah er eine Person auf einem Acker. Er fühlte sich wie ein eingesperrtes Tier, das an den Gitterstäben seines Käfigs hin und herläuft.

Ying Er wischte sich die Tränen ab und sagte: »Deine Versuche, mich zu trösten, kannst du dir sparen. Mir ist klar, dass ich dir nichts bedeute. Du bist ein Gelehrter. Und ich weiß, dass du Yue Er liebst. Kein Wunder, sie ist wie ein Schwan. Ich bin nur das hässliche Entlein. Ihr seid verliebt seit eurer Kindheit. Ich bin nur eine Vogelfeder, zufällig vom Wind hierher geweht.«

»Wovon redest du?« Lingguan lachte bitter. »Was du sagst, ist völlig aus der Luft gegriffen.«

»Aus der Luft gegriffen? Glaubst du, ich hätte es nicht bemerkt? Für wie naiv hältst du mich?«

Lingguan war innerlich hin und hergerissen. Er war sich sicher, dass Ying Er ihn liebte. Eine Tatsache, die ihn hätte glücklich machen sollen. Doch ihre Lage war verstrickt. Er hatte Angst. Angst davor, gemeinsam mit ihr in eine vollkommen ausweglose Lage zu geraten, aus der es kein Zurück mehr geben würde. Ihre Eifersucht mochte echt sein, aber in Lingguan löste sie in diesem Moment eine nie zu vor gespürte Verunsicherung aus.

»Ehrlich gesagt, kannst du mir ruhig alles erzählen. Es gibt keinen Grund für Heimlichkeiten. Mir ist eh klar, was du denkst.« Tränen standen in ihren Augen.

»Was soll ich dir sagen?«

»Was du willst. Es ist dein Herz und dein Mund.«

Er lachte. »Hast du noch immer nicht genug? Ich habe bloß Spaß gemacht, aber du willst es nicht verstehen.«

Sie warf ihm einen kurzen Blick zu und wischte sich die Tränen ab. »Sag endlich etwas, Maske oder Dämonin. Es ist mir gleich, was du von mir denkst. Ich kann mich nicht in dein Herz bohren oder dir meine Gedanken aufzwängen. Was mein Herz will, darauf habe ich keinen Einfluss.« Sie seufzte und ihre Augen wurden wieder feucht.

»Genug jetzt. Es reicht. Du fängst ja schon wieder an!«

»Die meisten Frauen zeigen ihre wirklichen Gefühle nicht. Wer das Herz einer Frau erobert, erobert auch ihre Liebe. Schau, es ist wie im Film. Dort bekriegen sich die verliebten Paare auch immer. Ob sie wollen oder nicht.«

Lingguan blickte Ying Er an und erwiderte: »Du meinst, die Liebe einer Frau macht den Partner unglücklich?«

Ying Er verzog den Mund, lächelte und antwortete: »Nicht unbedingt. Ich sagte bereits, dass vieles geschieht, egal, ob ich es will oder nicht. Hätte ich Einfluss darauf, dann wären es wohl nicht meine wahren Gefühle. Ich habe früher gern ›Den Traum der Roten Kammer‹ gelesen. Ich war vernarrt in das Buch. Meine Eltern erlaubten es mir nicht, also habe ich nachts heimlich mit der Taschenlampe unter der Bettdecke gelesen.

Die jüngere Schwester in dem Roman schmollt immer und benimmt sich wie ein kleines Mädchen. Sie zeigt das wahre Herz einer Frau. Die ältere Schwester, die ihre Rivalin ist, hat dieses wahre Herz nicht.«

»Merkwürdig«, entgegnete Lingguan. »Ich bekomme schon nach wenige Seiten zu viel, wann immer ich den Roman in die Hand nehme. Wie kann es sein, dass dich das Buch so begeistert?«

»Ich denke, du bist einfach zu unsensibel.« Sie lachte.

»Dann lieber unsensibel«, lachte Lingguan. »Das macht die Dinge wesentlich einfacher. Das Leben ist so schon kompliziert genug. Warum soll ich mir den Kopf zerbrechen über deine Gefühle? Das Leben ist zu kurz, um sich mit solchen nervigen Fragen aufzuhalten.«

»Aber das ist ja gerade der Grund, warum man das Leben ernst nehmen sollte. Ansonsten vergeudest du dein Leben mit Nebensächlichkeiten.«

»Da magst du vielleicht Recht haben.«

Ying Er verstummte. Sie kniff die Augen zusammen und blickte in die Ferne. Ein leiser Seufzer entfuhr ihr. Lingguan verstand ihre Gefühlslage. Gerne hätte er sie aufgeheitert, doch im fehlten die Worte. Also entschied er sich, sie nicht weiter zu beachten.

Lustlos klopfte er mit dem Hammer auf den Erdklumpen vor ihm herum. Er schwitzte. Als er wahrnahm, dass sie noch immer gedankenversunken neben ihm saß, sagte er:

»Nun mach doch aus einer Mücke keinen Elefanten. Was bringt es, so viel nachzudenken?«

»Natürlich ist es dir überlassen, nicht nachzudenken. Dir fehlt das Herz dazu.«

»Ist es nicht besser, kein Herz zu haben? Gefühle sind doch bloß eine Illusion.«

»Denkst du das wirklich?«

»Klar. Liebe kreiert Ängste. Ohne Liebe gäbe es keinen Kummer.«

»Das ist leider wahr. Ich habe all die Jahre einfach so vor mich hingelebt und nichts verstanden. Heute ist mir vieles klarer und nun erscheint mir jeder Tag wie eine Ewigkeit. Vielleicht sollte ich wirklich weniger nachdenken und das Leben einfach von Tag zu Tag leben.«

»Genau! Das Nachdenken bringt nichts.«

»Dir vielleicht nicht. Es ist nur dann von Bedeutung, wenn du noch nicht hast, was du dir wünschst. Danach verliert es an Bedeutung.«

Sie machte sich wieder an die Arbeit.

»Nun schon wieder!« Lingguan brauste kurz auf. »Du warst es, die das Thema angeschnitten hat. Und jetzt bist du beleidigt, weil dir meine Antwort nicht passt.«

»Deine Worte waren ernst gemeint?«

»Und deine? Oder hast du mich die ganze Zeit an der Nase herumgeführt?«

»Na klar!« Sie lachte. »Ich wollte dich bloß testen. Ich wollte die Schlange aus ihrem Loch herauslocken.«

»Du bist die Schlange! Eine wunderschöne Cobra!«

5

Am folgenden Tag machte Lingguan sich gemeinsam mit seinem Bruder auf den Weg in die Stadt. Im dortigen Bezirkskrankenhaus suchten sie einen älteren Arzt auf, der Hantou den Puls fühlte und daraufhin den Kopf schüttelte. Lingguan gelang es nicht, dem Mediziner eine klare Antwort zu entlocken.

»Bitte reden Sie offen!«, sagte Hantou zu dem Arzt. »Im schlimmsten Fall ist es Krebs. Aber auch das wäre egal. Man kann mit achtzig sterben oder mit fünf. Wenigstens habe ich mein Leben gelebt.«

Der Arzt lächelte. »Deine Einstellung gefällt mir. Es ist möglich, dass es nichts Ernstes ist, aber Gewissheit haben wir erst nach einem Ultraschall.«

»Wie viel kostet so ein Ultraschall?«

»Keine fünfzig Yuan.«

»Oh!«

»Hast du schon viel für Medikamente bislang ausgegeben?«

»Sicher. Eine hübsche Summe. Ich denke, ein paar Hundert Yuan sind es schon gewesen.«

»Hat es etwas gebracht?«

»Es ging mir besser, als ich die Medikamente noch nicht genommen habe. Jetzt ist hier rechts ein Knoten.«

»Medikamente zu nehmen, ohne eine klare Diagnose zu haben, ist nicht ratsam.« Der Arzt sah ihn ernst an. »Es wäre vermutlich besser gewesen, wenn du schon früher eine Ultraschalluntersuchung gemacht hättest.«

Hantou verstumme. Er bereute es nun doch, nicht früher aktiv geworden zu sein und machte sich auf den Weg zur Kasse, um die Kosten für die Untersuchung zu bezahlen.

»Wer ist er?«, fragte der Arzt Lingguan.

»Mein älterer Bruder.«

»Seine Beschwerden könnten eine ernsthafte Ursache haben.« Der Arzt blickte Lingguan mit sorgenvoller Miene an.

»Was ist es?«, fragte Lingguan.

»Es gibt drei mögliche Diagnosen. Erstens: Leberkrebs, zweitens: Leberzirrhose und drittens ein Leberparasit. Ist er viel als Hirte im Grasland gewesen?«

»Nie.«

»Nun, das könnte ein Problem sein. Ein Parasit wäre die einfachste Lösung, denn in dem Fall wäre eine Operation sicher erfolgversprechend. Ist es etwas anderes, dann sieht die Sache komplizierter aus. Spricht er dem Alkohol zu?«

»Er hat nie getrunken.«

»Na, dann ist es vielleicht doch nichts. Geht und macht den Ultraschall. Wenn wir das Ergebnis haben, wissen wir mehr.«

Die beiden Brüder machten sich auf den Weg zur Kasse und von dort zu dem Behandlungszimmer, in dem die Ultraschalluntersuchungen vorgenommen wurden. Anschließend trafen sie sich mit dem Arzt zur Besprechung.

»Es könnte ein Leberparasit sein«, sagte der Arzt, nachdem er sich die Aufnahmen angesehen hatte. »Keine ungewöhnliche Diagnose. Die meisten Patienten bekommen sie durch infiziertes Schweinefleisch.« Erneut tastete der Arzt Hantous Rippenbogen ab. Dann fuhr er fort: »Wäre es Krebs, wäre der Knoten nicht so gleichmäßig und weich. Außerdem bist du noch jung und trinkst keinen Alkohol. Da ist Krebs äußerst unwahrscheinlich.«

Hantou fiel ein Stein vom Herzen, als er die Worte vernahm. Ein Lächeln erschien in seinem Gesicht. »Ich habe es doch gleich gesagt. Man muss nur früh genug zum Arzt gehen. Sie schreiben mir ein paar Pillen auf und die werden dem Parasiten den Garaus machen.«

Der Arzt und zwei neben ihm stehende Krankenpfleger in ihren weißen

Kitteln lachten bei Hantous Worten. »Ganz so einfach ist es nicht«, meinte der Arzt. »Du meinst, ein paar Pillen könnten den Parasiten töten?«

»Ist dem nicht so?«, fragte Hantou erstaunt zurück.

»Du brauchst DDT.« Der Blick des Arztes war ernst. »Zuerst muss der Wirt sterben, danach stirbt auch der Gast.«

»Sie versuchen also, den Wirt zu retten, nachdem der Parasit gestorben ist?«

»Wozu sollten wir das tun? Es reicht, den Körper zu vergraben.«

Hantou merkte, dass der Arzt einen Spaß mit ihm trieb. Er lachte und sagte mit großer Erleichterung: »Ich dachte schon, Sie meinten es ernst.«

Der Arzt klopfte ihm auf die Schulter und sagte: »Noch gibt es kein Medikament gegen Leberparasiten. Du musst operiert werden.«

Hantou wurde blass. »Jagen Sie mir keinen Schrecken ein.«

»Ich sage, wie es ist«, entgegnete der Arzt. »Der Parasit hat sich in deiner Leber eingenistet. Wie könnte man ihn ohne Skalpell entfernen?«

Hantou blickte den Arzt stumm an. Nach einer Weile zog er die Brauen hoch und fragte:

»Was für Kosten werden da auf uns zukommen?«

»Ich denke drei bis vier Tausend Yuan werden reichen.«

»Was?«, rief Hantou geschockt. »Wollen Sie mich auf den Arm nehmen?«

»Das ist lediglich eine vorläufige Einschätzung.« Der Arzt lächelte. »Möglicherweise reicht auch eine kleinere Summe. Vielleicht kostet es aber auch mehr. Je nachdem, ob du eine Bluttransfusion benötigst.«

Hantou starrte seinen Bruder hilflos an.

»Lass uns gehen! Ich werde keine Minute länger bleiben.«

Lingguan lächelte und fragte den Arzt: »Können Sie ihm nicht irgendwelche Tabletten verschreiben?«

»Es gibt keine Medikamente, die in seinem Fall helfen würden.«

Lingguan führte seinen verstörten Bruder hinaus aus dem Krankenhaus.

»Das war's«, murmelte Hantou, als sie das Krankenhaus verlassen hatten.

»Wovon redest du? So schlimm ist es doch nicht. Ich denke, du kannst dich glücklich schätzen, dass es nur ein Parasit ist.«

»Wo sollen wir das Geld für die Operation hernehmen?«

»Mach dir nicht so viele Gedanken. Du kannst schließlich nichts dafür.

Was ausgegeben werden muss, werden wir ausgeben.«

Hantou blieb stehen. Deprimiert lehnte er sich gegen ein Geländer und sah nachdenklich auf den Boden. Schließlich öffnete er den Mund:

»Lieber werfe ich mich vor ein Auto und mache Schluss, dann brauchen Vater und Mutter sich keine Sorgen mehr zu machen.«

»Hör auf, so zu reden! Glaubst du, Vater und Mutter wären erleichtert, wenn du tot bist? Sie haben dich großgezogen. Und das war verdammt nicht einfach. Vielleicht denkst du auch einmal an sie und nicht nur an dich. Also Schluss mit deinem Gerede!«

»Wie kann ich ihnen ins Gesicht sehen? Ich bin ein Nichtsnutz.«

»Nun aber Schluss mit dem Gerede. Es hilft uns keinen Schritt weiter.«

Hantou lehnte noch immer an dem Geländer. Er wirkte vollkommen aufgelöst.

»Die Diagnose hätte anders ausfallen können, denke ich. Es gibt so viele Menschen, die schlimmer dran sind als du!«

Es gelang Lingguan nicht, seinen Bruder aus dessen Gefühlswirrungen herauszuholen.

6

Stumm hörte sich der Vater an, was Lingguan aus dem Krankenhaus berichtete. Die Mutter stand daneben und machte eine besorgte Mundbewegung. Hantou sah erst zu seinem Vater hinüber, dann zu seiner Mutter, bevor er den Kopf hängen ließ und verlegen auf den Boden starrte.

»Nach der OP wird er wieder vollkommen gesund«, sagte Lingguan mit Nachdruck.

Laoshun zog heftig an seiner Pfeife und räusperte sich dann leise.

»Das Geld ist nicht das Problem«, stellte die Mutter klar. »Solange wir da sind, werden wir auch an Geld kommen.«

Lingguan hörte die Sorgen der Mutter aus ihrem Satz heraus. Auch Hantou schien sich dessen bewusst zu sein. Er ließ den Kopf noch tiefer hängen.

»Es ist eine tückische Krankheit!«, sagte der Vater und blies Ringe aus Rauch in die Luft. »Parasiten können nachwachsen, wenn sie nicht sauber herausgeschnitten werden.«

»Also ist es doch ernst!«, sagte die Mutter besorgt.

»Warum sollten sie sie nicht komplett entfernen können?« Lingguan versuchte, seiner Stimme Überzeugungskraft zu verleihen.

»Wir werden tun, was zu tun ist«, sagte Laoshun. »Den Weg, den der Himmel dir vorgibt, musst du auch gehen.«

Die Frau seufzte. Hantou blickte seine Mutter an. Nichts war zu hören in diesem Moment als das Geräusch von Laoshuns Pfeife.

Mengzi betrat den Raum. Als er die betretene Situation wahrnahm, verflog der muntere Ausdruck in seinem Gesicht. »Ist es tatsächlich Krebs?«, flüsterte er Lingguan zu, doch die anderen hatten seine Worte mitbekommen.

»Halte du deinen Mund!«, raunzte Laoshun.

»Ich habe doch bloß gefragt«, sagte Mengzi und lächelte.

»Du bist manchmal verdammt ungeschickt mit Worten«, sagte Lingguan und schubste Mengzi zur Seite. »Er hat Leberparasiten und muss operiert werden.«

»Ist es kompliziert?«

»Eine OP wird das Problem lösen.«

»Warum schaut ihr dann alle wie sieben Tage Regenwetter? Dann soll er sich halt operieren lassen.«

»Du hast gut reden. Die Operation kostet fast viertausend Yuan.« Die Mutter blickte finster drein.

»Wir werden das Geld schon irgendwie zusammenkratze«, erwiderte Mengzi.

»Ich kenne dich«, echauffierte sich der Vater. »Erst schwingst du große Reden und dann folgen keine Taten.«

»Setz mich bitte nicht unter Druck! Sag mir einfach, wie viel du benötigst und ich werde es organisieren.«

»Gut.« Laoshun lächelte. »Ich nehme dich beim Wort. Hier ist mein Plan: Wir werden einen Teil unseres Getreides verkaufen und du besorgst die Differenz, die uns am Ende fehlt. Fünfhundert müssen es mindestens sein. Schaffst du das? Und keine Sorge! Ich werde es selbstverständlich zurückzahlen. Innerhalb von einem Jahr, maximal zwei. Was haltet ihr davon?«

»Sicher«, erwiderte Mengzi lakonisch.

»Zwei, drei Jahre …«, seufzte die Mutter. »Selbst wenn wir es in zwei Jahren zurückzahlen könnten, was wird aus Lingguan und Mengzi?«

»Ich bin nicht so scharf aus Heiraten!«, sagte Mengzi. »Bringt Lingguan unter die Haube, wenn er es will.«

»Ich verzichte ebenfalls«, sagte Lingguan und lachte. »Bei dem Leben, wie wir es führen, welchen Sinn macht da eine Frau?«

»Seht ihr?«, bestätigte Mengzi seinen Bruder.

Hantou wimmerte leise vor sich hin.

»Sind es die Schmerzen?«, fragte die Mutter besorgt. »Lingguan, geh in unser Schlafzimmer und hole bitte die Schmerztabletten. Er soll drei Stück nehmen!«

»Ich bereite euch allen nur Kummer«, schluchzte Hantou. »Besser, ich sterbe.«

»Hör auf mit dem Unsinn!«, rief die Mutter verzweifelt. »Wie kannst du nur so unbedacht reden!«

»Ein junger Mann wie du sollte nicht vom Sterben sprechen«, sagte Mengzi. »Und hör auf zu wimmern. Das tun nur Memmen.«

»Geh zur Seite«, brummte Laoshun. »Was kannst du eigentlich, außer dummes Zeug zu reden?«

Mengzi zuckte mit den Schultern. Er warf Lingguan einen kurzen Blick zu und flüsterte: »Ich kann euch Geld besorgen.«

»Wir haben dir keine Vorwürfe gemacht, mein Junge«, sagte Laoshun zu Hantou. »Und du bist schließlich nicht absichtlich krank geworden.«

Schweigend trocknete Hantou seine Tränen und starrte geistesabwesend vor sich auf die Bodendielen. In unregelmäßigen Abständen durchzuckte es seinen Körper.

7

Etwa um Mitternacht wachte Ying Er plötzlich durch Hantous Schluchzen auf. Es war vollkommen finster und ihr schien, als sei die Dunkelheit seines Weinens schwärzer als die Nacht selbst. Sie stieß ihn an und sein Schluchzen verstummte.

»Sind es die Schmerzen?«, fragte sie.

»Warum schläfst du nicht?«, entgegnete Hantou.

»Ich habe geschlafen. Ich hole dir deine Pillen.«

»Schmerzen habe ich keine«, sagte er und stöhnte leicht. »Ich fühle mich so deprimiert. Lieber wäre ich tot.«

»Was redest du da? Du kannst nichts für deine Krankheit.«

»Viertausend Yuan. Etwa die Hälfte von dem, was wir bräuchten, um Mengzi eine Hochzeit zu bezahlen. Ich darf gar nicht daran denken.«

»Bitte rede nicht solchen Unsinn«, versuchte sie ihn zu trösten.

»Sie zu, dass du einen Plan für dich machst, sollte mir etwas passieren.«

»Schlaf endlich!«

»Ich denke schon lange darüber nach … ich möchte dich um Verzeihung bitten. Ich bin dir kein guter Partner gewesen. Du hättest etwas Besseres verdient.«

»Habe ich mich jemals beschwert?«

»Was ich sagen wollte, ist …« Er verstummte und begann dann erneut: »Im Fall, dass … Sorge dafür, dass die Kosten zurückgezahlt werden!«

Wütend schlug Ying Er die Bettdecke zur Seite.

»Jetzt reicht es!«

»Du hast recht. Ich wollte es dir nur sagen … aber ich sollte es besser nicht.«

»Du bist ein erwachsener Mann, aber dein Herz ist ein Spatzenherz. Warum machst du so ein Brimborium aus deiner Krankheit? Als ob der Himmel zusammenstürzen würde. Jeder Mensch wird einmal krank. Es ist das Natürlichste auf der Welt. Nur für dich anscheinend nicht! Du musst die ganze Zeit vom Tod reden.«

Hantou antwortete nicht.

Nach dem Frühstück schickte die Mutter Ying Er zu den Schwiegereltern, um sie zu einem Gespräch über Hantous Zustand einzuladen. Die anstehende Operation war keine Lappalie, und die Form verlangte es, dass die Schwiegereltern in Kenntnis gesetzt wurden. Selbstverständlich machte sich die Mutter auch ein wenig Hoffnung, dass die Verwandtschaft sie bei den finanziellen Belastungen unterstützen würde. Immerhin war Hantou ihr Schwiegersohn. Also gab es guten Grund für die Schwiegermutter, sich hilfsbereit zu zeigen.

Als Ying Er das Dorf ihrer Eltern erreichte, hörte sie von Yindis tragischem Tod.

Eine Welt brach für sie zusammen.

8

Nachdem Ying Er sich auf den Weg gemacht hatte, nahmen Laoshun und seine Frau eine Kalkulation des Getreideverkaufs vor. Laoshun beabsichtigte, einen Vorrat zurückzuhalten, der sie über ein Jahr versorgen würde. Er rechnete mit einem Erlös von ein bis zweitausend Yuan. Seine Frau war anderer Meinung. Sie schlug vor, zunächst so viel Geld wie möglich zu borgen, und dann den Fehlbetrag durch den Verkauf eines Teils des Getreides auszugleichen.

»Der Preis für Getreide ist am Boden. Es wäre ein schlechter Handel, jetzt alles zu verkaufen. Außerdem haben wir seit Ewigkeiten keinen Regen mehr gesehen«, sagte sie.

Laoshun stimmte seiner Frau insgeheim zu, doch entgegnete er: »Wer verleiht in diesen Zeiten schon gern Geld? Jeder, der auch nur ein wenig Verstand im Kopf hat, behält seine Scheinchen für sich.« Dann fuhr er zu Mengzi gewandt fort: »Es wäre gut, du ließest deinen großen Reden nun auch Taten folgen. Mach dich an die Arbeit! Lingguan, du solltest ebenfalls deine Freunde aufsuchen und sie ausquetschen. Egal, wie viel sie geben, jeder Yuan zählt. Wenn irgend möglich, wollen wir unseren kleinen Bestand an Getreide lieber nicht verkaufen. Wer weiß, wann die nächste Dürre naht.«

Nachdem Mengzi und Lingguan das Haus verlassen hatten, begab sich Laoshun zu dem alten Meng. »Es ist nicht zu glauben«, sagte er, nachdem er Laoshuns Geschichte angehört hatte. »In der Tat«, pflichtete Laoshun ihm bei. »Das Seil reißt immer an seiner schwächsten Stelle.«

»Ich habe nicht viel. Gerade habe ich zwei Fuchspelze verkauft, aber ein Teil ist bereits ausgegeben. Vierhundert Yuan habe ich noch. Die kannst du haben.«

»Nächstes Jahr zur Ernte …«, sagte Laoshun, doch der alte Meng schnitt ihm das Wort ab.

»Kein Wort mehr! Außerdem ist es nicht mein Geld, weißt du? Es gehört der Wüste. Ich habe es dort aufgelesen. Jeder andere hätte es sich auch holen können. Ich hole mir mehr, sobald ich nichts mehr habe.«

Laoshun erwiderte nichts, doch nahm er sich vor, dem alten Meng seinen Pelzmantel zu geben, wenn er das nächste Mal auf winterliche Jagd gehen würde.

Anschließend suchte Laoshun den Dorfvorsteher auf. Sun Datou war nicht zu Hause. Seine Frau Huilanzi reagierte knapp, als sie Laoshuns Bitte vernahm. »Es ist Geld da, doch wir haben es fest verzinst. Da kommen wir nicht so einfach ran.« Laoshun winkte ab und machte sich auf den Weg zu einigen weiteren Familien. Am Ende des Tages kam er mit knapp siebenhundert Yuan nach Hause.

Hantou hockte neben einem Haufen Getreide neben dem Tor. Er wirkte deprimiert. Laoshun wusste selbstverständlich um das Innenleben seines Sohnes.

»Geh schlafen, wenn du müde bist.«

Hantou wischte sich mit dem Arm über das Gesicht und versuchte ein Lächeln, doch es wirkte deprimierter als jedes offensichtliche Weinen. Laoshun gab es einen Stich. Er begab sich ins Haus.

Lingguan hatte von seinen Freunden insgesamt zweihundert Yuan geliehen, während sein Bruder mit leeren Händen zurückgekehrt war. Lingguan hatte es sofort an dem frustrierten Gesichtsausdruck von Mengzi festgestellt. Er lachte. Sein Bruder, der den Grund für sein Lachen ahnte, lachte ebenfalls los.

»Zweihundert sind besser als nichts«, sagte Laoshun und streckte seine Hand in Richtung Hantou aus, wohlwissend, warum der mit einem langen Gesicht vor ihm stand. Auch wenn er nicht die angekündigten fünfhundert Yuan zusammenbekommen hatte, so sollte er doch zumindest einen kleineren Betrag mitgebracht haben.

»Baigou hat sein gesamtes Geld verspielt.«

»Baigou, Baigou. Ständig redest du von Baigou. Was ist mit deinen anderen Kumpels?«

»Beizhu benötigt das Geld, um die Strafe der Geburtenkontrolle zu bezahlen.«

»Also wieder nur heiße Luft von dir!«, blaffte Laoshun.

Mengzi schlich sich aus dem Raum, gefolgt von Lingguan.

»Hast du Shuangfus Frau gefragt?«, fragte Lingguan seinen Bruder.

Mengzi schlug sich mit der Hand vor die Stirn. »Na klar, warum bin ich nicht selbst darauf gekommen!«

»Jetzt, wo du ihre Hilfe brauchst, sollte sie dir unter die Arme greifen!«

»Aber es läuft nichts mehr zwischen uns.«

»Dann kannst du es vergessen.« Lingguan blinzelte seinen Bruder an.

»Fragen kann ich sie natürlich trotzdem.« Mengzi machte sich auf den Weg.

Ein paar Stunden später kehrte er zurück und warf stolz ein Bündel druckfrischer Geldscheine auf den Tisch. Laoshun sah seinen Sohn an und lächelte. »Du hast also doch nicht geblufft.«

»Ich bin ein verdammter Versager, wenn es ums Eingemachte geht«, gab Mengzi mit gespielter Ironie zurück. Laoshun lachte trocken und brummte dann: »Hatte ich etwa Unrecht? Du kannst nicht liefern, wenn es darauf ankommt.«

Sun Datou erschien nach dem Mittagessen mit zweihundert Yuan in der Hand. Er äußerte sich verärgert über das Verhalten seiner Frau.

»Auch wenn unser Geld festgelegt ist, gibt es immer noch irgendwo etwas zu holen.« Dann fügte er hinzu: »Sag Bescheid, wenn es nicht reicht. Wir müssen jetzt zusammenhalten.«

Laoshun zählte das Geld. Es waren über eintausendfünfhundert Yuan, jedoch weit weniger als die viertausend, die der Arzt in seiner Einschätzung genannt hatte.

9

Zwei Tage darauf erschienen Ying Er und ihr Vater mit zweihundert Yuan in der Tasche.

Ying Er, deren Augen vom Weinen über den Tod ihrer Nichte noch immer dick geschwollen waren, bat ihren Vater inständig, nichts von dem tragischen Tod Yindis zu erzählen. Sie befürchtete, dass ihre Schwiegereltern die Nachricht nicht verkraften würden und beabsichtigte, damit solange zu warten, bis Hantou sich von seiner Krankheit erholt haben würde. Ihr Vater willigte ein und gab sich redliche Mühe, Laoshun in ihrem Gespräch ein wenig aufzuheitern.

»Das ist doch keine große Sache. Jeder kommt mal in ein Dilemma. Man muss nur den Weg hinausfinden.«

»Noch mache ich mir keine allzu großen Sorgen.«, antwortete Laoshun. »Die Menschen werden nun mal krank. Schau dir meine Frau an. Den ganzen Tag grämt sie sich mit irgendwelchen Problemen. Die Depression steht ihr ins Gesicht geschrieben.«

»Frauen sind so«, antwortete Ying Ers Vater. »Es gibt einfach nichts Wichtigeres für sie als die eigenen Kinder. Sie lieben sie mehr als das eigene Leben. Es wäre zu schön, wenn sich eine Krankheit durch Weinen heilen ließe!«

»Da magst du Recht haben«, sagte die Mutter. »Ich will nicht weinen, aber ich kann nichts dagegen tun. Mein Kopf ist ein einziges Chaos. Ich sehe nichts, an dem ich mich aufrichten könnte. Mein Herz fühlt sich an wie ein ausgetrockneter Schwamm. Ihr Männer seid da anders. Solange ihr satt seid, sorgt ihr euch nicht um die nächste Mahlzeit.«

»Es ist besser, sich nicht zu viele Gedanken zu machen.« Ying Ers Vater reichte Laoshun das Geld. »Viel ist es nicht, also lache nicht über mich. Es ist unser bescheidener Beitrag, um zu helfen. An sich wollten wir schon etwas mehr geben, doch wir haben auch unsere Probleme …«

»Warum sollten wir über euch lachen?« sagte die Mutter. Wir müssen heute alle sehen, wo wir bleiben. Ich war der Meinung, dass ihr es mit der Strafe wegen der Geburtenkontrolle darauf ankommen lassen und die Zahlung erst einmal zurückhalten wolltet?«

»Darum geht es nicht.« Er wechselte das Thema, als er Ying Er sich räuspern hörte. »Ich habe einen vielversprechenden Handel vor mir. Wenn alles klappt, sollte eine hübsche Summe dabei herausspringen.«

Laoshuns Frau wusste, dass die Ankündigungen seiner vielversprechenden Geschäfte sich allesamt in Luft aufgelöst hatten, doch musste sie in diesem Moment bei ihm bleiben.

»Du hast ein Talent für Geschäfte. Das muss man anerkennen. Worum handelt es sich genau?«, fragte sie mit gespielter Neugier.

»Nickel. Ein Auftrag über dreihundert Tonnen.«, antwortete Ying Ers Vater.

»Woher willst du das Nickel nehmen?«, fragte Laoshun und zog an seiner Pfeife.

»Ich kenne jemanden in Jinchang. Er sitzt direkt an der Quelle. Ich traf ihn kürzlich. Wenn es klappt, sind vielleicht ein paar Hunderttausend drin. Dann sind eure viertausend Yuan nur noch ein Klacks.« Ying Ers Vater senkte seine Stimme und flüsterte Laoshun zu: »Willst du vielleicht etwas Uran kaufen?«

»Nein danke«, antwortete Laoshun, da er glaubte, Ying Ers Vater habe von Speiseöl gesprochen. »Wir pflanzen unsere eigene Ölsaat.«

»Ich rede nicht von Speiseöl. Ich rede von Uran«, lachte sein Gegenüber. »Uran für den Bau von Atombomben. Es kommt aus Russland. Ein Kilo kostet mehrere Hunderttausend.«

Laoshun schaute ihm prüfend ins Gesicht. Der Mann meinte es tatsächlich ernst. Laoshun zog die Stirn zusammen und antwortete:

»Solche Dinge sollte man der Regierung überlassen. Wir einfachen Leute können damit nichts anfangen.«

»Da hast du sicher Recht«, entgegnete Ying Ers Vater.

Laoshun musste sich mächtig zusammenreißen, um nicht lauthals loszulachen. Dieser Mensch brachte ihn - ohne es selbst zu wollen – mit seinen haarsträubenden Geschichten immer wieder zum Lachen. Einmal war es Stahl, beim nächsten Mal Antiquitäten. Und immer alles im großen Stil. Nun also Nickel und Uran, mit der Aussicht auf exorbitante Gewinne. Laoshun klopfte seine Pfeife aus und legte sie zur Seite.

»Welche Summe hat der Arzt genannt?« fragte Ying Ers Vater schließlich.

»Etwa vier Tausend«, antwortete Laoshun.

»Wie viel habt ihr bislang zusammen?«

»Ein wenig über zwei Tausend.«

»Das sollte fürs erste reichen. Ihr müsst nicht alles auf einmal bezahlen. Du gibst ihnen fünfhundert als Anzahlung. Wenn das aufgebraucht ist, zahlst du die nächste Summe. Mit der Summe, die ihr jetzt zusammen habt, könnt ihr auf jeden Fall mit der Operation beginnen. Währenddessen sammelt ihr weiter.«

»Meinst du das ernst? Wir müssen nicht die ganze Summe auf einmal zahlen?« Laoshun schaute ihn skeptisch an.

»Vertraue mir.«.

»Wenn es so ist, müssen wir uns keine großen Sorgen machen.« Laoshun war sichtlich erleichtert.

»Wir bringen ihn ins Krankenhaus und werden uns dann etwas überlegen. Als letztes Mittel bleibt uns immer noch unser Getreide«, sagte Laoshun

Eine Stunde später kam Mengzi mit seinem Onkel vorbei, um die Einzelheiten von Hantous Krankenhausaufenthalt zu erörtern.

Kapitel XVI

1

Das Wetter war innerhalb der letzten Wochen zusehends heißer und trockener geworden.

Die Sonne schien gleißend vom Himmel und stieß unförmige Strahlen weißen Lichts aus, die das Sandmeer verbrannten und das Getreide vertrocknen ließ. Durch die Aufnahme des Sonnenlichts schien sich das Gelb der Wüste zu potenzieren. Der Himmel glich mehr und mehr einem Stück blauflammender Seide, das mit seiner imaginären Zunge die Oberfläche der Erde beleckte.

Es war die Zeit der Weizensprösslinge.

Doch das Schicksal hielt eine schwere Prüfung für die Leute des Dorfes bereit.

Laoshun beklagte Trockenheit der letzten Monate. Mit ein wenig Regen würden sie einen normalen Ertrag einfahren können, auch wenn der Großteil ihres schmalen Gewinns sogleich wieder in Form von Steuern und Abgaben dahinschwinden würde. Die prallgefüllten Getreidesäcke waren schneller wieder leer als man gucken konnte. Doch auch das kurze Glück zählte. Sobald der letzte Atemzug getan war, löste sich eh alles in nichts auf. Am Leben zu sein bedeutete nicht mehr, als einen langen Traum zu träumen. Und was man im Leben erlebte, waren einzelne, kurze Träume. Es war immer noch besser, Träume zu haben, als traumlos zu leben. Laoshun hatte verstanden.

Selbstverständlich durfte man den Himmel verfluchen.

Beim Anblick der Weizensprösslinge, die sich unter der flimmernden Sonne nurmehr kläglich aus dem Boden mühten, überkam Laoshun Katzenjammer. Seine Hoffnung, aus dem Ertrag einer guten Ernte seine Schulden begleichen zu können, zerfiel buchstäblich vor seinen Augen. Er hob den Kopf, schaute zum Himmel empor und sagte zu Beizhu, der wilde Haferähren aus dem Boden zog: »Was tust du da? Siehst du nicht, dass sich bereits alles in Stroh verwandelt hat?«

»Müssen wir nächstes Jahr nicht wieder einsäen? Schau dir diesen wilden Hafer an. Es ist schon merkwürdig. Die Weizenkeimlinge verdorren in der Sonne, aber der Hafer ist noch nicht tot.«

»Natürlich nicht«, knurrte Laoshun. »Das ist wie mit uns Menschen. Die Nutzlosen gedeihen besser als die Tüchtigen. Der Gelbe Fluss versiegt genau zu der Zeit, in der wir unsere Felder wässern müssen. Es scheint, als ob der Himmel es auf uns abgesehen hätte und wir können nichts dagegen tun.«

»Wann wird Hantou operiert?«, fragte der alte Meng, der zufällig des Weges kam.

»Er ist bereits im Hospital, doch die Ärzte sagen, dass sie ihn eine Weile beobachten müssen, bevor er operiert wird. Wir haben keine Ahnung, wann es so weit sein wird. Ich befürchte, der Chirurg wird die Operation so lange wie möglich hinauszögern. Es sei denn, wir reichen ihm etwas unter dem Tisch. Zum Glück ist Lingguans alter Studienkollege dabei. Aber lass uns lieber von etwas anderem reden.«

»Wenn es nicht ernst ist, genügt es, wenn Lingguan bei ihm bleibt.«, sagte der alte Meng. Er schaute in den Himmel empor, um seinen Blick dann wieder auf die Getreidesprösslinge zu richten.

»Hast du vergessen, was ich dir letztes Jahr erzählt habe, Beizhu? Dass es eine Katastrophe ist, wie die Menschen heute Lebensmittel vergeuden? Schau dir an, was nun geschieht! Der Gelbe Fluss soll ausgetrocknet sein. Hat man das schon jemals gehört?«

»Du hast Recht«, erwiderte. »Das ist unvorstellbar!«

»Heißt das im Umkehrschluss, dass wir mit unseren Lebensmitteln aasen dürfen, solange der Gelbe Fluss Wasser führt und wir Elektrizität haben?«, fuhr Meng fort. »Wenn du in die Stadt gehst, wirst du sehen, dass die Leute alles Mögliche in die Gosse schmeißen: Nudeln, Brot, Fleisch … einfach alles! Das macht mich traurig. Früher regnete es Mehl vom Himmel!Die Weizenähren trugen doppelseitig Körner. Es gab Getreide im Überfluss. Die Leute haben sich den Hintern mit Hefeklößen abgewischt. Das hat den Himmel erzürnt. Alsbald regnete es kein Mehl mehr, sondern Schnee, und die Ähren trugen nur noch einreihig. Die Menschen wurden für ihre Sünden bestraft. Wenn der Himmel es auf dich abgesehen hat, dann bist du verloren. Dann nützen dir weder Wasser noch Elektrizität. Zur Zeit der Republik hatten wir einmal eine außergewöhnlich reiche Ernte. Eines Tages landete eine riesige, dunkle Wolke auf unseren Feldern: Heuschrecken! Der Schwarm war so groß und gewaltig, dass sich das Sonnenlicht verdunkelte. In weniger als einer Stunde waren die Felder blank gefressen. Der Himmel findet immer einen Weg, uns Übles anzutun. In den 60er Jahren haben wir alles gegessen, was wir finden konnten. Vermutlich hätten die Leute sogar ihre eigenen Exkremente gegessen, wenn sie denn etwas zum Verdauen gehabt hätten.

«Stimmt«, seufzte Laoshun. »1958 ist uns der Weizen auf den Feldern verrottet. Deswegen gab es 1960 die große Hungersnot im Land.«

»All dies haben wir zu einem guten Teil uns selbst zuzuschreiben«, fuhr der alte Meng fort. »Heute haben wir bessere Zeiten. Doch warte ein paar Jahre ab und schau, was dann passiert. Hier und da haben wir Engpässe bei der Stromversorgung, doch an Wasser mangelt es uns nicht. In einigen Jahren wird selbst das Wasser knapp werden. Du glaubst mir nicht? Schau dir den Brunnen an, den sie bohren! Früher sprudelte das Wasser nur so aus dem Boden. Heute ist das Grundwasserniveau deutlich abgesunken. Keiner garantiert uns, dass es nicht noch weiter sinkt.«

»Ach!«, rief Beizhu. »Hör auf mit deinen Schauergeschichten, Meister Meng! Du machst mir Angst. Mir reicht es, wenn ich mich so recht und schlecht durchs Leben mühe. Je mehr ich weiß, desto größer werden meine Sorgen. Ich nehme das Leben von Tag zu Tag und ich trinke, solange ich eine Schnapsflasche im Regal habe. Warum an morgen denken?«

»Ein Mann muss nach vorn schauen!«, erregte sich der alte Meng. »Es sind die Frauen, die niemals über ihren Tellerrand hinausschauen.«

»Was soll es bringen, sich mit der Zukunft zu beschäftigen?«, beharrte Beizhu. »Wir haben schon genug Schwierigkeiten im Hier und Jetzt. Schau dich doch um! All die Skorpione und Blutsauger saugen uns leer. Und nun ist das Schicksal gegen uns.« Er tat einen langen Seufzer.

Der alte Meng starrte Beizhu mit ausdrucksloser Miene an. Dann seufzte auch er. »Du hast Recht. Irgendwie schlagen wir uns durch. Die wirklichen Sorgen warten vielleicht noch auf uns.«Dann drehte er sich um und strich mit den Fingern über einen Bündel Grashalme in seiner Hand, die ein raschelndes Geräusch von sich gaben.

2

Mit einem Mal vernahmen sie zwei sich streitende Stimmen. Huaqius Mutter war wieder einmal mit der Frau vom Glatzköpfigen Wang in einen Disput geraten. Laoshun vermutete, dass es wieder Unstimmigkeiten wegen des Feldrains gab, ein ewiger Stein des Anstoßes zwischen den beiden Familien. Sie beschuldigten sich gegenseitig, über die Grenze hinaus zu pflanzen bzw. den Rain heimlich versetzt zu haben, um eine zusätzliche Fläche hinzuzugewinnen. Der Rain zwischen ihren Feldern war dadurch im Laufe der Zeit so schmal geworden, dass beide Familien Mühe hatten, ihre Felder von diesem Damm aus zu bewässern.

Laoshun war es leid, sich in ihre Fehden einzumischen, doch der alte Meng ging hinüber und versuchte, die Wogen zu glätten.

»Was in Herrgotts Namen tut ihr da? Legt euch aufs Sofa, wenn ihr nichts Besseres zu tun habt, als euch zu streiten!«

Laoshun schüttelte den Kopf und trottete nach Hause. Seit Tagen war er deprimiert. Das Land gab im Grunde genug für seine Bedürfnisse her, doch das Wetter spielte einfach nicht mit. Sein Verdruss wuchs von Tag zu Tag. Das Getreide schien verloren. Allein das Vieh würde daran noch Gefallen finden.

Laoshun zog die Stirn in Falten. Die Welt war aus den Angeln geraten. Nichts war mehr wie früher. Und auch die Menschen hatten sich verändert. Arm waren die Leute schon immer gewesen. Keine Frage. Aber demütiger. Heutzutage war ihnen nicht mehr zu helfen. Die Mächtigen entpuppten sich als nimmersatte Sauger, die den Bauern das Blut aussaugten. Die armen Leute glichen giftigen Spinnen in einem Glas, die sich belauerten und nach einer Gelegenheit suchten, sich gegenseitig zu beißen. Ein endloser Streit um ein wenig Haferkleie. Was konnte sinnloser sein?

Laoshun fragte sich, ob es der verrückt gewordene Himmel war, der die Menschen ansteckte, oder ob die Menschen umgekehrt den Himmel irre machten. Er wusste es nicht. Vielleicht war beides richtig. Offensichtlich bestand eine Beziehung zwischen den Naturgewalten und den Menschen. Die Zwietracht zwischen den Menschen rief den Zorn des Himmels hervor. Es stimmte, was die Alten sagten. Die Menschen waren niederträchtig. Sie taten zu viele ungehörige Dinge.

Er ließ das Feld hinter sich und erreichte einen Sandweg. Ein Hauch von verbrannter Erde lag in der Luft.

»Laoshun!« Der Handlose Wei kam auf seinem Esel dahergeritten. »Nur ein Morgen! Hast du es gehört?«

»Was meinst du, ein Morgen?«

»Wir dürfen nur noch einen Morgen unserer Felder bewässern. Das Wasserreservoir ist so gut wie leer. Falls sich die Situation verbessern sollte, wird die Fläche nach und nach erweitert. Falls nicht, war's das mit unseren Feldern.«

»Ist Sun Datou gekommen?«

»Ja. Er hat alle Männer zu einer Versammlung aufgerufen. Es kommen harte Zeiten auf uns zu!«

»Einen halben Hektar, sagst du? Das bringt weniger Korn ein, als wir bräuchten, um unsere Zahnlücken zu füllen.«

»Du kannst wenigstens Milch trinken«, sagte Wei und lachte.

»Wovon redest du?«

»Die Milch deiner Schwiegertochter!« Er gab dem Esel die Sporen und ritt davon.

»Trink du doch die Milch von deiner Eselin!«, rief Laoshun ihm hinterher.

Laoshun schüttelte den Kopf und warf Wei einen verächtlichen Blick hinterher. Warum in aller Welt machten die Leute ständig Witze über Schwiegertöchter? Es war, als ob sie in ihrer Senilität nichts anderes konnten, als sich inzestuösen, sexuellen Phantasien hinzugeben. Er selbst hatte keinen Gefallen daran und würde auch nie einen Gefallen daran finden. Für ihn war seine Schwiegertochter wie seine eigene Tochter. Im Übrigen fühlte er sich zu alt für solche Phantasien. Sein Kopf war ständig übervoll mit anderen Dingen. Es gab keinen Platz mehr für Phantasien solcher Art.

Obschon er wusste, dass nicht genug Wasser im Reservoir war, um große Flächen von Land zu bewässern, war die Nachricht doch auch positiv. Ein bewässerter Morgen Land bedeutete einen Morgen Getreide.

3

Sun Datous Haus war gefüllt mit Menschen. Die Leute zeterten und es entbrannte ein heftiger Streit. Sun Datous Stimme übertraf alle anderen:

»Geht und redet mit ihnen, wenn ihr meint, ihr könntet mehr ausrichten als ich!«

»Wir sitzen ständig am kürzeren Hebel, wenn es ums Wasser geht«, rief Baigou aufgebracht. »Das werde ich mir nicht mehr bieten lassen! Wenn es sein muss, werde ich dafür kämpfen. Mit dem bisschen Wasser! Unterwegs greifen sie noch hier und dort etwas ab, so dass am Ende nicht mehr als ein Pippistrahl ankommt! Wie sollen wir damit unsere Felder bewässern?«

»Recht hat er!«, schrie der Glatzköpfige Wang. »Vierzig Yuan bezahlen wir, um einen halben Hektar Land zu bewässern. Warum bekommen die anderen Dörfer ihr Wasser vor uns?«

Alle schrien durcheinander. Die Stimmung war aufgeheizt.

»Geht und redet mit den zuständigen Beamten vom Wasserwerk, wenn ihr wollt!«, polterte Sun Datou zurück. »Warum schreit ihr mich an? Ich will euch einmal etwas sagen: Ich bin es leid, diese Mütze zu tragen. Wer meinen Job machen will, der kann es liebend gerne tun. Ich verzichte darauf, euer Dorfvorsteher zu sein!«

»In dieser Situation kannst du unmöglich gehen!«, sagte Beizhu.

»Das sehe ich genauso«, stimmte Maodan ihm zu. »Eine Hebamme kann nicht weglaufen, sobald sie den Kopf des Babies sieht!«

»Du hast leicht reden!«, höhnte Sun Datou. »Du glaubst wohl, mein Job sei einfach, ist es nicht so? Ständig bitte ich die Leute dort um dieses oder jenes. Aber selten habe ich Erfolg damit. Die Dinge haben sich geändert. Vernunft zählt nicht mehr. Wisst ihr eigentlich, wie die Leute aus den anderen Dörfern zu ihrem Ziel kommen? Wollt ihr es wirklich wissen? Sie machen Geschenke! Sie schicken Hühner, Ziegen, manche sogar Geld! Sie bestechen die Verantwortlichen! Was haben wir denen gegeben, he? Und ihr beschwert euch noch, wenn ich euch nach kleinen Summen frage! Ihr seid nichts als ein Haufen lausiger Geizkragen! Und ihr wollt ganz vorne am Wasser mitspielen?«

»Willst du uns kritisieren?«, rief Beizhu. »Ich kann mir nicht vorstellen, dass die vom Wasserwerk so herzlos sind. Die werden doch nicht zuschauen, wie unser Getreide kaputtgeht!«

Sun Datou lachte kalt. »Meinst du, du bist der einzige, dessen Getreide kaputtgeht?« Er spuckte verächtlich aus. »Du bildest dir wohl ein, nur du bräuchtest etwas zu essen und alle anderen ernähren sich vom Wind? Wenn man sich anstellen muss, dann ist es nun einmal so, dass einer am Anfang der Schlange steht und der andere am Ende. Und genau das werden sie euch sagen, wenn ihr mit denen diskutiert. Nur zu! Verklagt sie!«

»Genau das werden wir tun. Wir verklagen sie!«, rief Maodan. »Auch wir haben unsere Rechte!«

»Und worauf gründen die?«, fragte Sun Datou zurück. »Was haben sie Illegales getan? Meinst du, sie haben im Himmel angerufen und gefordert, dass es weniger regnen oder dass das Wasser im Reservoir versiegen soll? Du hast nichts in der Hand gegen sie, verstehst du das nicht?«

»Er hat Recht«, mischte Laoshun sich ein. Wir stehen am Ende der Schlange, was kein Problem ist, solange es genug Wasser gibt. Wenn wir uns dumm verhalten, werden wir ihren Unmut auf uns ziehen und stehen am Ende vielleicht noch schlechter da als jetzt. Schaut euch die Situation an! Die Gräben sind bereits alle gerissen. Wer weiß, wie viel Wasser unterwegs verloren geht! Ich wüsste nicht, was wir tun könnten, selbst wenn sie uns noch weniger Wasser geben.«

»Ganz hilflos sind wir aber nicht«, widersprach Sun Datou ein. »Gebt Geld aus! Die Dürre ist beispiellos und momentan ist das bisschen Wasser im Reservoir unsere einzige Hoffnung. Wenn einer mehr abbekommt, muss der andere zwangsläufig weniger erhalten. Solange ihr aber nichts ausgebt, werdet ihr die Leidtragenden sein.«

»Wir werden also ein Festessen für sie veranstalten müssen«, meinte der Glatzköpfige Wang.

»So ist es«, antwortete Sun Datou. »Und wir müssen es richtig gut machen. Wie oft wir sie einladen und wann genau macht einen gewaltigen Unterschied.«

»Ich bin ganz deiner Meinung«, sagte Laoshun. »Wie viel, meinst du, müssen wir jeder beisteuern? Fünfzig Cent sollten reichen, oder?«

»Fünfzig Cent?« Sun Datou lachte schallend. »Dafür tut dir deine Schwiegertochter vielleicht einen Gefallen. Wenn ihr die ganze Sippe mit Essen und Trinken bewirtet, denke ich, wird es euch einige Hundert Yuan kosten.«

Ein Raunen ging durch den Raum.

»Wenn ihr es anpacken wollt, dann bitte richtig!«, fuhr Sun Datou fort. »Ihr wollt doch wohl kein Festessen für sie ausrichten und am Ende trotzdem mit leeren Händen dastehen, oder?« Ich schlage fünf Yuan pro

Person vor. Wer kein Cash hat, soll mit Getreide zahlen.

Aber eins muss klar sein: Kein Geld, kein Wasser! Ich sage euch nur, wie es ist. Wer Einwände hat, soll sie vorbringen, und zwar direkt und offen. Keiner soll jetzt sagen, alles ist okay und mir später in den Rücken fallen! Ich will keine falschen Anschuldigungen hören!«

4

Niedergeschlagen verließ Laoshun das Zusammentreffen im Haus von Sun Datou. Die wenigen Bekannten, die er unterwegs traf, beachtete er nicht. Ihm stand der Sinn nicht nach Gesprächen. Er trottete stumm den Weg entlang und bald waren seine Hosenbeine von weißem Staub bedeckt. Ein intensiver Brandgeruch lag in der Luft, der Laoshun das Herz noch schwerer machte.

Laoshun hörte ein lautes Wimmern und als er in den Hof des Lahmen einbog, sah er Wuzi, der an eine Eisenkette gekettet neben dem Hauseingang saß.

Er kam näher und stellte fest, dass Wuzis Handgelenke blutig gescheuert waren. Er machte einen robusten Eindruck auf Laoshun. Sein Gesicht war gerötet. Die Laute, die er in unregelmäßigen Abständen von sich gab, erinnerten Laoshun an die eines Rindes.

Der Lahme hockte im Schatten unter der Traufe und rauchte. Die tierischen Laute seines Sohnes schien er nicht wahrzunehmen. Als er Laoshun sah, rückte er wortlos ein Stück zur Seite. Laoshun kauerte sich neben seinen Freund.

»Sie sammeln wieder Geld ein«, sagte er, doch der Lahme erwiderte nichts. Er zog lange nicht an seiner Pfeife, und als er es schließlich doch tat, kam kein Rauch heraus.

»Wir sind am Ende«, sagte sein Freund und zog erneut an der erloschenen Pfeife.

»Du sagst es«, erwiderte Laoshun.

Die beiden Männer verfielen in Schweigen und der Lahme schien seine Pfeife vergessen zu haben. Plötzlich brüllte Wuzi laut auf.

»Siehst du?« Er warf einen kurzen Blick in Richtung seines Sohnes. »Da ist nichts zu machen.«

»Diese Krankheit … vielleicht würde es helfen, wenn er eine Frau hätte?«

»Wer will so einen haben?«, sagte der Lahme mit tonloser Stimme. »Sag mir, welche Eltern würden ihre Tochter in so einen Stall schicken?«

Laoshun seufzte.

Der Lahme stopfte seine Pfeife neu und betätigte sein Feuerzeug, doch seine Hand zitterte so stark, dass er Schwierigkeiten hatte, den Tabak in der Pfeife zum Brennen zu bekommen. Laoshun ging ihm zur Hand. Er nahm einige tiefe Züge und blies den dicken, blauen Rauch in die Luft. Dann schaute er zu seiner Frau hinüber, die in der Küche beschäftigt war.

»Wir können so nicht weitermachen«, murmelte er.

»Lass uns ein ruhiges Plätzchen suchen. Dort können wir reden.«

Der Lahme erhob sich und ging mit Laoshun durch das Tor. Sie liefen ein Stück des Weges, bis sie ein Feld neben einem Sandhügel erreichten. Der Hügel glich einer Düne, bewachsen mit allerlei Gestrüpp, Nadelgras und Artemisia. Der Lahme ließ sich in den Sand sinken und sagte: »Ich habe lange nachgedacht. Es ist zwecklos. Wir können ihm nicht helfen. Seit Wochen kommt niemand mehr in unser Haus. Es ist wie ein Fluch.«

»Ja«, sagte Laoshun, ohne zu verstehen, was sein Freund hatte sagen wollen. Plötzlich überkam ihn ein Gedanke.

»Was hast du vor?«

»Überleg doch mal …« Ohne Laoshun anzusehen, nahm der Lahme seine Pfeife aus dem Mund und zog sie durch den Sand. Laoshun griff danach und befreite die Pfeife von dem Sand.

Sein Freund verharrte mit versteinerter Miene. Eine Windböe bewegte sein zerzaustes Haar, in dem einige Strohhalme steckten.

»Er hat genug gelitten in den letzten Jahren«, sagte Laoshun wie zu sich selbst.

»Ich will offen mit dir sein«, sagte der Lahme plötzlich mit einer unerwartet energischen Stimme.

»Ich kann diese Belastung nicht länger ertragen …«

»Was willst du damit sagen?«, fragte Laoshun, geschockt von dem Gedanken, der sich in seinem Kopf breitmachte.

»Was ich damit sagen will? Es ist sinnlos. Er hat uns und anderen genug Leid zugefügt. Fensterscheiben eingeschlagen, Brände gelegt, Frauen überfallen. Und was sonst noch alles. Wenn ich nichts dagegen tue, werde ich der Welt nicht mehr unter die Augen treten können.«

»Was hast du vor?«

»Mich um ihn kümmern«, sagte der alte Mann und kniff die Augen zusammen.

»Du bist sein Vater. Und du bist ein Mensch. Wie kannst du nur an so etwas denken? Du würdest dich an deinen Ahnen versündigen. Du solltest nicht einmal daran denken.«

»Was sonst kann ich tun? Sag es mir! Es ist sein Pech, dass er in diese Armut hineingeboren wurde.«

»Aber … Er ist und bleibt dein eigen Fleisch und Blut! Du hast nur diesen einen Sohn. Wer sonst kann deine Familienlinie fortsetzen?«

»Was kümmert mich irgendeine Familienlinie?« Laoshuns Freund lächelte bitter. Der Fluch dieses Jungen hat viel Unglück über unser Dorf gebracht. Ich muss arbeiten und essen. Ich kann nicht ständig auf ihn aufpassen. Was stellt er nächstes Mal an, wenn ich nicht auf ihn Acht gebe? Seine Krankheit ist so weit fortgeschritten, dass er jemanden töten könnte, ohne dafür bestraft zu werden, sagen die Leute.«

»Lass es sein.« Laoshun zog die Brauen hoch. »Hör auf mit diesen Gedanken und lass den Himmel entscheiden!«

»Den Himmel?« Sein Freund lachte trocken. Tränen liefen ihm über sein Gesicht.

»Was soll das sein: der Himmel? Sag es mir. Ich habe mein Leben lang den Himmel um dieses oder jenes gebeten, aber nicht einmal sah ich, dass er seine Augen geöffnet hätte. Ich soll den Himmel entscheiden lassen, sagst du? Was soll das bringen?«

Das Herz wurde Laoshun schwer beim Anblick der Tränen im Gesicht seines Freundes.

»Und die Leute im Dorf leiden ebenfalls. Sie haben erduldet, was sie erdulden konnten. Ich hätte kein Gewissen, wenn ich sie weiterhin durch die Hand meines kranken Sohnes leiden lassen würde.« Er machte eine Pause. »Ich werde meine Strafe akzeptieren, wenn es so weit ist. Ich werde ins Gefängnis gehen oder eine Kugel akzeptieren. Ich werde mit einem reinen Gewissen sterben. Anders als jetzt, wo ich mich bei den Menschen entschuldigen muss.«

Laoshun stopfte die Pfeife seines Freundes und blies den Rauch in die Luft. Die beiden Männer saßen noch lange wortlos beieinander.

5

Mit übereinandergeschlagenen Beinen saß Laoshun auf dem Kang und grübelte über das Gespräch mit seinem Freund nach. Beim Gedanken daran lief ihm ein kalter Schauer den Rücken hinunter. Ein Menschenleben zu nehmen war etwas Unerhörtes, dachte er. Auch wenn sein Freund am Ende seiner Möglichkeiten angelangt war, so war es nicht an ihm, eine solch weitreichende Entscheidung zu fällen. Laoshun entschied, ihn ein weiteres Mal aufsuchen und von seinem Plan abbringen zu wollen. Auch wenn er selbst begonnen hatte, den Glauben an einen Himmel zu verlieren, so war es doch seine Aufgabe, seinen Freund davon zu überzeugen, die Entscheidung dem Schicksal zu überlassen.

In dem Moment, in dem er den Gedanken an Wuzi und seinen Vater zur Seite gelegt hatte, kam ihm der Streit der Männer und die Forderung nach einer Einladung der Beamten wieder in den Sinn. Laut der Kalkulation des Dorfvorstehers musste Laoshun für seine Familie dreißig Yuan aufbringen, was für ihn keine kleine Summe darstellte. Und es war längst nicht gesagt, dass dies die letzte Summe war, die er irgendwie zusammenkratzen musste. Das Getreide würden sie auf keinen Fall anrühren. Bei der derzeitigen Dürre würden sie ohne Regen Schwierigkeiten bekommen, überhaupt eine Ernte einfahren zu können. Was gab es sonst für Optionen? Die Schweine waren noch zu klein. Da war der große Baum vor dem Haus. Der Handlose Wei hatte ihn mehrfach zu überreden versucht, ihm den Baum zu verkaufen, doch Laoshun hatte sich strikt geweigert. Der Baum sollte seiner bleiben. Ein Mann jenseits der fünfzig musste sich unweigerlich auch mit dem Ende beschäftigen. Er weigerte sich, den Gedanken zu akzeptieren, dass er – nach einem Leben voller Mühsal und Entbehrungen – keine eigenen vier Bretter für einen Sarg zur Verfügung haben könnte. Auch wenn es sich nur um eine gemeine Pappel handelte, so ließe sich doch aus ihrem Holz ein ordentlicher Sarg schreinern. Laoshun hatte sich Särge in einem Laden angeschaut, doch sie waren von schlechter Qualität und nicht mehr als armselige Bretterkisten gewesen.

Er würde seinen Sarg selbst zimmern. Die Bohlen sollten dick und solide sein. Nach einem Leben, in dem er an allen Ecken und Enden gespart hatte, wollte er in dieser Angelegenheit auf keinen Fall knickerig sein. »Der Baum bleibt«, sagte er zu sich selbst.

Plötzlich hörte er die verärgerte Stimme seiner Frau. In letzter Zeit war dies häufig vorgekommen. Irgendetwas passierte und brachte sie auf die Palme. Im Normalfall ignorierte Laoshun sie. Er betrachtete Frauen als seiner Aufmerksamkeit unwürdige Geschöpfe. In seinen Augen waren sie ungebildete Wesen mit langen Haaren und kurzem Verstand. Nun ließ er sie nörgeln, fragte sich aber insgeheim, was er dieses Mal getan haben könnte, ihren Zorn heraufzubeschwören. In der Regel gab es einen vernünftigen Grund für ihre Ausraster, wie beispielsweise seine Schweißfüße oder die Tatsache, dass er regelmäßig am Morgen nicht aus dem Bett fand.

»Schau dir deine Hosen an! Dieses Mal kannst du sie selbst waschen!« Sie zeigte mit dem Finger auf die Lehmspritzer auf seinen Hosenbeinen.

»Ach so. Ich dachte schon, es sei etwas Wichtiges.« Laoshun setzte ein Unschuldslächeln auf und begann, seine Hosen abzuklopfen.

»Geh hinüber zur Tür! Nun mach schon. Du verteilst den Dreck ja auf den Möbeln!« Verärgert runzelte sie die Stirn.

Laoshun klopfte wuchtig auf seine Hosenbeine. Er bemerkte, dass sie ihn im Auge behielt. Ein weiterer Wutausbruch schien sich deutlich anzubahnen, daher wechselte er abrupt das Thema.

»Sun Datou sammelt wieder Geld ein!«

»Was?« Seine Bemerkung hatte gesessen und ihre Aufmerksamkeit geweckt. »Noch mehr Geld? Verschone mich mit deinen üblen Scherzen!«.

»Scherze? Wohl kaum. Es handelt sich um eine Schenkung für die Wasser-Tiger, die Beamten vom Wasserwerk.«

»Das kann doch wohl nicht wahr sein.« Ihre Miene verdunkelte sich schlagartig. »Nimmt das denn niemals ein Ende?«

»Das Getreide rühren wir auf jeden Fall nicht an, so viel steht fest! Bei den Wetterverhältnissen, die wir jetzt haben, bin ich nicht sicher, ob wir überhaupt genug für den Winter haben.«

Seine Frau sah ihn ernst und gleichermaßen ratlos an.

Wenig später kehrte Mengzi nach Hause zurück. Noch bevor er das Haus betreten hatte, konnten seine Elter ihn poltern hören.

»Was ist bloß aus der Welt geworden? Am hellichten Tag rauben sie einen aus. Das ist doch blanke Erpressung!«

»Von wem redest du?«

»Von wem wohl! Sie haben eine Hütte an den Straßenrand gesetzt und zwei Wachen eingestellt. Von jedem, der passieren will nehmen sie vier Yuan! Auf dem Hinweg vier und auf dem Rückweg. Ist das noch zu fassen?«

»Dann nimmst du eben die alte Straße!«

»Unmöglich! Die alte Straße haben sie aufgerissen. Angeblich wegen Reparaturarbeiten. Ich war gezwungen, diese neue Autobahn über Wunan zu fahren. Die Leute sagen, dass bereits drei Tage nach der Eröffnung der Asphalt geschmolzen ist. Und stellt euch vor, was auf dem Schild steht? Straßenarbeiten finanziert mit Krediten/ Kreditrückzahlung durch Maut-Einnahmen. Wie viel haben sie letztes Mal einkassiert? Fast einhundert pro Fahrzeug, LKWs nach Gewicht und Ladung. Sogar die Parteibonzen mussten zahlen. Kollektiv-Maut zur Realisierung notwendiger Arbeiten, haben sie uns erzählt. Warum arbeiten die so schlampig? Der Straßenbelag ist eine einzige Katastrophe. Rissig, löchrig und weich. Es wäre ein Wunder, wenn die Gelder nicht in den Taschen korrupter Beamter gelandet sind. Vampire sind das.«

»Es reicht!«, winkte Laoshun ab. »Mach mal halblang. Einige sind als Stechmücken geboren, andere dazu, gestochen zu werden. So ist es nun einmal. Besser, du hörst auf zu jammern und lässt die Leute tun, was sie tun wollen. Hat Baigou dir Geld gegeben?«

»Was für Geld? Alle dort wollten dieselbe Arbeit. Da gäbe es mehr Dreiräder als Ameisen. Wir konnten uns nicht einigen, wie wir teilen sollten. Er hatte zugestimmt, mir zehn Yuan pro Tag zu zahlen, aber jetzt denke ich, er hat mich gefoppt. Ich bin mir sicher, dass er sich noch nicht einmal den Diesel leisten konnte. Wie konnte ich ihn da nach Geld fragen!«

»Klar.« Laoshun machte eine abschätzige Handbewegung. »Ich habe dir eine einfache Frage gestellt und du redest Luftblasen. Warum gehst du mit ihm, wenn doch nichts dabei herausspringt? Geh lieber aufs Feld und zieh Hafersprossen!«

»Die sind doch bereits verdorrt. Was gibt es da zu tun?«

»Was es zu tun gibt? Wovon willst du nächstes Jahr leben, wenn es keine

»Du solltest ihm keine Vorwürfe machen«, sagte Lingguan zu seinem Bruder. »Diese Dürre bringt uns noch alle um. Verständlich, dass Vater sich Sorgen macht.«

Dorfvorsteher Sun Datou hockte auf seinem Kang und schlürfte eine Kartoffelsuppe. Als er Laoshun eintreten sah, hob er sein Schälchen in die Höhe. »Noch ein Schälchen!«, rief er. Laoshun wehrte mit einer Handbewegung ab. »Nicht nötig. Ich habe gerade gegessen.« Hui Lanzi kam mit einem Schälchen herüber und drückte es Laoshun in die Hand.

»Iss und schwing keine Reden! Es ist reichlich da.« Laoshun antwortete mit einem Lächeln, nahm das Schälchen entgegen, hockte sich auf den Boden und begann mit großem Appetit, die Suppe zu schlürfen. Sie war köstlich. In Nullkommanichts hatte Laoshun sein Schälchen geleert. Er wehrte Hui Lanzi ab, als sie ihm nachgeben wollte, stellte sein Schälchen auf den Tisch und wischte sich den Mund ab.

»Ohne unser Affenfutter geht es einfach nicht. Im Alter verliert das Leben seinen Geschmack.«

»Wonach ist dir zu Mute?«, fragte Sun Datou und stellte sein Schälchen neben sich. »Wir müssen uns irgendwie durchs Leben schlagen, oder etwa nicht?« Sein Schälchen kippte um und kullerte in Richtung Bettende. Sun Datou griff danach, stellte es so hin, dass es nicht weiterrollen konnte, seufzte und sagte: »Behalte dein Geld erst einmal. Die Situation hat sich verändert. Die Leute vom Wasserwerk haben gesagt, wir bekommen Wasser, allerdings nur unter zwei Bedingungen: Erstens, kein Dorf, das Geld schuldet, erhält Wasser. Zweitens, der Wasserpreis wird angehoben. Pro Morgen Land zehn Yuan und pro Person fünfzig Yuan. Für die Differenz müssen wir aufkommen. Sie sagen, es sei eine Entscheidung der Stadtregierung. Entweder wir zahlen, oder es gibt kein Wasser.«

Laoshun schluckte. Die Information war wie ein Schlag auf den Kopf. Fünfzig Yuan pro Person. Das machte dreihundert Yuan für ihn und seine Familie.

»Das war es dann wohl«, brachte er mühsam hervor.

»Ich habe es nachgeprüft. Der Befehl kommt tatsächlich von ganz oben«, erläuterte Sun Datou. »Die Kommune hat entschieden, dass die Kreditgenossenschaft denen, die über keine finanziellen Mittel verfügen, einen Kredit gewährt. Du füllst ein Formular aus und das Geld wird direkt an die Kommune überwiesen. Nach der Herbsternte gehst du zur Kreditgenossenschaft anstatt zur Getreidestation. Dort bekommst du dein Geld, abzüglich des gewährten Kredits versteht sich.«

»Das nenne ich Ausbeuterei«, knurrte Laoshun. »Wollen sie uns umbringen? Er ließ den Kopf sinken und brachte kein weiteres Wort mehr heraus.

»Ich hatte noch keine Gelegenheit, es allen zu sagen und frage mich, was passieren wird, wenn ich es tue. Dorfvorsteher in diesen Zeiten zu sein, wünsche ich keinem. Ich bin auch nur ein Lakai, der dafür sorgen muss, dass alle brav ihre Getreideabgaben zahlen und sich an die Familienplanung halten. Ich laufe mir deswegen die Schuhsohlen ab. Ich bin der Sündenbock der Leute. Bei jedem Befehl, der von oben kommt, gehen sie mich an, als wolle ich mir etwas in die eigene Tasche stopfen. Ich bin verdammt noch mal kein Wohltätigkeitsverein. Warum also tue ich mir das noch an? Am Ende des Jahres ist Schluss, darauf kannst du Gift nehmen!« Sun Datou schnaubte.

»Das habe ich dich schon hundert Mal sagen hören«, höhnte Laoshun. »Jedes Jahr sagst du es aufs Neue und doch machst du immer weiter. Immerhin genießt du Privilegien. Denk an deine Geschäftsessen! Ihr schwelgt, bis ihr platzt.«

»Unsinn!«, lachte Sun. »Meinst du wirklich, dass mir diese Geschäftsessen etwas bedeuten? Alle schlagen auf mich ein, weil ich mit diesen Wölfen zusammen esse. Es geht mir so auf den Magen, dass ich Verstopfung bekomme. Meinst du wirklich, es macht mir nichts aus, wenn die Leute mich hinter meinem Rücken kritisieren? Auch Worte können einen Mann ruinieren. Am liebsten würde ich meine verdammte Mütze in den Dreck werfen und stattdessen Hirsebrei essen und Leitungswasser trinken wie ihr alle.«

»Wir brauchen einfach einen wie dich«, sagte Laoshun. »Einen, der die Dinge für uns regelt.«

»Ich überlege, wie ich es ihnen am besten beibringen soll«, antwortete Sun. »Sie werden mich in der Luft zerreißen, wenn ich es ihnen erzähle.«

Laoshuns Gedanken kehrten wieder zu der neuen Preisverordnung zurück und sofort verfinsterte sich seine Miene. »Warum schickt uns der Himmel nicht ein wenig Regen? Wenn wir ihr verdammtes Wasser nicht bräuchten, könnten sie auch keine höheren Preise verlangen. Jetzt haben sie uns in der Hand.«

»Wach auf!«, sagte Sun. »Meinst du, sie quetschen euch nur aus, wenn es keinen Regen gibt? Dieses Mal haben sie lediglich einen guten Grund. Um Ausreden sind sie in den letzten Jahren nie verlegen gewesen.«

»Es ist hart, heutzutage ein Bauer zu sein«, seufzte Laoshun und schüttelte den Kopf.

»Ob du es glaubst oder nicht, die Leute in der Stadt sind noch schlechter dran als wir«, erwiderte Sun. »Und ich rede nicht von den einfachen Angestellten, die entlassen wurden. Selbst die Beamten haben es nicht so leicht. Es gibt zahllose staatliche Projekte, die alle geplant, ausgeführt und geregelt werden müssen. Was das alles kostet! Kannst du mir sagen, wo all diese Gelder verschwinden? In meinen Augen macht es keinen Unterschied, ob du eine magere Ziege oder ein fettes Lamm bist. Beide landen im Rachen des Wolfes.«

Beizhu und Baigou klopften an die Tür und gesellten sich zu Laoshun und Sun Datou. Beizhu winkte mit einem Packen voller Geldscheine in seiner Hand.

»Schaut her! Gebt den verdammten Beamten die Kohle, damit sie krank werden und sich endlich Medikamente leisten können.«

Sun Datou blinzelte Laoshun zu. Laoshun seufzte und sagte: »Beschäme deine Vorfahren nicht, oder glaubst du, dass sie sich mit Kleingeld zufriedengeben? Die Wasserpreise werden noch einmal erhöht!«

»Um wie viel?«, fragte Beizhu und starrte die beiden alten Männer an.

»Fünfzig Yuan pro Person.«

»Ist das wahr?", fragte Beizhu den Dorfvorsteher.

»Natürlich ist es das«, erwiderte Sun Datou und lächelte bitter.

Beizhu ließ seinen Blick von Baigou zu Laoshun, und von dort zum Dorfvorsteher gleiten. Dann warf er die Geldscheine auf den Tisch und rief: »Verdammt, wohin soll das noch führen?«

»Jetzt wollen sie uns wirklich an die Eier«, fluchte Baigou. »Warum holen sie sich das Geld nicht von den Ausländern? Warum immer von uns einfachen Leuten?«

»Ich habe nichts mehr zu veräußern als meine eigenen Knochen.« Er verzog das Gesicht.

»Sie vergeben Kredite. Du kannst es mit der nächsten Ernte zurückzahlen«, erklärte Sun Datou mit schwacher Stimme.

Beizhu beruhigte sich kurz, nur um erneut aufzubrausen: »Ein Kredit? Zu den Wucherzinsen, die sie verlangen? Ich werde auf keinen Fall zahlen.«

»Nicht?« Sun lächelte höhnisch. »Wenn nur einer im Dorf nicht zahlt, wird es keinen Tropfen Wasser geben. Egal, wie du es hältst, die da oben sitzen am längeren Hebel.«

»Es reicht!«, rief Baigou und stampfte mit dem Fuß auf. »Das lasse ich mir nicht länger gefallen.«

»Besser, du arrangierst dich mit den Gegebenheiten und akzeptierst die Situation so, wie sie ist«, erwiderte Sun Datou.

»Das Schicksal akzeptieren …«, murmelte Laoshun.

Kapitel XVII

1

Die Tage vor seiner Operation waren die schwersten für Hantou.

Die immensen Krankenhauskosten, die auf die Familie zukommen würden, belasteten ihn. Hantou mochte keine Ärzte. Er vertraute ihren Diagnosen nicht und war der Meinung, dass sie sämtlich nur auf das Geld ihrer Patienten auswaren. Medikamente hielt er für wenig wirksam und im Grunde genommen überflüssig. Er war daher fest entschlossen, auf alles zu verzichten, was nicht absolut notwendig war, um seine Leberparasiten zu behandeln.

Noch immer stand kein genauer Operationstermin fest. Die behandelnden Ärzte hatten ihm erklärt, dass jedem Operationstermin eine Beobachtungsphase vorausging. Beobachtungsphase? Was gab es zu beobachten? Drei Ultraschalluntersuchungen hatte er bereits hinter sich, sowie eine Röntgenaufnahme der Brust, ein EKG und eine Untersuchung seiner Leberwerte. Sein Problem war ein Knoten in seinem Körper, warum also Untersuchungen der Brust und des Kopfes? Er fühlte sich den Ärzten hilflos ausgeliefert.

In seinem Krankenzimmer gab es einen weiteren Patienten mit demselben Krankheitsbild. Er trug eine Flasche mit sich, aus der ein Schlauch ragte, der über einen Port an seinem Körper angelegt war. In der Flasche befand sich eine rötliche Flüssigkeit. Der Mann schlurfte stets mit gebeugtem Rücken über den Flur. Hantou hatte gehört, dass bereits der kleinste Kontakt mit dieser Flüssigkeit hochansteckend sei. Infolgedessen wurde der Mann wie ein Aussätziger behandelt. Hantou schauderte bei dem Gedanken, in wenigen Tagen genau wie dieser Patient über den Flur laufen zu müssen. Gleichzeitig hoffte er, möglichst bald operiert zu werden, denn der Gedanke an die sich summierenden Kosten raubten ihm den Schlaf.

»Pass bloß auf und vermeide jeden Kontakt mit dieser Flasche!«, scherzte Hantou, als Lingguan ihn besuchte.

»Hast du Angst vor der OP?«, fragte Lingguan seinen Bruder.

»Ich komme mir vor wie ein geprügelter Gecko. Aber ich muss da durch, auch wenn ich Angst habe.« Er versuchte ein Lächeln, das ihm misslang.

Da Lingguan den Geruch des Krankenzimmers nicht ausstehen konnte, zog er seinen Bruder mit auf den Flur. Sie liefen bis zum Eingang des Krankenhauses, als Hantou seinem Bruder andeutete, er wolle lieber wieder zurück in sein Bett.

»Lass uns ein wenig spazieren gehen. Das wird dich aufheitern«, schlug Lingguan vor. »Selbst ein gesunder Mensch muss in so einem Zimmer krank werden! Außerdem darfst du nach der Operation vermutlich dein Zimmer sowieso eine zeitlang nicht verlassen.«

»Wann werden sie endlich den Operationstermin bekannt geben?«, seufzte Hantou. »Kannst du nicht noch einmal mit deinem Kommilitonen sprechen?«

»Ich habe bereits mehrfach mit ihm gesprochen. Es bringt nichts. Sie haben ihr Prozedere und daran halten sie sich. Jeder Patient muss diese Beobachtungsphase mitmachen. Leberoperationen werden nur samstags durchgeführt. Du musst dich also noch ein wenig gedulden.«

»Stimmt es eigentlich, dass die Ärzte auch Geschenke erwarten? Angeblich passiert nichts, wenn man ihnen kein Geld gibt.« Hantou sah seinen Bruder fragend an.

»Darum mach dir keine Sorgen. Ich werde mich um alles kümmern.«

»Also hast du bereits Geschenke gemacht?«

»Ich sagte doch, ich regele das, okay?«

»Der Knoten wird mit jedem Tag größer, glaube ich. Wie werden wir das geliehene Geld zurückzahlen?«

»Wir schießen ein paar Füchse oder fangen Kaninchen, wenn du wieder draußen bist.«

»Es sind meine Schulden. Ich will nicht, dass ihr dafür aufkommt. Ich werde Vater bitten, das Familienvermögen aufzuteilen, sobald ich hier rauskomme.«

»Darüber sollten wir ein anderes Mal reden, denke ich.«

»Nein. Die Sache ist mir zu wichtig. Ich wollte es dir schon seit Tagen sagen. Jetzt fühle ich mich besser.«

Sie hatten das Krankenhausgelände verlassen und gingen bis zur Hauptstraße. Beim Anblick der vielen Fahrzeuge und Passanten wurde es Hantou zu viel, doch mochte er seinen Bruder nicht enttäuschen und so trottete er ihm auf dem Gehsteig hinterher, bis die beiden an einer Straßenecke ankamen.

»Ich würde gern ein Foto machen lassen«, sagte Hantou unvermittelt. Ich habe kein einziges Portrait von mir.«

»Sicher, warum nicht«, antwortete Lingguan. Er musterte seinen Bruder aufmerksam. Sie betraten ein nahegelegenes Fotostudio und Hantou ließ ein Foto von sich und seinem Bruder machen.

»Wenn wir schon einmal hier sind, kann es nicht schaden, wenn ich auch eins von mir allein machen lasse, oder?«

Hantou schaute verstohlen zu Lingguan hinüber und atmete erleichtert aus, als er keinerlei ungewöhnliche Reaktion an seinem Bruder bemerkte.

2

Als Lingguan wieder das Krankenzimmer betrat, versetzte ihm der intensive Geruch von Desinfektionsmitteln einen Stich. Auch die Patienten und ihre Besucher verströmten allerlei Ausdünstungen. Sechs Betten waren in dem kleinen Zimmer untergebracht, in jedem ein Patient, begleitet von einem Familienangehörigen. Bei dem Gedanken, die verbrauchte Atemluft dieser Menschen einzuatmen, wurde ihm übel. Nach wenigen Minuten schlich er sich deshalb aus dem Zimmer und ließ seinen Bruder allein zurück.

Hantous indes war froh, die laute Straße mit den vielen Menschen verlassen und wieder in seinem Bett Zuschlupf gefunden zu haben. Hier fühlte er sich sicher. Doch sein angekratztes Selbstwertgefühl erschwerte es ihm, mit den anderen Patienten Kontakt aufzunehmen. Wenn ihm jemand eine Frage stellte, reagierte er meist nur mit einem Lächeln.

Dem Patienten mit dem Leberparasiten ging er bewusst aus dem Weg. Er war ein wenig neidisch auf den Mann, der bereits am vierten Tag seines Krankenhausaufenthalts operiert worden war. Die übrigen Patienten in seinem Zimmer waren aus unterschiedlichsten Gründen stationär aufgenommen worden: Geschwollene Hoden, Beinbruch, Nierensteine und ein akuter Blinddarmdurchbruch waren dabei.

Hantou betrachtete sich als den Unglücklichsten unter seinen Mitpatienten.

3

Laoshun hielt zwei Hühner unter dem Arm, als er schließlich auch den Weg zum Krankenhaus fand. Er trug Lingguan auf, sie den Ärzten als freundliche Geste zu überbringen.

»Soll es als Geschenk gedacht sein? Ein Huhn eignet sich zur Begrüßung, wenn du einen Arzt aufsuchst«, erklärte der Kommilitone, als er Lingguans erstaunten Gesichtsausdruck wahrnahm. »Aber kein Arzt wird das als echtes Geschenk betrachten.«

»Ich verstehe«, sagte Lingguan. »Dann sind sie eben ein Zeichen der Begrüßung. Aber was sollten wir dann als echtes Geschenk besorgen?«

»Kauf nichts«, antwortete der Freund. »Gib ihnen Geld. Du weißt nicht, was sie gebrauchen können. Geld funktioniert am besten.«

»Wie viel wäre angebracht? Ich habe leider keine Erfahrung.«

»Je mehr desto besser«, lächelte sein Freund. »Es gibt keinen richtigen oder falschen Betrag. Ich weiß, dass ihr nicht wohlhabend seid. Von daher denke ich, fünfhundert Yuan wären in Ordnung.«

»Wie bitte?«, entfuhr es Lingguan. »Das ist eine Menge.«

»Eine Menge?«. Der Freund schüttelte den Kopf. »Dein Bruder hätte bereits alles hinter sich, wenn sie die OP vor ein paar Tagen terminiert hätten. Jeder Patient will hier so schnell wie möglich raus. Also schauen sie zu allererst, wer am meisten Geld gibt!«

Sein Freund nahm die beiden Hühner als Willkommensgruß und führte Lingguan zu dem Raum der behandelnden Ärzte.

»Wir müssen sehen, woher wir das Geld für die Ärzte nehmen«, zischte Laoshun. »Wir werden alles tun, was nötig ist. Ich fahre zurück nach Hause und verkaufe mehr Getreide.«

»Lass uns damit warten«, erwiderte Lingguan. »Wir müssen nicht alles auf einmal bezahlen. Auf die Weise bekommen wir mehr Zeit, um das Getreide zu verkaufen. Wir haben bereits zwei Mal fünfhundert Yuan gezahlt. Ich habe jetzt noch ein wenig über Tausend Yuan übrig. Wir schauen, wie es läuft und falls nötig, können wir dann immer noch verkaufen.«

Laoshun überlegte kurz und stimmte seinem Sohn zu.

»Ich fahre trotzdem zurück und werde noch etwas mehr Geld leihen. So können wir das Getreide zurückhalten.« Er schaute Lingguan ernst an. »Du bezahlst, was zu bezahlen ist. Ist das klar?« Lingguan nickte zustimmend.

Laoshun nahm den Bus zurück nach Hause.

»Du hast dich an unseren Aufgaben zu beteiligen!«, fuhr er Mengzi gleich nach seiner Ankunft an. »Also mach dich auf und kratz auch ein bisschen Geld zusammen! Ein paar Hundert Yuan solltest du schon heimbringen! Wir müssen den Eseln Geschenke machen!«

»Welchen Eseln?«

»Den Ärzten, wem sonst?«

»Warum?« Mengzi bekam Stielaugen.

»Warum?«, wiederholte Laoshun mürrisch. »Hast du vergessen, dass dein Bruder seit Tagen im Krankenhaus liegt und die Ärzte noch immer kein Datum für die Operation festgelegt haben? Wenn wir nicht zahlen, werden sie den Termin immer weiter hinauszögern. Es ist eine verdammte Ungerechtigkeit, aber wir haben keine Wahl.«

Mengzi starrte seinen Vater ungläubig an. Ihm fehlten die Worte. »Ich habe bereits jeden gefragt, den ich fragen konnte«, sagte er kleinlaut. »Wir müssen wohl oder übel Getreide verkaufen.«

»Getreide verkaufen?« Laoshun glaubte, seinen Ohren nicht zu trauen. »Das ist alles, was dir einfällt, nicht wahr? Mach dich gefälligst auf die Socken! Jeder Cent zählt.«

Am Abend saß Laoshun rauchend auf dem Rand des Ofenbetts. Er legte die Stirn in Falten und grübelte darüber nach, bei wem er sich noch Geld borgen könnte. Seine Frau musterte ihn. Als Laoshun einen blauen Rauchring aufsteigen ließ, bewegten sich ihre Lippen. Es schien, als wolle sie ihn etwas fragen.

Ying Er bewegte sich in den letzten Tagen fast lautlos zwischen den Erwachsenen. Sie wich den Blicken ihrer Schwiegereltern aus, offenbar in dem Gefühl, Schuld an der Situation zu sein.

»Auch aus kleinen Krumen lässt sich ein Brot backen.« Laoshun blies einen weiteren Ring aus, wickelte seine Pfeife ein und sprang vom Kang hinunter.

«Frag alle, die du triffst! Jeder Yuan zählt. Wir müssen schauen, was wir zusammenbekommen können.«

»In Ordnung«, antwortete seine Frau. »Wir werden schon Hilfe finden.«

»Ich werde nicht losgehen«, sagte Mengzi in energischem Ton.

»Dann kannst du Dreck fressen«, fauchte Laoshun.

»Auf keinen Fall gehe ich wie ein Bettler von Tür zu Tür. Überlasst es mir, wie ich an Geld komme. Ich werde etwas organisieren.« Darauf verließ er das Haus.

Laoshun brummte ihm etwas Unverständliches hinterher.

Am nächsten Tag machten sich die Eltern auf den Weg. Laoshun begann von Westen, seine Frau von Osten. Sie klopften an jeder Haustür und berichteten von ihrem Dilemma. Die Leute gaben nach ihren Verhältnissen. Am Abend hatten Laoshun und seine frau über achthundert Yuan beisammen. Mengzi konnte zweiundachtzig Yuan beisteuern. Laoshun forderte seinen Sohn auf, über die geliehenen Beträge genau Buch zu führen und bat ihn, das Geld am nächsten Tag in die Stadt zu bringen. Doch dann entschied er sich anders und sagte, er wolle die Aufgabe lieber selbst übernehmen, denn er hielt seinen Sohn in Geldangelegenheiten für äußerst unzuverlässig.

4

Hantou lag am Tropf, als sein Vater das Krankenzimmer betrat. Der Patient mit dem Nierenstein stöhnte vor Schmerzen. Er hatte seine Operation bereits hinter sich, wie Lingguan seinem Vater berichtete, jedoch hatte der Chirurg keinen noch so kleinen Stein finden können. Nun stöhnte und ächzte der Mann und verfluchte den Chirurgen als »Scheiße fressenden Doktor«.

»Es reicht! Seid still!«, sagte der Patient mit den geschwollenen Hoden. »Du kannst von Glück reden, dass nicht mehr passiert ist, verstehst du? Letzte Woche haben sie einem Patienten mit Knochenkrebs im linken Bein das rechte Bein amputiert.«

»Und einem Mann, der in der linken Lungenhälfte einen Tumor hatte, haben sie während der OP die rechte Lungenhälfte entfernt«, meinte ein anderer. »Nicht zu vergessen das arme Mädchen mit dem akuten Blinddarm, dem sie fälschlicherweise die Gebärmutter herausgenommen haben.«

Laoshun fiel die Kinnlade herunter, als er die Männer reden hörte. Er nahm Lingguan beim Arm, schob ihn vor sich aus dem Zimmer und lenkte ihn in einen menschenleeren Winkel des Krankenhausflurs.

»Hast du das gerade mitbekommen? Mir scheint, so wie die Dinge hier liegen, müssen wir ordentlich zahlen, um eine seriöse Behandlung zu gewährleisten, was meinst du?«

»Ich habe bereits bezahlt«, antwortete Lingguan.

»Wie viel?«, fragte Laoshun eilig.

»Fünfhundert. An den Chefarzt. Eigentlich hätten wir ihn zum Essen einladen müssen, sagt mein Kommilitone.«

»Wenn es sein muss, lade sie ein«, insistierte der Vater.

»Das können wir uns nicht leisten«, erwiderte Lingguan.

Laoshun starrte Lingguan mit offenem Mund an. Er nahm das in Zeitungspapier gewickelte Geld und reichte es seinem Sohn.

»Neunhundert. Das Getreide mussten wir noch nicht anrühren.«

»Ich halte es für besser, nicht zu viel Bargeld hier zu haben.« Darauf gab er das Paket seinem Vater zurück.

»Wir sollten das Geld zu Hause aufbewahren«, fuhr Lingguan fort. »Außerdem denke ich, es wäre angebracht, die Summe in größere Scheine zu wechseln. Die kleinen Scheine und dann so viel Kleingeld, das macht keinen guten Eindruck.«

»Sind kleine Scheine nicht auch Geld?« Laoshun sah Lingguan verständnislos an.

»Sicher. Aber für die Ärzte ist es zu unpraktisch.«

Laoshun packte das Bündel zurück in die Plastiktüte.

Nachdem Hantou eine Infusion bekommen hatte, gingen sie zu dritt in ein nahegelegenes Restaurant.

»Bestellt euch etwas. Ich bin noch satt von den Mantou, die ich mitgebracht habe.«

»Du bist den weiten Weg hierhergekommen«, sagte Hantou »Du musst etwas bestellen. Ich kann sowieso nicht viel essen, sonst fühle ich mich unwohl.«

»Bestellt, was ihr wollt. Seid nicht knauserig.«

»Mir ist nicht wirklich nach Essen zu Mute«, sagte Hantou.

Laoshun wurde das Herz schwer, als er in Hantous eingefallenes Gesicht blickte. Lingguan bestellte schließlich drei Portionen gebratene Nudeln.

»Wächst der Knoten immer noch?«, fragte Laoshun.

»Und wie! Beim ersten Ultraschall war er acht Millimeter groß, beim zweiten bereits fünfzehn. Ich schätze, dass er jetzt bestimmt schon zwanzig Millimeter groß ist.«

»Essenszeit«, unterbrach ihn Lingguan, dem der Gesichtsausdruck seines Vaters nicht entgangen war.

»Lasst uns essen und das Thema wechseln«, sagte Lingguan.

Nachdem sie zu Ende gegessen hatten, brachen die drei zu einem kleinen Spaziergang auf.

»Warum geht ihr nicht zurück zum Krankenhaus? Ohne Geld in der Tasche durch die Stadt zu laufen, macht doch keinen Spaß«, sagte Laoshun. Daraufhin trennten sich Vater und Söhne.

Auf dem Weg zum Busbahnhof fühlte sich Laoshun niedergeschlagen, gleichsam wie unter einer Glocke, die all die Geräusche der Stadt aussperrte. Seine Gedanken kreisten immer wieder um das blasse, eingefallene Gesicht seines Sohnes.

Ein dünner, älterer Mann sagte auf dem Gehweg den Leuten die Zukunft voraus. Laoshun hielt an und hörte dem Gespräch zu. Zu gern hätte auch er einmal seine Zukunft voraussagen lassen. Der Kunde, der vor dem Mann auf dem Boden hockte, nickte eifrig. Scheinbar als Bestätigung dessen, was ihm vorausgesagt wurde. Laoshun näherte sich dem Mann und streckte seine Hand aus. Doch der wehrte mit einer Bewegung seiner Hand ab und sagte: »Ich lese nicht aus der Hand. Ich brauche lediglich dein Geburtsdatum.«

»Ich kenne mein Tierkreiszeichen«, sagte Laoshun. »Ich bin im Jahr des Ochsen geboren. Und zwar am achtzehnten Tag des ersten Monats. Aber welches Jahr das war und zu welcher Stunde ich geboren bin, weiß ich leider nicht. Leute wie ich haben keine Zeit, sich mit solchen Dingen zu beschäftigen.«

»Kein Problem.« Der Wahrsager lächelte. »Ich erstelle dein Horoskop.« Daraufhin streckte er seine rechte Hand aus, tippte mit seinem Daumen auf jeden von Laoshuns Fingerknöcheln und sagte: »Ich sehe einen weißen Tiger, was bedeutet, dass es in deiner Familie Probleme gibt. Du wirst eine Menge Geld ausgeben müssen und möglicherweise gibt es Anlass für Sorgen und Ängste.«

»Genau so ist es!« Laoshun nickte. »Mein Sohn liegt im Hospital.«

»Der Verlust deines Geldes ist dabei das kleinere Problem. Ich sehe die Möglichkeit eines Todesfalls.«

»Laoshun fühlte, wie eine unsichtbare Hand ihm die Kehle zudrückte.

»Ist das dein Ernst?«

»Es ist das, was dein Horoskop sagt«, erklärte der Mann finster.

»Was kann ich dagegen tun?«

»Hm …« Der Mann strich sich durch den Bart, während Laoshun in seine Plastiktüte griff und fünf zerknitterte Scheine herausholte. Der Wahrsager warf Laoshun einen prüfenden Blick zu und sagte: »Lass gut sein. Du siehst wie ein rechtschaffener Mann aus. Ich will kein Geld.«

»Kannst du mir sagen, was ich tun kann? Mein Sohn ist krank.« Laoshun legte die Geldscheine vor den Mann auf ein ausgebreitetes, staubiges Tuch. »Einen ganzen Ochsen würde ich dir geben, wenn es sein müsste.«

»Na gut«, antwortete der Wahrsager, lächelte und erklärte Laoshun, was er tun sollte.

»Besorge dir von sieben Familien oder sieben Personen jeweils eine Tasse

Mehl, vermenge das Mehl zu einem Teig und forme daraus einen weißen Tiger. Bringe den Tiger an einen Ort westlich von deinem Haus. Dann musst du sieben Bögen gelbes Papiergeld verbrennen.«

»Was ist gelbes Papiergeld?«

»Gold.«

»Gold?«

Der Wahrsager griff in seine Tasche und zog einen Stapel gelber Papierbögen heraus, die mit roten Mustern bedruckt waren. Er zählte sieben Bögen ab und reichte sie Laoshun.

»Was bekommst du dafür?«, fragte Laoshun.

»Ist schon gut«, erwiderte der alte Mann.

Ein Gefühl der Dankbarkeit überkam Laoshun. Er war gerade im Begriff, vor dem Mann niederzuknien, als er bemerkte, dass dieser sich bereits einem weiteren Kunden zugewandt hatte. Also zog Laoshun sich langsam zurück.

Die Begegnung mit dem Wahrsager hatte ihm neuen Mut gemacht und die finsteren Gedanken um Hantou und dessen Krankheit ein wenig in den Hintergrund getrieben. Er machte sich auf den Weg in Richtung Busbahnhof.

Unzählige Fußgänger, das Klacken von Mahjong-Steinen, ein blinder Straßenmusiker mit einer klapprigen Laute … das alles fühlte sich für ihn weit weg an, so als käme es aus einer anderen Welt. Die Leute um ihn herum sahen glücklich aus. Nur er war in Leid getaucht. Hantous Krankheit war seine Sorge. Wenn sie Vergangenheit war, würde er wieder in der Lage sein, sich um die Zukunft von Lingguan und Mengzi zu kümmern. Lanlan wartete immer noch auf ihren ersten Sohn. Laoshun ahnte, dass er nie mehr wirklich sorgenfrei würde leben können. Er nahm es hin. Es blieb ihm nur der Blick nach vorn. Alles Leben war Vorbestimmung und er würde sein Schicksal annehmen.

Er stieg in den Bus ein und suchte sich einen Platz in der hintersten Reihe. Die Ruhe tat ihm in diesem Moment gut.

In Gedanken kehrte er wieder zu dem Wahrsager zurück. Er war erleichtert, dass sein sonst so lückenhaftes Gedächtnis ihn dieses Mal nicht im Stich gelassen hatte. Eine Tasse Mehl von sieben Familien oder Personen … mit einem Mal erschrak er fürchterlich. Das goldene Papier …?

Hatte er es in der Aufregung vergessen? Er fasste nach und nach in alle Taschen und ertastete es schließlich in der Gesäßtasche. Er nahm es heraus und zählte die Bögen ab. Es waren immer noch sieben. Allerdings fehlte an einem Bogen eine Ecke. Er machte sich Vorwürfe, dass er den Wahrsager nicht um einen unbeschädigten Bogen gebeten hatte, doch dann erschien ihm sein Gedanke unverschämt. Schließlich hatte der Mann es ihm geschenkt. Was machte da schon eine fehlende Ecke? Glücklich faltete er die Bögen wieder zusammen, wickelte sie in ein Taschentuch und steckte dieses zurück in die Gesäßtasche.

Was Hantou über den Knoten gesagt hatte, beunruhigte ihn. Passte das zu der Diagnose Leberparasiten? Maodans Vater hatte dieselbe Krankheit, doch sein Knoten war nicht so schnell gewachsen. Oder war es am Ende doch kein Parasit, sondern … Er getraute sich nicht, das Wort auszusprechen. Nichts war tragischer, als wenn Eltern ihre Kinder zu Grabe tragen mussten. Er verbat sich weitere Gedanken daran.

Die Ärzte mussten es schließlich wissen. Außerdem verfügte das Krankenhaus über die modernsten Geräte. Im Ausland hergestellt, von diesen cleveren ausländischen Teufeln! Die hatten sogar Maschinen entwickelt, mit deren Hilfe man durch einen Menschen hindurchsehen konnte. Auf die Ergebnisse solcher Geräte musste Verlass sein. Solange es nicht diese bösartige Krankheit war.

Der Motor sprang an und der Bus setzte sich ratternd in Bewegung. Laoshun fühlte das Rattern durch seinen Kopf gehen. Ihm wurde übel. Ein altbekanntes Leiden von ihm.

5

Am selben Abend suchte Laoshuns Frau sieben Familien auf und besorgte das nötige Mehl, um daraus einen weißen Tiger zu formen. Natürlich hatte sie zahllose Katzen in ihrem Leben gesehen, doch die Aufgabe, einen realistisch aussehenden Tiger aus einer Mehlmasse zu gestalten, erwies sich als fast unmögliches Unterfangen, und so hatte das Endprodukt, das unter ihren Händen entstand, auch nur sehr entfernte Ähnlichkeit mit einem echten Tiger. Sie ging damit in Richtung Westen, hielt nach genau einhundert Schritten an und verbrannte dort – so wie es der Wahrsager gesagt hatte – das gelbe Papier.

Nach Beendigung ihrer Aufgabe fühlte sich die Mutter zwar erleichtert, sorgte sich aber wegen der recht mangelhaft ausgeführten Nachbildung des weißen Tigers um die Entfaltung der entsprechenden übernatürlichen, reinigenden Kräfte des Rituals. Als sie Laoshun von ihrer Befürchtung erzählte, reagierte er ungehalten.

»Stell dir einfach vor, es ist ein Tiger! Das reicht.«

Doch seine ungeduldige Haltung verunsicherte sie nur noch mehr und war vermutlich der Anlass für einen Albtraum in jener Nacht, in dem sie träumte, ein weißer Tiger habe Hantou fortgeschleppt. Der Tiger in ihrem Traum jedoch hatte ausgesehen wie ein wirklicher Tiger.

Sie erwachte schweißgebadet. Laoshun neben ihr schnarchte friedlich. Sie fragte sich, ob der Mann neben ihr überhaupt ein Herz in seiner Brust hatte. Wie konnte er seelenruhig schlafen, während sein Sohn im Hospital auf seine Operation wartete? Sie lag schlaflos für Stunden. Das Schnarchen neben ihr machte sie halb wahnsinnig. Mehrfach schubste sie Laoshun an, doch das Schnarchen verstummte nie länger als für einen kurzen Augenblick. Schließlich platzte ihr der Kragen und sie griff zum letzten Mittel, indem sie ihrem Mann in die Ohrläppchen kniff. Das zeigte Wirkung.

»Ich habe von einem herrlichen Schweinefuß geträumt. Er duftete fantastisch. Was ist los mit dir? Warum weckst du mich mitten in der Nacht.«

Laoshun gähnte und leckte sich schlaftrunken die Lippen.

»Wenn dir nach Schweinefüßen zu Mute ist, geh und kauf dir welche.«

»Unbezahlbar. Kosten mindestens acht Yuan.«

»Ich hatte einen Albtraum.«

»Was hast du geträumt?«

»Hantou ist von dem weißen Tiger verschleppt worden.«

»Denkst du immer noch daran?«

»Der weiße Tiger sah aus wie eine riesige Katze.«

»Eine Katze?« Laoshun hob die Brauen. »Katzen sind wie in anderen Ländern der Storch. Sie bringen die Babies. Erinnerst du dich nicht mehr daran, als du mit Lingguan schwanger warst?«

»Doch. Eine Katze lief mir in die Arme. Aber warum hat mir eine Katze ein Kind gebracht? Ich war doch bereits sterilisiert.«

»Naja. Du bist eben noch jung im Herzen und du klingst, als wolltest du noch ein Kind.« Laoshun lachte. »Mir reichen unsere vier Kinder, aber du denkst anscheinend an mehr?«

»Halt den Mund! Er sah aus wie eine weiße Katze. Aber ich weiß genau, es war ein Tiger.«

»Ein guter Traum«, sagte Laoshun unvermittelt.

»Ein guter Traum? Woher willst du das wissen?«

»Der blinde Geschichtenerzähler sagte einmal, dass Tiger Personen darstellen, die eine besondere Rolle in deinem Leben einnehmen. Wenn du von einem Tiger träumst, bedeutet das, dass du eine Person treffen wirst, die dir helfen kann. Xue Rengui, der große Kriegsgeneral, war die Reinkarnation eines weißen Tigers. Wenn also ein weißer Tiger Hantou fortgeschleppt hat, so bedeutet das, dass ihn jemand retten wird. Wer könnte das sein? Ich denke, es wird der Wahrsager von heute sein. Bestimmt ist er es. Er wollte kein Geld, als er mir die sieben Bögen Papier gegeben hat. Er muss diese spezielle Person sein.«

»Aber hast du ihm nicht fünf Yuan gegeben?«

»Richtig. Aber ich hatte darauf bestanden. Er wollte das Geld nicht. Also habe ich es einfach dort gelassen.«

»Ich bin so froh, dass wir jetzt eine besondere Person gefunden haben. Wir können ganz sicher jede Hilfe gebrauchen.«

Laoshun leckte sich erneut die Lippen, als wolle er die Erinnerung an den köstlichen Schweinefuß in seinem Traum festhalten. Dann erhob er sich, griff nach seiner Pfeife, setzte sich auf den Rand des Kang, und begann zu rauchen. Der dichte Rauch des Tabaks erfüllte im Nu das gesamte Zimmer.

»Warum tust du das?«, beklagte sie sich. »Nicht einmal in der Nacht lässt du mir Luft zum Atmen. Rauchen ist ungesund, das weißt du doch.«

Laoshun inhalierte den Rauch, behielt in lange in der Lunge und blies ihn dann sachte wieder aus.

»Du möchtest wirklich wissen warum?«, fragte er langsam zurück. »Ich kann gut auf viele Dinge verzichten, aber nicht aufs Rauchen. Es ist mein einziges Laster, wenn du so willst. Ich denke, es ist besser, am Rauchen zu sterben als an Sorgen.«

»Du hast dir alles hübsch zurechtgelegt und frönst deinem Laster. Aber was ist mit mir? Ich rackere mich jeden Tag von morgens bis abends ab. Was habe ich davon?«

»Warum rauchst du nicht auch?«, sagte Laoshun sanft. »Es kostet nicht viel. Für ein paar Pfund Weizen bekommst du einen halben Sack Tabak. Der reicht für ein Jahr. Ich habe gehört, dass die Zigaretten, die Shuangfu raucht, das Stück achtzig Cent kosten.«

»Ich soll rauchen? Ist das dein Ernst? Aber wenn ich anfange, werde ich genau diese Zigaretten für 80 Cent das Stück rauchen. Dann sind wir bald bettelarm.«

»Nur zu!«, lachte Laoshun. »Wenn du wirklich die Dinger rauchst, dann bleiben uns nicht mal mehr Hosen zum Anziehen.«

»Sei dir nicht so sicher, dass das nicht noch passiert«, sagte sie. Dann wechselte sie das Thema:

»Schau dir an, was aus der Welt geworden ist. Probleme über Probleme.«

»Du magst Recht haben. Die Ernten fallen häufiger aus als früher. Unsere Weizensprösslinge vertrocknen sehenden Auges.«

»Lingguan sagt, es hat etwas mit Dünger zu tun. Der Weizen stirbt, wenn zu viel Dünger benutzt wird.«

»Aber wir müssen Dünger benutzen. Getreide ist gierig.«

»Nun, dann müssen wir wohl leiden.« Sie seufzte. »Aber wir werden nicht die einzigen sein.«

»Stimmt. Wir werden nicht die Einzigen sein. Vielleicht gehen wir am Ende alle gemeinsam drauf. Du schließt die Augen und weißt nichts mehr.«

»Woher willst du das wissen?«, widersprach sie ihm. »Dein Fleisch stirbt, aber deine Seele bleibt. Und die Seele leidet weiter. Wir sind arm im Leben, und mit dem Tod werden wir arme Seelen.«

»Nicht unbedingt. Immerhin haben wir unsere Kinder. Sie verbrennen Opfergeld für uns an den Feiertagen. Das hilft uns durchzukommen. Wir haben es also immer noch besser als die kinderlosen, einsamen Geister.«

»Was redest du da? Wenn das Schicksal es will, dann werden uns auch unsere Kinder nicht retten können. Dann werden sie nicht einmal genug Geld für Kleidung haben, geschweige denn für Opfergeld.«

»So ist es wohl«, antwortete Laoshun. »In der Vergangenheit hat sich niemand um die Ahnen geschert. Die Leute waren ganz einfach zu arm.«

Sie seufzte. »Ich hatte gehofft, Lingguan würde studieren und einen seriösen Beruf ergreifen. In dem Fall hätten wir vielleicht eine Ahnung von einem besseren Leben bekommen.«

»Lass es gut sein. Besser, wir reden nicht mehr darüber«, brummte Laoshun.

Seine Frau antwortete mit einem Seufzer. Laoshuns Pfeife knisterte noch bis spät in der Nacht.

6

Am nächsten Morgen machte sich Lingguans Mutter nach dem Frühstück auf den Weg zu der Schamanin Großmutter Qi. Sie war von großer innerer Unruhe getrieben und das Gefühl, dass der Traum der vergangenen Nacht negative Bedeutung haben könnte, ließ sie nicht mehr los. Mit Laoshun mochte sie nicht mehr darüber sprechen. Ihre Angst, er könne ungehalten reagieren, war zu groß. Hantous Krankheit hatte sie verändert. Eine ständige Anspannung hatte Besitz von ihr ergriffen und die Furcht, jederzeit könne etwas Unvorhergesehenes geschehen, schnürte sie. Sie spürte keinen Boden mehr unter den Füßen. Dies war der Grund, warum sie die Schamanin aufsuchen musste. Großmutter Qi wusste, wie man Träume deutete.

Die alte Frau hörte ihr geduldig zu und befand, dass es sich um einen guten Traum handelte. Ihre Argumentation deckte sich in allen Punkten mit der von Laoshun. Eine spezielle Person kam Hantou zu Hilfe. Lingguans Mutter fühlte einen Schauer der Erleichterung, als sie die Worte der Schamanin hörte.

»Ich bin froh, dass du mich gleich am frühen Morgen aufgesucht hast«, sagte Großmutter Qi.

»Die Frage, ob ein Traum gut oder schlecht ist, hängt immer von der Person ab, die ihn deutet. Wenn diese Person positiv ist, wird es ein guter Traum sein, und wenn nicht, wird er negativ sein. Selbst ein schöner Traum kann zerstört werden, wenn du ihn zu jemandem in Beziehung bringst, der ihm einen negativen Dreh gibt.«

»Wir sind so froh, dass wir dich haben«, sagte die Mutter mit einem Lächeln.

»Vor Jahren lebte ein Meister Kang in Yang Ertou« Sie schürzte ihre roten Lippen und fuhr fort:

»In der Nacht vor dem Examen auf Provinzebene träumte er von zwei

Särgen. Er wachte genau in der zweiten Nachthälfte auf – der Zeitpunkt, an dem jedem Traum besondere Bedeutung zukommt – und hörte eine Henne gackern. Beides waren Zeichen von Unglück. Also entschied er sich, nicht zu den Prüfungen zu gehen. Aber seine Mutter erklärte, dass sein Traum zweifelsohne ein guter Traum gewesen sei, denn das Zeichen für »Sarg« klänge identisch wie das Zeichen für ›Staatsbeamter‹. Außerdem sei es positiv zu sehen, dass die Henne anstatt des Hahns gegackert hätte. Der Ruf und das Glück der Familie würden sicherlich wachsen. Daraufhin begab er sich doch zu den Prüfungen und bestand.«

»Wirklich?« die Mutter tat erstaunt. In Wirklichkeit hatte sie die Geschichte schon mehrfach gehört. »Du bist schon überall herumgekommen und hast so viel mehr gesehen und erlebt als wir alle hier.«

Wieder schürzte Großmutter Qi die Lippen. Ein Zeichen dafür, dass sie sich über die Schmeicheleien freute.

»Es lebte ein weiterer Schüler in demselben Dorf, der ebenfalls von zwei Särgen geträumt hatte. Er erzählte seinen Traum am nächsten Tag seiner Frau. Die sagte, es sei ein schlechter Traum. Ein Sarg sei für ihn selbst, und der andere für sie bestimmt. Auf dem Weg zu den Prüfungen wurde er von Verbrechern überfallen. Sie schnitten ihm den Kopf ab. Seine Frau erhängte sich, als sie von der Nachricht erfuhr. Dies beweist, dass die Person, die einen Traum deutet, über das Wesen des Traums entscheidet.«

»Du hast ja so Recht«, stimmte die Mutter ihr zu.

Was sie besonders interessierte, war die Natur ihres eigenen Traums. Daheim hatte sie schon oft die Dinge angesprochen, die Großmutter Qi ihr erzählt hatte, doch nun wartete sie, bis die Schamanin geendet hatte, bevor sie auf Hantous Krankheit zu sprechen kam.

»Ich kann es dir nicht sagen«, antwortete Großmutter Qi. »Ich muss mich erst eingehend damit beschäftigen. Das kann ich aber erst, nachdem die Götter mich aufgesucht haben. Wir müssen die Ursache herausfinden. Ob er von etwas Unreinem besessen ist, und ob seine karmische Verbindung beschädigt wurde, oder ob es an seinem Feng Shui liegt. Möglicherweise gibt es auch ein Problem mit den Gräbern der Ahnen oder irgendeinen anderen Grund. Sobald wir das herausfinden, können wir versuchen, ihn zu heilen. Erst dann werden wir genau Bescheid wissen. Im Moment bin ich genauso unwissend wie ihr.«

»Was sagst du da?« die Mutter starrte die Schamanin mit großen Augen an. »Du bist wie wir? Wie könntest du wie wir sein? Du bist fast unsterblich. Wir dagegen sind nicht viel mehr als Tiere, nur, dass uns der Schwanz fehlt.«

Die Schamanin lachte lauthals. »Erniedrige dich nicht!«

»Das tue ich nicht. Wenn wir Tiere wären, bräuchten wir uns nicht so viele Sorgen zu machen. Wir würden auf dem Feld arbeiten. Ich habe mein Leben lang wie ein Pferd geschuftet. Oder schau dir die Schweine an. Sie schlafen nach dem Essen und essen nach dem Schlafen. Es geht ihnen besser als uns. Was ist so erstrebenswert daran, ein Mensch zu sein? Schau mich an. Ich werde alt sein, bevor ich das Leben verstanden habe. Ich sorge mich, wie ich meine Söhne großziehen soll und nun, da sie erwachsen sind, sind sie zu kaum etwas nutze. Die beiden Jüngeren sind noch unverheiratet. Und nun auch noch Hantou … ich würde seine Krankheit gerne übernehmen. Ich bin des Lebens müde. Aber die jungen Herren sollten ein langes Leben vor sich haben.« Ihre Augen waren feucht geworden.

»Es ist Schicksal.« Die Schamanin versuchte, Lingguans Mutter zu trösten. »Mach dir nicht so viele Gedanken. Er wird sich erholen, sobald du das gegeben hast, was du geben musst. Wir sind alle nur Menschen und im Leben gibt es nun einmal Probleme und Schwierigkeiten. Das Leben ist hart. Das erste, was ein Baby tut, wenn es auf die Welt kommt, ist weinen. Hast du jemals eins gesehen, das gelächelt hätte? Auch ein Baby weiß, dass es harte Zeiten erleben wird. Es bleibt ihm nichts übrig, als das Leben anzunehmen.«

»Das stimmt.« Laoshuns Frau trocknete sich die Tränen ab. »Wir müssen einfach immer weiter und das annehmen, was das Leben für uns bereithält. So lebe ich mein Leben. Du wirst dich für uns einsetzen, wenn uns etwas entgleitet, oder? Wir leben hier zusammen in einem Dorf. Wir haben so ein Glück mit dir.«

»Du müsstest dich reden hören! Was willst du damit überhaupt sagen? Deine Probleme sind auch meine. Außerdem habe ich Hantou immer gemocht. Schon als er ein kleiner Junge war. Gut erzogen und sensibel. Er errötete beim Sprechen wie ein Mädchen. Er hatte nichts von dem frechen Benehmen dieser Bengel, die keinen Respekt vor den Erwachsenen haben. Komm heute Abend wieder und ich werde versuchen, den Grund für euer

Problem herauszufinden. Es ist oft nur ein Problem des Karmas, das man überwinden muss. Am Ende wird sich alles richten.«

Befreit von ihren Befürchtungen, machte sich die Mutter in sichtlich gelöster Stimmung auf den Rückweg. Als sie das Haus betrat, lächelte sie Laoshun an.

»Mit wem hast du dich so früh zum Tratschen verabredet?«, sagte er scherzend.

»Mit niemandem. Es ist nichts.« Sie ignorierte seinen Ton. »Großmutter Qi sagt, alles ist in Ordnung. Der Traum ist ein guter Traum. Genau, wie du ihn gedeutet hast.« Laoshun mochte es nicht, wenn sie wegen mutmaßlicher Banalitäten die Schamanin aufsuchte, doch als er hörte, dass Großmutter Qi zur selben Deutung gelangt war wie er, hellte sich seine Miene auf.

»Natürlich ist es ein guter Traum. Ich habe es dir doch gesagt.«

Mengzi betrat den Raum und streckte sich träge. Dann sagte er zu seinem Vater: »Huaqiu und die anderen wollen morgen zum Salzsee, um Salz zu kaufen. Sie fragten, ob ich mitkommen würde?«

»Weshalb«

»Na, um Salz zu kaufen. Sie wollen Mehl und ein paar andere Dinge mitnehmen und sie dort gegen Salz tauschen. Eine gute Ladung Salz könnte uns hier etwas Geld einbringen. Wir sollten uns nicht von all unseren Schulden begraben lassen.«

»Klingt nicht schlecht.« Ein Anflug von einem Lächeln erschien auf Laoshuns Gesicht. »Mir scheint, du bist endlich erwachsen genug, um deinen Teil der Aufgaben zu übernehmen.«

»Dann werde ich also mitgehen.« Mengzi wandte sich um und ging zur Tür.

»Seid vorsichtig«, warnte ihn der Vater. »Das Salz gehört letztendlich dem Staat. Also hört auf die Leute dort und macht keinen Ärger.«

»Sicher nicht. Wir werden ihnen Geld geben, wenn sie darauf bestehen. Was soll da schiefgehen? Außerdem kennen Huaqiu und die anderen diese Leute. Beim letzten Mal haben sie ihnen Hefeklöße angeboten. Dafür haben sie eine Ladung Salz bekommen. Huaqiu meint, ich solle dieses Mal ein paar Kaninchen mitbringen.«

»Ist in Ordnung, aber du musst sie schon selbst fangen. Mir wird das zu mühselig. Ich habe die Falken in letzter Zeit vernachlässigt. Sie werden den Jagdinstinkt verlieren, wenn sie zu lange nicht auf Beute angesetzt werden.«

Nach dem Essen nahm Mengzi einen der Falken und begab sich mit Huaqiu auf den Weg in die Wüste. Mit Hilfe des Falken jagten sie mehrere Kaninchen und machten sich am folgenden Tag mit dem Kamel auf in Richtung des Salzsees.

7

Lingguan unterbrach seinen Aufenthalt im Krankenhaus, um für eine Weile nach Hause zurückzukehren. Der Anblick seiner Mutter bedrückte ihn. Sie hatte deutlich abgenommen und wirkte dadurch fast fremd auf ihn.

Es war die arbeitsreichste Zeit für die Frauen im Dorf. Sie jäteten Unkraut, zogen die vertrockneten Getreidestoppeln aus den Feldern und gingen vielen schweißtreibenden Tätigkeiten nach. Nie hinterfragte Konventionen in Shawan schrieben vor, dass dies Frauenarbeiten waren, während die Männer in dieser Zeit Müßiggang betrieben und in der Regel auf der faulen Haut lagen. Natürlich gab es hier und dort auch Frauen, die ihre Männer aufs Feld schickten, wobei diese in einen Vergleichswettkampf mit den anderen Frauen traten. Die Ehemänner dieser Frauen jedoch schauten auf diese Weicheier herab.

Die Mutter traute sich nicht, Lingguan nach dem Grund für sein Kommen zu fragen.

»Alles ist in bester Ordnung«, beruhigte er sie. »Am Samstag wird er operiert.«

»Warum haben sie es so lange hinausgezögert?«, fragte der Vater.

»Lebereingriffe machen sie nur an Samstagen«, erklärte Lingguan. »Wir sollten uns nicht beklagen. Wenigstens haben wir endlich einen Termin.«

»Wie oft hast du ihnen Geld gegeben?«

»Zwei Mal. Jeweils fünfhundert Yuan. Gestern fragten sie nach mehr, aber ich habe ihnen noch nichts gegeben.«

«So viel haben wir schon bezahlt und er ist immer noch nicht operiert worden?« sagte die Mutter.

»Das meiste Geld muss man immer vor der Operation bezahlen. Aber

Weitergehen zu bewegen, fiel sie ihm in die Arme. Lingguan konnte nicht ausweichen. Ihr Gesicht an seinem, spürte er ihre warmen Tränen auf seiner Haut.

»Hey, kannst du dir keinen anderen Ort aussuchen?«, sagte er. »Wenn uns jemand sieht?«

»Es ist mir egal«, schluchzte sie.

»Na gut«, sagte er, küsste sie und schob sie dann sanft von sich. Sie trocknete ihre Tränen, hob den Kopf und blickte ihn lange wortlos an. Er versicherte sich noch einmal, dass niemand in der Nähe sie beobachten konnte, fasste sie am Kinn und begann, sie zu küssen.

»Ist es in Ordnung?«, fragte er leise.

»Hier?«, gab sie zurück.«

Er zeigte in Richtung einer nahen Erhöhung. »Dort ist es abgelegener.« Wortlos ließ sie sich von ihm die Erhöhung hinaufführen. Dann rutschten sie beide den Hang in eine Senke hinunter und fielen sich in die Arme.

»Bei hellem Tageslicht«, flüsterte sie.

»Da macht es noch mehr Spaß«, erwiderte Lingguan.

Plötzlich tauchte Hantous Gesicht vor seinem inneren Auge auf. Er verdrängte das Bild. Der aufflammenden Lust konnte er nicht widerstehen. Sie hatte vollständig von ihm Besitz ergriffen. Ying Er machte ihn trunken mit ihrer Weiblichkeit.

Nach dem Akt fühlte Lingguan eine große Leere. Und mit dieser Leere begannen die Vorwürfe. Er fuhr sich mit den Händen durch die Haare.

»Ich bin ein Betrüger«, flüsterte er.

Sie blickte ihn prüfend an, während sie mit den Händen ihre Kleidung glattstrich.

Er wiederholte seinen Satz und schlug sich mit den Fäusten gegen den Kopf.

Sie setzte sich aufrecht hin. »Es ist alles meine Schuld«, sagte sie ruhig. »Ich werde die Strafe auf mich nehmen. Sei nicht so hart zu dir.«

Auf dem Rückweg die Sanddüne hoch begegneten sie hinter einer Kuppe Dorfvorsteher Sun Datou, der mit großen Schritten durch den Sand stapfte.

»Erzähl ihm, wir hätten in Kaninchen gescheucht!«, sagte Ying Er geistesgegenwärtig.

Kaum hatte sie den Satz herausgebracht, ertönte Sun Datous Stimme: »Hey Lingguan, was für Spiele treibt ihr hier?«

»Wir waren einem Kaninchen auf der Spur. Eins mit einem verletzten Bein.«

»So so.« Sun Datou lachte.

»Es ist uns entwischt«, erwiderte Lingguan, und versuchte, das Thema zu wechseln. »Ist der Bus schon vorbeigekommen?«

»Hat gerade am Drachenkönigstempel gehalten. Wird bald hier sein.«

»Dann haben wir ihn zum Glück nicht verpasst«, sagte Lingguan.

Als die beiden wieder die Straße entlangliefen, schlug Lingguan sich mit der Hand vor die Stirn und sagte: »Ich habe die Stelle nicht wieder geebnet. Was ist, wenn er dort entlanggeht und es bemerkt?«

»Und wenn schon?«, war ihre lapidare Antwort.

»Wie kommt es eigentlich, dass die sanftmütigsten Frauen auch die Durchtriebensten sind?«, flüsterte er ihr ins Ohr.

9

Beim Anblick seines von der Krankheit gezeichneten Bruders überkam Lingguan sein schlechtes Gewissen. Er spürte eine körperliche Übelkeit. Hantou schien abgemagert. Seine Augen lagen in zwei dunklen Höhlen. Seine Haut war gelblich und im Gesicht hatte er dunkle Flecken.

Hantou war überglücklich, dass Ying Er mitgekommen war. Er versteckte seine Gefühle nicht und strahlte vor Freude über das ganze Gesicht.

Ying Er war sichtlich unvorbereitet auf sein verändertes Äußeres. Sie starrte Hantou wortlos an. Vermutlich hatte er nie unattraktiver ausgesehen, als in diesem Moment. Er wirkte wie Fremder auf sie, und der Gedanke, dass sie noch vor Kurzem ein Bett miteinander geteilt hatten, kam ihr jetzt ganz und gar unwirklich vor. Doch der schwer zu ertragende Anblick Hantous ließ eine sanfte Zärtlichkeit in ihr aufkommen. Tränen traten ihr in die Augenwinkel. Sie verachtete sich für das, was sie Hantou mit Lingguan angetan hatte.

Von ihrer Gefühlsregung übermannt, rieb Hantou sich verlegen die Hände. Hilflos sah er zu Lingguan hinüber, der den Kopf gesenkt hielt und nicht wagte, aufzuschauen. Schließlich brachte er stammelnd hervor:

»Ich … kann euch gar nichts anbieten.«

»Ich werde etwas Obst kaufen«, erwiderte Lingguan und verließ das Krankenzimmer.

Wenig später kam er mit einer Tüte Äpfel zurück. Als Hantou einen Apfel herausnahm, um ihn zu waschen, warf Ying Er Lingguan einen verstohlenen Blick zu. Er schüttelte den Kopf und lächelte gequält. Auch sie lächelte, doch ohne den Ausdruck von Selbstvorwürfen, was seine Schuldgefühle nur noch intensivierte.

Hantou legte die Äpfel in eine Schale auf dem Tisch und suchte nach einem Handtuch.

Ying Er nahm einen Apfel und reichte ihn Hantou, doch der machte eine ablehnende Handbewegung.

»Nicht für mich. Ich esse hier täglich Obst und kann es nicht mehr sehen.«

»Nun komm schon! Wir wissen doch, wie Krankenhausessen aussieht.«

Hantou lächelte, als sie ihm einen Apfel reichte. Er biss hinein und kaute eine Ewigkeit, bevor er den Bissen hinunterschluckte.

»Hast du Schmerzen?«, fragte sie ihn.

»Nein, aber ich fühle mich so aufgebläht. Das Ding wächst immer weiter.«

»Sie werden es operieren. Dann bist du es los.«

»Ja. Die Operation wird es richten. So ein Krankenhaus ist nichts für mich.«

10

Mengzi kehrte von seinem Ausflug mit mehreren Säcken Salz zurück und trug seinen Erfolg mit sichtlichem Stolz zur Schau. Kaum in der Küche, platzte er heraus:

»Schau, Mutter! Das sind exakt zweihundert Kilogramm. Und was haben sie mich gekostet? Ein paar läppische Kaninchen. Wirst du mich nun weiter als den Nichtsnutz bezeichnen, der die Familie beschämt? Schau dir die Säcke an! Jetzt hast du keinen Grund mehr für Vorwürfe, und Vater auch nicht.«

»Schon gut«, lachte die Mutter. »Aber es ist nur Salz, nichts weiter.«

»Was ist schlecht an Salz?«, blaffte Mengzi. »Es ist wie Geld. Wir tauschen es gegen Weizen und den Weizen verkaufen wir.«

»In jedem Fall hast du eine gute Gelegenheit für deinen Ausflug gewählt. Dein Bruder ist im Hospital und Lingguan war unterwegs, um alle möglichen Dinge zu erledigen.«

»Wie lief die Operation?«

»Sie operieren kommenden Samstag.«

»Sobald er entlassen wird, jage ich Kaninchen. Dann wird er sich schnell erholen und auch wieder zulegen.«

»Womit willst du die Kaninchen jagen? Wir hatten zu wenig Zeit, um uns um die Falken zu kümmern. Dein Vater wird sie heute Nacht freilassen.«

»Gut so. Es ist die richtige Entscheidung, dass sie wieder in die Berge zurückkehren. Eigentlich sind wir schon etwas spät dran. In den letzten Jahren haben wir sie bereits zu Frühlingsanfang fliegen lassen.« Mengzi ging zu der Vogliere hinüber und strich einem der Falken über die Schwingen. Der Greif gab ein leises Krächzen von sich.

»Wir werden dich wieder auf die Reise schicken. Hier gibt es nichts mehr zu fressen für dich. Wird Zeit, dass du wieder in die Berge fliegst. Schau dich an. Dein Federkleid wirst du nicht mehr wechseln. Die Zeit ist gekommen, dass du dich auf Partnersuche machst und für Nachwuchs sorgst. Nach dem Weißen Tau kommst du mit Nachwuchs zurück. Für die Jagd bist du zu alt. Ich bin nicht einmal sicher, ob du den Winter überleben wirst.«

Ying Er amüsierte sich über Mengzis Worte.

»Partnersuche? Wenn du eine Partnerin suchst, sag es doch gerade heraus.«

»Wozu? Eine Partnerin ist wie Handschellen, und Kinder sind wie Fesseln. Da lobe ich mir meine Unabhängigkeit. Oder etwa nicht?«

»Frei, in der Tat!«, antwortete seine Mutter. »Aber achte darauf, dass du mir keine Sorgen bereitest. Jetzt, wo keine Frau an deiner Seite ist, die dich in die Schranken weisen kann.«

»Habe ich dir Sorgen bereitet?«

Ying Er lächelte. Mengzi wurde puterrot. Ihm war klar, dass sie auf seine Affäre mit Shuangfus Frau anspielte. Auch die Mutter lächelte vielsagend.

»Zum Glück noch keine«, sagte sie. »Alle wissen, dass Mengzi ein ordentlicher Kerl ist, der nicht gleich losschreit, nur weil ihm jemand auf den Kopf haut.«

Ying Er lachte. Mengzi war peinlich berührt.

»Schön, dass du mich so gut kennst«, erwiderte er.

»Versuche nicht, den Oberschlauen zu spielen«, meinte die Mutter. »Bring zu Ende, was du angefangen hast und fahre in die Stadt. Habt ihr darüber gesprochen, wie das Salz aufgeteilt werden soll?«

»Es gab nichts zu besprechen«, antwortete Mengzi. »Was jeder von uns nach Hause bringt, das behält man. Ich habe nicht gewagt, das Kamel noch schwerer zu beladen, sonst hätte ich das Doppelte mitbringen können.«

»Ist schon In Ordnung«, antwortete die Mutter. »Wie viel wäre denn genug? All die Jahre sind wir auch ohne Salz zurechtgekommen, oder etwa nicht? Es reicht, wenn es uns ein kleines Zusatzeinkommen beschert. Niemand erwartet, dass wir davon reich werden.«

»Du kannst direkt loslegen. Wer unser Salz haben will, soll dafür bezahlen.« Mengzi trat mit dem Fuß gegen einen der Säcke. »Ein Pfund Getreide gegen zwei Pfund Salz. In ein paar Tagen mache ich mich noch einmal auf den Weg. Das Geschäft mit dem Salz ist immer noch besser als eine Arbeit für einen Chef, den man nicht ausstehen kann.«

»Da magst du Recht haben«, antwortete die Mutter. »Wenn man hungrige Bäuche füttern muss, braucht man Ideen.«

»Ist schon klar, Mutter. Spar dir deine Weisheiten.«

Nachdem Laoshun und Mengzi den Falken eine letzte gute Mahlzeit verabreicht hatten, entließen sie die Greifvögel in die Freiheit. In der Verfassung, in der sie waren, war die Chance, den Winter zu überstehen, für sie eher gering. Die Falken würden zurückkehren in die Qilan-Berge und ein weiteres Mal für Nachwuchs sorgen. Im nächsten Frühjahr würde dann der Nachwuchs – die sogenannten Jahresfalken – den Platz ihrer Eltern einnehmen.

11

Die Sonne schien hoch vom Himmel und wurde ihrem Bild als Feuerball mehr als gerecht. Laoshun entschied sich, das Denken sein zu lassen. Sein Gehirn war wie ausgetrocknet. Es lohnte sich nicht, nachzudenken. Warum die Mühen? Leben bedeutete, sich durchzuschlagen. Wenn die Schnapsflasche voll war, sollte man trinken und nicht daran denken, was morgen war. Wasser war auch in Ordnung. Und wenn es zum Wasser noch Hirse gab, dann stimmte das Leben. Kartoffeln und Hirse: ein Topf voll Wasser, eine Handvoll Hirse, ein paar Kartoffeln, und etwas Mehl. Bereits Generationen vor ihm hatten so überlebt. Auch die Menschen aus Liangzhou. Nie hatten sie sich etwas anderes gewünscht, um über den Tag zu kommen. Konnten sie es sich leisten, dann war die Welt in Ordnung, und wenn nicht, dann war es auch recht. Im Jahr 1960 waren zahllose Menschen an Hunger gestorben, so dass die Sandsenken mit Leichen gefüllt waren. Geklagt hatte jedoch niemand. Es war Schicksal. Niemand war auf die Idee gekommen, Gewehre oder Messer zu besorgen, bis auf Baigou, den Angeber. Natürlich war es das Beste, am Leben zu bleiben, aber was, wenn man den letzten Atemzug täte? Als Geist umher zu wandern, wäre sicherlich nicht das Schlechteste.

Laoshun merkte, dass sein Verstand in den letzten Tagen nicht richtig funktionierte. Erreichte der Ärger erst einmal einen Höhepunkt - so sagte er zu sich - dann hörte man auf, weiter zu grübeln, und erreichten die Sorgen ihre Grenzen, dann hörte man auf, sich weiter Sorgen zu machen. Sollte der Himmel einstürzen, würden die Großen ihn stützen. Warum also sich sorgen? Wovor sich fürchten? Warum fluchen? Warum sich beschweren? So viele Menschen lebten vom Land und wurden wieder vom Land vereinnahmt. So viele Menschen waren in einem Maß unterdrückt, dass sie nicht einmal einen Furz zurückhalten konnten. Und es gab viele, deren Knochen ausgequetscht waren, ohne einen einzigen Tropfen Fett zurückzulassen. Sie überlebten. Warum sollte Laoshun es nicht auch können? Worüber ärgerte er sich? Ärger konnte die Gesundheit eines Menschen ruinieren. Nutzlos. Das Leben war tatsächlich nutzlos. Egal, was ein Mensch sagte, man lebte weiter, solange sich etwas im Topf befand. Warum ärgern? Man machte weiter, auch wenn der Topf leer blieb. Tag für Tag, und wenn das unmöglich wurde, dann würde man die Augen schließen, die Beine ein letztes Mal ausstrecken und den Kreislauf des Leidens verlassen. Haha. Laoshun lachte. Er versuchte, ungezwungen zu klingen. Es gelang ihm nicht. Abseits seines schweren Herzens und seiner heiseren Stimme lachte er aus seinen unterlegenen Augen ein paar unpassende Tränen.

Er erinnerte sich an einen Schriftsteller, ein guter Mann, der zu ihm gekommen war, um lokale Volkslieder zu sammeln. Er hatte eine gute Meinung von dem Mann gehabt, weil er unaffektiert gewesen war und die Leute im Dorf mit Respekt behandelt hatte. Sie hatten gemeinsam geraucht und Hirsesuppe gegessen. Der Mann hatte wiederholt behauptet, dass die Menschen in Liangzhou über eine unverhältnismäßig große Leidenskraft verfügten und im Stande seien, jede Ungerechtigkeit auszuhalten. Beweis dafür war für ihn die Tatsache, dass es in der Gegend niemals zu Aufständen gekommen war. Die Menschen aus Liangzhou gingen lieber in den Freitod, als sich gegen die Regierung aufzulehnen, selbst dann, wenn es keine anderen Optionen für ein Überleben mehr gab. Laoshun verstand einen Großteil, von dem, was der Mann erzählte, hatte sich jedoch gefragt, warum ein Mensch sich gegen die Regierung erheben musste. Wenn er reichlich im Topf hatte, aß er, und wenn nicht, beschied er sich. Wenn möglich, würde er länger leben, wenn nicht, dann würde er sterben. Was war der Punkt an einem Aufstand? Es war ein Wort, das seine Vorstellungskraft und seine Akzeptanz überstieg, denn Aufstände endeten in der Regel mit Exekutionen. Für Laoshun waren alle Menschen, die exekutiert wurden, Kriminelle. An Hunger zu sterben, war nichts, wofür man sich schämen musste, doch eine Exekution brachte unerträgliche Scham über die Familie. Außerdem war der Zeitpunkt noch nicht gekommen, an dem er und die anderen Männer im Dorf ihre Reisschälchen nicht mehr hätten füllen können. Und solange dies der Fall war, würde kein Mann auf die Idee kommen, sich gegen das Gesetz zu wenden. Es gab Personen, die mit dem Jetzt und Hier unzufrieden waren. Laoshun hatte jedoch nur Verachtung für sie übrig. In seinen Augen waren sie Wilde, wertlose Tiere, unfähig zur Vermehrung, Menschen mit bösen Absichten, geboren von schamlosen Eltern und in der Wildnis aufgezogen.

Auch Sandbabies hatte der Schriftsteller erwähnt. Er hielt sie für mögliche Verwandte von Eidechsen. Laoshun wusste nicht, ob der Mann Recht hatte. Was er wusste, war, dass sie aussahen wie Skorpione, aber keine waren, denn sie hatten viel kürzere Beine, die kaum in der Lage waren, ihren Körper zu tragen. Trotzdem bewegten sie sich in rasantem Tempo. Außerdem besaßen sie die Fähigkeit zur Selbstverstümmelung. Wenn sie von einem Feind in die Ecke getrieben wurden, warfen sie ihren Schwanz ab, anstatt anzugreifen. Das abgeworfene Körperteil wuchs innerhalb kurzer zeit wieder nach. Es schien Laoshun, als ob Sandbabies ein unbeschwertes Leben genossen. Warum der Mann indes gesagt hatte, die Leute aus Liangzhou ähnelten Sandbabies, würde er niemals verstehen.

Die Sonne brannte unerträglich vom blauen Himmel herab. Laoshun fühlte die heiße Luft sich zwischen Himmel und Erde bewegen. Es war das perfekte Wetter für Sandbabies. Zwischen seinen Füßen tummelten sich einige der Tiere. Eines hob den Kopf und schaute ihn neugierig an, fast hatte er den Eindruck, es mache sich einen Spaß mit ihm. Er stampfte mit dem Fuß auf und alle Tiere flitzten davon.

Es war Unsinn, was der Schriftsteller über die Sandbabies gesagt hatte. Sie lebten ein sorgenfreies Leben und mussten nicht stets an die nächste Mahlzeit denken. Niemand misshandelte sie oder nutzte sie aus. Mit einem gewissen Neid beobachtete Laoshun die lebhaften kleinen Tierchen, die munter hin und her flitzten und sich in dem heißen Sand gegenseitig jagten. Einige von ihnen schauten Laoshun in die Augen, sodass er sich fragte, ob es aus Neugier, Mitleid oder aus einem anderen Grund geschah. Laoshun schaute sie an. Ihre Augen waren wie Kinderaugen, freundlich, rein und ohne den listigen Ausdruck der Erwachsenenaugen.

Nach einer Weile bekam er den Eindruck, er sei umringt von Sandbabies, aber er selbst habe sich aufgelöst. Dennoch lag die Last des Menschseins schwer auf ihm. Musste es nicht wundervoll sein, ein Sandbaby zu sein? dachte er.

Er streckte sich, um den Schmerz in seinem Rücken zu verscheuchen. Dann wischte er sich den Schweiß aus dem Gesicht. Mit einem Mal wurde ihm seine eigene Törichtheit bewusst. »Was ist los mit mir? Warum denke ich, es müsse schön sein, ein Sandbaby zu sein?« Er schüttelte den Kopf. »Ich bin zu alt, um noch klar denken zu können.« Allerdings beneidete er die kleinen Tierchen, wenn er an all die Rechnungen dachte, die er zu zahlen hatte.

»Hey! Vergreifst du dich an meinen Setzlingen?« Laoshun erkannte die Stimme von Meng, ohne sich umzudrehen. Seine spaßhafte Begrüßung hätte eine ähnliche Antwort seinerseits verlangt, doch er war nicht in der Stimmung, also beließ er es bei einem freundlichen Lächeln.

Meng konnte in Laoshuns Miene lesen.

»Du machst dir Sorgen wegen der Wassergebühren, ist es nicht so? Vergiss es. Besorge dir ein Darlehen, dann ist das Problem erledigt. Ein Vertreter der Kooperative ist gekommen. Er ist im Haus von Sun Datou. Du unterschreibst ein Darlehen und siehst dann weiter. Du kannst dir immer noch Gedanken machen, solltest du es nicht zurückzahlen können, aber ich bezweifle, dass du mit deinem Leben bezahlen musst. Jeder Tag, den du gelebt hast, hast du dir verdient. Der Himmel verschont das wurzellose Gras. Also muss es immer einen Ausweg geben.«

12

Nach dem Abendessen schallte die mächtige Stimme von Dorfvorsteher Sun Datou durch das Dorf:

»Zeit für eine Versammlung! Alle Männer im Dorf haben daran teilzunehmen!«

»Hör dir das an«, schnaubte Laoshun. »Er will uns einen weiteren Sargnagel verpassen.«

»Unsere Schulden werden uns in den Ruin treiben!«, echauffierte sich seine Frau.

»Warum machst du dir bloß solche Sorgen?«, suchte Mengzi seine Mutter zu beruhigen. »Wenn sich so viele andere Familien ein Darlehen leisten können, warum nicht auch wir?«

»Du hast leicht reden!« sagte Laoshun. »Mit dem Darlehen allein ist es nicht getan. Die Rückzahlung ist es! Und die wird natürlich wieder auf meine Kosten laufen.«

Die Mutter spürte, dass Mengzi drauf und dran war, seinem Vater zu widersprechen, also signalisierte sie ihm mit einem Blick, die Auseinandersetzung bleiben zu lassen. Doch entweder kam ihr Signal zu spät, oder es hatte einfach keine Wirkung gezeigt.

»Ich frage mich ernsthaft, was genau wieder auf deine Kosten laufen soll? Wir nehmen ein Darlehen auf und zahlen es zurück, sobald wir das Getreide verkauft haben. Du bist nicht der Einzige, der sich für unseren Weizen den Rücken krumm macht.«

Laoshun wusste, dass sein Sohn im Recht war, doch brachte er es nicht über sich, dies auch zuzugeben, denn es hätte seine väterliche Autorität untergraben. Gern hätte er seinen Sohn gemaßregelt, doch fehlten ihm die passenden Argumente. Daher wandte er sich an seine Frau:

»Schau dir an, wie er sich aufspielt! Jetzt, wo ich noch arbeiten kann. Was wird er erst tun, wenn ich mich nicht mehr rühren kann? Ich hätte vermutlich überhaupt kein Sagen mehr.«

»Wenn es etwas zu sagen gibt, dann sag es, ansonsten sei still. Unser Weizen ist nicht das alleinige Produkt deiner Hände, mein Lieber!« Sie sah ihn streng an. »Spar dir dein Gerede. Du solltest dich dafür schämen!«

»Schon gut«, lachte Laoshun. »Die jungen Herren sind erwachsen geworden. Das ist gut. Von nun ab werde ich meine Hände in den Schoß legen und ihnen die Arbeit überlassen.«

»Ich habe damit kein Problem«, antwortete Mengzi. »Was kommt von dir außer Vorwürfen? Meinst du, die Erde würde sich ohne dich nicht weiterdrehen?«

»Großartig! Ich habe also einen kleinen Meister herangezogen, der Verantwortung übernehmen kann.« Laoshun schaute seinen Sohn an. »Du wirst an dem Treffen heute Abend teilnehmen!«

»Sicher.« Beleidigt verließ Mengzi das Haus.

Die Sonne war bereits untergegangen, doch noch immer war es schwülwarm. Einige Männer mit nackten Oberkörpern hockten am Straßenrand und schwatzten, während neben ihnen Kinder Gummitwist spielten. Mengzi ging an ihnen vorbei und nahm nebenbei wahr, dass sich die Gespräche um die zu erwartende Erhöhung der Wasserpreise drehten. Desinteressiert ließ er die Männer stehen und machte sich auf in Richtung von Baigous Haus.

Baigou befand sich mitten in einem Trinkgelage mit einigen jungen Männern aus dem Dorf. Mengzi erkannte unter ihnen einen Mann aus Nanzhuang, der wiederholt in Schlägereien verwickelt gewesen war. Die übrigen Männer kannte er nur vom Sehen. Baigou, dessen Augen vom Alkohol rot unterlaufen waren, machte sich nicht die Mühe, ihn vorzustellen. Stattdessen drückte er ihm ein Glas Schnaps in die Hand. Mengzi liebte Hirseschnaps über alles. Er schmeckte stark und brannte angenehm im Hals. Mengzi kippte das Glas in einem Zug herunter.

»Verdammt!« Baigous Zunge war bereits schwer vom Alkohol. »Von nichts kommt nichts! Wärst du dabei, Mengzi? Ich werde … heutzutage kommt man nur zu etwas, wenn man Eier hat. Also, wärst du dabei, oder nicht?«

»Dabei? Bei was denn?«

»Na was schon?« Baigou bleckte die Zähne. Seine Gesichtsmuskeln zitterten. »Was sonst gibt es zu tun? Geschäfte ohne Kapital, so wie die Straßenarbeiter am Liang-Berg.«

»Du bist betrunken, Baigou. Du kannst nicht alles tun, was dir gefällt.«

Baigou schaute Mengzi aus den Augenwinkeln an, schubste ihn zur Seite und rief: »Was willst du damit sagen, ich kann nicht tun, was mir gefällt? Wer sagt das? Die Beamten tun es, also kann ich es auch. Bist du nun dabei oder nicht? Wenn ja, dann tun wir es gemeinsam. Dann werden wir uns auch ordentlich und von allem bedienen. Genau so, wie sie es tun. Dann kommen nur die besten Sachen auf den Tisch. Also, entscheide dich!«

»Du hast wirklich zu viel getrunken, Baigou!«, erwiderte Mengzi. »Ich bin durch mit dir.«

Ein dürrer Typ, der neben Baigou stand, sah Mengzi mit einem schwer zu deutenden Lächeln an, stieß Baigou zur Seite und sagte zu Mengzi gewandt: »Hör nicht auf ihn. Er ist völlig besoffen.«

»Wer ist hier besoffen?«, polterte Baigou. »Reg dich ab. Mengzi ist in Ordnung. Er würde niemals seine Freunde verpfeifen. Es ist nicht notwendig, ihn auf Schritt und Tritt zu kontrollieren.«

»Es reicht.« Der Typ schlug Baigou auf die Schulter. »Schluss jetzt mit dem Unsinn. Kaum hast du einen Fingerhut Schnaps intus, bekommst du eine große Klappe. Als ob wir wirklich vorhätten, ein großes Ding abzuziehen.«

»Mach dir keine Sorgen. Mengzi wird die Klappe halten. Er ist ein echter Freund«, sagte Baigou, der Mühe hatte, sich zu artikulieren.

»Baigou!«, rief der dürre Mann.

»Lass ihn ruhig reden«, sagte Mengzi zu dem Typen. »So ist er nun einmal. Ständig redet er davon, Menschen umbringen zu wollen.« Er wandte sich zum Gehen. »Ich muss noch zu einer Versammlung.« Mengzi verließ Baigous Haus und machte sich auf den Weg zu Sun Datou, begleitet von Baigous Flüchen.

Mengzi beschlich die Sorge, dass die Männer tatsächlich etwas im Schilde führten. Dabei war es nicht Baigous großspuriges Gerede, das ihn argwöhnisch machte, sondern das Verhalten des anderen Typen, der offensichtlich etwas vertuschen wollte.

Sun Datous Haus war ein einziges Durcheinander. Die Männer verstiegen sich in üble Flüche gegen die Regierung. Sie schimpften und zeterten und überboten sich gegenseitig mit den rüdesten Ausdrücken. Schließlich schlug Sun Datou mit der Faust auf den Tisch.

»Kriegt euch gefälligst wieder ein! Schließlich bin ich es nicht, der die Wasserpreise erhöht hat. Warum geht ihr nicht zum Rathaus und macht dort Theater, wenn ihr den Mumm dazu habt!«

Nachdem sich die Aufregung ein wenig gelegt hatte, zeigte Sun Datou mit dem Finger auf einen Mann im Anzug.

»Das ist Direktor Fu von der Kooperative. Wer kein Geld hat, kann sich hier und jetzt bei ihm ein Darlehen besorgen. Diejenigen, die Geld haben, sollten jetzt und hier bezahlen. Also spart euch unnötige Reden und sammelt eure Energie für später.«

»Welche unnötigen Reden meinst du?«, rief Beizhu. »Was gibt der Regierung das Recht, Gebühren zu erheben? Das Wasser im Reservoir ist nicht ihres. Wir diskutieren! Warum nennst du es unnötige Reden?«

»Genau! Er hat völlig Recht!«, stimmten einige der Männer Beizhu zu.

»Lasst uns damit keine Zeit vergeuden.« Sun Datou machte eine wegwerfende Geste. »Es ist mir egal, ob eure Diskussionen unnötig sind oder nicht. Nicht egal ist mir dagegen, dass wir kein Wasser bekommen werden, wenn wir nicht bezahlen. Glaubt nicht, dass die Regierung nicht besorgt wäre wegen der Situation. Direktor Fu hat mir erzählt, dass der Sekretär der Stadtregierung zusammen mit dem Bürgermeister zum Großen Steinbuddha gefahren ist, um dort für Regen zu beten. Sie haben Opfergeld verbrannt und sind vor den Göttern niedergekniet. Was glaubt ihr, für wen sie das tun, wenn nicht für euch? Für uns alle hier! Wir können ihnen nicht die Schuld dafür geben, dass wir keinen Strom haben. Sie haben sich den Strom nicht in die eigene Hosentasche gesteckt, oder? Hier und heute geht es darum, die Gebühren zu bezahlen. Unser Getreide wartet nicht.«

Angesichts der Nachricht, dass die Vertreter der Stadt vor den Göttern auf die Knie gegangen waren, verstummten die Vorwürfe im Raum.

»Aus Gründen tiefer Besorgnis,« begann Direktor Fu, »hat die Regierung die Bank für Agrarwirtschaft angewiesen, sämtliche Kredite, die benötigt werden, um die Ernte zu retten, zu gewähren.« Er strahlte über das ganze Gesicht.

»Wenn die Gebühren nicht erhöht worden wären, hätten wir den ganzen Schlamassel nicht«, beschwerte sich der Handlose Wei.

»Das liegt nicht in meiner Hand. Ich bin nur für die Kreditvergabe und die Zahlungen verantwortlich.« Direktor Fu drehte sich zum Dorfvorsteher um. »Sollen wir beginnen?«

»Beeilung! Wer ein Darlehen braucht, vortreten!«, rief Sun Datou. »Wer Geld von zu Hause holen muss, der macht sich jetzt auf den Weg! Und vergesst nicht: Alle zahlen, ansonsten gibt es kein Wasser!«

»Ich werde mir fünfhundert Yuan leihen«, sagte Mengzi nach kurzem Überlegen. »Dreihundert für das Wasser und zweihundert als Reserve, falls Hantou mehr für seine Operation benötigt.«

»Du bekommst lediglich dreihundert für eure sechs Familienmitglieder. Die Kooperative vergibt die Kredite lediglich in der Höhe der Wassergebühren. Ist dem nicht so, Direktor Fu?« Sun Datou sah den Direktor fragend an.

»Das Geld ist knapp«, erwiderte Direktor Fu und nickte zur Bestätigung. »Leih dir nur so viel, wie du für die Gebühr benötigst.« Er reichte Mengzi ein Formular und zeigte ihm, wie er es ausfüllen musste.

»Dort unterschreiben!«. Direktor Fu zeigte auf den unteren, rechten Teil des Formulars.

»Du kannst gehen. Der Nächste bitte!«

»Moment!«, sagte Mengzi verblüfft. »Wo bleibt das Geld? Ich habe das Formular unterschrieben.« Er starrte den Dorfvorsteher verständnislos an.

»Hast du wirklich geglaubt, du bekommst Bargeld in die Hand gedrückt?«, höhnte Sun Datou. »Das Geld wird direkt an die Wasserwerke überwiesen. Du würdest es doch in Nullkommanichts ausgeben. Und wir könnten nichts dagegen unternehmen. Die Regierung weiß, sich vor euren kleinen Tricks zu schützen.«

Mengzi starrte den Dorfvorsteher mit offenem Mund an. Er brachte kein Wort heraus.

»Der Nächste bitte!«, sagte Direktor Fu.

Goubao trat vor.

13

Mengzi verließ das Haus in einer Mischung aus Enttäuschung und Demütigung. Enttäuschung darüber, dass sie ihm keine zweihundert Yuan extra leihen wollten, gedemütigt, weil sie ihm das Geld nicht auszahlen wollten.

Ein heller, weißer Mond stand am Himmel. Ein Zeichen für eine lange, schöne Nacht, in der Mengzi nicht früh schlafen gehen würde. Normalerweise würde er den Abend mit Baigou beim Kartenspiel verbringen oder in Gesprächen mit Beizhu und seinen Kumpels, aber Beizhu befand sich noch immer im Haus des Dorfvorstehers und wartete auf sein Darlehen. Baigou war betrunken und anscheinend bereit, seine Axt auf irgendetwas oder irgendjemanden einzuschlagen. Solche spinnerten Ideen waren nichts für ihn. Er war nicht verrückt genug, um den Blick für die Realitäten zu verlieren. Ihm war klar, dass er an diesem Abend nicht noch einmal zu Baigou gehen würde.

Aber wohin sollte er gehen? In solchen stillen Nächten fühlte er sich leer, und der Gedanke, sich schlaflos die Nacht über in seinem Bett hin und her zu wälzen, stimmte ihn missmutig.

Shuangfus Haus schien ihm der geeignetste Ort zu sein, auch wenn das nicht ganz unproblematisch war. Seit der äußerst unerfreulichen Geschichte mit Shuangfu hatte Mengzi sich rar gemacht. Die Leute wussten, dass er eine Rolle in Shuangfus Plan, sich scheiden zu lassen, spielte. Und genau dafür fühlte er sich verantwortlich. Auch wenn er in Gesprächen mit seinen Freunden Witze über seine Eroberung machte, plagten ihn innerlich Scham und Selbstvorwürfe. Ganz gleich, wie er das Vergangene betrachtete, er war in ihr Bett gestiegen, und dies war Anlass für Shuangfu gewesen, seine Bedingungen zu stellen. Vielleicht hätte Shuangfu auch ohne seine Affäre Gründe für eine Scheidung gefunden, doch er hatte es dem Mann zu einfach gemacht. Er fühlte sich schlecht, wann immer er an die einsame Frau dachte.

»Was wäre wohl passiert, wenn ich nicht in jener Nacht mit ihr geschlafen hätte?«, sagte er zu sich. Vielleicht hätte Shuangfu die Scheidung nicht verlangt. Aber was wäre dann geschehen? Vermutlich hätte die Frau so oder so eine Beziehung begonnen. Das Ergebnis wäre mit großer Wahrscheinlichkeit dasselbe gewesen: Eine Scheidung. Der Gedanke gefiel Mengzi.

Mengzi war Shuangfus Frau seitdem mehrfach begegnet. Jedes Mal war sie mit gesenktem Kopf rasch an ihm vorbeigehuscht. Er konnte nicht sagen, ob sie sauer auf ihn war. Sie bedeutete ihm nicht wirklich viel. Nicht einmal ihren Namen konnte er sich ins Gedächtnis rufen, obwohl er sich erinnerte, dass sie ihn einmal ausgesprochen hatte. Für ihn war sie immer einfach »Shuangfus Frau« gewesen.

Nun überkam ihn das Bedürfnis, sie aufzusuchen. Nicht nur, weil er sich leer fühlte, sondern weil er tatsächlich wissen wollte, wie es ihr ging. Wenn er an sie dachte, dann meistens in Momenten, in denen er sich langweilte. Oder wenn er in ihr Bett wollte. An beidem konnte er nichts Verwerfliches finden. Sie war halt eine Frau, und in seinen Augen waren Frauen nur für drei Dinge gut: Kochen, Nähen und Sex.

Das Licht in ihrem Haus brannte, doch das Gefühl der Erregung, das dieses Licht früher in ihm ausgelöst hatte, war nicht mehr dasselbe wie früher. Für ihn war sie wie ein Buch, das er gelesen hatte, und das er bei Bedarf wieder aus dem Regal ziehen konnte. Der Reiz des Neuen war erloschen. Plötzlich hörte Mengzi eine Männerstimme. Es war Huaqiu, der redete und lachte. Ihre Stimme konnte er nicht vernehmen, stellte sich aber ihr lautloses Lachen vor.

Mengzi war geschockt. Ein Konglomerat an Gefühlen stieg in ihm auf. Was genau war es, das er fühlte? Abscheu? Erniedrigung? Überrumpelung? Vielleicht waren es alle drei Gefühle zusammen, oder aber keines der dreien. Sie hatte ihm nie etwas versprochen, dennoch fühlte er sich betrogen.

Die Haustür öffnete sich. Licht fiel auf Mengzi und die Frau, die mit einer Plastikschüssel im Türrahmen stand. Sie blieb stehen, als sie ihn bemerkte, doch gleich darauf erschien ein kaum wahrnehmbares Lächeln um ihre Mundwinkel, während Mengzi wie versteinert vor ihr stand.

»Mein Vater hat mich geschickt, um Geld zu leihen«, murmelte Huaqiu.

»Blödsinn«, dachte Mengzi und fluchte in sich hinein. Dein Vater unterschreibt gerade einen Darlehensvertrag bei Sun Datou. Mengzi lächelte, sagte aber nichts. Huaqiu stand verlegen zwischen den beiden. Mengzi bewegte die Lippen, als wolle er noch etwas bemerken.

»Hast du Angst vor ihm?«, fragte Shuangfus Frau Huaqiu und sah ihn keck an. »Sag ihm, dass du mit mir schlafen wolltest. Oder hast du Angst? Er wollte es auch. Warum habt ihr beide Angst? Ich habe keine. Ihr wollt euer Gesicht nicht verlieren, stimmt's? Mir ist das egal. Was bedeutet das überhaupt? Es ist wie ein Putzlappen. Wenn du ihn nicht mehr brauchst, wirfst du ihn weg.«

Huaqiu schaute zuerst die Frau und dann Mengzi an. Offenbar wollte er etwas sagen, doch schließlich schlich er sich an ihr vorbei aus dem Haus. Sie lachte, als sie den hilflosen Mengzi anschaute, der wie ein Zinnsoldat auf der Stelle stand, und sich nicht regte.

»Genau so seid ihr Männer!« In ihrer Stimme lag Verachtung. Ihr Lachen erstarb und Tränen traten ihr in die Augenwinkel. Mengzi schluckte. Er konnte es nicht ertragen, wenn Frauen weinten.

Was würden die Leute sagen, wenn sie ihn jetzt sähen? Schließlich drehte er sich um und verließ ihr Grundstück.

Er war erleichtert, als er die Hauptstraße erreichte und um eine Ecke bog. Niemand würde herausbekommen, wo er soeben gewesen war. Gleichzeitig ärgerte er sich über seine Angst. Sollten sie es doch alle wissen! Die Wahrheit war so offensichtlich. Oft fühlte er den Drang, einfach tun und lassen zu können, was er wollte, doch ließ sich das Gefühl seiner niederen Motive nicht verdrängen. Er hasste sich dafür, dass er nicht den Mut gehabt hatte, ihr geradewegs ins Gesicht zu sagen: »Ich will mit dir schlafen!«

Plötzlich kamen ihm im Dunkeln zwei Gestalten entgegen. Mengzi hustete vernehmbar in ihre Richtung, wie jemand, der auf dem Friedhof pfeift, um zu zeigen, dass er sich im Dunkeln nicht fürchtete. Doch sein Husten klang wenig energisch, eher wie das verlegene Räuspern einer Person, die sich bei etwas ertappt fühlt.

»Wer ist da?«, hörte Mengzi eine Stimme vor sich. An dem belegten

Ton erkannte er Maodan.

»Ich bin es«, erwiderte Mengzi laut.

»Wer ist ich?«, fragte Maodan zurück.

»Lass die Fragerei! Es ist Mengzi.« Es war die Stimme des Lahmen. Als sie näherkamen, sah Mengzi den Lahmen, der neben seinem Eselkarren lief, auf dem sich etwas bewegte. Ein deutlicher Alkoholgeruch lag in der Luft.

»Alles ist in Ordnung«, sagte Maodan. »Wir bringen Wuzi zum Doktor … Ehrlich … wir bringen ihn zum Arzt. Wir mussten ihn festbinden, sonst wäre er abgehauen.«

»Es reicht«, raunzte der Lahme Maodan an.

Mengzi erkannte, dass es sich bei der auf dem Karren gefesselten Gestalt tatsächlich um Wuzi handelte. Der Alkoholgeruch kam geradewegs aus seiner Richtung.

»Es ist die Wahrheit. Er muss unbedingt zum Arzt.«

Der Esel schnaubte, als sich der Karren wieder in Bewegung setzte. Das metallene Geräusch seiner Hufeisen klapperte auf dem steinigen Weg. Mengzi ließ die beiden vorbeiziehen und wollte gerade weiterlaufen, als von hinten jemand angelaufen kam und ihn am Arm packte. »Mengzi!« Es war der Lahme, der sich nah an sein Ohr drängte. »Sag niemandem, dass du uns gesehen hast, ich bitte dich!«

Mengzi spürte die harten Bartstoppeln des Alten an seiner Haut. Er murmelte sein Einverständnis und ging seines Weges. Der Lahme wiederholte seine Bitte mit ungewöhnlichem Nachdruck, bevor er sich umdrehte und dem bereits aus dem Blickfeld entschwundenen Karren nachlief. Beim Geräusch der eiligen Fußschritte ahnte Mengzi, dass etwas nicht mit rechten Dingen zuging.

14

»Was für einen Unsinn tischst du uns nun wieder auf?«, motzte Laoshun, als Mengzi ihm am folgenden Morgen von seiner nächtlichen Begegnung mit dem Lahmen berichtete. Doch anschließend saß Laoshun lange wortlos da, bevor er sich schließlich räusperte und in deutlich milderem Ton sagte: »Bring diese Geschichte lieber nicht noch einmal zur Sprache.«

»Was ist nun wieder los?«, fragte die Mutter.

»Misch du dich nicht auch noch ein. Du bist eine Frau.« Laoshun warf ihr einen genervten Blick zu und erhob sich mit zittrigen Beinen. Er wirkte, als sei er innerhalb eines Augenblicks um Jahre gealtert.

Laoshun verließ das Haus. Die Sonne stand bereits hoch am Himmel. Es würde ein weiterer heißer Tag werden. Doch das Wetter interessierte ihn nicht. Ihm war, als ob er bereits in eine andere Welt hinübergeglitten sei, in der alles verschwommen und nicht mehr greifbar war. Verwirrt fühlte Laoshun, wie eine bleierne Traurigkeit von ihm Besitz ergriff. Natürlich war ihm bewusst, was Mengzi mit seiner Erzählung hatte andeuten wollten. Er musste den Lahmen unbedingt ein weiteres Mal aufsuchen.

Auf der Straße herrschte bereits reges Treiben, doch Laoshun fühlte sich von den Menschen isoliert. Der Handlose Wei kam ihm lachend mit seinem Esel entgegen, gefolgt von einem Mann, der - Stock und Seil in der Hand – einen jungen Esel hinter sich herzog. Ihm folgte Huaqius Mutter, die eine Tragestange mit zwei Eimern Wasser auf ihrer Schulter trug. Er vernahm die Stimme von Huilanzi, die ihre Schweine fütterte. Eine Herde Schafe blökte laut irgendwo … alles reale Erscheinungen, die ihm im selben Moment unwirklich erschienen.

»Was mag er gerade tun?«, hörte Laoshun sich selbst reden. Er sah den Lahmen vor sich, mit seinem unbewegten, wie in Holz geschnitztem Gesichtsausdruck. Er konnte sich nicht erinnern, dass dieser Mann jemals einen anderen Ausdruck in seinem Gesicht getragen hätte. Vermutlich hockte er gerade bewegungslos wie eine Steinskulptur auf seinem Kang und rauchte. Ganz anders seine Frau. Eine Person, die oft und aus geringem Anlass weinte. Die so oft weinte, dass ihre Stimme davon rau geworden war. Wie hätte sie auch nicht weinen können?

Laoshun vernahm ein Schluchzen. Er schaute sich um und stellte zu seiner Verwunderung fest, dass das Geräusch aus dem Haus des Glatzköpfigen Wang kam. Vor dem Haus hatte sich eine Menschentraube gebildet. Die Menge diskutierte lebhaft miteinander. Da trat Goubao vor Laoshun und sagte mit erregter Stimme: »Was ist bloß aus dieser Welt geworden? Jetzt stehlen sie sogar Schweine!«

Laoshun erfuhr, dass Diebe in der Nacht zuvor das Schwein gestohlen und auf einem Motordreirad abtransportiert hatten.

»Schau es dir an!«, fuhr Goubao fort. »Wenn dir das Pech erst einmal an den Füßen klebt, dann ertrinkst du selbst in kniehohem Wasser! Der alte Wang ist so arm, er hatte praktisch nichts außer seinem Schwein. Seine Frau hat versucht, sich umzubringen. Sie haben sie zum Glück rechtzeitig gefunden!«

Laoshun zog die Stirn in Falten. Goubaos Lachen widerte ihn an. Der Glatzköpfige Wang hatte sein Schwein verloren. Was gab es da zu lachen? Mit einer abfälligen Handbewegung ließ Laoshun Goubao stehen.

Die Frau von Wang wimmerte, als habe sie ihr eigenes Kind verloren. Sie wälzte sich auf dem Boden, ihre Arme und Beine von Dreck besudelt. Fengxiang, die nach einer Frühgeburt erst vor wenige Tagen zurückgekehrt war, begann, auf die Frau von Wang einzureden. Beizhu war außer sich.

»Diese Diebe! Haben die noch einen Funken Moral im Leib? Womit haben diese Leute das verdient?«

»Genau!«, pflichteten einige der Männer ihm bei.

»Demnächst stehlen sie vermutlich noch das Getreide von unseren Feldern!«, ereiferte sich ein anderer.

»Du sagst es.«

»Die Menschen werden immer gewissenloser!«

Der Glatzköpfige Wang hockte auf einem Stapel Ziegelsteinen neben seinem Tor und schien völlig geistesabwesend. Dorfvorsteher Sun und einige andere Männer umringten ihn.

»Es reicht nun«, sagte der alte Meng zu der Frau von Wang. »Was passiert ist, ist passiert. Dein Weinen bringt das Schwein nicht wieder zurück.«

Die Frau hatte keine Ohren für seine Worte und schluchzte in einem fort.

Der alte Wang saß noch immer wie versteinert da und sagte kein Wort.

»Wir sollten den Diebstahl bei der Polizei melden!«, rief Beizhu.

»Wir müssen ab sofort vorsichtiger sein. Die Diebe werden immer dreister. Eine nächtliche Patrouille wäre vielleicht eine gute Idee. Ansonsten erwischt es vielleicht bald den Nächsten von uns«, sagte der alte Meng mit bedächtiger Stimme.

»Diebe und Einbrecher arbeiten nicht nach festen Mustern und melden ihr Kommen vorher an. Unser Dorf ist nicht klein und wir können unmöglich jeden Winkel bewachen. Dennoch ist es sicher besser als nichts zu tun«, meinte Laoshun.

»Wir werden uns gut organisieren müssen«, sagte Meng. »Wir bilden Teams von zwei oder drei Männern, die gemeinsam in der Nacht patrouillieren.«

Mengzi erinnerte sich an die Pläne, die Baigou mit seinen Kumpels ausgebrütete. Könnte es sein, dass sie für den Diebstahl verantwortlich waren? Wenn dem so war, wäre es kein gutes Omen für die Leute im Dorf.

15

Die Familie war gerade beim Mittagessen, als ein völlig aufgelöster Maodan ins Haus schneite.

»Ich gehe in die Küche und hole dir ein Schälchen«, sagte Lingguans Mutter.

»Nein. Ich kann nicht!«

»Was ist passiert?«, fragte Laoshun mit besorgter Miene.

»Heraus mit der Sprache! Hat es etwas mit letzter Nacht zu tun?«, fragte Mengzi.

Maodan schaute kurz zu ihm auf.

»Wir sind keine Fremden für dich. Also, sag schon, was los ist!«

»Wie kann es sein, dass sie so schnell kommen?«, sagte er leise.

»Von wem sprichst du?«, drängte Laoshun ihn.

»Die Polizei. Sie sind direkt zu seinem Haus gegangen.« Maodans Gesicht war blass. Unvermittelt ging er vor Mengzi auf die Knie.

»Nun schau dich einer an!«, rief Mengzi und erhob sich ruckartig von seinem Stuhl.

»Was tust du da? Steh sofort wieder auf.«

»Ich hatte es dir gesagt. Ich wollte nicht mit ihm gehen, aber er hat mich gedrängt.« Maodan kniete noch immer vor Mengzis Platz.

»Seine Hundert Yuan waren mir egal! Aber er bestand darauf. Er meinte, niemand würde es erfahren und er würde es zwischen uns belassen. Aber dann bist du uns in die Quere gekommen. Niemand wird es je erfahren, wenn du nichts sagst.«

»Was geht hier vor?«, knurrte Laoshun. »Steh auf!«

Maodan erhob sich. Die Mutter schob ihm einen Stuhl hin.

»Was ist passiert? Du musst es uns erzählen«, drängte Laoshun.

»Wuzi ist tot.« Maodan schluckte.

Stille breitete sich im Raum aus. Mengzi blickte zu seinem Vater. Der Vater blickte zu seiner Frau. Niemand sagte ein Wort.

»Ich sage euch die Wahrheit!«, brachte Maodan schließlich schluchzend hervor. »Wir wollten mit ihm zum Arzt. Dann musste er pinkeln. Hat nicht aufgepasst und ist die Klippe runter.«

Eisiges Schweigen. Maodan atmete schwer durch den Mund ein. Dann öffnete Laoshun den Mund und sagte mit leiser Stimme:

»Er ist tot … dann ist es so. Niemand kann daran etwas ändern.«

»Ich sage euch, er ist gestürzt. Ich habe ihn nicht gestoßen!«

»Wer behauptet, du hättest ihn gestoßen?« Laoshun raufte sich die Haare, seufzte und sagte: »Der Junge hatte kein leichtes Leben. Man kann ihm nur wünschen, dass er nun an einem besseren Ort ist. Es ist niemandes Schuld. Warum musste er in diese fürchterliche Armut geboren werden? Er konnte nichts dafür … diese Krankheit hatte er nicht verdient. Niemand ist schuldig.«

»Genau.« Maodan wirkte erleichtert. »Niemand hat Schuld daran. Es war sein Schicksal. Keiner hat ihm etwas angetan.«

Die Mutter begann zu schluchzen. Maodan schaute hilflos von einem zum anderen. Als sein Blick an der Mutter hängenblieb, machte er den Eindruck eines Kindes, das auf frischer Tat beim Lügen ertappt wird.

»Eigentlich wollte ich gar nicht mitgehen, aber er hat darauf bestanden. Gedrängt hat er mich! Ich hatte keine Wahl. Die hundert Yuan waren auf jeden Fall nicht der Grund.«

»Halt den Mund, du Hornochse!« Laoshun platzte der Kragen. »Er ist tot, und damit Basta. Wie kannst du es wagen, jetzt von Geld zu sprechen?«

»Natürlich, du hast Recht. Das Geld ist egal. Es hat für mich keine Rolle gespielt. Wir hatten uns auf Hundert Yuan geeinigt, aber gesehen habe ich keinen Cent.«

»Noch ein Wort von Geld und ich schlage dir den Schädel ein! Hast du mich verstanden? Für wie dumm hältst du die Leute eigentlich?«

Mit einem Mal schien Maodan begriffen zu haben, doch wiederum schüttelte er den Kopf und fuhr fort:

»Schon gut. Aber meinst du, der Lahme wird sich seine Abmachung halten?«

»Halte einfach dein Maul.« Laoshun war außer sich. »Du bettelst uns an, dass wir den Mund halten, aber selbst redest du dich um Kopf und Kragen. Bist du wirklich so dumm, oder tust du nur so?«

»Ich werde kein Sterbenswörtchen sagen!« Maodan kaute nervös an seinen Fingernägeln. »Ich halte meine Lippen versiegelt. Darauf könnt ihr Gift nehmen. Und glaubt mir, ich habe es wirklich nicht wegen der Hundert Yuan getan.«

»Ich denke, es ging dir allein ums Geld. Warum sonst erwähnst du es in jedem Satz?«

»Darf ich jetzt gar nichts mehr sagen?«, empörte sich Maodan. »Immerhin waren es einhundert Yuan. Die hatte er versprochen …«

»Raus mit dir!«, schnauzte Laoshun. »Ich kann deine Anwesenheit nicht mehr ertragen.«

Maodan schaute sich unsicher im Raum um, räusperte sich kurz und sagte dann:

»Wenn ihr mir versprecht, nichts zu sagen, bin ich bereit, das Geld mit euch zu teilen. Wir machen fifty-fifty, abgemacht?«

»Verzieh dich!«, rief Laoshun, griff nach einem seiner Schuhe und schleuderte ihn Maodan hinterher. Doch der Schuh verfehlte sein Ziel und knallte gegen die Wand.

Flugs flüchtete Maodan aus dem Haus.

16

Wind kam auf.

Ein Wind, der typisch für die Wüste war: heiß, stürmisch und wütend. Sand flog durch die Luft und setzte sich in sämtliche Ritzen. Das ganze Dorf schien durchgeschüttelt zu werden. Die Sonne wirkte auf eigenartige Weise wie geschrumpft und hing zwischen Zenit und Horizont auf halber Höhe wie ein gedimmter Feuerball.

Die Leute aus dem Dorf trotzten dem Wind, denn soeben war der Lahme mit Blaulicht in einem Polizeiwagen abtransportiert worden.

Glaubte man Beizhus Erzählung, so kam die Polizei auf die Spur des

ihm eine gewisse Grobheit im Aussehen. Es war ein ganz und gar durchschnittliches Gesicht. Ein Gesicht, das Lingguan in der Menge nicht auffallen würde. Der Ausdruck eines Menschen, der bereits viel miterlebt hatte.

»Solange niemand ernsthaft krank ist in unserer Familie macht es mir nichts aus, arm zu sein«, sagte Laoshun und nahm noch ein paar tiefe Züge.

Lingguan zwang sich ein Lächeln auf die Lippen.

»Ist wirklich alles in Ordnung, mein Sohn?«

»Alles ist bestens«, erwiderte Lingguan und mied es, seinem Vater in die Augen zu sehen. Um jeden Preis wollte Lingguan den Eltern die Wahrheit solange es ging vorenthalten. Wäre Mengzi an seiner Seite, vielleicht hätte er sich ihm geöffnet und die beiden Brüder hätten die weiteren Schritte miteinander planen können. Doch Mengzi verharrte zu Hause, in der Hoffnung auf das so wichtige Wasser, das ihre Ernte retten sollte. Lingguan fühlte sich einsam und hilflos. In seinem Leben hatte er noch keine solche Krise bewältigen müssen. Stets war es der Vater gewesen, dessen kräftige Schultern alle Probleme getragen hatten. Doch nun konnten diese starken Schultern die Lasten nicht mehr tragen und die Tragödie schien ihren Lauf zu nehmen.

Seine einzige Hoffnung war eine mögliche Fehldiagnose.

Auf seine wiederholten Fragen erhielt er von den Ärzten stets dieselbe Antwort:

»Eine Fehldiagnose ist sehr unwahrscheinlich.«

»Er ist noch so jung. Wie kann er Leberkrebs bekommen?«

»Das ist keine Frage des Alters«, sagte der Arzt. »Je jünger ein Patient ist, desto schneller breiten sich die Krebszellen aus.«

»Wir hatten hier schon Kinder mit Krebserkrankungen«, meinte der andere Arzt.

Lingguan ärgerte sich über die Reaktionen. Er fühlte sich unverstanden. Wollten die Mediziner seine Leidensfähigkeit testen? Aber hier gab es nichts zu testen. Hantou war erst Mitte Zwanzig und hatte sein ganzes Leben noch vor sich. Er erinnerte sich an den Tag bevor Hantou ins Krankenhaus gekommen war. Er hatte seinem Bruder aus der Hand gelesen. Seine Lebenslinie war lang, tief und an keiner Stelle unterbrochen.

»Alles wird gut«, hatte er zu Hantou gesagt. »Schau! Deine Lebenslinie ist lang und ohne Verzweigung.« Hantou hatte gelächelt und geantwortet: »Stimmt. Alles wird gut werden.«

Nun machte er sich Vorwürfe. Es war Unsinn gewesen. Er hatte noch nie an die Handlinien geglaubt.

So spät in der Nacht herrschte Stille auf den menschenleeren Krankenhausgängen. Lingguans Gedanken kreisten immer wieder um dieselbe Frage: Warum? Er weinte, er fluchte, er versank in Stille. Er erinnerte sich an einen buddhistischen Mönch, der ihm einst erzählt hatte, dass jeder Wunsch eines Menschen erhört würde, wenn man den Buddha Guanyin anbetete. Also faltete er die Hände und betete. Mitunter meinte er, beim Blick aus dem Fenster helle Lichter am Himmel zu sehen und den Buddha, wie er zu sphärischer Musik auf einer Lotoswolke stand und mit einem Weidenzweig in der Hand, das Wasser des Lebens von oben auf seinen kranken Bruder spritzte.

Als er sein Gebet beendet hatte, kehrte er zurück in das überhitzte Krankenzimmer. Das Stöhnen seines Bruders begleitete ihn durch die Nacht. Erst in den frühen Morgenstunden fiel er in einen kurzen, unruhigen Schlaf.

3

Endlich kamen auch die Mutter und Lanlan zu Besuch. Beim Anblick seiner Mutter drehte Lingguan sich zur Seite, um seine Tränen zu verbergen. Dann versuchte er, sie so gelassen wie möglich zu begrüßen. Die Mutter lächelte nicht. Im Gegensatz zum Vater wirkte sie schmerzgequält. Ihre blassen Wangen zuckten. Sie nahm Hantous Hände in ihre und sogleich traten Schweißperlen auf ihre Stirn, ganz so, als müsse sie ihre letzten Kräfte bündeln, um den Anblick ihres Jungen zu ertragen.

»Es geht mir gut, Mutter«, sagte Hantou mit einem schwachen Lächeln.

Lingguan musterte seinen Bruder genau. Hatte er bereits wahrgenommen, dass der Knoten immer noch da war? Er konnte nichts Ungewöhnliches in seinem Blick erkennen. Sein Lächeln schien echt.

Lanlan weinte stumm.

Die Mutter schlug die Bettdecke zurück, um Hantous Wunde in Augenschein zu nehmen. Sie war von einem quadratischen Gaze-Verband bedeckt, der die Schwellung darunter nicht verbergen konnte. Sie betastete die Stelle, drehte sich zu Lingguan um und fragte:

»Warum ist die Stelle noch immer so gewölbt?«

»Sie ist geschwollen«, antwortete Hantou. »Eine Folge der Operation.«

Sie schaute ihm in die Augen. »Es ist doch alles in Ordnung, oder nicht?«

»Natürlich«, antwortete er. »Nach jeder Operation dieser Art kommt es zu Schwellungen. Erst wenn sie weg ist, werde ich entlassen.« Die Mutter seufzte erleichtert.

Lingguan reichte seiner Mutter einen Apfel. Der Anblick, wie seine Mutter den Apfel entgegennahm und aß, sollte noch Jahre später in seinem Gedächtnis festgebrannt sein. Sie führte den Apfel zum Mund, doch biss sie nicht hinein, sondern begann wie geistesabwesend an ihm zu nagen. Doch auch dieses Nagen war kein echtes Nagen, denn der Apfel trug keine Verletzungen davon. Die Schale blieb trotz der Berührungen durch ihre Zähne unversehrt. Es schien, als beanspruche die Verarbeitung des Anblicks ihres Sohnes so viel Kraft und Energie, dass sie es nicht mehr schaffte, ein Stück aus dem Apfel herauszubeißen. Als sie nach einer gefühlten Ewigkeit schließlich den Blick von dem ausgemergelten Gesicht ihres Sohnes abwandte, war die Schale des Apfels noch immer völlig unbeschadet.

Die Mutter weinte nicht, denn sie wusste, dass Tränen Unglück brachten.

»Der Gott der Tränen hat dein Kind verhext!«, hatte die Schamanin einmal zu ihr gesagt. Fortan vermied Lingguans Mutter es, vor den Kindern zu weinen. Noch immer kaute sie wie benommen an dem Apfel. Dann drehte sie den Kopf und richtete den Blick zuerst auf Lingguan, dann auf Laoshun, ganz so, als hoffte sie, aus ihren Augen die Wahrheit herauslesen zu können.

»Es geht im gut, nicht wahr?«, brachte sie mit schwacher Stimme hervor.

»Natürlich. Wieso sollte es ihm nicht gut gehen?«, erwiderte Lingguan ungeduldig.

»Schauen Sie uns an!«, sagte eine junge Frau, die zu dem Patienten im Nachbarbett gehörte. »Zu Anfang hatten wir solche Angst! Aber seit der Operation geht es ihm von Tag zu Tag besser. Morgen wird er entlassen.«

»Wirklich?« Laoshuns Frau schaute ungläubig. »Ihr hattet auch Angst?«

»Wer hat das nicht bei einer Operation in einem Krankenhaus?«

»Das kann ich gut verstehen«, antwortete die Mutter und seufzte. »Ich habe das Gefühl, als ob mich jemand in einen Kokon gesponnen hätte. Mein Herz bestand nur noch aus Knoten. Doch nun fühle ich mich wieder besser.«

»Endlich hat er seine Operation hinter sich«, meinte der andere Patient. »Das ist das Wichtigste.«

»Sie haben Recht.« Lingguans Mutter wurde nun etwas gesprächiger. »Egal, was kommen mag. Er hat seine Operation hinter sich. Es ist nicht das Geld, das zählt, es ist die Gesundheit.« Darauf biss sie zum ersten Mal richtig in ihren Apfel.

Lingguan verließ das Krankenzimmer, um sich die Beine zu vertreten. Da bemerkte er Doktor Wang, den leitenden Internisten, und Doktor Hou, den Chirurgen, der Hantou operiert hatte, im Gespräch.

»Ich habe sie entlassen«, sagte Direktor Wang. »Habe ihnen erzählt, dass wir nicht operieren können.«

»Gut so!«, entgegnete Doktor Hou. »Er war voller Eiter, ekelhaft. Richtig, dass du ihn nach Hause geschickt hast.« Beide lachten selbstzufrieden. Lingguan war angewidert. Hieß es nicht, Ärzte seien Engel in Weiß?

Doktor Hou schien kurz irritiert, als er bemerkte, dass Lingguan sie beobachtete, doch schnell kehrte sein emotionsloser Gesichtsausdruck wieder zurück.

»Ah! Ich habe die Testergebnisse. Es ist ein primärer Leberkrebs.«, sagte Doktor Hou, ganz so, als wolle er mit seiner Aussage die Reaktion des Familienangehörigen testen.

Lingguan betrat das Schwesternzimmer. Es war leer. Sein Blick fiel auf die Krankenakte seines Bruders. Sie lag vor ihm auf dem Tisch. Er griff danach und begann, darin zu lesen:

Leberkrebs – partielle Nekrose – Zeichen innerer Blutungen.

»Partielle Nekrose«, sagte er zu sich selbst. Bedeutete das nicht neue Hoffnung? Könnte das zu einer totalen Nekrose führen?

Sein Herz begann zu pochen. Er eilte aus dem Schwesternzimmer und lief geradewegs in das Besprechungszimmer der Ärzte.

»Ich habe gerade die Krankenakte von meinem Bruder gelesen. Dort steht etwas von partieller Nekrose. Könnte es nicht sein, dass die Krebszellen nach und nach absterben?«

»Seien Sie nicht naiv, junger Mann«, antwortete der Arzt. »Diese Krebszellen können nicht eliminiert werden. Für jede gestorbene Krebszelle wachsen Hundert neue nach. Nicht umsonst nennt man das einen bösartigen Tumor.«

»In dem Zustand, in dem Ihr Bruder sich befindet, ist es das Beste, sie gehen nach Hause«, sagte Doktor Hou.

»Sie wollen uns rauswerfen? Ist es das?« Lingguans Stimme bebte.

»Sie verstehen mich falsch«, erwiderte der Arzt. »Ihr Bruder sollte nach Hause zurückkehren, um sich auszuruhen. Anderenfalls könnte er sich einer Radiologie oder einer Chemotherapie unterziehen.«

»Eine Chemotherapie? Würde die etwas bringen?«

»Schwer zu sagen. In seinem Fall kann beides auftreten. Es könnte sein, dass sie ihm hilft, oder aber, dass es schneller mit ihm zu Ende geht. Meiner Erfahrung nach macht weder die eine noch die andere Therapie viel Sinn und ist letztendlich nur Geldverschwendung. Reden Sie mit Ihrem Bruder und überzeugen Sie ihn davon, in ein paar Tagen nach Hause zu gehen.«

Lingguan kehrte in das Krankenzimmer zurück. Seine Mutter schaute nicht mehr so besorgt drein wie noch vor einer Stunde. Die Worte der jungen Frau hatten sie offenbar getröstet. Lingguan fühlte ihr gegenüber große Dankbarkeit.

Als die Gespräche im Raum zum Erliegen kamen, ging die Mutter mit Lingguan hinaus auf den Flur. Sie nahm seine Hände und berichtete mit zitternder Stimme von Yindis Tod. Lingguan starrte seine Mutter ungläubig an.

»Lanlan hat es mir gerade erst erzählt«, fügte sie hinzu. Lingguan blickte in das traurige Gesicht seiner Mutter, die tiefe Ringe um die Augen hatte. Sie zitterte und offensichtlich musste sie sich sehr beherrschen, nicht zu weinen.

Sie bat ihn, die Nachricht vorerst für sich zu behalten.

»Wenn du einen günstigen Augenblick findest, dann rede bitte auch noch einmal mit deiner Schwester. Sie wäre fast gestorben. Die Ärzte sagten, sie hätte ausbluten können. Und nun ist auch noch jede Hoffnung verlorengegangen.« Sie schneuzte in ihr Taschentuch und fuhr fort:

»Und sprich bitte mit Mengzi!«, drängte sie ihn. »Er ist ein Hitzkopf. Als er von Yindis Tod erfuhr, hat er sich ein Messer genommen und sich auf den Weg zu Bai Fus Haus gemacht. Glücklicherweise hatte jemand Bai Fu gewarnt. Er hat sich rechtzeitig versteckt.«

Sie verstummte für einen Augenblick, bevor sie hinzufügte:

»Das Schicksal meint es nicht gut mit uns.«

Kapitel XIX

1

Nach dem Abendessen besuchte Mengzi Shuangfus Frau. So vieles hatte sich in letzter Zeit in ihm aufgestaut. Er brauchte unbedingt ein Ventil, um dies alles loszuwerden. Ihr jadegleicher, weißer Körper war dafür wie prädestiniert.

Als er ihr Haus betrat, war sie dabei, die Betten zu machen. Sie schenkte ihm keinerlei Beachtung.

»Wir haben uns ein paar Tage nicht gesehen und schon lachst du dir einen Neuen an«, sagte Mengzi. Sie ignorierte ihn weiterhin. Mengzi schaute sich in der Wohnung um. Von dem Mädchen war nichts zu sehen. Im sicheren Gefühl, dass sie draußen im Hof spielte, näherte er sich ihr von hinten, umschlang sie und begann, ihre Brüste zu streicheln.

»Hast du überhaupt ein Gewissen?«, begann sie. »Dein Bruder liegt im Krankenhaus und du denkst nur an das eine?«

»Er liegt im Krankenhaus, na und? Ein kleines Loch haben sie ihm in den Bauch geschnitten. Was geht mich das an?«

»Du hast wirklich kein Funken Moral in dir!«, erwiderte sie, jedoch mit einem Lachen.

»Wozu soll ein Gewissen gut sein?«, sagte er. »Es liegt alles nicht in unseren Händen. Wir haben keinen Einfluss darauf, ob sich das Schicksal zum Guten oder zum Schlechten wendet.« Er schob sie hinüber zum Bett. Sie begannen, sich zu küssen.

»Das Mädchen wird gleich zurück sein«, sagte sie, und er ließ sogleich von ihr ab. Sie ging zur Tür, drehte den Schlüssel im Schloss und überließ sich anschließend ihm und seiner Begierde.

»Ich konnte es nicht erwarten, dich zu sehen«, sagte er noch keuchend, als sie das Liebesspiel beendet hatten. »Alle meine Gedanken kreisten nur um dich, als ich draußen in der Wüste war.«

Sie ging zur Tür, schloss wieder auf und setzte sich vor ihren Spiegel, wo sie sich ausgiebig die Haare kämmte.

»Das Mädchen ist kein Baby mehr. Wir können nicht ewig so weitermachen. Shuangfu hat mir eine Nachricht geschickt. Er will die Scheidung, damit es kein übles Gerede gibt. Ich behalte die Kleine und er zahlt mir einmalig zweihunderttausend Yuan. Außerdem soll ich monatlich fünfhundert Yuan Alimente für das Kind bekommen. Ich habe ihm bereits geschrieben, dass ich keinen Cent von ihm annehmen werde. Er soll kommen und die Papiere unterschreiben, wenn er Zeit dafür findet. Aber er soll den Standesbeamten dieses Mal rechtzeitig informieren. Nicht, dass er ein zweites Mal vergeblich die Reise auf sich nimmt.«

»Zweihunderttausend? Wie in Gottes Namen kannst du eine solche Summe ablehnen?«

»Geld ist dir wichtiger als das Gesicht zu wahren, nicht wahr?« Sie funkelte ihn böse an.

»Weißt du, was dieses Geld für mich bedeutet? Es ist, als ob er mir ins Gesicht spucken würde. Ich werde mich nicht von ihm erniedrigen lassen, egal, wie prekär meine finanzielle Situation auch sein mag.«

»Du hast Mumm!« Er warf ihr einen nüchternen Blick zu. »Das hätte ich dir nicht zugetraut.«

»Ich will dir etwas sagen.« Sie lächelte. »Huaqiu kam neulich tatsächlich, um sich Geld zu leihen. Du hast sicherlich bemerkt, dass er rot geworden ist, als ich ihn geneckt habe, oder? Also untersteh dich, mich als Schlampe zu bezeichnen, die für jeden dahergelaufenen Typen ihre Bluse öffnet.«

»Ist schon klar«, lachte Mengzi.

»Nur weiter so. Was hast du noch Interessantes zu erzählen?« Selbstbewusst blinzelte sie ihn an. »Dir geht es sowieso immer nur um dich. Andere Menschen haben dir noch nie etwas bedeutet. Ich werde also für immer Strohwitwe bleiben.«

»Strohwitwe?« Mengzi grinste breit. »Du nimmst dieses Wort in den

Mund, kaum hast du dir den Slip wieder hochgezogen.«

»Du meinst anscheinend auch, dass eine Frau nur das eine braucht? Ich weiß, dass du mich für ein Flittchen hältst. Aber ich möchte gerne eine Antwort. Ist es dir ernst mit uns?«

Mengzi wusste, worauf sie anspielte. Ihm war nie ernsthaft in den Sinn gekommen, sie zu heiraten. Er dachte nur an sie, wenn er sexuelle Phantasien hatte. Nach jedem Geschlechtsverkehr war er ernüchtert und bemerkte in erster Linie den großen Altersunterschied zwischen ihnen.

»Mein Vater würde dem niemals zustimmen.«

»Wie bitte?« Sie drehte ihm den Rücken zu. »Hat dein Vater vielleicht zugestimmt, als du mich das erste Mal bestiegen hast? Sag schon. Hat er zugestimmt, als du und dieser Nichtsnutz Shuangfu euren Riesenstreit vom Zaun gebrochen habt? Er stimmt nicht zu? Und das, obwohl jeder weiß, dass Mengzi der gehorsamste Sohn im ganzen Dorf ist.«

»Immer langsam. Vergiss nicht, dass du immer noch Shuangfus Frau bist. Ich denke, diese Diskussion kommt ein bisschen zu früh, meinst du nicht? Im Übrigen wird es keine Rolle spielen, ob er zustimmt oder nicht, wenn es erst so weit ist, okay?«

»Es ist mir wirklich egal, was du denkst oder wie du dich entscheidest. Ich werde keine lose Beziehung mehr mit dir führen. Shuangfu weiß, dass er jederzeit kommen kann. Ich bin bereit. Aber das alles hat nichts mit dir zu tun. Ich werde das so oder so durchziehen. Geld ist mir nicht wichtig. Bunt bedrucktes Papier, das ist alles. Es ist mir ganz gleich, ob du mich heiraten willst oder nicht. Schließlich gibt es noch andere Männer außer dir. Mir ist nicht so wichtig, was es für ein Kerl sein wird, denn ihr Männer seid sowieso alle gleich. Das ist mir jetzt noch einmal deutlich geworden. Letzten Endes kann man Männer auf ihren Schwanz reduzieren. Alles andere …« Sie lachte kalt.

»Was redest du denn da? Habe ich gesagt, dass ich dich nicht heiraten will? Du kannst tun und sagen, was du willst. Ich werde dich auf jeden Fall heiraten. Bist du nun zufrieden?« Mengzi starrte sie an und fühlte, dass er diese Frau immer unterschätzt hatte. Ihre Worte hatten ihn schwer beeindruckt. Sie war eine starke Persönlichkeit.

»Du bist vielleicht kein herzloser Mensch«, seufzte sie. »Aber hast du dir jemals über uns Gedanken gemacht? Das Mädchen ist alt genug, um zwei und zwei zusammenzuzählen. Ich kann einfach nicht so mit dir weitermachen, sonst wird sie mich früher oder später verachten. Es muss etwas geschehen. Glaube nicht, dass ich nicht weiß, was in dir vorgeht. Du bist ein junger Stier, der sich die Hörner abstoßen will. Für mich wäre es bereits die zweite Ehe.«

»Die Hörner abstoßen?«, lachte er.

Sie lächelte und fixierte ihn mit ihren ausdrucksstarken Augen.

»Sobald ihr geschieden seid, werde ich bei meinem Vater vorsprechen, einverstanden?«

»Keine Eile. Ich möchte einfach nur, dass alles offen und ausgesprochen ist. Dann weiß ich wenigstens, woran ich bin. Du bist ein Mann. Aber vergiss nicht: Du bist nicht der einzige Mann hier weit und breit.«

Ihre Tochter kam herein. Als sie Mengzi sah, machte sie eine Schnute und verließ das Zimmer, ohne ihn zu begrüßen.

»Verflixte Göre! Wo bleiben deine Manieren?«

»Kein Problem«, beruhigte Mengzi sie. »Ich werde ihr schon Manieren beibringen, wenn ich erst ihr Stiefvater bin. Eine gute Tracht Prügel hat noch keinem Kind geschadet!«

»Wenn du es wagst …«, lachte sie.

»Trotzdem denke ich, du solltest das Geld nehmen, das er dir anbietet.«

»Du bist tatsächlich wie alle anderen auch. Ich will keinen Cent von seinem stinkenden Geld. Ich bin mit nichts gekommen und ich werde mit nichts gehen. Ich werde alle Kleider hierlassen, die er mir geschenkt hat. Ich habe Rückgrat und bin überzeugt davon, dass ich auch ohne ihn mein Leben in den Griff bekomme.«

»Du hast kein einfaches Leben geführt und dafür solltest du belohnt werden«, sagte Mengzi und schaute verlegen drein. »Er hat das Geld schließlich nicht allein verdient!«

Sie antwortete nicht.

»Warum solltest du ihn so einfach davonkommen lassen?«

»Es reicht.« Sie schaute einen Augenblick stumm in Richtung des Fensters.

»Ich weiß, was für faule Pläne du dir in deinem Kopf zurechtlegst. Du sehnst dich nach einer reichen Witwe, nicht wahr? Vergiss es, Mengzi! Ich habe dich längst durchschaut. Ich dachte, du seist ein aufrichtiger Typ, aber du bist ein erbärmlicher Kerl. Hau ab und geh deiner Wege. Ich werde mir immer zu helfen wissen. Ich werde mich niemals erniedrigen lassen. So viel steht fest.«

Sie griff nach einem Staubwedel und begann, das Ofenbett abzustauben. »Mach, dass du rauskommst.«

2

Das lebensstiftende Wasser, auf das alle gehofft hatten, erreichte schließlich ihre Felder.

Alle Frauen und Männer des Dorfes waren damit beschäftigt, das kostbare Gut vor Dieben zu schützen. Die Sonne stand hoch am Himmel und glich weniger dem Feuerball, der sie war, als dem verrückten Wuzi. Die Hitze trieb den Leuten den Schweiß ins Gesicht und verbrannte ihre Haut. Keiner von ihnen wäre unter diesen Umständen freiwillig aufs Feld gegangen, wenn nicht das Wasserprojekt sie dazu getrieben hätte.

Laoshun hockte mit einem schwarzen, löchrigen Strohhut auf dem Kopf auf einer Erhöhung unweit der Schleuse, seine gesamte Konzentration dem Rauchen seiner Pfeife gewidmet. Das glucksende Wasser klang kühl, dennoch spürte er eine seltsame innere Unruhe. Wie lange hatten sie auf diesen Moment gewartet? Und doch war die frohe Nachricht nicht im Stande, seine Sorgen vergessen zu machen.

Maodan kam mit einem Spaten in der Hand des Weges. Er grinste über das ganze Gesicht.

»Hast du schon gehört? Der Lahme war im Fernsehen.« Er hockte sich neben Laoshun, der die Stirn in Falten zog, aber nichts erwiderte. Selbstverständlich hatte auch Laoshun davon gehört und genau darin lag der Grund für seine bedrückte Stimmung. Der Lahme war in den Nachrichten von einem Journalisten interviewt worden und hatte seine Tat gestanden. In der Sendung war nicht die Sprache davon gewesen, ob es zu einer Verurteilung gekommen war oder noch kommen würde. Laoshun grübelte seither über seinen alten Freund und dessen Sohn Wuzi nach, der nun tot war, umgekommen von Menschenhand. Laoshun erinnerte sich an die Zeit, als Wuzi noch ein Kind gewesen war und die Leute im Dorf mit allerlei verrückten Späßen zum Lachen gebracht hatte. Nun war

3

Als das Wasser Laoshuns Feld erreicht hatte, dämmerte es bereits. Der Westhimmel war durchzogen von weißen und rosafarbenen Schäfchenwolken und die Sonne, die sich anschickte, hinter dem Berg zu versinken, verteilte ihr letztes Licht in gebündelten Strahlen über den Abendhimmel. Die Dorfbewohner nannten diese Erscheinung »Brennende Wolken«. Erschienen sie am Vormittag, wurde der kommende Tag bewölkt, erschienen sie am Abend, erwartete man einen klaren Tag. Die Wetterzeichen deuteten auf einen weiteren heißen Tag hin, doch zumindest war das Wasser angekommen und auch wenn es hieß, dass zunächst jeder Haushalt nur einen Morgen bewässern durfte, so war es doch besser als gar nichts.

Laoshun konnte endlich wieder entspannt atmen, seit das Wasser sein Feld erreicht hatte und offenbar war er vollkommen davon überzeugt, dass es auch so bleiben würde. Er glaubte förmlich, die Ähren trinken hören zu können. Sie mussten einen Mordsdurst haben! Laoshun verband mit den Ähren dieselbe Zärtlichkeit wie mit seinen Kindern. Nein, nicht dieselbe. Mit den Ähren verband ihn sogar eine stärkere Zärtlichkeit. Die Ähren hatte er niemals angeschrien oder herumkommandiert, so wie er es mit seinen Söhnen getan hatte. Die Nähe, die er zu den Ähren fühlte war so intensiv, dass er meinte, er selbst tränke das Wasser und er spürte es förmlich kühl und unendlich erfrischend seine Kehle hinunterlaufen. Er hockte in völliger Glückseligkeit am Rand seines Feldes, wie hypnotisiert vom Anblick der sich im Wasser wiegenden Getreidehalme, dass sogar der Gedanke an den Lahmen und Wuzi eine Zeitlang aus seinem Kopf verschwand.

Die Dämmerung senkte sich allmählich über die Felder und die Hitze des Tages nahm nach und nach ab. Wohltuende Abendluft wehte herbei und streichelte seine Haut wie eine samtene Zunge. Die Bewässerung war eine angenehme Arbeit, insbesondere bei Nacht. Über Tag fühlte Laoshun sich oft, als ob sein Körper und Geist im Fluss seiner Sorgen ertranken, wobei Hitze und Staub ihn ihm das Atmen erschwerten.

Die Nächte dagegen waren erträglicher.

Die Dunkelheit und die Stille überdeckten alle Ursachen für Laoshuns innere Unruhe. Das Geräusch des Wassers und die Kühle, die es mit sich brachte, vertrieben seine Ängste. In dieser friedvollen Nacht zeigte die

Natur mit quakenden Fröschen und zirpenden Insekten ihren unvergleichlichen Zauber. Und dieser Zauber war es, der immer einen Weg in Laoshuns Herz fand und ihm Linderung verschaffte.

Er sog die Abendluft gierig in seine Lungen. Er meinte, den feinen Duft der Saatlinge schmecken zu können. Ein unvergleichlicher Duft, einzigartig und betörend. Laoshun fühlte sich den Elementen so nah wie nie. Er nahm einen Zug von seiner Pfeife und genoss das heiße Brennen, das der Tabakrauch in seinen Lungen verursachte. In einiger Entfernung hörte er Hunde bellen. Das erste Bellen gehörte zu dem Hund des Lahmen, ein dürrer, räudiger Köter mit einem hohen Kläffen. Das zweite Bellen war das des Schäferhunds vom alten Meng, einem edlen Tier mit schönem Fell.

4

Nachdem er das Feld bewässert hatte, kehrte Laoshun nach Hause zurück. Lanlan war zu Besuch. Gemeinsam mit der Mutter saß sie auf dem Ofenbett. Beide weinten. Laoshuns gute Laune verflog bei ihrem Anblick. Wortlos stopfte er sich seine Pfeife. Dann begannen seine Gedanken, um seine Enkeltochter Yindi und ihren schrecklichen Tod zu kreisen.

Wie er sich wünschte, diesem Bastard die Kehle durchzuschneiden.

Lanlan war mehr und mehr zu seinem Sorgenkind geworden. Vor ihrer Heirat hatte er gehofft, für sie eine gute Partie zu finden. Auf keinen Fall sollte sie zu Hause hinter dem Ofen verkümmern. Doch nachdem sie sie verheiratet hatten, begannen Laoshuns Sorgen um ihre Zukunft in der neuen Familie. Und diese Sorgen hatten ihn nie verlassen. Söhne waren eine weitaus weniger große Bürde. Solange Geld da war, konnten sie sich eine Frau nehmen. Und solange die Beziehung funktionierte, lebten sie ein normales Eheleben. Doch wenn der Wurm in die Beziehung kam, konnte man mit Hilfe von Freunden die Familien trennen, die Ehe lösen und beide Ehepartner konnten jeder für sich ein neues Leben anfangen, ohne, dass die ewige Sorge nach dem Wohlergehen des verlassenen Partners einem das Leben schwer machte. Mit dem Tag, an dem Lanlan in die Familie von Bai Fu eingeheiratet hatte, waren Laoshuns Sorgen geboren worden. Sie hatte einen Spieler und Choleriker geheiratet, der jede Frau leiden machte, egal wie stark sie auch sein mochte.

War es am Ende einfach ihr Schicksal?

Die Schamanin, Großmutter Qi, hatte Lanlan eine dunkle Weissagung gemacht, da sie zur unglücklichsten Stunde des Tages geboren worden war. Laoshun war über ihre Prophezeiung in Rage geraten. Was er wusste war, dass zu einer Weissagung die richtigen Worte gehörten. Die Kröte beispielsweise wurde nur dadurch zu einem spirituellen Wesen, dass sie das Qi vom Gott des Donners erhielt. Dasselbe galt für die Traumdeutung. Erst indem man einen Traum als einen Albtraum bezeichnete, erhielt er seine negative Bedeutung. Vielleicht galt dieses Prinzip auch für das eigene Schicksal. Die Aussage der Schamanin hatte ihn erbost, aber es war ihm gelungen, seinen Ärger herunterzuschlucken und so hatte Laoshun auf ihre Deutung lediglich geantwortet:

»Ist dem wirklich so? Ich glaube nicht an diese Dinge.«

Doch ihre Worte hatten sich bis zum heutigen Tag fest in seinem Gedächtnis eingebrannt.

Beim Anblick von Lanlans eingefallenem Gesicht fragte er sich ernsthaft, ob dem Mädchen ein Leben voller Leiden vorherbestimmt war. Oder war sie durch das giftige Maul der Schamanin verhext worden? Bestimmte Dinge waren einfach nicht zu erklären und dazu gehörte auch Lanlans Schicksal. Nun, da sie verheiratet war, ließen sich die Dinge nicht mehr ändern.

»Bai Fu, dieser Bastard, wird eines Tages mein Messer zu spüren bekommen.« Mengzi schäumte.

Laoshun warf ihm einen missbilligenden Blick zu. Auch wenn es sich für Mengzi gut anfühlen mochte, die Konsequenzen hätten andere zu tragen. Er bekäme eine Kugel in den Kopf und seine Schwester wäre Witwe.

»Ich habe es mir überlegt. Ich werde nicht bei ihm bleiben«, sagte Lanlan schluchzend.

»Unsinn!«, murmelte Laoshun. Er schaute seine Tochter ernst an, die sich mit ihrem Ärmel die Tränen abwischte. Früher hatte sie stets die Reaktion ihres Vaters beobachtet, wenn sie Kommentare dieser Art von sich gegeben hatte, doch dieses Mal ignorierte sie ihn. Womöglich meinte sie es ernst. Laoshun begann, sich Sorgen zu machen. Es wäre ein enormer Gesichtsverlust für ihn und überhaupt konnte sie eine solche Entscheidung nicht allein treffen. Das hätte er seiner Tochter in diesem Moment gern ins Gesicht gesagt, doch Laoshun blieb stumm. Er hoffte, es war bloß ein Ausbruch ihres Ärgers. Alle Ehepaare hatten Probleme. Er selbst war das beste Beispiel dafür.

Nach ihrer Hochzeitsfeier hatte er fünf Tage lang mit seiner Frau gestritten und die Scheidung verlangt. In den folgenden drei Jahrzehnten ihrer Ehe hatten sie das Thema immer wieder diskutiert und dabei doch gemeinsam vier Kinder gezeugt. Gelegentliche Bemerkungen waren kein Problem, doch es konnte auch anders kommen. Mit einer Scheidung würde sie das Ansehen ihrer Eltern beschmutzen. Die Leute würden anfangen zu tratschen und behaupten, sie wäre »von Bastarden großgezogen oder von einem Pferd gezeugt«.

»Nur zu! Verlang die Scheidung!«, rief Mengzi. »Baifu ist ein widerlicher Kerl.«

Laoshuns Blick ging zu seinem Sohn und von dort hinüber zu seiner Frau, die ratlos auf der Bettkante saß. Bei dieser Frau waren Hopfen und Malz verloren. Warum antwortete sie mit keinem einzigen Wort? Wollte sie ihre Tochter schützen? Möglich. Ihr Lieblingswort war ohnehin »Scheidung«. Anfangs noch verhalten und nur hier und da angedeutet, hatte sie es mit Nachdruck und Vehemenz benutzt, nachdem die Kinder gekommen waren. Alle verheirateten Frauen waren an ihre Kinder gebunden, so wie man einem wilden Mustang die Vorderbeine zusammenbindet. Der Drang des Tieres, davonzulaufen war groß, doch das Seil nur gerade lang genug, um in einem kleinen Zirkel grasen zu können. Kinder waren sozusagen die Fesseln einer Mutter. Aus dieser Sicherheit heraus hatte Laoshun stets mit fester Stimme gesagt:

»Nur zu! Lassen wir uns scheiden!«

Lanlan jedoch hatte nach dem Tod Yindis keinerlei bindende Fesseln mehr. Der Nichtsnutz Bai Fu hatte sich nicht unter Kontrolle, wenn er beim Spielen verlor und schlug sie. Nicht so Laoshun, der zwar eine Neigung zum Lamentieren, ansonsten aber das Herz auf der richtigen Stelle hatte. Wenn er seine Frau einmal schlug, so benutzte er eine Schuhsohle und schlug ihr nur auf den Hintern. Welcher Mann schlug seine Frau nicht?

»Nimm das Wort Scheidung nicht so leichtfertig in den Mund, Mädchen«, sagte Laoshun zu seiner Tochter. »Bai Fu hat seine Macken, aber welcher Mann hat das nicht? Alle Paare streiten sich ab und an. Er hat auch seine guten Seiten. Nimm die Feldarbeit zum Beispiel. Schuftet er nicht wie ein Pferd? Ich wüsste keinen anderen Mann, der es dahingehend mit ihm aufnehmen könnte. Niemand ist perfekt.«

»Dieses Mal bin ich mir ganz sicher«, sagte sie mit fester Stimme.

»Sei nicht so hart mit ihm.« Laoshun schüttelte den Kopf und fuhr fort. »Niemand sollte sich in Worten oder Taten zu extrem äußern. Der Regen, der vom Himmel fällt, verschwindet schließlich auch irgendwo im Boden. Ich wüsste kein Paar, das sich nach einem Streit nicht wieder versöhnt hätte. Bai Fu reagiert extrem empfindlich auf Provokationen, aber welcher Mann tut das nicht? Er wird sich bessern, wenn er älter wird. Sun Datou hat seine Frau regelmäßig verprügelt als er jung war. Manchmal sogar mit einer Peitsche oder einem Seil. Schau sie dir jetzt an! Sie haben einen Haufen Kinder und vertragen sich bestens. Es ist nicht leicht, sich mit manchen Dingen zu arrangieren. Aber finde dich für den Moment damit ab.«

»Genug, Vater!«, erwiderte Lanlan. »Es reicht.« Sie wischte sich ihre Tränen ab und legte die Stirn in Falten. »Das alles hast du schon Tausend Mal gesagt. Es hängt mir aus den Ohren heraus. Es wird sich schon geben … das ist alles, was dir dazu einfällt. Ich soll mich damit abfinden? Weißt du überhaupt, mit welchen Problemen ich täglich zu kämpfen habe? Die gesamte Familie schikaniert mich. Sobald ihnen etwas nicht gefällt, was ich tue, schließen sie sich gegen mich zusammen. Die alte Hexe ist am schlimmsten. Jede Kleinigkeit nutzt sie, um mir eins auszuwischen. Ich kann mit keinem Mann reden, ohne dass sie mir sogleich vorwirft, ich wollte ihn verführen. Wenn mir jemand eine Frage stellt, dann antworte ich, weil es sich so gehört, oder nicht? Muss ich mir den Mund zukleben? Die Hexe beschimpft mich und ihr Sohn schlägt mich. Sag mir, wie man sich damit abfinden soll? Nun ist Yindi tot. Und was sind das für merkwürdige Umstände, unter denen sie gestorben ist? Sag es mir! Wenn ich mich weiter mit der Situation abfinden soll, wie du es sagst, dann wird es nicht mehr lange dauern und du kannst meinen Leichnam dort abholen.«

Hilflos starrte Laoshun seine Tochter an und ließ dann den Blick zu seiner Frau gleiten.

»Aber was willst du anderes tun, als dich mit der Situation abzufinden?

Das Leben ist verdammt kurz. Du kannst die ganze Welt auf den Kopf stellen, aber was bringt es dir außer Schande? Ein Baum braucht seine Rinde. Und ein Mensch braucht seine Ehre, um leben zu können.«

Mengzi stand auf, begab sich in das Nachbarzimmer und schlug die Tür hinter sich zu. Laoshun war die heftige, gegen ihn gerichtete Reaktion nicht entgangen. Er versuchte, seine Wut herunterzuschlucken.

»Das Leben ist hart, mein Mädchen.« Laoshuns Frau trocknete ihre Tränen. »Was erwartest du von deinen Eltern? Was können wir tun.«

»Du alte Schnepfe!«, fluchte Laoshun leise. Seiner Frau klang, als ginge sie mit dem Plan ihrer Tochter konform. Frauen! Immer dachten sie kurzsichtig. Nie schauten sie über den eigenen Tellerrand hinaus. Welchen Mann könnte sie nach einer Scheidung noch bekommen? Und was würden die Leute sagen! Warum benutzte sie nicht ein einziges Mal ihren Verstand?

»Diese Sache liegt nicht in unseren Händen, egal, wie wir uns verhalten«, sagte Laoshun. »Ich will offen mit dir sein. Ich möchte nicht, dass du dich scheiden lässt. Rede mit ihm. Versuche, ihn zur Vernunft zu bringen. Früher oder später wird er einlenken. Ein verlorener Sohn, den du zurück auf den rechten Weg bringst, ist mehr wert als Gold. So sagt man doch.«

»Ich soll also mit ihm reden?«, antwortete Lanlan. »Er wäre nicht so unerträglich, wenn er ein einziges Mal zuhören würde. Er explodiert und schlägt mich, sobald ich nur den Mund aufmache.«

»Sie hat Recht«, stimmte die Mutter zu. »Du weißt selbst, was für ein Heißsporn er ist. Jede Kleinigkeit bringt ihn zur Weißglut. Wenn er ausrastet, können nicht einmal seine Eltern ihn beruhigen. Wie kannst du erwarten, dass er Lanlan zuhört?«

Laoshun kochte.

»Hör endlich auf, Öl ins Feuer zu gießen! Seit Jahren redest du von Scheidung. Trotzdem sind wir beide heute immer noch verheiratet, oder nicht?«

»Mir scheint, du brauchst ein Ablassventil für deine miese Laune?« Ihr Gesicht war rot vor Zorn. »Ich habe das Mädchen aufgezogen. Sie ist mein Fleisch und Blut und sie ist mir lieb, mag sie dir auch egal sein. Ich habe sie weder beschimpft noch jemals geschlagen, während sie bei uns lebte.

Jetzt, wo sie nicht mehr bei uns ist und sie mit ihr machen, was sie wollen, hältst du dich schön raus aus der Sache.«

»Du hättest sie zu Hause halten können, damit sie ihr Leben als Jungfer beendet. Wenn du es nicht ertragen kannst, dass sie mit ihr umgehen wie sie es tun, warum hast du der Heirat überhaupt zugestimmt?«

»Sicherlich hätte sie ein besseres Leben gehabt, wäre sie als Jungfer bei uns geblieben.«

»Es reicht! Hört bitte auf zu streiten.« Lanlan sah ihre Eltern verzweifelt an. »Überall um mich herum streiten sich die Menschen. Es wäre besser, tot zu sein.«

5

Dieses Mal meinte Lanlan es ernst mit ihrem Entschluss.

Der Tag neigte sich dem Ende. Lanlan fühlte sich gekränkt vom Verhalten ihres Vaters. Warum war er so wenig mitfühlend? Nicht einmal ihr miserables Leben in ihrer neuen Familie konnte ihn erweichen.

Die Mutter war still, doch Lanlan spürte, dass sie nicht schlief. Das Mädchen sollte nicht wissen, dass sie wegen ihr nicht schlafen konnte. Sie bereute, ihrer Mutter von ihrem Kummer erzählt zu haben, doch wem sonst hätte sie ihr Herz ausschütten können? Lanlan lebte in einer kleinen Welt. In den Armen ihrer Mutter weinen zu dürfen, bedeutete ihr großen Trost.

Durch das Fenster konnte sie die einsame, ausgemergelte Sichel des Mondes sehen. Der Anblick führte ihr vor Augen, in welcher Dunkelheit sich ihr eigenes Leben abspielte. Sie seufzte und rollte sich in ihre Decke ein, in der Angst, die Mutter aufzuwecken. Doch die Bettdecke raschelte vernehmlich. Vom Bett der Mutter echote dasselbe Geräusch zu ihr herüber. In einer der Zimmerecken hörte sie das Nagen von Mäusen. Oder war es eine Mäuseunterhaltung? Lanlan beneidete die Nager. Bai Fu und sie hatten sich nichts zu erzählen. Ihre Form der Alltagskommunikation bestand entweder aus Schweigen oder Streitereien. Das Schweigen zwischen Ehemann und Ehefrau war das Ergebnis ihrer tiefen, gegenseitigen Abneigung. In seiner Anwesenheit verlor sie jegliches Bedürfnis, mit ihm zu sprechen. Sie kannte ihn besser als jeder andere Mensch. Das Wissen um seine tiefen persönlichen Abgründe hatte schnell jeglichen Wunsch, sich mit ihm auszutauschen, im Keim erstickt.

Lanlan hatte Freunde, junge, verheiratete Frauen, mit denen sie hätte sprechen können, doch das war lediglich in der Zeit direkt nach ihrer Hochzeit. Später, als sie zu streiten begannen, beschuldigte ihre Schwiegermutter diese jungen Frauen, ihr ein schlechtes Beispiel zu sein. Mit ihrer unangenehmen, harten Stimme wetterte sie öffentlich gegen diese Frauen wie ein ungehobelter Marktschreier. Lanlan verlor ihre Freundinnen, eine um die andere. Wenn sie ihnen auf der Straße begegnete, mieden sie den Kontakt mit ihr.

Sie fühlte sich, als habe eine Plage von ihr Besitz ergriffen, von der sie sich nicht mehr befreien konnte.

Die Mäuseunterhaltung war noch nicht verstummt und der Vater schnarchte in seinem Bett. Vom Bett der Mutter hörte sie keinerlei Geräusch, ganz so, als habe sie aufgehört zu atmen. Trotzdem fühlte sie die Augen der Mutter im Dunkeln auf sich gerichtet.

Es war nun bereits einige Jahre her, dass sie das traditionelle Kang renoviert hatten. Der Geruch von tierischem Kot hing in der Luft, durchdrang die Poren ihrer Haut und benebelte ihr Bewusstsein. Sie war nicht mehr im Einklang mit der Welt um sich herum, stets angespannt, grundlos genervt und voller Unruhe. Ihre Welt war aus den Fugen geraten.

Was machte ihr Leben noch für einen Sinn? Sie lag wach und hing ihren Gedanken nach. Der Pfad ihres Lebens lag ausgebreitet vor ihr. Sie konnte vom einem zum anderen Ende blicken. Ein Pfad, der jeglicher Freude oder Vergnügungen entbehrte. Einzig die Streitereien mit ihrer Schwiegermutter, sowie die verbalen und körperlichen Auseinandersetzungen mit ihrem Mann waren Konstanten in ihrem Leben. Yindi, der einzige Quell ihres Glücks, war gegangen und hatte einen dunklen Fleck auf ihrer Seele hinterlassen, den anzurühren sie sich nicht getraute. Ihr Vater erwartete, dass sie sich mit der Situation abfand. Seiner Meinung nach würden die, die das Leiden annahmen, irgendwann dafür belohnt. Für sie bestand kein Unterschied dazwischen, sich mit dem Leben abzufinden oder auf den Tod zu warten. Leiden zu ertragen war in ihren Augen lediglich die stille Akzeptanz der Almosen, die das Leben für sie bereithielt.

Sie weigerte sich, weiterhin zu warten.

Sie ertrug die Erinnerung an ihre Kindheitsträume nicht mehr. Alles war längst verloren, verflogen wie flüchtige Wolken am Himmel oder sich auflösender Rauch in der Ferne.

Ihr kurzes Glück hatte ein wenig dem Raureif auf den Dachziegeln geglichen, der sich im Schein der Sonne nur allzu schnell auflöste. Das Gefühl von Hilflosigkeit und Ohnmacht, die Situation ändern zu können, waren allzu rasch unbestreitbare Konstanten in ihrem Leben geworden.

Warum sollte sie die Ehe nicht beenden?

Anfangs hatte sie der Gedanke erschreckt. In ihren Augen war eine Scheidung beschämender, als nackt über die Straße laufen zu müssen. So wie ein gutes Pferd nur einen Sattel akzeptiert, so blieb eine tugendhafte Frau bei einem Mann. So weit sie die Gesellschaft verstanden hatte, kam es nur dann zu einer Scheidung, wenn eine Frau einen unverzeihlichen Fehler beging oder schwere Makel mit sich brachte. Das konnten Ehebruch oder Kinderlosigkeit sein. Immer wieder versuchte sie, den Gedanken an eine Scheidung beiseite zu schieben, doch er kam nur umso stärker in ihr Bewusstsein zurück, so wie ein Ball, den man unter Wasser drückte, unweigerlich wieder an die Oberfläche kam. Irgendwann hatte sie aufgehört, sich dagegen zu wehren.

Von dem Moment an, wurde es ihr Ernst.

Sie wechselte die Perspektive, träumte von einem Leben nach einer Scheidung und plötzlich tat sich ein schmaler Riss am wolkenverhangenen Himmel auf, durch den eine frische Brise wehte und helles Licht auf sie fiel. Noch immer klang das Wort Scheidung furchteinflößend, insbesondere, wenn sie an das Getratsche der Leute im Dorf dachte. Schon sah sie im Geiste die schrägen Blicke der Dörfler auf sie gerichtet. Die Vorstellung von einer Scheidung hatte aber auch etwas Verführerisches. Ihr Lebensentwurf war nicht auf Monotonie und Tristesse angelegt.

Das Leben verlor seine Freude, wenn man lediglich einem festgelegten Weg und Tempo folgte. Die Felder, der Hof, der Herd und die Toilette verwandelten sich in einen riesigen Mühlstein und sie war das Maultier, das ewig im Kreis lief und den Stein antrieb. Sie schien weit gereist zu sein, doch nun sah sie klar und wurde sich bewusst, dass sie immer nur im Kreis gelaufen war. Sie weigerte sich, diesem Pfad bis an ihr Lebensende zu folgen.

Lanlan brachte das Thema Scheidung nicht zur Sprache, denn ihre

Heirat war ein Tauschgeschäft gewesen. Sie wusste, dass in dem Moment, in dem sie die Scheidung verlangen würde, ihre Schwiegermutter Ying Er zwingen würde, dasselbe zu tun. Hantou zu Liebe, das war ihr klar, musste sie die bittere Pille des Verzichts schlucken.

Von der Reaktion ihres Vaters war sie schwer enttäuscht, auch wenn sie wusste, dass es seiner konservativen Haltung geschuldet war. Er war alt geworden. Noch konnte er ihr hier und da helfen, doch das würde sich ändern. Letzten Endes musste sie sich auf sich selbst verlassen.

Dieses Mal war ihre Entscheidung unumstößlich. Niemals wieder würde sie das Bett mit dem Mann teilen, der ihre Tochter »ermordet« hatte.

6

Der Anblick des Hauses ihrer Schwiegermutter erfüllte Lanlan mit einer tiefen Abscheu. Sie wünschte sich nichts mehr, als nie wieder den Fuß über diese Schwelle setzen zu müssen. Es löste heftige Beklemmungen in ihr aus, jedes Mal, wenn sie es betrat. Das Haus war - mit den abblätternden Tapeten, der vom Ruß des Kang-Feuers geschwärzten Hinterwand und der langstieligen Holzschaufel – von einer offensichtlichen Hässlichkeit. Ihre Schwiegermutter benutzte die Schaufel zum Befeuern des Kang – im Winter wie im Sommer – wobei sie stets eine aggressive Ausstrahlung verbreitete. Die Schaufel erinnerte Lanlan an das riesige Gesicht der Schwiegermutter, so groß wie ein Silbertablett, mit runden Knopfaugen darin. Wenn sie stritten, erschien ein leuchtender, rötlicher Schimmer in diesem Gesicht und die Augen blitzten böse und schienen das Herz des Mädchens durchschneiden zu wollen. Der Gedanke an diese Augen ließ sie vor Furcht erzittern.

Lanlan fürchtete ihre Schwiegermutter mehr als die Schläge ihres Mannes Bai Fu. Sie war die Sorte von Frau, die man als Drachen-Dame oder Weibliche Kriegerin bezeichnete. Mit ihren dünnen Lippen konnte sie Ausdrücke formen, die jeden zum Erröten brachte. Doch sie beherrschte den Umgang mit Menschen und konnte jeden Zuhörer mit ihrem geschickten Maul um den Finger wickeln. Niemand war vor ihrer scharfen Zunge sicher, über jeden lästerte sie, wie es ihr gerade beliebte. Kurze Zeit nachdem Lanlan in ihre Familie eingeheiratet hatte, wussten bereits alle im Dorf, was für ein Mädchen sie angeblich war. Einige der älteren Frauen waren überrascht.

»Oh! Sie sieht so bezaubernd aus. Wie man sich doch in einem Menschen täuschen kann.«

Auf Äußerungen solcher Art antwortete die Schwiegermutter mit ihrem geölten Plappermaul:

»Ein geübtes Auge kann zwischen echtem Gold und Silber unterscheiden, aber es erkennt nicht, was unter der Haut liegt. Ihr seht alle nur die Oberfläche. Ihr könnt nicht ins Innere schauen. Anfangs hielt ich sie für einen Korallenbaum, doch sie entpuppte sich als roter Weidenstumpf. Wenn ich gewusst hätte, was für ein fauler Wurm mir da ins Haus geschneit kommt, wäre mir lieber gewesen, mein Sohn wäre Junggeselle geblieben. Ich wollte nicht, dass er das durchmachen muss. Keinen einzigen friedlichen Tag hat er verbracht, seit diese Schlampe über unsere Türschwelle getreten ist.«

Vielleicht glaubten ihr die Leute, was sie über Lanlan erzählte, doch dass Bai Fu leiden musste, nahm ihr niemand ab. Alle wussten nur zu gut, aus was für einem Holz er geschnitzt war.

Ihre Schwiegermutter fegte gerade den Hof, als Lanlan eines Tages nach Hause kam. Die Frau warf ihr einen kurzen Blick zu und spuckte auf den Boden. Dann schwang sie den Besen und wirbelte eine Wolke von Staub auf, in die sie im Nu gehüllt war. Dies war nur eine ihrer Methoden, Lanlan gegenüber ihr Missfallen auszudrücken. Dann bewarf sie Lanlan mit getrockneter Hühnerkacke, wobei sie so tat, als habe sie ihre Schwiegertochter nicht kommen sehen. Lanlan erduldete das beschämende Verhalten wortlos.

»Für wen hältst du dich?«, fauchte die Schwiegermutter. »Du magst keinen Dreck? Zu dumm, dass du nicht in der Stadt geboren bist. Und auch nicht in eine reiche Familie. Dein Pech. Du wurdest geboren, eine Magd zu sein. Also versuch nicht, dich wie eine Herrin aufzuspielen. Das bisschen Dreck bringt dich schon nicht um. Bauern bekommen jeden Tag Dreck ab. Er begleitet uns unser ganzes Leben. Und am Ende verscharren sie uns im Dreck. Geh in die Stadt, wenn du keinen Dreck magst. Du trägst die Nase hoch, aber du bist nicht besser als irgendeiner von uns.«

Neben ihren üblichen Schimpftiraden strafte sie ihre Schwiegertochter mit Vorliebe durch Ignoranz und die Weigerung, mit ihr zu sprechen. Ein anderes Mittel war das Spucken. Sobald Lanlan in ihre Nähe kam, spuckte die Schwiegermutter vor ihr aus. In Liangzhou galt es als großes Unglück, von einer Frau bespuckt zu werden. Passierte dies einem Mann, war der besagten Frau eine Tracht Prügel sicher. Nicht so Lanlan. Mit der Zeit erlernte sie die Strategie des »Auge um Auge, Zahn um Zahn«. Beim ersten Mal schlug Bai Fu sie windelweich, so dass sie drei Tage im Bett bleiben musste. Als sie das zweite Mal vor ihrer Schwiegermutter ausspuckte, gab es nur noch eine Ohrfeige. Beim dritten Mal warf er Lanlan nur noch einen müden Blick zu. Beim vierten Mal hatte sie sich das Recht zu spucken verdient. Sie spuckte also zurück, sobald ihre Schwiegermutter vor ihr ausspuckte. Dies hatte einen erheblichen Dominanzverlust der Schwiegermutter zur Folge.

Mit dem festen Entschluss in ihrem Herzen, ignorierte Lanlan den Staub, den die Schwiegermutter mit ihrem Besen aufgewirbelt hatte, und begab sich, ohne ihr einen Blick zu schenken, geradewegs in ihr kleines Zimmer. In dem Raum schlug ihr der penetrante Geruch von Bai Fus Schweißfüßen entgegen. Er schlief noch. An Tagen, an denen es auf dem Feld nichts zu tun gab, schlief er oft bis zum Mittag. Er lag auf dem Rücken und schnarchte mit offenem Mund. Anscheinend hatte er übermäßigen Schleim im Rachen sitzen, denn aus seiner Kehle drangen widerliche Geräusche, die Lanlan Übelkeit verursachten. Sie konnte nicht glauben, dass die Person vor ihr im Bett ihr Ehemann war. Was für ein Albtraum. Der Gedanke an die baldige Scheidung half ihr, den aufkommenden Ekel einigermaßen zu verdrängen. Doch gleichzeitig fürchtete sie die daraus resultierenden Probleme. Auf keinen Fall wollte sie, dass ihre Schwiegermutter Ying Er zwingen würde, denselben Schritt zu tun.

Eine Staubwolke drang durch die offenstehende Zimmertür. Das harte Geräusch des Besens sagte ihr, dass die Schwiegermutter gerade vor ihrer Tür kehrte. Angewidert warf sie die Tür ins Schloss. Das Geräusch des Besens verstummte schlagartig. Sie konnte die bösen Augen der Schwiegermutter förmlich durch die Tür sehen. Gut möglich, dass nun ein Tobsuchtsanfall folgen würde. Für gewöhnlich gab es eine Standpauke, wenn Lanlan unvorsichtigerweise mit einem Topfdeckel schlug. Nun wartete Lanlan förmlich auf eine solche Reaktion ihrer Schwiegermutter, denn dann hätte sie den Streit als Anlass genommen, das Thema Scheidung auf den Tisch zu bringen.

Wieder hörte sie das Geräusch des Reisigbesens. Anscheinend war die Frau nicht in der Stimmung für einen Streit. Das gesamte Haus hatte sich für Lanlan seit langem angefühlt wie ein Pulverfass, und es brauchte nicht viel, es zur Explosion zu bringen. Irritiert fragte sie sich, warum die Frau dieses Mal nicht aus der Haut fuhr. Enttäuscht griff sie zu einem Lappen und begann, den Kleiderschrank zu entstauben. Er war Teil ihrer Mitgift gewesen und das einzige Stück im ganzen Haushalt, an dem ihr etwas lag. Sie betrachtete sich in dem Spiegel des Schranks und erschrak über die dunklen Ränder unter ihren Augen.

Bai Fu murmelte etwas, drehte sich auf die Seite und schlug die Augen auf. Beim Anblick seiner Frau gab er ein Räuspern von sich.

7

Ihrer Ankündigung, eine Scheidung anzugehen, war kein Streit gefolgt. Im Raum herrschte gespenstische Stille, ganz so, als hätte die Familie bereits darauf gewartet. Die Stille zog sich hin. Der Bart des Schwiegervaters zuckte, als er mit zitternder Hand seinen Tabaksbeutel aus der Tasche zog. Er nahm eine Portion Tabak aus dem Beutel und zog die Tabakfäden auseinander, doch es gelang seiner zitternden Hand nicht, den Tabak in den Pfeifenkopf zu stopfen. Währenddessen starrte Bai Fu seine Frau ungläubig an, wobei seine Gesichtsmuskeln bedrohlich zuckten.

»Ich bin seit Langem bereit zu sterben. Dein Leben gegen meins«, sagte er zu Lanlan.

»Nur zu, mein Sohn. Lass dich scheiden. Da draußen warten jede Menge Frauen. Such dir eine aus.«

Lanlans Schwiegermutter klang stark, doch ihre Augen verrieten einen Anflug von Mattigkeit. Für gewöhnlich war die Frau reaktionsschnell und schoss sofort zurück, wenn man sie in die Bredouille brachte, doch an diesem Tag hatte Lanlan sie mit ihrer Forderung in Verlegenheit gebracht.

Natürlich wusste Lanlan um die Reichweite ihrer Entscheidung für die Familie. Sie spürte eine gewisse Genugtuung als sie intuitiv die Wahrheit hinter der Fassade ihrer Schwiegermutter bemerkte. Entgegen ihrer Art verhielt sie sich nun fast zurückhaltend und warf ihrem Mann lediglich einen vorwurfsvollen Blick zu, augenscheinlich unzufrieden mit seinem Auftritt.

»Sicher«, sagte sie mit einem gequälten Lächeln. »Nur zu. Aber denk nicht, dass du so einfach davonkommst. Wir werden es dir so schwer wie nur irgend möglich machen!«

»Ihr könnt es mir so schwer machen, wie ihr wollt, meine Entscheidung steht«, antwortete Lanlan mit fester Stimme. »Die Familie Bai regiert schließlich nicht die Welt. Es gibt immer noch das Bezirksgericht, falls es im Gemeindebüro nicht klappt. Und selbst wenn es dort nicht klappen sollte, gibt es noch übergeordnete Gerichte. Ich bin sicher, dass ich an einem der vielen Gerichte Gehör erhalten werde.«

»Du bildest dir ein, du könntest vor Gericht gehen?« Bai Fu trat ein Huhn, das vor ihm auf dem Boden pickte, mit dem Fuß und scheuchte es in den Hof hinaus, wo ein lautes Gackern losbrach.

Lanlan blieb still, wohlwissend, dass Bai Fu nur noch einen winzigen Anlass brauchte, um aus der Haut zu fahren. Er starrte sie verächtlich an. Lanlan spürte, dass es in ihm kochte. Zu gern hätte sie ihre Gründe vorgetragen, doch in dieser Familie siegten die Fäuste stets über die Vernunft.

»Was glaubst du, tust du da?« Die Schwiegermutter warf ihrem Sohn einen verärgerten Blick zu. »Lass deinen Ärger an denen aus, die es verdient haben. Das Huhn hat dir schließlich nichts getan.«

Obschon Lanlan die Absicht ihrer Schwiegermutter, den Sohn gegen sie anzustacheln, spürte, sagte sie nichts. Jedes weitere Wort von ihr hätte in diesem Augenblick das Pulverfass zur Explosion gebracht. Das verängstigte Huhn gackerte noch immer aufgeregt. Ein Hund bellte im Hof. Ein Traktor ratterte am Haus vorbei und ließ alle Gegenstände auf dem Tisch erzittern. All diese Geräusche kulminierten in Lanlans Kopf zu einem Dröhnen, das ihr wie Nadelstiche durch den Kopf schoss.

Ihr Schwiegervater fuhr sich mit seinen Händen durch die strohigen Haare und fing an zu weinen. Zuerst wimmerte er nur leise, doch aus dem Wimmern wurde nach und nach ein lautes Heulen. Lanlan war verunsichert. Sie hatte mit der wahrscheinlichsten Reaktion auf ihre Forderung gerechnet: eine Tracht Prügel von Bai Fu. Der emotionale Ausbruch ihres Schwiegervaters irritierte und verwunderte sie. In ihren Augen war er das einzige anständige Mitglied in der Familie. Und in diesem Augenblick verlor er gänzlich die Kontrolle über sich. Er weinte, ohne Tränen zu vergießen. Doch für Lanlan hörte es sich an, als verfluche er Himmel und Erde.

»Das Leben ist sinnlos«, war der einzige Satz, den sie deutlich verstehen konnte.

Die Schwiegermutter war offenkundig ebenso überrascht von dem emotionalen Kontrollverlust ihres Mannes. Ratlos sah sie ihn an. Warum in aller Welt konnte sich ihr Mann so gehen lassen? Für sie bedeutete die Forderung ihrer Schwiegertochter einen herben Gesichtsverlust und die stärkste Waffe dagegen wäre Gleichgültigkeit gewesen. Zu gerne hätte sie Lanlan aus dem Haus gejagt, so wie man ein Paar ausgetragene Schuhe wegwirft. Jeder im Dorf hätte gesehen, dass sie rausgeschmissen worden war. Dann würde sie Bai Fu eine neue Frau kaufen. Doch es brauchte ein Messer, um einen Menschen umzubringen. Selbst wenn sie alles veräußern würden, was sie besaßen, wäre eine zweite Hochzeit für ihre Familie bei Weitem zu kostspielig. Ihr Kopf schmerzte bei dem Gedanken. Sie musste sich wohl oder übel eingestehen, dass ihr Sohn nie ihre Erwartungen erfüllt hatte. Sie war sich im Klaren darüber, was die Leute im Dorf von Bai Fu hielten. All diese Gedanken lähmten sie in dem Versuch, sich auf das zu konzentrieren, was ihr eigentlich wichtig war. Missgunst machte sich in ihr breit. Auf keinen Fall würde sie die kleine Schlampe so einfach davonkommen lassen. Eine Frau, die ihr ganzes Leben lang nur Stärke gezeigt hatte, konnte sich in diesem Augenblick vor einer jungen Frau keine Niederlage eingestehen. Das Geschluchze ihres Mannes brachte sie fast zum Wahnsinn. Ein nutzloser Mensch. Es gab nichts Beschämenderes, als das Gesicht zu verlieren. Nur zu gerne hätte sie ihn jetzt mit Schimpftiraden überschüttet.

Natürlich war ihr klar, dass ihr Mann nicht nur wegen Lanlans Forderung nach einer Scheidung so aufgelöst war. Die vergangenen Jahre waren alles andere als unproblematisch gewesen. Der Sohn hatte der Familie keine Ehre gemacht. Durch seine Spielsucht hatte er seine Eltern praktisch um Haus und Hof gebracht. Dann war da die tragische Geschichte mit Yindi. All das genügte, um ihm das Herz zu brechen. Ihr Mann war im wahrsten Sinn des Wortes lebensmüde. Sein unerwarteter

Heulkrampf war nur ein Ventil gewesen. Problematisch für sie war dabei der ungünstige Zeitpunkt. Wie konnte er sich vor den Augen dieser Schlampe so gehen lassen? Und noch dazu in dem Augenblick, in dem sie die Scheidung verlangt hatte! Schließlich atmete sie tief durch und sagte:

»Schon gut. Ich wüsste nicht, was es da zu weinen gibt. Nichts ist schlimmer, als das Gesicht zu verlieren.«

Ihr Mann verstummte. Mit leerem Blick starrte er vor sich hin. Bai Fu biss sich auf die Zähne und ballte die Fäuste. Offensichtlich bereit, seiner Wut freien Lauf zu lassen. Lanlan fühlte sich eigenartig gelassen. Auch ihr war bewusst, dass der Schwiegervater nicht nur wegen der Scheidung weinte. In dieser Familie war so viel geschehen in den letzten Jahren, dass ihre Forderung nach einer Scheidung das Fass zum Überlaufen gebracht hatte. Mit einem Mal wurde ihr Herz weich. Streit und Schläge fürchtete sie nicht, doch die emotionale Reaktion ihres Schwiegervaters hatte sie aus der Fassung gebracht. Sie war drauf und dran, aufzugeben.

Genau in dem Moment sprang Bai Fu auf. Lanlan hatte keine Zeit mehr, auf den Angriff zu reagieren. Ein heftiger Schmerz machte sich in ihrem Gesicht breit, gefolgt von einem Gefühl der Benommenheit. Ein harter Schlag auf den Kopf folgte. Dann die Magengrube, und wieder der Kopf. Lanlan stürzte zu Boden. Blut schoss aus ihrer Nase. Der Angreifer zog sie an den Haaren hoch und verpasste ihr einen weiteren Faustschlag ins Gesicht. Lanlan taumelte und stürzte erneut zu Boden. Der Peiniger ging seiner gewohnten Arbeit nach.

Für gewöhnlich griff die Schwiegermutter ein, wenn Bai Fu Lanlan schlug, doch nicht dieses Mal. In der Vergangenheit hatte sie es möglicherweise getan, um Schaden an dem Mobiliar der Wohnung zu verhindern. Sie konnten sich keine Reparaturen leisten. Jetzt, da ihre Schwiegertochter sie verlassen wollte, verdiente sie eine ordentliche Tracht Prügel mehr als alles andere.

Nach dem nächsten wüsten Faustschlag dröhnte Lanlans Kopf. Sie begann, die Orientierung zu verlieren und taumelte einen Schritt rückwärts. Blut lief aus Nase und Mund.

Der Tumult hatte in der Zwischenzeit einige Nachbarn aufmerksam gemacht, die sich um die Szene scharrten.

Bei früheren Streitigkeiten hätte Lanlan sich lieber totschlagen lassen, als wegzulaufen, denn niemals wollte sie sich zum Gespött der anderen Frauen im Dorf machen. Heute verhielt es sich anders. Sie hatte eine Entscheidung getroffen. Gesichtsverlust bedeutete ihr nichts mehr. Nun ging es darum, dass so viele Personen wie möglich erfuhren, was für ein Mensch Baifu wirklich war. Jede der umherstehenden Personen konnte als Zeuge vor Gericht wichtig sein. Und nun hatten wirklich alle mit eigenen Augen miterlebt, dass ihre Forderung nach einer Scheidung der letzte Weg für sie war, zu überleben.

Kapitel XX

1

Alle Bauern der Gegend beabsichtigten, sich an die oberen Behörden zu wenden und eine Verringerung der Getreideabgaben zu beantragen. Dorfvorsteher Sun hatte Männer aus insgesamt 12 Dörfern mobilisiert, wobei jede Familie mindestens zwei Personen abstellen musste.

»Sie wollen sich gegen die hohen Steuern zur Wehr setzen, also lass sie kämpfen«, sagte Laoshun und schaute Mengzi an. »Sei vorsichtig und halte im Zweifelsfall deinen Mund. Ich will nicht, dass du im Knast landest.«

Nachdem sie ein Schälchen Kartoffelsuppe gegessen hatten, begaben sich Laoshun und Mengzi nach draußen. Auf der Straße hatte sich eine lange Kette aus Treckern, motorisierten Dreirädern und Handtraktoren gebildet. Es schienen weit über hundert Männer zu sein. Die Stimmung war enthusiastisch. Die Frauen trugen Festkleidung. Sun Datou lief emsig hin und her und delegierte die Männer zu ihren Fahrzeugen.

Maodan und seine Bekannten kamen mit Bündeln vertrockneten Weizens und warfen diese auf die Fahrzeuge. Die Halme trugen keine Früchte, denn sie waren durch die Dürre bereits im unreifen Zustand verwelkt. Die Leute befestigten das Getreide in kleinen Büscheln wie Protestflaggen an ihren Lenkern. Alle lachten und redeten durcheinander. Nichts deutete auf die Absicht ihres Aufmarsches hin: ein offizieller Besuch bei der Behörde. Die jungen Frauen warfen sich gegenseitig verstohlene Blicke zu. Die alten Männer schimpften auf die korrupten Beamten, beklagten den

Verlust ihrer Ernten und suchten wie immer die Schuld beim Himmel.

Demonstrationen dieser Größe waren in Shawan eine Seltenheit geworden. Es war gut, seine eigene Parzelle Land zu haben, um die man sich kümmerte, doch mit dem neuen System war es zur Entfremdung zwischen den Bauern gekommen. In den Tagen der kollektiven Landwirtschaft hatte man noch gemeinsam die Felder bewirtschaftet und regelmäßig Versammlungen abgehalten. So manch einer sehnte sich nach diesen Zeiten zurück. In diesen Tagen bestellte jeder sein eigenes Feld nach eigenem Rhythmus, und die meisten Bauern fanden keine Zeit mehr für regelmäßige Zusammenkünfte. Die Aktion am heutigen Tag bildete daher eine Ausnahme.

Sun Datou fuchtelte mit den Armen und gab den Leuten vielerlei Anweisungen:

Ein jeder sollte sich auf das gemeinsame Ziel konzentrieren. Probleme wie Diebstahl oder Plünderungen mussten auf jeden Fall vermieden werden. Im Gebäude des Stadtparlaments gab es schöne und wertvolle Dinge zu sehen, die den einen oder anderen in Versuchung bringen könnten.

»Niemand fasst dort auch nur einen Gegenstand an, damit das klar ist!«, rief Sun Datou.

Wichtig war auch, dass sich keiner der Männer frühzeitig entfernte, bevor die Sache durchgestanden war. Denn nur gemeinsam würden sie in der Lage sein, ihre Forderungen durchzusetzen. Das Gesetz würde sich nur der Masse beugen.

Laoshun war dem dreirädrigen Traktor von Huaqiu zugewiesen worden. Der ganze Trubel wurde ihm bereits jetzt zu viel. Alles erschien ihm irgendwie irreal. Von den ratternden Fahrzeugen war es extrem staubig und ein intensiver Geruch von Diesel hing in der Luft. Die Sonne stand bereits hoch am Himmel. Das geschäftige Treiben um ihn herum schien Laoshun wie in einem Sog mitzuziehen. Er konnte nichts dagegen tun. Er ahnte, dass die Aktion vermutlich nichts bringen würde. Sie würden ihre Forderungen nicht durchbringen können. Der Einzelne konnte das System nicht überlisten. Wenn es richtig schlecht liefe, würden sie vermutlich alle im Gefängnis landen.

Langsam setzte sich die Fahrzeugkolonne in Bewegung. Die Traktoren schleuderten riesige Mengen von Staub auf, der die hinteren Fahrzeuge im Nu wie in eine Wolke hüllte. Frauen schrien und schauten ungläubig auf ihre neuen Kleider, die verdreckt waren, noch ehe sie in der Stadt angekommen waren. Laoshun lachte. Er konnte zeternde Weiber nicht ausstehen. Schließlich waren sie nicht auf dem Weg in die Oper oder zum Schaufensterbummel. Er betrachtete seine abgewetzten, staubbedeckten Hosenbeine. Der Staub störte ihn nicht.

Als sie nach Stunden die Stadt erreichten, fühlte Laoshun sich benommen. Alles war in Bewegung, machte Lärm, kam auf ihn zu. Die Gehwege schienen von Passanten regelrecht überflutet. Die Leute lachten und redeten, aber ihre Gesichter konnte er nicht deutlich erkennen. Es war verrückt. Sie wirkten wie Geister. Geistern fehlt das Kinn. Es war ihr Erkennungsmerkmal. Das wusste Laoshun. Er schaute genauer hin. Und tatsächlich konnte er an keinem der zahllosen Gesichter ein Kinn feststellen. Laoshun rieb sich verwundert die Augen. War es eine Sinnestäuschung? Es musste so sein.

Huaqiu fuhr wie ein Berserker. Anscheinend versuchte er, den vor ihm fahrenden Traktor zu tuschieren. Die Leute in den Straßen fuhren oder liefen wie hektische Ameisen zu Fuß oder auf Fahrrädern, bogen links ab oder rechts und, als ritten sie auf durchgedrehten Eseln. Laoshun saß verängstigt auf seinem Sitz und getraute sich nicht, nach vorn zu schauen. Also wandte er den Blick zur Seite, nur um in die Fratzen der Passanten zu schauen, die die Kolonne mit offenen Mündern anglotzten. Laoshun fragte sich nach dem Grund für die Gafferei, bis ihm gewahr wurde, dass die schier endlose Kolonne, die sich wie ein Drache mit aufgesteckten Dornen durch die Straße schlängelte, enormen Eindruck auf die Leute machen musste. Immerhin bestand sie aus über hundert Fahrzeugen, was selbst für die Leute hier kein alltäglicher Anblick war.

Als sie sich dem Stadtzentrum näherten, wurden die Männer und Frauen auf den Fahrzeugen still. An Stelle der ausgelassenen Fröhlichkeit trat eine Ernsthaftigkeit, die Laoshun an eine Beerdigungsgesellschaft erinnerte. Die jungen Männer unterließen ihre Witze, die Frauen zogen Taschentücher aus ihren Taschen und wischten sich mit etwas Spucke den Staub aus ihren Gesichtern. In ihren Gesichtern lag nun eine Mischung aus Neugier und Ängstlichkeit.

»Ist dir auch schwindlig von der Stadt?«, rief Laoshun Fengxiang zu, die auf dem Traktor vor ihm fuhr.

»Schwindelig? Nein. Aber ich werde wohl ziemlich kaputt sein, wenn ich heute den ganzen Tag durch die Stadt laufe und shoppen gehe.«

Den ganzen Tag? Laoshun fragte sich, wie man den ganzen Tag durch die Stadt laufen konnte. Was gab es hier schon zu sehen?

Nicht einmal Toiletten gab es. Laoshun musste an die Anekdote denken, die sich die Leute in Shawan erzählten. Die Geschichte von einem Bauern, der in die Stadt kam und sich in seiner Not nicht anders zu helfen wusste, als sein Geschäft in einer Ecke zu verrichten. Als ein Städter vorbeikam, bedeckte er seine Notdurft mit seinem Strohhut und erzählte, er habe soeben eine Drossel gefangen. Er bat den Städter, solange auf den Vogel aufzupassen, während er einen Vogelbauer besorgen wollte. Gesagt getan, doch nach einer Weile überkam den Städter die Neugier und er griff unter den Strohhut, um die Drossel zu fangen …

Die Bauern liebten Geschichten, in denen die Stadtmenschen verhöhnt wurden. Laoshun musste jedes Mal lachen, wenn er die Geschichte hörte. Er konnte es einfach nicht fassen, dass die Leute in der Stadt so naiv waren. Sie verdienten es, ab und an hochgenommen zu werden.

Zahllose Schaulustige hielten an und begafften die Prozession von Fahrzeugen, die sich durch die Straßen bewegte. Allem Anschein nach wussten die Leute, warum die Bauern in die Stadt gekommen waren. Laoshun hatte gehört, dass einige Tage zuvor eine Kolonne aus Nanxiang in die Stadt gekommen war und die Bauern das Auto des Bürgermeisters in einen Graben gestoßen hatten. Die heutige Kolonne war noch größer und es erfüllte Laoshun mit Stolz. Bei seinigen vorherigen Besuchen hatte ihn die Stadt immer ein wenig eingeschüchtert, doch nicht so heute. Nur die Polizei mochte er nicht. An jeder Straßenkreuzung standen sie und hatten nichts Besseres zu tun, als die Bauern anzuschreien! Wer gab ihnen das Recht, sie so zu behandeln? Ihre Uniform? Sie hielten sich für etwas Besseres. Er konnte jeden Tag so lange schlafen wie er wollte. Konnten sie das? Laoshun lachte über seine Gedanken. Aber er hatte auch Mitleid mit den Uniformierten, die bei jedem Wetter ihren Dienst tun mussten. Vielleicht war er zu streng mit ihnen? An diesem Tag gaben sie Laoshun keinen Grund zur Klage. Denn entgegen dem Verbot, motorisierten Fahrzeugen vom Land die Fahrt in die Stadt zu verweigern, hatte man ihre Kolonne passieren lassen. Nirgends wurden sie gestoppt. Laoshun war sehr zufrieden mit der Situation. Natürlich würden sie es nicht wagen, sich einer solch imposanten Kolonne in den Weg zu stellen.

Das Gebäude des Stadtparlaments befand sich im Osten der Stadt. Der Eingang war so groß, dass es Laoshun die Sprache verschlug. Nicht wie bei ihnen auf dem Land, wo lediglich ein Esel durch ein Tor passen musste. Die Autos, die Laoshun sah, schauten für ihn alle gleich aus, was daran lag, dass er sich mit Autos nicht auskannte. Er konnte weder Automarken unterscheiden, noch wusste er, welche Modelle zu welchen Marken gehörten. Er hatte gehört, dass es Autos gab, die dreihunderttausend Yuan kosteten. Laoshun hatte keinerlei Vorstellung, wie viel Geld dreihunderttausend Yuan waren. Vielleicht ein ganzes Zimmer voll? Aber warum sollte ein Mensch ein ganzes Zimmer voll Geld für ein Fahrzeug ausgeben? In alten Zeiten ließen sich Gemeindevorsteher in einer Sänfte tragen, die von vier oder acht Männern getragen wurde. Wie viele Männer bräuchte es erst, ein Auto für dreihunderttausend Yuan zu tragen?

Bald war der Innenhof des Gebäudes voller Fahrzeuge und Menschen, wobei die Zahl der Schaulustigen, die der Besucher noch übertraf. Vor dem prächtigen und großen Gebäude wirkten die Leute plötzlich, als seien sie geschrumpft. Das Gebäude selbst in der Tat riesig. Laoshun verschlug es die Sprache. Die Männer um ihn herum johlten. Da hörte er neben sich Baigou schreien:

»Reißt das verdammte Gebäude nieder!« Glücklicherweise folgte niemand seinem Aufruf.

Nach und nach hielten alle Fahrzeuge im Hof und die Männer stiegen ab. Fast alle Leute waren zum ersten Mal an diesem Ort. Beeindruckt schauten sie unsicher um.

»Landeier!«, murmelte Laoshun verächtlich. »Nun gehen euch endlich die Augen auf!« Er lächelte selbstzufrieden, als seien die Männer nur aufgrund seiner Erlaubnis hier.

Gemeinsam mit der Menge betrat Laoshun die Lobby des Gebäudes. Der Anblick der hohen, weißen Wände und der glänzende, edle Marmorfußboden machten mächtigen Eindruck auf Laoshun und seine Begleiter. Fast hatte man den Eindruck, die Männer seien Teil einer riesigen Besuchergruppe, die ihrem Reiseführer folgte.

»Kommt raus!«, schrie Baigou. »Zeigt euch, ihr korrupten Beamten!« Niemand zeigte sich.

Die Leute waren aufgebracht.

»Zur Hölle mit euch! Kommt endlich raus!« Nichts geschah.

Die Männer gingen eine große Treppe hinauf in den ersten Stock. Dort befand sich ein riesiger Raum, dessen Tür offenstand.

»Dies ist das Büro der Stadtregierung«, hörte er Huaqiu murmeln. Die übrigen Räume waren sämtlich geschlossen. Nirgends sahen sie Personal. Ein dicklicher Mann, scheinbar ein Sekretär, telefonierte gerade. Baigou nahm sein Getreidebündel und warf es dem Mann vor die Füße. Die anderen taten es ihm gleich.

»Was soll das?«, rief der Mann. »Seid ihr verrückt geworden?«

»Wo sind sie alle hin? Warum haben sie sich davongeschlichen?«, fragte Baigou und sah den Beamten wütend an.

»Davongeschlichen?«, wiederholte der Mann. »Heute ist Sonntag. Niemand arbeitet am Sonntag.« Der Mann lachte. »Vielleicht schaut ihr einmal auf den Kalender?«

Laoshun traf es wie ein Blitzschlag. Dieser verdammte Sun! Er verfluchte Dorfvorsteher Sun Datou. Wie hatte er vergessen können, dass Sonntag war? Warum hatte er nicht seinen Grips benutzt?

Die übrigen Männer tauschten verlegene Blicke.

»Vielleicht lügt er«, murmelte Baigou.

»Er hat Recht.« Huaqiu zeigte mit dem Finger auf einen Kalender an der Wand. »Heute ist tatsächlich Sonntag.«

»Wie dumm kann man eigentlich sein?«, sagte Laoshun zu sich. »Aber ihn trifft keine Schuld. Für uns Bauern bedeutet der Sonntag nichts. Für uns ist ein Tag wie jeder andere. Die Felder und die Tiere kennen keinen Sonntag.«

»Wo wohnt der Bürgermeister?«, fragte Baigou den dicklichen Beamten. »Wir fahren zu ihm nach Hause!«

»Genau! Lasst uns los!« Die Menge jubelte.

»Der Bürgermeister wird gleich hier sein«, sagte der Mann. »Ich habe ihn gerade angerufen. Er muss jeden Augenblick kommen.« Die Männer beruhigten sich wieder und beschlossen zu warten.

Doch nun drängten diejenigen, die draußen gestanden hatten, laut rufend nach und nach in das Büro. Baigou kletterte auf einen Schreibtisch, wobei die Glasplatte des Tisches zerbrach.

»Komm da runter!«, forderte der Mann ihn auf. »Das ist hier schließlich nicht dein Büro. So eine Glasscheibe kostet viel Geld.«

»Komm augenblicklich da herunter!«, rief Laoshun Baigou zu.

Doch Baigou hörte nicht auf ihn. Stattdessen nahm er ein Getreidebündel und zerrieb es zwischen den Händen, sodass das trockene Stroh langsam zu Boden rieselte.

2

Plötzlich drängte die Menge nach draußen. Der Regierungsvertreter für Landwirtschaft war angeblich in der Lobby eingetroffen. Laoshun hatte den Mann nie gesehen. Er warf Sun einen fragenden Blick zu.

»Wer ist der Kerl?«

»Ein Mann wie jeder andere«, antwortete Sun Datou.

Plötzlich ertönte eine laute Stimme durch den Raum:

»Was wollt ihr hier? Soll das ein Aufstand werden, oder was? Habt ihr schon einmal etwas von Gesetzen gehört? Wenn ihr Probleme habt, dann löst das über den Gemeindevorsteher. Ihr könnt hier nicht einfach so aufkreuzen. Haut ab, Leute! Fahrt wieder nach Hause.«

Bei Laoshun klingelten die Alarmglocken. Die Situation konnte brenzlig werden. Was, wenn man sie als Randalierer verhaften würde?

»Schlagt ihn! Verprügelt diesen Kerl!«, rief Baigou. »Wer ist er überhaupt?«

»Das ist der stellvertretende Bürgermeister«, sagte jemand neben Laoshun. Laoshun bekam es mit der Angst.

»Verpasst ihm eine Tracht Prügel!«, rief Baigou. »Unser Getreide ist wegen der Dürre vertrocknet. Was hast du für uns getan?«, rief Baigou wütend.

»Verprügelt ihn!«, riefen nun auch die anderen Männer, inklusive Laoshun. Baigou hatte Recht. Ihre Ernte war verdorrt. Trotzdem mussten sie Getreidesteuer zahlen. Die Beamten hatten sie im Stich gelassen und nun wagten sie es auch noch, sie anzuschreien.

Das Geschreie im Raum war ohrenbetäubend. Von hinten drängten die Männer nach vorn und zogen Laoshun mit sich. Laoshun wusste nicht, wer der Mann war. Selbst wenn er ihn totgetrampelt hätte, so wäre es nicht seine Schuld gewesen. Dieser Gedanke spornte Laoshun an und er drängte sich kraftvoll in dem Gemenge nach vorne. In der Lobby herrschte mittlerweile ein einziges Chaos. Die riesige Traube an Männern schwappte wie eine Welle einmal in diese, einmal in jene Richtung.

»Genug! Hört auf und lasst den stellvertretenden Bürgermeister sprechen!«, rief eine Stimme.

Laoshun sah sich um und bemerkte eine Person im ersten Stock rufen. Es war ihr Gemeindevorsteher. Laoshun erkannte ihn eindeutig.

»Lasst uns doch vernünftig sein. Wir können über alles reden. Wenn ihr so weitermacht, kommt noch jemand zu Schaden.«

»Beruhigt euch, Leute!«, rief Sun Datou. »Lasst ihn reden. Wir wollen hören, was er zu sagen hat.«

Schließlich beruhigten sich die Männer.

Der stellvertretende Bürgermeister hatte seine Fassung verloren. Nichts mehr an ihm strahlte Autorität aus. Er schwitzte und keuchte. Eine Person neben ihm rief: »Auseinander! Lasst ihn einen Anruf tätigen und die Sache mit dem Bürgermeister besprechen.«

»Genau. Lasst ihn durch!«, rief eine andere Stimme. Die Menge machte Platz, um den Mann durchzulassen. Doch er rannte aus der Lobby, sprang in ein Fahrzeug und fuhr davon.

»Mist!«, schimpfte Baigou. »Er ist uns entwischt.«

»Gut möglich, dass er die Polizei ruft«, sagte Goubao und verursachte mit der Bemerkung sofort Panik unter den Leuten.

Laoshun zuckte zusammen. Die übrigen Männer schauten sich panisch um. Einige verließen die Lobby, scheinbar, um sich aus dem Staub zu machen. Auch Laoshun fürchtete sich, doch noch wollte er nicht weglaufen. Er glaubte nicht, dass die Polizei Gewalt anwenden würde. Und wenn doch, so wäre er nicht der Einzige, der in Gefahr war. Inmitten der Menschentraube, in der er sich befand, würden viele eine Kugel abbekommen. Dann sollte es so sein. Außerdem war dies nicht mehr die alte Gesellschaft, in der Waffen wahllos gegen das eigene Volk gerichtet wurden. Bei dem Gedanken an das angstverzerrte Gesicht des stellvertretenden Bürgermeisters, überkam Laoshun Niedergeschlagenheit. Der Mann hatte das Richtige tun wollen. Er hatte nicht vor, das Land zu ruinieren oder die Leute leiden zu lassen. Sie waren zu hart mit dem Mann ins Gericht gegangen.

»Wir haben keine Angst. Wir sind auf das Schlimmste gefasst«, sagte Sun Datou.

»Wir sind zu viele. Sie haben keine Chance gegen uns. Das Gesetz wird sich uns beugen. Außerdem können sie uns nicht alle ins Gefängnis werfen. So viele freie Zellen haben sie nicht. Und wenn sie uns doch einsperren, müssen sie uns versorgen. Dann sparen wir zu Hause. Umso besser.«

»Der Lahme hat nach ein paar Monaten im Knast richtig zugelegt. Ich mache mir keine Sorgen.«

Nach und nach verschwand die Angst aus den Gesichtern. Einige der älteren Männer leckten sich die Lippen, als könnten sie das Leben in einem Umerziehungslager kaum erwarten. Laoshun musste lächeln. Die Aussicht auf zwei Fleischmahlzeiten pro Woche kitzelte auch seinen Gaumen. Lange würde es nicht mehr dauern bis zum Weißen Tau, dem Tag, an dem seine Falken wieder Jagd machen würden. Für Laoshun war ein Leben ohne Fleisch ganz einfach unvorstellbar.

Die Männer sprachen sich gegenseitig Mut. Sie würden warten, so wie die Jäger am Eingang des Kaninchenlochs warteten, egal wie lange es dauern würde. Proviant hatten sie genug dabei.

Es war fast Mittag. Laoshun kam die Sonne in der Stadt heißer vor als auf dem Land, wo meist eine schwache Brise ging, während hier die Hochhäuser jeden Wind abblockten, so dass der Innenhof einem kleinen Glutkessel glich. Glücklicherweise war die Lobby sehr geräumig. Ohne Mühe passten ein paar Hundert Menschen hinein. Wenn nötig konnten sich noch zusätzliche Personen vor der Hitze in das großzügige Treppenhaus flüchten.

Der Gemeindevorsteher lief missmutig zwischen den Männern her und sprach hier und dort ein Wort mit ihnen. Durch sein Unvermögen, mit der Situation angemessen umzugehen, hatte er seine Autorität eingebüßt. »Der arme Mann!«, sagte Laoshun zu sich selbst. Es war sicher nicht einfach, seinen Job zu tun. Er, der es gewohnt war, andere Menschen herumzukommandieren, befand sich nun selbst in Verlegenheit. Wo war seine anfängliche Überheblichkeit geblieben? Der gebündelten Solidarität der Bauern gegenüber wurde er zu einer Ameise. Nun waren sie es, die oben auf waren. Solange ihre Solidarität hielt, hatten sie nichts zu befürchten. Doch ohne Risiko war die Situation nicht. Ihm kam es vor, als seien sie in ihrer Position wie ein Ball aus Sand und Wasser, aber wehe, wenn das Wasser verdunstete und der Ball auseinanderfiel. Und genau das würde vermutlich passieren. Die Situation war im Grunde genommen sehr riskant. Irgendeiner knickte immer ein. Die Situation war nicht zu kontrollieren. Es war ein fruchtloses Unterfangen. Der einzelne hatte gegen die Regierung niemals eine Chance. Bauern waren am Ende eben doch nur Bauern, verdammt zu ihrem ganz eigenen Leben, ohne Hoffnung auf Veränderung. Bestimmt dazu, sich von der Erde zu ernähren.

3

Als der Bürgermeister schließlich erschien, stand die Sonne bereits hoch am Himmel. Ihre Intensität hatte abgenommen, wie auch die Wut unter der Menge in der Lobby des Regierungsgebäudes. Viele der Männer lagen oder saßen in kleinen Gruppen zusammen auf dem Steinboden. Es herrschte eine Stimmung wie nach einem Sturm. Ihre verbalen Ausbrüche hatten sich gelegt. Der Druck vom Kessel war genommen.

Nun war er also gekommen: der echte Bürgermeister! Nicht der Stellvertreter, der sich aus dem Staub gemacht hatte. Dieser Mann hatte das Sagen. Er war die verantwortliche Person. Die Mehrzahl der Männer erhob sich, als sie von der Ankunft des Bürgermeisters erfuhren.

Er war nicht mit dem Auto gekommen, und das war gut so. Die Männer hätten es ihm sicher übelgenommen. Aber der Mann war schlau und kam zu Fuß. Das war auch der Grund, warum viele in ihm zunächst nicht den Bürgermeister erkannt hatten.

Der Mann war von überdurchschnittlicher Statur, jedoch fehlte ihm die gewisse hochmütige, ja arrogante Ausstrahlung, die Männer seiner Körpergröße oft besaßen. Zudem war er schlank, man konnte sagen, auf attraktive Art und Weise schlank. Eine weitere positive Eigenschaft, bedeutete sie doch, dass dieser Beamte kein Freund der Völlerei sein konnte.

Er lächelte, echt und ungezwungen. Seine Augen waren rund, die Zähne blendend weiß. Dieser Tage fand man nur wenige Regierungsbeamte, die für die Bauern ein Lächeln übrighatten. Die Vertreter der Wasserwerke oder des Elektrizitätswerks behandelten die Bauern stets von oben herab und zeigten offen ihre Missachtung. Die Bauern waren daran so gewöhnt, dass sie von dem Lächeln des Bürgermeisters geradezu überrumpelt waren. Es war ein sympathisches Lächeln. Laoshun fühlte, wie ihn ein warmes Gefühl durchströmte.

»Als erstes möchte ich mich bei allen entschuldigen! Ich komme gerade aus einer Versammlung und habe mich deswegen verspätet…«

Der Mann hatte sich wegen eines Treffens verspätet. Nicht, weil er sich davonmachen wollte. Versammlungen waren von besonderer Wichtigkeit. Warum entschuldigte er sich für seine Verspätung? Er hätte einfach fortbleiben können. Jeder hier hätte Verständnis für ihn gehabt. Für Laoshun gab es nichts Bedeutungsvolleres als Versammlungen. Beim Anblick des lächelnden Bürgermeisters schmolz ihm das Herz. Er wusste nicht, was die übrigen Männer dachten oder fühlten, er jedoch war voller Warmherzigkeit.

»Zweitens habe ich meine Aufgabe als Bürgermeister nicht entsprechend erfüllt, denn eure Ernte ist vertrocknet.«

Der Mann wusste also von der Dürre und den Folgen? Der Bürgermeister war im Bilde! Laoshun war tief berührt. Es war gut, dass er Bescheid wusste. Warum sagte er dann, dass er seine Aufgaben nicht erfüllt hatte? Laoshun spürte, wie sich Schuldgefühle in ihm breitmachten. Schließlich fiel der Regen vom Himmel und er fiel nicht, weil der Bürgermeister es anordnete. Laoshun hatte genug gehört. Die Worte des Bürgermeisters gefielen ihm und machten all die Strapazen vergessen, die die Männer auf sich genommen hatten. Dass sie als Bauern den Bürgermeister dazu gebracht hatten, solche Worte zu sagen, verstärkten die in ihm aufsteigenden Schuldgefühle noch. Um ihn herum hörte er Stimmen laut werden:

»Er ist ein guter Bürgermeister.«

»Er behandelt uns wie Menschen.«

»Er lächelt uns an!«

»Nicht so wie der Erste. Der kann uns mal!«

»Die Versammlung, der ich beigewohnt habe, befasste sich mit der Dürre. Wir sind dabei, einen Weg zu finden …«

Der Bürgermeister machte sich Sorgen um die Bauern und er arbeitete an einer Lösung für das Problem. Er nahm als hoher Beamter an einer wichtigen Versammlung teil, um Laoshuns Probleme einer Lösung zuzuführen. Trotzdem hatten sie ihn beschimpft, übel beschimpft. Laoshun wusste nicht, wie hoch er die Position eines Bürgermeisters einzuschätzen hatte, doch er hatte ordentlichen Respekt vor diesem Mann. Sun Datou zeigte sich oft anmaßend, stets von seinem hohen Ross herab, doch vor dem Gemeindevorsteher wurde er klein. Angeblich kuschte der Gemeindevorsteher in derselben Art und Weise vor dem Bürgermeister. Was stellte ein Gemeindevorsteher dar? Für Laoshun war er so etwas wie ein lokaler Kleinkaiser, ein regionaler Herrscher. Genau aus diesem Grund war es Laoshun peinlich, dass sie den Bürgermeister dazu gebracht hatten, sich bei ihnen zu entschuldigen.

»Bringt bitte alle eure Anliegen vor!«

Auch Laoshun hatte zahlreiche Anliegen, die er gern vorgebracht hätte, doch nicht hier und zu diesem Zeitpunkt. Eine energische Stimme ergriff das Wort:

»Warum bezahlt man uns nicht mehr für unser Getreide? Der Preis für Weizen steigt nicht, während Wasser und Dünger immer teurer werden!«

»Er hat Recht!«, stimmten viele der Männer zu.

»Wir werden diesen Punkt an die höhere Verwaltung weiterreichen.« Der Bürgermeister lächelte. »Ihr habt mein Wort.«

»Wir wollen auch einmal als erstes bei der Wasserzuwendung an der Reihe sein!«, rief ein Mann aus Laoshuns Nachbardorf.

»Wir auch!«

»Ja, genau! Wir wollen beim nächsten Mal die Ersten sein!«

In der Lobby machte sich Aufregung breit.

»Ruhe! Und immer der Reihe nach!«, sagte ein Mann, der wie ein Kader gekleidet war. Er zeigte auf einen jungen Mann in der Menge und forderte ihn auf, zu sprechen.

»Unser Dorf war noch nie als erstes dran, wenn das Wasser freigegeben wird. Immer kommen wir ganz zum Schluss. Das darf nicht sein. Wir zahlen dieselben Abgaben für das Wasser und das Reservoir, warum also sind wir nie die ersten? Vielleicht, weil die Frauen in unserem Dorf sich nie verkaufen?«

Der Bürgermeister runzelte die Stirn, entschied sich aber für ein Lächeln.

»In Ordnung, dein Dorf soll bei der Wasserzuweisung Priorität bekommen.« Er gab dem Kader einen Wink, alles schriftlich zu notieren.

»Schreiben Sie es auf und weisen Sie die Wasserwerke an, dementsprechende Maßnahmen zu treffen.«

»Wir wollen auch als erstes!«, rief eine Gruppe von Männern.

»Wir auch!«

»Notieren Sie alles.« Der Bürgermeister gab dem Kader einen Wink. Dann zog er selbst ein Büchlein aus der Tasche und begann, sich Notizen zu machen.

Laoshun war gerührt von der Geste des Bürgermeisters. Die Beamten der Wasserwerke waren arrogante, uneinsichtige Sesselhocker. Nicht so der Mann vor ihm.

»Ich habe etwas zu sagen!« Baigou hob den Arm und begann zu reden, nachdem der Bürgermeister ihn dazu aufgefordert hatte.

»Ich denke, dass Sie, Herr Bürgermeister, sich die Beamten von den Wasserwerken einmal vornehmen sollten. Immer wenn sie eine Gruppe zu uns schicken, bieten wir ihnen Schnaps und Zigaretten an. Doch wenn es nicht die besten Zigaretten und der teuerste Schnaps sind, weigern sie sich zu rauchen und zu trinken. Bieten wir ihnen Hühnchen an, dann essen sie nur die Haut!«

»Wirklich?« Der Bürgermeister legte die Stirn in Falten und zog die Brauen hoch. »Schreiben Sie das auf und veranlassen Sie eine Untersuchung. Finden Sie heraus, welches verkommene Subjekt nur Hühnchenhaut isst und feuern Sie die Person!«

Der Kader nickte, während er sich Notizen machte. Der Bürgermeister schaute wütend drein und schrieb etwas in sein Büchlein. Dann wiederholte er in zornigem Ton:

»Ich will, dass diese Person gefeuert wird!«

»Ich möchte auch etwas sagen.« Dorfvorsteher Sun Datou machte sich bemerkbar.

»Ich bin Dorfvorsteher und habe einen harten Job. Um alles muss ich mich kümmern … die Einhaltung der Familienplanung. Die zahlreichen Beschwerden der Bauern landen zuallererst bei mir. Ständig renne ich von A nach B, damit alle Wasser für ihre Felder bekommen. Ein wirklich undankbarer Job.«

Der Bürgermeister sah Sun Datou mit ernster Miene an.

»Du bist also der Dorfvorsteher?«

»Ja.«

»Bist du Mitglied der Partei?«

»Das bin ich.«

»Hast du all diese Leute heute hierhergeführt?«

Sun Datou schaute zuerst den Bürgermeister an, dann die Leute um ihn herum. Er antwortete nicht, doch Baigou sprang ihm bei.

»Hat er nicht. Wir sind aus eigenen Stücken gekommen!«

»Hast du mir die heutigen Angelegenheiten je vorgebracht?«

»Nein … habe ich nicht.« Sun Datou vermied es, den Bürgermeister anzusehen.

»Nein?« Die Stimme des Bürgermeisters bekam einen bedrohlichen Unterton. »Du hast nicht eins der vielen Anliegen mir gegenüber zur Sprache gebracht. Das bedeutet für mich, dass du deine Arbeit nicht erledigst, oder liege ich falsch? Du klingst, als fühltest du dich überarbeitet und in deiner Arbeit nicht genug wertgeschätzt. Ist dem so? Geh nach Hause, schreib deine Kündigung und reiche sie im Gemeindebüro ein. Und …«

Der Bürgermeister wandte sich an den Kader neben ihm. »Ich möchte, dass Sie eine Untersuchung einleiten und herausfinden, ob dieser Mann hier für die Organisation verantwortlich ist! Wenn dem so sein sollte, berichten sie es an die Partei mit der Bitte um angemessene Bestrafung.«

Laoshuns schaute sich irritiert im Raum um. Dieser freundlich dreinblickende Mann konnte todernst sein! Der Dorfvorsteher war blass geworden. Unter seinen Armen hatten sich Schweißflecken gebildet. Laoshun wusste, dass der Job als Dorfvorsteher Nebeneinkünfte bedeutete, harte Arbeit, aber gut entlohnt. Die Worte des Bürgermeisters hatten ihn mächtig eingeschüchtert, das war zu sehen.

»Geschieht ihm Recht«, dachte Laoshun.

»Befinden sich noch weitere Dorfkader unter euch?« Die Augen des

in seinem Hemdsärmel. »Deine Mutter wird verrückt werden, wenn sie es erfährt. Wir müssen es solange wie möglich vor ihr verheimlichen.«

»Ich weiß.«

Einige Besucher liefen langsam an ihnen vorbei. Sie tauschten Blicke. Laoshun erhob sich und ging in Richtung des Ärztezimmers. Er öffnete die Tür, trat ein und fragte, ohne sich vorzustellen:

»Sagen Sie mir die Wahrheit, Doktor. Können Sie meinen Sohn retten? Ich bin bereit, mein Land zu verkaufen und alles zu tun, was erforderlich ist.«

Doktor Hou, der Nachtschicht hatte, konnte sich nicht erinnern, wer der Mann vor ihm war, doch als Lingguan neben seinem Vater auftauchte, wurde ihm alles klar. Er schaute Lingguan an. Lingguan nickte.

»Unter den gegebenen Umständen ist es schwer, eine genaue Aussage zu treffen. Aber um Ihnen die Wahrheit zu sagen, bei einer solchen Krankheit … je jünger der Patient, desto aggressiver der Verlauf. Da müsste schon ein Wunder her.«

»Das bedeutet, Sie können nichts mehr für ihn tun?«, sagte Laoshun ganz ruhig, seinen Blick auf den Arzt gerichtet.

»So ist es.«

»Wie viel Zeit bleibt ihm noch?«

»Schwer zu sagen. Es kann zu massiven inneren Blutungen kommen … maximal ein paar Wochen.«

Beim letzten Satz des Arztes verlor Laoshun seine Fassung, ließ sich auf den Stuhl vor sich sinken und begann zu schluchzen.

Lingguan bemerkte den irritierten Blick des Arztes und zupfte seinen Vater am Ärmel.

»Das ist das Dienstzimmer der Ärzte. Lass uns gehen.«

»Na und?« Laoshun schüttelte sich los. »Ist mir egal. Hantou liegt im Sterben.«

Der Arzt widmete sich wieder seinen Unterlagen. Laoshun wischte sich mit dem Ärmel die Tränen ab, erhob sich schwerfällig und trottete mit Lingguan aus dem Dienstzimmer.

Hantou lag mit geschlossenen Augen in seinem Bett. Die Ärzte hatten ihm eine Dosis Morphium gegeben, sodass er nun vollkommen ruhig dalag. Laoshun saß reglos auf einem Hocker neben dem Bett und starrte seinen Sohn an. Wieder liefen ihm Tränen über die Wangen und Lingguan reichte seinem Vater ein Taschentuch, besorgt darum, sein Bruder könne genau in diesem Augenblick die Augen öffnen.

Am Mittag des folgenden Tags erschienen Mengzi und Ying Er. Sie hatten Laoshuns Leibspeise mitgebracht: Bratkartoffeln. Doch der Vater rührte das Essen nicht an.

Mengzi begann, von den Vorfällen in der Stadt zu erzählen, unterbrach sich aber, als er merkte, dass sein Bruder ihm nicht zuhörte. Lingguan signalisierte Mengzi, mit ihm nach draußen zu gehen.

»Ist es wirklich so schlimm?«, flüsterte Mengzi.

»Leberkrebs.« Lingguan nickte und tat einen langen Seufzer.

Mengzi starrte seinen Bruder ungläubig an.

»Kann er operiert werden?«

Lingguan schüttelte den Kopf. Er kämpfte mit den Tränen.

»Warum gerade er?« Mengzi brach in Tränen aus. »Er ist so ein guter Mensch. Hat nie jemandem etwas zu Leide getan.«

»Sag Mutter nichts«, flüsterte Lingguan. »Und Ying Er auch nicht.«

Darauf kehrten sie zurück ins Krankenzimmer. Ying Er fütterte Hantou mit Obst aus einer Dose. Hantous Gesicht war gerötet. Möglicherweise war ihm die seltene Intimität des Moments unangenehm. Als seine Brüder sich näherten, verweigerte er das Essen. Ying Er stellte die Dose beiseite, während Hantou auf das Rollregal neben seinem Bett zeigte. »Da sind Äpfel.« Ying Er nahm einen Apfel, wusch ihn am Waschbecken in der Ecke des Zimmers und reichte ihn Mengzi.

Ying Er schaute zu ihrem Schwiegervater hinüber. Von dort glitt ihr Blick erst zu Hantou und dann weiter zu Lingguan. Offensichtlich versuchte sie, in ihren Gesichtern etwas zu lesen. Die Falten in Laoshuns Gesicht und seine tiefdunkle Haut wirkten so ruhig wie die Erde. Hantou stöhnte leise. Für sie war es ein Zeichen, dass seine Schmerzen erträglich waren. Das Lächeln in Mengzis Gesicht kam ihr gekünstelt vor. Tatsächlich hatte sie sein Lächeln schon immer als unecht empfunden. Sie wusste nicht warum, aber ihr Gefühl sagte es ihr.

Als er gewahr wurde, dass sie ihn anschaute, lächelte er. Dann wurde sein Lächeln breiter, vermutlich, weil ihm bewusst war, dass es unecht auf sie wirkte. Er senkte den Kopf und biss lustlos in seinen Apfel.

Ihr war klar, dass sie etwas vor ihr verheimlichen wollten. Der Grund konnte nur Hantous Zustand sein. Ihr Herz schlug schneller. Was war los mit Hantou? Gerne hätte sie es gewusst. Doch ihre Angst vor der Wahrheit war groß.

Lingguan war die Reaktion von Ying Er nicht entgangen. Er warf seinem Bruder einen vielsagenden Blick zu.

Kaum waren die drei auf dem Flur, platzte es aus Ying Er heraus:

»Was ist mit ihm, nun sagt schon!«

»Es besteht kein Grund zur Beunruhigung.« Lingguan hatte sich doch entschlossen, ihr nicht die ganze Wahrheit zu sagen.

»Wenn du es mir jetzt nicht erzählst, werde ich dich ein Leben lang hassen!«

Lingguan zögerte einen Moment, bevor er antwortete.

»Es sieht nicht gut aus.«

»Was hat er?«

»Eine Leberzirrhose. Aber es ist nicht lebensbedrohlich«, stammelte er. »Ein frühes Stadium. Nicht einfach zu behandeln, aber auch kein Drama.«

»Wirklich? Es ist nicht lebensbedrohlich?«

»Ich sage es doch. Allerdings wird es teuer werden.«

»Solange es nicht tödlich ist, ist mir alles egal. Wir werden alles Geld aufbringen, das nötig ist. Ich werde alles dafür tun.«

Laoshun und Ying Er kehrten am Nachmittag nach Hause zurück. Hantou blieb in der fürsorglichen Obhut seiner beiden Brüder. In den folgenden Tagen war Lingguan einerseits damit beschäftigt, sich in einer anderen Klinik eine zweite Meinung über Hantous Krankheitsverlauf und die damit verbundenen Behandlungsmöglichkeiten einzuholen, andererseits klapperte er Apotheke um Apotheke ab, um an Pethidin zu gelangen, ein starkes Opioid, das sie Hantou im Krankenhaus gegen die Schmerzen verabreichten. Nach der Entlassung aus dem Krankenhaus, so fürchtete Lingguan, würden die Schmerzen das größte Problem werden und herkömmliche Mittel, wie Bucinnazine, waren in dem Stadium, in dem sich sein Bruder befand, so gut wie wirkungslos. Da sich auch Drogenabhängige mit Pethidin versorgten, wurde es nur unter strengen Voraussetzungen verschrieben und es konnte sein, dass Lingguan auch nach tagelangem Suchen ohne eine einzige Flasche zurückkehrte.

Hantou erkundigte sich nicht nach dem Zustand seiner Krankheit. Überhaupt machte er nur wenige Worte. Lediglich eine Sache lag ihm am Herzen. Am Tag seiner Entlassung wollte er neue Kleider tragen, denn es war ihm wichtig, das Krankenhaus adrett und sauber zu verlassen. Währenddessen war Lingguan bereits damit beschäftigt, heimlich Vorbereitungen für Hantous Beerdigung zu treffen. Ein Paar Stoffschuhe, eine Hose und ein gestricktes Baumwollhemd hatte er bereits besorgt. Nun suchte er nach Ausreden, um einen Anzug anfertigen zu lassen und Hantous Maße zu bekommen. Dessen Wunsch nach neuen Sachen für seine Entlassung kam Lingguan entgegen. Immer wieder fragte Lingguan sich, ob sein Bruder nicht Bescheid wusste, wie es um ihn stand, doch er war stets gelassen und nichts an seinem Verhalten deutete darauf hin, dass er um die Ernsthaftigkeit seiner Krankheit wusste. Nur einmal in den vergangenen Nächten war es vorgekommen, dass Lingguan aufwachte und Tränen in Hantous Augenwinkeln wahrnahm. Mit dem Ärmel seines Schlafanzugs hatte er sich die Tränen getrocknet und geflüstert:

»Hol bitte die Krankenschwester. Sie soll mir eine Spritze geben.«

Bei dem Gedanken daran, wie die Mutter auf den schleichenden Tod ihres Sohnes reagieren würde, legten sich Sorgenfalten auf Lingguans Stirn. Doch dann kam ihm eine Idee. Entweder musste er sicherstellen, dass Hantou bis zu seinem Tod im Krankenhaus bleiben könnte, oder er würde ein kleines Zimmer in der Stadt mieten und der Mutter vorspielen, dass Hantou aufgrund einer besonderen Behandlung vorerst noch nicht entlassen werden konnte. Die erste Option schied aus, denn das Krankenhaus hatte bereits unmissverständlich deutlich gemacht, dass sie zu gehen hatten, abgesehen von den Kosten, die mit einer Verlängerung des Aufenthalts verbunden gewesen wären. Die zweite Option schien machbar und er war bereits so weit, ein Zimmer unweit des Krankenhauses anzumieten. Doch als er dem Vater von seinem Plan erzählte, legte der sein Veto ein.

»Auf keinen Fall! Wir können nicht zulassen, dass das Kind abseits von zu Hause wie ein umherwandernder Geist die Erde verlässt.«

2

Laoshun und Ying Er kamen gerade rechtzeitig nach Hause zurück, um mitzuerleben, wie ein Team der Getreidesteuerbehörde Säcke von Getreide aus ihrem Haus schleppte. Der Hof war voll von Leuten. Das Team bestand aus weit über fünfzig Personen: Kader der Kreisregierung, Polizisten, Mitarbeiter des Büros für Rechtsangelegenheiten und des Kreisgerichts.

»Wir weigern uns ja gar nicht zu zahlen, aber unser Sohn liegt schwerkrank im Hospital und wir müssen uns um ihn kümmern. Wir wollen nur einen Aufschub, das ist alles.«

Laoshuns Frau versuchte, den Beamten die Situation klarzumachen, doch die wollten nichts davon wissen. Ein Mann schubste sie zur Seite und ließ zwei weitere Mitarbeiter ins Haus.

»Ihr müsst zahlen!«

»Das ist Diebstahl«, rief sie aufgebracht. »Wir haben nie gesagt, dass wir nicht zahlen werden. Wenn unser Sohn aus dem Hospital entlassen wird, werden wir jedes einzelne Getreidekorn abgeben.«

»Mit anderen Worten, wenn Ihr Sohn nicht entlassen wird, zahlen Sie auch nicht?«, erwiderte der dicke Kreisvorsteher mit bedrohlichem Unterton in der Stimme.

Laoshun riss einen der Männer, die die Säcke hinaustrugen, am Arm, so dass der Sack auf den Boden fiel und das Getreide sich auf dem Boden verteilte.

»Was erlauben Sie sich?«, rief der Kreisvorsteher. »Das ist Widerstand gegen die Staatsgewalt. Verhaften Sie diesen Mann!« Ein finster dreinblickender Polizist näherte sich ihnen.

»Ruhig Blut!« Dorfvorsteher Sun mischte sich ein, um die Situation nicht eskalieren zu lassen. »Sein Sohn ist schwerkrank. Er ist fertig mit seinen Nerven.«

»Tritt zur Seite, Datou!«, rief Laoshun. »Ich habe keine Angst vor diesen Blutsaugern! Ihr könnt mich erschießen, wenn ihr wollt, ihr gesetzlosen Banditen!«

»Du glaubst, wir würden zögern, das zu tun?«, erwiderte der Kreisvorsteher. »Ich verhafte dich, wenn du nicht zahlst. Von welchem Gesetz sprichst du? Zahle deine Abgaben und niemand rührt dich an.«

»Wir haben alles Menschenmögliche für euch getan!«, sagte der stellvertretende Kreisvorsteher in beschwichtigendem Ton. »Ihr solltet dankbar sein und keine Szene veranstalten.«

»Ihr meint wohl, ihr hättet hier etwas zu sagen?«, raunzte ein junger Kader. »Ihr irrt euch gewaltig. Die Regierung hat das Sagen, die Regierung und die Partei! Nicht ihr.«

»Kannibalen!«, schrie Laoshun.

»Wenn ihr euch weigert zu zahlen, wird deine Familie alles verlieren«, sagte der Polizist.

»Das ist es, was ihr wollt!« Laoshun griff nach einer Schaufel.

»Zur Hölle mit euch! Zur Hölle mit euch und euren Vorfahren! Ich habe keine Angst vor euch. Mein Sohn liegt im Sterben, aber ich habe noch zwei weitere Söhne. Los, bringt uns alle um! Ich habe eh genug von meinem armseligen Leben.«

»Was sagst du da?«, fragte die Mutter und sah Laoshun verdattert an. »Was ist mit Hantou?«

»Ich kann und will es dir nicht länger verheimlichen. Hantou hat Krebs und nur noch wenige Tage zu leben.«

Seine Frau tat einen Schrei und fiel in Ohnmacht.

Die Beamten sahen sich gegenseitig an. »Los!«, sagte einer von ihnen. »Gehen wir zum nächsten Haus.« Nach und nach drängten die Männer aus dem Hof.

»Gib uns keine Schuld!«, sagte der Kreisvorsteher. »Wir sind keine herzlosen Kreaturen. Die Situation ist für uns auch nicht einfach. Die Regierung sitzt uns Tag für Tag im Nacken und wir können nichts dagegen tun.«

»So ist es«, pflichtete ihm ein junger Kader bei. »Wir sind auch nur Menschen. Wir wissen, wie hart das Leben auf dem Land ist. Aber wir haben unsere Arbeit zu tun. Da geht kein Weg dran vorbei.«

»Nehmt euch, was ihr wollt«, erwiderte Laoshun schluchzend. »Lieber verhungern wir, als dem Staat auch nur einen Scheffel Getreide schuldig zu bleiben. Ich werde es morgen abliefern.«

Er wandte sich seiner Frau zu, die zusammengesackt auf dem Boden lag. Mit dem Daumen drückte er ihr auf den Meridian zwischen Nase und Oberlippe und nach wenigen Augenblicken kam sie wieder zu sich. Ying Er stützte sich mit den Händen an der Hauswand entlang. Aufgelöst ließ sie sich neben ihrer Schwiegermutter nieder.

»Banditen!«, schrie Beizhu den Beamten hinterher.

Langsam fanden Laoshun und seine Frau ihre Fassung wieder. Laoshun starrte vor sich her, während der Mutter noch immer die Fassungslosigkeit ins Gesicht geschrieben stand.

»Habt ihr nicht gesagt, es sei ein Leberparasit?« Sie sah ihren Mann ratlos an.

Beizhu ging zu Laoshun hinüber, half ihm auf und sagte: »Wir müssen jetzt alle wieder zu Sinnen kommen.«

Laoshun wischte sich mit dem Hemdsärmel die Tränen aus dem Gesicht, klopfte sich den Staub von der Kleidung und begab sich mit einer Schaufel in den Schuppen, wo der Kamelkarren stand.

»Was hast du vor?«, rief der alte Meng, der sich im Hof eingefunden hatte.

»Tu nicht, was sie verlangen!«, rief Beizhu.

»Lieber verkaufe ich, als mich länger von ihnen erniedrigen zu lassen.«

»So kann man nicht leben«, seufzte Meng.

Laoshuns Frau mühte sich auf. Sie begann, den auf dem Boden verstreuten Weizen zurück in den Sack zu füllen, während Laoshun das Kamel vor den Karren spannte. Beizhu und Baigou halfen ihm, die Säcke aufzuladen. Mit einem lauten Ruf von Laoshun setzte sich das Tier in Bewegung in Richtung Getreidestation.

3

Wie betäubt hatte die Mutter auf dem Karren unterwegs zur Getreidestation gesessen. Das Abladen des Getreides mit der schweren Holzschaufel hatte sie wie automatisch erledigt.

Auf dem Rückweg war ihr das Geräusch des Karrens auf dem steinigen Weg und das regelmäßige Schnauben des Kamels so real und vertraut vorgekommen, während sie selbst das Gefühl hatte, sie sei eine Wolke, ein unwirkliches Wesen, geformt aus einer flüchtigen Mischung aus Kummer und Verzweiflung. Sie wünschte sich, sterben zu können. Ihr fehlte die Kraft, den Weg weiterzugehen. Die Sonne war bereits hinter dem Horizont versunken, doch es war noch nicht wirklich dunkel. Sie sehnte sich vollkommene Dunkelheit herbei. Eine Dunkelheit, wie der Tod. Doch noch lag über allem ein schwacher, gelblicher Schein, ein Schein, wie über einem Friedhof.

Der Gedanke an den Tod war für sie trotz aller Leiden des alltäglichen Lebens etwas Unvorstellbares, unendlich weit Entferntes gewesen. Sie sperrte sich dagegen, das Schicksal zu akzeptieren. Hantou … ihr Junge … die abstrakte Vorstellung nahm nun reale Züge an und schlich sich wie ein Gift in ihr Blut. Sie wollte nicht daran glauben. Sie konnte nicht daran glauben. Doch nun nahm die Fratze, die sie in kurzen Momenten wie einen flüchtigen Schatten aufblitzen gesehen hatte, unweigerlich konkrete Züge an. Wie eine dunkle Wolke, die ihre schwarzen Schwingen ausbreitete, die immer größer und gewaltiger wurden und bald den ganzen Himmel vereinnahmten.

Sie fragte sich, ob Laoshun oder sie etwas getan hatten, wofür HAntou nun büßen musste. Die Leute sagten, Vergeltung käme unerwartet und könne sowohl einen selbst treffen als auch die eigenen Kinder. Sie schaute auf ihr Leben zurück, konnte aber nichts dergleichen finden. Sicher, das eine oder andere Huhn hatte sie geschlachtet, aber allen Schlachtern, die sie kannte, ging es gut.

Spät in der Nacht wachte sie auf und lauschte den Geräuschen nach. Es war stockfinster draußen.

Das Quieken des Schweins erinnerte sie an die Arbeit, die liegengeblieben war. Mühsam erhob sie sich und taumelte durch die Dunkelheit nach draußen. Nachdem sie das Futter gemischt hatte, ging sie unsicher an der Wand entlang in Richtung des Stalls. Ganz allmählich gewöhnten sich ihre Augen an die Finsternis. Vor ihr lag ein schmaler, grauer Pfad.

Eine Brise wie Wasser streifte ihre Haut. Alles erschien ihr komplett unwirklich. Hatte Hantou wirklich diese böse Krankheit? Es war fast unmöglich, es zu glauben. Sie wünschte sich, es sei nur ein Traum, doch es war die Wahrheit. Eine grausame Wahrheit. Aber war es auch Schicksal? Daran wollte sie nicht glauben.

4

Die Ärzte hatten Hantous Medikamente abgesetzt. Die Krankenschwester kam am Morgen ins Krankenzimmer und verabreichte allen Patienten außer Hantou ihre Medikamente. Doktor Hou berichtete Lingguan, dass Hantous Akte bereits abgeschlossen sei. Wortlos verließ Lingguan das Dienstzimmer und erzählte seinem Bruder, dass die Wunde verheilt sei und er nach Hause zurückkehren könne.

In der Tat sah die Wunde deutlich besser aus und es schien, als glaubte Hantou die Nachricht seines Bruders.

»Das ist großartig. Ich hätte es auch keinen Tag länger hier ausgehalten.«

Hantou zog seine neuen Sachen an. Er war abgemagert und seine Augen versanken in dunklen Höhlen. Die Stelle, an der der Tumor saß, wölbte sich unter seinem blauen Hemd.

Mengzi verließ das Krankenhaus, um nach einem Taxi zu rufen während Lingguan die Krankenschwester um einige Flaschen Pethidin bat, doch die Schwester hatte ihre ursprüngliche Meinung geändert und ließ Lingguan mit leeren Händen stehen.

»Was erwarten Sie? Ich könnte nicht, selbst wenn ich wollte. Diese Medikamente sind ausschließlich für den Gebrauch innerhalb des Hospitals gedacht.«

Missmutig verließ Lingguan das Schwesternzimmer. Was war nur los mit dieser Welt?

Das Dreiradtaxi folgte dem zähfließenden Verkehr aus der Stadt hinaus. Hantou saß steif auf seinem Sitz, eine Hand auf die Wunde gepresst, die andere am Türgriff. Bei dem Gedanken, dass sein Bruder nie wieder durch die Straßen dieser Stadt laufen würde, musste Lingguan mit den Tränen kämpfen.

»Ich würde gern den Konfuzius-Tempel besuchen«, sagte Hantou mit einem Mal. »Ich bin noch nie dort gewesen.«

»Den Konfuzius-Tempel?«, wiederholte Lingguan. Er musterte seinen Bruder. »Warum will er dorthin?«, dachte Lingguan. Vielleicht wusste er doch über seinen wahren Zustand Bescheid? Doch wenn dem so war, wie konnte er so ruhig bleiben? Hantou blickte auf die Straße mit einem Ausdruck in den Augen, der nicht zu deuten war. Es konnte sein, dass es ein letzter Versuch war, sich an das irdische Leben zu klammern, oder aber der Beginn, sich von dem Hier und Jetzt zu lösen.

»Was gibt es dort zu sehen?«, fragte Mengzi.

»Ich möchte mir lediglich die Beine vertreten. Im Krankenhaus habe ich mich zu Tode gelangweilt.«

»Na gut.« Lingguan wies den Taxifahrer an, zum Konfuzius-Tempel zu fahren. Warum gerade der Konfuzius-Tempel, der Tempel der Gelehrten? Sein Bruder hatte kaum Schulbildung genossen.

Nachdem sie Mengzi am Eingang verabschiedet hatten, besuchten Lingguan und Hantou den Tempel. Lange bestaunte Hantou die imposanten Bronzepferde am Eingang, bevor seine Aufmerksamkeit auf die alten Kiefern und Zypressen fiel. Dann betraten beide einen Seitenraum, dessen Wände mit verschiedensten Kalligraphien behangen waren. Lange stand sein Bruder vor den antiken Rollen und studierte deren Inhalt. Lingguan vermied es, seinem Bruder die Dinge zu erklären und Hantou stellte im Gegenzug keine Fragen.

»Lass uns gehen«, sagte Hantou schließlich zu seinem Bruder.

Er lächelte, als sie ein paar Stunden darauf, den elterlichen Hof betraten. Es war ein echtes Lächeln.

Die Mutter lief aus dem Haus und nahm ihren Sohn in den Arm.

»Gut«, sagte sie und schaute Hantou prüfend an. »Gut.«

Sie gingen ins Haus. Die Mutter faltete eine Decke zusammen und legte sie auf den Kang. Dann nahm sie eine zweite Decke und lehnte sie gegen die Wand. Laoshun und Lingguan halfen Hantou hinauf auf das Ofenbett. Lingguan hatte erwartet, die Mutter würde Hantou nach seinem Befinden fragen, doch sie sagte nichts und schaute ihren Sohn bloß an.

5

Das Durcheinander in Lingguans Kopf ließ vielerlei Grautöne entstehen. Alles sah konturlos grau aus und es schien, als ob Myriaden von Atomen aus Verzweiflung und Schmerz jede Ecke des Hauses durchdrungen hätten. Das Ende war eindeutig – Tod. Der Patient und die Familie warteten auf dasselbe: die Ankunft des Todesengels.

Lingguan wusste, dass seinem Bruder nur noch Wochen blieben, vielleicht sogar nur noch Tage. Es kam darauf an, ob sich die Prognose der

Ärzte bewahrheiten und es zu massiven inneren Blutungen kommen würde.

Im Angesicht des Todes verlor alles an Gewicht und ein Mensch bekam die Fähigkeit, über weltliche Dinge hinauszuschauen. Die Einsicht, dass nichts Bestand hatte, führte dazu, dass sich der Mensch von weltlichen Dingen wie Ruhm oder Macht trennte. Diese Einsicht war frustrierend und erleichternd zugleich. Alles befand sich in Veränderung und das Leben zeigte sich von seiner vergänglichen Seite.

Sein Herz zog sich zusammen, als ihm bewusst wurde, dass sie alle, seine Familie, Mengzi und Ying Er eines Tages nicht mehr da sein würden. Gegenstände verkamen, Bäume und Sträucher welkten, Tiere wurden zu Aas und kehrten zur Erde zurück. Alles und jedes gehorchte demselben Prinzip. Seine Mutter war gealtert. Die Falten auf ihrer Stirn wurden mit jedem Tag tiefer. Alle Zeichen ihrer Jugend hatten sich zurückgezogen. Ying Er würde altern und der rosige Schein auf ihrem Gesicht immer mehr verblassen. Auch er selbst ging mit jedem Tag einen Schritt näher auf seinen eigenen Tod zu.

Der Gedanke, Hantou von seinen Leiden zu erlösen überkam ihn eines Nachts mit großer Vehemenz. Doch verwarf er ihn sofort wieder. Selbstvorwürfe quälten ihn. Es wäre nichts mehr als ein Beweis seiner mangelnden Menschlichkeit gewesen.

Auch die finanziellen Probleme innerhalb der Familie verschärften sich. Der Vater veräußerte schließlich sein geliebtes, schwarzes Maultier. Lingguan übergab der Mutter all die Sachen, die er für die Beerdigung besorgt hatte. Sie brach in Tränen aus, als sie die Totenkleider aus seinen Händen übernahm, als ob sie davon überzeugt sei, dass ihr Sohn nicht sterben könnte, doch die Kleidung sie dieser unglaublichen Tatsache bewusst machte. Sie legte die Totenkleider an einen sicheren Ort, stets in der Angst, jemand könnte die besten Kleider beschmutzen, die ihr Sohn je tragen würde.

Alle Mitglieder der Familie kamen an ihre Grenzen. Entmutigt und vollkommen übernächtigt, begann der Vater zu schnarchen, sobald er sich gegen eine Wand lehnte. Die Mutter war nur noch Haut und Knochen. Ihr Gang wurde zusehends unsicherer und es schien, als könne sie ein leichter Windstoß zu Fall bringen. Mengzi hielt sich besser. Er schien verändert und benahm sich erwachsen und verantwortungsvoll. Auf Anordnung der Mutter musste Ying Er sich von dem gemeinsamen Zimmer mit Hantou fernhalten. Sie war schwanger und die Mutter befürchtete, dass der Nimbus einer Schwangeren Hantou verhexen könne.

Lingguan nahm wahr, dass seine Mutter noch immer eine schwache, letzte Hoffnung in sich trug.

Jeder im Dorf kam vorbei, um sich nach Hantou zu erkundigen und alle brachten Geschenke mit. Mal war es ein Paket Zucker, ein anderes Mal Konserven. Die Eltern erfüllten diese Geschenke mit großer Dankbarkeit. Sie waren auch Zeugnis dafür, dass ihre Familie im Dorf respektiert wurde. Alle bemühten sich, Hantous Mutter zu trösten, während sie gemeinsam saßen und weinten.

Der Besuch von Maodan schien Hantou am meisten zu bedeuten. Er lächelte und deutete ihm an, sich zu ihm zu setzen. Sein Freund nahm seine Hand und hielt sie wortlos minutenlang in seiner. Lingguan spürte, dass die beiden Frieden geschlossen hatten. Als Maodan sich erhob, um zu gehen, liefen Hantou ein paar Tränen über die Wangen, und als sie seinen Mund erreichten, leckte er sie mit der Zunge ab.

Es war dies das einzige Mal, dass Lingguan seinen Bruder seit der Entlassung aus dem Krankenhaus weinen sah.

6

Ihr war bewusst, dass sie sich nicht über Lingguan beklagen durfte. Er hatte alles getan, was in seiner Macht stand, seinem Bruder zu helfen. Sie glaubte ihm. Und dennoch konnte sie es nicht ertragen, einfach dort zu sitzen und ihrem ältesten Sohn beim Sterben zuzusehen. Sie mussten noch einmal Geld ausgeben, auch wenn sie wusste, dass es nicht mehr helfen würde. Aber wenigstens würde sie sich dadurch besser fühlen. Wie konnten sie Geld sparen, wenn der geliebte Sohn im Sterben lag? Sie würde das Haus verkaufen.

Sie bereute, Hantou zu der Ehe mit Ying Er gezwungen zu haben, denn laut der Schamanin passte das Horoskop des Mädchens nicht ideal zu dem ihres Sohnes. Aber sie hatte nicht gewollt, dass ihr Sohn auf ewig Junggeselle blieb. Außerdem hatte Großmutter Qi ein Ritual vollzogen, das mögliche negative Einflüsse abhalten sollte. Hatten sie nicht sieben Sticknadeln im Hochzeitszimmer vergraben? War die Hochzeitssänfte nicht gegen Osten in das Haus getragen worden? Hatten sie nicht zuerst Wasser und erst dann Feuer in das Hochzeitszimmer gebracht? Hatten sie nicht dem weißen Hahn den Kopf abgeschlagen genau in dem Moment, als die Braut durch das Tor getreten war? Warum also … sie erinnerte sich, dass Ying Er genau an diesem Tag ihre Periode bekam. Ein schlechtes Omen. Sie hatte ihn verhext. Die Braut hatte eine negative Energie mit in die Ehe gebracht.

Die Mutter entschied sich, Großmutter Qi ein letztes Mal um ein Ritual zu bitten. Der Grund war die Frage, warum eine harmlose Leberinfektion in einen Krebs ausarten konnte. Vielleicht würde ein neues Ritual bewirken, dass aus dem Krebs wieder eine heilbare Krankheit werden würde.

Das Ritual war der letzte Strohhalm, an den sich die Mutter in ihrem Meer der Sorgen klammerte. Sie spürte ein Feuer in sich brennen, das Feuer der Hoffnung, und ihr Leben würde sich erst erschöpfen, wenn diese Hoffnung erlöschen würde.

Laoshun senkte den Kopf und zündete sich seine Pfeife an, als er von dem Plan hörte. Mengzi schaute Hantou mit offenem Mund an und Hantou drehte sich wortlos zur Wand.

Überraschenderweise war Lingguan sofort von dem Vorschlag der Mutter begeistert.

Er hatte alles in seiner Macht Stehende getan und vom Standpunkt der Vernunft aus hatte er keine Einwände. Tatsächlich aber stimmte er zu, weil er nicht wollte, dass seine Mutter später Reue oder Gewissensbisse mit sich herumtragen müsste. Also unterstützte er ihr Vorhaben, ungeachtet seiner Zweifel ob der Wirksamkeit eines solchen Rituals bei der Behandlung eines Krebskranken.

»Es ist besser zu glauben als zu zweifeln. Schauen wir einfach, was passiert.«

»Wie viel?«, fragte Laoshun nach einem Zug an seiner Pfeife.

»Hundert Yuan sollten ausreichen«, antwortete Lingguan.

Knisternd paffte Laoshun weiter, ohne ein Wort zu erwidern.

7

Nach Tagen hektischer Vorbereitungen war alles besorgt, was Großmutter Qi ihrem Sohn Goubao in die Feder diktiert hatte:

Dreihundert Blatt rotes, weißes, gelbes, blaues und schwarzes Papier
Zwei Pfund Lammfleisch
500 ml Hirseschnaps
Ein weißer Hahn
Ein Häufchen Mehl von insgesamt einhundert verschiedenen Familien
Drei Teller gedämpfte Teigtaschen
Ein Pfirsichzweig
Einhundert Lagen gelbes Papiergeld
Einhundert Lagen weißes Papiergeld
Sieben verschiedenfarbige Steine
Eine menschliche Strohpuppe

Großmutter Qis Plan war es, für Hantou um Verschonung zu bitten und einen Ersatz für ihn zu finden.

Es war dies eine eher selten angewandte Methode der Schamanin. Die Halle der Unterwelt verfügte über die Zahl der in Frage kommenden Personen und Großmutter Qi würde ihr Ritual durchführen indem sie einen Ersatz für die zu erlösende Person fand. Im Dorf gab es einige Personen, die mittels dieses Rituals gerettet worden waren. Und sie waren es, die Laoshuns Frau in ihrem Glauben an dieses Ritual bestärkten. Beizhus Vater beispielsweise war vom Blutspucken geheilt worden. In den Augen der Mutter war das Spucken von Blut weitaus ernster als Hantous Krankheit und der Fall von Beizhus Vater spendete ihr Trost.

Schließlich beendete die Erde ein weiteres Mal ihre Umrundung und die Sonne ging hinter den Bergen unter, gefolgt vom Mantel der Nacht. Das Dorf lag still da. Keine Unterhaltungen mehr am Rande des Dorfes, keine Hunde, die sich einander jagten. Die schmale Sichel des Mondes erschien und legte sich sanft an ihren Platz. Alles war in ein bleiches Licht getaucht: das Dorf, die Felder, die Berge … und die Herzen eines jeden in der Familie von Laoshun.

Nachdem sie Mengzi losgeschickt hatte, die Schamanin herzubestellen, ging Laoshuns Frau nach drinnen und schaute nach ihrem kranken Sohn, der mit dem Gesicht zur Wand im Bett lag. Er war immer ein ruhiges

»Brenne es heraus!«

»Drei Seelen und sieben Geister kehren in den Körper zurück!«

»Kehren in den Körper zurück!«

»Drei Seelen und sieben Geister dringen in die Knochen ein!«

»Dringen in die Knochen ein!«

»Verbrenne jeden Schmutz und alles Niederträchtige!«

»Verbrenne es!«

»Verbrenne jeden Schmutz und alles Niederträchtige!«

»Verbrenne es!«

»Brenne ihn nieder! Den Knoten im Unterleib!«

»Brenne ihn nieder!«

»Brenne sie nieder! Die Krankheit in ihm!«

»Brenne sie nieder!«

»Brennt und macht ihn gesund! Brennt und bringt im Trost und Gesundheit!«

»Trost und Gesundheit!«

»Dreht ihn um!«, forderte die Schamanin die Familie auf, während sie das Papier zur Seite legte. Mengzi und Lingguan halfen ihrer Mutter, Hantou umzudrehen, woraufhin Großmutter Qi ihre früheren Rituale und Gesänge mit einem neuen Stapel an buntem Papier wiederholte.

Laoshuns Frau war mit dem Ritual der Schamanin sehr vertraut, denn sie hatte es vor vielen Jahren selbst an ihren Kindern angewendet, als sie krank gewesen waren. Doch was Großmutter Qi veranstaltete, ging über die Fähigkeiten der Mutter hinaus, denn sie verfügte über die »Kraft«, etwas, das die Mutter nicht verstand, das für sie aber etwas mit Göttlichkeit zu tun hatte. Während die Schamanin ihre Handbewegungen wiederholte und immer wieder mit dem bunten Papier über Hantous Rücken strich, überkam die Mutter mit einem Mal ein Hoffnungsschimmer. Sie musterte ihren Sohn eindringlich. Zwar konnte sie in seinen Augen keine eindeutigen emotionalen Regungen erkennen, doch offensichtlich war da etwas Neues, etwas vorher nicht Dagewesenes. Sie hätte es nicht in Worte fassen können, dafür war es zu komplex, doch für sie war es ein Ausdruck, der eine ganz zarte, vage Form der Hoffnung sein mochte. Ein Ausdruck, den sie in dem Gesicht ihres Sohnes nie zuvor wahrgenommen hatte. Außerdem glaubte sie, in seinen Augen eine gewisse Form von Dankbarkeit der Schamanin gegenüber wahrnehmen zu können. Es musste Dankbarkeit sein, denn Hantou glaubte fest an die Kräfte von Großmutter Qi. Die Mutter konnte in den Augen ihres Sohnes lesen und verstand.

Das Rascheln des Papiers und die besondere Art des unverständlichen Tonfalls der Schamanin verlieh dem Raum eine okkulte Atmosphäre. Die Kerzen flackerten. Sie wurden Lampen des Ewigen Lebens genannt und durften nicht erlöschen, bevor das Ritual beendet war. Die Mutter fühlte sich mit den flackernden Kerzen verbunden. Sie gab Mengzi und Lingguan einen Wink, woraufhin sich die beiden Söhne zwischen sie und die Schamanin stellten, denn sie hatte Angst, dass der vom Wedeln des Papiers erzeugte Windhauch die Kerzen zum Erlöschen bringen könnte.

Nachdem sämtliches Papier auf diese Art und Weise zum Einsatz gekommen war, griff die Schamanin zu dem Pfirsichzweig, zog ihn sanft über Hantous Rücken und murmelte dazu unverständliche, halb gesprochen, halb gesungene Worte.

Schließlich kletterte Großmutter Qi vom Kang herunter und forderte die Mutter auf, mit Hantous Unterhemd unter den Tisch zu kriechen. Darauf ging sie in den Hof hinaus, kniete sich vor der Strohpuppe nieder und begann mit weiteren Gesängen. Anschließend bot sie den Hirseschnaps dar. Als Vertretung für Hantou sollte die Strohpuppe sein Leiden mit sich zu nehmen und alle negativen Einflüsse auf sich nehmen und sie der Unterwelt zuführen. Großmutter Qi verbrannte einen großen Stapel von dem bunten Papier, während sie zu murmeln begann:

»Was hier brennt, ist kein Geld für den Ersten des Monats, was hier brennt, ist nicht für den Fünfzehnten des Monats, was hier brennt, ist Geld, mit dem wir Hantous Leben kaufen. Aus eins wird zehn, aus zehn wird hundert, aus hundert wird tausend, aus tausend wird zehntausend und aus zehntausend wird unzählig.«

Als sie ihr Ritual beendet hatte, befahl sie Lingguan und Mengzi, das bunte Papier, das gelbe und weiße Opfergeld sowie den Tiger aus dem Mehl von hundert Familien zusammen mit der Strohpuppe an der Dorfkreuzung zu verbrennen.

9

Hantou schloss die Augen, kurz nachdem die Schamanin gegangen war. In seinem Kopf und in seinem Unterleib pochte es. Seine Gedanken wanderten. Er war müde, hundemüde, doch konnte er keinen Schlaf finden. Hellwach fühlte er sich doch jeglicher Energie beraubt. Er lebte zusehends in einer Traumwelt, in der er zwar rational denken konnte, die er aber nicht abzuschütteln im Stande war.

Eine sehr lange Zeit schon war er krank gewesen. Eigentlich schon sein ganzes Leben. Es fiel ihm schwer, sich an Zeiten zu erinnern, wo dies nicht so gewesen war. Es waren verschwommene Erinnerungen, die in einem Schleier von gelblichem Nebel endeten, so als sei alles von Staub bedeckt. Das Leben war wundervoll gewesen damals. Zu jener Zeit war es ihm nicht bewusst, wie wundervoll es war. Gesundheit schätzen gelernt hatte er erst, als sie ihm abhandengekommen war. Eine gute Gesundheit war ein Segen.

Bruchstückhafte Erinnerungen traten vor seine Augen. Er war noch ein kleiner Junge, der Äpfel klaute und sich mit Baigou um eine Möhre stritt. Die Hochzeit mit Ying Er, Streitereien mit Maodan … Alle diese Szenen traten flüchtig in seinem Bewusstsein auf, um dann wieder zu verblassen. Nur der Schmerz in seinem Unterleib war ihm geblieben.

Seine Erschöpfung war nicht mit Worten zu beschreiben. Er fühlte, wie sich sein Herzschlag immer mehr abschwächte, kaum konnte er ihn überhaupt noch wahrnehmen. Seine Atmung ging flach und kostete ihn enorme Anstrengung. Er fühlte eine Blockade in seiner Luftröhre, die jeden Atemzug zu einer Strapaze machte.

Der Tod hing wie ein drohendes Schwert über seinem Kopf. Er war zu müde, um noch Angst zu verspüren. Er wünschte lediglich, es wäre nicht so früh gekommen. Ein ganzes Leben lag eigentlich noch vor ihm. Doch er würde gehen müssen. Da waren noch viele offene Fragen. Fragen zum Leben und zu sich selbst. Er wollte noch nicht gehen. Er wollte noch ein wenig länger leben. Er musste seine Identität finden. Er hatte sein Leben vergeudet. Er hatte nicht das getan, was er hätte tun können. Nun war ihm die Zeit abhandengekommen. Was wäre gewesen, hätte er früher gewusst, dass sein Leben so kurz sein würde? Er wusste, er hätte es anders gelebt. Aber wie? Er war sicher, dass er zur Schule gegangen wäre. Er hatte ein vergebliches Leben gelebt. Er hatte es zu nichts gebracht. Er würde nichts hinterlassen. Wie ein Insekt, das vorüberfliegt. Da war nichts mehr.

Mit einem Mal brach der Himmel zusammen und die Erde öffnete sich. Explosionen um ihn herum … Felsbrocken und Himmelskörper stürzten auf ihn herab und begruben ihn. Sein Körper wurde schwer wie Blei. Riesige Steinbrocken durchdrangen die Poren seiner Haut. Mächtig, schwer, massig. Der Boden drückte von unten, der Himmel fiel von oben. Felsbrocken regneten von oben herab. Panik ergriff ihn. Er wollte schreien, doch es gelang ihm nicht.

Dann waren all jene Objekte mit einem Mal verschwunden. Sein Körper und Geist waren explodiert und hatten den Himmel mit Licht gefüllt. Myriaden von Glassplittern reflektierten das Licht der Sonne. Lärm. Licht überall, gleißendes Licht, flackernd, fließend, dröhnend, Strahlen jagten Strahlen, wie eine leuchtende Oberfläche von Wasser, wie ein Schwarm tausender Lichtvögel, lärmend und kreischend, explodierend, sich vervielfältigend, hinwegfegend. Ein einziges Rasen, von unvorstellbarer Helligkeit, von grenzenlosem Leuchten.

Seine Glieder prickelten, als seien sie eingeschlafen. Metallstücke flossen durch seine Adern. Sein Herz war wie ein starker Magnet, der von den eisernen Objekten, die er anzog, in tausend Stücke zerschlagen wurde, die sich langsam in fliegende Objekte verwandelten. Sie begannen zu flattern, spielerisch und lärmend, tanzten einen Tanz des Lebens, um sich dann zu vereinen und in Licht zu verwandeln.

Es war das Licht des Lebens und seine Flamme flackerte unruhig, aber sanft in der ruhigen Leere. Alles war verschwunden. Der Himmel und alles unter ihm. Alle Objekte und alle Formen hatten sich in einem stillen Nichts aufgelöst. Allein das Licht flackerte weiter, Ruhe und Gleichgültigkeit verströmend.

Mit einem Mal erlosch das Licht.

10

»Schnell! Hantous Hände werden kalt!«, rief die Mutter.

Alle stellten ihre Reisschüsselchen auf den Tisch und rannten zum Kang. Hantou lag mit weit geöffneten Augen im Bett.

»Pass auf, dass deine Tränen ihn nicht berühren!«, rief Laoshun zu seiner Frau und schob sie zur Seite.

»Holt die Totenkleider!«

Seine Frau brach in ein lautes Schluchzen aus. Sie warf sich zu Boden und schlug mit dem Kopf auf die Holzdielen. Fengxiang eilte herbei und versuchte, der Mutter aufzuhelfen.

»Nun holt schon seine Sachen!«, rief Laoshun.

»Schließ ihm die Lider und halte sie geschlossen!«

Lingguan tat, wie sein Vater ihm befohlen hatte.

Nun war der Tod endgültig angekommen.

Lingguan machte sich Vorwürfe. Hätte er nicht mehr Zeit mit seinem Bruder verbringen, mehr mit ihm reden müssen? Sich mehr nach seinen Bedürfnissen erkundigen sollen? Öfter an seiner Seite sitzen müssen? Jetzt hatte der Tod sie getrennt und er würde für all dies keine Gelegenheit mehr haben.

Er hob seine Hand. Hantous Lider waren nun geschlossen. Er sah ruhig aus, ruhig und gelassen. Ein distanzierter Ausdruck, der den Verzicht auf alles in dieser Welt widerspiegelte. Ruhe nach dem Sturm.

»Pass auf, dass deine Tränen ihn nicht berühren!«, mahnte Laoshun seinen Sohn.

Die Menschen in Shawan sagten, dass ein Leichnam zu einem lebenden Toten wurde, wenn er mit den Tränen der Lebenden benetzt wurde. Eine schreckliche Vorstellung für Lingguan. Wenn dies tatsächlich wahr war, so wäre es ihm lieber, sein Bruder würde ein lebender Toter sein. Hantou würde immer sein Bruder bleiben, egal wie furchtbar die Vorstellungen auch sein mochten.

Die Mutter kam mit den Totenkleidern. Nun würde ein sechsundzwanzigjähriger junger Mann sie tragen müssen. Sie waren das letzte Geschenk der Lebenden an den Toten, und sie waren brandneu.

Mengzi half seinem Vater bei der Aufgabe, den Leichnam einzukleiden, was einiges Geschick verlangte. Die Mutter saß weinend neben ihnen.

Auch Ying Er kam hinzu. Sie brauchte ihm nun nicht mehr aus dem Weg zu gehen. Auch für sie war sein Tod unerwartet plötzlich gekommen.

»Besorgt ein Fahrzeug!«, sagte Laoshun zu Lingguan.

Lingguan wischte sich die Tränen aus dem Gesicht und verließ das Haus.

Sie hatten sich auf eine Einäscherung geeinigt. Eine Erdbestattung hätte ihren Kummer nur verstärkt. Für diesen jungen Menschen war Feuerbestattung die beste Lösung war. Nicht zuletzt spielten die Kosten ebenfalls eine Rolle bei der Entscheidungsfindung. Eine Erdbestattung mit angemessenem Sarg konnten sie sich eigentlich nicht leisten.

»Was tust du da?« Die Mutter stürzte sich plötzlich auf Lingguan. »Was in aller Welt hast du vor? Ich bringe mich hier und jetzt um, wenn du ihn wegschaffst.«

»In Ordnung. Wir lassen ihn hier«, erwiderte Lingguan.

»Es ist mir egal, was ihr denkt, aber mein Sohn wird einen Sarg bekommen!«, rief die Mutter und boxte hysterisch auf ihren Sohn ein.

Noch am selben Tag machte sich Lingguan auf in die Stadt. Er wollte einen Sarg kaufen, obwohl er selbst für eine Einäscherung war. Sie sparte Kosten und machte für ihn keinen Unterschied.

Als er gegen frühen Abend mit einem Wagen und einem geladenen Sarg zurück ins Dorf kam, standen bereits viele der Nachbarn in der Mitte des Hofes. Sie hatten Hantou nach draußen getragen und den Leichnam unter dem Baldachin aufgebahrt. Die Mutter lief aus dem Haus, als sie das Geräusch des Wagens hörte. Sie stieß alle, die ihr im Weg standen, zur Seite und stürzte sich auf ihren toten Sohn.

»Wenn einer es wagt, ihn wegzubringen …«

Lingguan ging zwischen den Leuten hindurch zu seiner Mutter.

»Keine Einäscherung, Mutter! Ich habe einen Sarg gekauft.«

»Lüge mich nicht an.!«

»Schau! Der Sarg ist auf dem Wagen.«

Ungläubig schaute sie in Richtung des Wagens. Als sie den roten Sarg erblickte, sackte sie zusammen und fiel in den Staub.

Die Leute im Hof schauten überrascht, als sie den Sarg sahen, doch niemand äußerte ein Wort. In ihren Blicken jedoch lag ein Ausdruck von Missbilligung. Hantou war jung und kinderlos. Eine Erdbestattung stand ihm daher eigentlich nicht zu. Die Mutter allerdings betrachtete das ungeborene Kind, dass Ying Er in sich trug, als Rechtfertigung.

»Es ist besser so!«, sagte Laoshun. Meine Frau würde es nicht verkraften.

»Eine Erdbestattung kostet nur unmerklich mehr als eine Feuerbestattung«, log Lingguan.

Der alte Meng leitete das Ritual der Belegung des Sarges mit dem Leichnam. Eine notwendige Handlung, allein um zu verhindern, dass Tiere wie Hunde oder Katzen sich an dem Toten zu schaffen machen konnten. Vier Männer griffen die Decke, auf der Hantou aufgebahrt war, und legten sie langsam in den Sarg. Die Mutter kam mit einer neuen Seidendecke aus dem Haus, einem Teil der Mitgift ihrer Schwiegertochter. Sie war nie benutzt worden. Laoshun schickte sich an, ein paar Worte zu sagen, doch nach einem Blick auf den alten Meng, ließ er davon ab.

Mengzi kam mit einem Talisman, den er von einem taoistischen Priester gekauft hatte. Ein Stück Papier, auf das die Worte geschrieben waren:

Der metallene Pflug wehrt böse Geister ab - Der Gott des Donners zeigt sein Antlitz, um Götter und Geister abzuschrecken

Der alte Meng befestigte das Papier an einem Pflug, den sie eigens dafür in den Hof geschoben hatten. Anschließend band er einen großen weißen Hahn an den Pflug und setzte ihn hinter den Sarg, um zu verhindern, dass der Leichnam zu einem lebenden Toten werden konnte.

»Der Priester sagt, in drei Tagen wäre ein geeignetes Datum. Wir brauchen keine Vorbereitungen zu treffen. Er bringt zwei Männer mit, die Musik machen. Sie tun es uns zu Liebe. Es werden also keine Kosten anfallen«, sagte Mengzi.

Der alte Meng fügte hinzu:

»Wir können die Sache nicht völlig unvorbereitet angehen. Wir sollten zumindest ein paar Papierkraniche falten und Blumenkränze besorgen. Es wäre unpassend, wenn wir gar nichts tun.«

»Du hast Recht«, sagte Laoshun. »Bereite vor, was deiner Meinung nach nötig ist. Ich habe dafür im Moment keinen Kopf.«

Darauf sank er völlig entkräftet zu Boden.

11

Noch bevor der Hahn krähte, erwachte die Mutter. Ihr Rachen brannte wie Feuer, die Augen waren verklebt. Es fiel ihr schwer, sie zu öffnen. Alles vor ihr war verschwommen und es fiel ihr schwer, die Dinge zu fokussieren. Nach und nach erschienen die Bilder der vergangenen vierundzwanzig Stunden vor ihren Augen.

»Hantou?« Sie schauderte und der paralysierende Schmerz des Verlustes überkam sie ein weiteres Mal.

Sie kletterte vom Kang herunter, tastete blind nach ihren Schuhen und ging aus dem Haus. Draußen im Hof war es hell. Sofort fiel ihr Blick auf den roten Holzsarg. Es schnürte ihre Kehle zusammen und Tränen schossen ihr in die Augen. Hantou, ihr Sohn, lag in dieser Kiste. Tot. Was genau bedeutete das Wort?

Sie zwang sich, nicht den Sarg anzuschauen und überquerte den Hof mit eiligen Schritten bis in die Küche. Urplötzlich fühlte sie, wie Hantous Augen sie im Dunkel der Nacht verfolgten. Wollte er ihr etwas sagen? Trotz ihrer Angst drehte sie sich um. Wieder fiel ihr Blick auf den Sarg, in dem ihr Sohn schlief. Sie fühlte eine große Trauer, und gleichzeitig eine Erleichterung. Zumindest hatte er einen Sarg bekommen. Die Vorstellung, ihr Sohn müsse durch das Feuer gehen, war ganz und gar unerträglich für sie.

Sie schaltete das Küchenlicht ein und befeuerte den Herd. Ihr Blick fiel auf den Nudelteig, den sie für die Beerdigung vorbereitet hatte. Er war aufgegangen. Sie nahm einen Klumpen des Teigs und begann, ihn ganz automatisch zu kneten. Ihr Körper fühlte sich schwer an, ihre Glieder schmerzten. Hantous Gesicht tauchte wie ein flüchtiger Schatten vor ihren Augen auf. Tränen liefen über ihr Gesicht und fielen in den Teig zwischen ihren Händen. Ihr Sohn war gegangen. Das Leben hatte seine Bedeutung verloren.

Hantou war von klein auf ein schüchternes Kind gewesen, das oft von den anderen Kindern gehänselt worden war. Der Gedanke, dass er im Jenseits schutzlos den bösen Geistern ausgesetzt war, brachte sie um den Verstand. Sie wollte mit ihm gehen.

Hantous größter Wunsch war ein Handtraktor gewesen. Er wünschte sich das Gerät, um das Feld zu pflügen oder ein Nebengewerbe zu starten. Sie erinnerte sich an einen Tag, als Hantou den Handtraktor von Goubao gesehen, ihn angefasst und dafür dessen Schelte eingefangen hatte.

»Was regst du dich so auf? Ich kaufe dir einen neuen, wenn er kaputtgeht.«

»Ich könnte mir ein Flugzeug leisten, wenn du dir einen solchen Handtraktor leisten könntest!«, war seine Antwort gewesen.

Viele seiner Freunde und Bekannten hatten auf ihn herabgeschaut. Das hätte sie nicht zulassen dürfen. Wenn sie gewusst hätte, dass sein Sohn so früh gehen würde, sie hätte härter gearbeitet, um ihm seinen Wunsch von einem Handtraktor zu erfüllen.

»Wir machen ihm einen!« Die Idee kam ihr unvermittelt. Warum auch nicht? Sie würden ihm einen Traktor aus Papier basteln.

Es war längst heller Tag, als die Trauergäste eintrafen. Eine kleine Trauerrunde, ohne das sonst übliche Buffet für die Trauernden. Sie brauchten keine Tische auszuleihen, keine Stühle, Gläser, Schälchen. Es gab wenig zu tun. Nicht wie bei einer Beerdigung für einen alten Menschen, wo nach Herzenslust gegessen, getrunken und gelacht wurde. Hier war ein junger Mensch gestorben und es gab keinen Anlass für Trinkspiele und ausgelassene Fröhlichkeit. Im Hof blieb es stumm.

Die Mutter erzählte dem alten Meng, der das Beerdigungsritual leiten sollte, von ihrer Idee mit dem Traktor. Der Alte war wenig begeistert von der Idee, bis er die Erklärung der Mutter hörte.

»Ihr beide kümmert euch um den Papiertraktor!«, forderte er Beizhu und Huaqiu auf.

»Das haben wir noch nie gemacht«, erwiderte Beizhu.

»Dann ist jetzt der günstigste Augenblick, es zu lernen. Besorgt euch ein paar trockene Sonnenblumenstiele, Nadelgras und Weidenzweige. Daraus bastelt ihr einen!«

Daraufhin bat der alte Meng einige der Trauergäste, Papierkraniche und Blumengirlanden zu falten. Der Kranich, der den Ruf an die Seele symbolisierte, durfte auf keiner Beerdigung fehlen.

Lanlan erschien, als Meng gerade seine Befehle gab. Sie hatte einen Albtraum in der Nacht gehabt, in dem ihr Haus eingestürzt war. Stürzt eine Mauer ein, stirbt ein Verwandter, stürzt ein Baum um, stirbt ein Nachbar, stürzt ein Haus ein, stirbt ein Familienmitglied. So lautete die geläufige Traumdeutung in Shawan.

Lanlan hatte von allen die engste Beziehung zu Hantou. Die beiden waren zusammen aufgewachsen und Hantou hatte sich viel um sie gekümmert. Beim Anblick des Sarges fiel sie zu Boden und weinte herzzerreißend.

Der gesamte Hof war erfüllt von dem Geräusch klagender Trauergäste

12

Als sie den Sarg anhoben, bemerkte Lingguan, dass die Sonne von einem außergewöhnlichen Rot war. Ein seltener Anblick. Nun wartete der Sarg darauf, zum Friedhof getragen zu werden.

Die Sonne schien auf den gekrümmten Dattelbaum im Hof und warf den Schatten der Zweige auf die Tür. Es war ein ungewöhnlich schöner Tag und Hantou war bereit, seine letzte Reise anzutreten.

Am Tor brannte ein helles Feuer aus Papiergirlanden und Opfergeld. Die Flammen konnten nicht mit dem gleißenden Licht der Sonne konkurrieren, doch das Knacken und Knistern war im ganzen Dorf hörbar. Asche erhob sich und flog in Fetzen durch die Luft, die sich alsbald wieder zu Boden senkten.

Die Sargträger sammelten Holzpfähle und andere Dinge für die Verabschiedung des Sarges. Die taoistischen Priester schickten sich an zu gehen, bis auf einen, der sich um den letzten Teil des Rituals kümmern musste. Laoshun beeilte sich, ein paar Hefeklöße in ein Schüsselchen zu legen, das Hantou benutzt hatte und legte es als letzte irdische Wegnahrung in den Sarg.

Der alte Meng zog das Kissen unter Hantous Kopf hervor und legte es beiseite. Ein lokaler Brauch, der verhindern sollte, dass der Tote die Lebenden besuchen und ihnen Krankheiten bringen konnte. Die Mutter nahm sämtliche Kleidung, die ihr Sohn getragen hatte und legte die Sachen in den Sarg. Zuvor forderte der alte Meng Beizhu auf, mit einer Schere die metallenen Knöpfe abzutrennen, denn der Glaube der Menschen von Shawan besagte, dass, wenn ein Toter mit Metall in Berührung kam, er sich in einen Dämon verwandeln würde.

Die Mutter bestand darauf, ihren Sohn ein letztes Mal anzuschauen. Doch der Anblick trieb ihr sofort die Tränen in die Augen, so dass Meng sie zur Seite schob und jemanden aufforderte, sie ins Haus zu begleiten. Auf keinen Fall durfte der Leichnam mit den Tränen der Lebenden in Berührung kommen.

Beizhu hatte derweil alle metallenen Knöpfe von den Kleidern getrennt und reichte sie Laoshun.

Meng schob den Deckel des Sarges zur Seite. Lingguan blickte in das Gesicht seines Bruders. Es schien, als schliefe er. Nur ein paar Falten um den Mund zeugten noch von seinem ertragenen Leid.

Meng zeigte auf die Kleider und sagte zu Laoshun: »Warum überlassen wir sie nicht den Lebenden? Unter der Erde verrotten sie bloß.«

»In Ordnung. Einige der Sachen werden sowieso nur schwer verrotten. Hantou wird nicht wiedergeboren werden, bevor sich seine Kleidung nicht vollständig aufgelöst hat. Wir werden es ihm zu Liebe so handhaben.«

Schließlich schob Meng den Deckel auf den Sarg und trieb die Eisennägel mit energischen Schlägen in das Holz.

Der übriggebliebene Priester zitierte die Sutre vom Aufzeigen des Weges. Dies war der letzte Teil der Zeremonie, bevor der Sarg zum Friedhof getragen wurde.

In Lingguan stiegen widersprüchliche Gefühle hoch, als er über den Wandel und die Sinnhaftigkeit des Lebens nachdachte. Niemand konnte dem Seelenfänger entkommen. Sein Bruder war gegangen und viele weitere würden ihm auf seinem Weg folgen. Das Leben war vergänglich wie eine Blase, die irgendwann platzte. Der Tod war bedauerlich und ein jeder musste versuchen, das Leben zu genießen. Und darin lag auch schon das ganze Geheimnis. Alles war sterblich. Die Eltern, die Geschwister, Ehepartner, Freunde, selbst die rot leuchtende Sonne.

Die wesentlichste Frage war, wie man sein Leben gestaltete.

Die Sargträger begannen mit ihrer Aufgabe. Sie waren allesamt verheiratet, also das, was man als echte Männer bezeichnete. Kein Junggeselle, selbst wenn er siebzig Jahre alt wäre, hätte diese Aufgabe übernehmen dürfen. Auf ein lautes Kommando hin hoben sie gemeinsam den Sarg an, und stellten ihn auf eine Tragevorrichtung aus Längs- und Querbalken. Im Anschluss befestigten sie mehrere längere und kürzere Holzstöcke an der

Vorrichtung. Der Sarg knarzte und ächzte, als sie ihn mit dem Kokosseil anhoben und wieder absenkten.

Zum Bedauern der Eltern waren sie nicht befugt, ein weißes Tuch, ein sogenanntes Führungsband an dem Sarg zu befestigen. Dieses Stück Tuch wurde an einem Ende des Sarges befestigt und von einem Kind des Verstorbenen gehalten. Doch diese Tradition war ausschließlich Toten vorbehalten, die selbst Nachkommen aufzuweisen hatten. Viele der Familien auf dem Land verschuldeten sich oder nahmen große Risiken auf sich, indem sie die Familienplanung ignorierten, um einen Sohn zu zeugen, der das Band der Familie weitertragen konnte, wenn sie selbst stürben.

Maodan hielt ein Porträt von Hantou in den Händen. Es war in der Zeit entstanden, als er bereits krank gewesen war. Sein Gesicht sah eingefallen aus, doch seine Augen strahlten Sehnsucht aus. Wonach hatte er sich gesehnt? Nach dem Leben? Nach schulischer Bildung?

Hunderte von Leuten säumten den Weg, den die Sargträger nahmen. Immer wieder hörte man ihre lauten Kommandos. Die Leute waren gekommen, um Hantou zu verabschieden. An jedem der Häuser, die der Zug passierte, brannten kleine Feuer, die Böses abhalten und umherirrenden Geistern den Zugang zum eigenen Haus verwehren sollten. Dies war die Überzeugung der Leute von Shawan. Am heutigen Tag aber erinnerten die kleinen Feuer mehr an ein Abschiedszeremoniell.

Der Trauerzug bewegte sich feierlich die Straße hinunter zum Friedhof und der Staub, den die Sargträger aufwirbelten, hüllte den Sarg ein und gab der Szenerie etwas Unwirkliches. Lingguan lief inmitten des Zuges. Seine Füße schienen wie von unsichtbaren Fäden bewegt, in den Händen der selbstgebastelte Papiertraktor.

Solche Trauerzüge waren ihm nicht unbekannt. Schon mehrmals hatte er an Beerdigungen von Bekannten teilgenommen. Doch heute war es seine Familie, auf die die Augen gerichtet waren.

Maodan hatte eine Grube ausgehoben, ein weitgeöffneter Rachen, der bereit war, den Toten zu verschlucken. Die Sargträger hielten neben dem Loch. Beizhu entfernte die Tragebalken und befestigte an jeder der vier Ecken ein Seil, mit dem die Träger den Sarg in die Erde ließen. Der alte Meng zog einen roten Faden aus der Tasche und maß ab, ob der Sarg eben in das Loch gesetzt worden war. Auch dies eine Methode, Böses abzuwenden. Nachdem der Faden seinen Dienst getan hatte, fädelte Meng ihn auf und reichte jedem der Trauergäste ein kleines Stück davon, das sie an ihren Knopflöchern befestigten.

»Hantous Leben ist nun beendet«, sagte Beizhu gerührt.

Lingguan weinte lautlos. Wie würde ein Leben ohne seinen Bruder aussehen?

Die Trauergäste warfen Schaufeln voll Erde auf den Sarg. Ein letzter Gruß, ein letzter stummer Dienst an dem Toten. Gedenk der Warnung des alten Meng, keine Tränen auf die Erde fallen zu lassen, wischte sich Lingguan mit dem Ärmel sein Gesicht ab und griff nach der Schaufel, die Beizhu soeben in den Sand gesteckt hatte. Auch er verabschiedete seinen Bruder mit einem Häufchen Erde. Er begrub seinen Bruder. Er hatte dieses Leben von Anfang bis Ende begleitet. Jeden Tag hatte er mit seinem Bruder verbracht und am heutigen Tag begrub er ihn mit seinen eigenen Händen.

Lingguan kam es vor, als habe er einen ganzen Lebenszyklus mit all seinen Prüfungen und Schwierigkeiten durchlebt.

Als die gesamte zuvor ausgehobene Erde wieder in das Grabloch geschaufelt worden war, war die Grube zum Erstaunen aller nicht komplett aufgefüllt.

Nach den Grundsätzen der Geomantie bedeutete dies Unheil. Der Ort war nicht gut gewählt. In Nach alter Tradition in Shawan hob man beim Herrichten einer Grabstelle ein Viereck von etwa zwei Metern Seitenlänge aus. Dann wurde eine Handvoll Erde zerrieben und in die Grube gestreut. Hatte diese Erde am folgenden Tag einen leichten Hügel geformt, so war dies glückverheißend, zerfiel der hineingestreute Sand, so galt dies als schlechtes Omen.

Gemäß diesen Glaubens hatten sie Hantou an einer ungeeigneten Stelle beerdigt.

Ein Geomant sagte Hantous Nachfahren – dem Baby in Ying Ers Bauch – ein entbehrungsvolles Leben voraus.

Lingguan glaubte kein Wort davon.

13

Das nächste große Ereignis in Shawan nach Hantous Beerdigung war die Hochzeit von Huaqiu.

Der Vater des Mädchens hatte schließlich den Weg zu Huaqius Haus gefunden, gefolgt von seiner hochschwangeren Tochter. Alle begannen zu tuscheln und zu munkeln, als sie von Huaqius romantischer Episode in der Wüste hörten. Offenbar hatten sie Huaqius Fähigkeiten unterschätzt, denn viele der Männer – selbst die mit Geld – brachten es nicht fertig, sich eine Braut zu suchen.

Maodan, der sich in dieser Angelegenheit eigens zum Chefreporter aufgeschwungen hatte, erzählte den Leuten von der Ankunft des Alten und seiner harten Haltung, als er Huaqiu gegenübergetreten war. »›Der Reis ist gekocht!‹, hat er Alte gesagt. ›Das Mädchen ist nun eine Frau. Ich gebe sie dir hier und heute zur Frau und du wirst sie heiraten. Erspare mir gefälligst den Gesichtsverlust!‹ Ihr könnt euch vorstellen, wie begeistert Huaqiu gewesen ist. Er hat sich gewunden wie ein Regenwurm. Da ist der Alte sauer geworden und meinte: ›Dieses alte Schafsfell gegen deine frisch geschorene Lammwolle.‹ Er war gewillt, die Angelegenheit mit Huaqiu auszukämpfen. Ihr könnt euch nicht vorstellen, wie blöd Huaqiu aus der Wäsche geguckt hat! Aber er wollte sich keinen Schritt bewegen. Doch der Alte hatte Rückgrat. Er hat ein langes Gesicht gezogen, auf den Boden gespuckt, ist aufgestanden und hat seine Tochter an die Hand genommen. Dann sagte er: ›Lass uns gehen. Ich weiß, wo ich unseren Fall zur Sprache bringen kann.‹ Das war der Moment, in dem Huaqiu das Herz in die Hose gerutscht ist!«

Die Männer hielten sich die Bäuche, als Maodan mit seiner Geschichte fortfuhr.

»Anfangs forderte der Alte zehntausend Yuan. Als er Huaqius Gesicht sah, ging er herunter auf achttausend. Da hat Huaqiu schließlich den Mund aufgemacht und gesagt ›Sicher doch. Ich suche mir eine Arbeit in der Stadt, bei ich viertausend im Jahr verdiene. In zwei Jahren werde ich die Summe vielleicht zusammen haben.‹ Der Alte war total verdutzt. ›Zwei Jahre?‹ meinte er. ›Verdammt, dann ist mein Enkel bereits zwei Jahre alt.‹ Er hat dann seine Forderung ein weiteres Mal heruntergeschraubt, aber Huaqiu ist immer noch nicht auf ihn eingegangen. Am Schluss hat der

Sie verbrachte die folgenden Tage in dem Zimmer, das sie mit Hantou geteilt hatte. Nur ihr unablässiges Weinen drang durch die Tür. War es möglich, dass sie die Qual ihrer Seele wahrnahm?

Lingguan meinte, ihr Gesicht vor sich sehen zu können: hager und eingefallen. Es war wie eine Narbe auf seinem Herzen, ein Auslöser seiner Selbstvorwürfe und eine dunkle Wolke über dem Himmel seiner Psyche.

Was ihn am meisten quälte aber war ihre fortgeschrittene Schwangerschaft. Ein neues Leben würde bald geboren werden. Dies war sein wundester Punkt, eine strafende Wirklichkeit, eine unabwendbare Grausamkeit, ein nicht endender Albtraum, eine nicht zu vergebende Sünde.

Existierten Geister tatsächlich? Er wünschte es sich allein aus dem Grund, seinem gelittenen Bruder noch einmal wiederbegegnen zu können. Der Buße wegen. Er würde Hantou um Vergebung bitten und ihm erlauben, sein Herz zu öffnen, auf dass sein Blut seine Sünde fortspülen mochte. Es war fraglich, ob sich seine Sünden würden wegspülen lassen.

Dann wiederum stellte er sich vor, Tausende von scharfen Dolchen würden sich in seinen Körper bohren, zahllose giftige Insekten ihn stechen, bis sein sündenschwerer Körper sich in Nichts auflösen würde. Wie sehr wünschte er, sein schmutziges Selbst verschwinden zu sehen, auf immer.

Seine bloße Existenz war zu einer Bürde geworden.

Mit einem Mal sah er bekannte Gesichter vor sich: Yindi, Lanlan, Wuzi, den Lahmen, Maodan, Bai Fu und andere lebende »Tote«. Wie er drehten sie sich in einer gigantischen Mühle unaufhaltsam immer weiter.

Wie gerne hätte er sich durch einen Schrei aus dem Traum befreit, doch er ahnte, dass es weder einen Laut noch ein Echo geben würde. Schon bald würde er von denen um sich herum infiziert und träge wie sie selbst werden, und wenn das eintrat, würde er, der Sünder, so vertraut mit seinen Sünden sein, dass er nicht mehr sein würde, als eine einzelne Zelle in einem Netz aus Mittelmäßigkeit.

Lingguan begann, über die Zukunft nachzudenken.

Die Leute im Dorf kamen zu dem Schluss, dass der Tod seines Bruders ihn in eine schwere Krise gestürzt hatte. Oftmals sahen sie ihn scheinbar gedankenverloren auf dem Lößhügel sitzen, den Blick auf ein imaginäres Objekt gerichtet. Sein Gang wurde auffällig steif, so wie bei einem Menschen, der schlafwandelt.

Eines Abends blies ein heftiger Wirbelwind Ungetüme von schwarzgrauen, bleiernen Wolken über einem feuerroten Himmel. Graue Schatten legten sich wie eine schwere Decke über eine einsame Sanddüne, auf der sich eine einzelne Gestalt unsicheren Schritts fortbewegte. Der Staub, den sie aufwirbelte, wirkte wie ein hauchdünner Nebel, der die Gestalt in eine undeutliche, schemenhafte Silhouette verwandelte: Lingguan.

Die Sonne glich einem Feuerball, der ganz sachte auf der Spitze einer entfernten Berggruppe tanzte und der Gestalt einen blutigen Hintergrund bot. Mit dem Fortschreiten des Sonnenuntergangs wuchs sein Schatten mehr und mehr und verschwamm schließlich mit den Schatten am Horizont zu einem konturenlosen Gebilde, das sich wie Wasser in alle Richtungen ausbreitete. Nach und nach senkte sich der Abendnebel mit dem Staub hernieder und bedeckte die Gestalt wie ein riesiger schwarzer Mantel inmitten der verschleierten, düsteren Wüste.

Die Leute aus Shawan erinnerten sich, in der Nacht im Osten der Wüste den Schrei eines wilden Tieres oder Greifvogels gehört zu haben. Einige jedoch meinten, es sei der verzweifelte Schrei eines Menschen gewesen.

Am folgenden Tag war Lingguan verschwunden.

Niemand konnte sagen, was mit ihm geschehen war. Einer der Leute meinte, er sei nach Shenzhen gegangen, um einen alten Schulkameraden zu besuchen. Doch lebe er dort als Bettler in den Straßen. Ein anderer war sich sicher, er sei in den Süden gegangen und arbeite auf einem Bauernhof, um sich spezielle Fähigkeiten anzueignen. Wieder ein anderer behauptete, er hätte sich als Angestellter in einem Museum verdingt und dabei mit Hilfe eines Spezialisten eine neue, sonderbare Sprache mit Namen »Xi-Xiaisch« erlernt.

Doch glaubte man den Worten eines fahrenden Händlers, der regelmäßig die Wüste bereiste, so verhielt es sich anders.

Unlängst nämlich war an einem kleinen Ort im Herzen der Wüste – der Ort nannte sich Zhudujing – ein Mann aus Liangzhou verstorben. Sie hatten den Leichnam in eine Senke geworfen, wo die Füchse sich gütlich an ihm getan hatten. Nur ein Haufen Knochen sei von dem Mann übriggeblieben. Der fahrende Händler behauptete sogar, die Knochen mit eigenen Augen gesehen zu haben und er sei sich ganz sicher, dass es sich bei dem Toten um Lingguan gehandelt hätte.

Laoshun war zu beschäftigt, um sich das Gerede der Leute anzuhören.

Es war nicht mehr weit bis zu dem Tag, an dem die Falken kommen, und den die Leute von Shawan »Bai Lu« oder »Weißer Tau« nannten. In wenigen Tagen würden die ersten von ihnen eintreffen.

Er hatte sich ein dickes Bündel Baumwollfäden besorgt und war damit beschäftigt, neue Netze zu knüpfen.

Ying Er hatte vor Kurzem einen prächtigen kleinen Jungen zur Welt gebracht, der die schmerzliche Lücke, die Hantous Tod hinterlassen hatte, ausfüllte und Laoshun und seine Frau mit reichlich Arbeit und Aufgaben versorgte. Aber was noch wichtiger war: Sie beide glaubten fest an Lingguan. Sie glaubten, dass er sie verlassen hatte, um in eine weitere Welt einzutreten. Und sie wussten, dass er eines Tages zurückkehren würde. Lingguan würde nach Hause kommen, egal, wie weit er auch gereist sein mochte.

Er war gegangen, um zurückzukehren.

Zum Autor

Xue Mo, eigentlich Chen Kaihong, Jahrgang 1963, geboren in Liangzhou, Provinz Gansu, Volksrepublik China, ist einer der führenden zeitgenössischen Autoren Chinas. Er ist Stellvertretender Vorsitzender der Schriftstellervereinigung der Provinz Gansu sowie Mitglied der Chinesischen Schriftstellervereinigung. Seine Werke wurden mit verschiedenen literarischen Preisen ausgezeichnet, darunter sechs Mal mit dem *Dunhuang-Literatur- und Kunstpreis*. 2011 war er für den *Mao-Dun-Literaturpreis* nominiert.

Xue Mo ist praktizierender Buddhist. Durchdringendes Thema seiner Werke sind das Mitgefühl sowie die spirituelle Reinigung. Mit dieser Übersetzung wird Xue Mo zum ersten Mal einer deutschsprachigen Leserschaft zugänglich gemacht.

Zum Übersetzer

Peter Kolb, Jahrgang 1961, zwei Kinder, studierte am Seminar für Orientalische Sprachen der Universität Bonn Chinesisch (u. a. bei Professor Wolfgang Kubin), Indonesisch sowie Vergleichende Religionswissenschaften. Zahlreiche Chinaaufenthalte. Lebte von 1995 bis 2005 in Peking. Lebt und arbeitet heute in Gronau/Westfalen als Übersetzer, Deutsch-Dozent und freier journalistischer Mitarbeiter.

Kalligrafien und Fotos von Xue Mo

惊魂一现后
乱云身边过
不惧亦无惊

一团墨色一团心一
因念头一点写
昨夜梦里
方有翅兮
天已到手

Der Yabulai Salzsee

Auskristallisiertes Salz

Kamele am Ufer des Qingtu-Sees im Dorf Minqing, Provinz Gansu

Die Dongming-Gebirgskette aus der Vogelperspektive

Lehmhäuser in der Zhuoniba-Schlucht

Tibeterin am Eingang des Dorfes Niba, Tibet

Warenhaus in Niba, Tibet

Die Festung Ruian im Dorf Minqing, Provinz Gansu

Beim Heizen des ›Kang‹, dem traditionellen Ofenbett

Der traditionelle tibetische Käse ›Qula‹

Der Autor Xue Mo mit einem Mann aus dem Dorf Lintan

Das tibetische Dorf Lintan

Gebetszettel, in die Luft geworfen anlässlich eines tibetischen Festes mit Reiterspielen

Beginn der Badanjilin-Wüste in der Inneren Mongolei

Buch Hans Christoph, Kulturschock China oder: Wie ich die Grosse Mauer erklomm
252 Seiten, mit Lesebändchen, geb.
ISBN 9783903071704 € 24,80

Bergmann Ulrich/Distelmaier-Haas Doris, Meine Hand malt Worte. Gedichte aus China
152 Seiten, zweisprachig Deutsch und Chinesisch, s/w Zeichnungen, mit Lesebändchen, geb.
ISBN 9783902735836 € 14,80

Chongna SEONG Myong Sun, **Weiße Geheimnisse. Koreanische Lyrik. Grußwort von Wolfgang Kubin**
252 Seiten, Deutsch/Koreanisch, Abb., mit Lesebändchen, geb.
ISBN 9783903071926 € 19,80

Chen Yan und Zhu Liwen, Hrsg., Chinesische Folklore. Deutsch und Chinesisch
94 Seiten, zweisprachig, Farbabb., mit Lesebändchen, geb.
ISBN 9783902735829 € 14,80

Fehlinger Walter Hrsg, Erst am Ende unseres Weges stehen die Antworten. Sinnsprüche von Laotse und Dschuang Dsi
140 Seiten, zweifarbige Grafiken, mit Lesebändchen, geb.
ISBN 9783902735188 € 9,90

Fehlinger Walter Hrsg, Shaolin Kung Fu – Bildband
121 Seiten, durchgehend vierfarbig, geb.
ISBN 9783901618000 € 20,60

Hai Rao, Guten Morgen, Chongqing! Changles Suche nach dem einfachen Glück
268 Seiten, mit Lesebändchen, geb.
ISBN 9783902735935 € 19,80

Kaminski Gerd, Österreich und China im Bild 1624 bis 2016
324 Seiten, zweisprachig Deutsch und Chinesisch, ca. 574 Farb- und s/w Fotos, mit Lesebändchen, geb.
ISBN 9783902735928 € 44,00

Kaminski Gerd, Von roten Schleiern und bunten Eiern. Chinesische Lebensbräuche
220 Seiten, 321 Fotos und Abb., mit Lesebändchen, Großformat, geb.
ISBN 9783903071360 € 39,80

Kaminski Gerd, Das Spiel von Wolken und Regen. Erotik im alten China
312 Seiten, ca. 150 Fotos und Abb., mit Lesebändchen, Großformat, geb.
ISBN 9783903071391 € 44,80

Kaminski Gerd, China mit dem spitzen Stift. Das Reich der Mitte im Spiegel österreichischer Karikaturen
ca. 300 Seiten, zweisprachig Deutsch und Chinesisch, zahlreiche Farb- und s/w Fotos, mit Lesebändchen, geb.
ISBN 9783903071636 € 44,80

Kaminski Gerd, Der Fremde kennt nicht unsere Wege. Chinaknigge für Langnasen
206 Seiten, Illustrationen, mit Lesebändchen, geb.
ISBN 9783903071711 € 24,80

Kaminski Gerd, Chinas Aufstieg. Der Rückblick des Lao Ka
ca. 250 Seiten, Fotos und Dokumente, mit Lesebändchen, geb.
ISBN 9783903071742 € 39,80

Korbelius Rudolf, Buddhistische Tempel in Beijing. Ein Reiseführer
216 Seiten, vierfarbig, Lesebändchen, geb.
ISBN 9783902735331 € 19,80

BÜCHER MIT CHINA- UND ASIEN-BEZUG AUS DEM BACOPA VERLAG

Kubin Wolfgang, Was kommt, was bleibt. Ein poetischer Mischsatz
112 Seiten, 12 s/w Fotos, mit Lesebändchen, geb.
ISBN 9783903071506 € 24,80

Kubin Wolfgang, Das frühe Werk. Band 1. Der Mann im Zimmer. Gedichte
236 Seiten, zweisprachig Deutsch und Chinesisch, mit Lesebändchen, geb.
ISBN 9783902735737 € 19,80

Kubin Wolfgang, Das frühe Werk. Band 2. Abgründige Erleuchtung. Gedichte
136 Seiten, zweisprachig Deutsch und Chinesisch, mit Lesebändchen, geb.
ISBN 9783902735744 € 19,80

Kubin Wolfgang, Das frühe Werk. Band 3. Das Gleichgewicht der Unruhe
185 Seiten, zweisprachig Deutsch und Chinesisch, mit Lesebändchen, geb.
ISBN 9783902735522 € 14,80

Kubin Wolfgang, Das frühe Werk. Band 4. Die Konstruktion des Affen. Verstreute Schriften. Gedichte
385 Seiten, zweisprachig Deutsch und Chinesisch, mit Lesebändchen, geb.
ISBN 9783902735751 € 24,80

Kubin Wolfgang, Wolfgang Kubin – Das gesammelte frühe Werk in vier Bänden. Gedichte
942 Seiten, zweisprachig Deutsch und Chinesisch, mit Lesebändchen, geb.
ISBN 9783902735959 € 69,90

Kubin Wolfgang (Hrsg.), Nachrichten von der Hauptstadt der Sonne. Moderne chinesische Lyrik 1919 bis 1984
478 Seiten, zweisprachig Deutsch und Chinesisch, mit Lesebändchen, geb.
ISBN 9783902735515 € 29,00

Kubin Wolfgang Hrsg., Moderne chinesische Literatur
ca. 500 Seiten, mit Lesebändchen, geb.
ISBN 9783902735782 € 49,00

Kubin Wolfgang, Halbzeit einer Liebe. Eine Erzählung
108 Seiten, geb.
ISBN 9783902735539 € 12,80

Kubin Wolfgang, Die Geschichte der Schwärze und andere Geschichten
177 Seiten, geb.
ISBN 9783903071582 € 19,80

Kubin Wolfgang, Maria des Weges. Unzeitige Hymnen. Photographien von Ann Mak
ca. 120 Seiten, s/w Fotos, mit Lesebändchen, geb.
ISBN 9783903071933 € 24,80
Dieser Titel erscheint Frühjahr 2021.

Li Shuhong, Der Chinesische Zauberhut. Philosophische Fabeln aus dem alten China
154 Seiten, zweisprachig Deutsch und Chinesisch, 20 farbige Illustrationen, mit Lesebändchen, geb.
ISBN 9783903071681 € 19,80

Li Shuhong, Princess Sissi Forever. Chinesisch
232 Seiten, 27 s/w Fotos, geb.
ISBN 9783903071773 € 14,80

Littau Monika, Von der Rückseite des Mondes. Chinesische Miniaturen
112 Seiten, Illustrationen, mit Lesebd., geb.
ISBN 9783903071728 € 19,80

Müller-Ebeling Claudia / Rätsch Christian / Shahi Surenda Bahadur, Schamanismus und Tantra in Nepal. Unveränderter Nachdruck aus dem AT Verlag.
320 Seiten, mit Lesebändchen, geb.
ISBN 9783903071964 € 69,80.

BÜCHER MIT CHINA- UND ASIEN-BEZUG AUS DEM BACOPA VERLAG

Niederle Helmuth A. (Hg.), Literatur und Migration Indien. Migranten aus Südasien und der westliche Kontext
328 Seiten, geb.
ISBN 9783902735553 € 24,90

Noll Wulf, Drachenrausch. Flanieren in China
368 Seiten, mit Lesebändchen, geb.
ISBN 9783903071667 € 29,00

Noll Wulf, eBook Drachenrausch. Flanieren in China
ISBN 9783903071957 € 21,99

Noll Wulf, Mit dem Drachen tanzen. Erzählungen aus China und Deutschland
400 Seiten, mit Lesebändchen, geb.
ISBN 9783903071674 € 29,00

Noll Wulf, eBook Mit dem Drachen tanzen.
ISBN 9783903071995 € 21,99

Ouyang Jianghe, Der Doppelphönix. Ein Langgedicht sowie andere längere Poeme. Aus dem Chinesischen mit einer Nachbemerkung von Wolfgang Kubin.
Zweisprachig Deutsch und Chinesisch
123 Seiten, 1 Kalligraphie,
mit Lesebändchen, geb.
ISBN 9783903071797 € 22,95

Richter Jiagu, Fachsprache Recht, Legal Language
196 Seiten, dreisprachig Deutsch/Chinesisch/Englisch,
sieben Tabellen, mit Lesebändchen, geb.
ISBN 9783903071315 € 19,80

Richter Jiagu, Fachsprache Diplomatie
260 Seiten, dreisprachig Deutsch/Chinesisch/Englisch,
mit Lesebändchen, geb.
ISBN 9783903071599 € 24,80

Ruppert Wolfgang Alexander Friederich, Kleine Österreichisch-Chinesische Geschichte der frühen Fliegerei
ca. 240 Seiten, ca. 340 Abb. und Fotos, mit Lesebändchen, geb. Dieser Titel erscheint 2021. ISBN 9783903071698 € 44,80.

Wang Jing / Liu Xubing, Konfuzius sagte ...
328 Seiten, zweisprachig Deutsch und Chinesisch, vierfarbig, mit Lesebändchen, geb., ISBN 9783902735324 € 24,80

Wang Jing / Philips-Slavkoff Elisabeth, Die Weisheit des Laozi. Eine illustrierte Nachdichtung des Dao De Jing
158 Seiten, Illustrationen, Lesebändchen, geb., ISBN 9783903071445 € 19,80

Wang Jiaxin, Nachgereichte Gedichte
98 Seiten, mit Lesebändchen, geb.
ISBN 9783903071407 € 19,80

Xiao Xiao, Der Samen der Hiobsträne. Gedichte. Aus dem Chinesischen und mit einer Nachbemerkung von Wolfgang Kubin
ca. 120 Seiten, mit Lesebändchen, geb.
ISBN 9783903071940 € 24,80

Zhang Zao, Briefe aus der Zeit. Gedichte
187 Seiten, zweisprachig Deutsch und Chinesisch, Illustrationen, geb.
ISBN 9783902735492 € 18,00

Alle Titel können direkt beim Verlag Tel: +43 (0)7251 22235 bzw. versand@bacopa.at oder in jeder gut sortierten Buchhandlung bestellt werden.